Dunkle Gier

CHRISTINE FEEHAN

Dunkle Gier

ROMAN

Aus dem Amerikanischen von
Ulrike Moreno

Weltbild

Die amerikanische Originalausgabe erschien 2011 unter dem Titel
Dark Predator
bei The Berkley Publishing Group, Penguin Group (USA) Inc.

Besuchen Sie uns im Internet:
www.weltbild.de

Genehmigte Lizenzausgabe für Verlagsgruppe Weltbild GmbH,
Steinerne Furt, 86167 Augsburg

Übersetzung: Ulrike Moreno
Textredaktion: Dorothee Cabras, Grevenbroich
Umschlaggestaltung: Johannes Frick, Neusäß/ Augsburg
Umschlagmotiv: Corbis, Düsseldorf (© Ocean);
Archiv Johannes Frick (© Kasalin)
Gesamtherstellung: GGP Media GmbH, Pößneck
Printed in the EU
ISBN 978-3-86365-175-6

2015 2014 2013 2012
Die letzte Jahreszahl gibt die aktuelle Lizenzausgabe an.

Für Brandy Jones, als kleine Entschädigung
für die bittere Enttäuschung,
einen so überhaupt nicht netten Chef zu haben!
Ich kann noch immer nicht glauben,
dass er dir nicht erlaubte, zu Besuch zu kommen,
als ich bei dir zu Hause war.
Aber keine Sorge, ich habe mich revanchiert,
und er hat seinen gerechten Lohn bekommen.
Lies weiter!
(Aber denk daran,
dass alle Charaktere wirklich nur erfunden sind!)

Danksagungen

Mein herzlichster Dank geht an Renee Martinez und Denise Tucker dafür, dass sie die Amazonas-Tour unternahmen und die von mir benötigten Recherchen, das Filmmaterial und die Fotos der Region mitbrachten. Ich schätze ihren Rat sehr – danke, dass ihr alle meine Fragen beantwortet habt, auch dann noch, als ich dieses Buch schon schrieb. Ein großes Dankeschön auch an ihren Reiseführer Victor Ramirez, der alles erklärte, was wir zum Bau von Kanus und der Tier- und Pflanzenwelt wissen mussten. Ihr wart mir eine große Hilfe. Auch Dr. Chris Tong möchte ich ganz herzlich für seine unermüdliche Unterstützung danken; Sie sind wirklich wunderbar! Und natürlich auch vielen herzlichen Dank an Brian Feehan für deine erstaunliche Fantasie und unerschütterliche Entschlossenheit, es richtig hinzubekommen. Bei Cheryl Wilson und Kathie Firzlaff möchte ich mich für die Ermutigung bedanken, als ich zauderte, und natürlich auch bei Domini! Mein besonderer Dank gilt Lea Eldridge für ihren Beitrag zu der Jr.-Diabetes-Auktion. Sie gewann dafür eine Rolle in einem Buch. Vielen herzlichen Dank für deine Großzügigkeit, Lea.

1. Kapitel

Rauch, der von den zahlreichen Feuern im umliegenden Regenwald gespeist wurde, stieg in brüllenden Wellen um ihn auf und verbrannte ihm die Lunge. Es war ein langer, erbitterter Kampf gewesen, aber er war vorbei, und Zacarias war erschöpft. Der größte Teil des Haupthauses war verbrannt, aber sie hatten zumindest die Wohnstätten der Leute retten können, die ihnen dienten. Es hatte nur wenige Tote gegeben, doch jeder einzelne war betrauert worden – wenn auch nicht von ihm, Zacarias. Er starrte nur mit leeren Augen die Flammen an und spürte nichts; er blickte in die Gesichter der Toten, anständige Männer, die seiner Familie treu gedient hatten, sah ihre weinenden Witwen und Kinder und spürte ... nichts.

Zacarias de la Cruz blieb nur einen Moment stehen, um das Schlachtfeld zu betrachten. Wo vorher üppig grüner Regenwald gewesen war mit Bäumen, die bis in die Wolken reichten, und das Zuhause vieler wilder Tiere, stiegen jetzt Flammen und schwarzer Rauch in den Himmel auf. Der Geruch des Blutes war überwältigend; die toten, zerfleischten Körper starrten mit blicklosen Augen zu dem dunklen Himmelszelt auf. Doch dieser Anblick rührte Zacarias nicht. Er betrachtete alles wie aus einiger Entfernung und mit mitleidlosem Blick.

Wo oder in welchem Jahrhundert, spielte keine Rolle, die Szene war immer die gleiche, und er hatte in all den langen, dunklen Jahren so viele Schlachtfelder gesehen, dass er den Überblick verloren hatte. So viel Tod! So viel Brutalität! So viel Morden! So viel Zerstörung! Und er war immer mittendrin, ein schneller, grimmiger Jäger, gnadenlos, brutal und unerbittlich.

Blut und Tod waren ein Teil von ihm geworden. Er hatte so viele Feinde seines Volkes hingerichtet, dass er ohne die Jagd oder das Töten nicht mehr existieren konnte. Es gab für ihn keine andere Lebensweise. Er war ein Raubtier, das hatte er schon vor langer Zeit erkannt – wie jeder, der es gewagt hatte, sich in seine Nähe zu begeben.

Zacarias de la Cruz war ein legendärer karpatianischer Jäger, der einer fast schon ausgestorbenen Spezies angehörte, die zwar in einer modernen Welt lebte, sich aber an die alten Sitten hielt, was Ehre und Pflichtbewusstsein anging. Seine Gattung beherrschte die Nacht, schlief während des Tages und brauchte Blut zum Überleben. Nahezu unsterblich, führten Karpatianer eine lange, einsame Existenz, in der Farbe und Emotion verblassten, bis nur noch Ehre sie auf ihrem selbst gewählten Weg hielt, nach der einen Frau zu suchen, die sie vervollständigen und ihnen Farbe und Gefühle zurückgeben würde. Viele karpatianische Jäger gaben auf und töteten während der Nahrungsaufnahme, um den Rausch zu spüren – *irgendwas* zu spüren –, und wurden zu der abscheulichsten, gefährlichsten Kreatur, die die Menschheit kannte: dem Vampir. Und Zacarias de la Cruz, der mindestens ebenso brutal und gewalttätig war wie die Untoten, war ein Meister darin, sie zu jagen.

Blut rann aus unzähligen Wunden an seinem Körper, und die giftige Säure brannte sich bis in seine Knochen, doch er spürte, wie ihn Ruhe überkam, als er sich abwandte und sich still entfernte. Einige Feuer tobten noch, aber die konnten seine Brüder löschen. Das säurehaltige Blut, das vom Angriff der Vampire herrührte, sickerte in die stöhnende, protestierende Erde, aber seine Brüder würden sich auch darum kümmern und sie von den Giftstoffen befreien.

Seine öde, schonungslose Reise war vorbei. Endlich. Nach über tausend Jahren des Lebens in einer leeren, grauen Welt hatte Zacarias alles erreicht, was er sich vorgenommen hatte.

Seine Brüder waren abgesichert. Sie alle hatten eine Frau, die sie vervollständigte. Sie waren glücklich und gesund, und er hatte die schlimmste Gefahr für sie beseitigt. Bis die Zahl ihrer Feinde sich wieder erhöhte, würden seine Brüder sogar noch stärker sein und seine Führung oder seinen Schutz nicht mehr benötigen. Er war frei.

»Zacarias! Deine Wunden müssen versorgt werden. Und du brauchst Blut.«

Es war eine weibliche Stimme, die er da hörte. Solange, die Gefährtin Dominics, seines ältesten Freundes, würde ihrer aller Leben für immer verändern mit ihrem reinen, königlichen Blut. Und er war zu alt, zu festgefahren in seinen Gewohnheiten und viel zu müde, um die Art von Veränderungen an sich zuzulassen, die nötig waren, um in diesem Jahrhundert weiterzuleben. Er war rettungslos veraltet wie die mittelalterlichen Ritter. Der Geschmack der Freiheit war metallisch und kupferartig wie das Blut, die Essenz des Lebens, das aus ihm herausfloss.

»Zacarias, bitte!« Da war eine Bewegung in ihrer Stimme, die ihm nahegehen müsste, doch sie berührte ihn nicht. Da er nicht empfinden konnte wie die anderen, war er auch nicht durch Mitleid, Liebe oder Sanftheit umzustimmen. Er hatte keine sanftere, weichere Seite. Er war ein Killer. Und seine Zeit war abgelaufen.

Solanges Blut war ein unglaubliches Geschenk an seine Leute, das war Zacarias durchaus klar, auch wenn er es zurückwies. Wenn sie es zu sich nahmen, verlieh es Karpatianern die Fähigkeit, sich in der Sonne aufzuhalten. Karpatianer waren während der Tagesstunden verwundbar, besonders er. Je mehr sie Jäger waren – oder Killer –, desto mehr war auch das Sonnenlicht ihr Feind. Von den meisten seiner Leute wurde Zacarias für den karpatianischen Krieger gehalten, der sich am dichtesten am Rand der Finsternis befand, und er wusste, dass das stimmte. Solanges Blut hatte ihm diesen letzten und endgültigen Grund gegeben, sich von seinem düsteren Leben zu befreien.

Mit einem tiefen Atemzug, der seine Lunge erneut mit Rauch füllte, setzte Zacarias seinen Weg fort, ohne einen Blick zurückzuwerfen oder auch nur Notiz von Solanges Angebot zu nehmen. Er hörte die alarmierten Rufe seiner Brüder, aber er ging weiter und beschleunigte sogar seine Schritte. Die Freiheit war noch weit entfernt, und er musste sie erreichen. Als er einem der letzten angreifenden Vampire, die seine Familie hatten zerstören wollen, das Herz herausgerissen hatte, hatte er gewusst, dass es nur einen Ort gab, an den es ihn zog. Es machte keinen Sinn, doch wen kümmerte das schon? Er würde trotzdem gehen.

»Bleib stehen, Zacarias!«

Er blickte auf, als seine Brüder aus dem Himmel fielen und eine solide Mauer vor ihm bildeten. Alle vier. Riordan, der Jüngste, Manolito, Nicolas und Rafael. Sie waren gute Männer, und fast konnte er die Liebe zu ihnen, die er einst empfunden hatte, wieder spüren – schwer zu fassen und gerade eben außer Reichweite. Sie verstellten ihm den Weg und hielten ihn von seinem Vorhaben ab – aber nichts und niemand durfte sich zwischen ihn und seine Wünsche stellen. Zacarias gab ein warnendes Grollen von sich, das tief aus seiner Kehle kam, und ließ den Boden unter ihren Füßen erbeben. Sie wechselten beklommene Blicke, und Furcht flackerte in ihren Augen auf.

Diese Blicke seiner Brüder, die so große Angst vor ihm verrieten, hätte Zacarias zu denken geben müssen, doch er spürte nichts. Er hatte diesen vier Männern sämtliche kämpferischen Fähigkeiten, über die sie heute verfügten, und Überlebensstrategien beigebracht. Er hatte jahrhundertelang neben ihnen gekämpft, auf sie aufgepasst, sie angeführt, ja, einmal sogar sehr liebevolle Erinnerungen an sie gehabt. Aber nun, da er die Bürde der Verantwortung abgelegt hatte, war nichts mehr da. Nicht einmal diese schwachen Erinnerungen, um ihn aufrechtzuerhalten. Er konnte sich weder an Liebe noch an Lachen erinnern. Nur an Tod und Töten.

»Zurück!« Ein knappes Wort nur, ein Befehl – und Zacarias erwartete, dass sie gehorchten, so wie jeder ihm gehorchte. Er hatte in seinem langen Leben unermessliche Reichtümer angehäuft, sich in den letzten Jahrhunderten jedoch nie etwas mit Geld erkaufen müssen. Ein Wort von ihm genügte, damit die Welt erzitterte und beiseitetrat, um seinen Wünschen nicht im Weg zu stehen.

Widerstrebend und viel zu langsam für seinen Geschmack traten jetzt auch seine Brüder zur Seite, um ihn vorbeizulassen.

»Tu das nicht, Zacarias!«, sagte Nicolas. »Geh nicht weg!«

»Lass wenigstens deine Wunden versorgen!«, fügte Rafael hinzu.

»Und nimm Blut zu dir!«, drängte Manolito. »Du brauchst Nahrung.«

Zacarias fuhr herum, worauf sie zurückfielen und die Furcht in ihren Augen zu schierer Panik wurde – und er wusste, dass sie allen Grund hatten, sich zu fürchten. Die Jahrhunderte hatten ihn geformt, ihn zu einem brutalen, gnadenlosen Jäger – zu einer Tötungsmaschine – gemacht. Es gab nur wenige wie ihn auf dieser Welt. Und er befand sich am Rande des Wahnsinns. Seine Brüder waren großartige Jäger, aber ihn zu töten würde all ihre beträchtlichen Fähigkeiten erfordern, und sie konnten sich kein Zögern leisten. Sie alle hatten ihre Seelengefährtin gefunden. Sie alle hatten Gefühle. Sie alle liebten ihn. Er dagegen spürte nichts und war ihnen gegenüber damit sehr im Vorteil.

Er hatte sie schon abgeschrieben und ihre Welt verlassen, als er ihnen den Rücken zugekehrt und sich die Freiheit genommen hatte, seine Verpflichtungen aufzugeben. Aber ihre von Kummer und Verzweiflung geprägten Gesichter ließen ihn für einen Moment in der Bewegung innehalten.

Wie mochte es sein, solch tiefen Kummer zu empfinden? Liebe zu verspüren? Überhaupt etwas zu *fühlen*? Früher hätte er einfach an ihr Bewusstsein gerührt und mit ihnen geteilt, was sie bewegte, doch seit sie Seelengefährtinnen hatten, wollte er nicht riskieren, einen von ihnen mit der Finsternis, die er in sich trug, zu beflecken. Seine Seele war nicht nur in Stücke zerbrochen. Er hatte zu oft getötet, sich zu sehr von allen, die er schätzte, distanziert, um die, die er liebte, besser beschützen zu können. Wann war er an den Punkt gelangt, nicht mehr gefahrlos an ihr Bewusstsein rühren und ihre Erinnerungen teilen zu können? Es war so lange her, dass er sich nicht einmal mehr erinnern konnte.

»Zacarias, tu das nicht!«, bat Riordan, dessen Gesicht vom gleichen tiefen Kummer geprägt war, der sich auf denen seiner Brüder zeigte.

Er hatte viel zu lange die Verantwortung für sie getragen, um jetzt einfach wegzugehen, ohne ihnen etwas zu hinterlassen. Einen Moment lang stand Zacarias hoch erhobenen Hauptes und mit blitzenden Augen und wallendem Haar da und sah sie an. Dabei strömte unaufhörlich Blut über seine Brust und Schenkel. »Ich gebe euch mein Wort, dass ihr mich nicht werdet jagen müssen.«

Das war alles, was er für sie hatte. Sein Wort, dass er nicht zum Vampir werden würde. Nun konnte er ruhen, und diese endgültige Ruhe würde er auf seine eigene Weise suchen. Er wandte sich von ihnen und von dem Verständnis und der Erleichterung in ihren Gesichtern ab, um seine Reise anzutreten. Er hatte einen weiten Weg vor sich, wenn er vor Tagesanbruch noch sein Ziel erreichen wollte.

»Zacarias«, rief Nicolas ihm nach. »Wo gehst du hin?«

Die Frage ließ Zacarias innehalten. Wo ging er hin? Der innere Zwang war stark – unmöglich zu ignorieren. Zacarias verlangsamte dennoch seine Schritte. Wohin ging er? Warum war der Drang so stark in ihm, obwohl er doch nichts fühlte? Aber *etwas* war da, eine dunkle Kraft, die ihn antrieb.

»*Susu* – heim.« Er flüsterte das Wort, doch der Wind griff seine

Stimme auf, und der leise Ton hallte in der Erde unter seinen Füßen nach. »Ich gehe heim.«

»Das hier ist dein Zuhause«, erklärte Nicolas entschieden. »Wenn du Ruhe willst, werden wir deine Entscheidung respektieren, aber bleib bei uns! Hier bei deiner Familie. Dies ist dein Daheim«, wiederholte er.

Zacarias schüttelte den Kopf. Er war getrieben von dem Drang, Brasilien zu verlassen. Er musste woanders sein, und er musste sich auf der Stelle auf den Weg machen, solange ihm noch Zeit blieb. Mit Augen, die so rot waren wie die Flammen, und einer Seele, die schwarz war wie der Rauch, verwandelte er sich und nahm die Gestalt einer großen Harpyie, eines Haubenadlers, an.

Willst du zu den Karpaten?, fragte Nicolas ihn über ihre telepathische Verbindung. *Dann werde ich dich begleiten.*

Nein. Ich gehe heim, wohin ich gehöre – allein. Ich muss allein gehen.

Nicolas sandte ihm seine Wärme und hüllte ihn darin ein. *Kolasz arwa-arvoval!* Mögest du mit Ehre sterben! Kummer schwang in seiner Stimme mit, und auch Nicolas' Herz war voll davon, aber Zacarias konnte das Gefühl nicht erwidern, nicht mal ansatzweise.

Nun war es Rafaels sanfte Stimme, die in sein Bewusstsein drang. *Arwa-arvo olen isäntä, ekäm!* Möge die Ehre dich aufrechterhalten, mein Bruder!

Kulkesz arwa-arvoval, ekäm! Gehe mit Ehre, mein Bruder!, fügte Manolito hinzu.

Arwa-arvo olen gaidnod susu, ekäm! Möge die Ehre dich heimführen, mein Bruder!, sagte Riordan.

Es war lange her, seit Zacarias seine Muttersprache gehört hatte. Gewöhnlich benutzten Karpatianer die Sprache und Dialekte der Orte, an denen sie sich befanden. Sie hatten andere Namen angenommen, als sie von Land zu Land gezogen waren, sogar einen Familiennamen, obwohl Karpatianer solche Namen gar nicht hatten. Zacarias' Welt hatte sich mit der Zeit unglaublich stark verändert. Jahrhunderte der Verwandlung, in denen er sich immer angepasst hatte, um dazuzugehören. Und dennoch hatte er sich nie wirklich verändert, da sein ganzes Leben sich um den Tod drehte. Und nun würde er endlich heimkehren.

Diese schlichte Feststellung bedeutete nichts – und alles. Zacarias hatte seit über tausend Jahren kein Zuhause mehr gehabt. Er war einer der Ältesten, auf jeden Fall einer der Tödlichsten. Männer wie er besaßen kein Zuhause. Nur wenige wollten ihn an ihrem Lagerfeuer haben, geschweige denn in ihrem Haus und an ihrem Herd. Was war also *Daheim*? Warum hatte er dieses Wort benutzt?

Seine Familie hatte in den Ländern am Amazonas und den anderen Flüssen, von denen er gespeist wurde, große Haziendas aufgebaut. Das zu kontrollierende Gebiet war sehr ausgedehnt und erstreckte sich über Tausende von Meilen, was die Überwachung schwierig machte. Doch da sie zu mehreren menschlichen Familien eine freundschaftliche Beziehung aufgebaut hatten, waren die verschiedenen Häuser auch stets auf ihre Ankunft vorbereitet. Zu einem dieser Häuser würde er sich begeben, und er musste die große Entfernung dorthin noch vor der Morgendämmerung zurücklegen.

Die peruanische Hazienda lag am Rand des Regenwaldes, nur ein paar Meilen entfernt von der Stelle, wo die Flüsse sich vereinten und in den Amazonas übergingen. Selbst dieses Gebiet hatte sich mit den Jahren allmählich verändert. Seine Familie hatte sich den Anschein gegeben, mit den Spaniern in dieses Gebiet gekommen zu sein, und sich Namen ausgedacht, ohne sich darum zu scheren, wie sie klangen. Für Karpatianer spielte es keine große Rolle, wie sie von anderen genannt wurden. Natürlich hatten sie damals nicht einmal geahnt, dass sie Jahrhunderte in Südamerika verbringen würden – und diese Gebiete ihnen einmal vertrauter sein würden als ihr Heimatland.

Zacarias blickte auf das dichte Blätterdach des Regenwaldes herab, als er darüber hinwegflog. Auch der Dschungel verschwand allmählich durch ein langsames, aber stetiges Eindringen von Menschen und Maschinen, das er nicht verstand. Es gab so viele Dinge in den modernen Zeiten, die er nicht begreifen konnte – doch was machte das schon? Es war nicht mehr seine Welt oder sein Problem. Der Drang, der ihn trieb, verwirrte ihn mehr als die Erklärungen für die sich immer mehr verändernde Umwelt. Wenig erregte noch Zacarias' Neugier, doch dieser überwältigende Drang, zu einem Ort zurückzukehren, an dem er erst ein paarmal gewesen war, war irgendwie beunruhigend. Weil der Drang ein Bedürfnis war und er keine Bedürfnisse hatte. Und dass er so überwältigend war, dieser Drang, war ebenfalls sehr merkwürdig, weil *nichts* Zacarias zu überwältigen vermochte.

Kleine Blutströpfchen fielen in die dunstigen Wolken um die jungen Triebe der wenigen Bäume, die hier und da aus dem Blätterdach hervorragten. Unter sich konnte Zacarias die Angst der Tiere spüren, die ihn vorbeifliegen sahen. Eine Gruppe von Douroucoulis, sehr kleinen nachtaktiven Affen, hüpfte durch die Bäume und vollführte erstaunliche akrobatische Übungen auf den nicht ganz so hoch gelegenen Ästen. Einige futterten Früchte und Insekten, während andere nach Raubtieren Ausschau hielten. Normalerweise würden sie beim Anblick einer Harpyie sofort warnend loskreischen, aber als Zacarias in Adlergestalt über die Affenfamilie hinwegflog, blieben sie geradezu gespenstisch still.

Zacarias wusste, dass es nicht die Gefahr des vorüberfliegenden Raubvogels war, was diese vollkommene Stille im Wald erzeugte. Der Haubenadler saß oft stundenlang reglos in den Ästen und wartete auf die richtige Beute. Hatte er sie ausgemacht, stieß er mit verblüffender Geschwindigkeit hinab und pflückte sich ein Faultier oder einen Affen von den Bäumen, aber er jagte in der Regel nicht im Flug. Die Säugetiere versteckten sich, doch

Schlangen hoben den Kopf, wenn er vorbeiflog, Insekten stiegen zu Tausenden in die Luft, und Hunderte von tellergroßen Spinnen krabbelten über die Äste und zogen in die Richtung, in die er flog.

Zacarias war an die Anzeichen gewöhnt, die auf die Düsternis in ihm hinwiesen. Selbst als junger Karpatianer war er schon anders gewesen. Seine kämpferischen Fähigkeiten waren so natürlich, als wären sie angeboren, ja ihm fast schon vor der Geburt eingeprägt worden, seine Reflexe schnell und sein Verstand sogar noch schneller. Er besaß die Fähigkeit, eine Situation im Bruchteil einer Sekunde einzuschätzen und sofort mit einer Strategie aufzuwarten. Er tötete ohne Zögern, und seine Täuschungen waren fast unmöglich zu durchschauen.

Die Düsternis in ihm ging tief und war bereits ein Schatten auf seiner Seele gewesen, lange bevor er seine Emotionen und Farben verloren hatte – und ihm war beides viel früher abhandengekommen als anderen seines Alters. Zacarias stellte alles und jeden infrage. Nur seine Loyalität seinem Prinzen und seinem Volk gegenüber war unerschütterlich, und das hatte ihm den unversöhnlichen Hass seines besten Freundes eingebracht.

Mit seinen starken Schwingen flog er in schnellem Tempo durch die Nacht, ohne einen Gedanken an seine Wunden oder das Bedürfnis nach Blut zu verschwenden. Als er die Grenze überquerte und tiefer in das Blätterdach hinunterging, spürte er, wie der innere Zwang, der ihn antrieb, stärker wurde. Es zog ihn auf seine peruanische Ranch. Er musste dort sein. Weil es ... sein musste. Der Wald erstreckte sich unter ihm mit seinem dichten Gewirr von Bäumen und Blumen, und die Luft war schwer von Feuchtigkeit. Moose und Kletterpflanzen hingen wie struppige lange Bärte von den Bäumen und reichten fast bis in die Wassertümpel, Ströme oder Bäche. Ein Gewirr von Farnen, die um Platz kämpften, kroch über lange, freiliegende Wurzeln auf dem dunklen Boden unter Zacarias.

Der Haubenadler fiel durch von Blumen und Lianen überwucherte Äste, deren üppige Fülle allen möglichen Insekten als Versteck diente. Tief unter sich hörte er das leise Quaken eines Baumfroschs, der seinen Partner rief, und dann ein viel harscheres, schnarrendes Geräusch, das den Chor verstärkte. Ein fast schon elektronisches Geträller schloss sich der Sinfonie an, als Tausende unterschiedlicher Stimmen sich zu einem Crescendo erhoben und dann beim Nahen des Raubvogels abrupt zu einer unnatürlichen, schaurigen Stille verstummten.

Die Morgendämmerung zog herauf und verdrängte die Herrschaft der Nacht. Der Nachthimmel veränderte sich zu einem weichen Taubengrau. Die Harpyie ließ sich in immer kleineren Kreisen von dem Blätterdach zu der Lichtung hinuntersinken, auf der das Wohnhaus der Hazienda lag. Mit seinen scharfen Augen konnte der Adler den Fluss sehen, der wie ein breites Band das Land teilte. Sanfte Hügel wichen steilen Graten und tiefen Schluchten, die sich durch den Urwald zogen. Bäume und Pflanzen schlängelten sich über den felsigen Grund, ein dunkles Gewirr von Vegetation, die entschlossen war, sich zurückzuholen, was ihr genommen worden war.

Ordentliche Zäune zogen sich die Hänge entlang, Hunderte von Rindern standen auf den Weiden. Als der Schatten des Adlers über sie hinwegzog, hoben sie zitternd vor Aufregung den Kopf. In dem Versuch, die Gefahr auszumachen, die sie witterten, liefen sie wild durcheinander und stießen miteinander zusammen.

Der Adler flog über mehrere Felder und mindestens einen Morgen Gemüseäcker, die alle sehr gut gepflegt waren. Alles war sauber und ordentlich und nach besten Kräften und bestem Können bearbeitet. Weiden und Äcker machten den großen Koppeln Platz. Die Pferde, die darauf standen, wurden auch unruhig und warfen nervös den Kopf zurück, als der Adler über sie hinwegflog. Unter ihm lag die Hazienda wie ein vollkommenes Bild, an dessen Schönheit er jedoch nicht einmal Gefallen finden konnte.

Als er sich den Ställen näherte, schien eine Hitzewelle durch seine Adern zu laufen, und tief im Körper des Vogels, wo er überhaupt nichts hätte spüren dürfen, machte sein Herz einen ungewohnten Satz. Die seltsame Regung ließ ihn fast vom Himmel fallen. Von Natur aus skeptisch, misstraute Zacarias allem, was er nicht verstand. Was konnte eine solche Hitze in ihm entfachen? Er war erschöpft von dem anstrengenden Kampf, dem langen Flug und dem Blutverlust. Hunger durchpulste ihn mit jedem Herzschlag, bemächtigte sich seiner und kämpfte um die Vorherrschaft. Der Schmerz der Wunden, die Zacarias nicht geheilt hatte, zerriss ihn.

Wochen zuvor war er so nahe daran gewesen, zum Vampir zu werden, das Verlangen nach Erlösung von der Leere war so stark und die Düsternis in seiner Seele so erdrückend gewesen, dass seine Reaktion jetzt keinen Sinn ergab. Und heute war er in noch schlimmerem Zustand. Er war ausgehungert nach Blut, und noch mehr Tötungen befleckten seine Seele. Und trotzdem war da diese merkwürdige Reaktion in der Nähe seines Herzens, diese geradezu erwartungsvolle Hitze, die durch seine Adern rauschte. Was war das? Ein Trick? Stellte ein Vampir ihm eine Falle?

Der Haubenadler legte die Flügel an, die eine Spannweite von etwa sieben Fuß hatten, und seine Krallen, die lang wie die eines Grizzlybären waren, bohrten sich tief in das strohgedeckte Stalldach. Die Federn auf seinem Kopf erhoben sich zu einem langen Kamm. Der mächtige Raubvogel hockte völlig reglos da und ließ die scharfen Augen über das unter ihm liegende Gelände gleiten. In der Gestalt des Adlers hatte Zacarias eine unglaublich gute Sicht und ein noch besseres Gehör, denn die viel kleineren Federn, die seinen Gesichtsschleier bildeten, bündelten die Schallwellen.

Die Pferde auf der nicht weit entfernten Koppel spürten seine Gegenwart und drängten sich nun wiehernd aneinander. Eine Frau kam aus dem Stall unter ihm, ein großes Pferd folgte ihr.

Sofort richtete sich Zacarias' Blick auf sie. Ihr langes Haar, das ihr bis zur Taille reichte, war zu einem dicken Zopf geflochten. Dieses lange Haar zog Zacarias' Blick auf sich, denn wenn sie sich bewegte, schimmerte es wie gesponnene Seide.

Zacarias, der seit Jahrhunderten nur dunkle Grau- und langweilige Weißtöne sah, fand diesen Zopf so faszinierend, weil er tiefschwarz war und schimmerte, ohne von der Sonne berührt zu werden. Zacarias war fasziniert von diesem Haar. Sein Magen schlug einen langsamen Purzelbaum. In einer Welt, wo alles immer gleich war und ihn nichts bewegte, kam dieses kleine Gefühl der Explosion einer Bombe nahe. Von dem merkwürdigen Vorkommnis erschüttert, stockte ihm für einen Moment sogar der Atem.

Das Pferd, das der Frau folgte, trug weder einen Sattel noch Zaumzeug. Der Hengst begann nun, unruhig zu tänzeln und die Frau zu umkreisen; dabei warf er den Kopf zurück und verdrehte die Augen. Die Pferde waren reinrassige peruanische Pasos, eine Züchtung, die nicht nur für ihre angeborenen verschiedenartigen Gangarten, sondern auch für ihr Temperament bekannt war. Die Frau blickte zu den im Kreis laufenden Pferden auf der Koppel hinüber – offenbar war es ungewöhnlich, dass sie so nervös waren – und hob dann eine Hand, um den Hengst zu beruhigen, der sich dicht neben ihr auf die Hinterbeine stellte. Sie legte die Hand auf seinen Nacken und blickte zu der Harpyie auf, die so ruhig auf dem Dach der Scheune saß.

Der Blick dieser Augen, die wie dunkle Schokolade waren, ging Zacarias durch und durch. Er empfand die Wirkung dieses Blickes wie einen Pfeil, der sein Herz durchbohrte. *Marguarita.* Selbst aus der Ferne konnte er die Narben an ihrer Kehle sehen, wo der Vampir ihr die Stimmbänder herausgerissen hatte, als sie sich geweigert hatte, den Untoten Zacarias' Ruhestätte zu verraten. Sie war einmal eine sorglose junge Frau gewesen, doch jetzt benutzte jemand sie, um ihn, Zacarias, in eine Falle zu locken.

Nun ergab auch alles einen Sinn. Der innere Zwang, zu diesem Ort zu kommen und ihn sich als sein Zuhause vorzustellen. War diese Frau von einem Vampir besessen? Nur ein Meister könnte einen solchen Zauber weben und aufrechterhalten – nur Meister wie seine alten Feinde, die Brüder Malinov. Die fünf Brüder waren mit ihm aufgewachsen. Fast fünfhundert Jahre hatten sie Seite an Seite gekämpft, bis seine Freunde sich in ihrer Gier nach Macht für das Vampirdasein entschieden und ihre Seelen dafür aufgegeben hatten. Sie waren es gewesen, die beschlossen hatten, die Untoten in einem Komplott gegen den Prinzen und das karpatianische Volk zusammenzubringen.

Dominic hatte diese jüngste Verschwörung aufgedeckt und war geblieben, um bei der Verteidigung der brasilianischen Besitzungen der Familie de la Cruz mitzuhelfen. In der sicheren Überzeugung, dass die Vampire ihren Angriffsplan auf der Hazienda ausprobieren würden, bevor sie gegen Prinz Mikhail vorgingen, hatte Zacarias sie erwartet. Kein Vampir war lebend davongekommen. Es gab keinen, der zurückkehren und den Malinov-Brüdern erzählen konnte, dass ihr Plan gescheitert war.

Zacarias wusste von dem Zorn der Malinovs und ihrem erbitterten, unversöhnlichen Hass auf ihn und seine Brüder. Ja, das hier könnte sehr wohl die Rache für den Sieg über die Malinov'sche Armee sein, doch wie konnten sie vor ihm hierhergekommen sein? Auch das war Zacarias unerklärlich.

Der Haubenadler schüttelte den Kopf, um sich von diesen beunruhigenden Gedanken zu befreien. Nein, es war unmöglich, sich so bald wieder für einen weiteren Angriff zu versammeln. Auf jeden Fall war es so, dass Pferde, die schon seine Gegenwart kaum tolerierten, sich niemals von etwas Bösem berühren lassen würden, und Marguarita streichelte dem großen Hengst den Nacken. Sie konnte also nicht besessen sein.

Zacarias wunderte sich über das seltsame Gefühl, das ihn erfüllte. Es war fast so etwas wie Erleichterung. Er wollte sie nicht töten müssen, nicht, nachdem sie einmal fast ihr Leben für ihn geopfert hatte. Aber er war doch gar nicht in der Lage, etwas zu empfinden. Warum verspürte er dann diese ungewöhnlichen Regungen in Körper und Geist, seit er an diesen Ort zurückgekehrt war? Er verdoppelte seine Wachsamkeit.

Wärme drang in das Gehirn des Vogels ein, die die beruhigende Wirkung einer freundlichen Begrüßung hatte. Der Adler reagierte, indem er den Kopf zur Seite legte und den Blick der Frau erwiderte. Zacarias spürte, dass der Vogel eine Verbindung zu ihr suchte. Sie war sehr unaufdringlich, ihre Berührung so leicht, dass sie kaum zu spüren war, aber sie verfügte über magische Kräfte und bediente sich ihrer völlig mühelos. Selbst der mächtige Raubvogel des Regenwaldes erlag ihrem Zauber. Zacarias spürte, dass auch sein Geist und Körper reagierten, dass er sich entkrampfte und seine Anspannung sich lockerte. Marguarita war an dem Vogel vorbei zu ihm vorgedrungen und hatte seine wilde, tierische Natur gefunden.

Bestürzt zog er sich noch tiefer in den Körper des Adlers zurück, ließ sie jedoch die ganze Zeit nicht aus den Augen. Marguarita wandte ihre Aufmerksamkeit jetzt den Pferden zu, um die aufgeregten Tiere zu beruhigen. Sie brauchte nicht lange, um sie dazu zu bringen stillzustehen. Dennoch hörten sie nicht auf, den Adler zu beobachten. Ihnen schien bewusst zu sein, dass sich ein noch gefährlicheres Raubtier in dem Vogel verbarg.

Marguarita griff in die Mähne des Hengstes und sprang. In einer mühelosen, geübten Bewegung schien sie förmlich durch die Luft zu schweben, bevor sie mit vollendeter Anmut auf dem Pferderücken landete. Sofort bäumte das Tier sich auf, aber bestimmt mehr seiner Nähe wegen, dachte Zacarias, als des Mädchens wegen, das auf seinem Rücken saß. Auf jeden Fall stockte Zacarias der Atem, und sein Herzschlag beschleunigte sich zu einem wilden Trommeln – noch so ein merkwürdiges Phänomen! Der riesige Adler spreizte die Schwingen schon fast, bevor Zacarias den Befehl gab. Die Bewegung war mehr instinktiv als durchdacht und dem Impuls entsprungen, die Frau in Sicherheit zu bringen. Marguarita beugte sich jedoch in einem stummen Kommando über den Nacken des Tieres, und in vollkommenem Einklang miteinander trabten Pferd und Reiterin los.

Nachdem er sich überzeugt hatte, dass sie nicht in Gefahr war, legte Zacarias die Flügel wieder an und bohrte die Krallen noch tiefer in das Dach. Das Pferd schwang sich über einen Zaun und verlängerte den Schritt. Marguarita hielt sich sehr gerade, und die elegante Gangart des Tiers war ein so harmonisches und rhythmisches Getänzel, dass sein Schwerpunkt, wo Marguarita saß, fast völlig unbewegt blieb.

Neugierig rührte Zacarias an den Geist des Hengstes. Sie beherrschte das Tier – und auch wieder nicht. Das Pferd akzeptierte sie und wollte sie erfreuen; es genoss das Verschmelzen seines Bewusstseins mit dem ihren. Mühelos wob Marguarita ihren Zauber um das Tier und hielt es durch ihre Gabe – eine tiefe Verbindung zu Tieren, wie es schien – in ihrem Bann. Sie schien nicht einmal zu merken, dass sie ihre besondere Fähigkeit einsetzte, sondern erfreute sich einfach nur an ihrem frühmorgendlichen Ausritt, genauso wie das Pferd.

Dann war das also der Grund für die seltsamen Regungen in seinem Geist und Körper. Marguarita berührte alles Wilde, und *er* war so ungebändigt, wie es nur ging. Es gab hier keine Bedrohung durch die Untoten, nur diese junge Frau mit ihrer Unschuld und Helligkeit. Sie musste dem Paso einen weiteren Befehl gegeben haben, denn das Tier wechselte die Gangart zu einer anmutigen, fließenden Bewegung, bei der es seine Vorderbeine von der Schulter her abrollte und sie bei jedem Schritt nach außen drehte. Das Pferd hielt stolz den Kopf erhoben, die Mähne wehte, die Augen des Tieres strahlten, und jede seiner Bewegungen war voller Überschwang.

Es war ein vollkommener Moment – der perfekte Moment,

dachte Zacarias, sein Leben zu beenden. Sie war schön, diese Frau. Frei und erfrischend wie kühles Wasser an einem heißen Sommertag. Alles, wofür er gekämpft hatte – alles, was er nie gewesen war. Die Harpyie spreizte die Flügel und erhob sich in die Luft, aus der sie Pferd und Reiterin beobachtete. Sie galoppierten schnell, aber unglaublich sicher und geschmeidig unter dem Adler dahin.

Zacarias' ganzes Leben lang, sogar schon in seiner Jugend und zu einer Zeit, als Soldaten noch zu Pferde gekämpft hatten, war viel zu viel von einem Raubtier in ihm gewesen, als dass ein Pferd ihn auf sich hätte reiten lassen. Damals hatte er alles versucht – mit Ausnahme von psychischem Zwang –, um das zu erreichen, aber kein Pferd hatte ihn ertragen können. Die Tiere scheuten und erzitterten unter ihm, selbst wenn er sich die größte Mühe gab, sie zu beruhigen.

Marguarita hingegen segelte mühelos über Zäune, ohne Zaumzeug oder Sattel, und Pferd und Reiterin strahlten jugendlichen Überschwang und Freude aus. Zacarias folgte ihnen, als sie über den unebenen Boden preschten. Die anmutige Gangart des Pferdes ließ es so aussehen, als schwebten sie. Marguarita warf die Hände in die Luft, als sie einen weiteren Zaun übersprangen. Sie hielt sich nur mit den Knien an dem Pferd fest und lenkte es mit ihren Gedanken.

Der Paso wechselte wieder geschmeidig seine Gangart, als sie über das Feld jagten und er in einem weiten Bogen umkehrte. Marguarita winkte dem Adler fröhlich zu, und wieder durchfluteten Freude und Wärme Zacarias. Er hatte dieser Frau sein Blut gegeben, aber nie welches von ihr genommen. Doch nun lief ihm das Wasser im Mund zusammen, seine Zähne wollten sich verlängern, und rasender Hunger überfiel ihn und griff auf jede seiner Zellen über. Abrupt legte der Adler sich in die Kurve und flog zum Stall zurück. Zacarias wollte auf gar keinen Fall riskieren, die Kontrolle zu verlieren.

Schon einmal war er viel zu nahe dran gewesen, den letzten Rest seiner Seele aufzugeben, der ihm geblieben war. Er hatte seinen Brüdern sein Wort gegeben und würde es halten. Kein Karpatianer würde sein Leben riskieren müssen, um Jagd auf Zacarias de la Cruz zu machen. *Er* entschied selbst über sein Schicksal, und er hatte sich dafür entschieden, seine Ehre zu retten. Er würde in die Morgendämmerung treten und hoch erhobenen Hauptes den Tod begrüßen. Sein letztes Bild in diesem Leben würde das der zurückkehrenden Frau sein – der jungen Marguarita, die auf einem wunderschönen Pferd über den Boden schwebte und dabei Licht und Wärme ausstrahlte. Dieses Bild würde er mit in den Tod nehmen.

Der Haubenadler landete anmutig auf dem Boden neben dem Stall. Ohne die verängstigten Pferde auf der angrenzenden Koppel zu beachten, nahm Zacarias wieder seine menschliche Gestalt an. Er war ein großer, muskulöser Mann mit langem Haar. Tiefe Linien prägten sein Gesicht. Einige bezeichneten ihn als auf eine fast schon animalische Weise gut aussehend. Manche sagten, sein Mund sei sowohl sinnlich als auch grausam. Die meisten jedoch fanden Zacarias de la Cruz beängstigend. Im Moment war er müde – so müde, dass er sich am liebsten gleich hier in das kühle Gras hätte fallen lassen.

Er zwang sich jedoch, sich zu bewegen und nach einem geeigneten Platz umzusehen, wo er sitzen und die Sonne über dem Dschungel aufgehen sehen konnte. Sehr langsam ließ er sich auf die weiche Erde sinken, ohne sich darum zu scheren, dass die Feuchtigkeit des morgendlichen Taus ihm in die Kleider drang. Er hielt sich ebenso wenig damit auf, seine Körpertemperatur zu regulieren, wie er sich zuvor um seine Wunden gekümmert hatte. Es erfüllte ihn mit Zufriedenheit, eine Entscheidung zu treffen. Zum ersten Mal in seinem Leben war er ohne die Beschwerlichkeiten der Verantwortung. Er zog die Knie an, faltete die Hände und legte das Kinn auf die kleine Plattform, die er so geschaffen hatte. In dieser Haltung sah er Pferd und Reiterin zu. Völlig mühelos ging der Paso von einer der natürlichen Gangarten, für die diese Pferderasse so berühmt war, zu einer anderen über.

Zacarias spürte das Prickeln der Sonne auf der Haut, aber es war nicht die schreckliche Empfindung, die er sein ganzes Leben lang verspürt hatte. Solange hatte ihm zweimal etwas von ihrem Blut gegeben, um ihn davor zu bewahren, zum Vampir zu werden. Er hatte jedoch sorgfältig darauf geachtet, kein Blut mehr von ihr anzurühren, seit er gemerkt hatte, dass er die Morgenstunden im Freien verbringen konnte, ohne die Auswirkungen der Helligkeit zu spüren. Andere seiner Spezies konnten die Morgendämmerung sehen, und es gab auch einige, die sich sogar ohne Solanges Hilfe auf den morgendlichen Straßen aufhalten konnten, doch da seine Seele so dunkel war, hatte Zacarias schon vor langer Zeit die Angewohnheit der Vampire übernommen, das frühmorgendliche Sonnenlicht zu meiden.

Begierig nahm er Marguaritas Anblick in sich auf und fühlte sich dem Glück so nahe wie ein Mann, der keine Emotionen hatte, es sein konnte. Bei dem Versuch, sein Leben zu retten, hatte sie ihre Stimme verloren, und er hatte Marguaritas Loyalität belohnt, indem er sie dem Tode entrissen und den Verwaltern der Ranch dann Anweisung gegeben hatte, ihr alles zu geben, was ihr Herz begehrte. Er sah jedoch keinen Schmuck an ihren Fingern oder ihrem Hals, und die Kleidung, die sie trug, war schlicht und praktisch. Aber sie lebte für die Pferde, selbst er konnte das sehen. Er hatte ihr … Leben geschenkt. Und auf irgendeine seltsame Weise hatte sie ihm Freiheit zuteilwerden lassen.

Zacarias merkte nicht einmal, wie die Zeit verging. Die Insekten blieben still. Die Pferde hörten auf, im Kreis zu laufen, und drängten sich in einer Ecke der Koppel zusammen, wo sie, so weit von ihm entfernt wie möglich, nervös herumtänzelten und mit den Hufen stampften. Nur langsam reagierte Zacarias' Körper auf die aufgehende Sonne mit der seltsam bleiernen Schwere, die so typisch war für die karpatianische Spezies.

Zacarias streckte sich auf dem Boden aus und hielt das Gesicht Marguarita zugewandt, die auf ihn zugeritten kam. Jetzt durchdrang das Sonnenlicht schon seine Kleider und fühlte sich an wie eine Million kleiner Nadeln. Er konnte sich nicht bewegen, aber er hätte es auch nicht gewollt. Marguarita war schön. Frisch und unschuldig. Ein Gefühl der Zufriedenheit durchströmte Zacarias trotz der zunehmenden Schmerzen. Er hielt die Augen offen, weil er das Bild Marguaritas auf dem Pferd in seinem Herzen haben wollte, wenn er in das nächste Leben überging.

Vielleicht beobachtete er sie zu scharf, oder vielleicht war sie auch durch das ungewohnte Verhalten der Pferde und Insekten aufmerksam geworden – jedenfalls wandte sie den Kopf, und ihr Blick begegnete dem Zacarias'. Er sah, wie sie scharf den Atem einsog und dem Hengst die Knie in die Flanken drückte, um ihn zu einer schnelleren Gangart anzutreiben.

Nein! Bleib zurück! Komm nicht in meine Nähe! Versorg dein Pferd und geh!

Falls ein winziges Zögern darauf hinwies, dass die Worte in ihr Bewusstsein eingedrungen waren, bemerkte Zacarias es nicht. Er sah nur, dass ihr Pferd über den Zaun sprang und sie das Tier, das nun vor Furcht zu tänzeln begann, anhielt und von seinem Rücken glitt. Der Paso scharrte aufgeregt mit den Hufen, und nach einem strengen Blick auf ihn zeigte sie mit einer Handbewegung auf die Koppel. Sofort preschte der peruanische Paso auf den Zaun zu, setzte darüber und gesellte sich zu den anderen Pferden in der fernen Ecke.

Marguarita näherte sich Zacarias so vorsichtig, als wäre er ein in die Enge getriebenes wildes Tier. Sie bewegte dabei die Lippen und schien sich noch nicht ganz daran gewöhnt zu haben, dass sie nicht mehr sprechen konnte. Eine beruhigende, tröstliche Wärme durchflutete Zacarias' Geist.

Er bemühte sich aufzustehen, aber der Fluch der Sonne hatte ihn schon erfasst. Marguarita trat näher, sodass ihr Schatten auf ihn fiel und ihr Körper ihn vor dem Sonnenlicht schützte. Ihre schönen dunklen Augen blickten furchtsam und besorgt zugleich auf ihn herab.

Lass mich in Ruhe! Verschwinde! Er setzte ihr den Befehl in den Kopf und schickte den Eindruck eines drohenden Knurrens und unanfechtbaren Machtworts hinterher.

Doch Marguarita hockte sich neben ihn, berührte seinen brennenden Arm und runzelte besorgt die Stirn, bevor sie die Hand zurückzog und auf ihre Fingerspitzen blies.

Es ist meine Entscheidung. Lass mich hier in Ruhe sterben! Er hatte keine Ahnung, ob die Befehle bei ihr ankamen, denn sie sah ihn nicht so an, als hätte sie ihn verstanden.

Marguarita war praktisch von Geburt an dazu erzogen worden, den Mitgliedern seiner Familie zu gehorchen. Da würde sie sich ihm doch jetzt bestimmt nicht widersetzen, oder? Sie wusste, wie leicht ein karpatianischer Jäger am Rande des Wahnsinns zum Vampir werden konnte. Der Untote hatte ihr die Kehle aufgerissen. Zacarias konnte das Zittern ihrer Hand an seinem heißen Arm spüren. Sie musste sich die Finger an seiner Haut verbrannt haben. Er konzentrierte sich auf Marguarita und belegte ihren Geist mit dem psychischen Zwang, zu gehen und ihn allein zu lassen. Sie war zu mitfühlend und zu verständnisvoll, um einem so mächtigen Karpatianer wie ihm nicht zu gehorchen.

Sein psychischer Zwang stieß gegen einen Geist, den er kaum verstehen konnte. Nicht, weil er Barrieren fand – es war vielmehr so, als lösten sich seine so oft erprobten Techniken in Rauch auf.

Marguarita zog die kurze Jacke aus und warf sie Zacarias über den Kopf, sodass sie sein Gesicht und seine Augen bedeckte. Er spürte, wie sie sein Handgelenk ergriff und ihn über das nasse Gras zu ziehen begann. Zacarias hörte, wie sie zischend den Atem ausstieß, und wusste, dass sie sich die Hand verbrannte, aber sie zerrte ihn unbeirrt weiter.

Zum ersten Mal in all den Jahrhunderten wagte es jemand, sich seiner direkten Anweisung zu widersetzen. Jäher Zorn erwachte in Zacarias, den er kaum beherrschen konnte. Sie hatte kein Recht dazu. Sie müsste es besser wissen. *Niemand widersetzte sich ihm* – auf jeden Fall kein Mensch und schon gar nicht eine *Frau*. Und erst recht nicht eine seiner eigenen Bediensteten, aus einer Familie, die jeden Schutz genoss und zu unvorstellbaren Reichtümern gekommen war.

Er hatte den Tod gewählt, hatte sich darauf vorbereitet und war zufrieden mit seiner Entscheidung – er begrüßte sie sogar. Nein, wozu sich diese Frau hier hinreißen ließ, war die schlimmste Sorte von Verrat.

Du wirst deinen Ungehorsam bereuen, schwor er.

Marguarita ignorierte ihn oder hörte ihn nicht. Er wusste wirklich nicht, was es war, und es war ihm im Grunde auch egal. Sie würde dafür büßen. Steine bohrten sich in seinen Rücken, und dann verspürte er einen Stoß im Kreuz, als sie es schaffte, ihn über eine Schwelle zu ziehen, offenbar in einen Stall. Die Sonne verbrannte Zacarias nicht länger lebendigen Leibes, obwohl das stechende Gefühl von Nadeln noch immer seine Haut durchdrang.

Geschickt wickelte Marguarita ihn in eine Plane, ohne die Jacke von seinem Gesicht zu nehmen. Sie kreuzte sogar seine Arme über der Brust, bevor sie ihn in die Plane rollte. Zacarias fühlte sich hilflos wie ein Baby. Marguaritas entwürdigende Handlungsweise erweckte etwas Monströses in ihm. Er hielt sich jedoch zurück und wartete auf den richtigen Moment – der schon noch kommen würde. Marguarita hatte die panische Angst vor einem Vampir erlebt, der ihr die Kehle zerfetzt hatte, aber das war nichts gegen den Schrecken, den Zacarias de la Cruz sie lehren würde, wenn er Rache nahm für ihren Ungehorsam.

Sie versuchte, die Plane an einem der Pferde zu befestigen, das merkte Zacarias an dem Geruch und wilden Getrommel der Hufe, mit dem das Tier sich gegen seine Gegenwart auflehnte. Er hätte ihr sagen können, dass kein Pferd ihn in seiner Nähe duldete, doch er verhielt sich still und wartete jetzt nur noch ab. Dass das Pferd sich weigerte zu kooperieren, hielt Marguarita jedoch nicht auf. Er hörte ihre Schritte. Offenbar zog sie nun die Plane selbst. Er wusste, dass sie allein war, weil er ihren keuchenden Atem hörte. Hin und wieder hielt sie inne, um Luft zu schnappen.

Zacarias fand es sehr bezeichnend, dass sie niemanden zu Hilfe rief. Okay, schreien konnte sie wahrscheinlich nicht, aber sie musste andere Möglichkeiten haben, auf sich aufmerksam zu machen. Die Rancharbeiter würden ihr zu Hilfe kommen, wenn sie ihnen ein Zeichen gab, doch vermutlich wusste sie, dass er ihnen befehlen würde, ihn sterben zu lassen, und sie gehorchen würden. Das Brennen in seinem Magen wurde noch heißer, heiß genug, um Zacarias vorübergehend auf die Idee zu bringen, die Verbrennungen könnten schon auf seine inneren Organe übergegangen sein.

Er konnte rein gar nichts sehen, spürte jedoch jeden Stoß der Steine an seinem Rücken und die glühende Hitze der Sonne, als Marguarita ihn weiterschleifte. Offenbar hatte sie vor, ihn ins Ranchhaus zu schaffen. Die versengende Hitze war erstaunlich wirkungsvoll, denn sie vertrieb jeden vernünftigen Gedanken, bis Zacarias nur noch schreien wollte vor Qual. Das Feuer schien schon bis in seine Knochen zu reichen.

Er versuchte, den Schmerz abzustellen, wie es ihm jahrhundertelang gelungen war, aber das unerbittliche Brennen der Sonne ließ sich nicht abstellen. Die vielen anderen Wunden, die er sich beim Kampf mit den Vampiren zugezogen hatte, machten es ihm unmöglich, sich gegen das Sonnenlicht abzuschotten. Selbst unter der Plane empfand er die Gluthitze wie brennende

Pfeile, die von überall her in seinen Körper eindrangen. Die Hitze brachte sein Blut zum Kochen, und Flammen züngelten an seinen Eingeweiden hoch. Er konnte weder schreien noch protestieren und ließ sich einfach ziehen.

Marguarita schnaufte heftig, als sie seinen schweren Körper die beiden Stufen zur Eingangstür hinaufzerrte. Kaum war er innerhalb der dicken, kühlen Mauern der Hazienda – zumindest nahm er an, dort zu sein –, ließ Marguarita das Gurtwerk fallen. Zacarias hörte sie durch den Raum laufen und schwere Vorhänge vor den Fenstern zuziehen.

Du wirst für deinen Ungehorsam leiden, wie noch nie jemand gelitten hat, versprach Zacarias ihr auf telepathischem Weg.

Wieder hatte er das Gefühl, als fielen seine Worte durch Ritzen und Spalten, als könnte Marguarita nicht erfassen, was er zu ihr sagte, aber das kümmerte ihn nicht. Er wartete, bis sie vorsichtig die Plane ausrollte, und als die Ränder auseinanderklafften, riss er die dunklen Augen auf und suchte ihren Blick. Ein lang gezogenes Zischen, das brutale Vergeltung verhieß und dessen Bedeutung niemand missverstehen konnte, entrang sich seinen Lippen.

2. Kapitel

Marguarita Fernandez stockte der Atem, und sie hockte sich auf die Fersen. Was tat sie nur? Tief im Innersten, wo niemand sie hören konnte, befahl sie sich aufzuhören. Lass ihn sterben, wie er es verlangt!, sagte sie sich. Doch auch wenn sie es noch so oft wiederholte – sie konnte es einfach nicht. Es gab kein Zurück mehr, und jetzt würde er sie sicher töten. Sie hatte es gewagt, sich einem de la Cruz zu widersetzen. Und nicht nur *irgendeinem* de la Cruz. Sie hatte ausgerechnet den missachtet, über den die Männer nur im Flüsterton sprachen: Zacarias, dessen Namen niemand erwähnte, oder wenn doch, dann nur mit dem größten Respekt – und sogar Furcht.

Er hatte sie bereits gewarnt. Seine Worte waren für immer in ihr Herz geritzt: *Du wirst für deinen Ungehorsam leiden, wie noch nie jemand gelitten hat.* Er hatte ihr wiederholt befohlen, ihn in Ruhe zu lassen. Aber sie *konnte* es einfach nicht. Und sie hätte es ihm auch nicht erklären können. Sie kannte den Grund dafür ja selbst nicht. Und da sie keine Stimme hatte, blieb ihr auch keine andere Möglichkeit, als ihn so zu behandeln, als wäre er ein wildes Tier.

Es erforderte großen Mut, ja sogar körperliche Mühe, den Blick von seinem loszureißen. Mit zusammengepressten Lippen und ohne ihr wild pochendes Herz zu beachten, zog sie an seinen Kleidern, um die schwelenden Überreste von Stoff von der Haut zu lösen. Aber Marguarita schnappte nach Luft, und sie fuhr ein wenig zurück, als sie seine Wunden sah. Geronnenes Blut lag dick und hässlich über den geröteten Verbrennungen. Zacarias musste in einem furchtbaren Kampf gewesen und wiederholt verwundet worden sein, und er hatte sich nicht die Mühe gemacht, die Verletzungen zu heilen oder Blut zu sich zu nehmen. Zumindest ließ seine starke Blässe dies vermuten.

Es blieb keine Zeit für Feinheiten. Wahrscheinlich wurde er verfolgt. Die Untoten würden bei Sonnenaufgang unter der Erde sein, aber sie hatten alle möglichen abscheulichen Diener. Marguarita war seit ihrer Kindheit eingetrichtert worden, jederzeit auf Angriffe der Untoten auf die Hazienda und ihr Zuhause vorbereitet zu sein. Und so ließ sie Zacarias liegen und rannte durch das Haus, um jedes Fenster und jede Tür zu sichern und Waffen zurechtzulegen, bevor sie in die Küche eilte, um eine kühlende Lotion für die brennende Haut ihres Herrn zu mischen.

Sie trug den Krug zu dem Mann, der noch immer auf dem Boden lag. Sein Blick folgte ihr, aber er unternahm keinen Versuch mehr, ihr Angst einzujagen. Vielleicht, weil sie ohnehin so entsetzt war. Trotzdem waren seine Augen Furcht erregend; rote Flammen loderten in ihnen und die Verheißung bitterer Vergeltung. Marguarita vermied es, ihm ins Gesicht zu sehen. Sie hatte Angst davor, er könnte sie irgendwie kontrollieren, weil sie nicht die Absicht hatte, beiseitezutreten und ihn sterben zu lassen. Jede Faser ihres Körpers verlangte, dass sie ihm das Leben rettete – selbst auf Kosten ihres eigenen.

Ihre Hand zitterte, trotzdem trug sie die kühlende Lotion auf seinen Körper auf. Marguarita wusste, dass sie in den offenen Wunden brennen würde, aber sie musste zuerst das andere, durch die Sonne hervorgerufene Brennen stoppen, bevor sie Zacarias' Verletzungen versorgen konnte. Sie gab sich alle Mühe, nicht auf seine wohlgeformten Muskeln und seine beeindruckende Männlichkeit zu achten, als sie mit dem weichen Waschlappen über Zacarias' ausgesprochen maskulinen Körper fuhr.

Marguarita war es gewöhnt, in Gesellschaft von Männern zu sein. Sie hatte auf der Hazienda gearbeitet, solange sie sich zurückerinnern konnte, doch keiner der Männer hier hatte einen solchen Körper. Zacarias schien nur aus harten Muskeln, breiten Schultern und schmalen Hüften zu bestehen. Außerdem besaß er einen Furcht einflößenden Ruf. Nur wenige hatten Zacarias de la Cruz je persönlich gesehen, aber es gingen schreckliche Gerüchte um. Cesaro Santos, der Vorarbeiter der Ranch, hatte ihr nach dem Vampirangriff gesagt, dass Zacarias ihr das Leben gerettet hatte, doch sie war ihm nie begegnet, hatte niemals mit ihm gesprochen oder ihn auch vorher nur gesehen. Trotzdem wusste sie mit absoluter Sicherheit, dass dieser Mann der Älteste der Brüder de la Cruz und der Herr all der Haziendas war, die sich in ihrem Besitz befanden.

Sorgfältig reinigte sie seine Wunden und beruhigte ihn, als wäre er eines ihrer wilden Tiere, ohne zu wissen, ob es etwas nützte oder nicht. Sein Körper war wie tot, obwohl seine Augen weit offen standen und er den Blick auf ihr Gesicht gerichtet hielt. Er brauchte dringend Blut; er war viel zu blass, und seinen Verletzungen nach war offensichtlich, dass er viel zu viel verloren hatte. Sie konnte hören, wie ihr Herzschlag sich beschleunigte, aber sie war schon so weit gekommen, was spielte es da noch für eine Rolle, noch einen Schritt weiterzugehen? Er hatte sie ja ohnehin schon für ihre Handlungen verurteilt.

Mit einem tiefen Atemzug zog sie das Messer aus der Scheide an ihrer Taille, und bevor sie lange darüber nachdenken konnte, schlitzte sie sich das Handgelenk auf. Hätte sie schreien können, hätte sie in diesem Moment einen Schrei ausgestoßen, doch selbst wenn sie ganz weit den Mund öffnete, kam kein Ton heraus. Sie legte ihr Handgelenk über die Lippen ihres Herrn und ließ ihr Blut auf seine Zunge rinnen. Stumm forderte sie ihn auf zu schlucken. Das konnte er noch, dessen war sie sich ganz sicher. Als er sich jedoch nicht bewegte, schaute sie genauer hin und merkte, dass sein Mund das Blut zu absorbieren schien, als wäre Zacarias so ausgehungert, dass sein Körper jede Nahrung aufnahm, die er bekommen konnte. Das machte Sinn. Er war nahezu unsterblich. Sein Körper war dazu geschaffen, trotz der vielen Wunden weiterzuleben.

Marguarita gab ihm so viel Blut, wie sie wagte, vielleicht zu viel, denn ihr war ein bisschen schwindlig, als sie das Handgelenk schließlich zurückzog und ins Badezimmer taumelte, um die Wunde zu verbinden. Sie war inzwischen über Furcht und Schrecken hinaus und funktionierte, als wäre sie ferngesteuert. Niemand würde in dieses Haus hereinkommen, jetzt, da ihr Vater tot war. Er war bei dem Versuch gestorben, den Vampir daran zu hindern, sie, Marguarita, umzubringen. Kurz darauf war Zacarias eingetroffen. Die Arbeiter würden an der Tatsache, dass sämtliche Türen und Fenster verschlossen und mit dicken Vorhängen verhängt waren, erkennen, dass einer der Brüder de la Cruz im Hause war und beschützt werden musste, aber nicht gestört werden durfte. Cesaro würde das Vieh bewachen lassen und die Ranch für einen Kampf vorbereiten.

Marguarita öffnete alle Türen zwischen Zacarias und dem Schlafzimmer des Hausherrn, unter dem sich, wie sie wusste, der unterirdische Raum befand. Sie kämpfte mit dem riesigen Bett, um es aus dem Weg zu schieben, da es die schwere Falltür bedeckte, die zu dem verdunkelten Zimmer unter dem Haus führte. Marguarita schwitzte, als sie endlich wieder zu Zacarias zurückeilte. Ihr Handgelenk pochte und brannte, und ihre Beine fühlten sich schwach an.

Es war ungeheuer strapaziös, Zacarias wieder auf der Plane durch das Haus zu ziehen. Zum Glück hatte er endlich die Augen geschlossen. Er atmete nicht mehr und sah aus, als wäre er tot. Obwohl Marguarita die Grundlagen der karpatianischen Existenz kannte, war es dennoch irritierend für sie, ihn wie einen Toten daliegen zu sehen, obwohl sie so viel riskiert hatte, um ihn zu retten. Für einen Moment lief sie Gefahr zu hyperventilieren, ein Zustand, der sie oft aus den Albträumen erweckte, die sie seit dem Angriff des Untoten sehr häufig heimsuchten. Sie erkannte die Panik und zwang sich, ruhig und langsam zu atmen. Entschlossen zerrte sie an der Plane und brachte Zentimeter für Zentimeter hinter sich, bis sie zu der Falltür kam.

Dort biss Marguarita sich so fest auf die Unterlippe, dass sie zu bluten anfing. Wie in aller Welt sollte sie den schweren Mann nun die Treppe hinunterbringen? Sie hatte nicht weiter gedacht, als ihn in der heilkräftigen schwarzen Erde einzugraben, die die Brüder de la Cruz aus ihrem Heimatland mitgebracht hatten, um ihre vielen Ruheplätze damit auszustatten. Wenn sie Cesaro um Hilfe bat, würde er Fragen stellen, die sie nicht zu beantworten wagte.

Schließlich trat sie schulterzuckend vor Zacarias und zog ihn auf der Plane die Treppe hinunter. Natürlich hielt sie seinen Kopf, damit er nicht auf jeder Stufe aufschlug, aber sein Körper musste auf dem Weg nach unten viele Stöße ertragen. Obwohl seine Augen geschlossen waren und er zu atmen aufgehört haben schien, war sie sicher, dass er alles wahrnahm, was mit ihm geschah, denn als sie mit Wärme an seinen Geist rührte, hatte sie das Gefühl, mit diesem wilden Teil von ihm verbunden zu sein, wie es ihr bei Tieren auch gelang. Sie konnte zwar nicht sprechen, weil sie keine Stimme mehr hatte, doch sie übermittelte Zacarias den Eindruck von Kummer und Bedauern und gab ihm zu verstehen, dass es ihr leidtat. Und dass sie Angst hatte. Sicher würde das nicht genügen, um seinen Zorn zu dämpfen, aber eine andere Möglichkeit hatte sie nicht.

Als er endlich unten auf dem Boden lag, begann sie zu graben. Die Grube musste tief genug sein, um ihn von allen Seiten mit der Erde zu bedecken, die ihn hoffentlich heilen würde. Marguarita hätte in den Werkzeugschuppen laufen können, um eine Schaufel zu holen, aber sie wollte nicht riskieren, jemandem zu begegnen. Sie log nie, nicht einmal in ihrer Zeichensprache. Bis jetzt war sie auch noch nicht sehr geschickt darin, und da nur wenige sie verstanden, schrieb sie das meiste auf. Aber dann würden ihre

Hände zittern, und Cesaro würde wissen, dass irgendetwas nicht in Ordnung war.

Also grub sie mit den Händen. Die Erde war gut und fruchtbar, ein schwarzer Lehm, der, wie sie wusste, reich an Nährstoffen und Mineralien war. Marguarita brauchte fast den ganzen Morgen und war verschwitzt und schmutzig, als sie endlich mit der Tiefe der Grube zufrieden war. Zacarias' Körper musste vollkommen von der Erde umgeben und bedeckt sein, wenn er richtig heilen sollte.

Marguarita zog die Plane an den Rand der Grube, wobei ihr fast ein bisschen übel wurde, weil es sich so anfühlte, als versuchte sie, einen Mord zu vertuschen. Auch diesen Tag konnte sie ihren Albträumen hinzufügen. Sie kauerte sich vor den Rand der Grube, legte fest die Hände auf Zacarias' Schulter und Hüfte und drückte mit aller Kraft. Zum Glück war sie stark, da sie schon als Kind mit Pferden umgegangen war, aber es war trotzdem keine leichte Aufgabe, ihn in die Grube zu befördern.

Zacarias landete auf der Seite und lag da wie eine Stoffpuppe – oder eine Leiche. Marguarita presste eine zitternde, schmutzige Hand an ihren Mund und fühlte sich sehr schwach. Ein paar Minuten ruhte sie sich aus, bevor sie Zacarias mit der schwarzen Erde zu bedecken begann. Als er völlig unter ihr begraben war, ließ sie sich neben ihm auf die Knie fallen und erlaubte sich einen kleinen Panikanfall.

Wozu hatte sie sich hinreißen lassen? Die Familie de la Cruz stellte sehr wenig Ansprüche an ihre Leute. Jeder, der für sie arbeitete, war reich geworden, egal, welche Maßstäbe man anlegte. Alle besaßen eigene Ländereien, die an die der de la Cruz' angrenzten, weil eines der Familienmitglieder das Land für sie erworben hatte. Cousinen, Tanten, Onkel – für jeden Verwandten wurde gesorgt. Väter gaben das Erbe an ihre Söhne weiter, Mütter an ihre Töchter. Und alle hatten stets gehorcht – bis auf sie, Marguarita. Durch ihren Ungehorsam hatte sie Schande über den Namen ihrer Familie gebracht, und sie zweifelte nicht daran, dass sie teuer dafür bezahlen würde.

Marguarita schob das Kinn vor und zwang sich aufzustehen. Sie war eine Fernandez, die Tochter ihres Vaters. Sie würde nicht davonlaufen, sondern bleiben und auf sich nehmen, was immer Zacarias de la Cruz als Strafe für sie vorgesehen hatte. Ein Erschauern durchlief sie, und ihr war, als strichen eisige Finger über ihre Wirbelsäule. Er wirkte fast nicht menschlich. Nicht einmal wie ein Karpatianer. Er war wirklich Furcht erregend, dieser Mann.

Aber sie konnte ihr Handeln nicht mehr rückgängig machen. Sie verstand es nicht und schob es auf ihr Mitgefühl für alles, was litt, doch das erklärte nicht, warum sie sich ihrem Herrn widersetzt hatte, nachdem er ihr befohlen hatte, ihn sterben zu lassen. Warum aber sollte er sich dafür entscheiden, in der Sonne zu verbrennen? Es war ein fürchterlicher Tod, und wie konnte er denken, dass sie dabeistehen und mitansehen würde, wie er sich umbrachte?

Er hatte ihr das Leben gerettet. Sie berührte ihre zerfetzte Kehle und strich mit erdverschmierten Fingern über die Narben dort. Manchmal, wenn sie nachts schweißgebadet erwachte und zu schreien versuchte, aber keinen Ton herausbrachte, dachte sie, sie hätte Zacarias gerufen, damit er sie rettete. Ganz schwach konnte sie das Echo seines Namens in ihrem Kopf vernehmen, als hätte sie gerade mal seinen Namen über die Lippen gebracht. Nun war er hier und war ganz und gar nicht die Fantasiegestalt, die sie in ihrem Geist heraufbeschworen hatte.

Zacarias ängstigte sie auf eine elementare Weise, tief in ihrem Innern. In ihrer Seele. Sie drückte sich eine Faust aufs Herz, das so wild pochte, dass es außer Kontrolle zu geraten drohte. Er war ein gut aussehender Mann, hatte einen wunderbar gestählten Körper und schien alles zu sein, was eine Frau sich erträumen mochte, aber seine Augen … und sein Gesicht … Er war beängstigend, und alle mädchenhaften Fantasien, die sie im Stillen gehegt hatte, hatten sich aufgelöst, als sie ihm begegnet war.

Marguarita klopfte sich die Erde von den Kleidern und aus den Haaren und stieg langsam aus der unterirdischen Kammer. Sie durfte keine Spuren hinterlassen. Falls die Marionette eines Vampirs die Schutzzauber der Hazienda überwinden sollte, durfte keine Spur zu Zacarias' Ruhestätte führen. Sorgsam schloss Marguarita die Falltür und fegte und wischte den Fußboden, aus Angst, dass Zacarias' Blut entdeckt werden könnte. Es war äußerst schwierig, das Bett wieder an seinen Platz zurückzuschieben, aber sie schaffte es und zog die Decken sorgfältig zurecht.

Sie weigerte sich, über ihr Verhalten oder die Furcht nachzudenken, die sich auf heimtückische Weise in ihren Kopf einschlich. Sie hatte noch viel Arbeit und würde jedes noch so kleine Anzeichen dafür entfernen, dass Zacarias draußen im Freien oder im Haus gewesen war. Marguarita goss sich eine Tasse *mate de coca* auf, einen Tee aus Coca-Blättern, und nahm sich Zeit, das kleine Stärkungsmittel zu genießen, das sie benötigte, um weitermachen zu können.

Sie reinigte das ganze Haus, jedes Zimmer, ging mit dem Mopp über die Fußböden, wischte Staub und versprühte überall einen starken Zimtgeruch. Dann bewaffnete sie sich und ging hinaus, folgte der Schleifspur der Plane zurück zu den Ställen und entfernte alle Anzeichen, dass etwas Schweres durch das feuchte Gras gezogen worden war. In der Nähe des Stalls, wo Zacarias gesessen und dann gelegen hatte, um auf den Tod zu warten, war etwas von dem Gras versengt. Sorgfältig zupfte Marguarita jeden trockenen Halm aus.

Erschöpft trank sie eine weitere Tasse Tee und duschte dann und wechselte erneut die Kleider, die sie gründlich mit parfümierter Seife wusch, um jeden noch verbliebenen Geruch zu überdecken. Als sie endlich zufrieden und überzeugt war, ihr

Möglichstes getan zu haben, ging sie hinaus, um mit dem Vieh zu helfen.

Cesaro entdeckte sie, als sie auf ihrer Lieblingsstute Sparkle aus dem Stall geritten kam. Er hatte das Gesicht zu einer grimmigen Miene verzogen und winkte ihr zu.

»Der älteste Bruder ist gekommen, nicht?«, begrüßte er sie, während er sein Pferd neben ihre Stute lenkte.

Marguarita sah keinen Grund, es abzustreiten. Außerdem hatte sie durch das Schließen der schweren Vorhänge schon signalisiert, dass sich ein de la Cruz im Haus aufhielt. Nur wenn einer der Hausherren da war, wurden die Vorhänge geschlossen. Und deshalb nickte sie Cesaro zu.

»Ich wusste es. Die Rinder und Pferde fühlen sich unwohl in seiner Gegenwart. Und du solltest vielleicht deine Tante in Brasilien besuchen.«

Marguarita zog fragend die Brauen hoch.

Cesaro zögerte, weil er offenbar nicht illoyal erscheinen wollte. »Er ist schwierig, Marguarita. Ganz anders als die anderen.«

Sie schrieb ein Fragezeichen in die Luft.

Cesaro seufzte. »Ich bin mir nicht sicher, wie ich es dir erklären soll. Ich lernte ihn vor vielen Jahren kennen, als ich noch ein Junge war. Er war der einzige Mann, der meinem Vater Angst einflößte – ihm und all den anderen Männern auf der Ranch. Und vor Kurzem, als wir deinen Vater verloren, als dieser …« Er unterbrach sich und zeigte auf ihren Hals. »Da war er sogar noch schlimmer geworden.«

Sie wiederholte das Fragezeichen.

Cesaro zuckte die Schultern, da ihm das Thema anscheinend unangenehm war. Er blickte sogar zum Haupthaus der Hazienda hinüber, als könnte Zacarias sie hören – und soweit Marguarita wusste, konnte er das vermutlich auch.

»Wenn als Gebrauchspferde gezüchtete Tiere verängstigt sind, nur weil er in der Nähe ist, sollte dir das etwas sagen, Marguarita.

Als er das letzte Mal hier war, hat er dir das Leben gerettet, war aber nahe daran, mir das meine zu nehmen.« Einen Moment lang blieb er schweigend sitzen und zuckte dann wieder die Schultern. »Ich hätte mein Leben gegeben, um seines zu retten, trotzdem stimmt was nicht mit ihm. Sogar sein Freund macht sich Sorgen. Es ist besser, wenn du nach Brasilien fährst.«

Marguarita ließ sich die Warnung durch den Kopf gehen. Hatte Zacarias versucht, sich das Leben zu nehmen, weil er nahe daran war, etwas zu werden, was er nicht sein wollte? Sie senkte den Kopf, weil sie Cesaro nicht in die Augen schauen konnte. Die Idee, sich zu ihrer Tante nach Brasilien zu flüchten, war verlockend, doch sie wusste, dass sie das nicht konnte. Deshalb straffte sie die Schultern und zeigte auf die Tiere.

Cesaro seufzte. »Du bist eine sehr eigensinnige junge Frau, Marguarita, aber ich bin nicht dein Vater und kann dir nicht befehlen fortzugehen.«

Sie schwenkte die Hand in Richtung Pferde und ignorierte seinen Versuch, ihr ein schlechtes Gewissen zu machen. Es gab auch so schon genug, weswegen sie sich schuldig fühlte. Auf jeden Fall hatte sie bemerkt, dass einige der Männer sie fast schon so zu behandeln begannen, als wäre sie auch taub. Und obwohl das einerseits sehr ärgerlich war, konnte es in einer so männlich geprägten Welt andererseits auch durchaus von Vorteil für sie sein.

»Ja, wir könnten deine Hilfe gebrauchen, um die Pferde zu beruhigen. Wir haben drei Stuten, die jeden Moment fohlen werden, und ich will nicht, dass etwas schiefgeht. Also lauf zu ihnen in den Stall und sieh zu, ob du sie zur Ruhe bringen kannst!«

Es war höchst ungewöhnlich für peruanische Pasos, nervös zu sein. Sie wurden gerade wegen ihres ausgeglichenen Temperaments gezüchtet. Ein Tier, das Anzeichen von Schreckhaftigkeit erkennen ließ, wurde nicht zur Zucht benutzt. Die Pferde der Hazienda der Brüder de la Cruz galten als einige der besten auf der Welt, und trotzdem hatte Zacarias alle sehr verschreckt, sogar die Arbeitspferde.

Marguarita nickte, aber sie befürchtete, einen sehr schlimmen Fehler begangen zu haben. Dennoch sandte sie den ruhelosen Tieren, die sich in einer fernen Ecke der Koppel zusammendrängten, wohltuende, beruhigende Schwingungen. Dann schwenkte sie die Hand in Richtung Himmel, zeigte auf ihre Zähne und machte ein Zeichen, das auf einen möglichen Angriff von Vampiren hinwies.

Cesaro nickte. Von allen auf der Ranch verstand er ihre seltsamen Zeichen am besten zu deuten. »Wir sind uns der Gefahr eines Angriffs auf die Ranch bewusst, wenn einer der Besitzer sich hier aufhält. Alle sind bewaffnet, die Frauen und Kinder haben sich in Sicherheit gebracht – mit Ausnahme von dir. Sowie die Pferde sich beruhigen, gehst du ins Haus und schließt alles gut ab.«

Sie gab ihm zu verstehen, dass sie sich darum bereits gekümmert hatte, und berührte das Gewehr, die Handfeuerwaffe und das Messer, die sie bei sich hatte. Sie war so gut auf einen Angriff vorbereitet, wie sie konnte, obwohl der Gedanke daran fast so beängstigend war wie das Wissen, dass sie Zacarias nicht gehorcht hatte.

Cesaro nickte anerkennend. Wie alle anderen auf der Ranch hatte auch Marguarita schon in sehr jungen Jahren lernen müssen, mit Waffen umzugehen. Cesaro versteifte sich ganz plötzlich und zeigte mit besorgter Miene auf irgendetwas hinter ihr. »Dein Zukünftiger ist schon wieder hier, um dir den Hof zu machen.«

Sie zog einen Stift und einen Notizblock aus der Tasche und schrieb:

Er ist nicht mein Zukünftiger. Warum magst du ihn nicht?

»Dein Vater hat ihn ausgewählt, nicht ich. Ein Stadtmensch«, sagte er mit spöttischem Beiklang in der Stimme. »Er ist aalglatt, aber er hat keine Ahnung von dem Leben auf einer Ranch. Du wärst mit Ricco oder Julio, meinem Sohn, viel besser dran.« Cesaro erhob sich ein wenig in den Steigbügeln und beugte sich über den Nacken seines Pferdes zu ihr vor. »Auf mich wirkt er nicht überzeugend. Er sieht auf uns herab, sogar auf dich. Ricco oder Julio würden besser zu dir passen.«

Marguarita mochte Ricco, einen der Männer, die mit den Rindern arbeiteten, und kannte ihn schon seit Jahren. Mit Julio war sie praktisch aufgewachsen. Es war unmöglich, ihn als etwas anderes als ihren Bruder zu betrachten. Und Cesaro war für sie wie ein zweiter Vater, dem sie genauso alles recht machen wollte wie früher ihrem eigenen.

Er drängt nicht auf eine ernsthafte Beziehung, schrieb sie. *Seit dem Tod meines Vaters ist er nur nett zu mir gewesen*

Cesaro zuckte die Schultern, doch die steile Falte zwischen seinen Brauen glättete sich nicht. »Du kannst ihn nicht ins Haus lassen, Mädchen. Schick ihn weg!«

Marguarita warf Cesaro einen ärgerlichen Blick zu und steckte Papier und Stift wieder ein. Sie wusste selbst, welche Vorsichtsmaßnahmen auf der Hazienda nötig waren. Mit einem knappen Nicken wendete sie die Stute wieder, um sie in den Stall zu bringen, und winkte Esteban Eldridge zu, als er in seinem Pick-up auf die Koppel zufuhr. Sie hatte keine Ahnung, wie der Wagen so sauber bleiben konnte, wie er immer war. Esteban trug seinen Reichtum nicht zur Schau, aber er war eine beeindruckende Erscheinung, sehr attraktiv – zumindest war er es für sie gewesen, bevor sie Zacarias zu Gesicht bekommen hatte. Sogar verletzt und versengt strahlte Zacarias de la Cruz eine robuste, animalische Schönheit aus, obwohl selbst das schon eine zu fantasielose Beschreibung war. Zacarias beherrschte jeden Raum, in dem er sich befand. Aber Esteban ängstigte sie nicht und er bedrohte sie auch nicht in dieser elementaren Weise wie der Älteste der Brüder de la Cruz. Und

Marguarita wusste, wann ein Mann sich ernsthaft für sie interessierte – was bei Esteban nicht der Fall war. Doch sie fand wirklich großes Vergnügen an der Gesellschaft seiner Schwester Lea.

Cesaro saß auf seinem Pferd und beobachtete sie. Sie konnte seinen durchdringenden Blick spüren, und es ärgerte sie, dass er möglicherweise dachte, sie könnte ihren Ehrenkodex eines Außenseiters wegen verraten. Bei dem Gedanken senkte sie den Kopf. Sie hatte ihren Kodex schon verraten, aber nicht so, wie Cesaro vielleicht dachte, und er würde noch früh genug von ihrem Vergehen hören.

Sie schwang sich von der Stute und beobachtete Esteban, der ein beeindruckendes Bild abgab, als er mit großen, zielstrebigen Schritten auf sie zukam. Ihr Vater hatte sie miteinander bekannt gemacht, und Esteban war sehr von sich überzeugt. Er tat so, als hätte er ihr schon vor dem Vampirangriff den Hof gemacht, doch es war ihm nie wirklich ernst damit gewesen. Esteban hatte offenbar gern seinen Spaß, und er war tatsächlich ein Stadtmensch. Cesaro hatte recht gehabt, als er gesagt hatte, Esteban blicke auf die Rancharbeiter herab und nehme sie fast nicht zur Kenntnis. Wie könnte sie sich in einen solchen Mann verlieben?

Er war sehr freundlich gewesen nach dem Tod ihres Vaters und oft mit seiner Schwester Lea zu Besuch gekommen, doch seit ihrem »Unfall«, der ihr die Fähigkeit zu sprechen genommen hatte, behandelte er sie wie viele der anderen: als könnte sie auch nicht mehr hören oder vielleicht sogar nicht einmal mehr sehen. Lea dagegen verhielt sich ganz natürlich ihr gegenüber.

Marguarita lächelte und winkte noch einmal zur Begrüßung.

»Marguarita.« Ihr Name kam Esteban überraschend leicht über die Lippen, und er nahm ihre Hand und zog sie kurz an den Mund. »Du siehst bezaubernd aus wie immer.«

Sie nahm Papier und Stift aus der Tasche und schrieb:

Ich hatte dich heute nicht erwartet.

»Ich habe mich endlich dazu entschlossen, ein paar Pferde zu kaufen, und ich dachte, du würdest vielleicht vorbeikommen, um sie dir anzusehen und mir zu sagen, was du von ihnen hältst.«

Sie runzelte die Stirn. Esteban lebte in einem eleganten Haus am Rand der größten Stadt in der Nähe. Er ritt, aber er war kein großer Anhänger davon. Im Grunde hatte er nicht einmal Platz, um die Tiere zu halten. Bevor sie ihre Frage aufschreiben konnte, um zu erfahren, was er mit den Pferden vorhatte, blickte er sich um und bemerkte die große Anzahl bewaffneter Männer, die sich um das Haus herum aufhielten.

»Ist irgendetwas nicht in Ordnung?«, fragte er.

Marguarita zuckte die Schultern und ging in den Stall zu den Boxen der drei trächtigen Stuten, die unruhig mit den Hufen scharrten. Ihr war sehr stark bewusst, wie dicht Esteban hinter ihr blieb. Sie konnte ihn hören und fühlen, und ihre gesteigerte Wahrnehmung von Zacarias, der so verwundbar in der Erde lag, machte sie nervös und angespannt. Für gewöhnlich freute sie sich über Besuche der Eldridges, besonders über die Leas. Esteban war weltmännisch und kultiviert, doch manchmal gingen ihr seine übertriebenen Flirtversuche auf die Nerven, weil sie spürte, dass sie nicht ernst gemeint waren. Die Männer, mit denen sie aufgewachsen war, wussten, dass sie ebenso gut reiten und schießen konnte wie sie, wenn nicht sogar besser. Esteban dagegen gab ihr das Gefühl, sehr feminin zu sein, und behandelte sie wie eine zerbrechliche Frau, ohne den Umstand in Betracht zu ziehen, dass sie ausgesprochen tüchtig war. Im Moment konnte sie an nichts anderes als an einen unmittelbar bevorstehenden Angriff auf die Ranch denken, einen Angriff durch den schlimmsten und bösartigsten Feind, den man sich vorstellen konnte. Sie wollte Esteban nicht in der Nähe der Hazienda haben.

»So haben sich eure Pferde noch nie verhalten«, bemerkte er. »War heute Morgen ein Jaguar in der Nähe?«

Bei der Besorgnis, die sie in seiner Stimme hörte, wurde ihr trotz der Situation ganz warm ums Herz. Er glaubte, sie habe ihre Stimmbänder verloren, weil ein Jaguar ihr die Kehle aufgerissen hatte, und ihr Vater sei gestorben, als er ihr das Leben gerettet hatte. In Wahrheit war es der Angriff eines Vampirs gewesen, der Zacarias' Ruhestätte gesucht hatte. Wieder zuckte sie die Schultern, weil sie Esteban nicht belügen wollte. Eine Lüge aufzuschreiben kam ihr irgendwie noch schlimmer vor, als sie auszusprechen.

»Lea lässt dich grüßen. Sie hofft, dich bald zu sehen.«

Marguarita schenkte ihm ein Lächeln, bevor sie die Boxentür öffnete und zu der hochträchtigen Stute ging. Sie legte ihr eine Hand auf den verkrampften Nacken und sandte dem Tier beruhigende Schwingungen zu, bis es sich entspannte. Esteban sagte nichts; er beobachtete nur, wie sie von Box zu Box ging und die Pferde beruhigte. Seine Gegenwart machte sie langsam nervös, und sie verspürte ein äußerst ungutes Gefühl im Magen. Es kostete sie große Mühe, die Nervosität nicht auf die Tiere zu übertragen.

Esteban stand still vor den Boxen, die sie betrat, und folgte jeder ihrer Bewegungen mit wachsamen Blicken, und Marguaritas Unbehagen nahm zu, bis ihre Haut kribbelte, als bohrten sich tausend Nadeln in sie. Sie rieb sich die Arme und trat aus der letzten Box hinaus. Die Pferde fraßen jetzt friedlich, sodass ihre Arbeit für den Moment erledigt war. Nach einem tiefen Atemzug drehte sie sich zu Esteban um und rang sich ein Lächeln für ihn ab.

Er nahm ihre Hand und zog Marguarita an sich. Komischerweise wurde das Kribbeln auf ihrer Haut zu einem Brennen unter seinen Fingern. Sie entzog ihm die Finger und rieb mit beiden Händen über ihre Hose, um die seltsame Empfindung loszuwerden.

»Es erstaunt mich immer wieder, wie gut du mit Pferden umgehen kannst. Sie vertrauen dir.«

Normalerweise freute sie sich über Komplimente, aber im Moment, mit dem Herrn des Hauses in der Nähe, wollte sie nur, dass Esteban ging. Noch nie hatte sie ein solch quälendes Unbehagen verspürt. Ihr brach der Schweiß aus, und sie konnte die zunehmende Feuchte zwischen ihren Brüsten spüren. Das Brennen an ihrer Hand ließ nach, hörte aber nicht ganz auf. Nervös befeuchtete sie die Lippen und nahm wieder Stift und Block zur Hand.

Ich hatte schon immer eine Affinität zu Tieren. Und, ja, ich werde in ein paar Tagen kommen, um mir die Pferde anzusehen. Aber warum willst du sie kaufen? Bisher warst du doch nie an Pferden interessiert.

Sie würde jedenfalls keinen ihrer geliebten peruanischen Pasos Esteban zum Kauf anbieten wollen. Er hatte sie bisher noch nicht einmal gestreichelt.

Sein Lächeln war sehr breit und offenbarte perfekte Zähne. »Ich habe meine Leidenschaft für das Polospiel entdeckt. Bisher hatte ich mir von einem Freund ein Pferd geliehen, doch jetzt will ich mein eigenes haben.«

Er klang aufgeregt wie ein kleiner Junge. Sie wollte sich für ihn freuen und seine Aufregung teilen, aber sie wusste, dass ihm im Grunde nichts an Pferden lag. Jedenfalls nicht wie ihr. Und das war der Hauptgrund für ihr Zögern, seine Werbung so ernst zu nehmen, wie ihr Vater es gern gesehen hätte. Ricco und Julio dagegen saßen jeden Tag auf einem Pferd. Sie liebten und verstanden die Tiere und konnten Marguaritas Zuneigung und ihr Bedürfnis, mit ihnen zusammen zu sein, nachempfinden. Das würde bei Esteban nie der Fall sein. Esteban Eldridge schien ein liebenswerter Mann zu sein, doch er wirkte nicht ganz aufrichtig. Sie war überrascht, dass ihr Vater das nicht bemerkt hatte.

Wo willst du die Pferde denn unterbringen?

»Mein Freund, Simon Vargas, sagte, ich könnte sie auf seiner Hazienda halten.«

Marguarita bemühte sich, ihr Erschrecken zu verbergen. Simon Vargas reiste oft in andere Länder, um Polo zu spielen, verbrachte sehr viel Zeit damit, sich auf Videoaufnahmen zu bewundern, in Bars herumzusitzen, um zu trinken und Frauen aufzureißen, aber er hatte keine Zeit für seine Tiere. Er beschäftigte zwar Pferdepfleger, kümmerte sich jedoch kaum darum, ob sie ihre Arbeit erledigten oder nicht.

»Lass uns ins Haus gehen und etwas trinken und einen Termin ausmachen!«, schlug Esteban vor. »Ich weiß nicht, was diese Leute sich dabei denken, dich draußen herumlaufen zu lassen, wenn ein Jaguar hier herumstreift.« Ohne ihre Antwort abzuwarten, legte er ihr eine Hand auf den Rücken.

Marguarita stockte der Atem, als ein scharfer Schmerz sie jäh durchzuckte. Unter dem Vorwand, der Stute noch einmal den Hals zu klopfen, trat sie von Esteban zurück und nahm dann wieder Papier und Stift heraus.

Tut mir leid. Keine Zeit. Cesaro braucht mich. Wir treffen uns ein andermal.

Esteban setzte die gleiche finstere Miene auf, wie wenn seine jüngere Schwester Lea ihn ärgerte. Marguarita hatte es immer ziemlich drollig gefunden, doch jetzt fühlte sie sich bedrängt. Nichts lief heute, wie es sollte. Ihre Haut war zu empfindlich, und Esteban war ein leicht reizbarer Mann.

»Dein Vater würde dir nie erlauben, dich im Freien aufzuhalten, wenn Gefahr droht. Ich muss mit Cesaro Santos reden.«

Sein herrischer Ton verärgerte sie. Sie wusste, dass Esteban seine Schwester herumkommandierte und die Tendenz hatte, ihr gegenüber genauso autoritär aufzutreten. Normalerweise verdrehte sie nur die Augen und beachtete ihn nicht, aber heute war sie zu besorgt, dass jemand von Zacarias' Anwesenheit erfahren könnte – und von ihrem Ungehorsam. Esteban hatte keine Ahnung, dass er sie ermunterte, ausgerechnet den Ort zu betreten, an dem das gefährlichste Raubtier schlief.

Wir alle arbeiten für unseren Lebensunterhalt, schrieb sie. *Es ist sehr lieb von dir, dich um mich zu sorgen, doch ich wurde großgezogen, um diese Arbeit hier zu verrichten.*

»Du wurdest großgezogen, um den Arm eines Mannes zu schmücken, Marguarita, und nicht, um zu schuften, bis du umfällst.« Ohne darauf zu achten, wie eifrig sie schrieb, fuhr er fort: »Erzähl mir von dem Trick, den du bei den Pferden anwendest! Beeinflusst du sie auf telepathischem Weg? Mit deinen Gedanken? Lea sagt, du könntest ohne Sattel oder Zaumzeug reiten und das Pferd ginge auf jeden deiner Wünsche ein.«

Marguarita war auf die Frage nicht gefasst und musste alles durchstreichen, was sie geschrieben hatte. Sie hasste das. Eine Unterhaltung war ein Dialog, bei dem mal der eine, mal der andere sprach, aber nur wenige Leute besaßen die Höflichkeit zu warten, bis sie ihre Antwort aufgeschrieben hatte. Was sehr frustrierend war. Sie versuchte, die Zeichensprache zu erlernen, doch sie arbeitete mit einem Buch, und nur Cesaro, Julio und Ricco versuchten, sie zu verstehen.

Meine Gegenwart beruhigt die Pferde irgendwie.

Es war mehr als das, doch sie wusste nicht, wie sie ihre Fähigkeit, sich mit einem Pferd zu verständigen, beschreiben sollte. Es war ihr immer gelungen, Tiere zu beruhigen und ihre Gefühle mit ihnen zu teilen, und sie reagierten schlicht und einfach nur in gleicher Weise.

»Kannst du auch einen Menschen beeinflussen?«

Ihr Blick flog zu seinem. Esteban betrachtete sie mit einem durchdringenden Blick. Unwillkürlich runzelte sie die Stirn, als sie die Antwort schrieb:

Wie könnte ich einen menschlichen Verstand manipulieren?

Ihr gefiel der Themenwechsel nicht. Es bereitete ihr immer Unbehagen, über ihre Gabe zu sprechen. Ihre Angehörigen vermieden es einfach, über ihre ungewöhnliche Fähigkeit zu sprechen. Sie freuten sich für Marguarita, dass sie mit den Tieren auf der Ranch arbeiten konnte, aber mit Pferden »zu sprechen« war unvertretbar in einer Welt, in der viele unerklärte Dinge einen üblen Ursprung haben konnten. Ihr Vater hatte sich kurz vor seinem Tod dafür zu interessieren begonnen, ob man es als »übersinnliche Fähigkeit« bezeichnen konnte oder nicht, doch seit er nicht mehr lebte, war es Marguarita ziemlich egal, in welche Schublade man ihre Gabe steckte.

»Nun geh nicht gleich in die Defensive!«, sagte Esteban beschwichtigend. »Lea und ich hatten einen kleinen Streit darüber. Sie meinte, du verständigst dich mit Pferden. Ich dachte, es sei vielleicht mehr eine Begegnung auf geistiger Ebene … dass du sie irgendwie dazu bringst, dir zu gehorchen, und das Gleiche möglicherweise auch bei Menschen bewirken könntest.«

Marguarita biss sich auf die Lippe, weil er der Wahrheit schon zu nahe kam.

»Ist es ein Familiengeheimnis, über das ich zufällig gestolpert bin?«, fragte er mit unverhohlener Belustigung in der Stimme.

Familiengeheimnisse hatte sie viele, und im Vergleich zu anderen war dieses hier nur winzig klein. Sie merkte, dass ihre Laune immer schlechter wurde, weil sie sich nicht mit Esteban und seinem irritierenden Charme befassen wollte, wenn sie mit einem Angriff von Vampiren oder deren Marionetten rechnen mussten.

Es tut mir leid, Esteban, schrieb sie. *Ich habe jetzt wirklich keine Zeit für diese Unterhaltung. Ich muss wieder an die Arbeit. Ich hoffe, du verstehst. Wir können einen anderen Tag ausmachen, um uns deine Pferde anzusehen.*

Um sicherzugehen, dass er verstand, dass das »Gespräch« damit für sie beendet war, steckte sie Block und Stift mit Nachdruck in die Tasche zurück, nachdem er ihre Worte gelesen hatte.

Er bedachte sie mit einem ärgerlichen Blick. »Ich finde, dass dein Benenehmen sehr zu wünschen übrig lässt, Marguarita. Dein Unfall gibt dir nicht das Recht, unhöflich zu sein.«

Er war ihr plötzlich viel zu nahe. Sie konnte die eisige Wut spüren, die von ihm ausging. Der Stall war auf einmal viel zu klein und viel zu weit entfernt von allen anderen Arbeitern auf der Ranch. Esteban bedrängte sie, bis sie es nicht mehr aushielt und zurücktrat.

»Marguarita.« Die harte Männerstimme ließ beide zum Eingang herumfahren.

Marguarita atmete erleichtert auf.

Julio Santos saß auf seinem Pferd und hielt die scharf blickenden dunklen Augen auf Esteban gerichtet. Er streckte Marguarita eine Hand hin. »Du wirst gebraucht. Komm mit!«

Sie zögerte nicht, um Esteban herumzugehen und Julios Hand zu ergreifen. Er zog sie hinter sich aufs Pferd. Marguarita erwartete, dass er gleich wieder losreiten würde, aber er blieb ruhig im Sattel sitzen und musterte Esteban. Für einen langen, angespannten Moment beäugten sich die beiden Männer schweigend.

»Alles in Ordnung, Marguarita?«, fragte Julio dann.

Sie schlang ihm die Arme um die Taille, legte den Kopf an seinen Rücken und nickte, damit er die Bewegung spüren konnte. Wieder reagierte ihre Haut mit diesem eigenartigen Brennen, als sie mit Julio in Berührung kam. Sie zog den Kopf zurück und winkte Esteban zu, als wäre alles in Ordnung, und ohne nachzudenken, drängte sie das Pferd im Geiste, den Stall so schnell wie möglich zu verlassen. Julio war nicht vorbereitet auf die plötzliche Bewegung, aber er war ein exzellenter Reiter und bewegte sich mit dem Tier.

»Das nächste Mal warnst du mich.«

Sie umfasste Julios Taille noch fester, um sich zu entschuldigen.

»Vater schickt mich. Er will Esteban nicht auf der Hazienda haben. Vater bedrängt mich immer noch mit der Idee, dass aus uns beiden was werden soll. Ich musste mir mal wieder einen seiner verdammten Vorträge darüber anhören, wie ich mir einen solchen Schatz wie dich entgehen lassen kann.« Er tätschelte ihr mit seinen behandschuhten Fingern die Hand. »Hat er das auch bei dir gemacht?«, fragte er mit unüberhörbarem Mitgefühl in der Stimme.

Marguarita nickte an seinem Rücken. Das fürchterliche Brennen war diesmal noch schlimmer und erstreckte sich bereits auf ihre Arme, obwohl ihre Haut dort von dem Stoff der Bluse bedeckt war. Voller Unbehagen lockerte Marguarita den Griff und benutzte ihre Knie, um sich festzuhalten. Julios Pferd war so ruhig, dass wahrscheinlich nicht mal diese Vorsichtsmaßnahme nötig war.

Julio brachte sie immer zum Lachen. Sie liebte ihn wie einen Bruder und hegte keinen Zweifel, dass er sie genauso fürsorglich und innig liebte – vielleicht sogar noch mehr. Julio war einer der besten Männer, die sie kannte. Aber sie waren von Geburt an zusammen aufgewachsen, und wann immer jemand meinte, sie würden auch ein großartiges Paar abgeben, schütteten sie sich darüber aus vor Lachen. In letzter Zeit jedoch, seit Esteban in Erscheinung getreten war, versuchte Cesaro, sie so aufdringlich zusammenzubringen, dass es richtig unangenehm wurde.

»Ich habe mich bemüht, es ihm zu erklären, aber er sorgt sich, seit dein Vater nicht mehr lebt. Esteban passt nicht in unsere Welt.«

Sie nahm Stift und Block heraus. Zum Glück war die Gangart des Pasos so geschmeidig, dass das Schreiben keine Mühe machte.

Er kann keine Geheimnisse bewahren, geschweige denn ein so großes wie das der Brüder de la Cruz.

Falls sie jemanden von außerhalb der Hazienda heiratete, würde sie sie verlassen müssen und könnte ihrem Ehemann nie ihre Familiengeheimnisse enthüllen. Ihre Verbindung zu den Karpatianern war eines der bestgehüteten Geheimnisse der Welt. Marguarita würde die Brüder nicht einmal in Erinnerung behalten, weil all ihre Erinnerungen ausgelöscht würden, bevor sie die Ranch verließ.

»Esteban gehört nicht in diese Welt. Warum ist er in unsere kleine Stadt gekommen, Marguarita? Die Leute, die hierherkommen, sind verzweifelt auf der Suche nach einem anderen Leben. Sie haben für gewöhnlich nichts. *Nada*. Aber er hat Geld, und für mich bedeutet das, dass er sich vor irgendwas versteckt.«

Sie dachte einen Moment darüber nach und schrieb schnell eine weitere Nachricht.

Er hat mich gefragt, ob ich Menschen so beeinflussen könnte, wie ich Pferde zu manipulieren vermag. Warum interessiert ihn so was?

»Keine Ahnung, doch es gefällt mir nicht. Die Brüder de la Cruz *können* Menschen beeinflussen und haben ihre Fähigkeiten genutzt, um mehr Besitz für sie und uns zu erlangen, als die meisten hier je haben werden. Möglicherweise fragt Esteban sich, wie wir unsere Ländereien so vergrößern konnten.«

Marguarita vertraute von jeher Julios Einschätzung. Er war

völlig unkompliziert und hatte niemals Hintergedanken. Wenn er mitten in der Nacht an ihr Fenster klopfte und vorschlug, reiten zu gehen, dann hatte er wirklich nicht mehr im Sinn, als einen Ausritt zu unternehmen. Wenn er ihr sagte, er wolle ihr etwas zeigen, war es immer etwas Besonderes – für gewöhnlich irgendein wildes Tier, das er entdeckt hatte. Mehr als einmal hatten sie sich zusammen in den Regenwald davongeschlichen, um irgendein Wildtier dort aufzuspüren.

»Ich bringe dich zum Haus zurück, sobald wir ihn gehen sehen«, sagte Julio. »Es ist alles vorbereitet, aber ich würde mich besser fühlen, wenn du im Haus wärst. Wer weiß, ob wir nicht heute Nacht schon angegriffen werden!«

Das Risiko eines Vampirangriffs war weitaus größer, wenn einer der Brüder de la Cruz anwesend war, als wenn die Hausherren sich woanders aufhielten.

»Hast du ihn gesehen?«, fragte Julio. »Es muss der älteste Bruder sein, sonst hätten die Rinder und die Pferde nicht so heftig reagiert. Ich habe noch nie wirklich mit ihm gesprochen, weißt du.«

Da Marguarita nicht lügen wollte, nickte sie nur. Julio warf ihr einen Blick über die Schulter zu und zog eine Augenbraue hoch. Als er schweigend ihr blasses Gesicht betrachtete, konnte sie seinen Blick nicht erwidern und wandte sich ein bisschen ab.

»So Furcht einflößend?«

Wieder nickte sie.

Julio seufzte. »Wirst du zurechtkommen?«

Sie presste die Lippen zusammen und schrieb eine kurze Antwort.

Er wird mich nicht bemerken – hoffe ich.

Sie überlegte, ob sie Julio die Wahrheit sagen sollte, doch dann würde er ihr auf die Machotour kommen und darauf bestehen, sie vor Zacarias' Zorn zu schützen. Und so verängstigt sie auch war – schließlich *hatte* sie einen direkten Befehl missachtet –, konnte sie doch nicht zulassen, dass ein anderer für ihren Ungehorsam büßte. Deshalb würde sie Zacarias allein gegenübertreten und versuchen, ihm ihre Beweggründe zu erklären. Zum Glück blieb ihr Zeit bis Sonnenuntergang, um sich die richtigen Worte zurechtzulegen und sie aufzuschreiben. Marguarita rechnete nicht mit Verständnis – sie verstand es ja selbst nicht –, doch sie würde sich nach Kräften bemühen, Zacarias klarzumachen, dass sie nicht aus Aufsässigkeit so gehandelt hatte.

Sie nickte, und Julio konzentrierte sich darauf, über das Anwesen zu reiten, sein Pferd in verschiedene Gangarten fallen zu lassen und damit zu prahlen, wie gut er es mit Händen und Knien lenken konnte. Marguarita vermisste es so sehr zu lachen. Sie öffnete den Mund, doch kein Laut kam über ihre Lippen, und das nahm ihr etwas von der Freude, den Moment mit Julio zu teilen.

Erst als Estebans Wagen auf der Straße verschwand, brachte Julio sie zum Haus zurück. Er streckte einen Arm aus, damit sie leichter absitzen konnte, hielt aber ihre Hand fest, als sie sich zum Gehen wandte. Das gleiche Brennen wie vorher schoss durch ihren Arm. Sie blickte zu dem Mann auf, der von Geburt an ihr bester Freund und engster Vertrauter gewesen war. Ruhig und prüfend schaute er Marguarita in die Augen.

»Was hast du, kleine Schwester? Ich kenne dich zu gut, als dass du mir etwas vormachen könntest. Hat Esteban etwas gesagt, was dir Angst einjagte? Oder ist es wegen Zacarias de la Cruz?«

Marguarita schluckte heftig. Sie liebte Julio und wollte ihn nicht ernsthaft belügen. Deshalb schüttelte sie nur langsam den Kopf, während sie ihm sanft die Hand zu entziehen versuchte.

Doch Julio verstärkte den Griff, und das Brennen wurde noch schmerzhafter und schien sich bis in Marguaritas Knochen fortzusetzen. Sie musste sich zusammennehmen, um nicht aufzuschreien und sich loszureißen.

»Sag es mir!«, drängte er.

Sie presste die Lippen zusammen und zog an ihrer Hand, bis Julio sie freigab. Dann nahm Marguarita Block und Stift heraus und schrieb:

Ich komme schon zurecht, Julio. Ich hab dich sehr lieb, aber du machst dir zu viele Sorgen.

Eine ganze Weile starrte er ihr noch skeptisch ins Gesicht, und dann tippte er sich an den Hut. »Ich habe dich auch lieb, kleine Schwester. Falls du mich brauchst, läute die Glocke, und ich werde kommen, so schnell ich kann.«

Sie lächelte ihn an, und Wärme durchflutete sie. Natürlich würde er kommen, wenn sie die Alarmglocke läutete, die sie angebracht hatten. Ihr Leben lang hatte Marguarita sich auf Julio verlassen. Er würde auch gegen den Kodex ihrer Familien verstoßen, falls es nötig war, sie zu beschützen. Eine Hand auf ihrem Herzen, die Augen brennend von ihrer tiefen Zuneigung zu ihm und die Kehle eng vor Tränen, sah sie ihm nach, als er davonritt.

Langsam betrat sie das Haus. Das Herz schlug ihr wild gegen die Rippen. Die leeren Zimmer waren von anklagender Stille erfüllt, und als Marguarita ziellos umherwanderte, kam sie sich in ihrem eigenen Haus zum ersten Mal ein bisschen verloren vor. Irgendwann verging jedoch der bittere Geschmack der Furcht, und sie richtete sich etwas zu essen und verbrachte den Rest des Tages damit, lange Briefe an Zacarias zu schreiben, in denen sie, so gut sie konnte, erklärte, warum sie ihn gegen seinen Willen gerettet hatte – nur um die Briefe dann zu zerknüllen und in den Papierkorb zu werfen.

Die Sonne ging unter, und die Hazienda versank im Dunkeln. Die Insekten lärmten. Frösche stimmten ein, Pferde stampften und wieherten gelegentlich, und die Rinder ließen sich zum Schlafen nieder. Sturmwolken brauten sich am Himmel zusammen, dunkle, unheilvolle Massen, die die schmale Mondsichel und die Sterne verdeckten. Ein paar Tropfen fielen aus den schweren Regenwolken und wirkten wie Vorboten dessen, was noch kommen sollte. Eins nach dem anderen erloschen die Lichter in den Fenstern, als die Arbeiter sich mit ihren Familien zur Ruhe begaben.

Marguarita nahm ein Bad und setzte sich dann wieder an den Schreibtisch, um einen Brief zu verfassen, der sie retten würde. Der Papierkorb quoll bereits über von zerknülltem Papier, und sie wurde immer frustrierter. Der Wind frischte auf und schlug gegen ihr Fenster. Schließlich ging Marguarita zu Bett und verkroch sich, den Stift noch in der Hand, unter den Decken.

3. Kapitel

Blitze zuckten am Himmel auf. Der Boden erbebte, und ein drei Zoll breiter Riss tat sich von der Weide bis zu den Ställen auf. In der heilenden schwarzen Erde unter dem Schlafzimmer des Hausherrn begann ein Herz zu schlagen. Eine Hand bewegte sich, Finger schlossen sich zu einer Faust und brachen zur Oberfläche durch. Schwarze Erde flog nach allen Seiten, als Zacarias de la Cruz sich aus dem Schlaf erhob. Rasender Hunger durchfuhr ihn wie ein außer Kontrolle geratenes Feuer, das sich durch Haut und Knochen bis in seine Eingeweide fraß. Er zerriss ihn förmlich, dieser unerbittliche, unersättliche Hunger, der schrecklicher war als alles, was er in all den Jahrhunderten seiner Existenz verspürt hatte. Heißes Verlangen rauschte durch seine Adern und pochte mit jedem seiner Herzschläge.

Sie hatte ihm das angetan. Er konnte noch ihre Lebensessenz in seinem Mund schmecken, diese wundervolle Unschuld, die auf seiner Zunge explodiert und seine Kehle hinabgelaufen war und eine Sucht erzeugt hatte, ein schreckliches, durch nichts zu bändigendes Verlangen, das niemals enden würde, solange er lebte. Seine Hände zitterten, seine Zähne verlängerten sich, und Speichel sammelte sich in seinem Mund.

Wie konntest du es wagen!

Die Erde erbebte unter dem Haus, die Wände schlugen Wellen und drohten, das ganze Gebäude einstürzen zu lassen. Vor Zacarias' Augen wurde alles rot, und er brach durch die Falltür und schleuderte das massive Himmelbett gegen die gegenüberliegende Wand. Ein Spinnennetz von Rissen überzog die Lehmziegel bis hinauf zum Fenster.

Du hast jeden Mann, jede Frau und jedes Kind in meiner Obhut in Gefahr gebracht.

Er konnte das Pochen eines Herzens hören, diesen klar zu erkennenden Rhythmus, der ihn rief, ihn vor Hunger zur Raserei trieb und mit jedem Schlag durch seine Adern pochte. Zacarias wusste, wo sie sich aufhielt und dass Marguarita der Name dieses hinterhältigen Frauenzimmers war, das es gewagt hatte, sich einem direkten Befehl seines *Herrn* zu widersetzen. Er hatte sie gewarnt, dass sie für ihren Ungehorsam, ihre willkürliche Missachtung seiner Anweisungen büßen würde. Er hatte erwartet, dass sie die Flucht ergreifen würde wie ein kleiner Feigling, doch das dumme Ding wartete im Haus auf ihn – in *seinem* Haus und obendrein noch ganz allein.

Ihr Geschmack wollte nicht von seiner Zunge weichen, bis er nahezu verrückt zu werden glaubte vor Verlangen. Mit langen Schritten durchquerte er den Raum, öffnete die Tür mit einem Luftstoß, sodass sie ganz von selbst aufsprang und er, ohne innezuhalten, mit der gleichen zielstrebigen Schnelligkeit das lange Wohnzimmer dahinter durchqueren konnte, um zum hinteren Teil des Hauses zu gelangen, wo ihr Schlafzimmer sich befand. Selbst wenn er nicht schon gewusst hätte, wo sie war, hätte er sie trotzdem gleich gefunden, weil das ängstliche Pochen ihres Herzens ihm in den Ohren dröhnte. Er machte sich auch nicht die Mühe, die Lautstärke zu verringern, weil er ihre Furcht hören wollte – hören *musste*.

Sie *verdiente* es, dass es ihr vor ihm graute. Wäre er als Vampir erwacht, hätte er sein Versprechen an seine Brüder gebrochen. Nach Jahrhunderten eines Lebens in Ehre, der inneren Leere und des beständigen Kampfes, um seine Familie und seine Leute zu beschützen, wäre alles umsonst gewesen. Und es konnte immer noch passieren. Er war nahe daran – zu nahe –, sich zu verwandeln. Er brauchte etwas. Irgendetwas. Die Vorfreude darauf, ihr Blut zu nehmen, war ein Rausch, den er allerdings nicht begrüßte – weil er ein Zeichen war, dass er den schmalen Grat zwischen Ehre und dem endgültigen Scheitern beschritt.

Es juckte ihm geradezu in den Fingern, sie um den schlanken Hals der Frau zu legen. Die Familien, die die Ranch bewirtschafteten, hatten den de la Cruz' Treue geschworen und dienten ihnen seit Jahrhunderten und vielen, vielen Generationen, aber Marguarita war so gedankenlos gewesen, sie alle in Gefahr zu bringen. Zacarias schlug mit der flachen Hand gegen ihre Zimmertür und zersplitterte lieber ganz bewusst das Holz, anstatt die Tür zu öffnen.

Marguarita unternahm keinen Versuch zu fliehen und starrte ihn nur mit vor Entsetzen großen Augen an, als er mit dem Fuß die Holzstücke beiseitestieß. Sie kauerte in einer Ecke ihres Zimmers, eine Hand über dem Mund und das Gesicht ganz fahl. Als er sich ihr näherte, streckte sie beschwichtigend eine Hand mit einem Blatt Papier aus – eine armselige Verteidigung, wenn er derart außer sich vor Hunger war.

Er riss sie hoch und merkte dabei, wie leicht sie war. Wie weich und warm. Und wie lebendig. Ihm war nur allzu gut bewusst, dass ihr Herz das seine rief – mit diesem rhythmischen Pochen, das so viel Hunger und Begehren in ihm auslöste. Selbst durch den roten Dunst vor seinen Augen bemerkte er die Weichheit ihrer makellosen Haut. Ihr frischer, sauberer Duft erinnerte ihn an den Nebel des Regenwaldes und die schönen, einzigartigen Helikonien, die an den Baumstämmen wuchsen und mit ihrem süßen Duft die Kolibris anlockten. Dieser Wohlgeruch begann, ihn einzuhüllen, als er Marguarita in seine starken Arme nahm und den Kopf auf ihren schlanken Nacken senkte.

Sie wehrte sich so verzweifelt, dass er sie mit einem Arm festhielt, mit der anderen Hand ihren dicken Zopf packte und ihren Kopf daran zurückzog. Dann beugte er sich wieder über diese süße, verwundbare Stelle, an der ihr Puls so heftig pochte. Er versuchte jedoch weder, sie auf geistigem Wege zu beruhigen noch in irgendeiner Weise ihre Wahrnehmung der Geschehnisse zu vermindern. Sie sollte es wissen, fürchten und *erleiden*, damit sie nie vergaß, warum es besser war, ihm zu gehorchen.

Regen prasselte gegen das Fenster. Wind umheulte die Hazienda. Blitze zuckten am Himmel auf und erhellten die schwarzen Wolken. Donner krachte und erschütterte die Erde, sodass sie unter Zacarias' Füßen schlingerte und seine düstere Stimmung noch verstärkte.

Tief senkte er die Zähne in das ihm schutzlos dargebotene zarte Fleisch und biss hart zu, ohne einen betäubenden Wirkstoff in seinen Speichel einfließen zu lassen. Voller Absicht hatte er eine Stelle dicht an ihrer Kehle gewählt. Marguarita hätte sich an den Vampir erinnern sollen, der sie angegriffen hatte, und nicht so dumm sein sollen, ihm, Zacarias de la Cruz, den Gehorsam zu verweigern. Sie brauchte offenbar eine weitere Lektion, was eine gefährliche, gefühllose, widerwärtige Kreatur anrichten konnte.

Ihre Haut war wie warme, weiche Seide. Das faszinierende Gefühl versetzte Zacarias einen Schock, ihr natürlicher Duft betörte ihn. Aber es war ihr köstliches, reines, frisches Blut, das ihn wirklich verblüffte. Der Geschmack war exquisit – wie jene suchterzeugende erste Kostprobe, als er dem Tod so nah gewesen war. Marguarita wehrte sich, stieß ihn gegen die Brust und versuchte verzweifelt, die Arme zu befreien, doch er war unglaublich stark und ließ sie nicht entkommen – und niemand sollte den Fehler begehen zu glauben, diese junge Frau mit ihrem süchtig machenden Blut gehörte nicht zu ihm! Zacarias merkte, dass er sogar warnend knurrte. Aber es war ohnehin unmöglich für sie, sich zu befreien, und niemand konnte das Haus – *sein* Haus – ohne sein Wissen oder seine Zustimmung betreten. Marguarita war vollkommen seiner Gnade ausgeliefert – und er kannte keine.

Jedes seiner Organe nahm ihr bemerkenswertes Blut auf. Jede Zelle erwachte zu neuem Leben. Nichts, was er je probiert hatte, kam der absoluten Vollkommenheit ihrer Lebensessenz auch nur nahe. Eine Hitzewelle durchschoss ihn wie ein Feuerball. Seine

Adern und Arterien sangen. Sogar seine Lenden rührten sich und füllten sich mit dem überwältigenden Geschmack und der Hitze ihres Blutes. Er zog Marguarita noch näher, war mehr Tier als Mann jetzt, als sein Mund mehr von diesem süßen Nektar in seinen ausgehungerten Organismus sog.

Die klaffenden Wunden an seinem Körper begannen sich zu schließen. Das furchtbare, allgegenwärtige Brennen in ihm ließ nach, und der zerreißende Schmerz in seinem Bauch wurde zu dem versengenden Feuer verzweifelten Begehrens. Selbst das Dröhnen in seinem Kopf und der rote Dunst vor seinen Augen legten sich. Marguaritas Beine gaben nach, sodass er jetzt ganz allein ihr Gewicht trug, als er eine Hand unter ihre Knie schob. Dennoch hörte er nicht auf, ihre Lebensessenz in sich aufzunehmen.

Ihr Kopf fiel zurück an seine Schulter. Sie fühlte sich ganz leicht, ja fast substanzlos an. Ihre Wimpern, zwei dichte Halbmonde, die schwärzer waren als die grauen, die er normalerweise sah, flatterten, ihre Lider hoben sich, und ihre dunklen, fast schon schwarzen Augen starrten ihn furchtsam und zugleich auch voller Abscheu an. Und erst da nahm Zacarias das ganze Ausmaß ihrer Panik wahr. Blankes Entsetzen erfüllte ihn und kroch wie eisige Finger über seinen Rücken – aber es war nicht sein Entsetzen, sondern das ihre, das er spürte. Sie hielt ihn für einen Vampir – und er war dabei, sie umzubringen.

Schnell strich er mit der Zunge über die kleinen Bisswunden, um sie zu verschließen, und hob Marguaritas Kopf an, ohne den Blickkontakt zu unterbrechen. Blut rann von ihrem Nacken zu ihrer Brust hinunter, und ohne nachzudenken, folgte er mit der Zunge den kostbaren rubinroten Tropfen zu der sanften Rundung ihres ungeheuer femininen Körpers.

Sie sah noch schockierter aus als zuvor und erschauerte vor Angst.

»Du wirst trinken, was ich dir anbiete.« Es war ein Befehl, der keinen Widerspruch erlaubte.

Ohne sie aus den Armen zu entlassen, sank er mit ihr auf das Bett und schwenkte die Hand, worauf sein Hemd sich öffnete. Mit seinem scharfen Fingernagel zog er direkt über dem Herzen eine schmale Linie über seine Brust. Marguaritas Augen weiteten sich, bis sie wie immense, bodenlose Seen waren, und sie starrte ihn mit ungläubigem Entsetzen an. Sie schüttelte den Kopf und stieß kraftlos mit der Hand gegen seinen Oberkörper. Als Zacarias sie zwang, den Mund an seine Brust zu legen, biss sie ihn und kämpfte weiter.

Wäke-sarna! Zacarias stieß Machtworte hervor, einen Fluch, einen Segen – einen Schwur, dass sie ihm nicht trotzen würde. Er drang in ihr Bewusstsein ein, entriss es ihr rücksichtslos und erzwang, wozu sie nicht freiwillig bereit war. Ihr Mund strich über seine Brust, und ihre warmen, weichen Lippen lösten eine Flut intensivster Gefühle in ihm aus. Als sie zu trinken begann, war es fast so, als wäre der Blitz in Zacarias gefahren, als würde er von elektrischem Strom durchflossen, der seine Nervenenden elektrisierte und ihn zum Leben erweckte. Er wusste, sein Blut würde in ihrem Körper jedes Organ durchtränken und umgestalten, um sie für alle Zeiten miteinander zu verbinden.

Eine Hand unter ihrem Kopf und noch immer aufs Innigste mit ihrem Geist verbunden, zog er sie näher zu sich. Erst dann, als sein Erstaunen über das seltsame Phänomen ihres Blutes ein wenig nachließ, merkte er, dass sie schrie. Er hatte ihr befohlen zu trinken, ihr keine andere Wahl gelassen, aber sie war sich all dessen vollkommen bewusst. Ihr Geist verband sich auf einer völlig unerwarteten Ebene mit seinem. Er war überwiegend ein gerissenes und grausames Raubtier. Leben und Tod waren seine Welt – der Kampf. Und ihr Geist eilte zu diesem Teil von ihm, versuchte, sich ihm zu nähern, und verschmolz mit ihm.

Zacarias hörte kein Geräusch, doch er spürte ihre Schreie, ihr absolutes Entsetzen und die betäubende Furcht, die nicht einmal nachließ, als er es ihr gebot.

Beruhige dich!, befahl er ihr, und als das nichts nutzte, unterlegte er den Befehl mit einem starken Zwang. Aber sie zog sich nur noch mehr von ihm zurück.

Marguarita war ihm ein Rätsel – ein Geheimnis, das ihn faszinierte. Sein Bruder hatte die Barriere in ihrem Geist verstärkt, die Untote und fremde Karpatianer daran hindern würde, ihre Gedanken zu lesen, doch sie hatte auch ihre eigenen Geheimnisse. Sie war schon mit dieser Barriere geboren worden, nachdem Generationen von de la Cruz sie in den Familien errichtet hatten, und jetzt war sie stärker als erwartet.

Marguarita war zu hundert Prozent menschlich, daran hegte er nicht den kleinsten Zweifel, verletzlich und zerbrechlich. Aber ihr Bewusstsein hatte einen natürlichen Beschützer, der dafür sorgte, dass sie nicht so leicht manipuliert werden konnte. Der Blutaustausch, den Zacarias erzwungen hatte, würde die telepathische Verbindung zwischen ihnen eröffnen. Er, Zacarias, würde zwar nicht ihre Stimme hören, doch ihre Worte spüren und ihre Gedanken lesen. Und gerade mit dieser Frau, die sein Haus führte, war die Kommunikation sehr wichtig. Sie hatte keine Vorstellung von Gehorsam, und innerhalb seines Territoriums war er der unumschränkte Herrscher. Seine Untertanen gehorchten ihm – so oder so.

Je länger er ihren warmen Körper in den Armen hielt, desto mehr wurde Zacarias sich ihrer femininen Rundungen bewusst. Ob Mann oder Frau spielte für ihn eigentlich keine Rolle, wenn er sich nährte, und offen gestanden konnte er sich an keine Zeit mehr erinnern, in der das anders gewesen war. Er hatte keine sexuellen Bedürfnisse, keine Emotionen, überhaupt nichts, was ihn dazu bringen könnte, etwas zu empfinden. Aber im Bruchteil von Sekunden hatte Marguarita Dinge in ihm erweckt, die sie besser hätte ruhen lassen. Sie hätte niemals seine Aufmerksamkeit auf sich ziehen dürfen, nie ihr Blut in seinen Mund rinnen lassen und ein unersättliches Verlangen damit in ihm wecken sollen.

Regen trommelte auf das Dach und schlug gegen die Fenster.

Der wilde Sturm spiegelte Zacarias' eigene gewalttätige Natur wider. Das Haus erschauerte unter dem grimmigen Sturm. Für einen Moment erhellten Blitze den Raum, sodass er die Verzweiflung in Marguaritas Augen sehen konnte, die auch genau das war, was er erreichen wollte. Donner grollte, und es wurde wieder dunkel in dem Zimmer. Aber Zacarias hörte nicht auf, ihr in die Augen zu starren.

Sie nahm sein Blut in sich auf, weil sie keine andere Wahl hatte, doch sie wies sein großartiges Geschenk zurück. Wies *ihn* zurück. Sie verabscheute und fürchtete ihn wirklich ebenso sehr wie die Untoten. Zacarias atmete tief ein. Er musste sie nur beruhigen und zur Vernunft bringen. Sie musste das Ungeheuerliche ihres Vergehens und die traurige Lage, in die sie ihn damit gebracht hatte, erkennen. Das war alles. Warum er ihr Entsetzen so bestürzend fand, konnte er sich selbst nicht recht erklären. Es schien ihn auf einer sehr ursprünglichen Ebene zu stören, obwohl er sich vom Verstand her sicher war, dass es ihr einmal guttat, sich zu fürchten. Es gab schreckliche, abscheuliche Kreaturen in seiner Welt, und Marguarita lebte dort und diente ihm. Deshalb war es wichtig, dass sie auf ihn hörte.

Ich rette dir das Leben – wie schon einmal. Vielleicht würde es helfen, sie daran zu erinnern, dass er sie vor dem Vampir gerettet hatte.

Marguaritas Körper erschauerte und löste sich von seinem, als ekelte sie sich davor, ihn zu berühren. Wieder ertönte Donnergrollen, das wie ein Echo seines eigenen Aufruhrs zu sein schien. Er hatte sie leben lassen. Dafür müsste sie ihm dankbar sein, nachdem sie so ungehorsam gewesen war. Sie würde diese Lektion nicht so schnell vergessen, und vielleicht würde sie daraus die Lehre ziehen, sich nicht in Dinge einzumischen, die sie nichts angingen. Und seine Befehle zu befolgen, die oft über Leben oder Tod entschieden.

Die einzige Antwort war das aufgeregte Pochen ihres Herzens

und ihr schnelles Atmen. Zacarias seufzte. Ihre Furcht grenzte schon an Panik. Nein, es *war* Panik, und das gefiel ihm, ehrlich gesagt, gar nicht. Denn sie ließ nicht nach. Nicht einmal jetzt, da er viel rücksichtsvoller mit Marguarita umging.

Du hast genug getrunken.

Er wollte sie behutsam wegschieben, wie es in dieser Situation von ihm erwartet wurde, aber Marguarita fuhr so unerwartet schnell von ihm zurück, dass sie ihm beinahe aus den Armen gefallen wäre. Er verstärkte den Griff und bohrte die Finger in ihr zartes Fleisch. Sein Blut hatte ihr Kraft verliehen, und da er geistig nun mit ihr verbunden war, wusste er, dass sie sich erbrechen wollte, um davon so viel wie möglich wieder loszuwerden.

Zacarias lächelte sie an und schüttelte den Kopf. »Mein Blut fließt schon in deinen Adern, du dumme Frau. Dein Körper absorbiert es. Es wird nicht in deinem Magen landen wie euer widerliches Essen.«

Er rechnete damit, dass sie kämpfen würde, aber er hatte nicht vor, sie aufstehen zu lassen, bis er so weit war. Doch Marguarita verhielt sich völlig ruhig, ihr Blick ruhte auf seinem Gesicht, und sie atmete kaum noch, sondern war so still, wie ein Beutetier es wäre, das sich in Bäumen oder Gräsern vor einer Raubkatze verbarg. Ein ungutes Gefühl beschlich Zacarias. Sie zeigte genau das gleiche Verhalten wie die Tiere im Regenwald, wenn er in ihrer Nähe war. Bei ihm ertönten keine Warnrufe und kein Gekreische, das Affen und Vögel als Alarmsignal von sich gaben, wenn sie ein Raubtier sahen. Selbst Insekten verhielten sich still, wenn Zacarias in der Nähe war.

Er wollte Gehorsam von ihr, aber keine lähmende, nackte Angst. Nun ja … er wollte schon, dass sie sich fürchtete, damit sie eine Lehre daraus zog. Furcht war für ihn einfach nur ein Werkzeug, das er oft und gern benutzte. Vielleicht war sie sensibler, als er gedacht hatte, und er hätte seine Botschaft ein wenig abschwächen sollen?

Zacarias spürte die erste leichte Regung ihres Körpers, als sie ein winziges Stückchen mehr von ihm abrückte, doch es war nur ein weiteres Anzeichen dafür, dass sie an Flucht dachte. Instinktiv verstärkte er den Griff um sie, atmete für beide ruhig ein und aus und rief ihr zu, ihre Lunge dem Rhythmus der seinen anzupassen. Sein Herz schlug langsam und ruhig, um so vielleicht auch das wilde Tempo des ihren zu verlangsamen. Er verstand sein Bedürfnis nicht, sie zu beruhigen, doch es war einfach da.

Von einem längst vergessenen Ort tauchte die Erinnerung an ein Kind auf, einen kleinen Jungen, der sich zu spät verwandelt hatte und in einem Baum gefangen geblieben war. Das Kind war Zacarias' jüngster Bruder gewesen, der damals sehr schnell gelernt, aber Dinge ausprobiert hatte, für die er noch nicht bereit gewesen war. Zacarias wiegte Marguarita auf die gleiche Weise wie damals Riordan, damit sie sich beruhigte, und murmelte sanfte Worte auf Karpatianisch, die keinerlei Bedeutung hatten. Es waren eigentlich nur Laute. *Dass* er sich erinnerte, bestürzte Zacarias fast ebenso sehr wie die Ereignisse der damaligen Nacht. Er hatte seit Hunderten von Jahren nicht mehr an jene Zeit gedacht.

Zacarias war kein Mann, der Mitgefühl empfinden konnte, doch Marguaritas Furcht verstörte ihn, weil sie keinen Sinn ergab und er allem misstraute, was er nicht verstand. Er stellte Marguarita auf den Boden. Kaum zog er die Hände zurück, schlich sie von ihm weg, um sich wieder in der Ecke zusammenzukauern und ihn mit riesigen, angstvollen Augen anzustarren.

Ein Erschauern nach dem anderen durchlief ihren Körper. Sie verschränkte die Finger miteinander, hob zweimal die Hände, als wollte sie den sich verdunkelnden Fleck an ihrem Hals berühren, hielt aber immer wieder inne, bevor sie die verletzte Haut berührte. Marguarita trug jetzt sein Mal, sein Zeichen, einen kleinen roten Fleck in Erdbeerform, mit zwei Bissspuren, die nahezu perfekt in der Mitte saßen. Sie berührte die Stelle aber nicht, und Zacarias merkte, dass er verwirrt die Stirn darüber runzelte.

In der Regel war es einfacher, sich an Frauen zu nähren. Seine jüngeren Brüder bewegten sich in politischen Kreisen, um gewisse Dinge zu erlangen, die sie brauchten, wie ihre ausgedehnten Ländereien beispielsweise. Eine attraktive Frau an der Seite zu haben war dabei stets von Vorteil. So hatten sie leichten Zugang zu einer Nahrungsquelle und immer eine gute Tarnung. Es war ein Leichtes, den Frauen Erinnerungen an wilde Nächte mit Sex und Partys zu suggerieren. Doch Marguaritas Geist nahm keine untergeschobenen Erinnerungen an, und Zacarias war auch nicht besonders interessiert daran, ihre Erinnerung an diesen Moment auszulöschen.

Seufzend stand er auf. Marguarita zitterte noch heftiger, und ihre Augen schwammen in Tränen. Die Tropfen, die sich auf ihren unglaublich langen Wimpern bildeten, erregten seine Aufmerksamkeit und krampften ihm den Magen zusammen. Die Brüder de la Cruz verstärkten oft die natürliche Barriere im Kopf derer, die ihnen dienten. Marguarita hatte sich das von seinem Bruder gefallen lassen, aber von *ihm* lehnte sie alles ab. Zacarias wusste, dass es etwas Persönliches war. Er war in ihrem Bewusstsein gewesen und hatte gemerkt, dass sie ihn nicht im gleichen Licht wie seine Brüder sah. Für sie war er *hän ku piwtä* – ein Raubtier.

»Hör zu, kleines Mädchen! Du wirst nie wieder einen direkten Befehl von mir missachten.«

Sie presste die zitternden Lippen zusammen und bedeckte sie mit den Fingern.

Drohend trat er einen Schritt in ihre Richtung. »Hast du verstanden, wer hier das Sagen hat? Wer dein Herr ist?«

Sie schluckte und nickte heftig.

Als er ihre Furcht, das unmittelbare Ergebnis seiner Handlungsweise, sah, verkrampfte sich etwas in der Nähe seines Herzens. Er presste eine Hand darauf, um den eigentümlichen Schmerz einzudämmen. »Für ein paar Tage wird dein Gehör schärfer als normalerweise sein. Das wird dich vielleicht stören. Auch deine Sicht wird besser sein als sonst. Du wirst lernen, diese Dinge zu beherrschen. Doch entferne dich *nicht* vom Haus! Ich will, dass du verfügbar bist, wenn ich dich brauche.«

Ihr Blut war eine erstaunliche Substanz, und er wusste, dass es ihn immer wieder nach ihr verlangen würde. Er konnte ihren Geschmack im Mund spüren und sehnte sich danach, mit der Zunge über den wild pochenden Puls an Marguaritas Hals und über das Mal zu streichen, das er dort hinterlassen hatte. Er musste herausfinden, was hier vorging, was seine starke Reaktion auf sie bedeutete. Diese junge Frau strahlte so deutlich Angst aus, dass er keinen klaren Gedanken fassen konnte. Zacarias wusste nicht, warum seine Verbindung zu ihr so stark war, aber er spürte ihre Emotionen, als wären es seine eigenen. Und das, obwohl selbst die Gefühle für seine Brüder schon vor langer Zeit in seiner Erinnerung verblasst waren.

Zacarias schüttelte den Kopf und runzelte die Stirn. Als er näher trat, verkroch Marguarita sich noch tiefer in die Ecke und zog die Knie an, um sich kleiner zu machen. Dann wandte sie das Gesicht ab und schloss ganz fest die Augen, um ihn nicht sehen zu müssen, als er ihr die Hand hinstreckte. Er hatte darauf geachtet, sich ganz langsam zu bewegen, wie er sich einem wilden Tier nähern würde, doch sie duckte sich ein wenig, als erwartete sie, dass er sie schlagen würde. Was für ein aberwitziger Gedanke! Er würde sie *niemals* schlagen.

Sein Magen verkrampfte sich, eine körperliche Reaktion, die er nicht beherrschen konnte. Er berührte ihr tränennasses Gesicht und sammelte ein bisschen Feuchtigkeit mit seinen Fingerspitzen. Seine Haut absorbierte die salzige Flüssigkeit, nahm die glitzernden Tröpfchen in seinen Körper auf, und sein Magen machte einen weiteren ungewohnten Satz.

Abrupt wandte er sich von Marguarita ab und verließ das Zimmer, weil er den deprimierenden Anblick ihrer verängstigten Gestalt nicht länger ertragen konnte. Er brauchte Abstand und würde sich in den Regenwald begeben. Oder wohin auch immer – solange er nur nicht in der Nähe dieser lächerlich aufsässigen Frau blieb.

Mit der Haustür ging er vorsichtiger um als mit Marguaritas Zimmertür. Er beschloss, diese verwirrende, *nervige* Frau im Haus einzuschließen. Dort konnte sie sich wenigstens nicht in Schwierigkeiten bringen, während er sich seine nächsten Schritte überlegte. Er könnte noch einmal versuchen, in die Sonne zu gehen, sobald sie aufging, doch ein solch dramatisches Ende seines Lebens erschien ihm jetzt nicht mehr erträglich. *O jelä peje emnimet!* Hol die Sonne doch diese Frau! Marguarita Fernandez hatte seine Welt auf den Kopf gestellt. Alles würde sogleich wieder in Ordnung sein, wenn er ihren Duft nicht mehr riechen oder ihren Herzschlag nicht mehr hören konnte. Die Verbindung zu ihr würde mit der Entfernung verblassen, und er würde wieder freier atmen ... und denken können.

Zacarias trat in den Regen hinaus und schwenkte die Hand, um den Sturm abflauen zu lassen, den er bei dem Versuch, die menschliche Frau zu bestrafen, hervorgerufen hatte. Zischend entwich der Atem seiner Lunge. Er wollte nicht die Arme ausbreiten, um die Harpyie zu einem Flug herbeizurufen. Zacarias zögerte; er war schon fast transparent und eins mit Dunst und Regen. Normalerweise beruhigte das seine dunkle Seele, doch er konnte sich immer noch nicht entschließen, diesen Ort zu verlassen. *O ainaak jelä peje emnimet naman!* Sollte die Sonne doch die Frau für immer holen! Sie hatte ihm irgendetwas angetan.

Könnte sie eine Magierin sein? Hatte sie einen Zauber gewirkt, um ihn anzulocken? *Ihn?* Zacarias de la Cruz? Unmöglich. Er war zu alt und zu raffiniert. Sie würde keine Chance gegen ihn haben, falls sie sich an seiner jahrhundertealten Macht und Erfahrung messen wollte. Er hatte große Lust, ins Haus zurückzugehen und seinem unbändigen Verlangen wieder nachzugeben.

Der Gedanke brachte ihren Geschmack in seinen Mund zurück, und eine Hitzewelle durchschoss ihn. Ungewohnte Dinge störten ihn. Seine Reaktion auf Marguarita Fernandez war kaum zu glauben! Nichts und niemand hatte in all den Jahrhunderten sein Interesse geweckt, und nun, da er beschlossen hatte, sein Leben zu beenden, wagte *sie* es, ihn zu stören! Er würde ihr nicht noch einmal in die Falle gehen, sich nicht länger fesseln lassen von welchem Zauber auch immer, mit dem sie ihn belegt haben mochte. Er würde seinen eigenen Weg gehen und seiner eigenen Logik folgen, und sie konnte warten, solange es ihm passte.

Zacarias erhob sich in die Luft. Der Wind rauschte durch ihn hindurch, durch den Nebel, aus dem er nun bestand, sodass er und die Luft eins miteinander waren – er gehörte hierher und war ein Teil der Erde selbst. Zacarias hatte diesen Trick vor vielen Jahren entwickelt, als er so allein gewesen war und ein bisschen Trost benötigt hatte. Er war weder Mensch noch Tier willkommen – nicht einmal seinen eigenen Angehörigen. Sie fürchteten ihn, wie *sie* ihn fürchtete. Doch wenn er Nebel war, der Wind durch seinen Körper fuhr und ihn durch die Bäume schweben ließ, konnte er sich anerkannt und angenommen fühlen. Mensch und Tier wiesen ihn ab, aber die Erde war sein treuer Gefährte.

Marguarita Fernandez war ihm ein Rätsel, und er konnte nicht aufhören, über sie nachzudenken. Der Vampirangriff auf sie musste sie sehr stark aus dem Gleichgewicht gebracht haben. Es gab keine andere Erklärung für solch unverfrorenen Ungehorsam. Niemand würde wagen, eine so eindeutige Anweisung von Zacarias de la Cruz zu missachten, schon gar nicht ein zierliches junges Ding wie sie. Sie musste ein bisschen gestört sein, doch wenn dies so war, war er vielleicht etwas zu hart zu ihr gewesen. Zufrieden, dass er die einzig logische Erklärung für ihr seltsames und unentschuldbares Verhalten gefunden hatte, erhob sich Zacarias höher in die Luft, um die Sache mit ihr in Ordnung zu bringen, bevor er sich zur Ruhe begab.

Marguarita verhielt sich so still, wie sie nur konnte, und blieb in der Ecke des Zimmers hocken. Sie war wie gelähmt vor Angst, dass Zacarias de la Cruz zurückkehren würde. Er bewegte sich so lautlos, dass unmöglich festzustellen war, wo genau im Haus er war, aber seine Gegenwart war so machtvoll, dass sie es sogleich bemerkt hatte, als er das Haus verlassen hatte. Und erst dann hatte sie die Hände vors Gesicht geschlagen und den Tränen freien Lauf gelassen.

Sie hatte noch nie in ihrem Leben solche Angst gehabt, nicht einmal, als der Vampir verlangt hatte, dass sie ihm Zacarias' Schlafstätte verriet. Damals hatte sie sich mit ihrem Tod abgefunden und gewusst, dass es ein ehrenhafter sein würde. Doch das hier ... das war ein furchtbarer, unüberschaubarer Schlamassel, den sie selbst erzeugt hatte. Alle waren in Gefahr, alle, die sie liebte und kannte. Und nur, weil sie Zacarias de la Cruz nicht hatte sterben lassen.

Und sie kannte jetzt die Wahrheit. Zacarias war zur Hazienda gekommen, um ehrenhaft zu sterben, weil er wusste, dass er nahe daran war, zum Vampir zu werden. Marguarita hatte keine Ahnung, wie das vor sich ging, doch sie wusste, dass der Verlust seiner Ehre das Einzige war, was jeder Karpatianer fürchtete. Und nun war Zacarias als Vampir wiedererwacht, und die Schuld daran trug *sie*.

Sie spreizte die Finger und blickte durch sie hindurch zu dem Papierkorb hinüber, wo hundert zerknüllte Blätter ihres Notizblocks den Beweis erbrachten, dass es keine Erklärung für ihr Fehlverhalten gab. Keine. Sie wusste nicht, warum sie ein solch schweres Vergehen begangen hatte, aber sie hatte nicht anders gekonnt, und jetzt hatte sie genau das Monster erschaffen, dessen Entstehung Zacarias hatte verhindern wollen.

Mit zitternder Hand berührte Marguarita ihren pochenden Nacken und den Fleck, der sich durch ihre Haut hindurchgebrannt hatte, um sogar ihre Knochen mit Zacarias' Zeichen zu versehen. Sie schluckte heftig und rappelte sich mühsam auf. Ihre Beine fühlten sich an, als wären sie aus Gummi, und sie konnte nichts gegen das Zittern ausrichten, das ihren ganzen Körper überkam. Was sollte sie tun? Was konnte sie tun? Sie konnte diesem Monster nie, *nie wieder* gegenübertreten. Aber vor allem konnte sie nicht zulassen, dass Zacarias irgendjemanden auf der Hazienda umbrachte oder benutzte. Es war ihre Schuld, dass er zum Vampir geworden war; sie war dafür verantwortlich, und nun musste sie die Sicherheit aller gewährleisten.

Sie wusste, dass Vampire Handlanger, sogenannte »Marionetten«, für ihre Zwecke einsetzten – Menschen, die tagsüber, wenn die Vampire schliefen, für sie Aufträge erfüllten. Marionetten gierten nach dem Blut des Vampirs und labten sich an Fleisch. Es war ein schreckliches halbes Leben, zu dem sie verdammt waren, und irgendwann verfaulten sie von innen heraus. Aber ich werde *nicht* Zacarias' Marionette sein, beschloss Marguarita, und wenn ich tausend Mal die Schuld daran trage, dass er seine Ehre verloren hat! Es war schließlich wirklich nicht ihre Absicht gewesen.

Marguarita befeuchtete die trockenen Lippen und zwang sich, sich zusammenzunehmen. Zu Cesaro und Julio konnte sie nicht gehen, weil sie versuchen würden, sie zu verteidigen, und sie dann mit Sicherheit getötet würden. Niemand war Zacarias de la Cruz gewachsen. Wenn sie zu einer ihrer Tanten ging, würde er es erfahren. Alle ihre Verwandten arbeiteten in der einen oder anderen Position für die Familie de la Cruz. Während Marguarita noch versuchte, sich über ihre nächsten Schritte klar zu werden, riss sie Schubladen auf und stopfte das Minimum an Kleidung, das sie brauchte, in einen Rucksack.

Sie musste einen Plan fassen. Vampire waren raffiniert, aber sie hatten auch Schwächen. Sie konnte nicht die Jäger rufen, bis sie Zacarias von allen weggelockt hatte, die sie liebte. So viel stand fest. Vampire töteten um des Vergnügens willen, das es ihnen bereitete, und sie durfte niemanden auf der Ranch gefährden.

Wenn sie das Rufzeichen für einen Jäger aktivierte, würden Cesaro und alle anderen Arbeiter den Kampf mit Zacarias suchen. Sie wusste jedoch mit absoluter Sicherheit, dass sie ihn von ihrer Familie weglocken konnte, weil Zacarias ihr folgen würde.

Zum Glück kannte sie den Regenwald und fürchtete ihn nicht wie die meisten anderen. Sie würde verschwinden – und Zacarias würde ihr folgen. Aus irgendeinem Grund war sie sich dessen ganz sicher. Und irgendwann würde er sie finden – und sie wahrscheinlich töten –, aber sie hatte im Grunde keine andere Wahl, wenn sie ihre Familie retten wollte. Sie würde flussabwärts zur nächsten Besitzung der Brüder de la Cruz gehen – einer Ansammlung von Hütten, die benutzt wurden, wenn das Vieh zu anderen Weiden getrieben wurde –, und von dort die Jäger rufen. Falls sie es schafften, den Vampir unschädlich zu machen, bevor er sie fand, wäre sie in Sicherheit, und wenn nicht, würde sie wenigstens ihre Familie gerettet haben.

Sie zog die Stiefel an und lief durchs Haus, um ihren Überlebenspack zu suchen. Sie hatte ein Wasserfiltersystem und Tabletten für den Notfall, obwohl sie wusste, wo es jede Menge Wasserfälle gab. Außerdem war sie eine ausgezeichnete Jägerin, sodass also auch Essen kein großes Problem darstellen würde. Aber wie sollte sie Cesaro und Julio davon abhalten, sich auf die Suche nach ihr zu begeben?

Marguarita biss sich auf die Lippe und versuchte, die hektischen Gedanken zur Ruhe zu bringen. Sie musste die Flucht genau durchdenken. Zacarias hatte kein Interesse daran gezeigt, ihren Brief zu lesen, also wäre es vielleicht auch ungefährlich, eine Nachricht für Cesaro zu hinterlassen? Sie würde sie nur geschickt formulieren müssen, um alle zu beruhigen, ohne sie wirklich zu belügen. Sie sollten nicht den Fehler machen, Zacarias Fragen zu stellen, sondern mussten sich so weit wie möglich von ihm fernhalten. Mit sehr viel Glück würde sie einen guten Vorsprung gewinnen, bevor er die Verfolgung aufnahm.

Sie zwang sich, tief durchzuatmen, und schrieb eine kurze Nachricht:

Ich habe deinen Rat befolgt, Cesaro, und bin für ein paar Tage weg. Komme jedoch bald zurück. Liebe Grüße an dich und Julio.

Das war nicht gelogen. Und es verriet auch nichts. Cesaro würde enttäuscht von ihr sein, aber denken, dass sie zu einer ihrer Tanten gefahren war. Julio … Nun ja, bei ihm war es eine andere Sache. Er kannte sie besser als Cesaro und könnte auf den Gedanken kommen, dass etwas nicht in Ordnung war. Doch wenn sein Vater ihm erzählte, dass er ihr selbst einen Besuch bei ihrer Tante in Brasilien vorgeschlagen hatte, würde Julio sich beruhigen und ein paar Tage abwarten, bis er etwas von ihr hörte.

Zufrieden, dass sie so für die Sicherheit aller gesorgt hatte, verließ Marguarita durch ihr Schlafzimmerfenster das Haus. Sie wollte schließlich nicht riskieren, irgendjemandem oder womöglich gar Zacarias zu begegnen. Und dann blieb sie eine Weile unter ihrem Fenster hocken und blickte misstrauisch zum dunklen Himmel auf. Zacarias konnte überall sein, in jeder Form oder Gestalt. Der Gedanke war beunruhigend und beängstigend. Für einen Moment begann ihr Herz zu rasen, und das Blut dröhnte ihr in den Ohren. Sie zwang sich, normal zu atmen, aus Angst, dass Zacarias ihren donnernden Herzschlag hören könnte.

Bevor sie sich von der Stelle bewegte, rührte sie den Geist der Tiere in der näheren Umgebung an. Sowie sie die Vorhänge im Haus zugezogen hatte, war die Ranch in Alarmbereitschaft versetzt worden. Rinder und Pferde waren auf näher gelegene Weiden gebracht worden, wo sie besser geschützt werden konnten. Jeder der Arbeiter war bewaffnet, und die Patrouillen waren verdoppelt worden, aber die Tiere würden noch vor den Menschen wissen, ob etwas Übles in der Nähe war. Die Pferde waren ruhig.

Marguarita hörte weder nervöses Stampfen noch Scharren, das auf Zacarias' Nähe hingewiesen hätte.

Der Regen flaute zu einem Nieseln ab, und auch der Wind legte sich ein wenig, als sie über die Koppeln und Weiden zum Rand des Regenwaldes ging. Sie war immer sehr froh gewesen zu beobachten, wie der Dschungel sich nach und nach zurückholte, was ihm genommen worden war. Baumwurzeln schlängelten sich über den Boden und erstreckten sich wie Fangarme in alle Richtungen. Kletterpflanzen wanden sich an Bäumen und Zäunen hinauf und legten sich in ihrem Bemühen, das Land zurückzuerobern, sogar um Felsen.

Marguarita schlüpfte zwischen den äußeren Bäumen hindurch und eilte einen ihr gut bekannten, schmalen Pfad entlang. Insekten bildeten einen beweglichen Teppich auf der üppigen Vegetation, die in Jahrhunderten aus vermoderten Pflanzen und umgestürzten Bäumen entstanden war. Große Spinnen hingen an den Zweigen der Bäume, und Eidechsen flitzten unter die Blätter, um sich zu verstecken. Baumfrösche guckten Marguarita aus riesigen Augen an, als sie vorbeieilte.

Sie ging mit sicheren, zielstrebigen Schritten, weil sie sich hier genau auskannte. Man konnte sich im Regenwald leicht verirren. Die Flüsse zu befahren war einfacher; deshalb wählten die meisten auch den Wasserweg, doch Julio und sie hatten schon als Kinder die nähere Umgebung der Ranch erforscht und ihre Wege mit Zeichen versehen, die beide leicht erkannten. Es gab eine hübsche kleine Höhle hinter einem der zahlreichen Wasserfälle, eine schwer zu findende Grotte, in der sie und Julio schon einige Male kampiert hatten. Es war ihr geheimer Ort, an dem sie sich früher vor ihren Eltern versteckt hatten. Julio war damals oft in Schwierigkeiten geraten. Er verrichtete schon von früher Jugend an die Arbeit eines Mannes, und im Regenwald herumzustrolchen wurde nicht gern gesehen – schon gar nicht in Begleitung eines Mädchens.

Die Höhle lag an einem tiefen, breiten Wasserlauf, der in den großen Fluss einmündete. Julio hatte mit seiner Machete ein Kanu aus Zedernholz geschnitzt. Das Holz war leicht genug, um zu schwimmen, aber robust genug, um dem oftmals wilden Strom standzuhalten. Sie hatten das Kanu hinter dem Wasserfall versteckt. Bis dorthin konnte sie zu Fuß gehen, dann würde sie das Boot hervorholen und einen der Wasserläufe nehmen, die den Amazons speisten. Bis zum Camp der Brüder de la Cruz war es von dort aus nicht mehr weit.

Marguarita war zufrieden mit ihrer Rolle im Herrenhaus und froh darüber, dass ihre Geschicklichkeit im Umgang mit Pferden anerkannt und gewürdigt wurde, doch sie liebte den Regenwald und das Gefühl der Freiheit, das er ihr gab. Sie wusste, dass Julio genauso empfand, und deshalb hatten sie sich schon als Kinder gegenseitig ermutigt, bei jeder Gelegenheit davonzulaufen, um ihn noch weiter zu erforschen. Julio hatte deswegen viel schlimmeren Ärger als sie selbst bekommen, obwohl auch sie natürlich zahllose Gardinenpredigten über die Pflichten einer Frau über sich hatte ergehen lassen müssen. Heute war sie froh über jeden Ausflug, den sie damals unternommen hatten.

Die glitzernden Lichtpunkte der Glühwürmchen in den Bäumen ermutigten Marguarita ein wenig. Unter den Baumkronen war die Nacht schwarz wie Tinte, obwohl der Wald nicht völlig dunkel war. Phosphoreszierende Pilze strahlten ein unheimliches Glühen aus. Nachtaktive Affen streckten den Kopf aus Baumlöchern, um Marguarita mit großen, runden Augen anzustarren, und ihre Anwesenheit machte deutlich, dass sie nicht verfolgt wurde – noch nicht.

Zacarias konnte während der Verfolgung jede Gestalt annehmen, und er war sehr schnell. Er konnte den Himmel benutzen und innerhalb von Minuten Strecken zurücklegen, für die sie Stunden brauchte. Sie musste rennen, um das Kanu rechtzeitig zu erreichen, und das war sehr riskant bei Nacht im Dschungel, doch sie hatte keine andere Wahl. Bis zur Morgendämmerung musste sie Zacarias entgehen. Sowie die Sonne aufging, konnte sie mit dem Kanu zu den Hütten der Brüder de la Cruz fahren und dort hoffentlich Hilfe herbeirufen. Zacarias würde weit entfernt sein, die Menschen auf der Hazienda würden vor ihm sicher sein.

Marguarita beschleunigte ihr Tempo und sprintete durch den Wald, weil sie zu einem Unterschlupf gelangen musste. Sie wollte nicht im Freien sein, nicht einmal unter dem Blätterdach. Wo die Bäume dicht standen, war kaum noch Licht, und sie musste ihre Stirnlampe benutzen, doch an diesen Stellen war der Boden auch nur karg bewachsen. Ohne Licht und Sonne war das Wachstum schwierig. Kleine Bäume mussten warten, bis ein alter umfiel und ein Loch ins Blätterdach riss, das den Sonnenschein hindurchließ.

Marguarita sandte eine Welle der Energie vor sich aus, um die Insekten auf dem Boden zu warnen, dass sie gleich vorbeikommen würde. Hoffentlich würden sie den Weg frei machen! Winzige bunte Frösche sprangen von Ast zu Ast und hielten sich mit ihren klebrigen Füßchen an der Rinde fest.

Marguarita versuchte, mit ihrer Kondition hauszuhalten. Sie legte zwar ein scharfes Tempo vor, aber eins, dass sie eine ganze Zeit lang würde halten können. Stunden. Es war noch lange hin, bevor die Sonne aufging. Sie sandte einen Hilferuf aus, eine Bitte, die intensiv genug war, um die Tiere in dem Baumkronendach über ihr zu wecken. Sofort erhielt sie Antworten. Affen gingen in Alarmbereitschaft, Vogelschwärme riefen einander, und alle hielten nach einem gemeinsamen Feind Ausschau.

Laub und Äste verbargen knorrige Wurzeln, die sie leicht ins Stolpern bringen konnten, aber im Licht ihrer Stirnlampe konnte sie die Tiere sehen, die aus ihren Löchern krochen, um sich auf den Wurzeln niederzulassen, damit sie im Laufen den Weg mit den geringsten Hindernissen wählen konnte. Marguarita bog um einen dicken Baum herum, und ein Wasserschwein saß gleich dahinter mitten auf dem Weg und sah sie an. Sie wich nach links aus, der einzig möglichen Richtung, und merkte im Vorbeilaufen, dass das Tier sie von einem Labyrinth aus Schlingpflanzen weggelenkt hatte, die sie mit Sicherheit zu Fall gebracht hätten.

Danach lief sie sicherer und verließ sich auf die Tiere, deren Gegenwart sie beruhigte, weil sie wusste, dass sie Alarm schlagen würden, sobald Zacarias näher kam. Sie würden ihn bemerken. Bestimmt reagierten sie genauso empfindlich auf seine Nähe wie die Pferde und die Rinder auf der Ranch. Sie hätte wissen müssen, dass Zacarias de la Cruz etwas Böses in sich hatte, als die Tiere auf der Ranch sich alle so unbehaglich gefühlt hatten.

Marguarita runzelte die Stirn beim Laufen. Ihre Lunge begann zu brennen, und ihre Beine schmerzten. Sie wich einer Reihe von Termitenhügeln aus, die die Lampe gerade noch rechtzeitig erfasste, um ihnen auszuweichen. Warum war sie so zwanghaft bemüht gewesen, Zacarias de la Cruz zu retten? Weil sie nicht anders gekonnt hatte. Nicht einmal, als er es ihr befohlen hatte, hatte sie ihn in der Sonne liegen lassen können.

Sie war nicht zimperlich. Schließlich war sie auf einer Ranch aufgewachsen und trug ihren Teil zur Arbeit bei, auch wenn sie noch so schwierig war, und deshalb ignorierte sie die Seitenstiche nun und sprang über einen der vielen Bäche, die bergab liefen, um sich mit dem Flusssystem dort zu vereinen. Es war ein mühsamer Aufstieg an den Hügeln, da der Boden so matschig war, dass sie sich manchmal auf alle viere niederlassen musste, um überhaupt irgendwie Halt zu finden. Und die ganze Zeit über zerbrach sie sich den Kopf über ihr merkwürdiges Verhalten. Seit ihrer Geburt war sie gewissermaßen darauf programmiert, den Brüdern de la Cruz zu gehorchen. Sehr oft ging es in ihrer Welt um Leben oder Tod, und ein einziger falscher Schritt konnte eine Katastrophe für die Bewohner der verschiedenen Haziendas bedeuten. Sie alle kannten die Gefahr, die ihnen durch Vampire drohte. Untote waren leider Bestandteil ihrer Welt.

Ein kleines Aufschluchzen entrang sich ihr. Karpatianer ernährten sich von menschlichem Blut, aber sie töteten nicht. Vampire schon. Marguarita verstand nicht ganz den Unterschied zwischen beiden, doch sie wusste, dass der Grat schmal war und sie Zacarias irgendwie darüber gestoßen hatte. Und was hatte sein Blut bei *ihr* bewirkt?

Nach dem Vampirangriff war sie mit zerfetzter Kehle erwacht, unfähig zu sprechen und aus der Bahn geworfen, aber all ihre anderen Sinne waren geschärft durch das Blut, das Zacarias ihr gleich nach dem Angriff gegeben hatte, um ihr das Leben zu retten. Ihre Sicht zum Beispiel war viel besser. Sie konnte Insekten im Gras erkennen und Vögel in den dicht belaubten Ästen sehen. Marguarita entdeckte winzige Frösche und Eidechsen, die sich zwischen Blättern und Schlingpflanzen versteckten. Auch ihr Gehör war schärfer. Manchmal glaubte sie, die Gespräche der Männer zu hören, wenn sie draußen auf den Feldern bei der Arbeit waren. Auf jeden Fall konnte sie die Pferde in den Ställen wahrnehmen.

Sie wusste, dass sich mit diesem ersten Blut, das Zacarias ihr gegeben hatte, um ihr das Leben zu retten, etwas in ihr verändert hatte. Ihr Haar, das schon immer dick gewesen war, wuchs sogar noch schneller und hatte einen neuen Glanz. Auch ihre Haut hatte einen Schimmer, der fast wie ein Leuchten war. Ihre Wimpern waren dichter und länger – alles an ihr war einfach irgendwie *mehr* geworden. Sie merkte, dass Julio näher bei ihr und der Hazienda blieb, wenn die anderen Arbeiter in der Nähe waren, und auch sie begann, sie als Männer wahrzunehmen, statt einfach nur als Menschen, mit denen sie aufgewachsen war. Sie spürte ihre Blicke, die ihr manchmal Unbehagen einflößten, weil sie befürchtete, dass es lüsterne Gedanken waren, die sie las. Nichts von all dem war vorher je geschehen. Und die Veränderungen waren nicht nur physischer Natur.

Eigentlich dürfte sie gar nicht in der Lage sein, so schnell eine solche Entfernung zurückzulegen, nicht einmal, wenn Tiere ihr als Führer dienten. Marguarita benutzte immer weniger ihre Stirnlampe und ließ sich mehr und mehr von ihrem Instinkt leiten. Sie konnte ihren eigenen Herzschlag hören, der sich zu einem langsamen, gleichmäßigen Rhythmus beruhigt hatte. Ihre Lunge hatte anfangs gebrannt und nicht genügend Luft bekommen, doch je weiter sie lief, desto besser arbeitete sie.

Ihre Haut kribbelte, wenn Hindernisse in der Nähe waren, ähnlich wie ein Radar, der ihr sagte, welche Richtung sie einschlagen oder wo sie auftreten musste, um sich schnell und sicher durch die Bäume zu bewegen. Die Fähigkeit zu sprechen hatte sie verloren, doch dafür andere, viel schärfere Sinne und Fertigkeiten gewonnen.

Marguarita hatte den Fluss schon seit geraumer Zeit gehört. Der Regen hatte die Erde durchweicht und die vielen Pfützen gespeist, sodass das Wasser nun bergab lief und den Weg des geringsten Widerstandes nahm, bis es zu dem schmalen Strom gelangte und die dunklen Wasser noch vertiefte und anschwellen ließ, bis es fast die Ufer überflutete. Der Wasserfall in der Ferne klang wie anhaltender Donner und erfüllte Marguarita mit Erleichterung, weil es bedeutete, dass der Fluss befahrbar war und tief genug, um sie schnell flussabwärts zu bringen. Wenn die Bedingungen optimal waren, würde sie die ganze Strecke bis zum Amazonas weiterfahren können. Das würde ihre Chancen erhöhen, die Weiden der Brüder de la Cruz zu erreichen, bevor Zacarias sie entdeckte. Marguarita erhöhte ihr Tempo und rannte auf die Wasserfälle zu.

4. Kapitel

Der Haubenadler stieß durch das Baumkronendach herab, ohne das Faultier, seine Lieblingsbeute, zur Kenntnis zu nehmen. Von einem inneren Zwang getrieben, der sich nicht ignorieren ließ, wendete der Vogel und flog zur Hazienda zurück. Tief im Inneren des mächtigen Adlers seufzte Zacarias. Er war der Wahrheit nicht näher als bei seinem Aufbruch. Die Fäden, die ihn an die Frau banden, waren stärker geworden statt schwächer, und sie ging ihm einfach nicht mehr aus dem Sinn.

Wüsste er es nicht besser, wäre er vielleicht sogar auf die Idee gekommen, dass sie seine Seelengefährtin war. Er hatte natürlich darüber nachgedacht, den Gedanken dann jedoch gleich wieder verworfen. Wäre sie die andere Hälfte seiner Seele, würde er wieder Farben sehen und Emotionen haben. Und falls es Gefühlsregungen *waren*, die er wahrnahm, verstand er nicht genug von solchen Dingen, um sie auch nur zu erkennen. Was auch immer vorging, war ein Rätsel, das gelöst werden musste, bevor er zu seinem ursprünglichen Plan zurückkehrte, die Morgendämmerung zu suchen. Marguarita Fernandez verfügte über große Macht. Sie war eine potenzielle Bedrohung für Karpatianer und musste deshalb beseitigt werden. So einfach war das.

Ein scharfer Schmerz in der Nähe seines Herzens ließ ihn innehalten. Er blickte sogar auf die Brust des Vogels herab, um zu sehen, ob sie womöglich von einem Pfeil durchbohrt worden war. Aber es war nur die Vorstellung, die Frau zu töten, die ihm den Stich versetzt hatte. *O jelä peje emnimet!* Hol die Sonne sie! Sie musste ihn mit einem Zauber belegt haben. Es gab keine andere Erklärung für seine heftige körperliche Reaktion bei dem Gedanken, sie zu töten. Sie hatte sie aneinandergefesselt. Oder es war ihr Blut gewesen. Blut war die Essenz des Lebens, und das ihre war … außergewöhnlich.

Zacarias wollte – nein, er *musste* – an ihr Bewusstsein rühren. Alles in ihm drängte ihn, eine Verbindung zu ihr herzustellen, um zu wissen, wo sie war. Aber er weigerte sich, dem Bedürfnis nachzugeben. Er vertraute ihm ebenso wenig wie dem Drang, sie zu sehen, zu berühren und sich zu vergewissern, dass sie existierte. Was immer für einen Zauber sie gewirkt hatte, es war ein machtvoller, und er musste eine Falle sein.

Zacarias hatte Selbstkontrolle, Disziplin und viele Lebenszeiten hinter sich, um beides zu entwickeln, und *keine* Frau – eine menschliche schon gar nicht –, würde diese Eigenschaften in ihm zerstören können. Er würde sich Zeit lassen und sich selbst und ihr beweisen, dass er viel zu stark war, um Zaubersprüchen zu erliegen. Und bevor er sie tötete, würde er ihre Geheimnisse in Erfahrung bringen. Jedes einzelne. Sie würde schon noch merken, was es hieß, einen de la Cruz zu verraten und zu versuchen, ihn hereinzulegen.

Er hatte Vampire bekämpft und vernichtet, die übelsten, widerlichsten Kreaturen, die man sich vorstellen konnte; eine halbe Portion wie diese Frau hatte keine Chance gegen sie. Zacarias versuchte zu ignorieren, dass sein Geist immer wieder die Verbindung zu ihr suchte – und sein Blut sich beim Gedanken an sie erhitzte. Es war nicht so sehr der Zauber als vielmehr die Tatsache, dass sie ihn wirklich faszinierte, was seit tausend Jahren oder länger nicht mehr vorgekommen war. Das war alles. Interesse. Neugier. Wer konnte ihm das auch verübeln, da ihn doch schon so lange nichts mehr hatte überraschen können – bis er dieser Marguarita begegnet war?

Er erschrak, denn kaum hatte er ihren Namen gedacht – ihr Leben verliehen –, konnte er sie schon wieder schmecken. Sein Herz machte einen seltsamen kleinen Satz, und für einen Moment hatte er den Eindruck, dass sich in seinen Lenden etwas regte. Er erstarrte, und für einen Augenblick verschlug es ihm sogar den Atem. Was er da zu spüren glaubte, war unmöglich. Ein Trick. Eine Illusion. Marguarita war viel mächtiger, als er ursprünglich gedacht hatte.

Dieser spezielle Trick würde ihr Zeit erkaufen. Länger, als er sich zurückerinnern konnte, war er kein Mann mehr, sondern eine Tötungsmaschine gewesen. Nicht mehr und nicht weniger. Er kannte keine fleischlichen Begierden und konnte nichts empfinden. Die seltsamen Dinge, die jetzt in seinem Körper und Geist vorgingen, waren also nicht real, egal, wie gut die Illusion war. Trotzdem schloss Zacarias die Augen und genoss das Pochen des Blutes in seinen Lenden. Genauso schnell schlug er die Augen jedoch wieder auf und blickte sich misstrauisch um. War der Zweck dieser Illusion, ihn um den Verstand zu bringen – ihn für einen Moment Gefühle verspüren zu lassen, nur um sie ihm dann wieder zu entreißen, damit er sich für immer nach dem kurzen Rausch verzehren würde?

Die Harpyie löste sich aus dem Blätterdach und flog über die Hazienda. Zacarias dachte nicht daran, dem stets präsenten Bedürfnis nachzugeben, an Marguaritas Geist zu rühren. Jetzt, mehr denn je, musste er Kraft zeigen – und so viel wie möglich über Marguarita Fernandez in Erfahrung bringen.

Das Haus, das er suchte, lag zwischen zwei Berghängen versteckt. Es befanden sich noch andere Gebäude auf dem Besitz, aber Cesaro Santos war der Vorarbeiter, und sein Status zeigte sich in seinem Haus. Der Adler schwebte zur Erde hinunter und wechselte im letzten Moment zu seiner menschlichen Gestalt. Zacarias ging geradewegs auf die Veranda zu, wo er sich in Dunst verwandelte und so durch den Spalt unter der Haustür schlüpfte.

Das Haus war tadellos sauber wie die meisten der Wohnstätten der Menschen, die mit seiner Familie zusammenlebten. Er wusste, dass Cesaro überaus loyal war. Er hatte Zacarias sein Blut, ja sogar sein Leben angeboten, um ihn zu retten. Der Mann war über jeden Vorwurf erhaben, und nirgendwo auf der Ranch war auch nur ein Hauch vom Makel des Bösen zu spüren, soweit Zacarias feststellen konnte. Cesaro würde die Familie de la Cruz nie bestehlen oder sie in irgendeiner anderen Weise hintergehen, und falls Cesaro herausfinden sollte, dass einer seiner Untergebenen betrog, war Zacarias sicher, dass der Mann – oder die Frau – von Cesaro persönlich tief im Regenwald begraben werden würde.

Kommen Sie her zu mir! Blut rief Blut, und alle vertrauenswürdigen Angestellten hatten karpatianisches Blut erhalten – genug, damit jeder der Brüder de la Cruz ihre Gedanken lesen, ihren Geist mit Schutzschilden versehen und, falls nötig, ihnen Information entnehmen konnte.

Zacarias konnte den genauen Moment bestimmen, in dem Cesaro erwachte und nach seiner Waffe griff. Es war sehr befriedigend zu wissen, dass er die Familie gut gewählt hatte. Loyalität war die am stärksten ausgeprägte Eigenschaft innerhalb der Familien Chevez und Santos, die durch Blutsbande verbunden waren. Zacarias hatte schon wieder seine menschliche Gestalt angenommen, als der *capitán* der Hazienda Minuten später voll bekleidet und schwer bewaffnet aus seinem Schlafzimmer kam.

Cesaro machte eine angedeutete Verbeugung und blieb in etwas steifer Haltung stehen. Zacarias wusste, dass kein Mensch oder Tier sich je entspannt in seiner Nähe fühlte. Er konnte den Killer in sich nicht verbergen, und da der den größten Teil von ihm ausmachte, versuchte er es erst gar nicht. Cesaro deutete einladend auf das strategisch gut platzierte Sofa vor dem Fenster, von dem aus leicht zu sehen war, wer oder was sich seinem Zuhause näherte.

»Was kann ich für Sie tun, *señor*?«

»Ich möchte alles wissen, was Sie mir über die Frau erzählen können.« Zacarias hielt den Blick auf Cesaros Gesicht gerichtet und beobachtete aufmerksam seinen Ausdruck. Dabei drang ein Teil von ihm in den Geist des Mannes ein, um sicherzugehen, dass er die Wahrheit sagte. Was er dort sah, waren Verwirrung und Erstaunen. Seine Frage war das Letzte, was der *capitán* erwartet hatte.

»Sie meinen Marguarita Fernandez?« Auf Zacarias' Nicken hin legte Cesaro die Stirn in Falten. »Ich kenne sie seit dem Tag ihrer Geburt. Ihr Vater war mein Cousin. Ihre Mutter starb, als sie noch ziemlich jung war, und Marguarita wuchs zusammen mit Julio, meinem Sohn, auf der Hazienda auf.«

Ein Anflug von etwas Tödlichem rührte sich in Zacarias' Adern, ein dunkler Schatten, der Protest erhob gegen die Nähe zwischen Marguarita und diesem Mann, der mit ihr aufgewachsen war. *Wie nahe standen sie sich?* Etwas sehr Hässliches stieg in Zacarias auf, um sich in seiner Magengrube festzusetzen, als er sich Julio und Marguarita miteinander vorstellte. Seine Zähne verlängerten sich, und er ballte die Hände zu Fäusten. Nägel, die scharf wie Krallen waren, bohrten sich in die Handinnenflächen.

Cesaro, der sichtlich blass geworden war, umfasste das Gewehr auf seinem Schoß noch fester. »Habe ich etwas gesagt, das Sie verärgert hat?«

Blut rann über Zacarias' Hand, und ohne Cesaro aus den Augen zu lassen, leckte er die Tröpfchen ab. »Fahren Sie fort.«

Der Vorarbeiter erschauerte. »Sie ist ein gutes Mädchen. Sehr loyal.«

Zacarias tat die Bemerkung mit einer Handbewegung ab. Er wollte nicht Cesaros Meinung von ihr hören. »Erzählen Sie mir von ihr!« Von den Männern in ihrem Leben. Von allem, was er wissen musste – was wichtig für ihn war.

»Sie kümmert sich um die Hazienda und vertritt die Familie bei den Arbeitern. Sie gibt die Bestellungen auf, und sie ist außerordentlich wertvoll bei der Arbeit mit den Rindern und den Pferden.« Cesaro wusste offensichtlich nicht, was Zacarias suchte. »Ist ihr etwas zugestoßen?«, fragte er, schon halb im Aufstehen.

Zacarias drückte ihn mit der flachen Hand zurück, und obwohl er gar nicht vorhatte, ihn so hart zu schupsen, warf die Bewegung Cesaro auf die Couch zurück. »Es geht ihr gut. Sagen Sie mir, was ich wissen will! Ist sie mit einem Mann zusammen? Verlässt sie oft die Ranch?«

Cesaros Stirnrunzeln vertiefte sich. »Sie hat viele hoffnungsvolle Besucher, einige von außerhalb der Ranch und andere von hier. Sie geht aber nicht mit ihnen aus, besonders seit dem Angriff auf sie nicht. Marguarita bleibt die meiste Zeit zu Hause, obwohl sie die Familie bei Wohltätigkeitsveranstaltungen vertritt und auch zu lokalen Tanzabenden und so weiter geht.«

Zacarias behielt seine unbewegte Miene bei. Ihm gefiel nicht, was er da von »vielen hoffnungsvollen Besuchern« hörte. Verhängte sie ihre Zauber denn in alle Richtungen? Dem würde er sofort ein Ende setzen. »Sie lassen sie unbegleitet ausgehen? Ein junges Mädchen?«

»Nein, natürlich nicht. Marguarita wird sehr gut beschützt. Es ist immer jemand von der Ranch bei ihr.«

Zacarias ließ Cesaros Blick nicht los, starrte ihn fragend, aber auch mit deutlicher Missbilligung in den Augen an.

»Mein Sohn begleitet sie oft«, gab Cesaro zu. »Ich hatte gehofft, dass aus den zweien ein Paar werden würde. Beide dienen Ihrer Familie und wissen, was für die Sicherheit unseres Bündnisses nötig ist. Sie wären ein gutes Paar, doch sie scheinen nicht interessiert aneinander zu sein.«

Der Boden schlingerte, die Wände wölbten sich. Für einen Moment wurde der Druck im Raum fast schmerzhaft, als wäre alle Luft aus ihm herausgesogen worden. Cesaro rang nach Atem, seine Kehle schloss sich, und seine Lunge brannte. So schnell, als wäre er nie da gewesen, verschwand der Eindruck wieder. Mit vor Furcht geweiteten Augen hustete Cesaro ein paarmal und griff sich mit der Hand an den Hals.

»Erzählen Sie mir von ihren Fähigkeiten mit Tieren!«

Cesaro zuckte die Schultern. »Niemand weiß, wie sie es macht. Ich glaube, sie weiß es selbst nicht, aber alle Tiere, einschließlich der am Himmel, sprechen auf sie an. Als kleines Mädchen konnte sie ihrem Vater schon sagen, dass ein Pferd sich das Bein verletzt hatte und auf welcher Weide es passiert war. Kurz darauf war das Pferd dann auch tatsächlich lahm. Sie wusste immer, wann eine Stute fohlen würde oder ob es eine schwierige Geburt sein würde. Die Pferde vertrauen ihr, und wenn sie bei ihnen ist, sind die Stuten ruhig, ganz gleich, wovor sie Angst haben.«

Zacarias nahm die Information in sich auf. Marguarita hatte solche Dinge also schon als Kind vermocht. Es war möglich, dass sie mit übersinnlichen Fähigkeiten geboren worden war, doch viel wahrscheinlicher war, dass sie von einem Magier dazu ausgebildet worden war, einen Zauber zu wirken, der machtvoll genug war, ihn, Zacarias, zu Fall zu bringen. »Fahren Sie fort!«

Cesaro sah noch ratloser aus als zuvor. »Als sie fünfzehn war, versetzte ein Jaguar die Herde in Panik, und die Rinder durchbrachen einen Zaun und rannten auf die Kinder zu, die Fußball spielten. Marguarita stellte sich vor sie, und wie durch ein Wunder bogen die Rinder ab, wurden langsamer und hielten an, als hätten sie jede Orientierung verloren.« Cesaro richtete den Blick wieder auf Zacarias. »Sie ging geradewegs auf den Jaguar zu und schwenkte abwehrend die Hand, als ich ihn erschießen wollte. Nachdem die beiden sich ein paar Minuten angestarrt hatten, lief die Raubkatze in den Wald zurück, und wir sahen hier nie wieder etwas von ihr. Nicht einmal Spuren.«

»Was wissen Sie von der Mutter dieser Frau?« Wenn ihr Vater ein Cousin Cesaros gewesen war, war die Mutter vielleicht eine Magierin gewesen. Es musste eine Erklärung geben.

»Ihre Mutter war eine Chevez von der Hazienda in Brasilien. Sie kennen ihre Familie.«

Er kannte die Chevez' sogar besser als einige der anderen Familien. Sie waren definitiv nicht als Magier zur Welt gekommen, und keiner von ihnen war darin ausgebildet worden, Zaubersprüche zu verhängen. Die Frauen der Chevez' waren von Geburt an mit geistigen Schutzzaubern belegt worden, damit kein Vampir sich ihrer bemächtigen oder sie manipulieren konnte, nicht ohne sie zu töten jedenfalls.

Zacarias ballte die Faust, als sein Geist wieder eine Verbindung zu Marguarita suchte. Er musste seine ganze Beherrschung aufbieten, um nicht an ihren Geist zu rühren. Sein Blut rief nach dem ihren. Oder war es umgekehrt? Der Ruf war jedenfalls sehr stark, schon fast ein Zwang. Zacarias fluchte unterdrückt in seiner Muttersprache. Die Frau war eine einzige Bedrohung.

»Falls sie Sie stört, können wir sie während Ihres Aufenthalts von der Hazienda fortschicken«, bot Cesaro an, als hoffte er, dass Zacarias dem Vorschlag zustimmen würde. »Sie hat viele Tanten, die sich über einen Besuch von ihr sehr freuen würden.«

Wieder ging ein Beben durch den Boden. Zacarias rührte keinen Muskel. Seine Zunge glitt über die scharfen Spitzen seiner Zähne. Sein ganzer Körper schmerzte. Sie müsste für viele Sünden büßen, aber er wagte nicht, zu ihr zu gehen – nicht, solange es ihm ein *Bedürfnis* war, sie zu sehen oder an ihren Geist zu rühren. Zacarias verbot sich, sie in seinem Kopf herumspuken zu lassen. Er war zu stark, sie konnte ihn nicht besiegen.

Cesaro erschrak. *»Señor«*, begann er voller Unbehagen.

»Überlassen Sie die Frau mir!«

»Ich verstehe Sie nicht. Marguarita ist ein gutes Mädchen. Sie wird von allen hier geliebt. Der Vampir hat ihre Stimmbänder zerstört, darum kann sie nicht sprechen. Falls Ihnen das Kummer bereitet ...«

»Ich kenne keinen Kummer.«

Das entsprach der Wahrheit. Aber er *war* beunruhigt von dem Bedürfnis, sie zu berühren. Ihr nahe zu sein. Ihre warme, weiche Haut zu berühren und das unbändige Verlangen nach dem exquisiten Geschmack ihres Blutes zu lindern, das sie in ihm erweckt hatte.

Cesaro stand schnell auf, als Zacarias' Körper flimmerte und transparent zu werden begann. »Warten Sie! Bitte, *señor*, ich muss wissen, dass Sie ihr nichts zuleide tun werden.«

Zacarias richtete einen eisigen Blick auf den Vorarbeiter. »Wagen Sie nicht, sich zu erdreisten, mich ins Verhör nehmen zu wollen! Dies ist mein Land. Sie gehört mir, und ich kann mit ihr verfahren, wie ich will. Ich werde nicht dulden, dass Sie sich in diese Angelegenheit einmischen. Was sie getan hat, geht nur uns beide etwas an. Habe ich mich deutlich genug ausgedrückt?«

Cesaro umklammerte den Lauf seines Gewehrs so hart, dass seine Fingerknöchel weiß hervortraten. Er schluckte zweimal hart, bevor er nur sehr widerstrebend nickte.

Zacarias konnte seine Zeit nicht länger mit dem Mann verschwenden. Was war nur los mit allen, dass sie glaubten, sein Urteilsvermögen infrage stellen zu können? Offensichtlich hatte schon viel zu lange keiner seiner Brüder mehr auf der Ranch gelebt. Seine Leute hatten ihren Schwur, zu dienen und zu *gehorchen*, offenbar vergessen. Das war der wahre Grund, warum Zacarias wusste, dass er zu altmodisch für diese Welt war. Seine Regeln und Gewohnheiten waren überholt. Das Prinzip von »Töten oder getötet werden« wurde nicht mehr so recht verstanden. Die Welt lebte und handelte unter dem falschen Eindruck, dass die Menschheit sicher war – dass es keine Ungeheuer wie Vampire gab und das Böse nicht real war. Er wusste es besser, aber seine Zeit war längst vorbei.

Nachdem Zacarias sich in Dunst aufgelöst hatte, schlüpfte er aus dem Haus und vermischte sich mit dicken Regentropfen. Langsam begab er sich zum Herrenhaus zurück. Selbst in dieser Form, wenn er fast nicht wahrnehmbar war, stampften die Tiere in den Ställen nervös. Trotz seines drängenden Bedürfnisses, Marguarita zu finden, zwang er sich, eine große, langsame Runde über dem Besitz zu drehen, um nach irgendwelchen Anzeichen dafür zu suchen, dass der Untote ihm zu seiner Ruhestätte gefolgt war. Und Zacarias wollte nicht nur *ihr*, sondern auch sich selbst beweisen, dass *er* die Kontrolle hatte und nicht sie.

Er zweifelte nicht daran, dass einer der Brüder Malinov auf Rache sann, nachdem er so viele seiner Soldaten bei dem Angriff auf die Ranch der Familie de la Cruz in Brasilien verloren hatte. Falls die Malinovs irgendjemanden noch mehr hassten als den Prinzen der Karpatianer, war es Zacarias. Die Malinovs würden immer glauben, dass die Brüder de la Cruz sie verraten hatten. Statt sich gegen den Prinzen zu wenden und die Malinovs bei seiner Ermordung zu unterstützen, hatten Zacarias und seine Brüder Mikhail Dubrinsky Bündnistreue geschworen.

Doch den Prinzen zu töten hieße, ihr Volk zum Aussterben zu verdammen. Zacarias wusste das. Sie waren schon so nahe daran, wie eine Spezies es nur sein konnte, bewegten sich auf solch dünnem Eis, dass ein Einsturz jede Rettung unmöglich machen würde. Doch nun, da Mikhail noch lebte, und mit Solanges Blut und der jüngsten Erkenntnis, warum ihre Frauen Fehlgeburten erlitten, hatten die Karpatianer wieder eine gute Chance zu überleben. Dessen war sich Zacarias völlig sicher. Es war der ideale Moment, sich seiner Verpflichtungen zu entledigen. Und das hatte er auch vorgehabt – aber Marguarita Fernandez war ihm dazwischengekommen.

Froh, dass Ruslan Malinov, der Meister der Untoten, keine Zeit gehabt hatte herauszufinden, warum seine Soldaten nicht zurückgekehrt waren, machte Zacarias sich auf den Weg zum Herrenhaus. Sein Herzschlag beschleunigte sich auf merkwürdige Weise, was ihn nur noch nervöser machte. Er umkreiste das Gebäude, ohne sich ein einziges Mal zu erlauben, den Geist der Frau mit seinem anzurühren. Sehr langsam näherte er sich der Eingangstür, nahm wieder seine menschliche Gestalt an und ging hinein.

Er würde nicht der Hitzewelle, die ihn durchschoss, und dem Verlangen erliegen, das ihm mehr zusetzte, als er je für möglich gehalten hätte. Zacarias kannte kein Verlangen; er *begehrte* nicht. Er hatte die Gipfel der höchsten Berge erklommen, die fernsten Winkel der Erde bereist und war immer auf der Suche nach … *irgendetwas* gewesen. Er war Jahrhunderte auf der Erde gewandelt, viel länger als die meisten seiner Art, und hatte mehr Untote getötet, als heutzutage vorstellbar war. Zacarias hatte den schlimmsten Verrat und die größte Tapferkeit gesehen. Es gab nichts mehr, was ihn noch überraschen konnte. Nichts, was sein Herz so außer Kontrolle geraten lassen konnte. Nichts, was ihn zu solch brennender Begierde treiben konnte, weil er kein Begehren *kannte*.

O jelä peje emnimet! Möge die Sonne die Frau holen! Es gab eine Antwort, und er würde sie finden. Niemand beherrschte ihn. Er würde *nicht* ihr Bewusstsein anrühren oder sich auf die Suche nach ihr machen. Aber er ertappte sich dabei, dass er durch das dunkle Haus geradewegs zu ihrem Zimmer ging. Die Tür, die zersplittert und in der Mitte durchgebrochen war, hing gerade noch in den Angeln. Stirnrunzelnd betrachtete Zacarias den Schaden, den er angerichtet hatte. Die teilweise vom Rahmen herabhängenden Holzsplitter hatten gefährlich scharfe Enden.

Er schwenkte die Hand und brachte die Tür in Ordnung, nicht, um Marguarita zu schützen oder damit niemand in ihr Schlafzimmer schauen konnte, sondern einfach nur, weil es kein schöner Anblick war. Sowie er den Raum betrat, merkte er, dass der Duft der Frau das Zimmer noch erfüllte, sie sich aber in einem anderen Teil des Hauses aufhielt und sich hoffentlich an ihre Pflichten in seinem Haushalt erinnerte.

Zacarias blickte sich in ihrem Zimmer um. Es wirkte ausgesprochen feminin und roch auch so – doch der Geruch von Furcht war ebenfalls zu spüren. Obwohl der Rest des Zimmers ordentlich und sauber war, quoll der Papierkorb von zerknüllten Blättern über. Eine jähe Erinnerung an sie überfiel ihn, wie sie in einer Ecke dieses Zimmers gekauert und ihm ein Stück Papier entgegengestreckt hatte. Er sah sich um, beinahe sicher, dass es ihr aus der Hand gerutscht war, als er sie hochgerissen hatte.

Tatsächlich lag ein Blatt Schreibpapier gleich unter dem Rand des Bettes. Zacarias hob es auf und überflog den Brief. Sie hatte versucht, ihm zu erklären, was geschehen war, warum sie ihn nicht in der Sonne hatte sterben lassen können. Sein Magen beruhigte sich. Er konnte weder den Ton ihrer Stimme hören noch beurteilen, ob sie die Wahrheit schrieb oder nicht, doch ihr Brief erklärte zumindest sehr gut ihr Dilemma. Wie er selbst hatte sie einen inneren Zwang verspürt, dem sie nicht hatte widerstehen können.

Was bedeutete das? Gab es irgendjemanden, der sie *beide* manipulierte? Vielleicht sollte ich Marguaritas Motivation noch einmal unter die Lupe nehmen, überlegte Zacarias. Falls sie manipuliert wurde, wie jemand es mit ihm zu tun versuchte, war sie viel schwächer und würde auch viel schneller unterliegen als ein erfahrener Karpatianer.

Er schüttete den Inhalt des Papierkorbs auf das Bett und strich die Blätter eines nach dem anderen glatt, um ihren Inhalt durchzusehen. Marguaritas ersten Erklärungsversuchen fehlte es an Sicherheit und Selbstvertrauen, aber sie bemühte sich weiter, was Zacarias verriet, dass sie hartnäckig und entschlossen war – und tapfer. Sie war nicht zu Cesaro gelaufen, der sicherlich dumm genug gewesen wäre zu versuchen, sie zu beschützen. Nein, sie hatte ihrer Verfehlung ins Auge gesehen und auf ihn, Zacarias, gewartet – in der Hoffnung, ihm alles erklären zu können.

Zacarias seufzte. Es war nicht nur ihre Schuld, dass sie nicht gehorcht hatte. Psychische Zwänge waren gefährlich und fast unmöglich zu ignorieren – wie er selbst am besten wusste. Er war ohne Grund zur Ranch gekommen – getrieben von seinem Begehren –, und er war im Umgang mit Magie erfahren. Marguarita dagegen hatte keine derartigen Erfahrungen, auf die sie sich stützen konnte, um sich zu retten.

Zacarias steckte das erste Blatt in seine Tasche und beförderte die anderen mit einer Handbewegung in den Korb zurück, bevor er ihr Kissen aufhob und ihren Duft einatmete. Er sog ihn tief in seine Lunge und gab dem Sehnen nach. Ihr femininer Duft umhüllte ihn. Genau genommen *erschütterte* er ihn. Zacarias strich die Laken glatt und zeichnete mit der Hand Marguaritas Bild auf dem Bett nach. Er glaubte fast, die Wärme ihrer Haut zu spüren, und wieder einmal schmeckte er ihr exquisites Blut auf der Zunge – köstlicher als der feinste Wein.

Er hätte jedes einzelne Haus auf dem ausgedehnten Besitz aufsuchen und jeden Bewohner, jeden Arbeiter einer genauen Prüfung unterziehen sollen. Sie mussten alle wissen, dass er sich hier aufhielt, allein schon der zugezogenen Vorhänge des Hauses wegen. Niemand würde unaufgefordert in die Nähe des Hauses kommen – oder sollte es zumindest nicht. Wie konnte der Zauber also so machtvoll bleiben, obwohl er sich dessen doch bewusst war?

Wieder atmete er den Duft der Frau tief ein, und sein Körper reagierte mit einem merkwürdigen Kribbeln, einem elektrischen Strom, der durch seine Adern raste und Reaktionen in ihm hervorrief, die er am besten gar nicht erst beachtete. Seufzend begab er sich auf die Suche nach Marguarita. Er hatte dem psychischen Zwang widerstanden und sich bewiesen, dass er Herr seiner Sinne war und sich voll und ganz unter Kontrolle hatte.

Marguarita schob das handgearbeitete Kanu in den Strom hinaus und stieg vorsichtig hinein. Es war das erste Mal, dass Julio nicht das Ruder führte, aber unter seinem wachsamen Auge hatte sie gelernt zu paddeln. Sie hatte angenommen, Angst im Dunkeln zu haben, doch seltsamerweise konnte sie auf dem Wasser ebenso gut sehen wie im Regenwald. Der Fluss war tief genug, um sie bis zum Amazonas zu tragen, das wusste sie. Der anfangs schmale Wasserlauf wurde breiter und die Strömung stärker, dort, wo er sich dem Hauptfluss näherte, und sie würde den Unterschied bemerken. Wenn Julio bei ihr war, war es aufregend, wie das Kanu über das weiß schäumende Wasser glitt, sobald es sich dem brüllenden Amazonas näherte. Aber allein und womöglich gar von einem Vampir verfolgt, verspürte Marguarita nur das dringende Bedürfnis, schnell voranzukommen.

Kaimane mit schwerlidrigen glasigen Augen kauerten wie alte Dinosaurier an den Böschungen, an denen sie vorbeifuhr. Sie schluckte und stieß das Ruder noch kräftiger ins Wasser. Das Kanu glitt still darüber. Unter den dunklen Wolken, die sich am Himmel zusammenballten, sah das Wasser wie ein glitzernder schwarzer Streifen aus, der sich durch lange, halb im Wasser hängende Bäume und Wurzeln hindurchkämpfte, die riesige Käfige bildeten. Marguarita tauchte das Ruder ein und paddelte noch kräftiger, während sie die Vögel zu erreichen suchte, damit sie Alarm schlugen, falls sie vor ihr ein Raubtier sahen.

Bei der Fahrt flussabwärts ergriff ein seltsames Unbehagen Besitz von ihr. Nicht Furcht oder Schrecken – zwei Empfindungen, die sie mit Zacarias de la Cruz in Verbindung brachte –, sondern ein Widerstreben, den Weg fortzusetzen. Sie brachte Abstand zwischen sich und ihn, und mit jedem Meter wurde ihr unwohler zumute. Das Herz tat ihr weh, und es war ein echter körperlicher Schmerz. Vom Verstand her wusste Marguarita, dass sie das einzig Richtige tat. Zweimal ertappte sie sich dennoch dabei, dass sie aufs Ufer zupaddelte, als wäre es ihre Absicht umzukehren.

Sie konnte froh sein, dass der Regen den Fluss hatte anschwellen lassen. Nun war die Strömung stark und trug sie sogar weiter, wenn ihre Arme sich weigerten mitzuhelfen, sie noch schneller von Zacarias wegzubringen. Ihr Unbehagen wuchs, und der

Schmerz griff von ihrem Herzen auf ihren ganzen Körper über. Ihr zitterten die Beine, ihre Arme wurden schwer wie Blei, ihr Gaumen war wie ausgedörrt.

Er war tot. Zacarias de la Cruz war tot, und weil sie ihn verlassen hatte, trug sie irgendwie die Schuld daran. Der Gedanke schlich sich ungebeten in ihr Bewusstsein und ließ sich nicht mehr daraus verdrängen. Kummer übermannte sie und machte sich sogar körperlich bemerkbar. Ihre Brust wurde so eng, dass sie kaum noch atmen konnte. Tränen traten ihr in die Augen und ließen ihre Sicht verschwimmen. In ihren Ohren herrschte ein furchtbares Geschrei: ihr eigener stummer Protest gegen Zacarias' Tod.

Aber – er war doch ein Vampir, oder nicht? In einem verzweifelten Wettlauf versuchte sie, den Besitz der Brüder de la Cruz noch vor ihm zu erreichen, um die Jäger herbeizurufen, damit sie ihn töteten. Falls er also schon tot war, müsste sie sich dann nicht freuen, statt zu weinen? Verwirrt zog Marguarita das Paddel ins Boot und konzentrierte sich aufs Atmen. Zacarias hatte ihr mehrere Male Blut gespendet. Seiner schnellen Reaktion verdankte sie ihr Leben, als der Vampir ihr die Kehle zerfetzt hatte. Das hatte Cesaro ihr erzählt. War da irgendetwas in Zacarias' Blut, das sie selbst im Tod noch aneinanderband? Beim letzten Mal hatte er sie sogar gezwungen, sein Blut zu nehmen.

Marguarita presste die Lippen zusammen. Sie war stark, und sie würde keinen wilden Vermutungen erliegen. Sie hatte eine Mission zu erfüllen. Was immer ihre merkwürdigen Gefühle zu bedeuten hatten, sie mussten Einbildung sein. Das Einzige, was sie interessieren durfte, war, die geliebten Menschen auf der Hazienda zu retten. Der Regen wurde wieder heftiger, der sanfte Nieselregen steigerte sich zu einem erbarmungslosen Wolkenbruch. Sie musste zu dem größeren Fluss und auf dessen andere Seite zum Land der Familie de la Cruz gelangen, um die Jäger herbeizurufen. Der sich sehr schnell bewegende Strom trug Marguarita mit hoher Geschwindigkeit durch den Regenwald, um sie in dem breiten, angeschwollenen Amazonas abzuladen.

Ihr Herz begann fast schmerzhaft hart zu pochen. Sie musste aufpassen, wenn sie das hier überleben wollte. Das Donnern des Flusses war ohrenbetäubend und übertönte jedes andere Geräusch. Das Kanu wurde um eine Kurve getrieben, und das Wasser schoss sogar noch wilder und schneller dahin. Sie durfte jetzt nicht an Zacarias oder Vampire denken. Das einzig Wichtige war, das Paddel in Bewegung zu halten, um nicht gegen die vor ihr aufragenden Felsen geworfen zu werden.

Sie hatte Julio sicher hundert Mal das Kanu durch diese heimtückische Reihe plötzlicher Abfälle und Felsen manövrieren sehen und hatte gelacht und die Erregung und den Nervenkitzel des Moments genossen. Aber sie hatte sich auf die Fähigkeiten ihres Freundes verlassen und blind darauf vertraut, dass er jeden vor ihnen liegenden Felsen kannte. Bei sich selbst war sie da nicht so sicher. Julio hatte ihr ein paarmal erlaubt, es zu versuchen, doch da war es nicht dunkel und die Strömung nicht so schnell gewesen.

Marguarita umklammerte das Ruder noch fester und rief ihre neuen Reflexe zu Hilfe. Ihre Augen brannten vor Anstrengung, als sie sich der Reihe von Felsen näherte, die sich aus dem schäumenden Strom erhoben. Während sie noch tief ausatmete, um sich für die wilde Fahrt zu entspannen, spürte sie schon den ersten Abfall des Kanus, als es in den Gesteinsgarten trieb. Sie rief sich jedes komplizierte Manöver in Erinnerung, das Julio ihr gezeigt hatte, führte es so sorgfältig aus, als säße er bei ihr im Boot, und rief die einzelnen Bewegungsabläufe auf. Schon fiel sie ab, verlagerte das Gewicht und umrundete den ersten Felsen, um perfekt ausgerichtet auf das Tor zum nächsten Abfall zuzuschießen.

Schäumend weiß schien das Wasser um sie herum in der trüben Dunkelheit zu kochen. Der Regen prasselte auf den Strom, und ohne ihre geschärfte Sicht wäre Marguarita nicht imstande gewesen, die enge Durchfahrt zu bewältigen, die sie nehmen musste, um einen besonders heimtückischen Felsen zu umfahren. Der Nervenkitzel, das weiß schäumende Wasser zu befahren, strömte durch ihre erfrorenen Adern und milderte die Angst vor den Vampiren. Marguarita hatte die Ausflüge mit Julio in den Regenwald immer geliebt. Gemeinsam waren sie zu vielen Abenteuern aufgebrochen, und sie wünschte nur, er wäre jetzt auch bei ihr.

Das nächste Hindernis war das schwierigste, denn das Kanu musste in einem ganz bestimmten Winkel in das Felsentor einbiegen, um die Brandung zu umschiffen, die das Boot zum Kentern bringen konnte. Marguarita konnte Julios Stimme hören, die ihr Anweisungen gab, wie sie das Paddel halten musste, um das Kanu für den Bruchteil einer Sekunde anzuhalten. So lange brauchte sie, um scharf abzubiegen, und es dann mit einem harten Paddelschlag nach vorn schießen zu lassen. Marguarita meisterte die schmale Klamm zwischen den beiden Felsen genau so, wie Julio es ihr vorgemacht hatte, und wich dem gefährlich aufgewühlten Wasser um Zentimeter aus.

Das Kanu schoss ins offene Wasser hinaus, und schon war Marguarita auf dem Amazonas. Die Strömung erfasste das Boot, und Marguarita musste ihre ganze Kraft aufwenden, um es auf das Ufer zuzulenken. Der Fluss führte Hochwasser und war unglaublich schnell. Nur mit purer Willenskraft und unter Aufbietung all ihrer Kräfte gelang es ihr, das Ufer zu erreichen. Sie war ein Stück weiter flussabwärts abgetrieben als geplant, aber heilfroh, als sie einen der im Wasser hängenden Äste ergreifen und sich daran mit ihrem Kanu an die Uferböschung ziehen konnte.

Das Gefälle hier am Rand war extrem verschlammt und glitschig. Marguarita war erschöpft, durchfroren und nass und fühlte sich erbärmlich. Sie versuchte, die Böschung hinaufzuklettern, rutschte jedoch immer wieder ab. Der Wind frischte auf und peitschte schließlich mit einer solchen Kraft von allen Seiten auf sie ein, dass er sogar Strähnen aus ihrem dicken Zopf herausriss und ihr Kopfschmerzen verursachte. Schließlich gab sie es auf, die Böschung hinaufzuklettern, und kroch stattdessen. Doch obwohl sie ihre Finger in die Erde krallte, rutschte sie immer wieder zurück, bis ihre Beine und Arme schmerzten und sie schon fürchtete, sie nie wieder anheben zu können. Der von dem Wind gepeitschte Regen biss in ihren Körper, als sie endlich oben ankam und einen Moment lang liegen blieb, um zu Atem zu kommen.

Marguarita machte sich gar nicht erst die Mühe aufzustehen, sondern kroch einfach über den unebenen Boden in den Schutz eines großen Kapokbaumes, um aus dem Regen herauszukommen. Erschöpft lehnte sie sich an die dicken Wurzeln und versuchte, wieder einigermaßen ruhig durchzuatmen. Und da überfiel sie erneut die Erinnerung an den Vampir, der sie angegriffen hatte. Irgendein Detail entzog sich ihr, aber sie wusste, dass es wichtig war.

Sie repräsentierte schon seit Jahren die Familie de la Cruz. Die meisten Familien, die die Ranch bewirtschafteten, hatten noch nie einen der Brüder zu Gesicht bekommen. Marguarita hatte den Arbeiterfamilien Lebensmittel und Medikamente gebracht, wenn sie benötigt worden waren, die Abtragung ihrer Schuld geregelt oder ihnen in Notzeiten ein Darlehen gewährt, womit sie sich ihre Loyalität und ihren guten Willen erworben hatte. Sie hatte die Familie de la Cruz zu einer der meistgeliebten in der Region gemacht. Ihre Großzügigkeit ... okay, und das Geld der de la Cruz' hatten das Ihrige dazu beigetragen.

Vorsichtig stand sie auf und zwang ihre Beine, ihre Arbeit aufzunehmen. Ohne jede Vorwarnung schlingerte der Boden und warf sie wieder auf die Knie. Sofort schwärmten Ameisen über Marguaritas Hände und Stiefel. Sie unterdrückte einen kleinen Aufschrei, weil sie jetzt *wusste*, dass Zacarias nicht tot war. Wie hatte sie so dumm sein können? Er war zur Hazienda zurückgekehrt und hatte sie dort nicht mehr gefunden. Marguarita sprang auf und lief ziellos los, was sich als ein weiterer dummer, gedankenloser Fehler entpuppte.

Riesige Motten, die vom Licht der Stirnlampe angezogen worden waren, flatterten um Marguarita herum. Fledermäuse kreisten nicht weit über ihr und stürzten herab, um die Insekten zu fangen, die das Lampenlicht enthüllte. Große Augen starrten sie einen Moment lang aus geringer Entfernung an, dann sprang das Tier auf einen Baumstamm und flitzte zu den höheren Ästen hinauf. Eine Schlange entrollte sich und hob den Kopf.

Wieder schwankte der Boden, und Donner krachte. Für einen Moment konnte Marguarita kaum atmen. Wieder einmal fühlte sie sich wie die gelähmte Beute eines Monsters, das sie in die Enge trieb. Der Wind brauste durch die Bäume und verbog die kleineren, bis sie regelrechte Bögen formten. Marguarita suchte Zuflucht im Wurzelkäfig des großen Kapokbaumes und versuchte, sich zum Nachdenken zu zwingen, statt in Panik zu geraten. Sie umklammerte die Wurzeln und starrte grimmig in den Wald hinein.

Sie hatte recht gehabt, Zacarias für einen Vampir zu halten. Die Insekten sprudelten auf sein Geheiß förmlich aus dem Boden heraus und flitzten von den Bäumen herab. Giftschlangen glitten durch das nasse Unterholz, und Blutegel krochen über Laub und Blätter auf Marguarita zu. Alles, was sie über Vampire gewusst hatte, war ihr plötzlich wieder gegenwärtig – zusammen mit der Erinnerung an den, der sie angegriffen hatte.

Sie erschauerte und empfand ein geradezu überwältigendes Bedürfnis, sich zu einem Ball zusammenzurollen und zu verstecken. Sie konnte den widerlichen Atem des Vampirs noch riechen, sein verfaulendes Fleisch und die hässlichen, verformten Krallen sehen, die er anstelle von Fingernägeln gehabt hatte. Seine Augen waren vollkommen rot geworden, als sie sie angestarrt und versucht hatten, ihrem Geist die Information zu Zacarias' Aufenthaltsort zu entreißen. Marguarita hatte sich darauf konzentriert, eine vollkommene Leere in ihrem Kopf zu bewahren, und die starken Schutzzauber hatten ihr sehr geholfen, den Ältesten der Brüder de la Cruz nicht zu verraten.

Der Vampir hatte ihren Vater ermordet, und er würde sie umbringen – das wusste sie mit absoluter Sicherheit –, aber ihr war auch klar, dass Zacarias oder einer seiner Brüder den Vampir jagen und vernichten würde. Er würde nie wieder morden. Sie hatte standgehalten, selbst als die grauenvolle Kreatur die rasiermesserscharfen Zähne gefletscht und ihr gedroht hatte, ihr das Herz herauszureißen und es vor ihren Augen zu verspeisen. Sie erschauerte bei der Erinnerung an die roten Augen des Monsters, seinen Atem und den ekelhaften Geruch von verwesendem Fleisch.

Marguarita setzte sich gerade auf. Obwohl sie auch vor Zacarias große Angst gehabt hatte, war er doch nicht wie der Vampir gewesen. Bei ihm war nichts von diesem fürchterlichen Fäulnisgeruch zu spüren gewesen. Verfaulten Vampire nicht von innen heraus?

Zacarias hatte sie in Panik versetzt. Sie berührte das Mal, das er an ihr hinterlassen hatte, und rieb es mit der Fingerspitze. Der Angriff war nicht der gleiche gewesen. Zacarias war ihr nicht böse erschienen. Und auch nicht wie ein Vampir. Wie ein gefährliches, Angst einflößendes Raubtier, das ja, doch nicht wie etwas Übles.

Die Erkenntnis bestürzte sie. Zacarias de la Cruz war ein wildes Tier, ein ungezähmtes Geschöpf, das jagte und tötete, um zu überleben. Er war kein Untoter, aber das änderte nichts. Sie würde nicht zu der Hazienda zurückkehren. Nicht, solange er sich dort aufhielt. Sie fürchtete nur wenige Geschöpfe, doch Zacarias war eine völlig andere Sache. Das Mal, das er an ihr hinterlassen hatte, brannte ein wenig und erinnerte sie daran, dass kein Tier im Regenwald so unberechenbar oder gewalttätig war.

Allein schon, wie entschlossen er auf sie zugekommen war … Sein Gesicht war eine ausdruckslose Maske gewesen, sein Mund zu einem grausamen, unnachgiebigen Strich verzogen, seine Augen flach und kalt und ohne Gnade. Marguaritas Mund wurde trocken, und ihr Herz pochte wieder wie wild. Sie hätte sich nicht rühren können, selbst wenn sie es gewollt hätte, sie war starr vor Schreck wie ein in die Enge getriebenes Beutetier. Marguarita wusste, dass Zacarias sie mit voller Absicht so geängstigt hatte. Sie hatte versucht, auf die gleiche Weise Verbindung zu ihm aufzunehmen wie zu einem wilden Tier, und für einen Moment hatte sie gedacht, er reagierte. Doch danach war er noch schlimmer gewesen als zuvor. Er war gefährlich, aber kein Vampir.

Sie musste an einen sicheren Ort gelangen und sich ihre nächsten Schritte überlegen, und das bedeutete, dass sie die eingeschnitzten Markierungen finden musste, mit denen Julio die Bäume versehen hatte, um den Weg zu kennzeichnen. Dazu musste sie zu der Stelle zurückkehren, wo sie normalerweise das Kanu aus dem Wasser zogen.

Marguarita wartete, bis der heftige Wind ein wenig nachließ, und rappelte sich dann auf, um vorsichtig den Schutz des Baumes zu verlassen. Die Äste über ihr knarrten und ächzten, und sie erhob den Blick zu ihnen. Fledermäuse hingen von allen Ästen und umflogen den Baum, um einen Platz zu suchen. Zuerst dachte Marguarita, sie seien der Früchte des Baumes wegen hier, doch sie fraßen nicht. Mehr und mehr ließen sich auf Zweigen und Ästen nieder, hängten sich kopfüber mit gefalteten Flügeln hin und beobachteten sie aus glitzernden kleinen Augen.

Ein Frösteln durchlief Marguarita. War sie vor Zacarias geflohen, nur um in ein Vampirnest zu geraten? Sie wusste, dass Untote Fledermäuse und Insekten bisweilen als Marionetten benutzten. Sie wich langsam von dem Baum zurück und wäre dabei fast über einen verrottenden Stamm gefallen. Termiten strömten aus dem Holz. Marguarita presste die Lippen zusammen und verbot sich, in Panik zu geraten. Sie musste nachdenken – eine Entscheidung fällen –, und beides konnte sie nicht, wenn sie hier zusammenbrach.

Sie blickte zu den Fledermäusen auf, versuchte sehr behutsam, sie zu erreichen, und sandte ihnen einen Gruß zu. Dabei achtete sie darauf, sie nicht zu sehr zu bedrängen. Ihre Berührung war nur ganz leicht, aber es gelang ihr, geistig mit ihnen in Kontakt zu treten. Sie hätte Böses spüren müssen, wenn sie von den Untoten befehligt würden, doch sie schienen ganz gewöhnliche Fledermäuse zu sein, die fressen mussten. Aber irgendetwas hatte sie aufgehalten, benutzt und ihnen etwas befohlen …

Er benutzte Insekten und Fledermäuse, um sie, Marguarita, im Auge zu behalten. Er wollte wissen, was sie vorhatte, und hatte Spione ausgesandt. Eine Idee fasste Fuß in Marguarita, und sie dachte über die Situation nach und versuchte, sie logisch zu betrachten. Vielleicht waren die Fledermäuse die falsche Art Spione, um sie gegen sie einzusetzen. Sie hatte ihren eigenen Draht zu Tieren und Insekten, und es war gut möglich, dass sie sie alle auf ihre Seite bringen konnte.

Marguarita blickte wieder zu den Fledermäusen auf, sandte ihnen eine weitere freundschaftliche Schwingung zu und drängte sie, sich keinen Zwang anzutun und zu fressen, wenn sie wollten. Sie versprach ihnen, langsamer zu gehen, damit sie ihr folgen und dennoch auf dem Weg noch fressen konnten. Einige der Fledermäuse schienen Früchte zu bevorzugen, andere Insekten. Zacarias hatte sogar Spezies vermischt. Sie lächelte die kleinen Kreaturen an und empfand das gleiche Gefühl der Verwandtschaft, das sich immer einstellte, wenn ihr Geist an den eines Tieres rührte. Mit Zacarias waren sie durch Furcht verbunden, sie jedoch schloss Freundschaft mit ihnen und brachte ihnen ein Verständnis entgegen, das gegenseitig war. Die meisten Tiere und sogar einige Insekten verstärkten die Beziehung, weil sie die tiefe Bindung zwischen ihnen spürten. Marguarita wollte diese Verwandtschaft auch zu den Fledermäusen aufbauen, die Zacarias gewählt hatte, um sie auszuspionieren.

Sie hielt die warmen Schwingungen und die Einladung zu fressen aufrecht. Eine Fledermaus ergriff die Initiative, vielleicht war sie hungriger als die anderen, aber sie flog zum nächsten Obstbaum und ließ sich darauf nieder, um Nahrung zu sich zu nehmen. Sofort war die Luft voller Fledermäuse. Viele wählten Früchte, andere jagten Insekten. Marguarita beging nicht den Fehler davonzueilen – das würde nur den Drang der Tiere verstärken, Zacarias' Auftrag zu erfüllen. Sie war freudig erregt, als sie die Stelle fand, an der Julio und sie normalerweise das Kanu an Land zogen.

Überall war Wasser. Es tropfte von Bäumen, lief Hügel und Hänge herab und erzeugte Hunderte kleiner, in Kaskaden herabstürzender Wasserfälle. Auch auf dem Waldboden sammelte sich das Wasser in großen Pfützen, die alle irgendwann den Weg zum Amazonas finden würden. Sein Rauschen war allgegenwärtig – genau wie das unaufhörliche Summen der Insekten. Marguarita entfernte sich von dem lärmenden Wasser und hielt auf das Landesinnere zu.

Julio hatte Äste markiert – als Kinder hatten sie das ausprobiert, aber mit der Zeit war alles von Pflanzen überwuchert worden. Die Vegetation war so dicht, dass die Baumrinde darunter größtenteils verborgen war und es daher eigentlich keinen Sinn hatte, irgendetwas in einen Baum zu ritzen. Die Markierungen wurden immer schnell verdeckt. An den Bäumen hinauf krochen Lianen, die die Stämme als Treppen zu dem Licht über dem Blätterdacht benutzten. Farne vervollständigten die Vegetation, da auch sie sich in der Baumrinde einbetteten und an ihr zur Sonne hinaufkletterten.

Dicke Wurzeln schlängelten sich über den Waldboden und

verankerten die hohen Bäume, deren Wipfel bis in die Wolken hinaufreichten. Diese gewaltigen Brettwurzeln stützten und ernährten die Baumriesen; einige verdrehten sich zu kunstvollen Formen, während andere eine Art hölzerne Rippen formten. Doch wie sie im Einzelnen auch aussehen mochten, diese Wurzeln beherrschten den Waldboden, beanspruchten große Flächen und boten Tieren wie Fledermäusen und Hunderten von Insektenarten Unterschlupf.

Julio und Marguarita hatten auch in die Wurzeln Zeichen geritzt und wussten, wo sie suchen mussten, selbst wenn Schlingpflanzen und Farne sich schon längst über den mächtigen Baumwurzeln miteinander verwoben hatten. Und tatsächlich fand Marguarita eins ihrer Zeichen unter einem der grün schimmernden Farne, die sie beiseiteschob.

Sie bewegte sich nur langsam voran und fuhr fort, den Fledermäusen Wärme, Achtung und Kameradschaft zu übermitteln. Keine Befehle. Keine Forderungen. Zacarias würde sich in die Dunkelheit der Erde zurückziehen müssen, bevor die Sonne aufging. Bis dahin waren es nur noch wenige Stunden. So lange konnte sie ihn noch austricksen. Die Fledermäuse waren sehr empfänglich und würden keinen Alarm schlagen, solange sie nicht wegrannte oder versuchte, sich vor ihnen zu verstecken.

Marguarita beschloss, sich die Fledermäuse für ihr eigenes Warnsystem zunutze zu machen, und hoffte, dass sie ihre Art von Alarm verstehen würde, wenn ein Raubtier in der Nähe war. Ein umgestürzter riesiger Baum lag quer über dem Weg, und Schösslinge füllten schon die Lücke, die er hinterlassen hatte. Der verrottende Stamm war mit Insekten, Pilzen und Schlingpflanzen bedeckt. Marguarita betrachtete ihn aufmerksam, weil sie sich der gefährlichen Schlangen und giftigen Frösche bewusst war, die sie leicht berühren könnte, wenn sie darüberkletterte.

Doch ihr blieb keine andere Möglichkeit. Andernfalls müsste sie von ihrem Weg abweichen, was im Dunkeln in einem Regenwald denkbar unvernünftig wäre. Und so trat sie vor und griff nach oben, fest entschlossen, über den Stamm hinwegzuklettern. Im Geiste verscheuchte sie die Insekten und die Frösche und hoffte, dass sie sie in Ruhe lassen würden.

Doch da packten sie von hinten Hände an der Taille und zogen sie an einen harten Körper. »Bist du wirklich so beschränkt, Frau, oder macht es dir nur Spaß, dich in Gefahr zu bringen?«, hörte sie Zacarias' leise Stimme an ihrem Ohr, die sie bis ins Mark erschauern ließ.

5. Kapitel

Marguarita erstarrte. Und wenn sie sich nun geirrt hatte? Was, wenn er wirklich ein Vampir war? Das Mal, das Zacarias an ihrem Hals hinterlassen hatte, pochte und brannte, sein Atem bewegte die feinen Härchen an ihren Nacken … Sie versteifte sich, als seine Finger ihre Haut berührten und ihren dicken Zopf beiseiteschoben. Sein Körper lag so dicht an ihrem, dass sie jeden seiner Atemzüge spüren konnte. Er roch wild – wie eine unbezähmbare, gefährliche Kreatur, die sie weit entfernt von jeder Hilfe eingefangen hatte. Jeder seiner Muskeln und jeder seiner Herzschläge prägten sich ihr ins Gedächtnis ein.

Erst jetzt wurde sie sich seiner Frage bewusst. *Beschränkt?* Hatte er sie wirklich gerade gefragt, ob sie beschränkt war? Wut erfasste sie, die sich aber gleich mit Furcht vermischte.

Wärme strömte in ihren Geist und kündigte Zacarias an. Vorhin, als er sie im Haus angegriffen hatte, war er tief in ihr Bewusstsein eingedrungen und hatte es erobert und besetzt. Aber das hier war ganz anders. Diesmal wählte er einen langsamen Angriff, eine Hitze, die sich in ihr ausbreitete wie warmer Sirup und ihren Kopf ganz und gar ausfüllte. Marguarita stockte der Atem, und sie biss sich schmerzhaft auf die Unterlippe. Die Wärme verbreitete sich nun in ihrem ganzen Körper, wie dickflüssige Lava, die Zentimeter für Zentimeter ihre Adern einnahm und immer tiefer und tiefer glitt. Ihre Brüste waren schmerzhaft schwer geworden, die Spitzen hart – und ein heißes Prickeln erwachte zwischen ihren Schenkeln.

Ihre körperliche Reaktion auf seinen Übergriff war mehr als nur beunruhigend – sie war mindestens genauso grauenvoll wie der Biss in ihren Nacken. Ihr Instinkt riet ihr, auf der Stelle davonzulaufen, aber sie wehrte sich nicht einmal, weil Entsetzen und Wut sie festhielten. Das und Zacarias' große Hände, die um ihre Taille lagen, über ihre Hüften strichen und sich sehr besitzergreifend anfühlten. Flammen züngelten durch Marguaritas Kleider hindurch über ihre Haut, wo immer diese Hände sie berührten.

In ihrem ganzen Leben hatte sie noch nie so feminin auf einen Mann reagiert. Sie hatte gehört, dass Gefahr sich als Verführung tarnen konnte, und dieses Gerücht konnte sie jetzt nur bestätigen. Zacarias war so sinnlich, wie ein Mann es nur sein konnte, und löste ein langsam schwelendes Feuer in ihr aus. Marguarita zitterte am ganzen Körper und fürchtete um ihre Seele. In einem stummen Versuch, sich zu retten, bekreuzigte sie sich.

»Ich weiß, dass du mich hören kannst – ob ich laut spreche oder nur in deinem Kopf. Dein Blut ruft das meine, und das antwortet. Tu also nicht so, als könntest du mich nicht hören!«

Marguarita befeuchtete die Lippen. *Ich bin nicht beschränkt.* Ein bisschen verwirrt vielleicht, aber sie verstand ihn. Nur sich selbst oder was mit ihrem Körper vor sich ging, begriff sie nicht.

Sie zitterte und hätte sich am liebsten losgerissen, doch auch sie verzehrte sich nach ihm und konnte seinen Herzschlag hören.

Zacarias beugte sich vor, bis seine Lippen ihr Ohr berührten. »Wenn du nicht beschränkt bist …« Eine seiner Hände glitt von ihrer Hüfte zu ihrer Taille und brannte sich durch ihre Kleider, bis sie mit dem Abdruck seiner Handfläche gezeichnet war. Die andere Hand legte sich langsam, Finger um Finger, um ihre Kehle. Er drückte ihren Kopf zurück, bis er an seiner Brust ruhte und Marguarita nichts anderes übrig blieb, als zu seinen dunklen, gnadenlosen Augen aufzuschauen. Sie starrten einander an und waren in einem merkwürdigen Kampf gefangen, den Marguarita nicht verstand.

»Dann willst du wohl sterben?«

Seine Stimme war nicht nur ein Flüstern an ihrem Ohr, sondern auch ein warmer Hauch an ihrer Haut und ihren Nervenenden. Seine Finger glitten sanft über ihren Körper und strichen dessen Rundungen nach. Die Empfindung war so real, dass Marguarita erschauderte. Ihre Kehle schnürte sich vor Furcht zusammen. Marguarita schluckte hart an seiner Hand und schüttelte nur stumm den Kopf. Es war unmöglich, den Blick von Zacarias' bezwingenden dunklen Augen abzuwenden, die voller Hitze und Feuer waren, obwohl sie gerade noch ganz flach und kalt gewirkt hatten. Es war etwas sehr Reales in Zacarias de la Cruz, das konnte sie in seinen Augen sehen. Er war nicht nur eine Tötungsmaschine – und auch nicht der Untote, wie sie zuerst vermutet hatte, dafür waren diese Augen zu lebendig. Und sein Körper viel zu heiß und hart.

Marguarita versuchte, seine animalische Seite, die den größten Teil von ihm ausmachte, zu erreichen. Zacarias hatte schon lange jede Höflichkeit verloren. Oder vielleicht war er ja auch schon so zur Welt gekommen, wie er heute war: gerissen, wild und ausgesprochen territorial. Sie verstand Tiere, sogar gefährliche Raubtiere, und deshalb verdrängte sie die Furcht vor dem Karpatianer, konzentrierte sich auf das Tier und versuchte, es irgendwie zu beruhigen. Sie erwartete genauso wenig, dass sie Freunde werden würden, wie sie es bei einem Jaguar erwartet hätte, aber sie war schon einmal einer dieser großen Katzen begegnet, und beide waren ohne Feindseligkeit ihrer Wege gegangen. Das Gleiche hoffte sie bei Zacarias.

Das Problem war nur, dass er sie erheblich mehr verwirrte als eine dieser riesigen Katzen – oder etwa ein Raubvogel. Sie spürte die Flut von Wärme, die der geistigen Verbindung stets vorausging, und es war leichter, als sie geglaubt hatte, fast so, als wäre ihr der Weg bereits bekannt, als wäre er gut ausgetreten. Sie beruhigte Zacarias, als hätte sie ein wildes Tier vor sich, und näherte sich ihm sanft an, mit zarten geistigen Berührungen, um ihn zur Ruhe zu bringen und zu besänftigen.

Zacarias' Augen waren jedoch noch kälter und Furcht erregender denn je, als er abrupt von ihr zurücktrat und die Hände sinken ließ. »Du bist eine Magierin.«

Es klang wie eine Anklage, wie ein Fluch und eine Androhung von Vergeltung. Marguarita schüttelte heftig den Kopf, um die Beschuldigung zurückzuweisen. Sie hatte keine Ahnung, warum Zacarias ihr vorwarf, ein Wesen zu sein, das Zauber wirken konnte. Diesen Vorwurf konnte man ja wohl eher ihm machen. Schließlich war *er* es, der sie derart durcheinanderbrachte. Wenn man seinen Augen glauben durfte, würde kein Magier Zacarias de la Cruz mit einem Zauber belegen wollen, und sie schon gar nicht.

»Was bist du dann?«, fuhr er sie an.

Sie runzelte die Stirn. Die Antwort müsste eigentlich offensichtlich sein. *Ich bin nur eine Frau.*

Zacarias musterte Marguaritas blasses, schönes Antlitz. Sie war mit Schlamm beschmutzt und offensichtlich sehr erschöpft. Ihr herzförmiges Gesicht schien nur noch aus großen, ängstlich aufgerissenen Augen zu bestehen.

Ich bin nur eine Frau.

Fünf simple Wörter, aber was wollte sie ihm damit sagen? Er kannte Frauen – doch keine wie sie. Marguarita Fernandez war weit mehr als *nur eine Frau.* Er durchforstete seine Erinnerungen, die nach Jahrhunderten des Lebens sehr umfangreich waren, aber keine Frau hatte je sein Interesse geweckt, jedenfalls keine, die wie *diese* war.

Lange starrten sie sich schweigend an. »Du wirst mit mir zur Hazienda zurückkehren.« Es war eine Feststellung, keine Frage. Er ordnete es an, gab den Befehl und wartete auf die für sie typische Reaktion: Widerspruch und Ungehorsam. Vielleicht hatte sie eine Krankheit, die sie zwang, sich einem direkten Befehl stets zu widersetzen.

Zacarias sah, wie es in ihrer Kehle arbeitete, wie Marguarita schluckte und von Angst ergriffen wurde. Doch sie unterdrückte die Furcht schnell – man zeigte einem Raubtier keine Angst. Sie waren geistig immer noch sehr intensiv miteinander verbunden, und er konnte ihre Emotionen spüren. Es war interessant, sich selbst durch ihre Augen zu sehen. Aus Erfahrung wusste Zacarias, dass andere Tiere und auch Menschen ihn für einen Killer hielten, aber das Wissen rief keine Reaktion in ihm hervor, schon gar keine emotionale. Auf dieser ursprünglichen, animalischen Ebene, auf der sie jedoch miteinander verbunden waren, spürte er *ihre* Emotionen, als wären sie die seinen – und das bereitete ihm Unbehagen.

Ihre kleine Zunge befeuchtete die perfekt geformten Lippen. Mit dem Stiefel tastete Marguarita nach festem Boden und trat sehr langsam zurück. Als er den Kopf schüttelte, blieb sie jedoch wieder stehen.

Zacarias konnte ihr die Gedanken am Gesicht ablesen. Sie wollte weglaufen, und es kümmerte sie nicht, ob er es für Feigheit hielt. Ihr Überlebenstrieb war jetzt sehr stark. Sie hatte sich ein Mal geopfert, und ihrer Meinung nach war das genug. Sie war bestraft genug.

»Ich bin noch nicht fertig mit dir, Frau. Du wirst mit mir zur Hazienda zurückkehren und dort bleiben, während ich herausfinde, was hier vorgeht. Und du wirst nicht noch einmal ohne meine Erlaubnis fortgehen.«

Das empörte sie. Zacarias konnte die Sturmwolken sehen, die sich in ihren dunklen Augen zusammenbrauten. Er hätte den Blick nicht von ihr abwenden können, selbst wenn er es gewollt hätte. Ihre Augen waren nicht von dem trüben Grau wie der Rest der Welt um sie herum. Und auch ihr Haar nicht. Beides war schwarz wie Ebenholz oder wie der Nachthimmel, von einem echten Schwarz ganz ohne Farbe. Auch ihr Mund faszinierte Zacarias. Ihre Lippen hätten grau oder von einem langweiligen

Weiß sein müssen, aber er hätte schwören können, dass sie dunkelrosa waren. Er blinzelte mehrmals, um den Eindruck loszuwerden, doch die seltsame Farbe blieb und ließ ihn sogar ein bisschen taumeln. Diese Frau faszinierte ihn, wie keine andere es bisher vermocht hatte.

Trotzig schob sie ihr hübsches kleines Kinn vor. *Falls du vorhast, mich zu töten, dann nur zu! Gleich hier und jetzt!*

Seine Augenbrauen fuhren in die Höhe. »Sollte ich dich töten, entscheide *ich*, wann und wo, und lasse es mir nicht von einer Frau vorschreiben, die nicht mal die Bedeutung von Gehorsam kennt.«

Sie zog einen Stift und einen Notizblock aus der Tasche und begann zu schreiben. Zacarias nahm ihr beide Gegenstände aus der Hand und steckte sie in seine Tasche.

Benutz unsere Blutsbande!

Stumm schüttelte sie den Kopf und streckte entschieden die Hand nach seiner Tasche aus.

Aber er winkte genauso resolut ab und spürte, dass er schon gar nicht mehr schockiert über ihren Ungehorsam war. Er war jetzt sicher, dass sie an einer Krankheit litt, irgendeiner seltenen, angeborenen geistigen Funktionsstörung, die sie zwang, den Befehl einer Autoritätsperson zu ignorieren.

»Ich habe heute alle siebenundvierzig Briefe gelesen und will nicht noch einen lesen müssen.«

Alle siebenundvierzig? Du warst in meinem Zimmer? Sie waren im Papierkorb. Weggeworfen! Du hättest sie nicht lesen dürfen.

Also benutzte sie doch die Blutsbande, wenn sie wollte. Etwas, das Genugtuung sehr nahe kam, stieg in Zacarias auf. Marguaritas Furcht hatte so weit nachgelassen, dass sie schon viel natürlicher auf ihn reagierte. »Wieso? Sie waren doch offenbar für mich bestimmt, *kislány kunenak minan* – meine kleine Närrin. Sie waren eindeutig an *Señor* Zacarias de la Cruz adressiert.« Er machte eine angedeutete Verbeugung. »Und sehr gut geschrieben. Da sollte man doch annehmen, du wärst imstande, einfache Anweisungen zu befolgen.«

Gib mir meinen Stift und Block zurück!

»Du wirst die Blutsbande zwischen uns benutzen.« Er wusste, dass ihr diese viel intimere Kommunikationsform unangenehm war, doch *er* ersehnte sich diese Intimität.

Marguaritas Augen wurden schwarz wie Obsidian und flackerten wie zwei glänzende Feuersteine. Sie biss die Zähne zusammen, und dabei fiel ihm auf, wie ebenmäßig und weiß sie waren. Ohne nachzudenken, packte er sie an den Oberarmen, zog sie näher und drehte ihren Kopf so zu sich, um sie genauer ansehen zu können – sie waren weiß wie kleine Perlen. Nicht grau. Nicht von dem hässlichen, bräunlichen Weiß, das er zu sehen gewohnt war. Für einen Moment gab es nichts anderes auf der Welt als diese kleinen weißen Zähne und Marguaritas unglaubliche, fast völlig schwarze Augen.

Etwas schlug gegen seine Brust, nicht hart, weil er es kaum bemerkte, aber Marguaritas kleiner Aufschrei veranlasste ihn, den Blick zu senken. Sie hatte mit den flachen Handflächen gegen seinen Oberkörper geschlagen und sich offensichtlich wehgetan. »Was tust du?«, fragte er sie stirnrunzelnd.

Ich schlage dich, du Rüpel. Und? Wie fühlt sich das an?

Sie hatte Temperament. Er erkannte das Feuer nun, das in ihr schwelte. Aber sie hatte sich nur selbst Schmerzen zugefügt, und er hatte, wenn er ehrlich sein sollte, fast nichts gespürt. »Das nennst du ›schlagen‹? Du bist wirklich ein bisschen sonderbar. Kein Wunder, dass Cesaro dich aus dem Haus haben wollte. Er befürchtete wohl, dass ich mich über deine Narrheit aufregen könnte.«

Narrheit?

Marguarita ballte die Faust und holte aus. Ihren Bewegungen nach zu urteilen, musste ihr jemand beigebracht haben zu kämpfen. Zacarias wich jedoch aus, bevor sie ihn treffen konnte, packte sie und drehte sie herum, kreuzte ihre Arme über ihrer Brust und zog Marguarita hart an seinen Körper. Sein Atem entwich mit einem Geräusch, das ihn schockierte. Zacarias versteifte sich unwillkürlich und legte den Mund an ihren Nacken, an den warmen, heftig schlagenden Puls, der so laut nach ihm rief. War das etwa ein *Lachen* gewesen? Hatte er gelacht?

Er? Gelacht? Das war unmöglich. Soweit er sich erinnerte, hatte er nie gelacht. Als Kind vielleicht, als kleiner Junge, aber selbst das bezweifelte er. Woher war dann dieser Laut gekommen? War es möglich, dass diese sonderbare Frau seine ihm vom Schicksal bestimmte Gefährtin war? Bei allem, was heilig war, aber das war völlig ausgeschlossen. Er konnte unmöglich der Seelengefährte einer Frau sein, die außerstande war, auch nur die kleinsten Anweisungen zu befolgen. Und seine Emotionen und die Fähigkeit, Farben zu sehen, hätten auch sofort zurückkehren müssen. Doch merkwürdigerweise war es so, dass er sich im Moment tatsächlich lebendiger fühlte als seit tausend Jahren.

Wie er war auch Marguarita erstarrt. Sie hatte sich in seinen Armen wieder versteift wie ein verängstigtes Kaninchen. Und sie fröstelte, was kein Wunder war, so wie ihre nassen, verschmutzten Kleider an ihren weichen, femininen Rundungen klebten. Sowie er merkte, dass ihr kalt war, entfernte er mit einer Handbewegung die Feuchtigkeit und den Schmutz aus ihren Kleidern und wärmte sie mit seinem Körper. Solche Dinge waren etwas ganz Natürliches für seine Spezies, doch bei Marguarita Fernandez musste er sich selbst die alltäglichsten Vorgänge in Erinnerung rufen.

»Ich werde dein Benehmen entschuldigen, da du keine Mutter hattest, um dir Manieren beizubringen, doch meine Geduld hat Grenzen, das sage ich dir gleich«, flüsterte er an ihrem Ohr, fest entschlossen, ihr beizubringen, wer bei ihnen das Kommando hatte. Ganz sicher nicht dieses unerfahrene junge Ding, das dumm genug war, ohne Begleitung und im Dunkeln in den Regenwald hinauszugehen. »Du hast gewisse Aufgaben.«

Ich kenne meine Aufgaben. Wie spät ist es?

Erstaunt über die Frage, blickte er zum bewölkten Himmel auf. »Gegen vier Uhr morgens.«

Genau. Um diese Zeit habe ich frei.

Er war versucht, sie in diese entzückende Stelle zwischen Nacken und Schulter zu beißen, um sie für ihre fortgesetzte Aufsässigkeit zu bestrafen. »Wenn sich ein de la Cruz im Haus aufhält, bist du vom Sonnenuntergang bis zur Morgendämmerung im Dienst. Oder wann immer *ich* es sage. *O jelä peje teród, emni* – die Sonne soll dich holen, Frau! Widersprich mir nicht! Hast du in den letzten Stunden nichts dazugelernt? Du wirst ohne Begleitung *nirgendwohin* gehen. Du bist eine Frau, eine unverheiratete noch dazu, und wirst immer eine Anstandsdame bei dir haben.«

Sie gab keinen Ton von sich, aber er spürte ihre Auflehnung gegen sein neuestes Dekret. Und tief im Inneren erwachte es wieder, dieses seltsame Geräusch, das in seinem Bauch begann und hochsprudelte wie Champagnerperlen. Bei allem, was heilig war – sie brachte ihn zum Lachen! Er verspürte in der Tat Belustigung. Diese kleine Frau brachte Freude in sein Leben. Bis er herausgefunden hatte, warum sie solche Macht über ihn hatte, würde er nicht von ihrer Seite weichen. Sie konnte seiner Autorität trotzen, so viel sie wollte, aber sie würde schon noch lernen, was und wer in ihrem Leben die Macht ausübte.

Zacarias atmete ihren Duft ein und merkte, dass er gegen den Ruf ihres Blutes ankämpfte. Er hatte ihn schon wieder im Mund, diesen selten köstlichen Geschmack, der besser war als alles, was er je gekannt hatte. Zacarias spürte förmlich, wie dieses exquisite Blut seine Kehle hinunterlief, um in seine Adern einzudringen und sich wie geschmolzenes Gold in seinem Körper zu verbreiten. Ihre Haut war warm und weich, und ihr Puls zog ihn auf schier unwiderstehliche Weise an. Zacarias schloss die Augen und lauschte einfach nur dem Rhythmus ihres Herzens. Er war nicht hungrig, und trotzdem verzehrte er sich nach ihr wie ein Süchtiger nach der Droge; er wollte die Zähne in sie senken, ihre zarte Haut unter den Lippen spüren …

Streichelnd ließ er die Hände an ihren Armen hinaufgleiten, bis seine Finger ihre Brüste streiften. Ihre kleinen Knospen waren steif vor Kälte – oder Erregung? Er konnte es nicht sagen. Jeder seiner Sinne, sein ganzes Sein konzentrierte sich auf ihren Körper, auf ihr Aussehen und das Gefühl von ihr. Die Zeit schien stehen zu bleiben. Es gab nur seine Hände, die über sie glitten, ihre Brüste umfassten und mit den Daumen über die harten kleinen Spitzen strichen. Sein Herz, das ihm wild gegen die Rippen schlug – und das ihre, das im gleichen Rhythmus pochte.

Hitze durchflutete und erfüllte ihn. Das Blut in seinen Lenden pochte, bis er so hart und heiß war, dass er von innen heraus zu verbrennen glaubte. Ein seltsames Dröhnen erfüllte seinen Kopf; ihm war, als stünde er in Flammen, als versengte Feuer seine Haut und raste durch seine Adern. Eine Flut erotischer Bilder brandete durch seinen Geist; er sah ihren sich windenden Körper unter seinem, eine Million von Wegen, sie in Besitz zu nehmen … Er hatte solche Dinge natürlich schon gesehen, aber nie wirklich an sie gedacht. Nicht ein einziges Mal in seinem Leben hatte er mit dem Gedanken gespielt, eine Frau ohne ihre Zustimmung zu nehmen. Hatte niemals auch nur in Betracht gezogen, gegen ihren Willen in sie einzudringen und mit ihr zu machen, was er wollte – oder zumindest nicht bis jetzt. Die Bilder und sein schreckliches, brutales Verlangen überwältigten ihn. Winzige Tröpfchen Blut erschienen auf seiner Haut, Schweiß, wie er ihn noch nie gekannt hatte. Zacarias war nervös, außer Kontrolle und halb wahnsinnig von dem unbändigen Begehren, das von dem bloßen Verlangen nach ihrem Blut in sinnliche Begierde umgeschlagen war.

Er stieß sie von sich und atmete tief ein, um dem Wahnsinn,

der in ihm tobte, ein Ende zu bereiten. Zacarias hatte gewusst, dass seine Seele gebrochen war, kaum mehr als ein Sieb, das von feinen, empfindlichen Fäden zusammengehalten wurde, aber *das* hier – das würde ihn und seine Ehre ein für alle Mal zerstören. Er wischte sich den Schweiß vom Gesicht und starrte das Blut an seinen Händen an. »Was bist du, Frau? Du hast mich verhext.«

Sie war so blass, dass sie in der Dunkelheit fast schimmerte, und schüttelte den Kopf. *Das war ich nicht. Ich schwöre, dass ich nichts dafür kann. Ich weiß nicht, was mit dir geschieht.*

Sie hatte ihn gespürt, gemerkt, wie er immer härter wurde und sein Körper sich in wachsendem Verlangen an sie gedrängt hatte.

»Du wirst mich nicht beherrschen.«

Das versuche ich auch gar nicht. Sie trat zwei Schritte von ihm weg und starrte mit großen Augen die unübersehbare Wölbung unter dem Stoff seiner Hose an. Zacarias konnte den genauen Moment bestimmen, als ihre Angst die Oberhand gewann und sie sich umdrehte und vor ihm davonlief.

Zacarias holte noch einmal tief Luft, breitete die Arme aus und nahm eine andere Gestalt an, weil er die Abwechslung von seiner männlich-menschlichen jetzt dringend brauchte. Federn sprossen auf seiner Haut, als er sich verwandelte. Diesmal war der Haubenadler riesig. Er erhob sich in die Luft, flog aber nicht zu hoch, da er sich jetzt auf die Jagd begab. Mit eleganter Leichtigkeit bewegte der Adler sich zwischen den Bäumen hindurch und hielt nach seiner Beute Ausschau. Dann hatte er sie entdeckt und sank noch tiefer. Marguarita blickte über die Schulter und riss entsetzt die Augen auf, als der Adler die Krallen nach ihr ausstreckte, sie noch im Laufen packte und sich mit ihr in die Luft erhob.

Marguarita kämpfte, aber der Haubenadler hielt sie unerbittlich fest und schlug mit den mächtigen Flügeln, um an Höhe zu gewinnen. Die junge Frau erstarrte förmlich, als der Boden sich immer mehr entfernte, und klammerte sich an den Beinen des Vogels fest. Sowie er das Blätterdach durchbrochen hatte, flog er, so schnell er konnte, über den Regenwald hinweg auf die Hazienda zu. Harpyien konnten eine Geschwindigkeit von fünfzig Meilen in der Stunde erreichen, und mit dem starken Wind im Rücken legte der Vogel die Strecke binnen kürzester Zeit zurück und war im Nu auf der Ranch.

Dort setzte Zacarias Marguarita sanft im Gras vor der Eingangstür ab und verwandelte sich, bevor seine Füße den Boden neben ihr berührten. Sie versuchte nicht mehr wegzulaufen, sondern lag nur still im Gras und presste die Hände auf den Bauch, wo die Vogelkrallen sie umklammert hatten. Zacarias bückte sich, um sie aufzuheben, und drückte sie an sich.

Ihre Augen waren riesengroß, die Furcht war wieder da, und von Marguaritas aufsässigem Naturell war nichts mehr wahrzunehmen. Da sie nicht schreien konnte, war nicht einmal ihr Mund geöffnet, um um Hilfe zu rufen, was Zacarias mehr aufregte, als gut für ihn war.

»Sieh mich nicht so an!«, fauchte er. »Wärst du einfach mitgekommen, ohne Theater zu machen, hätte ich dich nicht so zurückschleppen müssen. Hat dir eigentlich noch nie jemand gesagt, dass gewisse Dinge Konsequenzen haben?«

Sie wandte den Blick von ihm ab und starrte auf irgendetwas hinter seiner Schulter, doch sie konnte nicht das Erschaudern unterdrücken, das sie durchlief. Vielleicht war er zu grob gewesen. Er durfte ihre Krankheit nicht vergessen. Ihr Vater hätte auf jeden Fall etwas gegen ihre krankhafte Missachtung jeglicher Autorität unternehmen müssen, aber jetzt war er, Zacarias, ja da. Er zweifelte nicht daran, dass er das Problem beseitigen konnte.

Zacarias schwenkte die Hand, und die Tür ging auf. Mit Marguarita auf den Armen trat er hindurch und legte sie auf das Sofa, bevor er zurückging, um das Haus mit zusätzlichen Schutzzaubern zu versehen. Er nahm sich die Zeit, sehr starke, komplizierte Zauber um das gesamte Gebäude herum zu weben, damit niemand herein- oder hinauskonnte, solange er schlief. Die Arbeiter auf seinen Besitzungen wussten, wann ein de la Cruz da war und dass man sie tagsüber nicht stören durfte. Als Zacarias sicher war, dass niemand – nicht einmal einer seiner Brüder – die Schutzzauber würde überwinden können, kehrte er zu der Frau zurück, die ihm immer noch ein Rätsel war.

Marguarita setzte sich langsam auf. Er sah, wie sie nach Atem rang, und bemerkte den Schmerz, den ihr Gesicht verriet. Stirnrunzelnd trat er näher, und das Erste, was er wahrnahm, war der Geruch von Blut. Zacarias zog sie auf die Beine. Sie hielt die Hände fest an die Taille gepresst, und er konnte kleine rote Blutstropfen zwischen ihren Fingern hervorquellen sehen. Menschen heilten nicht so schnell von selbst wie Karpatianer Zacarias war schon zu lange nicht mehr unter Menschen gewesen. Er hatte sich von ihnen genährt und war dann verschwunden, ein Geist in der Nacht, den niemand in Erinnerung behielt.

»Zeig mal her!« Er senkte die Stimme ein wenig, als Marguarita erschrocken den Blick zu ihm erhob. »Nimm die Hände weg, Frau! Ich muss wissen, was passiert ist.«

Vermutlich klang er jedoch nicht weniger bedrohlich, wenn er leise sprach, denn sie fröstelte wieder, und er bemerkte, dass sie sich nicht bewegen konnte.

Sehr sanft griff er nach ihren Handgelenken und zog ihre Hände von ihrem Bauch. Die Einstichwunden der Krallen, die so groß und scharf wie die eines Grizzlys waren, bedeckten ihren ganzen Körper um die Taille herum. Er hätte bedenken sollen, was diese Adlerkrallen mit menschlichem Fleisch anrichten würden, statt sich über ihren Trotz zu ärgern. Ohne den Blick von ihrem Gesicht zu wenden, spuckte er in die Hände. Sein Speichel hatte nicht nur eine heilende Wirkung, sondern enthielt auch eine betäubende Substanz, die Marguarita den Schmerz nehmen würde. Zacarias' Hände umfassten fast vollständig die schmale Frauentaille, als er seine Handflächen auf die Einstichwunden legte und behutsam seinen Speichel darauf verrieb.

»Dir wird warm werden, aber der Schmerz müsste vergehen«, versicherte er ihr.

Sie zitterte so heftig, dass er nicht sicher war, ob sie sich auf den Beinen würde halten können, und sie starrte ihn mit dem gleichen Ausdruck an, den er bei Beutetieren von Kobras gesehen hatte. Marguarita war wie gelähmt und wirkte überaus verängstigt, aber sie konnte den Blick nicht von ihm abwenden.

»Hör auf, mich zu fürchten!« Zacarias hatte ihr Angst einjagen wollen, ja, doch nun wünschte er, er könnte sie zurücknehmen. Marguarita sah furchtbar zerbrechlich, verwundbar und unsagbar allein aus. »Ich werde nicht zulassen, dass dir irgendetwas zustößt. Es ist meine Pflicht, auf dich aufzupassen und für dich zu sorgen.« Und das war die reine Wahrheit. Denn nichts würde ihm diese Frau wieder nehmen können – schon gar nicht der Tod. Durch ein Wunder – oder einen teuflischen Trick – erwachte er endlich zum Leben, er fühlte sich, als wäre er wiedergeboren worden, und er war endlich wieder an etwas interessiert.

Zacarias blickte sich in dem Zimmer um und sah wie immer alles grau in grau. Als er den Blick jedoch wieder auf Marguarita richtete, konnte er Farbe erwachen sehen, schwach nur, aber doch klar erkennbar. Ihre Wimpern waren von dem gleichen erstaunlichen Schwarz wie ihr dichtes Haar. Große Augen, dunkel wie Bitterschokolade, erwiderten seinen Blick. Ihre Augenbrauen waren ebenfalls schwarz und ihre Lippen definitiv rosa. Die Fähigkeit, Farben zu sehen, konnte einem Karpatianer nur von seiner Seelengefährtin zurückgegeben werden. Das Gleiche galt für Emotionen – und was sonst könnten seine heftigen Reaktionen auf sie sein? Dass sein Körper auf sie reagierte, war problematisch, aber auch beglückend – falls er tatsächlich so etwas wie

Glück empfinden konnte. Doch eine Seelengefährtin hätte diese Dinge *augenblicklich* wiederhergestellt …

Erst vor ein paar Monaten hatten Magier die Nachbarranch bezogen und nur auf den rechten Augenblick gewartet, um die Familie de la Cruz vernichten zu können. Dominic und Zacarias hatten das verhindert, doch es bestand dennoch eine geringe Chance, dass das Bündnis zwischen den Meistervampiren und den Magiern gehalten hatte und Letztere zu einem weiteren Versuch zurückgekommen waren. Wäre Marguarita jedoch vom Zauber eines Magiers beeinflusst, hätte Zacarias das gemerkt. Und dennoch … egal, wie oft er sich das sagte, trotzdem wuchs die Furcht in ihm, dass er die wahre Erklärung kannte.

Falls Marguarita wirklich seine Seelengefährtin war, musste etwas schiefgegangen sein, und er fürchtete, die Antwort auf die Frage, was es war, bereits zu kennen. Er hatte sie nicht rechtzeitig gefunden. Seine Seele war schon so angeknackst, dass der Schaden nicht mehr zu beheben war. Seine andere Hälfte würde sich nicht mit ihm vereinen und Licht in das Dunkel in ihm bringen können. Es war nicht überraschend, dass er ein hoffnungsloser Fall war; wahrscheinlich war er schon so geboren worden. Aber dennoch hatte es eine Zeit gegeben, in der er von diesem Moment geträumt hatte, in der er sich eine Seelengefährtin erträumt und sich sogar auf die Suche nach ihr begeben hatte.

Zacarias' Handflächen wurden feucht, als er Hitze aus seinem Körper in ihren sandte. Sie rang nach Atem, und er übernahm für sie das Atmen. Er beruhigte sie, bis die Luft wie von selbst durch seinen Körper in ihren floss und ihr Atem dem ruhigen Rhythmus des seinen folgte. Ihr Herz dagegen schlug so wild, dass Zacarias befürchtete, sie könnte einen Herzanfall erleiden.

»Atme einfach nur, *mica emni kunenak minan* – meine schöne kleine Närrin!« Ungewollt klang Kummer in seiner Stimme mit, Trauer um das, was er schon lange verloren gehabt hatte, bevor er es überhaupt gefunden hatte.

Marguarita blickte zu Zacarias de la Cruz' markanten Zügen auf. Es war ein Gesicht, das wie aus Stein gemeißelt und geprägt von Kampf und Alter war, aber immer noch eine ganz spezielle Schönheit hatte. Dies war ein Mann, der nie ein Kind hatte sein dürfen, sondern von Anfang an ein Krieger gewesen war, durch und durch. Zum ersten Mal sah sie Leid und Schmerz in seinen Augen. Das Gefühl war tief und real, und als sie an seinen Geist rührte, hätte sie um ihn weinen können. Zacarias schien die Tiefe seines Kummers jedoch nicht einmal bewusst zu sein, oder vielleicht gestand er sich auch nur keine Gefühle ein, aber ihr zerriss es fast das Herz für ihn.

Er war vollkommen unabhängig und brauchte niemanden. So mächtig ... und so unsagbar allein. Er fügte ihr Schmerz zu, jagte ihr eine Höllenangst ein und versorgte dann mit schier unglaublicher Sanftheit ihre Wunden. Vielleicht war er ein bisschen sonderbar, nachdem er so lange ganz allein gewesen war. Wann immer er etwas in seiner Sprache zu ihr sagte, wurde seine Stimme weicher, wie ein Streicheln fast, und seine Worte umhüllten sie wie starke Arme. Dummerweise erweckten diese Einsamkeit und Verwilderung in ihm Marguaritas Mitgefühl, denn schon suchte ihr Geist wieder die Verbindung zu seinem. Sie versuchte, ihn zu beruhigen, und sandte ihm Wärme und Verständnis.

Ohne nachzudenken, hob sie die Hand, um die tiefen Linien in seinem Gesicht zu berühren, und schrak zusammen, als er ihr Handgelenk ergriff. Ihr Handgelenk schmerzte von der Kraft, mit der er es umklammerte. Überhaupt war sein ganzer Körper hart wie ein Kapokbaum, kein bisschen nachgiebig oder flexibel. Seine Finger umschlossen ihr Gelenk wie eine Eisenschelle, sodass es ihr unmöglich war, die Hand zurückzuziehen. Ihr Herz begann wieder, wie wild zu pochen. Als sie blinzelnd zu Zacarias aufblickte und sein Gesicht sah, entwich der Atem zischend ihrer Lunge. Ohne auch nur nachzudenken, hatte sie es wieder einmal geschafft, den Tiger in ihm aufzuwecken.

Es tut mir leid. Wirklich.

Der Argwohn in seinen Augen war so sehr der eines misstrauischen wilden Tiers, dass sie den Strom des Mitgefühls und der Wärme von ihrem Geist in seinen nicht mehr bremsen konnte. Ihr war, als müsste sie diesen Mann beruhigen. Er gehörte nicht in ein Haus. Es war ausgeschlossen, seine Macht oder wilde Natur in vier Wänden einzusperren. Marguarita konnte sich nichts und niemanden vorstellen, der sich in seiner Nähe wohlfühlen würde. Mit seiner herrischen Art dominierte er jeden Raum, und seine aristokratische Haltung und unbeugsame Autorität verstärkten nur die Furcht erregende Aura, die ihn ohnehin umgab.

»Wolltest du mich streicheln wie ein Hündchen?«

Die Frage tat weh, obwohl kein Sarkasmus in seiner Stimme mitschwang. Marguarita befeuchtete die plötzlich trockenen Lippen und schüttelte den Kopf. Sie wusste nicht, was sie falsch gemacht hatte. Hätte sie ihr Schreibzeug, könnte sie vielleicht versuchen, es zu erklären, aber so? Wie sollte sie ihm mit bloßen geistigen Eindrücken zu vermitteln versuchen, wie sich ihre sonderbare Fähigkeit offenbarte?

Nicht einmal sie selbst war sich sicher, wie ihre Gabe wirkte. Sie wusste nur, dass alles in ihr auf die Wildheit in ihm reagierte, auf die gequälte Seele, die so spröde, einsam und bedürftig war. Und er wusste nicht einmal von seiner Bedürftigkeit. Wie sollte sie ihm sie aufzeigen, wenn sie nicht mal eine Stimme hatte?

Es tut mir leid, wiederholte sie im Geiste.

Zacarias' Miene blieb unbewegt, als er ihre Fingerspitzen an sein Gesicht legte und sie dort festhielt. »Entschuldige dich nicht! Ich bitte ja auch nicht um Entschuldigung.«

Ihr Magen schlug einen seltsamen kleinen Purzelbaum, als sie seine Haut unter den Fingerspitzen spürte.

»Wenn du mich berühren willst, meine Erlaubnis hast du.«

Zum ersten Mal, seit der Vampir sie angegriffen hatte, war

Marguarita froh, dass sie nicht sprechen konnte. Es gab keine Worte, um ihren Gefühlen Ausdruck zu verleihen. Sie hätte verärgert sein müssen über Zacarias' aristokratisch herablassendes Gebaren, doch stattdessen war sie nur versucht zu lächeln.

Sie hatte keine Erklärungen. Es gab keine ... Was für ein psychischer Zwang auch immer ihm Sorgen bereitete, er wirkte sich ganz offensichtlich auch auf sie aus. Und ohne ihr Schreibzeug fühlte Marguarita sich nackt, verwundbar und außerstande, sich zu verständigen. Sie schluckte und nickte. Ist er vielleicht der Meinung, ich soll ihm für seine Erlaubnis danken?, überlegte sie in einem Anflug von Hysterie.

Er zog die Hand zurück, ließ die ihre aber an seiner unrasierten Wange liegen. Sie strich über das stoppelige dunkle Barthaar und fühlte, wie ihr Herz diesem Mann zuflog. Das Gefühl war so stark, dass es sie erschreckte. Verwirrt über ihre Reaktion auf ihn, ließ sie abrupt die Hand sinken und trat zurück. Sie hatte große Angst vor Zacarias de la Cruz, aber die Traurigkeit in ihm lag ihr so schwer auf der Seele, dass sie gar nicht anders konnte, als Mitleid mit ihm zu empfinden.

Denn *sie* hatte ihm das angetan. Es war ihre Schuld. Er war hergekommen, um sein Leben in Ehren zu beenden, und sie hatte ihn daran gehindert und ihn wieder einmal in der Einsamkeit seiner öden Welt zurückgelassen. Falls es wirklich einen Menschen gab, der eine Insel war, war es Zacarias de la Cruz. Sie konnte nicht seine ganze einsame Welt sehen, doch sie spürte die Spitze des Eisbergs, und die war genug, um für immer um ihn zu weinen. Sie stand in seiner Schuld, und eine Fernandez blieb niemandem etwas schuldig!

Ich wusste nicht, was ich tat, als ich dich daran hinderte, deine Bürden abzuwerfen. Wenn ich die Zeit zurückdrehen und es rückgängig machen könnte ... Würde sie ihn sterben lassen? Könnte sie dabeistehen und ihm dabei zusehen? Entmutigt ließ sie die Schultern hängen. Nein, sie konnte ihn nicht belügen. Sie könnte niemals tatenlos danebenstehen, während er in der Sonne verbrannte. Das ginge über ihre Kraft. Marguarita schaute ihn unglücklich an. *Es tut mir leid.* Gab es denn nichts anderes, was sie ihm übermitteln konnte?

Zacarias betrachtete lange schweigend ihr Gesicht. Dann senkte er den Blick, ließ ihn über ihren Körper gleiten und betrachtete ihre Figur in etwa so, wie es ein Rancher täte, wenn er Vieh einschätzte. Sie biss sich auf die Lippe und zwang sich, Zacarias nicht von sich wegzustoßen. Sie war doch kein Pferd! Sie war ihm etwas schuldig, ja, aber sie hatte auch schon mehr als einmal um Entschuldigung gebeten. Und er musste sie nun wirklich nicht ansehen, als wäre sie ein *Krankheitskeim*.

Sein Blick kehrte zu ihrem Gesicht zurück. »Ich kann deine Gedanken lesen.« Er legte eine Hand auf ihre Faust, zog sie an seine Brust und begann, ihre Finger einen nach dem anderen zu lösen. »Du bist ein reizbares kleines Ding, nicht wahr? Und sehr verwirrt. In einem Moment verspürst du Reue und denkst daran, mir deine Dienste anzubieten, und im nächsten schon willst du mich schlagen. Du dienst mir bereits; ich brauche nur zu befehlen, und du wirst mir geben, was immer ich verlange. Und was das Schlagen angeht, so ist das weder ratsam noch erlaubt.«

Mit ihm zu reden ist in etwa so, wie das Fell verkehrt herum gebürstet zu bekommen, dachte sie. Es spielte keine große Rolle, dass alles, was er sagte, zutraf. Sie hatte wirklich daran gedacht, einen Waffenstillstand mit ihm zu schließen – und ihm aus freien Stücken und nicht nur widerwillig ihre Dienste anzubieten. Aber dieser Mann war so arrogant, dass er nicht einmal den Unterschied zu kennen schien. Und was das Schlagen anging – wenn er weiter so mit ihr redete, würde es sie wahrscheinlich kaum noch kümmern, ob es »erlaubt« war oder nicht.

Ein langsames, sehr schwaches, aber echtes Lächeln ließ sein grimmiges Gesicht ein wenig weicher erscheinen. Es war so flüchtig, dass Marguarita es kaum mitbekam, doch es war hinreißend, dieses Lächeln.

»Ich lese immer noch deine Gedanken.«

Sie warf ihm einen finsteren Blick zu. *Das ist unhöflich. Ich bin machtlos gegen meine Gedanken.* Vielleicht hatte sie dieses Lächeln ja herbeigezaubert, so schnell, wie es verschwunden war – um durch blankes Eis ersetzt zu werden?

»Natürlich kannst du das. Du wirst wie ich tagsüber schlafen. Und du wirst auf gar keinen Fall die Hazienda ohne meine Genehmigung verlassen. Du wirst dich um all meine Bedürfnisse kümmern, bis ich wieder abreise. Vor allem wirst du mir gehorchen, sofort und ohne Fragen oder Widerworte.«

Was er brauchte, war keine Frau, sondern ein Roboter. Marguarita musste sich sehr beherrschen, um nicht die Augen zu verdrehen. *Wie lange wirst du bleiben?* Der Himmel stehe ihr bei, falls Zacarias de la Cruz vorhatte, länger zu bleiben als eine Nacht …

Seine Augenbrauen fuhren in die Höhe. »Das brauchst du nicht zu wissen, Frau. Du wirst mir freudig dienen, solange ich hierbleiben will.«

Er meinte es ernst. Das konnte sie ihm ansehen. Er erwartete von ihr, dass sie froh und dankbar war, ihm dienen zu können, dieser arrogante, unmögliche, herrschsüchtige Quälgeist! *Sollte ich vielleicht auch vor euch knicksen, Majestät?*

Seine Brauen zogen sich zusammen. Schweigen breitete sich im Zimmer aus, bis sich sogar die Wände von der Spannung auszudehnen schienen. Ohne den Blick von ihr abzuwenden, starrte er sie drohend und mit unbewegter Miene an. Marguarita kämpfte mit sich, um nicht woanders hinzusehen – und sich nicht völlig von ihm einschüchtern zu lassen. Zacarias erschien ihr riesig. Er beherrschte das ganze Zimmer, seine breiten Schultern blendeten alles hinter ihm aus, und sie wurde sich seiner Macht und ihrer eigenen Verwundbarkeit bewusst.

»Vielleicht möchtest du das Bündnis zwischen unseren Familien ja auflösen? Wenn es das ist, was du willst, brauchst du nur zu sagen, dass du dich nicht an unsere Abmachung gebunden fühlst.«

Marguarita stockte der Atem. Er würde sie ganz bestimmt nicht gehen lassen. Sie konnte sein Bedürfnis nach ihrer Nähe viel zu deutlich spüren. Er *konnte* sie nicht gehen lassen. Zacarias erkannte nur nicht, dass er Gefühle hatte, die tief unter der Oberfläche brodelten. Über ihre primitive, animalische Verbindung versuchte sie, sich diese Empfindungen zunutze zu machen, doch es war nicht nur so, dass er seine eigenen Gefühle nicht erkannte, sondern er hatte auch keine Ahnung, dass sie überhaupt vorhanden waren. Selbst wenn sie das Bündnis zwischen ihrer großen Familie und den Brüdern de la Cruz von ihrer Furcht vor ihm zerstören ließ, würde es sie nicht retten.

Und so presste sie die Lippen zusammen und schüttelte den Kopf. *Ich möchte dir dienen.*

»Ohne Widerworte oder Fragen?«

Sie biss die Zähne zusammen. Er wollte Genugtuung für ihren Ungehorsam. Oder vielleicht verstand sie ihn falsch. Dieser Mann schien nicht die leiseste Ahnung zu haben, wie man mit Menschen umging. Wahrscheinlich hatte er sich seit Hunderten von Jahren nicht mehr in zivilisierter Gesellschaft aufgehalten.

»Und mir lag auch nichts daran«, erklärte er, da er ihre Gedanken offenbar noch immer las.

Marguarita überlegte, ob sie sich das Vergnügen gönnen sollte, ihm den Mund zuzunähen, während er in seiner unterirdischen Kammer schlief. Denn kaum zog sie in Betracht, dass es Erklärungen für sein haarsträubendes Benehmen geben könnte, begann er zu sprechen und ruinierte wieder alles.

Sie warf ihm einen raschen Blick zu und sah, wie seine Lippen sich zu diesem bemerkenswerten, aber leider viel zu kurzen und schwachen Lächeln verzogen. Ihr Magen vollführte wieder einen Purzelbaum.

»Ich sehe das Bild einer Frau, die dir verdächtig ähnlich sieht und mir mit Nadel und Faden den Mund zunäht. Oder deute ich deine Gedanken vielleicht nicht richtig?«

Marguarita gab sich die größte Mühe, eine unschuldige Miene aufzusetzen. *Vielleicht könnten wir uns besser verständigen, wenn du mir Stift und Block zurückgäbst. Dann käme es ganz sicher nicht zu diesen kleinen Missverständnissen.* Das war keine Lüge. Und zumindest würde es sie möglicherweise vor Schwierigkeiten bewahren.

»Ich bezweifle, dass ein Stift und Block so viel Macht besitzen«, stellte Zacarias fest.

Sie wünschte wirklich, er würde sich aus ihrem Kopf heraushalten. *Ich muss mich setzen.* Ihr war gerade erst bewusst geworden, dass sie schwankte. Vielleicht war es der Schock, aber das ganze Zimmer drehte sich plötzlich um sie.

Er ergriff ihren Arm und half ihr auf das Sofa. »Möchtest du ein Glas Wasser?«

Was auch immer, solange es sie nur für einen Moment von seiner überwältigenden Präsenz befreite. Sie nickte und gab sich alle Mühe, wie eine dieser zarten, zur Ohnmacht neigenden Damen auszusehen. Sie war eher kräftig, sodass er ihr das womöglich nicht ganz abnahm, doch andererseits war er so altmodisch, dass sie vielleicht trotzdem damit durchkam.

Wieder verzogen sich seine Mundwinkel zu diesem schwachen Lächeln, und er schüttelte den Kopf und reichte ihr ein Glas Wasser. »Du solltest lernen, deine Gedanken zu zensieren. Beschreib mir, wie dein ganz normaler Tag aussieht.«

Sie zuckte die Schultern und ließ ihren Alltag vor ihrem inneren Auge Revue passieren. Ein Bad nehmen. Sich anziehen und die Haare bürsten. Ihr Zimmer aufräumen. Frühstücken. Ordnung im Haus schaffen. Bestellungen für die Arbeiterfamilien aufgeben. Pferde und Rinder auf Krankheiten oder Verletzungen untersuchen. Ein Mittagessen zubereiten. Julio heißen Kaffee und Sandwiches bringen. Mit ihm reiten und plaudern …

Die Luft im Raum wurde spürbar schwerer. Die Wände dehnten sich, der Boden geriet ins Schlingern. Marguarita hielt sich stirnrunzelnd am Sofa fest. *Was ist? Du hast mich gebeten, dir einen ganz normalen Tag zu beschreiben. Ich habe auch Freizeit, darf zu Mittag essen und reiten.*

»Wer ist dieser Mann, mit dem du lachst?«

Marguarita runzelte die Stirn. *Du kennst Cesaros Sohn nicht?* Als Zacarias fortfuhr, sie anzustarren, bis sie ein Brennen auf der Stirn zu spüren begann, seufzte sie. *Ich brauche Papier und einen Stift. Sonst kann ich dir keine korrekten Eindrücke vermitteln.*

»Ich glaube, ich verstehe deine Eindrücke sehr gut. Du wirst nicht mehr mit diesem Mann ausreiten. Fahr fort!«

Marguarita rieb sich die Schläfen, in denen sie einen beginnenden Kopfschmerz spürte. Sie war zu erschöpft und verwirrt, um noch länger Angst zu haben. In einem Moment war sie wütend auf Zacarias, im nächsten belustigte er sie. Sie hatte absolut keine Ahnung, wie sie mit ihm umgehen sollte. Die Verbindung zwischen ihnen schien stärker zu werden, je öfter sie an sein Bewusstsein rührte. Aber sie wollte ihn nicht in ihrem Kopf haben, und je mehr sie sich auf telepathischem Weg mit ihm verständigte, desto leichter wurde es für ihn, ohne ihr Wissen ihre Gedanken zu lesen. Das Gefühl war innerhalb kürzester Zeit so natürlich geworden, dass sie nichts anderes mehr fand als Wärme.

Ich besuche die Familien, die Hilfe brauchen, kümmere mich um die medizinischen Notfälle, die sich ergeben, bereite das Abendessen zu und esse selbst …

»Ich kann nicht sehen, ob du allein isst.«

Er klang so grimmig, dass sie aufblickte, um ihm ins Gesicht zu sehen. Es sah wie versteinert aus. Wieder presste sie ihre Finger an die Schläfen. *Meistens ja. Danach räume ich die Küche auf, backe manchmal etwas und bade und lese, bevor ich zu Bett gehe – allein.*

Er streckte die Hände aus und legte die Finger an ihre Schläfen. »Schließ die Augen. Ich glaube, du hast genug gehabt für heute Abend. Du musst dich ausruhen. Wir können dieses Gespräch morgen nach Sonnenuntergang fortsetzen. Und wir werden einen Waffenstillstand schließen. Heute Nacht wirst du schlafen, ohne Angst zu haben. Ich habe das Haus mit starken Schutzzaubern versehen. Sollte ein Diener des Vampirs erscheinen, wird er nicht in mein Zuhause eindringen können.«

Ihr blieb fast das Herz stehen. Er hatte »mein Zuhause« gesagt. Noch nie zuvor hatte sie einen der Brüder de la Cruz einen Ort als »ihr Zuhause« bezeichnen hören. Der Gedanke entglitt ihr jedoch, bevor sie ihn festhalten konnte, und die Wärme, die den Schmerz in ihrem Kopf ersetzte, ließ sie ein bisschen schwindeln.

Zacarias bückte sich und hob sie auf, um sie durch das Haus zu ihrem Schlafzimmer zu tragen. Die Tür war wieder vollkommen in Ordnung. Auch das Zimmer war makellos aufgeräumt, wie sie auf dem Weg zum Bett bemerkte. Ihre Lider waren schwer geworden, ihr Körper wollte sich nicht mehr bewegen. Zacarias legte sie aufs Bett und strich ihr in einer Geste, die fast schon ein Streicheln war, das Haar zurück.

Marguarita konnte sich nicht erinnern, warum sie ihn herrisch, arrogant und aufgeblasen gefunden hatte. Er deckte sie zu und versicherte ihr noch einmal, dass ihr nichts geschehen konnte. Und sie fühlte sich sicher. Sie lächelte ihn sogar an, bevor ihr die Augen zufielen. Die Idee mit dem Waffenstillstand war gut. Damit würde sie leben können …

6. Kapitel

Im Herrenhaus, in dem geheimen Raum unter dem schweren Himmelbett und tief vergraben in der vitalisierenden Erde, flogen Zacarias' Augen im selben Moment auf, in dem sein Herzschlag einsetzte. Ein kaum wahrnehmbarer Schatten zog über das Haus, aber als alter karpatianischer Jäger spürte Zacarias selbst diese kaum merkliche Störung. Die Sonne war untergegangen, und die Nacht hatte sich wie ein schwerer Vorhang über die Ranch gelegt. Doch die Dunkelheit hatte auch Spione mitgebracht.

Normalerweise hätte Zacarias die Jagd begrüßt. Das war schließlich seine Aufgabe, das Einzige, worin er wirklich gut war. Und er fühlte sich auch wohl in dieser Rolle. Er war ein Einzelgänger, der keine Ahnung hatte, wie Menschen lebten oder arbeiteten und sich auch nie dafür interessiert hatte. Er wusste jedoch, was für zerbrechliche Geschöpfe sie waren – und nun hatte er *sie*, die schöne kleine Närrin, die sich irgendwie in sein Leben eingeschlichen hatte und nicht einmal wusste, wie sie sich vor Adlerkrallen schützen konnte.

Er hatte geahnt, dass es nur eine Frage der Zeit war, bis seine Feinde nach Rache sinnen würden. An der Schnelligkeit ihrer Suche erkannte er, dass ein Meistervampir sie zu allen Haziendas der Brüder de la Cruz führte. Zacarias lebte schon viel zu lange, um anzunehmen, es könnte einfach nur ein Zufall sein. Sie jagten ihn. Normalerweise würde er ihnen zeigen, wer er war, und den Kampf sogar begrüßen – doch diesmal stand zu viel auf dem Spiel. Und so wartete er einfach nur, bis der Schwarm dunkler Vögel über dem Haus vorbeigezogen und ein paarmal über der Ranch gekreist war, bevor die Rabenvögel weiterflogen.

Dann versuchte er, Verbindung zu *ihr* aufzunehmen. Zu der Frau: Marguarita Fernandez. Bevor er es verhindern konnte, versuchte er, geistig mit ihr in Kontakt zu treten. Sie hätte friedlich schlafend in ihrem Bett liegen und darauf warten müssen, dass er sie weckte, aber so war es natürlich nicht. Zacarias seufzte nur, weil sie ihn nicht mehr überraschen konnte.

Mit einer Handbewegung öffnete er die Erde, mit einer weiteren kleidete er sich beim Aufstehen an und achtete darauf, die Luft nicht zu bewegen, damit Marguarita nicht merkte, dass er sich erhoben hatte. *Emni kunenak ku assatotello!* Ungehorsame kleine Närrin! Wusste sie nicht, dass er für sie töten würde? Sie schien einfach nicht lernfähig zu sein, egal, wie hart die Lehre war. Seine Feinde suchten ihn schon, und falls sie sie in seiner Nähe fanden, falls sie auch nur eine Vermutung hatten ... Zacarias verschloss sich vor dem, was geschehen könnte, und ignorierte diesen sonderbaren und ungewohnten Drang zu lächeln, wenn er an Marguaritas ständigen Ungehorsam dachte. Sie musste wirklich närrisch sein, eine andere Erklärung gab es nicht.

Wie eigenartig, dass diese Frau auch nur das kleinste Interesse bei ihm wecken konnte! Seine Reaktion auf sie erhärtete den hartnäckigen Verdacht, dass sie seine Seelengefährtin sein könnte. Bevor er am frühen Morgen sein Herz zum Stillstand gebracht hatte, war er sorgfältig noch einmal alles durchgegangen, was seine Brüder ihm über den Moment erzählt hatten, in dem sie ihre Gefährtinnen erkannt hatten. Sie hatten es beim ersten Kontakt sofort gemerkt. Ohne jeden Zweifel. Ihre Emotionen waren zurückgekehrt, und sie waren regelrecht geblendet gewesen von den Farben, die sie plötzlich wieder gesehen hatten.

Selbst nach Jahrhunderten des Lebens konnte Zacarias das Rätsel der Seelengefährtinnen nicht entschlüsseln, doch falls Marguarita Fernandez tatsächlich seine Gefährtin war, spielte ihm das Schicksal einen Streich. Die Frau war eine absolute Nervensäge.

Mit leisen Schritten ging er durch das große Schlafzimmer zum Korridor. Das ganze Haus war von Marguaritas angenehmem, äußerst femininem Duft erfüllt, der ihm plötzlich zu Bewusstsein brachte, dass sie seit Jahren sein Haus bewohnte, selbst als Kind schon, da ihr Vater hier im Herrenhaus gelebt hatte. Es war nicht öde und kahl wie die meisten seiner Zufluchtsorte, weil Marguarita ihm ihren Stempel aufgedrückt und dieses Haus zu ihrem Heim gemacht hatte. Es strahlte Wärme aus, die Wärme einer Frau, die ihr Zuhause liebte und sich mit liebevoller Aufmerksamkeit darum bemühte.

Da er keine Farben sah, waren die Zimmer für ihn natürlich grau und öde, doch er *spürte* die Vielfalt und Schönheit der handgewebten Teppiche und dicken, offenbar selbst genähten Decken, die über Sofas und Sesseln lagen. Bei einem schweren Ohrensessel blieb er stehen und rieb den Stoff der Patchworkdecke zwischen den Fingern. Er spürte Marguarita in jedem dieser winzigen Stiche. Sie hielt das Haus nicht nur in Ordnung. Sie liebte es.

Und anscheinend liebte sie auch Kerzen. Sie schienen ebenfalls handgefertigt zu sein. Natürlich gab es Strom im Haus und auch einen Notgenerator, aber Zacarias nahm an, dass bei den Stürmen, von denen sie oft heimgesucht wurden, manchmal umgestürzte Bäume die Strommasten beschädigten, und auch ein Generator konnte alle möglichen Defekte haben. Er hatte sich nie Gedanken über solche Dinge machen müssen, doch Marguarita dachte offensichtlich an alles und bereitete das Haus auf schlechtes Wetter vor.

Sie hatte aber nicht nur ihr eigenes Heim auf Notfälle vorbereitet, wie er an den Listen sah, die auf dem Couchtisch lagen. In ihnen hatte sie die Namen sämtlicher Familien aufgeführt, die auf den Ländereien der Brüder de la Cruz lebten, und die jeweiligen Bedürfnisse der Leute. Laternen, Kerzen und Konserven schienen die wichtigsten Bestandteile zu sein. Er hatte kaum je einen Gedanken daran verschwendet, wie diese Leute lebten und arbeiteten, aber nun erkannte er, dass Marguarita sich in seinem Namen gut um sie gekümmert hatte.

Die Tür zum Badezimmer stand offen, und mit Parfümgeruch vermischter Wasserdampf drang ins Wohnzimmer. Zacarias sog den Duft tief in seine Lunge. Gespannte Erwartung erfasste ihn. Für die Dauer von ein paar Herzschlägen wartete er und genoss das Gefühl der freudigen Erwartung, sie zu sehen – denn jetzt bestand für ihn kein Zweifel mehr daran, *dass* er etwas fühlte, auch wenn es nicht das Gleiche war, was seine Brüder ihm beschrieben hatten.

Neugierig griff er nach der Decke und drückte sich den weichen Stoff, der noch immer einen Anflug ihres faszinierenden Duftes enthielt, ans Gesicht. Ein scharfes Ziehen ging durch seine Lenden. Es war nicht so stark wie in der Nacht zuvor, aber dennoch eine eindeutige Reaktion. Für einen Moment war Zacarias so bestürzt, dass er vergaß zu atmen. Seine kleine Närrin war mit ziemlicher Sicherheit seine Seelengefährtin, nur war sie – und hol die Sonne sie dafür! – zu spät erschienen. Wie typisch! Das Schicksal hatte ihm sowohl mit der Auswahl als auch mit dem Zeitpunkt wieder einmal einen Streich gespielt.

Zacarias seufzte, atmete noch einmal tief Marguaritas femininen Duft ein und schloss für einen Moment die Augen. Es spielte so oder so keine Rolle, welche Scherze sich das Schicksal mit ihm erlaubte, denn er konnte Marguarita ohnehin nicht zu einem halben Leben mit ihm verdammen. Er war kein Gewinn für sie, nicht mit dieser angeborenen Wildheit und Düsternis in seiner Seele. Er war von Geburt an verdammt gewesen und hatte sich schon lange damit abgefunden. Deshalb war dies ein furchtbarer Schlag – und ein vor allem völlig unerwarteter für ihn. Eine Gefährtin zu erhalten, die immer unerreichbar für ihn bleiben würde, war die schlimmste Qual, die Zacarias sich vorstellen konnte.

Etwas Weiches, Feminines rührte an seinen Geist. Er nahm kein Geräusch wahr, spürte jedoch Belustigung – einen Eindruck von Heiterkeit, der wie ein warmes Glühen war. Zacarias nahm das Gefühl in seinem Herzen auf, doch er erlaubte sich nur für einen kurzen Augenblick diesen Luxus. Sein Geist, der offensichtlich schon so stark auf ihren eingestellt war, verweigerte ihm den Gehorsam, wenn es um Marguarita ging. Er brauchte den Kontakt, diese Wärme, die seinen ganzen Körper zu durchdringen schien.

Hunger beschlich ihn, ein nagender, quälender Hunger, der in seinen Adern pochte und schnell sein ganzes Sein beherrschte. Er nahm ihn im Mund wahr, diesen einzigartigen, unverwechselbaren Geschmack, der so ganz und gar Marguarita war. Er erkannte, dass er schon besessen von ihr war, aber nach Jahrhunderten einer öden, leeren Existenz war das kein zu hoher Preis für die Fähigkeit, etwas zu fühlen.

Weil es ihn so sehr nach ihrer Wärme verlangte, drang er noch weiter in ihr Bewusstsein ein. Ein tiefes Lachen, ein dröhnendes Gelächter, das eindeutig männlich und Marguarita offenbar vertraut war, unterbrach seine Gedanken. Zacarias spürte ihre liebevolle Akzeptanz, die Sanftheit in ihr, die nicht vorhanden war, wenn *er* mit ihr zusammen war. Ihr Besucher erheiterte sie, und sie war ihm offensichtlich wohlgesonnen.

Zacarias bewegte sich so schnell durch das Haus, dass er kaum mehr als ein verschwommener Schatten war, der buchstäblich in ihr Zimmer einbrach. Die Tür zersplitterte krachend. Holz flog in alle Richtungen, als er es auseinanderriss. Marguarita saß auf dem Boden an ihrem offenen Fenster, und auf der anderen Seite stand ein Mann, der den Kopf durch die Öffnung steckte und Marguaritas Arm berührte. Beim Geräusch der zersplitternden Tür fuhren beide herum. Im Bruchteil einer Sekunde war Zacarias bei dem Mann, riss ihn in einem Ausbruch schonungsloser Gewalt durchs Fenster ins Zimmer und schleuderte ihn brutal gegen die Wand.

Während er ihn dort mit einer Hand festhielt, schlug er die Zähne in den wild pochenden Puls an der Kehle des jungen Mannes.

Nein! Hör auf! Du musst aufhören!

Nach dem ersten kurzen Kampf wehrte der Mann sich nicht mehr. Zacarias unternahm keinen Versuch, ihn zu beruhigen, dafür war das Vergehen des jungen Burschen viel zu groß. Er hörte ein fürchterliches Brüllen, und es dauerte einen Moment, bis er erkannte, dass das Geräusch aus seiner eigenen Kehle kam. Gierig schluckte er das heiße Blut, selbst als ihm Marguaritas flehentliche Bitte ins Bewusstsein drang.

Sie ergriff seinen Arm und zog daran. Gleichzeitig versuchte sie verzweifelt, die andere Hand zwischen Zacarias und sein Opfer zu schieben. Er konnte sie sehen, aber nur wie aus weiter Ferne durch den roten Dunst, der seinen Schädel ausfüllte. Nichts anderes zählte für Zacarias, als diesen Mann zu töten, der es gewagt hatte, Marguarita anzurühren.

Zacarias spürte ihren warmen Geist in seinem eisig kalten und sah sich plötzlich mit ihren Augen. Sie war der Panik nahe. Er war gewalttätig geworden wie eine große Dschungelkatze beim Erlegen ihrer Beute. Auf irgendeiner Ebene war Marguarita sich vage bewusst, dass sie der Grund dafür war. Sie hatte große Angst vor ihm, weil sie seine Absicht las und wusste, dass er mehr instinktiv als überlegt handelte.

Sie überschwemmte sein Bewusstsein mit Bildern eines Wolfrudels und dann mit Dutzenden von Babys, als wäre er der Narr und könnte den Begriff »Familie« nicht verstehen. Schließlich griff sie zu einem Bild von Cesaro, das sie in Zacarias' Bewusstsein drängte, um ihm klarzumachen, dass der junge Mann Julio, Cesaros Sohn, war. Als wüsste er das nicht! Diese Frau war eine Gefahr für sich selbst und jeden, den sie kannte. Zacarias strich mit der Zunge über die Bisswunden, um sie zu schließen, und ließ den Mann zu Boden fallen, wo er ihn kraft seiner Gedanken festhielt.

Sehr langsam drehte er sich zu der nervigen Frau um. Sie wich zwei Schritte zurück und zwang sich, wieder stehen zu bleiben. Marguarita sah klein und verletzlich und sehr, sehr furchtsam aus, als sie zu Julio hinunterblickte.

Ist er tot? Sie trat ein Stück auf den bewusstlosen Mann zu.

»*Wag* es nicht, ihn anzufassen!«

Sie hielt sofort inne und wurde kreidebleich.

»Nein. Karpatianer töten nicht, wenn sie Nahrung aufnehmen. Das solltest du wissen. Oder bist du nicht nur ungehorsam, sondern obendrein noch ungebildet?«

Sie schüttelte den Kopf und blickte sich in dem Zimmer um. Ihr Blick fiel auf das Papier und den Stift, die sie offenbar benutzt hatte, um sich mit ihrem Geliebten zu verständigen, vermutete Zacarias. Als sie jedoch darauf zutrat, streckte er nur die Hand aus, worauf beide Gegenstände zu ihm flogen. Er steckte sie in die Tasche, um sie sich später anzusehen.

»Du warst schon wieder ungehorsam. Gibt es überhaupt jemanden, dem du gehorchst? Oder tust du grundsätzlich nur, was du willst?« Aus Angst, dass sie ohnmächtig werden oder hinfallen könnte, sprach er mit gedämpfter Stimme, denn sie war so durcheinander, dass sie am ganzen Körper zitterte.

Trotzdem trat sie ihm entschlossen entgegen. *Ich war nicht ungehorsam. Ich bin im Haus geblieben, wie du es angeordnet hattest. Ich habe nichts falsch gemacht.*

War es möglich, dass sie das Ungeheuerliche ihres Fehlers nicht verstand? Wie konnte das sein? »Einen Mann in deinem Zimmer zu haben, ist grundsätzlich verboten. Wie konntest du das nicht wissen? Willst du für ein Flittchen gehalten werden?«

Sie blinzelte, und ihr Körper erstarrte buchstäblich. Ein langsames Erröten verdrängte die Blässe ihrer Haut. Zacarias konnte deutlich die Farbe sehen, die ihr über den Nacken ins Gesicht kroch, dessen Schönheit ihn so gefangen nahm, dass ihm fast entging, wie Marguarita auf ihn zutrat und mit der Hand nach seiner Wange ausholte.

Dank seiner übernatürlichen Schnelligkeit bekam er jedoch gerade noch ihr Handgelenk zu fassen. In direkter Konfrontation standen sie sich gegenüber und starrten einander in die Augen. Er konnte die Wut in ihr spüren, war sich aber auch überdeutlich der Zerbrechlichkeit ihrer Knochen, ihrer zarten Haut und üppigen Rundungen bewusst. Sie trug eine Bluse und einen Rock, der ihre langen Beine bedeckte und ihre runden Hüften und schmale Taille betonte. Zacarias fand sie in Frauenkleidern sehr hübsch.

Ihre Augen funkelten ihn an und glitzerten wie Champagnerperlen. In all den Jahren seiner Existenz war er nie einer schöneren Frau als Marguarita Fernandez begegnet.

»Ich glaube, wir haben das Thema, mich ohne Erlaubnis anzufassen, schon erörtert.«

Untersteh dich, mich ein Flittchen zu nennen!

Er hatte noch niemals glitzernde Champagnerperlen in Verbindung mit flüssiger Schokolade gesehen, was eine erstaunliche Kombination war, besonders so, wie ihre Augen gerade funkelten. »Ich glaube, ich habe dich gefragt, ob du für ein Flittchen *gehalten werden willst*, dich jedoch nicht als eins bezeichnet.«

Zacarias sprach sehr langsam und deutlich, für den Fall, dass sie den Unterschied nicht ganz verstand. Er bemerkte auch, dass sie in ihrem Zorn viel geschickter darin war, sich auf telepathische Weise zu verständigen. Er konnte ihre Worte in den Bildern sehen, die sie ihm sandte, und erkannte jetzt, wie es sein musste, keine Stimme zu haben, um sich ausdrücken zu können.

In einer kleinen Liebkosung strich er mit dem Daumen über ihren Puls und konnte das Erschauern spüren, das sie durchlief. »Du siehst sehr hübsch aus in Frauenkleidern. Du wirst sie von jetzt an immer tragen.«

Sie runzelte die Stirn. Er hatte gedacht, das Kompliment würde sie freuen, aber sie war wirklich schwierig, diese Frau. Ihre

Augen sprühten Funken und spiegelten sehr eindrucksvoll ihr Temperament wider, doch er hatte ihr wirklich nur eine Freude bereiten wollen. Frauen waren schwer zu verstehen.

Das werde ich nicht. Im Haus trage ich gern Röcke, aber nicht zum Reiten. Und ich reite für mein Leben gern, also keine Röcke! Ihr Kopf ruckte in die Höhe, und ihre Augen funkelten noch mehr denn je.

Zacarias betrachtete ihr rebellisches kleines Kinn sehr lange. Sie hatte nicht ein einziges Mal den Blick von ihm abgewandt. In seinem ganzen Leben hatte ihm noch nie jemand so die Stirn geboten wie sie. Langsam begann er zu glauben, dass sie doch nicht so beschränkt war, wie er ursprünglich angenommen hatte. »Du bist wirklich *emni kunenak ku assatotello minan.*« Er konnte es nicht ändern, dass seine Stimme schon fast wie ein Streicheln war.

Was bedeutet das?

»Meine ungehorsame kleine Närrin«, antwortete er ehrlich und wappnete sich gegen das nächste Feuerwerk. Sogar seine Hand schloss sich noch fester um ihr Handgelenk.

Ihre Lippen zuckten und verzogen sich zu einem Lächeln, sodass er für einen Moment ihre weißen Zähne blitzen sah. Er empfing von ihr den Eindruck von Belustigung, und das Gefühl durchflutete ihn mit Wärme. »Du wirst immer besser in der telepathischen Verständigung. Sie wird sich noch verfeinern, wenn wir wieder Blut austauschen.«

Ein Schatten fiel über ihr Gesicht. Marguarita schluckte jedoch und nickte nur, ohne den Blick von ihm abzuwenden. Sie hatte große Angst, ließ sich aber nicht kleinkriegen und trat ihm mutig entgegen.

»Es wird nicht wehtun, Marguarita«, versicherte er ihr. »Und du wirst es mögen.«

Sie schien nicht wirklich überzeugt zu sein, nickte jedoch und blickte dann wieder zu Julio hinüber. Eine jähe, wilde Wut erfasste Zacarias, und er spürte, wie sich seine Zähne in Reaktion darauf verlängerten, bevor er es verhindern konnte. Marguarita schnappte nach Luft, und er folgte ihrem Blick zu ihrem Handgelenk, dass er noch immer umklammert hielt. Seine Fingernägel hatten sich in tödliche Krallen verwandelt.

Er konnte den Mann riechen, bis sein Geruch fast den feinen, unaufdringlichen Duft Marguaritas überlagerte. Zacarias wollte keinen Mann in ihrer Nähe sehen, geschweige denn in ihrem Schlafzimmer. Und ihm war klar, wie hochgefährlich er selbst im Augenblick war.

»Dein Freund ist hier nicht sicher«, sagte er rau. Einige Emotionen kehrten anscheinend schon zurück. Wut. Der Drang zu töten. Eifersucht ... Empfindungen, die er vorher nicht gekannt hatte und daher weder voraussehen noch verstehen konnte. Davon abgesehen, fehlte ihm das Wissen, wie er damit umgehen sollte.

Marguarita nickte langsam. *Soll ich Cesaro rufen?*

Zacarias' Körper rebellierte, seine geschärften Sinne waren ganz und gar auf Kampf eingestellt. »Das ist keine gute Idee. Ich werde Julio nach Hause bringen, damit er sich erholen kann.« Er wollte keinen weiteren Mann in Marguaritas Nähe haben, solange er selbst sich noch an diese neuen und unguten Gefühle gewöhnen musste, die in ihm hervortraten.

Sie nickte und biss sich nervös auf die Unterlippe.

»Ist das Wort eines der Brüder de la Cruz hier nichts mehr wert? Ich habe gesagt, ich werde Julio nach Hause bringen, damit er sich erholen kann, und trotzdem bist du noch besorgt. Bedeutet dieser Mann dir etwas?«

Zacarias spürte, wie sie sich bemühte, ihm etwas verständlich zu machen. Dann blickte sie sich wieder nach Papier und Stift um, aber er schüttelte den Kopf. Sie war seine Gefährtin und würde lernen müssen, sich auf telepathischem Weg mit ihm zu verständigen. Nach einem emotionsgeladenen Blick auf ihn setzte sie ihm das Bild von Riordan, seinem jüngsten Bruder, in den Kopf. Dann zeigte sie auf Julio und sich selbst.

»Dieser Mann ist dein Bruder? Cesaros Sohn?«

Sie nickte, hörte aber die ganze Zeit nicht auf, die Stirn zu runzeln. *Nicht mein leiblicher.*

Wie auch immer. Zacarias wollte den Mann auf jeden Fall nicht in ihrer Nähe haben. »Er ist hier nicht sicher«, wiederholte er. »Verstehst du, was ich meine?«

Marguarita nickte. Zacarias de la Cruz konnte die Gegenwart des anderen Mannes oder den besorgten Blick in ihren Augen nicht mehr ertragen.

Wortlos hob Zacarias Julio auf, warf ihn sich über die Schulter und bewegte sich in Richtung Tür.

Zacarias?

Der sanfte, fast zärtliche Tonfall ihrer Stimme durchflutete ihn mit einer Hitze, die sein Innerstes in Flammen setzte. Langsam blickte er sich über die Schulter nach Marguarita um.

Vielleicht wärst du so freundlich, auf dem Weg hinaus meine Tür wieder zu reparieren?

Da war er wieder, dieser schon vertraute Drang zu lächeln! Die Belustigung dämpfte Zacarias' Bedürfnis, jeden Mann umzubringen, der sich in ihre Nähe wagte. »Kein Problem«, erwiderte er freundlich.

Er ging, bevor er dem Impuls nachgeben konnte, den lästigen Kerl aus dem Fenster zu werfen, damit er Marguarita in die Arme nehmen und wieder ihren einzigartigen Geschmack kosten konnte.

Marguarita beobachtete, wie er stehen blieb und in einer beiläufigen Geste die Hand schwenkte, um die zersplitterte Tür in ihren ursprünglichen Zustand zurückzuversetzen. Erst als er fort war, atmete Marguarita auf und erlaubte sich für einen Moment, sich aufs Bett zu legen. Ihre Hand bebte, als sie die Finger an ihre nicht weniger zitternden Lippen drückte. Noch nie – nicht einmal bei den Raubtieren des Regenwaldes – hatte sie eine solche Explosion von Gewalt gesehen.

Mit Zacarias de la Cruz im selben Raum zu sein war ungefähr genauso aufregend, wie sich auf engstem Raum mit einem Tiger zu befinden. Mit seiner Macht und Energie nahm Zacarias nicht nur den ganzen Platz, sondern auch die Luft allein für sich in Anspruch. Mit seinem konzentrierten Blick erweckte er stets den Eindruck, allzeit wachsam und kampfbereit zu sein. Und wenn er in Aktion trat, geschah es zu schnell, um es zu verfolgen, und mit einer Gewalttätigkeit, die einen Zuschauer förmlich lähmte.

Sie trug die Schuld an seiner Attacke, weil ihr ein schrecklicher Fehler unterlaufen war. Zacarias hatte gewusst, dass er zu gefährlich geworden war, um in Gesellschaft anderer zu sein, und Maßnahmen ergriffen, um alle vor sich zu beschützen. Er hatte einen ehrenhaften Entschluss gefasst, aber sie hatte sich in ihrer Ahnungslosigkeit eingemischt und alle – einschließlich seiner unsterblichen Seele – in Gefahr gebracht.

Die Wunden an ihrem Handgelenk waren verheilt, doch sie würde nie diesen qualvollen, beänstigenden Flug durch die Luft vergessen, als der Adler sie zum Nachthimmel hinaufgetragen hatte. Sogar das klatschende Geräusch der riesigen Flügel, mit dem sie die Luft teilten, hatte Marguarita deutlich hören können. Ihr war übel und schwindlig gewesen, als sie gesehen hatte, wie der Boden unter ihnen sich entfernt hatte. Nicht einmal mit Schreien hatte sie sich Erleichterung verschaffen können. Bedauerlicher- und seltsamerweise war der einzige Trost, den sie hatte, an sein Bewusstsein zu rühren – an den Geist eines Mannes, der mehr ein wildes Tier war als ein Mensch.

Sie berührte ihren Nacken, und für einen Moment stockte ihr der Atem bei der Erinnerung daran, wie Zacarias' Zähne ihre Haut durchdrungen hatten. Es hatte furchtbar wehgetan, und sie hatte entsetzliche Angst gehabt, dass er zu Ende bringen würde, was der Vampir begonnen hatte – oder schlimmer noch, dass er sie nicht töten, sondern zu seiner lebenden Marionette machen würde, was der Inbegriff des Bösen war. Nachdenklich strich Marguarita mit den Fingerspitzen über das pochende kleine Mal an ihrem Hals. Sie hatte sich dazu entschlossen, Zacarias zu dienen, solange es nötig war – und wusste, dass es dazugehörte, ihn ihr Blut nehmen zu lassen. Er brauchte es zu seiner Ernährung.

Entschlossen fuhr Marguarita sich mit den Händen über das Gesicht, als könnte sie so die Furcht abwischen, und straffte die Schultern. Diesen Schlamassel hatte sie sich ganz allein eingebrockt. Sie konnte die tiefe Traurigkeit in Zacarias spüren, den schweren Kummer, der ihn niederdrückte. Sie spürte seine Emotionen – die so stark waren, dass er kurz vor dem Zusammenbruch stand –, doch sie wusste, dass er sie nicht auf die gleiche Weise spürte wie sie selbst.

Sie würde ihrer täglichen Arbeit nachgehen, als befände Zacarias sich nicht im Haus. Und wenn der Moment kam, ihm ihr Blut zu geben, würde sie sich in ihrem Kopf ein hübsches Plätzchen suchen und sich dorthin zurückziehen. Es war die Aufgabe ihrer ganzen Familie, die Brüder de la Cruz mit allem zu versorgen, was sie brauchten oder verlangten, und sie würde weder ihre Familie enttäuschen noch sich selbst.

Sie starrte sich im Spiegel an. Ihr Haar war wie immer zu einem dicken Zopf geflochten, aber ihr Nacken war entblößt. Ihr Herz schlug schneller, als ihr einfiel, dass das eine zu große Versuchung für ihn sein könnte. Schnell löste sie den Zopf. Nun fiel das dichte schwarze Haar ihr bis zur Taille, und sie band es mit einer losen, tief sitzenden Schleife zurück, damit es ihr bei der Arbeit nicht im Weg war. Nachdem sie mit beiden Händen über ihren langen Rock gestrichen hatte, atmete sie noch einmal tief durch und ging dann in die Küche.

Fast ließ sie den Wasserkessel fallen, den sie gerade füllte – als sie sich umdrehte und *ihn* hinter sich stehen sah. Er war ihr so nahe, dass er ihr Haar berühren konnte, und das tat er auch und starrte es an, als wäre er völlig fasziniert davon. Schnell ließ er die Hand jedoch wieder sinken und trat zurück, um sie vorbeizulassen. Ohne das wilde Pochen ihres Herzens zu beachten, besann Marguarita sich einfach ihrer Pflichten, als wäre er nicht im Raum, und trat an den Herd. Wenn er sehen wollte, ob sie arbeitete, nur zu! Sie würde sich zuerst ein Frühstück zubereiten, auch wenn es noch früh am Morgen war.

Zacarias lehnte mit der Hüfte an der Spüle und beobachtete sie mit diesem unverwandten, konzentrierten Blick, der definitiv an den einer großen Raubkatze auf der Jagd erinnerte. Marguarita konnte nicht umhin, Zacarias unter halb gesenkten Wimpern anzusehen.

Möchtest du Tee?

Er runzelte die Stirn. »Ehrlich gesagt, habe ich menschliche Nahrungsmittel noch nie probiert. Meine Brüder schon. Um menschlich zu erscheinen, haben sie das Haus immer voller Lebensmittel, und wenn sie an Wohltätigkeitsveranstaltungen oder anderen großen Gesellschaften teilnehmen, müssen sie sich zumindest den Anschein geben, als äßen sie.«

Aber du nicht.

Er zog eine Augenbraue hoch. »Ich halte mich erst gar nicht mit solchen Dingen auf. Da Menschen sich in meiner Nähe unwohl fühlen, war es immer besser, Nicolas oder Riordan zu den Veranstaltungen zu schicken.«

Nicht ein einziges Mal? In all den Jahren deines Lebens wolltest du niemals die verbotenen Früchte kosten?

»Ich empfand nichts, *kislány kunenak minan* – meine kleine Närrin. Und Neugierde war nie ein Problem für mich. Ich lebe, und ich jage. Mein Leben ist sehr simpel.«

Sie presste die Lippen zusammen, weil sie sich ein solches Dasein nicht einmal vorstellen konnte, und wandte sich dem Herd zu. Ohne Komfort und ohne das Bedürfnis nach Annehmlichkeiten. *Fürchtest du dich auch nicht? Hast du niemals blanke Angst empfunden?*

»Was gibt es für mich schon zu fürchten? Ich habe nichts zu verlieren, nicht einmal das Leben selbst. Ich habe nur die Verpflichtung, meine Leute nach besten Kräften zu beschützen. Und das tue ich.«

Hast du nie Freude empfunden? Oder Liebe?

»Es gab eine Zeit in meinem Leben, als ich noch ein Junge war, da liebte ich meine Brüder. Eine Zeit lang konnte ich an ihre Erinnerungen rühren und mich an diese Zuneigung erinnern, doch selbst das ist heute nicht mehr so.«

Sie hätte weinen können um ihn. Er sprach so nüchtern, als wäre es ganz normal, nichts und niemanden auf der Welt zu haben. Niemanden, der ihn tröstete, niemanden, mit dem er reden konnte, niemanden, der ihn in die Arme nahm – oder der ihn liebte. Immerzu kämpfte er, um andere zu beschützen, aber es gab niemanden, der für ihn da war.

Und sie erkannte nun auch, dass er trotz seiner enormen Kenntnisse große Wissenslücken hatte. Karpatianer konnten ihre Körpertemperatur regulieren, ihre Wunden heilen und die meisten Schmerzen auf ein Minimum beschränken. Zacarias hatte nicht bedacht, dass sie, Marguarita, zu all dem nicht imstande war, und das erklärte, warum er über die Wunden, die sie von den Adlerkrallen davongetragen hatte, so bestürzt gewesen war. Entweder wusste er nicht, wie empfindlich Menschen waren, oder er hatte sich wirklich nie Gedanken über sie gemacht.

Im Grunde hatte er ja auch normalerweise mit niemand anderem als den Untoten zu tun. Seine Brüder waren es, die die vielen Besitzungen aufsuchten und mit den Kommunalverwaltungen sprachen. Zacarias kam nur, wenn er verwundet war und schnelle Hilfe brauchte. Die Arbeiter waren ihm gegenüber alle misstrauisch. Da Marguaritas Tanten und Onkel auf den verschiedenen Haziendas der Familie de la Cruz in ganz Südamerika arbeiteten, kannte sie den Klatsch über die Brüder und wusste, dass nur wenige Zacarias je gesehen hatten. Er war jahrhundertelang vollkommen allein gewesen.

Marguarita blieb mit dem Rücken zu ihm stehen, weil sie befürchtete, dass ihr Mitgefühl sich auf ihrem Gesicht abzeichnen würde. Sie fürchtete ihn – aber das bedeutete nicht, dass er ihr nicht leidtun konnte. Niemals hätte sie ein Leben wie das seine gewollt, doch er hatte es über tausend Jahre ertragen. Wahrscheinlich hätte er den Tod begrüßt, und sie hatte ihm sogar diesen Trost genommen. Sie musste einen Weg finden, eine solidere Verbindung zu ihm herzustellen, damit sie nicht jedes Mal zusammenzuckte, wenn er in ihre Nähe kam. Das Klügste wäre wahrscheinlich, ein bisschen mehr über ihn herauszufinden, um sich ungezwungener mit ihm fühlen zu können.

Wie kommt es, dass ich deine Emotionen spüren kann, du jedoch nicht?

Ein Schweigen entstand. Marguarita wappnete sich, bevor sie sich zu ihm umdrehte. Die Strapazen der jahrhundertelangen Kämpfe gegen Untote und deren Verfolgung von einem Land ins andere, um die Einwohner vor ihnen zu beschützen, spiegelten sich in den tiefen Linien in seinem Gesicht wider. Er stand dort an der Spüle und beobachtete sie mit diesen Augen, die einen Kummer in sich trugen, den er weder erkannte noch verstand.

Es gab keinen Ort, an dem er vollkommen entspannt und verwundbar sein konnte, an dem er geliebt, beschützt oder sicher war. Marguarita hatte plötzlich das Bedürfnis, ihn in die Arme zu nehmen und an sich zu drücken, doch dazu müsste sie erst um Erlaubnis bitten, und diesen Fehler würde sie nicht noch einmal begehen.

Und so breitete sich Schweigen zwischen ihnen aus, das erst wieder von dem Pfeifen des Wasserkessels unterbrochen wurde. Marguarita goss das kochende Wasser in die hübsche kleine Teekanne ihrer Mutter. Das Tongefäß war rechteckig und mit handgemalten peruanischen Pasos verziert, die mit wehenden Mähnen und Schwänzen über eine grüne Wiese galoppierten. Sie liebte diese Kanne, die ihre Mutter vor so vielen Jahren für sie angefertigt hatte, und passte immer sehr gut darauf auf. Wenn sie sie benutzte, fühlte Marguarita sich ihrer Mutter näher – und getröstet, so wie jetzt. Sie konnte sich nicht vorstellen, dass Zacarias etwas Vergleichbares in seinem Leben hatte.

»Mir war nicht bewusst, dass du meine Emotionen spüren kannst«, gab er schließlich beinahe widerstrebend zu.

Sie drehte sich wieder zu ihm um, lehnte sich an den Küchenschrank und sah ihm prüfend ins Gesicht. Es war erstaunlich, dass er so streng und hart aussehen und trotzdem noch so ungeheuer attraktiv sein konnte. Sein Haar war lang, sogar für einen Karpatianer, fast so lang wie ihr eigenes. Ein paar graue Strähnen betonten noch die dunkle Farbe: Sein Haar war schwarz wie die tiefste Nacht. Und es war auch nicht glatt, sondern wellig genug, um sich zu langen, spiralförmigen Locken zu verdrehen unter dem Lederband, das es zusammenhielt. Die Locken ließen ihn nicht weicher erscheinen, aber auf jeden Fall noch sehr viel attraktiver.

Zacarias schien sich auch nie wirklich wohlzufühlen oder zu entspannen. Immer war ihm irgendwie anzusehen, was er war – ein Jäger. Oder schlimmer noch, ein Killer. Niemand würde ihn je mit etwas anderem verwechseln, doch vielleicht gewöhnte sie sich langsam an seine Gegenwart, denn ihr inneres Zittern hatte endlich aufgehört.

Ja, das kann ich, nahm Marguarita den Faden wieder auf.

»Erklär es mir!«

Er wirkte aufrichtig verwundert, aber wie sollte sie es ihm erklären? Sie versuchte, ihm den Eindruck eines brodelnden Vulkans zu vermitteln. *Ich kann fühlen, was in dir ist. Zorn. Kummer. Es ist sehr turbulent und intensiv, doch ich kann dir sagen, dass du es nicht auf die gleiche Weise fühlst wie ich.*

Sein Blick wich nicht von ihrem Gesicht, und sie konnte nicht verhindern, dass sie errötete, weil sie sich ein bisschen wie ein Insekt unter einem Mikroskop vorkam. Offenbar studierte er sie – ein menschliches Exemplar.

»Erzähl mir von deinem Freund Julio!«

Ihr Magen verkrampfte sich. Das könnte ein böses Ende nehmen. Zacarias' Gesichtsausdruck hatte sich nicht verändert, seine Augen hingegen schon. Es war ein kaum merklicher Unterschied, aber sie konnte seine innere Aufgewühltheit spüren. Weil sie sich nicht wieder vor ihm fürchten wollte, wandte sie ihm den Rücken zu und begann, das Frühstück zuzubereiten.

Sie bemühte sich nach Kräften, ihm auf telepathischem Wege ihre Beziehung zu Julio zu schildern. *Wir sind zusammen aufgewachsen. Da er nur ein paar Monate älter ist als ich, wurden wir wie Bruder und Schwester aufgezogen.*

Es war ziemlich schwierig, Zacarias diese Vorstellung zu übermitteln, doch als sie einen Blick über die Schulter warf und sein finsteres Gesicht sah, strengte sie sich sogar noch mehr an. *Es gab keine anderen Kinder hier in der Nähe, und da dies eine funktionierende Ranch ist, mussten wir schon sehr früh mithelfen.*

Wieder versuchte sie, ihm Eindrücke von sich und Julio zu vermitteln, bei der Arbeit in den Ställen und auf den Feldern bei dem Vieh. *Mit meinem Schreibzeug könnte ich mich besser verständlich machen.*

»Es gelingt dir auch so schon gut.«

Sie riskierte einen schnellen Blick in sein Gesicht. Es gelang ihr überhaupt nicht gut! Zacarias hatte immer noch diesen tödlichen Blick. Marguarita verdrängte die aufkommende Panik und fühlte sich dabei, als ließe sie Julio im Stich. *Meine Mutter starb, als ich noch sehr jung war, und ich war so untröstlich, dass ich mich nur noch für Tiere interessierte. Und den Regenwald.*

Zacarias bewegte sich, als beunruhigte ihn der Gedanke an dieses kleine Mädchen ganz allein im Regenwald, aber sie konnte sich nicht vorstellen, dass er ihren Schmerz über den Verlust ihrer

Mutter nachvollziehen konnte. Oder dass er sich um ein menschliches Kind sorgen würde, das von keinerlei Bedeutung für ihn war. Julio hingegen hatte sich stets um sie Sorgen gemacht. Er war damals selbst nur ein kleiner Junge gewesen, aber er hatte seinen Eltern getrotzt und war ihr auf Schritt und Tritt gefolgt, um sie zu beschützen.

Und dann zog sich seine Mutter ein Fieber zu und starb ein Jahr nach meiner Mutter. Das verband uns noch mehr. Ich versuchte ebenfalls, immer in seiner Nähe zu sein. Wieder bemühte sie sich, Zacarias den tiefen Kummer zu vermitteln, den beide Kinder empfunden hatten, und die lebenslange Bindung, die daraus entstanden war.

Schließlich drehte sie sich um und sah ihm prüfend ins Gesicht und in die dunklen, aufgewühlten Augen. Sie holte tief Luft und wünschte verzweifelt, er möge verstehen, was sie ihm nahebringen wollte. *Kannst du meine Erinnerungen an Julio und mich sehen?* Wenn er in ihr Bewusstsein eindringen und ihre Gefühle nachempfinden könnte, würde er ihre Zuneigung zu Julio vielleicht verstehen können und einsehen, dass es eine schwesterliche war und nicht die einer Frau zu einem Mann.

»Natürlich. Unsere Blutsbande sind stark, aber ich müsste tiefer in deinen Geist eindringen. Und du hast ja jetzt schon Angst vor mir.«

Ihr Herz pochte so laut, dass beide es hören konnten. Marguarita holte tief Luft, als sie ein paar Scheiben Brot abschnitt und zwei Eier aufbrach, um sich Rührei mit Schinken zuzubereiten. *Tut es weh?*

»Nein, das nicht. Doch es wäre etwas sehr … Intimes.«

Das letzte Wort glitt über ihre Haut wie eine zärtliche Berührung. Marguarita erschauerte, als sie die Wärme seines Körpers spürte und merkte, dass er dicht hinter ihr stand und ihr beim Kochen zusah. Es fühlte sich gefährlich an, alltägliche Arbeiten zu verrichten, wenn er ihr so nahe war und jede ihrer Bewegungen verfolgte. Und atmete, wenn sie atmete ... Sie hätte schwören können, dass ihre Herzen im gleichen Rhythmus schlugen.

Marguarita schluckte und konzentrierte sich darauf, das Rührei auf zwei Scheiben Brot zu geben. Ohne das Zittern ihrer Hände zu beachten, legte sie die Brotscheiben auf einen Teller. Sie hatte Angst vor Zacarias, doch wenn er in diesem gewissen Tonfall mit ihr sprach, reagierte ihr Körper. Durfte sie riskieren, diese seltsame körperliche Hingezogenheit möglicherweise noch zu verstärken, indem sie ihm erlaubte, sogar noch tiefer in ihr Bewusstsein einzudringen?

Als sie die Hand nach dem Griff der Teekanne ausstreckte, vollführte Zacarias im selben Moment genau die gleiche Bewegung, wodurch ihr Arm unter seinen geriet und seine Finger sich über die ihren legten. Prompt erhoben sich tausend Schmetterlinge in ihrem Magen.

»Lass mich dir helfen!«, sagte er im gleichen sanften Tonfall wie zuvor.

Marguarita schloss für einen Moment die Augen bei diesem plötzlichen Angriff auf ihre Sinne und entzog ihm die Hand. Er rührte sich nicht, sondern hielt Marguarita zwischen sich und dem Küchenschrank gefangen, während er ihr Tee einschenkte. Sie wusste, dass ungefähr so viel Platz zwischen ihnen war, wie ein Blatt Papier breit war, aber sie konnte die von Zacarias ausgehende Hitze spüren. Ihr Körper fing Feuer. Flammen tanzten über ihre Haut und schossen durch ihre Blutbahn, um sich wie ein heißes Prickeln zwischen ihren Schenkeln niederzulassen.

Marguarita stockte der Atem, als er den kleinen Abstand zwischen ihnen überwand und die Teekanne abstellte, sodass er gegen sie gedrückt wurde und sie seinen warmen Atem im Nacken spürte. Er atmete die nach ihrem Duft riechende Luft ganz tief ein. Und dann gab er ein leises Knurren von sich, das sich wie das eines wilden Tieres anhörte und zugleich irgendwie unglaublich sexy war. Marguarita erstarrte vor Furcht, war sich aber gar nicht sicher, ob sie sich vor ihm oder sich selbst fürchtete. Das Knurren vibrierte durch ihren Körper, bis alle ihre Sinne vollkommen von Zacarias de la Cruz erfüllt waren.

Dieser Mann war ein Pulverfass, und sie hatte furchtbare Angst, dass sie den Funken liefern würde, der das Fass zum Explodieren brächte, wenn sie sich bewegte oder Zacarias noch intimeren Zugang zu ihrem Bewusstsein gab. Es war nicht seine Schuld, dass sie so stark auf ihn reagierte. Sie hatte noch nie so auf einen Mann reagiert, auf keinen – doch mit Zacarias de la Cruz war es schon einmal geschehen, als er sie aus dem Wald zurückgeholt hatte. Es machte keinen Sinn, aber sie konnte kaum noch atmen, wartete und wünschte sich … Ach, sie wusste selbst nicht, was sie sich wünschte!

Zacarias' Lippen bewegten sich an ihrem Ohr, sein Atem streifte ihr Haar und sandte Elektrizität durch ihre Adern. »Ich kann deinen Herzschlag hören.«

Sie schloss die Augen und schickte ein Stoßgebet zum Himmel, dass ihr Duft nicht der einer Frau war, die sich nach einem Mann verzehrte, denn wenn sie schon die Feuchtigkeit in ihrem Höschen spüren konnte, müsste auch er ihren femininen Ruf nach ihm wahrnehmen können. Ein Mann, der einem Tier so ähnlich war, hatte gewiss einen hervorragend ausgeprägten Geruchssinn.

Ich bin sicher, dass du es kannst. Sie vernahm ja ebenfalls das laute Pochen ihres Herzens. Ihre Furcht – oder ihr sinnliches Verlangen – war nicht zu überhören.

Zacarias schob das dichte Haar beiseite, mit dem sie vorsichtshalber ihren Nacken bedeckt hatte. Bei der Berührung seiner Fingerspitzen zog sich ihr Innerstes zusammen, und wieder konnte Marguarita die heiße Feuchte zwischen ihren Schenkeln spüren. Sein Mund glitt über ihre Haut, seine Zunge, die sich rau und samtig anfühlte, strich verlangend über ihren Puls. Ihr Herz raste, und sie umklammerte den Rand der Anrichte, doch ob vor Schrecken oder Erregung, hätte sie selbst nicht sagen können.

Halt still, mica emni kunenak minan – *meine schöne kleine Närrin! Ich muss dich kosten. Es wäre nicht gut, mich abzuwehren, denn ich habe das Gefühl, mich am Rande meiner Selbstbeherrschung zu befinden.*

Sein Geist drang ungebeten, aber ganz gewiss nicht *unerwünscht* in ihr Bewusstsein ein. Seine Berührung war sinnlich und sandte einen wohligen Schauer über ihren Rücken, doch seine Warnung erschreckte sie. Auch der Gedanke an seine scharfen Zähne, die sich in sie bohrten, war so Furcht einflößend, dass er ihr die Besinnung hätte rauben müssen. Aber stattdessen war ihr Körper plötzlich sehr lebendig, ihr Blut raste, und jede Faser prickelte vor Erregung.

Ich habe Angst. So. Jetzt war es heraus.

Das brauchst du nicht. Du bist in meiner Nähe der sicherste Mensch auf Erden. Wehr dich nicht, Frau! Schenk dich mir!

Marguarita wusste nicht, was er mit »der sicherste Mensch auf Erden« meinte. Sie fühlte sich ganz und gar nicht sicher, sondern auf allen Ebenen bedroht. Marguarita zwang sich jedoch stillzuhalten, als Zacarias sie zu sich herumdrehte, um sie an seine Brust zu drücken. Er war ungeheuer stark, seine Arme waren hart und unnachgiebig, ein Käfig, dem sie nicht entkommen konnte.

Zacarias presste sie an sich, als wäre dies ihr Platz, und sie legte den Kopf zurück, um zu ihm aufschauen zu können. Dieser Mann war schön wie eine Statue, die aus feinstem Stein gemeißelt war, die personifizierte Sinnlichkeit. Seine Augen verdunkelten sich vor Verlangen, das Weiß seiner Zähne blitzte auf, als sie sich langsam verlängerten.

Marguaritas Herz raste in einem Tempo, das sie schon fast einen Herzanfall befürchten ließ. Zacarias senkte den Kopf und hauchte einen sachten Kuss auf ihren Augenwinkel. Ihr ganzer Körper schien schier dahinzuschmelzen. Nichts konnte ihre sinnliche Reaktion auf diesen federleichten Kuss verhindern. Seine Lippen glitten von ihrem Auge zu ihrem Kinn und hinterließen auch dort kaum wahrnehmbare Küsse, bevor er seine gemächliche Erkundung fortsetzte.

Sie seufzte, und ihr biegsamer Körper begann, sich einladend an seinem zu bewegen. Ihre Temperatur stieg an, als ihr Innerstes plötzlich in Flammen stand, die sie von innen heraus zu verzehren drohten. Alle Anspannung fiel von ihr ab, und sie schloss die Augen, als seine Lippen an ihrer Schulter hinab zu ihrem Nacken glitten. Marguarita fühlte sich von einem Strom erotischer Empfindungen mitgerissen, der sie mit ihrem ganzen Sein auf Zacarias zutrieb, und sie konnte spüren, wie ihr Herz und vielleicht sogar ihre Seele nach ihm griffen.

Seine Zähne kitzelten den heftig pochenden Puls, und ihr Körper reagierte, indem er die Temperatur noch mehr anhob. Marguaritas Brüste wurden schwer, die zarten Knospen drängten sich gegen die dünne Spitze ihres BHs. Auf irgendeiner Ebene war ihr klar, dass sie sich ihm ergab und dass sie nie wieder die Gleiche sein würde, wenn sie ihm erlag. Aber er hatte ein betörendes Netz gewoben, und sie war hineingetappt – aus freiem Willen.

Tief bohrten sich seine Zähne in ihren Hals, und der Schmerz, der Marguarita durchfuhr, schockierte sie.

7. Kapitel

Zacarias verlor sich in dem flüssigen Feuer, das durch seine Adern rann. Ein scharfer Schmerz durchzuckte seine Lenden, die brannten und pochten, bis er heiß und schwer wurde – für Marguarita. Die Empfindung war überwältigend, so umfassend und vollkommen, dass sie schon beinahe schockierend war. Nichts in seinem Leben hatte ihn auf diesen Ansturm auf seine Sinne vorbereitet, auf das animalische Begehren und hemmungslose sexuelle Verlangen, die nicht nur in seinem Bewusstsein, sondern auch in seinem Körper tobten.

Diese Frau hatte ihn für alle Zeit verändert, ihn und seine Welt, und wo kein Gefühl gewesen war, solange er sich zurückerinnern konnte, war jetzt sein ganzes Sein auf Marguaritas weichen, biegsamen Körper konzentriert, auf das Blut, das durch ihre Adern floss, und den femininen Duft, der den Mann in ihm ansprach.

Sie roch so gut, dass er der Versuchung, sie zu kosten, nicht widerstehen konnte, und ihr Körper wurde so nachgiebig, dass er sich an den seinen schmiegte, als gehörte er dorthin. Sofort schärften sich Zacarias' Sinne; sie wurden so fein, dass er sich in den biochemischen Signalen einer Frau verlor, die nach ihrem Gefährten rief. Er zog Marguarita noch fester an sich, strich ihr Haar zur Seite und legte ihren Nacken frei. Dann senkte er den Kopf und fuhr mit der Zunge über das kleine Mal, das der Welt verriet, dass sie zu ihm gehörte.

Ein erwartungsvolles Erschauern durchlief Zacarias. Ihm war, als stünde die Welt still, als hielte er den Atem an und wartete einen Herzschlag lang, während er das Gefühl ihres warmen Körpers auskostete, ihren Duft und die glühende Schönheit ihrer Farben. Oh, Sterne und Mond dort oben! Er konnte sie tatsächlich *sehen*! Ihre geradezu unfassbar schönen Farben.

Von ungewohntem Begehren überwältigt, senkte er die Zähne in Maguaritas Schulter und stellte eine Verbindung zwischen ihnen her. Die Essenz dessen, was Marguarita ausmachte, ihr Leben spendendes Blut rieselte in seinen Mund wie der süßeste Nektar. Sie schmeckte exotisch, exquisit … sie *schmeckte*. Nichts hatte überhaupt je einen Geschmack für Zacarias gehabt. Er trank Blut, weil er es zum Leben brauchte, weil Blut das Leben *war*. Und in diesem einzigartigen Moment war das Leben Marguarita.

Sein ganzer Körper summte, seine Adern sangen schier vor Freude. Marguarita war ein Musikinstrument und spielte ein Lied, das nur für ihn geschrieben worden war. Er wusste, dass er der einzige Mann war, der jemals ihre wundervollen Töne hören würde, doch ihm war auch klar, dass er sie nicht behalten konnte. Er war gefangen in einem halben Leben und konnte sie nicht zu einer solchen Existenz verurteilen. Doch er hatte das Leben nie richtig gekannt, deshalb war das, was er mit ihr erlebte, im Moment genug – nein, *alles* für ihn.

Sie war wie eine Droge in seinem Organismus, wie flüssiges Feuer, das durch seine Adern rauschte und ihn mit einem Strahlen erfüllte. Die Welt um ihn herum war trist und leblos und stand in krassem Gegensatz zu ihren wie Juwelen funkelnden Augen und ihrem glänzenden blauschwarzen Haar. Sie war Farbe und Leben, der Grund, warum jeder Krieger die Plage des Vampirs bekämpfte. Und dass sie *sein* Grund war, das merkte Zacarias sofort. Er schmeckte es in seinem Mund und spürte ihre Schwingungen in seinem Körper.

Zacarias würde jetzt immer wissen, in welchem Teil des Hauses sie sich aufhielt, womit sie sich beschäftigte und was sie dachte. Er würde wissen, wie oft sie die Stirn runzelte oder ihr eigensinniges kleines Kinn vorschob, sich auf ihre entzückende Unterlippe biss oder lächelte. Durch ihren femininen Duft war er sich ihrer als Frau sehr stark bewusst, und er würde stets den genauen Moment bestimmen können, wenn sie den Kopf wandte und ihn ansah – oder an jemand anderen dachte! Denn er würde nie wieder ganz aus ihrem Bewusstsein hinaustreten, solange er in ihrer Nähe war. Oder zumindest nicht, bis er die Morgendämmerung suchte.

So überwältigt, wie er von der ersten richtigen Empfindung seines Lebens war, konnte er nicht den genauen Moment bestimmen, in dem sich alles für sie änderte. Gerade war sie noch bei ihm und brannte in dem erotischen Inferno, und im nächsten kämpfte sie. *Wagte* es, gegen ihn anzukämpfen. Wies *ihn* zurück. Damit weckte sie jeden seiner Jagdinstinkte, und die waren sehr scharf und ausgeprägt nach über tausend Jahren. Das Jagen war Zacarias angeboren; es lag ihm im Blut und in der Seele. Er hörte das warnende Knurren, das tief aus seiner Kehle kam, und merkte, wie er den Griff um ihren jetzt sehr stark angespannten Körper noch verstärkte.

Sie gab keinen Laut von sich, doch er spürte, wie verängstigt sie war. Marguarita wehrte sich verzweifelt, aber mit brutaler Härte presste er sie noch fester an sich. Es war gut über tausend Jahre her, seit jemand es gewagt hatte, sich ihm zu widersetzen. Im Grunde konnte Zacarias sich nicht einmal erinnern, *ob* das je geschehen war, und sie entfachte jedes seiner Bedürfnisse, zu erobern und zu beherrschen.

Seine Reaktion war mehr animalisch als menschlich, jedoch durch und durch männlich. Zacarias hatte ihren exquisiten Duft in sich aufgenommen, ihren biegsamen, nachgiebigen Körper an seinem gespürt, und seine Welt hatte sich verändert. Er wollte nicht, dass dieses Gefühl je endete, aber das hatte es schon und obendrein noch sehr abrupt. Marguaritas Duft umhüllte ihn – nur strahlte er diesmal nichts Verführerisches aus, sondern verriet nur nackte Angst vor ihm. Er hasste diesen Duft sofort.

Widersetz dich mir nicht! Er war zu sehr Raubtier, um die starken Instinkte unterdrücken zu können, die verlangten, dass er seine Beute unterwarf.

Ihr heißes Blut durchflutete seinen Organismus, und seine Adern kribbelten von der elektrischen Energie, die sich in ihm entfaltete und noch mehr Blut in seine Lenden pumpte, bis eine schon fast schmerzhafte Erregung ihn erfasste. Doch während er die lustvollste erotische Erfahrung seines Lebens machte, war Marguarita vollkommen verängstigt. Ihr ganzer Körper hatte sich versteift, und ihr Geist stieß einen verzweifelten Protestschrei nach dem anderen aus. Ihre Lungenflügel brannten, weil sie nicht genügend Luft bekamen. Zacarias konnte sehen, dass sie fast völlig abschaltete vor Angst vor ihm.

Hilf mir, Marguarita. Du musst aufhören, dich zu wehren, sonst kann ich die Kontrolle nicht zurückgewinnen.

Seine Arme waren wie Eisenstäbe, die sie an ihn pressten. Ihre lautlosen, panischen Schreie hallten in seinem Bewusstsein wider. Wieder versuchte er, sie zu erreichen: *Embe karmasz*, bitte!

Er konnte sich nicht erinnern, schon einmal jemanden um etwas gebeten zu haben, doch es war zwingend notwendig, dass sie aufhörte, sich zu wehren, und sogar noch wichtiger, dass sie wieder das Gleiche verspürte wie er selbst. Die Barrieren, die ihr nach der Geburt ins Bewusstsein eingesetzt worden waren und sich mit jeder Generation ganz offensichtlich noch verstärkten, konnte er überwinden. Aber seine Macht benutzte er eigentlich nur, um seine Opfer zu beruhigen, und Marguarita war kein *Opfer*. Es erschien ihm falsch, psychischen Zwang auf ihr Bewusstsein auszuüben und dort Gefühle und Erinnerungen einzupflanzen, die nicht der Realität entsprachen.

Es mussten sein Tonfall und die sanfte Bitte in seiner eigenen Sprache sein, die ihre Panik durchdrangen, denn an ihrem tiefen Einatmen und ihrer erzwungenen Ruhe merkte er, dass sie einen Entschluss gefasst hatte. Endlich konnte er den Kopf heben und mit der Zunge über ihren Nacken streichen, um die kleine Bisswunde zu schließen. Dann hielt er Marguarita in den Armen und konnte das schnelle Klopfen ihres Herzens hören und an seiner Brust wahrnehmen. Erleichtert drückte er das Gesicht in ihr seidenes Haar, hielt sie einfach nur in den Armen und atmete für sie beide.

In seiner eigenen Sprache flüsterte er ihr sanfte Worte zu, obwohl er selbst kaum wusste, was er sagte. Er spürte nur, dass diese Worte aus seinem tiefsten Inneren kamen, von einem Ort, an dem er noch nie gewesen war, den er noch niemals berührt hatte und von dem er nicht einmal gewusst hatte, dass er existierte. Marguarita rührte einen unbekannten Vorrat an Zärtlichkeit in ihm an – der ihm *so* unbekannt war, dass Zacarias im Grunde nicht mal wusste, was er damit anfangen sollte. Er war ein uralter Karpatianer, einer der ältesten und erfahrensten, und völlig überfordert mit all dem.

»*Te avio päläfertiilam* – du bist meine Seelengefährtin, eine Frau, die für mich über allen anderen steht. Was von meiner Seele geblieben ist, hältst du in deinen Händen. Ich würde für dich töten. Ich habe vor zu sterben, um dich zu beschützen und dich abzusichern. Fürchte mich nicht, Marguarita! Ich möchte nur ein paar Nächte mit dir glücklich sein. Hab keine Angst mehr!«

Er war schockiert über seine Erklärung, obwohl Marguarita nicht einmal ganz verstehen konnte, was er ihr zu sagen versuchte. Sanft drückte Zacarias das Gesicht in ihr duftendes Haar und hielt sie fest umfangen, während er einen Weg suchte, sie beide zu beruhigen. Zacarias war für jeden Kampf gewappnet – außer für den des Herzens. Zum ersten Mal in seinem Leben war er wirklich restlos überfordert.

Marguaritas Herzschlag und Atem beruhigten sich. Sie bewegte sich endlich wieder und legte den Kopf zurück, um zu Zacarias aufzuschauen. Sein Herz zog sich zusammen, und er konnte spüren, wie ihn der Mut verließ, als er die Tränen in ihren Augen sah.

Tränen hatten ihn nie bewegen können. Tatsächlich musste er sogar zugeben, noch niemals darüber nachgedacht zu haben, was sie bedeuteten oder warum Menschen weinten. Kummer war ihm ebenso unbekannt wie andere Gefühle, aber plötzlich waren diese Tränen wie ein Messer in seinem Herzen, viel schlimmer als Zähne eines Vampirs, die ihm das Fleisch zerfetzten.

Es tut mir leid. Ich war nicht darauf gefasst, wie es sich anfühlt. Ich werde mich nicht mehr wehren.

Sie senkte den Kopf schnell wieder, doch Zacarias hatte den Anflug von Beklemmung in ihren Augen schon gesehen.

Er runzelte die Stirn. »Warum hast du Angst davor, mein Blut zu nehmen? Das ist doch etwas ganz Natürliches.«

Er spürte, dass ihr Herz schon wieder schneller schlug, und hielt sie in den Armen, weil er ihren Herzschlag, ihre Wärme und Weichheit fühlen wollte. Er wollte ihre Kapitulation, aber nicht auf diese Weise. Sanft hob er ihr Kinn ein wenig an, damit sie seinen Blick erwidern musste. Sie sah ihm prüfend in die Augen und schien etwas zu suchen – eine Versicherung vielleicht, dass er ihr nicht böse sein würde, wenn sie die Wahrheit sagte?

»Erklär es mir!«, beharrte er leise. »Und sei bitte ehrlich.« Weil er es wissen musste. Ihre Gründe zu verstehen war für ihn so notwendig wie das Atmen, was ein seltsames Gefühl für ihn war. Warum legte er so viel Wert darauf, ihre Beweggründe zu kennen?

Es dauerte einen Moment, bis sie den Mut aufbrachte zu antworten.

Für mich ist es nichts Natürliches, auf diese Weise Blut zu geben. Nicht weit von der Stelle, wo du dich an mir nährst, hat mir der Vampir die Kehle zerrissen, und deshalb … geriet ich in Panik. Und dann …

Zacarias empfing den Eindruck eines wilden Tieres, das sie

angriff. Er hatte nicht bedacht, dass ihr Blut zu nehmen wie ein Angriff aufgefasst werden könnte. Schließlich wusste ihre ganze Familie, dass Karpatianer von Blut lebten, und sie alle hatten geschworen, ihn, seine Brüder und deren Gefährtinnen damit zu versorgen.

»Ich würde dir nicht wehtun.«

Ihre Hand glitt zu der Stelle an ihrem Nacken, wo sich sein Mal befand, das die Farbe einer Erdbeere und in der Mitte zwei kleine Einstichspuren hatte. *Ich weiß.*

Der Eindruck, den sie ihm übermittelte, war gemischt. Ihr war ganz und gar *nicht* klar, dass er ihr niemals wehtun würde. Sie war sich nicht in vollem Umfang der Tatsache bewusst, dass sie eigentlich der sicherste Mensch auf dem Planeten war. Weil er ihr Beschützer war und für ihre Sicherheit sorgen würde. Er würde sie sogar vor ihm selbst beschützen, was die größte Aufgabe zu werden schien. Doch zuerst musste sie ihre Ängste überwinden, ihm Blut zu geben.

»Du weißt es *nicht*. Du fürchtest mich.« Er würde keine Lügen zwischen ihnen dulden, und sich selbst zu belügen wäre sogar noch schlimmer.

Sie schluckte und nickte widerstrebend. Dabei drückte sie die Hand noch fester gegen die Bisswunde, als schmerzte sie. Zacarias' Stirnrunzeln vertiefte sich. Hatte er ihr wehgetan? Sein Speichel enthielt ein natürliches Betäubungsmittel – müsste das nicht jeden Menschen davor bewahren, Schmerzen zu verspüren? Er hatte nie Kontakt mit dieser Spezies gehabt, außer, um ihr Blut zu nehmen, oder falls es irgendwann einmal vorgekommen war, erinnerte er sich nicht daran. Vielleicht hatte er schon so lange nichts mehr gespürt, dass sogar sein Erinnerungsvermögen nachließ? Selbst die Männer und Frauen, die seit Generationen seiner Familie dienten, mieden ihn – und er sie.

»Tut das weh?«

Marguaritas erste Reaktion war ein Nicken, doch dann wechselte ihr Ausdruck, und diesmal runzelte sie die Stirn, als könnte sie sich nicht entscheiden.

»Zeig mir, wie es sich anfühlt!«

Bevor er wusste, wie ihm geschah, drückte sie das Gesicht an seine Brust und biss ihn fest. Der Schmerz durchzuckte ihn, und er stellte ihn automatisch ab, schockiert, dass sie so etwas gewagt hatte. Niemand griff ihn an – weder mit den Händen noch mit den Zähnen! Das duldete er einfach nicht.

»Was tust du, *kislány kunenak* – kleine Närrin?«

Du wolltest doch, dass ich es dir zeige.

Sie strahlte eine solche Genugtuung aus, dass aus dem Nichts heraus wieder dieses seltsame Gefühl der Heiterkeit in Zacarias aufstieg, wie so oft, wenn er mit ihr zusammen war. Sie biss ihn, und er fand das auch noch lustig! »Ich habe dir nicht erlaubt, mich zu beißen. Ich meinte, du solltest es mir in deinem Kopf verdeutlichen. Zeig mir, wie der Schmerz sich anfühlt.«

Das hast du selbst gespürt, als ich dich gebissen habe.

Er strich über ihr langes, seidiges Haar, das jetzt sogar noch schwärzer war als vorher und so glänzend, dass er kaum den Blick abwenden konnte. »Ich spüre keinen Schmerz.«

O doch. Du willst es nur nicht wahrhaben. Ich war in deinem Bewusstsein und habe es gefühlt.

Er schloss sie noch fester in die Arme. Warum brachte sie sich in eine Lage, in der sie nicht nur ihren eigenen Schmerz, sondern auch den seinen fühlte? »Ich verstehe dich nicht, Marguarita. Es ist doch völlig sinnlos, was du da versuchst. Du hast Angst, dass ich dir wehtue, und dann verbindest du dich mit meinem Geist, um auch jeden Schmerz zu spüren, den du mir verursachst. Ergibt das irgendeinen Sinn für dich?«

Ihr Blick wich lange nicht von seinem. Ein kleines Lächeln lenkte seine Aufmerksamkeit auf ihren schönen, sexy Mund. Sein Körper reagierte wieder, eine Welle heißen Blutes schoss durch seine Adern, um sich an einer einzigen Stelle zu konzentrieren.

Marguaritas Augen waren weich geworden; sie waren wie Seen aus dunkler Schokolade, in denen Diamantsplitter glitzerten. In diesen Augen würde er sich verlieren, wenn er zu lange hineinsah. Aber das durfte er nicht. Und das wusste und akzeptierte Zacarias. Er war so düster wie der Schwarm von Vögeln, der über der Ranch kreiste, um ihn zu suchen – ausgesandt von den übelsten Kreaturen, die auf Erden wandelten.

Er hatte nie Güte oder Zärtlichkeit gekannt. Da war nichts Entgegenkommendes in ihm, keine Schwächen oder wunden Punkte, und es hatte sie auch nie gegeben. Zacarias war schon ohne diese Eigenschaften geboren worden; er war von Anfang an so dominant gewesen und dann in Zeiten der Kriege und Unsicherheiten zu einem einsamen Jäger herangewachsen, der außerstande war, Skrupel zu empfinden, wenn er jemanden verletzen musste. Es ging ihm stets nur darum, sein höchstes Ziel zu erreichen: seine Spezies zu schützen.

Dass der Schutz seiner Frau für einen Mann an erster Stelle kam, war ein geheiligtes Gesetz, und dass sie sich seiner Führung anvertraute, seine einzige Art zu leben. Nur war das leider nicht mehr so in der modernen Welt. Vielleicht war es ja auch nie so gewesen. Zacarias war ein Mann, der keine Artigkeiten kannte, und die besten Manieren der Welt würden nicht ändern können, was er war: ein Killer. Er entschuldigte sich nicht für seine Lebensweise und würde es auch niemals tun. In einer anderen Zeit, lange vor dieser, hätte er vielleicht noch versucht, unter einen Hut zu bringen, was er war und wer er für Marguarita würde sein müssen – doch diese Zeit war längst vorbei. Und heute war es unmöglich.

Ihr Blick wich noch immer nicht von seinem, und Zacarias fand einen gewissen Trost in ihrer Schönheit und in ihrem Mut. Marguarita konfrontierte ihn trotz ihrer Ängste, sie hatte ihn gerettet, und wenn es für ihn Zeit wurde zu gehen, würde sie seinem Tod mit dem gleichen Mut ins Auge sehen. Er würde es ihr so leicht wie möglich machen, und sie würde nie erfahren, was es ihn kostete. Ihr Blick suchte nach etwas in ihm, von dem er wusste, dass es nicht vorhanden war. Er konnte sie nicht mit liebevollen Worten beruhigen und ihr ein höfliches, zuvorkommendes Benehmen versprechen. Er kannte ja nicht einmal die Regeln dieses Spiels. Deshalb nahm er nur ihr Gesicht zwischen seine Hände und sah ihr bittend in die Augen.

»Mach es mir verständlich!«

Sie befeuchtete die Unterlippe, und er hatte plötzlich den Wunsch, sich vorzubeugen und sie zu küssen – um ihn wieder zu kosten, diesen unbeschreiblichen Geschmack, den er jetzt auf eine neue, andere Art begehrte.

Du hast mir beim ersten Mal wehgetan und mir Angst gemacht. Genau wie der Vampir.

Zacarias runzelte die Stirn und schüttelte den Kopf; er war verärgert, dass sie so von ihm dachte. »Es war eine Lektion – und eine, die du dringend brauchtest. Er war schlecht, und er hat dir die Kehle herausgerissen. Nur so zum Spaß hätte er dich getötet. Wärst du nicht so ...« *Unbedarft*. Das Wort vibrierte zwischen ihnen in der Luft und in ihrem Bewusstsein. Zacarias räusperte sich, als er den Sturm sah, der sich in ihren Augen zusammenbraute. »... so stur, würdest du mühelos den Unterschied zwischen uns erkennen und bräuchtest keine Erinnerung daran, dass du sofort und ohne Widerspruch zu gehorchen hast. Diese eine Lehre müsste für ein Leben reichen. Es ist nicht gut, mich zu verärgern.«

Lehre? Das nennst du, mich etwas lehren? Du hast mir eine Höllenangst eingejagt.

»Die solltest du auch haben. Wenn ein karpatianischer Jäger etwas von dir verlangt, hat er seine Gründe. Weil es normalerweise um Leben und Tod geht. Schreib dir das lieber hinter die Ohren, statt je wieder zu zögern.«

Und Julio? Du sahst aus, als wolltest du ihn umbringen.

Ihre Augen waren groß und dunkel geworden, und ihre langen Wimpern flatterten nervös. Aber sie wandte den Blick nicht ab. Sein Körper reagierte mit sofortiger Anspannung auf ihre Frage, und etwas Tödliches regte sich in seiner Seele. Bei ihr dagegen spürte er, wie etwas in ihr weicher wurde, als sie an Julio dachte. Ihre Gedanken waren voller Wärme, und Zacarias las uneingeschränktes Vertrauen darin. Doch diese Gefühle sollte sie nur einem Mann entgegenbringen – ihrem Seelengefährten – statt irgendeinem Kindheitsfreund.

Sein Blick ließ ihren nicht mehr los. Er würde seiner Frau nur die Wahrheit sagen. »Es ist unvernünftig von einem Gefährten, andere Männer in die Nähe seiner Frau zu lassen. Die Tiere im Dschungel dulden so etwas nicht.«

Zacarias beobachtete, wie sie nach Luft schnappte. Sie war ganz und gar nicht unbedarft. Er sagte ihr, dass sie zu ihm gehörte. Und sie hatte ihn verstanden, das zeigte sich in ihrem zurückhaltenden Blick. Sie schwieg einen Moment, und ihre Augen suchten in seinen wieder dieses schwer zu fassende Etwas, das er nicht zu geben wusste.

Wir sind keine wilden Tiere.

In diesem Punkt durfte es keine Irrtümer, keine Missverständnisse zwischen ihnen geben. »*Ich* schon.«

Marguarita schüttelte nur stumm den Kopf, aber er wusste, dass sie den Killer in ihm erkannte.

»Du weißt, was ich bin, Marguarita. Ich kann nichts anderes sein.«

Sie blinzelte, schluckte und befeuchtete die Lippen. *Dann ist es ja gut, dass ich nicht deine Frau bin.*

Er fuhr mit der Hand durch ihr langes, seidiges Haar und war selbst erstaunt über die Sanftheit seiner Berührung – und die unerwartete Nachgiebigkeit in ihm. »Du weißt, dass das nicht stimmt.«

Sie holte Luft, und wieder roch er Angst, doch dieses Mal war sie vermischt mit etwas anderem – Interesse? Sie war nicht völlig immun gegen ihn, und das beunruhigte sie.

Ich bin nichts weiter als eine Dienstbotin, señor.

»Zwischen uns ist mehr als zwischen einer Dienstbotin und ihrem Herrn, und wenn du es noch so gern abstreiten würdest. Aber für den Moment wird das genügen. Ich will nicht, dass du fürchtest, mein Blut nehmen zu müssen. Ich werde mehr Rücksicht auf deine Empfindlichkeiten nehmen.«

Sie blinzelte mehrmals und hätte sich vielleicht abgewandt, hätte er ihr nicht den Weg verstellt. Es faszinierte ihn, wie ihre Augen von dem dunklen Schwarz mit Diamantsplittern zu einem noch tieferen Ton wechselten, in dem jeder Glanz erloschen war. »Wolltest du nicht vorhin Tee trinken und etwas essen?«

Sie warf einen Blick auf das Essen auf der Arbeitsfläche und schüttelte den Kopf. Ein Eindruck von Kälte erreichte Zacarias. Er schwenkte die Hand, und sofort stieg von der Tasse und dem Teller wieder Dampf auf. Marguaritas Lächeln war unsicher und fast ein wenig scheu, doch er fand den Kontrast zu ihren pinkfarbenen Lippen und weißen Zähnen wunderschön. Ihre Augen waren mittlerweile braun, und er konnte jetzt auch kleine goldene Sprenkel darin sehen.

Sie hob die Teetasse auf, und Zacarias trat zurück, um ihr gerade so viel Raum zu lassen, dass sie ihn nicht streifen musste, als sie zum Tisch ging. Sie war vorsichtig, und ihre Hand zitterte nur ganz leicht, als sie die Steinguttasse absetzte. Er wusste, dass er stets jede Nuance und jedes kleinste Detail sehen und sich jeder ihrer Bewegungen bewusst sein würde, bis zum Flattern ihrer Wimpern.

Marguarita setzte sich und beobachtete ihn einen Moment. Sie war noch immer so nervös, als befände sie sich in einem Käfig mit einer großen Dschungelkatze. Er pirschte sich an sie heran und konnte nicht widerstehen, sie leise anzufauchen, weil er wusste, dass sie große Augen machen und dann lächeln würde. Und da kam es auch schon, dieses langsame, herzbewegende Lächeln, das ihn zu durchfluten schien wie eine Welle. Es war zunächst sanft und nahm dann an Kraft zu, bis es wie Hitze und Feuer war, die geradewegs in seine Lenden schossen.

Sie trank einen Schluck Tee. *Hör auf damit! Du willst mir nur Angst einjagen.*

Zum ersten Mal war der Eindruck ihres Lachens so stark, dass er in Zacarias' Bewusstsein widerhallte. Es war nicht nur vorsichtige Belustigung. Er hatte sie mit voller Absicht geneckt, und sie hatte reagiert. Es erfüllte ihn mit einer gewissen Befriedigung, dass ihr bewusst gewesen war, dass er nur scherzte. Es war eins von einer Million Dingen, die er vorher nicht verstanden hatte, aber er wollte, dass sie lächelte, und musste etwas unternehmen, damit sie ihre Ängste überwand.

»Im Moment hast du, glaube ich, gar nicht so viel Angst vor mir«, erklärte er und pirschte weiter wie ein Raubtier durch den Raum.

Die Küche war so groß, dass er jede Menge Platz hatte, aber Zacarias hatte sich nur selten, falls überhaupt je, in einem anderen geschlossenen Raum als einer Höhle aufgehalten, und er empfand die Wände als erdrückend. Er konnte die Luft nicht riechen, nicht unablässig Informationen sammeln.

Was macht dich so nervös? Der dunkle Vogelschwarm?

Zacarias hielt abrupt in der Bewegung inne. Interessant. Sie wusste, dass die Vögel mit dem Makel des Bösen behaftet waren, und sie erinnerte sich an sie, nachdem er gerade erst im Zusammenhang mit den Schatten in seinem eigenen Geist und Körper an sie gedacht hatte.

»Ich bin es nicht gewöhnt, mich drinnen aufzuhalten. Stört es dich, so einen unruhigen Geist um dich zu haben?«

Sie aß etwas von ihrem Rührei und musterte ihn aufmerksam. Nach einer Weile schüttelte sie den Kopf. *Du bist sehr groß und kräftig und neigst manchmal dazu, den ganzen Raum zu dominie-*

ren. Aber ich glaube, ich gewöhne mich langsam an dich und deine geschmeidige Art, dich zu bewegen. Du erinnerst mich an einen Jäger.

»Ich bin ein Jäger.« Er wollte sich an *ihre* Art gewöhnen. Es lag sehr viel Anmut in ihren Handbewegungen, in der Haltung ihres Kopfes und in ihrer Sitzweise. Er mochte das leise Rascheln ihres Rocks und das lange Haar, das wie ein seidener Wasserfall über ihren Rücken bis zu ihrer Taille hinunterfiel. Ja, ihr Haar faszinierte ihn. Es wirkte so lebendig mit seinem Glanz und war irgendwie immer in Bewegung. Seltsamerweise schien sich die Haarfarbe zu vertiefen, je länger er in ihrer Gesellschaft war.

Glaubst du, dass wir angegriffen werden? Die Vögel suchen dich, nicht wahr?

Zacarias las Furcht um die anderen in ihr. Er konnte sehen, dass sie gar nicht erst daran denken wollte, was mit ihr geschehen würde. Ihre größte Sorge jedoch galt ihm. Sie hatte Angst um ihn, und das machte eigentlich keinen Sinn. Eigentlich müsste sie wünschen, er würde die Vampire von ihr und der Hazienda weglocken, doch Zacarias konnte sehen, wie ihr der Gedanke widerstrebte, er könnte gefunden werden. In ihrem Bewusstsein sah er sogar sich selbst unter der Erde, falls er sich verbergen müsste.

Er zwang sich, die Küche zu durchqueren, sich einen Stuhl heranzuziehen und sich zu Marguarita zu setzen. »Möchtest du wirklich die Wahrheit über diese Vögel hören? Und was sie mit der Familie de la Cruz zu tun haben? Wenn du es willst, werde ich dir die Wahrheit sagen, also überleg dir gut, was du dir wünschst.«

Sie trank einen weiteren Schluck Tee und betrachtete sein Gesicht über den Rand der Tasse hinweg. Ihr Blick war sehr ernst geworden, und er konnte sehen, wie sie im Geiste seine Worte abwog. Als sie dann langsam nickte, wirkte sie sehr entschieden.

»Nach dem Angriff auf dich stellte sich heraus, dass die Köpfe der Verschwörung, den Prinzen der Karpatianer zu ermorden, eine Armee um sich versammelt hatten und den Plan gegen den Prinzen ausführen, ihn aber vorher auf einem unserer Familiensitze erproben wollten. Wir waren überzeugt – und hatten recht damit –, dass es sich um unseren größten Besitz in Brasilien handelte. Die meisten Mitglieder meiner Familie und ihre Gefährtinnen halten sich dort auf, und es war daher nur logisch, dass sie uns alle auf einen Schlag erwischen wollten.« Er bleckte die Zähne. »Sie hatten nur nicht damit gerechnet, mich dort anzutreffen.«

Marguarita befeuchtete die Lippen. Dann teilte sie sie, und Zacarias verlor den Faden. Sie blinzelte mehrmals, und er merkte, wie er ihre Wimpern bewunderte, die dicht, lang und fedrig waren. Komisch, aber solche Einzelheiten hatte er noch nie bei einer anderen Person bemerkt! Marguarita runzelte die Stirn und zog die Brauen zusammen, worauf für einen Moment winzige Fältchen erschienen, die sich jedoch gleich wieder auflösten wie das Grübchen an ihrer rechten Wange, wenn sie aufhörte zu lächeln.

Und? Haben sie alle zusammen erwischt?

»Dachten sie. Aber sie hatten nicht mit mir oder einem anderen Krieger namens Dominic gerechnet. Und sie hatten auch nicht bedacht, dass die Frauen kämpfen würden – und die Menschen.« Marguaritas Verletzungen, nachdem der Haubenadler sie durch die Luft getragen hatte, hatten Zacarias die Zerbrechlichkeit der Menschen viel bewusster gemacht – und doch waren seine Leute in Brasilien bereit gewesen, freiwillig in den Kampf zu ziehen, um den Besitz zu verteidigen.

Wussten sie, worauf sie sich einließen?

Zacarias' Kopf fuhr hoch. »Liest du meine Gedanken?«

Deine Gefühle. Du empfindest Trauer wegen der Gefallenen. Und du bewunderst sie.

Er schüttelte ablehnend den Kopf. Er *empfand* nichts! Sein Verstand klassifizierte sein neues Verständnis als Sachverhalt und legte es zu all den anderen Informationen, die er in seinem langen Leben gesammelt hatte. Aber Gefühle hatten keinen Platz in seiner Welt.

Wussten sie, wer ihre Gegner waren?, beharrte Marguarita.

Zacarias nickte. »Nicolas sprach mit allen und gab ihnen die Möglichkeit zu gehen. Ihnen wurde empfohlen, Frauen und Kinder wegzubringen, doch sie weigerten sich. Alle blieben, obwohl mein Bruder klarstellte, dass wir Verluste erleiden würden und dass keiner, der ging, das Recht verwirken würde, auch weiterhin für uns zu arbeiten. Ein Angriff einer ganzen Armee von Vampiren war noch nie zuvor geplant und ausgeführt worden, und wir wussten, dass es ein brutaler Kampf werden würde.«

Zeig es mir!

»Bestimmt nicht«, erwiderte er ruhig.

Er sah die langsame Röte, die unter ihre Haut kroch, die ungläubige Frage in ihrem Blick und auch den Anflug von Gekränktheit, der in ihre Augen trat. »Krieg ist nichts für dich. Du hattest eine Begegnung mit einem Vampir, und eine ist mehr als genug. Sie werden nicht mehr an dich herankommen, solange ich lebe.«

Marguarita legte die Gabel weg und sah ihm prüfend ins Gesicht. *Ich arbeite für deine Familie. Wir mussten schwören, euch zu beschützen, señor, und das werde ich, genau wie die anderen, die hier angestellt sind. Wir sind genauso tapfer und loyal wie die, die euch in Brasilien dienen.*

Zacarias brauchte einen Moment, um die Fülle der Eindrücke zu verarbeiten, die sie ihm übermittelte. Er hatte sie gekränkt. »Du missverstehst mich. Ich bin mir eurer Loyalität und Tapferkeit sehr wohl bewusst. Ich weiß, dass ihr alle die Absicht habt, mich zu beschützen …« Er hatte gedacht, dass er den Gedanken für lächerlich halten würde. Für eine Kinderfantasie. Aber jetzt merkte er, dass seine Einstellung sich geändert hatte, seit er Marguarita kannte. Im Stillen war er sogar erfreut darüber, dass sie an nichts anderes denken konnte, als daran, ihn zu beschützen, nun, da sie wusste, dass Vampire hinter ihm her waren. Gefühle waren merkwürdige Regungen und schwer zu akzeptieren, bei sich selbst und auch bei anderen. Emotionen komplizierten offenbar alles.

Marguarita schrieb ein Fragezeichen in die Luft. Zacarias schüttelte den Kopf und gab ihr keine Antwort. Er würde ihr *nicht* ihr Schreibzeug geben. Ihre Fähigkeit, sich auf geistigem Wege zu verständigen, wurde jedes Mal besser, wenn sie Bilder und Eindrücke der Worte formte, die sie sagen wollte. Er würde anders sein als ihre menschlichen Gefährten. Mit ihm konnte sie ohne Stimme »sprechen«. Das Intime daran gefiel ihm.

»Du wirst mir hierin gehorchen, Marguarita. Ohne Widerworte.«

Mit voller Absicht hielt er ihren Blick einen Moment lang fest, damit sie sah, dass eine sofortige Bestrafung folgen würde, falls sie es wagte, sich offen seiner Anordnung zu widersetzen. Und da er ihre krankhafte Neigung kannte, sich seinen Befehlen zu widersetzen, würde er sie sehr genau beobachten. Er wartete, bis sie zuerst den Blick abwandte, dann fuhr er fort.

»Wir haben sämtliche Vampire getötet, die geschickt worden waren, und auch die Marionetten, die sie geschaffen hatten. Die führenden Köpfe hatten keine Zeit, eine weitere Armee zu versammeln, um sie gegen mich ins Feld zu führen. Stattdessen, vermute ich, werden sie mich jetzt durch kleinere Angriffe zu schwächen versuchen, und erst dann wird einer kommen, um zu versuchen, mich zu vernichten. Nach Brasilien müssten sie ihre Lektion gelernt haben.«

Diesmal zeichnete Marguarita das Fragezeichen im Geiste, und er merkte, dass wieder das heitere, warme Lachen in ihm aufstieg. Das Wort »gehorchen« schien sie sehr verärgert zu haben. Wie sie auf ihrem Stuhl herumrutscht und sich bemüht, ihre Verärgerung vor mir zu verbergen, ist entzückend, dachte er. Vielleicht sollte er das Wort von nun an öfter fallen lassen, um zu sehen, wie sie reagierte. Denn wenn irgendjemand es wagen sollte, ihn zu überraschen, würde es Marguarita sein.

Wie meinst du das, sie müssten ihre Lektion gelernt haben? Was hat es sie gelehrt, dir und deinen Brüdern eine Armee auf den Hals zu schicken?

»Die Meister bleiben lieber in Deckung und ziehen es vor, ihre Schachfiguren zu opfern. Zwei der fünf Meistervampire wurden bereits vernichtet. Drei sind noch übrig. Wenn sie mich tot sehen wollen, hat nur ein Meister eine Chance, mich zu besiegen. Und nicht nur irgendein Meister. Es müsste schon einer der Brüder Malinov kommen.«

Ein Erschaudern durchlief sie. Zacarias beugte sich vor, um ihr in die Augen zu sehen, die sich bei seinen Worten verdunkelt hatten.

»Du brauchst keine Angst zu haben. Ich freue mich, wenn er kommt. Und sollte er mich besiegen, wird er zu große Angst vor meinen Brüdern haben, um hier in der Nähe zu bleiben.«

Abrupt schob Marguarita den Stuhl zurück, erhob sich und trug Teller und Tasse zur Spüle, wo sie beides sorgfältig spülte und abtrocknete. Dabei wandte sie Zacarias beharrlich den Rücken zu. Es war eine lächerlich menschliche Geste – als könnte sie ihn so aus ihren Gedanken heraushalten. Es gab keine Möglichkeit mehr, sich vor ihm zurückzuziehen, nachdem er sie entdeckt hatte – und sie ihren Geist und ihr exquisites Blut mit ihm teilte.

»Ich sage dir nur die Wahrheit.«

Sie fuhr herum, lehnte sich an die Spüle und sah ihn mit so ausdrucksvoller Miene an, dass es ihm einen Stich ins Herz versetzte. Diesmal versuchte er, den Schmerz, der ihn durchfuhr, zu spüren, zuzulassen und nicht zu verdrängen. Ihre Augen schwammen in Tränen und verwandelten all dieses schöne Schwarz in zwei bodenlose Seen. Es war unmöglich, voll und ganz die Fülle ihrer aufgewühlten Emotionen zu verstehen, doch eins stand fest: Er hatte es wieder mal geschafft, sie zu verärgern.

Zacarias seufzte. Frauen waren schwierig; man wusste nie, wie sie von einem Moment zum nächsten reagieren würden. Sie besaßen weder Logik noch Vernunft. Zumindest Marguarita nicht. Er war nicht lange genug mit anderen zusammen gewesen, um beurteilen zu können, ob sie anders waren, aber diese Frau machte es ihm wirklich schwer, sie zu verstehen.

»Hör auf damit!«, befahl er ihr und drückte die Hand auf sein Herz, als könnte er so den Schmerz vertreiben, den ihre Tränen ausgelöst hatten.

Womit? Sie wirkte verwirrt.

Fasziniert und entsetzt zugleich beobachtete er, wie eine Träne in ihren dichten Wimpern hängen blieb, bevor sie ihr Gesicht hinunterlief. *»Damit«*, knurrte er, als sein Herz sich wieder jäh verkrampfte.

Er trat näher zu ihr und spürte den Kummer, der in großen Wellen von ihr ausstrahlte. Sie gab keinen Laut von sich, nicht einmal einen kleinen, doch da ihm nichts entging, was sie betraf, wusste er, dass sie tief im Innersten, wo es niemand sehen konnte, weinte.

Die giftige Säure von Vampirblut konnte ihn nicht töten. Er hatte Folter und tödliche Verwundungen überlebt, aber das ... dieses stumme Weinen dieser Frau um ihn war zu viel. Seine Knie würden ihm noch den Dienst versagen, wenn das so weiterging. Es war völlig inakzeptabel und äußerst ärgerlich, dass sie eine solch wirkungsvolle Waffe gegen ihn besaß!

Zacarias zog sie an sich, doch sein Körper war so hart und unnachgiebig, dass es ihr den Atem verschlug und sie sich an seinen Armen festhalten musste, um sich zu stützen. Er *musste* sie so halten, ohne eine klare Vorstellung, warum, aber er konnte ihre tränenumflorten Augen keine Sekunde länger ansehen. Mit einer Hand strich er ihr über das Gesicht und entfernte alle Spuren. Dann hob er die Finger an den Mund und kostete ihre Tränen.

Du kannst mir nicht befehlen, nicht zu weinen.

»Natürlich kann ich das. Und bei allem, was heilig ist, dieses eine Mal wirst du gehorchen!« Mit einer Hand auf ihrem Hinterkopf drückte er ihr Gesicht ganz fest an seine Brust.

Zuerst war sie steif und verkrampft, aber als die Wärme seines Körpers auf sie übergriff, wurde sie ganz weich und anschmiegsam. Er hätte ihr erlauben sollen, einen Schritt zurückzutreten, doch es war einfacher, einen Anschein von Kontrolle über sie zu bewahren, wenn er sie hielt. Tatsächlich waren seine Arme zu einem eisernen Käfig geworden, und er war nicht ganz sicher, ob er sie unbewusst oder bewusst so fest an sich gedrückt hielt. Aber wie dem auch sei – er konnte sie jedenfalls nicht aus ihrer Umarmung entlassen. Wieder strich er ihr über das Haar.

Nur wenige moderne Frauen schienen noch langes Haar zu haben. Eine uralte Erinnerung erwachte in ihm, als er das Gesicht an diese seidigen Strähnen drückte: Frauen in langen Kleidern, die plaudernd und mit Wasserkrügen in den Händen auf dem Weg zu ihrem Lager an ihm vorbeigingen. Er hatte sie bemerkt, weil sie so fröhlich gewesen waren. Drei Tage später, als er dorthin zurückgekehrt war, wo er die Spur des Vampirs verloren hatte, hatten dieselben Frauen zerfetzt und blutüberströmt im Schmutz gelegen und mit toten Augen zum Himmel emporgestarrt.

Nicht. Marguarita schlang plötzlich die Arme um ihn und zog ihn an sich.

Die Geste war so unerwartet und schockierend, dass Zacarias fast zurückgetreten wäre. Er hatte sie festgehalten, doch jetzt schien sie *ihn* zu halten, obwohl sie viel schwächer war als ein karpatianischer Mann.

Bitte denk nicht daran! Das tut dir weh. Ich weiß, dass du sagst, du spürst es nicht, aber das stimmt nicht. Die Trauer durchflutet dich und setzt sich in dir fest. Erinnere dich nicht mehr daran! Oder zumindest jetzt nicht.

Zacarias rieb das Kinn an ihrem Kopf, und einige ihrer langen Haare verfingen sich in den dunklen Bartstoppeln. »Warum bist du so verärgert?«

Weil du deinen eigenen Tod so einfach akzeptierst. Du freust dich darauf, gegen einen Meistervampir zu kämpfen. Du wärst in der Sonne verbrannt. Du tust so, als könnte dich nichts berühren, aber von innen heraus zerstört es dich. All diese Toten. Du glaubst, sie gingen dir nicht nahe, doch das stimmt nicht. Du siehst deinen eigenen Tod, nicht weil du befürchtest, zum Vampir zu werden, sondern weil du nicht mehr mit der Qual dessen leben kannst, wer und was du bist. Und dabei bist du eigentlich gar nicht so, wie du dich siehst.

Sie ballte die Hand zur Faust und hämmerte gegen seine Brust. Er bezweifelte, dass es ihr bewusst war, denn sonst hätte sie es bestimmt nicht gewagt, ihn zu schlagen. Und da es für ihn kaum mehr als ein Antippen war – und er ganz verwirrt war über das, was sie gesagt hatte –, beschloss er, ihre Unbedachtheit zu ignorieren. Er bedeckte nur ihre Hand mit seiner und drückte Marguarita an sich, bis sie innehielt.

»Ich empfinde leider nicht so viel, Marguarita. Ich habe sogar meine Erinnerungen verloren. Diese Dinge, von denen du sprichst, mag es in einer anderen Lebenszeit gegeben haben – vor langer Zeit –, doch ich habe keine Erinnerungen mehr daran.«

Das ist nicht wahr, Zacarias. Ich schwöre dir, dass es nicht wahr ist. Ich bin in deinem Kopf und sehe die Kämpfe und Erinnerungen, und ich spüre deinen Schmerz. Der Kummer ist größer und überwältigender als alles, was ich je erfahren habe – und ich habe beide Eltern verloren und weiß, was Leid ist. Ich kann mir so etwas nicht ausdenken. Und ich würde es auch nicht.

Wie konnte sie seinen Schmerz spüren, wenn er selbst ihn nicht fühlte? Übertrug sie ihre eigenen Gefühle auf ihn? Die telepathische Verbindung zwischen ihnen wurde jedes Mal stärker, wenn sie sie benutzten, aber trotzdem wäre es unmöglich für sie, etwas zu spüren, was nicht vorhanden war.

»Zeig es mir!«, flüsterte er an ihrem Ohr. »Zeig mir, was du in mir siehst!«

Gerade noch war er Zacarias de la Cruz, karpatianischer Krieger und Jäger. Allein. Kalt und spröde, mit Gletscherwasser in den Adern – und im nächsten drang sie in ihn ein wie warmer Honig und füllte jede leere Stelle in ihm aus. Fand jede dunkle Ecke, jede geheime Träne und jeden Riss in seinem Geist. Dieser warme Honig floss über das Eis, fand jede gebrochene Brücke, baute neue, füllte Löcher und stellte zerstörte Verbindungen wieder her.

In Zacarias' Kopf knisterte Elektrizität. Er spürte jeden ihrer Atemzüge und atmete mit ihr. Ihr Herz schlug, und es war in seiner Brust. *Sie* war in ihm, bis alles, was ihn ausmachte, von Marguarita erfüllt war, von ihr und all der Wärme, die sie mit sich brachte. Mit ihrem strahlend hellen Licht. Die Hitze schmolz das Eis in ihm so schnell, dass er keine Barriere errichten konnte, um es aufzuhalten.

Zacarias blinzelte, als er spürte, wie Marguarita ihn fester an sich zog und mehr und mehr Leere mit sich selbst ausfüllte, bis er zum ersten Mal vollständig war. Er war nicht mehr allein. Sterne explodierten in seinem Kopf, öffneten sich wie eine Urmasse und stürmten so schnell auf ihn ein, dass er zuerst gar nicht begreifen konnte, was er sah.

8. Kapitel

Mit vor Schreck geweiteten Augen kauerten Zacarias' Brüder zwischen den Felsen. Riordan war kaum mehr als ein Kleinkind, doch es war nichts Junges an seinem Bewusstsein oder Verstand. Er starrte den sich nähernden Vampir mit dem gleichen Entsetzen an wie seine älteren Brüder. Über ihnen brauten sich dunkle Sturmwolken zusammen, die die Sterne nahezu auslöschten, aber der volle Mond schien blutrot durch die sich hoch auftürmenden, aufgewühlten Wolken.

Verteilt euch hinter ihm, und wenn ich sage, lauft, rennt weg und seht euch nicht mehr um!, befahl Zacarias. *Du bist verantwortlich für Riordan, Manolito. Bleib bei ihm! Nicolas und Rafael, ihr beschützt sie. Und ihr alle seht zu, dass ihr verschwindet.*

Wir helfen dir, sagte Rafael mit zitternder Stimme.

Du kannst das nicht allein, meinte Nicolas bekümmert.

Lauf weg, Zacarias! Komm mit uns!, bestürmte ihn Manolito.

Zacarias hörte ihre Proteste, doch wenn er einen Befehl gab, wussten sie, dass sie gehorchen mussten. Ihre Mutter lag blutüberströmt, mit zerfetztem und zerschmettertem Körper, auf den Felsen. Ihnen blieb jedoch keine Zeit, sie zu betrauern oder ihrer zu gedenken. Ihr Vater war zu spät gekommen, um sie zu retten, aber auch der Vampir, der sie getötet hatte, lag zerfetzt und buchstäblich in Stücke gerissen neben ihr. Die Brutalität, mit der er umgebracht worden war, hätte Zacarias warnen müssen, bevor sein Vater sich zu ihnen herumdrehte, doch diese gezackten Zähne und roten Augen mit dem irren Blick waren trotzdem noch ein Schock für ihn.

Sein Vater hatte die Hände zu den Bergen erhoben, wo viele

Felsbrocken gefährlich locker saßen. Der Boden erbebte. Zacarias hatte den Angriff auf seine Brüder nicht erwartet und kam eine Sekunde zu spät, um ihm entgegenzuwirken. Er konnte nur noch schnell einen Schutzzauber über die Jungen werfen, um sie vor der Steinlawine zu schützen, bevor er zum Angriff überging. Er wusste, dass sein Vater keine Aggression erwartete, aber es war das Einzige, was ihm übrig blieb. Sein Vater war viel älter, stärker und erfahrener, doch er war ein neu geschaffener Vampir und noch nicht an den Rausch gewöhnt, den ihm das Töten verschafft hatte.

Sein Vater war ein hervorragender Kämpfer, ein legendärer Jäger, dessen Name in ehrfürchtigem Flüsterton genannt wurde, aber er hatte seinen ältesten Sohn die gleichen Fähigkeiten gelehrt. Unter den Karpatianern galt Zacarias noch als jung, doch er hatte schon oft genug Vampire bekämpft und war gegen sie ins Feld gezogen. Er hatte bereits begonnen, die Emotionen zu verlieren, und Farben sah er schon lange keine mehr, obwohl er noch weit entfernt war von dem Alter, in dem das hätte geschehen dürfen.

Mit aller Kraft stieß er die Faust durch die substanzlose Gestalt seines Vaters und kam dabei ins Straucheln. Der Hieb traf ihn hart am Rücken und schleuderte ihn nach vorn und in die Blutlachen um den Leichnam seiner Mutter. Mit dem Gesicht nach unten schlitterte er über das Blut und landete auf dem toten Körper seiner Mutter. Ihre leblosen Augen starrten ihn in stummem Vorwurf an. Als er die Hände aufstützte, um sich aufzurappeln, versanken sie bis zu den Handgelenken in ihrem Blut. Ihm drehte sich der Magen um, und das Herz blieb ihm fast stehen.

Zacarias!

Auf Nicolas' stumme Warnung hin rollte er sich zur Seite und löste sich im letzten Moment in dünnen Nebel auf. So traf ihn die Faust seines Vaters nicht, sondern bohrte sich, durch den leblosen Körper seiner Mutter hindurch, in den blutdurchtränkten Boden.

Zacarias war bis ins Innerste erschüttert, aber er musste sich zusammenreißen, wenn er überleben wollte. Denn starb er, würden auch seine Brüder sterben. Mit einem tiefen Atemzug schüttelte er das Blut seiner Mutter, das ihn von Kopf bis Fuß bedeckte, und den Anblick ihrer toten Augen ab. Ihr starrer Blick warf ihm vor, seinen eigenen Vater töten zu wollen. Nein, er war nicht mehr sein Vater. Er war ein Vampir. Ein Untoter. Eine üble, verdorbene Kreatur, die alles und jeden auf ihrem Weg zerstören würde. Schon jetzt verdorrte das Gras unter den Füßen des Vampirs. Dies war nicht mehr der Mann, den er über alles geliebt und mehr als jeden anderen respektiert hatte.

Zacarias spürte, wie ihn die vertraute Kälte überkam, die er in frühem Alter schon an sich bemerkt hatte – aber jetzt war es flüssiges Eis, das ihn durchströmte und seine Adern erstarren ließ. Während andere Jungen noch unbekümmert spielten, hatte er sich für die vielfältigen Arten zu töten, zu kämpfen und zu überlisten interessiert. Seine Sinne waren schärfer, seine Reflexe schneller als die anderer Jungen. Er hatte Informationen aufgenommen und hart daran gearbeitet, sich sogar vor seinen eigenen Eltern zu verbergen. Wieder und wieder hatte er die Fähigkeit geübt, sich an andere heranzuschleichen und sie stundenlang zu beobachten, ohne gesehen zu werden. Selbst damals hatte Zacarias schon gewusst, dass er anders war, dass die Kälte, die in seine Adern sickerte, ihm einen Vorteil verschaffte, den andere nicht hatten, doch er war immer gegen dieses Wissen angegangen.

Diesmal rief er die Kälte jedoch herbei, statt sich zu bemühen, ihr zu entkommen. Er begrüßte die Schatten in sich und ließ – zum ersten Mal – die Dunkelheit von sich Besitz ergreifen. Sie legte sich über ihn und in ihn, und es passte ihm wie angegossen, dieses Raubtier, das sie aus ihm machte. Er hatte schon immer gewusst, dass es da war und nur darauf wartete, sich seiner zu bemächtigen. Zacarias hatte dagegen angekämpft und sein eigenes

Wesen nicht mit diesem Raubtier teilen wollen, doch jetzt wusste er, dass er keine andere Wahl mehr hatte, wenn er überleben wollte, und er *musste* überleben, um seine Brüder zu beschützen. Also wählte er für sich das Raubtier, um für seine Brüder das Leben wählen zu können.

Zacarias bewegte sich mit dem tosenden Wind, glitt lautlos und verstohlen wie der erfahrenste Jäger hinter den Vampir und nahm all seine Kraft zusammen.

Der Untote blickte sich um, spuckte auf den Boden, als er nichts Bedrohliches sah oder hörte, und wandte sich den vier Jungen zu, die zwischen den Felsen hockten. In einem bösen Grinsen bleckte er die Zähne. »Er hat euch mir überlassen. Gut. Dem Kleinen werde ich den Kopf abreißen und ihn Stück für Stück an euch verfüttern, bevor ich euch alle bei lebendigem Leibe auffresse.«

Nicolas und Rafael standen auf, zwei junge, tapfere Karpatianer, die sich Schulter an Schulter vor ihre jüngeren Geschwister stellten.

Zacarias ließ mit voller Absicht einen kleinen Felsen hinter sich herunterrollen. Der Vampir, der ein perfektes Ziel abgab, fuhr zu dem Geräusch herum.

Nicht hinsehen!, befahl Zacarias seinen Brüdern. *Guckt alle weg! Nicolas, halt Riordan die Augen zu! Keiner von euch soll das sehen.*

Die Kehle eng und voller Tränen, nahm Zacarias mit unglaublicher Geschwindigkeit seine physische Gestalt an und stieß seinem Vater mit aller Kraft die Faust in die Brust. Er stand direkt vor dem Vampir und sah ihm in die Augen, als er Knochen und Muskeln durchstieß und das pochende Organ ergriff. Sein Vater bohrte ihm die scharfen Nägel in die Brust und riss ihm große Stücke Haut und Muskel heraus, doch Zacarias schaltete alle Schmerzen und Gefühle ab, um seine Brüder und die Ehre seiner Familie retten zu können.

Das widerliche, schmatzende Geräusch, in das sich die Schmerzensschreie seines Vaters mischten, war grauenvoll. Der Vampir zischte Versprechungen, bettelte und flehte um sein Leben; er tobte, fauchte und schwor, an den Kindern Rache zu nehmen, ihnen den Kopf abzureißen und sie an Zacarias zu verfüttern. Speichel und Säure verbrannten Zacarias die Haut, als er seinem Vater das Herz herausriss und es von sich schleuderte.

Der Untote packte ihn an den Unterarmen und starrte ihn mit entsetzten, blutunterlaufenen Augen an. »Sohn«, flüsterte er. »Mein Sohn.«

Ein stummer Schrei stieg in Zacarias auf, und es kostete ihn seine ganze Kraft, nicht die Arme um diesen zerstörten Körper zu legen und seinen Vater festzuhalten. Er sah, wie der Mann, den er über alles geliebt hatte, taumelte und fiel, zuerst vor ihm auf die Knie und dann mit dem Gesicht nach unten in den Schmutz. Aber Zacarias trat zurück und rief den Blitz vom Himmel.

Er war erschütterter, als ihm bewusst war. Der erste Blitzstrahl verfehlte das noch immer pulsierende Organ, das Herz rollte weg und landete in dem Blut der Mutter. Der Anblick war so abscheulich, dass Zacarias sich zusammenriss und den nächsten Blitz treffsicher in das Herz seines Vaters einschlagen ließ und es verbrannte.

Zacarias krümmte sich, weil er den grauenhaften Schmerz, eine rein körperliche Reaktion, nicht mehr beherrschen konnte. Ein leidenschaftlicher Schrei des Protestes stieg aus seinem gebrochenen Herzen auf und ließ ihm fast die Blutgefäße in der Kehle platzen. So groß war sein Schmerz, dass er die Wunden kaum noch spürte, obwohl einige davon bis auf die Knochen gingen. Nichts nahm er wahr, auch nicht die Säure aus dem Vampirblut, die ihm die Haut verätzte, nur die Qual über den Tod der Eltern und die Tötung des eigenen Vaters, die ihm vom Schicksal aufgezwungen worden war. Den Schmerz darüber, dass er nun auch noch den letzten Rest von Unschuld verloren hatte und in die Rolle gedrängt worden war, für die er zwar geboren worden war, die er aber nicht übernehmen wollte. Nie, niemals wollte er sich mit dem Wissen auseinandersetzen, dass all diese Dunkelheit ihn jetzt beherrschte – und von nun an in ihm bleiben würde.

»Zacarias.« Nicolas schlang einen Arm um ihn und versuchte, ihn vom Schauplatz des Grauens wegzuziehen.

Zacarias trat jedoch von ihm zurück, weil er befürchtete, den Bruder mit den Schatten zu verderben, die jetzt ein fester Bestandteil von ihm waren. Grimmig verbrannte er die Leichname seiner Mutter und seines Vaters – nein, des Vampirs –, bevor er die Säure von seiner Haut entfernte.

Dann wandte er sich zu den blassen Gesichtern seiner Brüder um. »Keiner von euch wird je wieder an die Geschehnisse hier denken. Ihr werdet weder euren Vater noch mich mit dieser Erinnerung beschmutzen. *Niemals*, versteht ihr? Ihr werdet nie wieder daran denken oder davon sprechen. Weint jetzt, denn sowie wir gehen, ist Schluss damit. Ende. Sagt mir, dass ihr verstanden habt! Jeder von euch. Sagt es! Schwört es mir beim Leben eurer Mutter!«

Seine Brüder schworen, seinen Wünschen nachzukommen, und bekräftigten noch einmal ihre Loyalität ihm gegenüber. Erst dann ließ Zacarias sie trauern, während er selbst sich ein Stück entfernte. Er ließ sich auf die Erde fallen und weinte zum letzten Mal in über tausend Jahren.

Zacarias berührte sein Gesicht und sah, dass seine Fingerspitzen blutbefleckt waren, als er sie zurückzog. Er konnte Marguarita in seinen Armen spüren, sie in sich und um sich herum fühlen. Ihr Herzschlag war schnell, und das Atmen fiel ihr schwer. Sie weinte, und er verspürte ihren Schmerz, als wäre es sein eigener. Verblüfft blickte er auf ihre Schulter herab. Ihre Bluse hatte rote

Flecken. Seine Kehle war wie zugeschnürt und wund. Erschrocken stieß er Marguarita von sich, verbannte sie aus seinem Geist und wies sie von sich, wies sie, die Erinnerungen und die damit verbundene Qual zurück.

Das in ihm brodelnde Adrenalin und seine völlige Verleugnung der Erinnerung und Gefühle hatten den Stoß härter als beabsichtigt gemacht, und Marguarita taumelte zurück und landete in einiger Entfernung auf dem Boden, wo sie wie ein Häufchen Elend sitzen blieb. Sie blickte nur resigniert zu ihm auf und unternahm keinen Versuch aufzustehen.

Zacarias atmete tief durch, um den unangenehmen Geschmack im Mund loszuwerden. Er war Zacarias de la Cruz, und er war … allein. Ganz und gar allein. Noch nie hatte er sich so allein gefühlt wie in diesem Moment, ohne sie in seinem Kopf, um all diese zerrissenen, dunklen Stellen auszufüllen. Er konnte die gähnende Leere fühlen, die wie ein bodenloses Loch war, das ihn zu verschlingen drohte. Zacarias wich sogar noch weiter vor Marguarita zurück – vor dieser Hexe, die sein Leben auf den Kopf gestellt hatte.

Die Qual des Erinnerns war unerträglich. Ein Zittern durchlief ihn, und er ging noch einen Schritt weiter zurück, legte die Länge des ganzen Raumes zwischen sie beide. Innerlich verspürte er ein fürchterliches Zerren, als zerrisse er seinen eigenen Körper bei dem Versuch, sich von Marguarita zu trennen. Er durfte sie nicht an sich binden. Er war ein Raubtier, durch und durch, schon so geboren, von Geburt an von Dunkelheit überschattet und in Eis gefasst. Und Marguarita ließ jeden seiner Schutzschilde zerschmelzen und beraubte ihn seiner Fähigkeit, richtig zu funktionieren.

Das warnende Knurren, das er von sich gab, ließ ihre Furcht noch wachsen, doch statt der Genugtuung, die er empfinden müsste, machte sein Magen einen Satz, und eine harte Hand drückte ihm das Herz zusammen.

Du hattest mich gebeten, es dir zu zeigen.

Er *spürte* ihre Bitte und sah, wie zaghaft sie die Hand nach ihm ausstreckte, doch er musterte sie nur mit kalten, ausdruckslosen Augen und abweisender Miene. »Und was nützt mir das? Diese Erinnerung sollte nie wieder auftauchen, aber du musstest ja etwas wieder hochbringen, das über tausend Jahre lang begraben war. Wozu?«

Die Erinnerung ist noch in dir, genauso wie der Schmerz. Du hast sie nur weggeschlossen, statt sie loszulassen.

»Wenn ich sie nicht fühle, ist sie weg.«

Sie schüttelte den Kopf und ließ die Hand sinken. *Wenn sie weg wäre, hätte ich sie nicht finden können – oder die Qual gespürt, die sie verursacht.*

Er hasste die Logik dieser Frau. Marguarita Fernandez hatte ein lange gehütetes Geheimnis ausgegraben, das niemand kannte in der Welt der Karpatianer, von der menschlichen erst ganz zu schweigen. Zacarias trat einen Schritt auf sie zu und warf ihr mit grimmig zusammengezogenen Brauen einen finsteren Blick zu. »Ich sollte dir den Hals umdrehen für diese Indiskretion. Du erlaubst dir zu viel.« Er legte sogar die Hände zusammen und verdrehte sie, als hätte er ihren Hals gepackt.

Doch sie schob nur ärgerlich das Kinn vor. *Ich bin es leid, mich vor dir zu fürchten. Dann dreh mir doch den Hals um! Na los doch! Bring es hinter dich!*

Er war so schnell bei ihr, dass sie nur erschrocken zu ihm aufblicken konnte. Die Finger um ihren Hals gekrallt, zog er sie auf die Beine. Ihr Puls pochte an seiner Hand, und im selben Moment schon, als er sie berührte, wusste er, dass er verloren war. Er konnte diese Frau nicht töten oder ihr in irgendeiner Weise wehtun. Sie verlor sehr schnell die Angst vor ihm, und dabei hatte sie allen Anlass, ihn zu fürchten. Jedes Mal, wenn er in ihre Nähe kam, ihren Duft einatmete und sie ansah, reagierte sein Körper mit einer sinnlichen Erregung, die schon fast so schmerzhaft war, dass sie es mit dem Hunger nach ihr aufnehmen konnte, der in seinen Adern pochte.

»Hol dich die Sonne, Frau!«, flüsterte er und ließ die Hände sinken. »Niemand beherrscht mich. *Niemand.*« Und damit kehrte er ihr den Rücken zu und verließ das Zimmer.

Zacarias löste sich auf, bevor er die Haustür erreichte. Er musste hinaus ins Freie, wo er atmen konnte. Geschlossene Gebäude waren nichts für ihn. Die Welt hatte sich weitergedreht, aber ohne ihn. Er war ein Raubtier, das sich selbst überlebt hatte und nichts von der modernen Welt verstand – und es auch gar nicht wollte. Moderne Häuser und Annehmlichkeiten bedeuteten ihm nichts. Er hatte den Regenwald und die Höhlen, die Erde selbst war sein Zuhause. Ihm war es vorbestimmt, allein zu bleiben. Er war zu einem anderen Leben geboren, und er hatte nichts zu suchen in einer Welt mit Häusern, die von Menschen bewohnt wurden.

Marguarita war ihm ein absolutes Rätsel. Sie war eine schöne Versuchung, der er nicht widerstehen konnte, und zog ihn immer mehr in ihren Bann, wo er ... Zacarias verschloss den Kopf vor den Gedanken an sie, weil er sie nicht auch noch ins Freie mitnehmen wollte. Marguarita würde bleiben, wo sie hingehörte, wo er sie zurückgelassen hatte, und er würde zurückkehren, wann es ihm gefiel. In der Zwischenzeit hatte er weitaus dringendere Probleme als eine Frau, die nicht in Ruhe lassen konnte, was nie ans Licht gebracht werden sollte – wie zum Beispiel Zacarias de la Cruz.

Er schlüpfte unter der Türschwelle hindurch und strömte in die Nacht hinaus, in die Welt, die er verstand, wo es hieß, töten oder getötet werden. Zacarias nahm die Gestalt der Harpyie an, erhob sich in die Luft und kreiste ein paarmal über der Ranch, bevor er sich in den Wald zurückzog. Für ihn bestand kein Zweifel daran, dass Böses unterwegs war und sich im Regenwald und entlang des Amazonas und seinen Nebenflüssen verbreitete, um nach ihm zu suchen.

Ruslan Malinov, der Älteste der Brüder Malinov und ihr anerkannter Führer, würde die Niederlage nicht tatenlos hinnehmen. Er würde Vergeltung üben wollen, und er konnte die Aufgabe nicht an jemand anderen weitergeben, nicht einmal an seine eigenen Brüder. Die geringeren Vampire würden die Augen aufhalten und abwarten, ob er Rache übte. Er musste selbst Zacarias' Verfolgung aufnehmen, oder er würde die Kontrolle über alles, was er sich aufgebaut hatte, verlieren. Ruslan würde kommen, aber nicht offen und für jedermann erkennbar.

Der Haubenadler flog zum höchsten Punkt über der Ranch und ließ sich im Astwerk eines hohen Kapokbaumes nieder. Er hatte ein außerordentlich gutes Sehvermögen und konnte aus einer Entfernung von gut zweihundert Metern die kleinsten, weniger als einen Zentimeter großen Dinge sehen. In der Regel hatte dieser Adler keine sehr gute Nachtsicht, aber Zacarias war für die Nacht geboren, und seine hervorragenden Augen in Verbindung mit denen des Haubenadlers ergaben eine exzellente Sicht. Ruslan hatte die dunklen Vögel geschickt, und sie waren sicher nicht das Einzige, was er ausgesandt hatte, um nach Beweisen für Zacarias' Tod zu suchen.

Als er das Schlachtfeld in Brasilien verlassen hatte, war Zacarias schwer verwundet gewesen und hatte eine Blutspur bis zu dieser Hazienda hinterlassen. Ihm war klar gewesen, dass Ruslans Spione kein Problem haben würden, dem Geruch zu folgen, doch das spielte keine Rolle, weil er sein Leben ohnehin hatte beenden wollen und Ruslan zufrieden gewesen wäre, dass sein Erzfeind tot war. Aber jetzt sah alles anders aus. Da Zacarias noch lebte, würde Ruslan kommen, und dann würde er jede widerliche Kreatur mitbringen, die er in solch kurzer Zeit auftreiben konnte. Tief im Körper des Adlers lächelte Zacarias ein grimmiges, jedoch auch einladendes Lächeln.

Die Untoten zu vernichten war vertrautes Territorium, auf dem er sich auskannte und wohlfühlte. Deshalb freute er sich schon auf die kommenden Nächte – und den geistigen Wettstreit zwischen ihm und Malinov. Ruslan war immer intelligent und arrogant gewesen, und genau das hatte zu seinem unvermeidlichen Niedergang geführt. Er hatte sich für etwas Besseres gehalten als die Dubrinskys und geglaubt, durch die Ermordung des Prinzen, Mikhail Dubrinsky, zum Regenten des karpatianischen Volkes aufzusteigen.

Früher einmal waren Ruslan und Zacarias die besten Freunde gewesen, doch das war schon sehr lange her. Sie hatten zusammen gekämpft, Seite an Seite, und einander den Rücken gedeckt wie Blutsbrüder. Aber irgendwann hatte Ruslan eine Grenze überschritten, von der es kein Zurück mehr gab. Trotzdem hatte er niemals zugegeben, dass er einen Fehler begangen hatte, und seine Arroganz war mit den Jahrhunderten noch gewachsen. Bisher hatte er die offene Konfrontation mit Zacarias vermieden, doch jetzt würde er kommen.

Zacarias warf einen Blick zum Haus hinüber. Die Anziehungskraft dieser Frau wurde von Minute zu Minute stärker. Sie schlich sich in seine Gedanken ein und weigerte sich zu gehen. Er würde ihr nicht entkommen, nicht einmal im Körper des Adlers. Sie war in seinem Bewusstsein und verstrickte ihn immer tiefer in ihr seidenes Netz. Er wollte sie sehen, wollte wissen, dass sie sicher war, und sein Geist versuchte ständig, sich mit ihrem zu verbinden.

Marguarita Fernandez war seine Seelengefährtin, daran bestand kein Zweifel mehr. Er hatte sie gefunden, und die Gefahr hatte um das Tausendfache zugenommen. Sein Vater war mit dem gleichen Makel der Düsternis geboren, mit dem auch Zacarias versehen war. Sein Vater hatte zwar seine Seelengefährtin gefunden und viele Jahrhunderte mit ihr gelebt, aber am Ende hatte all das nichts genützt. Als er seine Gefährtin in Stücke gerissen und blutig vor sich liegen gesehen hatte, war er zum Vampir geworden …

Zacarias verschloss sich dieser Grauenhaftigkeit. Hol die

Sonne Marguarita Fernandez! Sie hatte die Büchse der Pandora geöffnet, und jetzt ließ sie sich nicht mehr schließen. Er war auf jeden Fall verloren. Ob er Marguarita für sich beanspruchte oder nicht – und wie konnte er es *nicht* tun? Er war unwiderruflich an sie gebunden, und diese Bande wurden mit jeder Stunde stärker. Er musste sie um jeden Preis beschützen, und sobald Ruslan von ihr erfuhr, würde er jede Waffe in seinem Arsenal einsetzen, um an Marguarita heranzukommen. Er würde wissen, dass Zacarias' Seele in Gefahr war. Er war der Verwandlung zum Vampir schon so gefährlich nahe, dass der Verlust seiner Gefährtin ihm mit Sicherheit den Rest geben würde, so wie es auch seinem Vater ergangen war. Und Ruslan würde alles in seiner Macht Stehende versuchen, um Zacarias' Untergang herbeizuführen.

Der Mond nahm ab, doch er verbreitete noch genügend Licht, um die Erde zu versilbern. Die Sterne glitzerten hell, und ein paar Wolkenfetzen zogen gemächlich am Himmel dahin. Es dauerte einen Moment, als Zacarias über die Ranch hinausblickte, bis ihm bewusst wurde, dass das trübe Grau des Grases und der Zäune sich zu anderen Farbtönen verdunkelt hatte. Adler, wie die meisten Vögel, sahen Farben, und die Harpyie bildete da keine Ausnahme, doch selbst in Gestalt des großen Raubvogels hatte Zacarias nie Farben wahrnehmen können. Daher fiel er vor Verblüffung jetzt fast von dem Ast, von dem er auf das Gras hinunterblickte. Die bisher immer graue Fläche hatte grüne und gelbliche Schattierungen angenommen, die stark genug waren, dass ihm der Atem stockte und er im schimmernden Schein des Mondes wie geblendet war von ihrem Anblick. Die Zäune der Koppeln waren von einem stumpfen, hölzernen Braun, aber es war definitiv ein *Braun*, nicht das bisherige Grau. Bis jetzt hatte er nur Marguarita in Farbe sehen können, doch nun erwachte auch die Welt, in der sie lebte, für ihn zum Leben.

Zacarias zwang sich, den Blick vom Herrenhaus abzuwenden und ihn wieder auf die Felder zu richten. Spione konnten in allen

Formen erscheinen, und es war gut, aufs Schlimmste gefasst zu sein. Nur Cesaro, Julio und Marguarita hatten ihn gesehen, und alle wussten, dass sie ihren täglichen Aufgaben mit erhöhter Vorsicht nachzugehen hatten. Jeder einzelne Arbeiter auf der Ranch war von Geburt an mit geistigen Abwehrschutzzaubern versehen worden, die kein Vampir durchdringen konnte. Außerdem waren sie schon von Kindesbeinen an im Kampf gegen die Untoten ausgebildet worden. Die »Spiele«, die die Kinder lernten, waren in Wirklichkeit die Fertigkeiten, um Vampire töten zu können.

Alle Männer und Frauen, die auf den verschiedenen Haziendas arbeiteten, wussten, dass die Gefahr sehr groß war, wenn einer der Brüder de la Cruz im Haus war, und trafen Vorsichtsmaßnahmen. Die Tiere wurden in geschützte Bereiche gebracht, und die Cowboys führten sowohl moderne als auch alte Waffen bei sich, die gewöhnlich so gut kaschiert waren, dass kein Spion erkennen würde, dass sie mit mehr als den üblichen Ranchwerkzeugen ausgerüstet waren.

Der Regenwald pflegte sich zurückzuholen, was ihm genommen worden war, und obwohl die Rancharbeiter sich alle Mühe gaben, das Wachstum aufzuhalten, schlängelten sich schon wieder Schlingpflanzen unter den Zäunen hindurch und schlugen Wurzeln auf den Feldern. Einige der holzigen Lianen wanden sich um Pfosten und Einzäunungen. In der Ecke des abgelegenen Feldes, auf dem die Rinder grasten, durchbrachen schon mehrere dicke Pflanzen den Boden. Die Harpyie erhob sich in die Luft und drehte einige Runden über dem Feld, um sich diese Pflanzen genauer anzusehen.

Es waren Lianen, dicke, verbogene Zöpfe aus dunklem Holz, das einen zähen Saft ausschied. Sie schienen mit hoher Geschwindigkeit zu wachsen und sich durch alles andere auf ihrem Weg hindurchzufressen. Während der Adler zusah, flitzte ein neugieriges Mäuschen über das Gras und traute sich zu nahe an die Pflanze heran. Der Saft bildete Tropfen an der Liane und versickerte im Boden. Die Maus schnupperte interessiert daran – und plötzlich schien der Saft nach dem vorwitzigen Nager zu greifen, indem er aufschwappte und die kleine Maus mit seiner dunklen, öligen Substanz umhüllte.

Das Tierchen fiepte verzweifelt und streckte, nach Atem ringend, den Kopf hoch, als der Saft es einschloss und bei lebendigem Leibe auffraß, Fell, Haut und Gewebe vertilgte, um zuletzt die winzigen Knochen zu verschlingen. Dieser Saft konnte einen Stier, ein Pferd oder einen Menschen töten – mit der gleichen Mühelosigkeit. Zacarias merkte sich die Stellen, wo die Lianen wuchsen, und flog auf das kleine Haus zu, in dem Cesaro und seine Familie lebten. Er musste die Pflanze sehen und dafür sorgen, dass auch alle anderen sie kennenlernten und kennzeichneten, ohne ihr zu nahe zu kommen, und es musste sichergestellt werden, dass alle Tiere ihr ebenfalls fernblieben.

Cesaro reagierte sofort auf den Ruf seines Herrn, kam auf die Veranda und schloss schnell die Tür vor dem knurrenden Hund auf der Schwelle. »Stimmt was nicht, *señor*?«

Er schien sich genauso unwohl zu fühlen wie sein Hütehund. Zacarias stieg von der Veranda, um ein wenig Abstand zwischen sich und den Hund zu bringen, der jetzt knurrend, zähnefletschend und fast schon mit Schaum vor dem Maul am Fenster stand. Es bestand kein Zweifel daran, dass Tiere sich von seiner Gegenwart belästigt fühlten.

»Leider habe ich Beweise für etwas sehr Übles gefunden, das sich in die Ranch einschleicht. Ich möchte, dass Sie mich begleiten, damit Sie die Pflanze allen Arbeitern zeigen können, bevor ich sie vernichte. Sie ist tödlich, nicht nur für andere Pflanzen und Tiere, sondern auch für Menschen.«

Cesaro nickte sofort. »Brauchen Sie meinen Sohn?«

Einem ersten Impuls folgend, wollte Zacarias den Kopf schütteln. In der Regel vermied er den Kontakt mit den Arbeitern, weil er wusste, dass er ihnen das gleiche Unbehagen einflößte wie den

Tieren, aber vielleicht musste er ein wenig Zeit mit Julio verbringen. Zacarias wusste, dass er viel zu viel von einem Raubtier hatte, um seiner Frau zu erlauben, in der Nähe eines Mannes zu sein, dem sie aufrichtige Zuneigung entgegenbrachte, und daher war es für Julios Sicherheit vielleicht das Beste, seine Absichten Marguarita gegenüber herauszufinden.

»Ja. Wir müssen sichergehen, dass es keinen Ort auf dieser Ranch gibt, wo diese Pflanze noch wächst, sobald ich sie vernichtet habe. Und Ihr Sohn verbringt viel Zeit im Sattel und legt große Strecken zurück.«

»Ich brauche nur einen Moment«, sagte Cesaro und verschwand im Haus.

Der Hund ging Zacarias auf die Nerven. Nachdem er das lästige Bellen ein paar Minuten ertragen hatte, schwenkte er die Hand, und der Lärm verstummte abrupt. Der Hütehund starrte zwar weiter aus dem Fenster, doch wenn er das Maul öffnete, um zu knurren oder zu bellen, kam kein Ton heraus.

Dann eilte Cesaro mit Julio aus dem Haus. Der Junge wirkte jünger, als Zacarias ihn in Erinnerung hatte. Tatsächlich hatte er den jungen Mann kaum eines Blickes gewürdigt, als er ihn durch das Fenster in Marguaritas Zimmer gezerrt hatte. Julio berührte unwillkürlich seinen Nacken und straffte dann die Schultern.

»Wir nehmen nicht die Pferde«, informierte Cesaro seinen Sohn mit einem raschen Blick auf Zacarias. »Nicht, bevor wir alles gesehen haben, was Señor de la Cruz uns zeigen muss.«

Zacarias ging voran und führte sie zu dem hinteren Feld. Die Lianen hatten mittlerweile schon die Einzäunung überwuchert und bedeckten einen Teil des Bodens in der Ecke. Er zeigte auf die Pflanze. »Diese Liane ist tödlich für jedes Lebewesen, das in ihre Nähe kommt. Ich werde sie verbrennen, aber Sie werden sehr wachsam sein müssen, Sie alle. Sie wird zurückkehren, solange ich mich auf der Ranch aufhalte.«

»Und wie lange haben Sie vor zu bleiben?«, fragte Cesaro.

Zacarias bedachte ihn mit einem kühlen Blick. »Auf Dauer.« Der Mann erblasste, und so erbarmte Zacarias sich seiner, da es früher oder später ohnehin gesagt werden musste. »Es hat sich eine unvorhergesehene Komplikation ergeben.«

Cesaro warf Julio einen Blick zu.

Zacarias seufzte. »Mir behagt das genauso wenig wie Ihnen, da Ihre Gegenwart mich ebenso irritiert wie Sie die meine.«

»Verstehen Sie mich nicht falsch, *señor*. Dies ist Ihr Zuhause, und Sie sollen natürlich bleiben, solange Sie wollen«, berichtigte sich Cesaro schnell. »Es ist nur so, dass wir Marguarita bei den Tieren brauchen und unsere tägliche Routine aufrechterhalten werden muss. Wir haben zwei Stuten, die bald fohlen werden, und Ihrer Anwesenheit wegen sind die Rinder unruhig und müssen ständig überwacht werden. Marguarita versteht es sehr gut, die Tiere zu beruhigen.«

»Ich fürchte, Sie werden ohne sie auskommen müssen.«

Julio warf ihm einen scharfen Blick zu und zog den Hut noch tiefer in die Stirn. »Geht es ihr gut?«

»Warum sollte es ihr nicht gut gehen?«, gab Zacarias herausfordernd zurück.

»Sie ist sonst immer mit den Pferden draußen«, erklärte Cesaro. »Es ist besorgniserregend, dass sie nicht mehr in den Ställen war und zumindest nach den trächtigen Stuten gesehen hat.«

»Wie gesagt, es geht ihr gut.« Das war nicht ganz die Wahrheit. Er hatte sie quer durch den Raum gestoßen und nicht einmal nach ihr gesehen. Er vergaß immer wieder, wie zerbrechlich Menschen waren.

»Ich würde sie gern sehen«, erklärte Julio.

Zacarias verhielt abrupt den Schritt. Er konnte spüren, wie die vertraute Kälte ihn wieder beschlich. Sein starrer, raubtierhafter Blick richtete sich auf den jungen Mann. Er spürte, wie das Bedürfnis zu töten in ihm wuchs, dieses hemmungslose Verlangen, jedes Hindernis aus dem Weg zu räumen. »Warum?«

Cesaro wollte näher an seinen Sohn herantreten, aber Zacarias hielt ihn mit einem scharfen Blick zurück. Eine unerträgliche Spannung breitete sich zwischen ihnen aus. Julio dachte nicht daran, sich einschüchtern zu lassen, und ignorierte seinen Vater, der beschwichtigend die Hand nach ihm ausstreckte.

»Marguarita ist wie eine Schwester für mich. Ich habe sie sehr lieb, und deshalb muss ich sicher sein, dass es ihr gut geht und sie glücklich ist. Sie würde nie freiwillig darauf verzichten, nach den Pferden zu sehen. Sie sind ihre große Leidenschaft, und dass sie nicht zu den Ställen herausgekommen ist, ist kein gutes Zeichen.«

»Marguarita ist meine Seelengefährtin.«

Cesaro schnappte nach Luft und schüttelte dann sichtlich schockiert den Kopf. Julio runzelte die Stirn und blickte seinen Vater fragend an.

»Das kann nicht sein, *señor*«, protestierte Cesaro. »Sie ist doch eine von uns und keine Karpatianerin. Da muss ein Irrtum vorliegen.«

»Was soll das bedeuten?«, wollte Julio wissen. »Ich verstehe nicht, was das bedeutet.«

»Es bedeutet, dass sie zu mir gehört. Sie ist meine Frau. Meine Ehefrau. Und das bringt sie in größere Gefahr, als Sie sich wahrscheinlich vorstellen könnten. Wenn bekannt wird, dass sie meine Seelengefährtin ist, werden sämtliche Vampire dieser Welt und ihre Lakaien versuchen, sie zu töten. Sie ist viel sicherer innerhalb des Gebäudes, bis ich die unmittelbare Gefahr für sie abwenden kann.«

Julio schüttelte den Kopf. »Sie können nicht einfach hierherkommen und beschließen, dass Marguarita Ihre Frau ist. Sie arbeitet für Sie, aber sie hat Rechte. Was sagt sie dazu?«

»Julio!«, zischte Cesaro warnend.

»Sie hat in dieser Sache nichts zu sagen«, erklärte Zacarias mit leiser und gefährlich sanfter Stimme. »In unserer Welt beanspricht der Mann seine Frau, und sie ist an ihn gebunden. Danach gibt es für beide kein Zurück mehr.«

»Das ist ein Fehler.«

»Man kann in diesen Dingen keinen Fehler machen«, entgegnete Zacarias. »Sie gehört mir.«

»Sie klingen selbst nicht allzu froh darüber, *señor*«, bemerkte Cesaro schnell, um Julio, der etwas einwenden wollte, zuvorzukommen. »Vielleicht könnte ja jetzt noch etwas unternommen werden, um sie zu befreien. Sie wollen sich doch bestimmt nicht mit einer menschlichen Frau belasten – und noch dazu mit einer, die nicht sprechen kann.«

Ein kurzes Schweigen entstand, als Zacarias sich den Vorschlag durch den Kopf gehen ließ. Eigentlich hatte er die ganze Zeit schon den gleichen Gedanken gehabt: dass er sich nicht mit einer menschlichen Frau – besser gesagt, mit *gar keiner* Frau – belasten wollte, vor allem jedoch nicht mit einer, die keinen Gehorsam kannte. Er hatte schon überlegt, ob er nicht einfach weggehen und sie verlassen sollte. Natürlich erst, nachdem er ein paar Tage geblieben war, um Farben zu sehen und ein bisschen was zu empfinden, bevor sein Leben endete. Aber Cesaro seine eigenen Gedanken in Worte fassen zu hören änderte alles.

Zacarias spürte, wie sein Magen sich verkrampfte und sein ganzer Körper auf die Vorstellung, Marguarita zu verlieren, reagierte. Er bekam einen trockenen Mund, und sein Herz schien in einer eisernen Zwinge zu stecken, die es in seiner Brust zusammenpresste. Alles, was er war, lehnte sich gegen den Gedanken auf, die Bande zwischen ihnen zu lösen. Marguarita war *seine* Frau, und er dachte nicht daran, nach Wegen zu suchen, um sich von ihr zu befreien. Niemals würde er sie freiwillig hergeben. Weder an die Menschen noch an die Vampire … und erst recht nicht an einen anderen Mann.

Und das war alles. Er hatte eine Seelengefährtin, und so verrückt diese Frau auch war, sie gehörte zu ihm, und er würde sie behalten. Zacarias schenkte Cesaro ein Lächeln, das seine Zähne offenbarte, und ließ zur Warnung etwas Raubtierhaftes in seinen Augen aufblitzen.

»Ich werde sie nicht aufgeben. Das steht nicht zur Diskussion. Aber wenn Sie sie beide so gernhaben, wie Sie sagen, wird es unter uns bleiben, dass sie meine Frau ist. Niemand sonst darf es erfahren, nicht einmal andere Mitglieder Ihrer Familie. Das ist der einzige Weg, sie zu beschützen.«

»Ist sie Ihre Gefangene?«, wagte Julio zu fragen.

Zacarias rührte das Bewusstsein des jungen Mannes an. Julios Barriere war intakt, doch Zacarias hatte sein Blut genommen und bedrängte ihn noch heftiger, um Zugang zu erlangen. Julio presste die Finger an die Schläfen und schüttelte den Kopf.

»Sagen Sie mir einfach, was Sie wissen wollen.«

Zacarias erhielt bereits die Eindrücke, die er benötigte. Julio liebte Marguarita wie eine Schwester. Es war eine Erleichterung zu wissen, dass er Cesaros Sohn nicht würde töten müssen. »Wer ist dieser Mann, den Sie nicht mögen und der immer wieder herkommt, um Marguarita zu besuchen?«

Julio wirkte überrascht. »Habe ich an ihn gedacht?«

»Es gefällt Ihnen nicht, dass Marguarita meine Frau ist, doch die Vorstellung, dass sie mit diesem Fremden zusammen sein könnte, behagt Ihnen noch viel weniger«, sagte Zacarias. »Erzählen Sie mir von ihm!«

Sie näherten sich der Liane, und Zacarias gab den Männern ein Zeichen anzuhalten, weil sie nicht zu dicht an die Pflanze herantreten sollten. »Allein in der kurzen Zeit, die ich mit Ihnen verbracht habe, war die Pflanze sehr geschäftig.«

»Ich habe so etwas noch nie gesehen«, murmelte Cesaro. »Sie sieht richtig lebendig aus und frisst alles, was ihr in den Weg kommt.«

Zacarias nickte. »Der Vampir macht sich alles zu seinen üblen Zwecken gefügig. Er weiß, dass ich mich hier aufhalte, und wird mich drangsalieren, in der Hoffnung, mich zu schwächen, bevor er selber in Erscheinung tritt. Versuchen Sie nicht, die Pflanze selbst zu vernichten! Wenn irgendjemand eine sieht, lassen Sie es mich auf der Stelle wissen!«

Beide Männer traten ein gutes Stück zurück, als Zacarias sie von der zerstörerischen Liane wegwinkte. Über ihren Köpfen ballten sich dunkle Wolken mit silbernen Adern in ihrem Inneren zusammen. Blitze sprangen über den Boden, Gabeln aus weißglühender Energie folgten dem Weg der dicken Lianen und ließen das Holz, die Blätter und den dickflüssigen Saft entflammen, wo sie sie berührten. Ein widerlicher Geruch, ähnlich dem von faulen Eiern, durchzog die Luft.

»Atmen Sie den Geruch nicht ein«, warnte Zacarias.

Die Spur aus glühender Asche, die über dem Boden und darunter verlief, wurde länger und breiter, als sie den Weg der Lianen zu ihrem Ursprung am Rand des Regenwaldes zurückverfolgten.

»Erzählen Sie mir von dem Mann, den Sie nicht mögen und von dem Sie glauben, dass er meine Frau umwirbt!«, befahl Zacarias, als sie sich auf den Rückweg zur Hazienda machten.

Das erste Licht erhellte bereits den Horizont und ließ die Sterne und den Mond verblassen. Zacarias beschleunigte den Schritt. Überall auf der Ranch würden jetzt Schutzzauber benötigt werden.

»Esteban und seine Schwester, Lea, sind vor etwa zwei Monaten hierher gezogen«, sagte Cesaro mit einem Bestätigung suchenden Blick auf seinen Sohn. »Sehr reich und sehr arrogant. Nicht die Art von Mann, der sich normalerweise hier niederlässt. Er hat kein wirkliches Interesse an der Vieh- oder Pferdezucht. Ich frage mich, wieso dieser Typ Mann zu diesem abgelegenen Teil des Landes kommt, wenn er doch so offenkundig ein Stadtmensch ist?«

»Das ist eine gute Frage«, stimmte Zacarias zu. »Haben Sie auch eine Antwort?«

Julio seufzte und schüttelte den Kopf. »Wir haben uns schon des Öfteren darüber unterhalten. Entweder verbergen sie sich hier, sind auf der Flucht vor irgendwas oder ...« Den Rest ließ er ungesagt und blickte seinen Vater an.

»Oder sie hoffen, an einen der Brüder de la Cruz heranzukommen«, beendete Cesaro den Satz für seinen Sohn. »Es ist kein Geheimnis, wem das Land gehört. Es ist viel größer als jeder andere Besitz in unserem Land, und obwohl es in den Akten so aussieht, als hätte jeder Ihrer Brüder Land gekauft, um es zusammenzulegen, ist es ungewöhnlich, dass eine Familie so viele Morgen besitzt. Ihre Familie hat einen gewissen Ruf, und viele Männer würden wünschen, sich als Ihre Freunde ausgeben zu können. Und dieser Mann, Esteban, kommt oft auf die Familie de la Cruz zu sprechen und stellt Fragen, die wir nicht beantworten.«

»Es ist möglich, dass er und seine Schwester etwas wissen, was sie nicht wissen dürften«, fügte Julio widerstrebend hinzu.

»Haben Sie Marguarita von Ihren Befürchtungen erzählt?«, erkundigte sich Zacarias.

»Marguarita ist der Familie de la Cruz treu ergeben!«, fauchte Julio. »Sie würde Sie nie verraten, schon gar nicht an einen Außenseiter.«

»Das habe ich nicht gefragt«, entgegnete Zacarias.

Julio senkte beschämt den Kopf, als sein Vater ihm einen finsteren Blick zuwarf.

»Nein. Marguarita betrachtet Esteban und seine Schwester nur als Freunde, weiter nichts«, antwortete Cesaro. »Sie weiß, dass er ihr den Hof macht, aber viele Männer umwerben sie. Da sie kein wirkliches Interesse an ihm zeigt, hielten wir es für das Beste, ihr nur zu sagen, er sei ein Außenseiter und gehöre nicht hierher. Doch das ist auch schon alles.«

Zacarias nickte. »Brauchen Sie sie wirklich für die Tiere – die Pferde?«

Cesaro nickte. »Besonders jetzt. Sie sind sehr verstört.«

Zacarias löste sich von den beiden Männern und machte sich auf den Weg zum Haus. »Dann wird sie Ihnen morgen Abend helfen.«

Er wartete nicht auf ihre Antwort. Es kümmerte ihn kaum, was Cesaro und Julio zu sagen hatten. Marguarita war seine Frau, und solange er sich entschied, auf dieser Erde zu bleiben, würde sie sich nach niemand anderem richten. Zacarias versah das Haus mit Schutzzaubern und schenkte dem Fundament und dem Boden unter dem Haus ganz besondere Aufmerksamkeit, bevor er noch zusätzlich die Türen und Fenster schützte. Erst als er völlig sicher war, dass Ruslans Spione die Barrieren nicht durchbrechen konnten, erlaubte er sich, zu Marguarita ins Haus zu gehen.

Sie hatte sich nicht vom Boden in der Küche weggerührt, sondern saß dort noch immer mit angezogenen Knien, auf die sie das Kinn gestützt hatte. Sie sah klein und verloren aus. Zacarias' Herz geriet ins Stocken, als ihre Blicke sich begegneten. Er fand nichts Verurteilendes in ihrem Gesichtsausdruck oder in ihren Gedanken. Marguarita sah ihn nur an und ließ den Blick über sein Gesicht gleiten, als versuchte sie, seine Stimmung einzuschätzen.

Geht es dir besser?

Er merkte sofort, wie ihre Wärme seinen ganzen Kopf erfüllte. Nicht nach und nach wie vorher, sondern von einem Moment zum anderen. Sein Herz verlangsamte den Rhythmus des ihren, bis es in ruhigem Einklang mit dem seinen schlug. Sie hatte Tränenspuren im Gesicht, deren Anblick er kaum ertragen konnte. Zacarias ging zu ihr und bückte sich, um sie auf den Arm zu nehmen und sie an die Brust zu drücken. Marguarita erhob keinen Protest, sondern schmiegte sich an ihn und legte den Kopf an seine Schulter. Das Haar fiel ihr ins Gesicht, sodass Zacarias den Ausdruck nicht sehen konnte, doch ihr Bewusstsein konnte sie nicht vor ihm verbergen.

Es tut mir leid. Ich hätte mich nicht in Dinge einmischen sollen, die mich nichts angehen. Ehrlich, Zacarias, es tut mir sehr, sehr leid.

Marguarita sorgte sich um ihn. Sie dachte nicht an sich selbst oder seine Reaktion, an die Dinge, die er ihr an den Kopf geworfen und ihr angetan hatte, sondern sorgte sich nur darum, wie schwer die Erinnerungen ihn getroffen hatten.

»Um mich braucht man sich nicht zu sorgen, Marguarita.«

Jemand sollte es aber tun.

Der Anflug eines Lächelns lag in ihrer Stimme und wärmte ihm das Herz. Er ließ sich ihre Antwort durch den Kopf gehen. »Wenn ich dich ins Bett bringe, wirst du dann dort bleiben?«

Diesmal war das Lachen unverkennbar. *Wahrscheinlich nicht, doch ich werde es versuchen.*

Er trug sie in ihr Zimmer, legte sie sanft auf das Bett und blickte lange Zeit auf sie herab. Ihr dichtes schwarzes Haar umrahmte in weichen Locken ihr Gesicht und lag wie Stränge dunkler Seide auf der Decke. Ihre Wimpern sahen dichter und dunkler aus denn je. Wie sehr Farben doch die Welt verschönerten, sogar die stumpfen, trüben, die er sah. Zacarias wollte sich zu ihr hinabbeugen und diese sinnlichen Lippen küssen, aber er wusste, dass es nicht dabei bleiben würde. Der Ruf ihres Blutes pochte in seinen Adern, und er hatte sie für heute schon genug geängstigt – und ihr große Sorgen bereitet, wie so unschwer zu erkennen war.

»Schlaf gut, Marguarita!«

Ich vermisse schon fast all die komischen Namen, die du für mich hast.

Zacarias strich ihr einmal übers Haar und spürte eine Veränderung in seinem Herzen, die auch sein Leben verändern würde, wie er befürchtete. Ohne ein weiteres Wort trat er zurück, weil er noch immer völlig ratlos war, wie es weitergehen sollte. Er konnte sich nicht erinnern, sich je in seinem Leben so hilflos gefühlt zu haben. Abrupt wandte er sich zum Gehen und ließ ihren verführerischen Duft und das wütende Verlangen, das an seinen Adern zerrte, hinter sich zurück. Er hatte sich immer noch unter Kontrolle. Doch wie lange noch?

9. Kapitel

Marguarita drehte sich auf die Seite und starrte ihr Fenster an. Die schweren Vorhänge waren zugezogen, aber ein schmaler Streifen Licht verriet ihr, dass es mitten am Tag war. Es regnete Steinchen an die Fensterscheibe, und schließlich seufzte sie und richtete sich auf. Ihr Körper war schwer wie Blei und wollte ihr nicht gehorchen, doch sie zwang sich aufzustehen und schleppte sich zum Fenster. Sie zog gerade die Vorhänge zurück, als Julio eine weitere Hand voll Steinchen gegen die Scheibe warf.

Mit einem leisen Lachen schob Marguarita das Fenster hoch. Helles Sonnenlicht fiel in ihr Zimmer und brannte in ihren Augen. Schnell legte sie schützend eine Hand darüber und wunderte sich, wie schnell sie sich daran gewöhnt hatte, die ganze Nacht lang auf zu sein. Dann zog sie einen Stift und einen Notizblock von ihrem Nachttisch zu sich heran.

Bist du verrückt? Er bringt dich um, wenn er dich noch mal hier findet.

»Er schläft, und es ist noch lange hin bis Sonnenuntergang. Ich musste einfach herkommen und sehen, ob es dir wirklich gut geht.«

Sie beschattete die Augen und musterte ihn prüfend. Er hatte einen dicken, blutbefleckten Verband am Unterarm und sah verärgert aus.

Was ist mit deinem Arm passiert?

»Das war der Hund. Er ist vor etwa einer Stunde völlig ausgerastet. Mein *eigener* Hund. Plötzlich fing er an zu knurren und fletschte die Zähne. Und dabei hatte er keinen Laut mehr von sich gegeben, seit ...«

Marguarita schrieb ein Fragezeichen in die Luft.

»Zacarias de la Cruz kam gestern Nacht zu uns, und Max fing an zu toben. Du weißt schon, wie all die anderen Tiere, wenn dieser Mann in der Nähe ist. Max stand bellend und knurrend am Fenster, und dann verstummte er von einem Moment auf den anderen. Bis vor etwa vor einer Stunde hatte er keinen Pieps mehr von sich gegeben, und dann schien er auf einmal völlig durchzudrehen. Er begann, nach den Beinen meines Pferdes zu schnappen, und es hat ihn getreten. Als ich absaß, um ihn zu beruhigen, griff er mich auf einmal an.«

Marguarita setzte sich aufs Fensterbrett und bedeutete Julio mit einer Geste näher zu kommen, damit sie sich seine Verletzungen ansehen konnte.

Julio zog das Hemd aus, um ihr die Kratzer an seiner Brust zu zeigen. »Max ist mir an die Kehle gegangen, und es hat mich meine ganze Kraft gekostet, ihn zurückzuhalten.«

Marguaritas Herz verkrampfte sich. Julio hatte dem Hund den Unterarm ins Maul gestoßen und riskiert, den Arm zu verlieren, um den Angriff auf seine Kehle abzuwenden.

Du musstest ihn erschießen?

Sie wusste schon, was er sagen würde, bevor er antwortete. Julio hatte seinen Hund geliebt.

»Ricco hat ihn erschossen. Er hatte keine andere Wahl, Marguarita. Ich glaube, Zacarias de la Cruz hat irgendwas mit Max gemacht.«

Sie schüttelte abwehrend den Kopf und kritzelte schnell etwas auf ihren Block.

Ganz bestimmt nicht, Julio. Alles auf der Ranch steht unter seinem Schutz, einschließlich der Tiere.

»Aber sie haben furchtbare Angst vor ihm, und das weißt du. Je länger er hierbleibt, desto schlimmer wird es. Sogar die Pferde sind verstört, Marguarita. Sie sind schwer unter Kontrolle zu halten, wenn wir auf Patrouille sind. Ich glaube, Zacarias bleibt deinetwegen länger. Doch er muss hier weg, verstehst du?«

Sie warf ihm einen ärgerlichen Blick zu und schrieb:

Das hier ist sein Zuhause. Es ist gemein von dir, so was zu sagen, Julio.

Der junge Mann schüttelte den Kopf und zerknüllte ihren Zettel. »Es ist *unser* Zuhause. Sie sind nie hier, und Zacarias schon gar nicht. Er ist der Schlimmste von ihnen. Er kann nicht einfach hierherkommen und uns allen erzählen, du gehörtest ihm. Wir arbeiten für ihn, doch du bist nicht seine Sklavin. Er muss gehen, und du musst das Haus verlassen. Jetzt. Bevor er irgendeinen Zauber wirkt, der es dir unmöglich macht, diesen Mann zu verlassen.«

Er braucht mich, Julio.

Er starrte sie unter zusammengezogenen Brauen an. »Zacarias de la Cruz ist nicht eins deiner verletzten Tiere, die du retten musst, Marguarita. Er ist eine Gefahr für dich. Du kannst ihn nicht wie ein wildes Tier behandeln.«

Das ist genau das, was er ist. Er ist allein, und er braucht mich. Ich werde ihn nicht im Stich lassen wie alle anderen in seinem Leben. Er stößt jeden von sich, und dann gehen sie. Aber ich bleibe, Julio.

»Was, wenn er mehr von dir will, als du bereit bist, ihm zu geben?«, wandte Julio ein. »Immerhin behauptet er schon, du seist seine Frau. Hast du eine Ahnung, was er alles von dir verlangen könnte? Du spielst mit dem Feuer, Marguarita. Wenn er ein wildes Tier ist, ist er das gefährlichste, dem du je begegnet bist, und du wirst ihn nicht zähmen können. Verschwinde von hier, solange du noch kannst. Ich helfe dir. Wir alle werden dir beistehen. Er besitzt dich nicht. Er besitzt keinen von uns. Wir haben eine Wahl – und du genauso gut wie alle anderen.«

Ja, und meine Wahl ist, ihm zu helfen, das hier durchzustehen. Du weißt nichts von seinem Leben, Julio. Er kam her, um es ehrenvoll zu beenden, und das habe ich ihm vermasselt. Er ist im Moment vollkommen verloren, und ich muss ihm helfen … will *ihm helfen. Und ich weiß, dass ich es kann.*

Julio fluchte leise. »So warst du schon immer, Marguarita – so verdammt stur, dass dich niemand zur Vernunft bringen kann.« Er wollte sein Hemd überziehen, hielt jedoch inne, als sie den Kopf schüttelte.

Marguarita schlüpfte schnell wieder ins Zimmer und suchte im angrenzenden Bad nach dem Erste-Hilfe-Kasten, den sie vor Jahren für die Männer eingerichtet hatte. Bei all den Verletzungen und Unfällen, die auf einer Ranch vorkamen, war sie mit der Zeit so etwas wie eine Krankenschwester geworden. Sie nahm den Kasten zum Fenster mit und trug eine antibiotische Salbe auf Julios tiefe Kratzer auf, bevor sie ihm ein paar Tabletten gab.

Julio schluckte sie gehorsam, ehe er sein Hemd wieder überzog und es zuknöpfte. »Ich sag's dir, Marguarita, dieser Zacarias de la Cruz ist kein normaler Mann. Du musst ihn gehen lassen.«

Sie ignorierte den Einwand, entfernte nur ruhig den Verband an seinem Arm und schnappte nach Luft, als sie die Wunde sah.

Mit Gesten fragte sie ihn, ob sie sie nähen sollte, aber Julio zuckte nur die Schultern und schüttelte den Kopf.

»Das wird schon verheilen. Tu einfach nur, was sein muss, damit sich die Wunde nicht entzündet.«

Marguarita musste immer wieder blinzeln. Die Sonne kam ihr heute ungewöhnlich hell vor, und ihre Augen hörten nicht auf zu tränen. Sie schüttelte den Kopf und gab Julio zu verstehen, dass sie zumindest Butterfly-Pflaster anbringen musste, um die Wundränder zusammenzuhalten.

»Na gut, dann aber schnell! Ich muss wieder an die Arbeit. Und *du* musst heute Abend zu den Ställen kommen, um die Tiere zu beruhigen, denn wenn nicht, wird hier noch jemand ernsthaft verletzt werden, verstehst du?«

Sie nickte, als sie die antiobiotische Salbe auftrug und dann sehr sorgfältig die Wunde zu verschließen begann.

»Er kann dich nicht hier festhalten«, wiederholte Julio. »Du verdankst ihm nicht dein Leben, Marguarita. Also denk bitte mal ernsthaft darüber nach, von hier fortzugehen.«

Sie griff wieder nach Block und Stift und schrieb:

Er würde mich finden. Außerdem will ich bleiben, Julio. Ich weiß, dass ich ihm helfen kann.

Sie hätte fast geschrieben: *retten* kann. Zacarias musste vor sich selbst gerettet werden. Vielleicht war es nicht möglich, und sie war sich nicht mal sicher, ob er gerettet werden *wollte*, aber irgendjemand musste sich um ihn kümmern. Zacarias war arrogant und hatte enormes Selbstvertrauen, doch er war auch überzeugt davon, dass er den Makel des Bösen in sich trug.

Das mit Max tut mir leid, Julio, doch was auch immer es war, Zacarias war daran nicht beteiligt. Sei heute vorsichtig! Ich komme heute Abend rüber.

Sie hoffte nur, dass Zacarias ihr entgegenkommen würde. Er wusste, dass die Arbeit auf der Ranch erledigt werden musste, und wenn sie dazu in die Ställe gehen musste, um die Tiere zu beruhigen, würde er sicher nichts dagegen haben. Sie winkte Julio zum Abschied, schloss das Fenster und zog die Vorhänge wieder zu. Sie war müde, aber der Gedanke, ein paar Stunden für sich allein zu haben, gefiel ihr, und deshalb beschloss sie aufzubleiben.

In der Badewanne lag sie lange mit geschlossenen Augen da und erlaubte sich, in aller Ruhe über Zacarias nachzudenken. Er war ein solches Rätsel – ein Mann, der nicht einmal eine richtige Vorstellung davon hatte, wer er war. Er tat ihr furchtbar leid, weil er so ganz und gar allein war. Niemand dürfte so einsam sein. Und er hatte auch nicht die geringste Vorstellung von seinen eigenen Gefühlen. Er hatte sich nie verziehen und seine Erinnerungen so tief in sich vergraben, dass er sich nicht einmal eingestehen wollte, dass er sich an diese furchtbare Tragödie in seinem Leben erinnerte.

Marguarita seufzte, sank noch tiefer in das heiße, duftende Wasser und tauchte auch den langen, dicken Zopf ein. Sie war so erschöpft, dass es ihr schwerfiel, ihre Gedanken von Zacarias abzuwenden. In der kurzen Zeit ihres Zusammenseins hatte sie fast immer Angst vor ihm gehabt, weshalb es eigentlich völlig unverständlich war, dass sie so fest entschlossen war, ihm zu helfen. Niemand sollte so allein sein, so abgeschnitten von allem, was sanft und freundlich war. Zacarias war so wenig Menschlichkeit geblieben, dass er nicht einmal mehr glaubte, er könne das Raubtier in sich überwinden.

Marguarita konnte in ihn hineinblicken, doch wann immer sie versuchte, ihm klarzumachen, dass er tief im Innern anders war, wies er sie zurück. Es war fast so, als fürchtete er diese weichere

Seite von sich selbst. Sie machte ihn verwundbar, und das war Zacarias de la Cruz noch nie gewesen – oder zumindest erinnerte er sich nicht daran. Und wollte sich auch nicht erinnern.

Zacarias hatte so lange als gefährlicher Vampirjäger gelebt, immer allein und abgekapselt, dass er tatsächlich keine Möglichkeit mehr hatte, sich in die moderne Gesellschaft einzufügen, sich den Menschen oder auch nur seinen eigenen Leuten anzupassen. Er hatte größtes Vertrauen in sich selbst als Jäger, aber nicht als Mann. Doch da irrte er sich. So arrogant und gefährlich er auch war, hatte er auch etwas Sanftes und Liebevolles in sich. Seine enorme Loyalität und sein Pflichtgefühl waren bewundernswert. Nur sah er es nicht so. Für ihn gab es nur Schwarz oder Weiß.

Marguarita trocknete sich langsam ab, ließ sich Zeit und genoss das Gefühl, ihr Zuhause einmal für sich allein zu haben. Endlich konnte sie sich wieder so fühlen, als gehörte es ihr. Sie war so lange die Hausherrin gewesen, dass sie nun, da Zacarias daheim war und ihr Vorschriften machte, wohin sie gehen durfte und was sie anziehen sollte, schon fast vergessen hatte, wie friedlich das Haus für sie war. Es war ihre alleinige Domäne. Marguarita hielt es sauber, gestaltete es, wie sie wollte, und hatte ihr Leben selbst in der Hand. Sie hatte Verehrer, die kamen und gingen, und das hob ihr Selbstvertrauen, aber sie wusste, dass sie keinen von ihnen zum Ehemann würde haben wollen.

Zacarias. Allein der Gedanke an ihn sorgte dafür, dass sie sich lebendig fühlte. Sie liebte das Reiten, die Freiheit, auf einem ihrer Pferde über den Boden zu fliegen, und Zacarias gab ihr die gleiche Art von Kick, nur noch viel intensiver. Er war absolut nicht friedlich, aber in seiner Gesellschaft zu sein war ungemein belebend. Marguarita saß an der Frisierkommode, bürstete ihr langes Haar, um ihm wenigstens einen Anschein von Gepflegtheit zu geben, und dachte weiter über Zacarias nach.

Trotz seiner harten Züge war er ein gut aussehender Mann. Sein prachtvoller, durchtrainierter Körper war der eines Kriegers.

Dass sie sich körperlich zu ihm hingezogen fühlte, stand außer Zweifel, aber das war nicht der Punkt. Wahrscheinlich würden die meisten Frauen seinem Aussehen nicht widerstehen können. Er war faszinierend, und seine fast schon animalische Schönheit war es ebenfalls. Aber es war viel mehr an ihm, als es den Anschein hatte, und offen gestanden reizte dieser Mann sie sehr.

Marguarita zog ihre übliche Hauskleidung an, eine Bluse und einen langen Rock, und runzelte dann ein wenig die Stirn, als ihr klar wurde, dass sie sich damit auch nach Zacarias' Wünschen richtete. Doch es wäre albern, Jeans zu tragen, nur weil er gesagt hatte, ihm gefalle feminine Kleidung. Außerdem *liebte* sie ihre Röcke – und würde sich so oder so nicht für ihn ändern. Niemand hatte ihr je Vorschriften gemacht, nicht einmal ihr Vater, und dass Zacarias sie nun ständig herumkommandieren wollte hatte fast schon etwas Komisches für Marguarita.

Jemand kam auf die Veranda und klopfte an die Eingangstür. Es war ein etwas schüchternes Anklopfen, das nicht nach Julio oder einem der anderen Cowboys klang. Marguarita zog sich der Magen zusammen, als sie einen schnellen Blick zum Schlafzimmer des Hausherrn warf. Bevor sie öffnete, holte sie eine geladene Waffe aus der Truhe in der Diele und steckte sie in die Rocktasche. Sie bekamen nicht viel Besuch, und da Zacarias tagsüber völlig hilflos war, war es ihre Sache, ihn zu beschützen.

Sie spähte hinaus und war ein wenig schockiert, als sie Lea Eldridge allein dort draußen stehen sah. Lea war noch nie ohne ihren Bruder auf die Ranch gekommen. Estebans Schwester war eine große, blonde Frau und immer sehr gut angezogen. Auch ihr Haar und Make-up waren stets perfekt, und sie trug nie etwas anderes als Designersachen. Während Esteban die Arbeiter sehr von oben herab behandelte, schien Lea immer offen und freundlich zu sein. Sie war eine schöne Frau und Marguarita viel sympathischer als die Mädchen, mit denen sie aufgewachsen war. Lea schien eine aufrichtige, großzügige Person zu sein, die immer Zeit hatte, auch mit älteren Arbeitern und Kindern zu sprechen, statt nur mit den gut aussehenden Junggesellen. Gerade das gefiel Marguarita sehr an ihr.

Deshalb riss sie erschrocken die Augen auf, als sie die Tür öffnete und Leas Gesicht sah. Ihre Freundin hatte eine Prellung an einem Wangenknochen und Tränenspuren im Gesicht. Normalerweise war Leas Haut makellos wie Porzellan, heute jedoch konnte selbst das sorgfältige Make-up die blaue Färbung nicht verbergen. Marguarita trat schnell zurück, um Lea hereinzulassen.

Ihre Freundin warf rasch noch einen Blick über die Schulter auf die umliegenden Felder und Straßen, bevor sie hereinhuschte und die Tür hinter sich zuzog. »Mein Bruder weiß nicht, dass ich hier bin. Niemand weiß etwas davon.«

Ich brühe uns Tee auf. Ich freue mich, dass du mich besuchst, schrieb Marguarita auf den Block, den sie immer bei sich hatte.

Sie drückte Lea den Zettel in die Hand und ging in die Küche voran, wo sie ihre Freundin mit einer Handbewegung aufforderte, Platz zu nehmen. Sie selbst stellte das Teewasser auf. In Momenten wie diesem fand sie es besonders ärgerlich, dass sie nicht sprechen konnte. Es dauerte ewig, alles aufzuschreiben. Während das Wasser sich erhitzte, setzte sie sich Lea gegenüber, berührte ihre Hand und schob ihr einen weiteren Zettel hin.

Was ist passiert? Hier bist du sicher, Lea.

Lea blinzelte, um die Tränen zu verdrängen, und schüttelte den Kopf. »Du verstehst nicht. Der Freund meines Bruders, Dan, wir nennen ihn DS, hat uns hier gefunden. Er ist ... *grässlich*. Wohin wir auch gehen, er spürt uns auf, und Esteban tut, was immer er ihm sagt. Ich dachte, an einem Ort wie diesem würde er uns nicht finden, aber er ist schon hier, und er wird etwas Schreckliches tun. Wie immer.«

Wer hat dich geschlagen?

Lea senkte den Kopf und berührte mit der Fingerspitze ihre Wange. »Die Wahrheit ist, dass Esteban blind jeden von Dans Befehlen befolgt. Ich dachte, wir wären hierher gezogen, um ihn loszuwerden, aber sogar darin hatte DS seine Hand im Spiel. Er war es, der Esteban gedrängt hatte, hierherzukommen und sich mit den Leuten auf dieser Ranch hier anzufreunden.« Sie richtete einen sorgenvollen Blick auf Marguarita. »Ich schwöre dir, ich wusste nichts davon. Ich dachte wirklich, wir hätten hier endlich eine Chance, von DS wegzukommen. Er ist ein Teufel, Marguarita. Esteban lässt sich zu schrecklichen Dingen hinreißen, wenn er mit DS zusammen ist. Und falls er irgendetwas mit dieser Ranch vorhat, wird es nichts Legales oder Gutes sein«, warnte sie. »Das alles bedaure ich unendlich.«

Marguarita schrieb ein Fragezeichen in die Luft.

Lea rieb sich die Schläfen. »DS hat mich geschlagen, weil ich mich weigerte zu tun, was er verlangte.« Ein Schluchzen stieg in ihrer Kehle auf. »Esteban stand einfach nur dabei, während DS mich herumschubste.«

Was will DS von dir und Esteban?

»Er will unbedingt jemanden aus der Familie de la Cruz kennenlernen. Er ist wie besessen von der Idee. DS will, dass ich einen der Brüder verführe. Er sagt, wenn ich mich weigere, bringt er Esteban um. Ich habe versucht, mit meinem Bruder zu reden, doch er lachte nur und meinte, dann sollte ich DS besser gehorchen.« Lea tupfte die Tränen ab und schüttelte den Kopf. »Ich habe keinen Ort, an den ich gehen kann, und niemanden zum

Reden. Niemanden, dem ich vertrauen kann. Ich wollte unsere Freundschaft nicht verraten, aber ich weiß wirklich nicht mehr, wie ich mich verhalten soll.«

Das Wasser kochte, und Marguarita stand auf, um es in die Teekanne zu gießen. Dann schrieb sie schnell etwas auf und schob Lea den Zettel hin.

Die Brüder de la Cruz kommen nur sehr selten her. Wieso glaubt dieser Mann, du könntest einen von ihnen verführen, wenn sie nie länger als einen Tag oder zwei bleiben und sich dann jahrelang nicht mehr sehen lassen? Das ergibt doch keinen Sinn. Und was würde dieser DS damit gewinnen, wenn du einen von ihnen verführtest?

Lea fuhr sich mit den Händen durch das Haar und zuckte die Schultern. »Geld? Nervenkitzel? Ich habe keine Ahnung. Aber ich weiß, dass DS Drogen und Waffen verkauft. Esteban hat sich in all diesen Mist verwickeln lassen. Ihm gefällt die Vorstellung, Mitglied einer illegalen Organisation zu sein. DS spricht von einem Geheimbund, dem er angehört – deren Mitglieder ›Bescheid wissen‹, wie er es nennt … und solche Dinge reizen meinen Bruder.«

Und eure Eltern?

»Sind beide tot. Wir haben einen Treuhandfonds, den unser Onkel verwaltet. Esteban ist nie zufrieden. Ich denke immer noch, dass er mit der Zeit vielleicht vernünftiger wird, doch er hört nie auf, nach dem nächsten Kick zu suchen. Seit er DS begegnet ist, ist unser Leben vollkommen verrückt geworden. DS treibt sich mit einigen sehr … gruseligen Leuten herum.«

Warum glauben sie, dass einer der Brüder de la Cruz hierherkommen wird?

»Deinetwegen.« Lea nahm dankend die Tasse und den kleinen Teller mit Plätzchen. »Etwas so Schlimmes wie dein Unfall musste einen der Besitzer hierher rufen, um die Angelegenheit zu untersuchen. Esteban hat DS wahrscheinlich herkommen lassen.« Sie trank einen Schluck Tee und betrachtete Marguarita über den Rand der Tasse hinweg. »Ich dachte, hier würde ich eine Chance auf ein normales Leben haben. Mir gefällt es hier. Und dann ist da auch noch ... Julio.« Sie beobachtete Marguarita aufmerksam. »Habt ihr beide etwas miteinander? Er ist sehr fürsorglich dir gegenüber.«

Wir sind wie Geschwister aufgewachsen.

»Und uns mag er nicht, nicht wahr?«, fragte Lea. »Er sieht mich nicht mal an.«

Sie klang so traurig, dass es Marguarita fast das Herz zerriss. Julio hatte recht: Sie, Marguarita, fiel auf alles herein, was irgendwie verletzt war, ob Mensch oder Tier. Sie seufzte und zuckte die Schultern. Dann schrieb sie eine Antwort.

Julio findet es merkwürdig, dass ihr hierhergekommen seid. Ihr habt Geld und seid an das Leben in der Stadt gewöhnt. Keiner von euch beiden scheint hierher zu passen. Aber natürlich sieht Julio dich an, Lea. Du bist eine schöne Frau. Wie könnte er dich nicht anschauen?

»Ich würde gern bleiben. Selbst wenn Esteban weggeht, möchte ich bleiben. Mir gefällt unser Haus, und langsam beginne ich auch die Pferde zu lieben. Ich weiß, dass ich hier leben könnte. Und Esteban wird wegziehen. Ihm wird zu schnell langweilig. Ich habe mein Bestes getan, um ihn vor sich selbst zu retten, doch ich weiß jetzt, dass ich es nicht kann. Er hört nicht mehr auf mich. Wenn einer der Brüder de la Cruz nicht bald hier auftaucht, wird

DS zu einer der anderen Haziendas gehen wollen, wo er vielleicht eine bessere Chance hat, einem von ihnen zu begegnen, und Esteban wird tun, was DS sagt.«

Die Brüder bleiben für sich. Selbst wenn sie auf einer der Ranches auftauchen, sprechen sie selten mal mit jemand anderem als Cesaro. Sie halten sich ein, zwei Nächte hier auf, und dann sind sie wieder weg.

»Kennst du sie?«

Zwei von ihnen habe ich ein paarmal gesehen, doch ich kenne sie nicht wirklich. Was auch immer dieser Mann, dieser DS, von den Brüdern de la Cruz will, er wird sie hier nicht finden, Lea. Will er vielleicht irgendwelche Geschäfte mit ihnen machen?

Mit einem leichten Stirnrunzeln knabberte Lea an einem Plätzchen. »Ich weiß es wirklich nicht. Esteban will nicht mit mir darüber reden. Er sagt mir nur, ich solle DS gehorchen.«

Marguarita ließ den Tee durch ihre Kehle rinnen. Er war heiß und süß, und ihr Magen rebellierte zunächst ein wenig, aber dann beruhigte er sich wieder. Das Essen fiel ihr in letzter Zeit schwer. Nichts schmeckte mehr, und oft hatte sie das Gefühl, als würde ihr übel, wenn sie feste Nahrung zu sich nahm. Besonders widerwärtig war ihr der Geruch von Fleisch. Sie befürchtete, dass es im Zusammenhang mit dem Vampirangriff und ihrer zerfetzten Kehle stehen könnte. Natürlich glaubte Lea wie die meisten Leute, sie sei von einer großen Dschungelkatze angegriffen worden. Unwillkürlich berührte Marguarita ihren Hals und spürte wieder das Pochen des Mals, das Zacarias dort hinterlassen hatte. Ohne sich etwas dabei zu denken, strich sie fast zärtlich mit der Fingerspitze darüber.

»Schmerzt er, dein Hals?«, fragte Lea.

Marguarita schüttelte den Kopf. Sie hatte schon lange keine Schmerzen mehr, doch ihr fiel noch immer schwer, sich damit abzufinden, dass sie nicht mehr sprechen konnte. Zum Glück war Lea trotzdem ihre Freundin geblieben. Esteban hatte immer vorgegeben, ihr, Marguarita, den Hof zu machen – bis zu ihrem »Unfall«. Seither achtete er bei seinen Besuchen darauf, nicht mehr zu sehr mit ihr zu flirten. Wahrscheinlich wollte er sie nicht auf falsche Ideen bringen. Ohne Stimme entsprach sie nicht seinem Niveau. Vielleicht beurteilte sie ihn zu hart, doch im Grunde hatte sie schon immer gewusst, dass er nicht ernsthaft an ihr interessiert war.

Lea beugte sich impulsiv über den Tisch und legte ihre Hand auf Marguaritas. »Was sind wir für ein Paar! Ich ohne einen Ort, an den ich gehen kann, und du mit einer kaputten Kehle.«

Marguarita lächelte sie an und zwang sich, einen weiteren Schluck zu trinken.

»Julio würde wohl nicht mit uns Tee trinken wollen, oder?«, scherzte Lea, um die Stimmung ein wenig aufzulockern. »Vielleicht könntest du ja einen Liebestrank finden und ihn ihm in den Tee geben.«

Marguarita grinste und schüttelte den Kopf.

Bitte ihn, dir die Pferde zu zeigen! Bring ihn dazu, über sie zu reden! Er liebt Pferde. Ich habe dich noch nie reiten sehen. Kannst du es?

»Ich habe einen Mann angestellt, um Unterricht zu nehmen, doch bisher ist er noch nicht erschienen. Dabei sehe ich dir so gern beim Reiten zu, und wenn ich selbst auf einem Pferd sitze, fühle ich mich herrlich frei. Ich liebe den Wind im Gesicht und die harmonischen Bewegungen der Pferde. Ich weiß, dass ich hier leben könnte, auch ohne meinen Bruder. Ich verbrauche nicht viel von dem Geld aus meinem Treuhandfonds. Esteban verpulvert seinen Anteil jeden Monat, aber ich könnte mir in der Gegend ein Haus kaufen und zufrieden sein.«

Hier gibt es nicht den Trubel der Stadt, Lea. Auf dem Land kann es für eine Frau sehr einsam sein.

Lea seufzte und strich mit dem Finger über den blauen Fleck an ihrer Wange. »Man kann auch mitten in einer Menschenmenge einsam sein, Marguarita. Ich habe einfach nicht mehr das Gefühl, noch irgendwo dazuzupassen. Oder hatte es zumindest nicht, bis ich hierherkam. Ich weiß, dass du mich wahrscheinlich für ein bisschen verwöhnt hältst, doch ich kann auch arbeiten. Und lernen. Ich will nur Frieden finden, Marguarita.«

Warum reist du mit Esteban, wenn du weißt, dass er in illegale Machenschaften verwickelt ist?

»Weil ich niemanden mehr habe außer ihm. Uns ist zwar noch das Familiengeschäft geblieben, das mein Onkel, mein einziger noch lebender Verwandter außer Esteban, führt, und dort könnte ich wieder arbeiten, wenn ich wollte, aber ich kannte diesen Onkel nicht einmal, bevor meine Eltern bei einem Flugzeugabsturz ums Leben kamen. Er ist alt und sehr streng. Esteban kann ihn nicht ausstehen, und mein Onkel lässt ihn bei jeder Gelegenheit wissen, dass er ein verwöhnter reicher Bengel ist. Das scheint Esteban nur noch mehr anzustacheln. Ich hatte gehofft, er würde aufhören, sich an solch gefährlichen Dingen zu beteiligen, wenn ich bei ihm bin.«

Ist er drogenabhängig?

Lea biss sich auf die Unterlippe. »Er nimmt Kokain. Anfangs kokste er nur am Wochenende, und ich versuchte, mich nicht darüber aufzuregen. Ich meine, jeder, den wir kennen, nahm das Zeug. Aber jetzt kommt Esteban keinen Tag mehr ohne aus. Ich habe versucht, mit ihm darüber zu reden, doch er sagt, ich sei ein Workaholic und wüsste mich nicht zu amüsieren. Früher habe ich für meine Eltern gearbeitet, während Esteban von meinem Vater sehr verwöhnt und geradezu dazu ermutigt wurde, ein Playboy zu werden.«

Dann muss ihn der Tod eurer Eltern hart getroffen haben.

Lea nickte. »Ich glaube, das hat ihn so empfänglich für DS gemacht. Er begann, noch mehr Drogen zu nehmen und noch mehr zu feiern. Esteban springt mit dem Fallschirm aus Flugzeugen ab, fährt Ski auf sehr riskanten Abfahrten – kurz gesagt, er liebt alles, was gefährlich ist. Und egal, was ich ihm sage, ich kann ihn nicht davon abbringen.« Sie rieb sich die Schläfen, als hätte sie Kopfschmerzen. »Ich kann ihm aber auch nicht um die ganze Welt folgen, um zu versuchen, ihn am Leben zu erhalten. Er hört nicht mehr auf mich.«

Das tut mir leid, Lea. Vielleicht kann ich dir ja irgendwie helfen?

Lea schenkte ihr ein kleines Lächeln. »Ich bin dir dankbar, dass du mir zuhörst. Es ist lange her, seit ich das Gefühl hatte, eine richtige Freundin zu haben, der ich vertrauen kann. Ich habe keine Ahnung, wie ich Esteban und mich aus diesem Schlamassel herausholen kann, doch das Gespräch mit dir hat mir geholfen, und es geht mir jetzt schon besser.«

Glaubst du, dass es riskant für dich ist heimzugehen?

Marguarita hätte sie gern eingeladen zu bleiben, doch da Zacarias im Haus war und sie wusste, dass Esteban und DS einen der Brüder de la Cruz kennenlernen wollten, glaubte sie, ihn beschützen zu müssen. Aber sie hatte natürlich auch Angst um Lea.

Die Freundin zuckte die Schultern. »Esteban liebt mich. Er glaubt nicht, dass DS mir wirklich etwas antun würde, doch falls es dazu käme, würde er mich bestimmt beschützen. Außerdem werde ich DS meiden. Ich wollte dich nur warnen, ihnen nicht zu trauen, wenn sie hierherkommen. Denn das werden sie. Ich weiß nur nicht, was sie vorhaben. Sobald ich wieder zu Hause bin, werde ich versuchen, Esteban zum Reden zu bringen.«

Marguarita schüttelte schnell den Kopf und schrieb:

Das ist nicht nötig, wirklich nicht, Lea. Selbst wenn sie herkommen – was werden sie auf der Hazienda schon finden? Die Jungs sind bei der Arbeit. Siehst du hier irgendwo einen der Brüder de la Cruz? Nein, und sie werden auch keinen entdecken. Sie werden unverrichteter Dinge wieder gehen.

Lea nickte. »Dann sollte ich mir wohl keine Sorgen machen. Und die de la Cruz' sind ja auch eine sehr mächtige Familie, die wahrscheinlich ständig ins Visier von Leuten wie DS gerät.«

Plötzlich schrillte die Alarmsirene und warnte Marguarita, dass auf der Ranch etwas passiert war. Sie sprang auf und lief zur Eingangstür, wo sie das Trommeln von Pferdehufen hören und die Reiter sehen konnte, die auf das Haus zugeprescht kamen. Marguarita riss die Tür auf und erblickte Julio, der vom Pferd gesprungen war. Er war unter seiner Sonnenbräune kreidebleich und voller Blut.

»Wir brauchen den Hubschrauberpiloten, Marguarita. Ricco ist schwer verletzt. Sein Pferd hat ihn abgeworfen, und dann geriet er zwischen die panisch flüchtenden Rinder. Es sieht schlimm aus. Wirklich schlimm.«

Sie rannte ins Bad zurück und schnappte sich den Erste-Hilfe-Kasten, während Julio den Piloten anrief.

Julio fluchte, als sie zu ihm zurückkam, und sie zog fragend die Augenbrauen hoch.

»Charlie trinkt wieder und ist nicht zu erreichen. Ausgerechnet dann, wenn wir ihn am meisten brauchen!« Julio fuhr sich mit der Hand durchs Haar. »Ricco schafft es nicht, wenn wir ihn nicht in ein Krankenhaus bringen.«

»Ich kann einen Helikopter fliegen«, sagte Lea schnell. »Ich habe einen Pilotenschein. Ich kann so gut wie alles fliegen. Mein Vater besaß eine Charterfirma, und wir alle lernten fliegen.«

Julio fuhr zu ihr herum und starrte sie an, als wäre ihr ein zweiter Kopf gewachsen. »Ich hoffe, Sie wissen, wovon Sie reden. Ricco wird sterben, wenn er nicht in ärztliche Behandlung kommt.«

Röte stieg in Leas Wangen. »Ich kann ihn ins Krankenhaus fliegen. Ich habe Hunderte von Flugstunden in einem Helikopter und noch mehr in kleinen Flugzeugen absolviert. Ich kann fast alles fliegen. Es war das Metier meiner Familie.«

»Dann sind Sie der Pilot«, entschied Julio. »Also los! Komm du auch, Marguarita, denn du wirst ihn am Leben erhalten müssen, bis wir das Krankenhaus erreichen.«

Sie rannten auf den großen Hangar mit dem Helikopter zu. Eines der Dinge, wofür Marguarita den Brüdern de la Cruz immer dankbar gewesen war, war die erstklassige Ausrüstung, die sie zur Verfügung stellten. Die Ranch lag so abgelegen, dass sie für medizinische Hilfe und die Kontrolle der Rinder und Pferde auf weiter entfernten Hügeln und Weiden Luftfahrzeuge benutzen mussten.

»Ist Ihr Helikopter in gutem Zustand?«, fragte Lea, die laufen musste, um mit Julio Schritt zu halten.

»Ja, er wird nach jedem Flug gewartet. Aber Sie sollten ihn trotzdem noch mal überprüfen. Ich habe keine Ahnung, wie lange Charlie dieses Mal schon an der Flasche hängt«, erwiderte Julio grimmig.

Mehrere Männer eilten mit Ricco auf einer Trage auf den Hangar zu. Marguarita lief ihnen entgegen, um sich die Verwundung des jungen Mannes anzusehen, während sie ihn zum Helikopter brachten. Eines der Rinder hatte Ricco im Unterleib erwischt, und die Wunde sah schlimm aus. Sehr schlimm. Marguarita befürchtete, dass er kaum eine Chance hatte, selbst wenn er rechtzeitig in die Klinik kam und ein Chirurg bereitstand. Sie blickte kurz zum Himmel auf und schaute Julio dann über die Trage hinweg fragend an.

Er sah genauso grimmig aus, wie ihr zumute war. Julio war nicht dumm. Er wusste, was ein panisches Rind anrichten konnte. Die Sonne stand noch wie ein roter Ball am Himmel, obwohl sie ihren Abstieg schon begonnen hatte. Kleine Wolkenfetzen zogen vor dem ansonsten klaren Blau dahin. Es war noch eine gute Stunde bis Sonnenuntergang, doch Ricco hatte diese Zeit nicht mehr. Und Marguarita hatte gesehen, was die Sonne bei Zacarias angerichtet hatte. Sie schüttelte den Kopf. Julio warf ihr einen beschwörenden Blick zu, als die Männer Ricco vorsichtig in den Helikopter luden. Marguarita stieg neben ihm ein und riss sein Hemd auf.

Sie atmete tief ein und versuchte, die Blutung zu stoppen, indem sie Druck auf die Wunde ausübte. Es war völlig unmöglich, dass Ricco es schaffen würde, egal, wie schnell sie den Helikopter in die Luft bekamen.

Zacarias. Sie wollte ihn nicht dazu zwingen, ihr eine Absage erteilen zu müssen, doch die Wunde war grauenvoll, und ohne Zacarias' Hilfe würde Ricco es nicht lebend ins Krankenhaus schaffen. *Ich brauche dich*. Sie hatte keine Ahnung, ob Zacarias ihren Ruf beantworten würde – oder ob ihr Problem ihn auch nur interessierte –, aber sie musste es versuchen.

Sie spürte jedoch sofort eine Regung in ihrem Kopf, als wäre ihm die ganze Zeit bewusst gewesen, dass sie wach und nicht im Haus war. *Bist du verletzt?*, fragte er mit unüberhörbarer Sorge, bei der ihr gleich ganz warm ums Herz wurde.

Nicht ich. Ricco, einer der Arbeiter. Wir bringen ihn ins Krankenhaus, doch er wird es nicht schaffen, wenn du uns nicht helfen kannst.

Du möchtest, dass ich ihn dir zuliebe heile?

Ihr Herz schlug schneller, kam ins Stottern und begann dann wieder, wild zu pochen. Seine Stimme war so sachlich, und im Grunde war sie nicht einmal sicher, was sie von ihm verlangte. Aber er hatte es geschafft, sie zu retten, und auch sie hätte normalerweise nicht überleben können.

Was würdest du dabei riskieren? Sie musste es wissen – und biss sich auf die Lippe, weil es ihr plötzlich Angst machte, was sie von ihm verlangte. *Dir darf nichts geschehen!*

Für einen Moment spürte sie ihn ganz deutlich in ihrem Bewusstsein, wo er sie mit einer sanften Liebkosung berührte, die so gar nicht seiner ansonsten eher harten Art entsprach.

Zeig mir die Wunde! Sieh sie dir direkt an!

Marguarita hatte schon alle möglichen Verletzungen versorgt, aber noch nie eine solche. Sie war keine Krankenschwester, doch Riccos einzige Chance. Und deshalb schloss sie die Augen und befolgte Zacarias' Anweisung. Mit einem widerlich schmatzenden Geräusch versanken ihre Hände in Blut und aufgerissenem Fleisch.

Ein leises Lachen neckte sie. *Ich muss die Wunde sehen,* kislány kunenak minan – *meine kleine Närrin. Öffne die Augen!*

Sie schluckte und gehorchte. Dann spürte sie Hitze durch ihren Körper fließen, und ihre Hände kribbelten und wurden heiß. Ihre Finger bewegten sich aus eigenem Antrieb, und für einen Moment war sie irgendwie nicht länger in ihrem eigenen Körper, sondern an Zacarias' Seite und bewegte sich mit ihm durch Riccos Körper. Es war ein seltsam bewegendes Gefühl, ihre physische Hülle zurückzulassen und sich – in Form von Energie – durch einen anderen Menschen zu bewegen. Ihr Magen rebellierte, doch sie kämpfte, um die Fassung zu bewahren, und atmete tief durch.

Genauso plötzlich war sie wieder zurück in ihrem Körper. Sie fühlte sich ein bisschen schwach und schwindlig, konnte aber spüren, dass Zacarias sogar noch schwächer war als sie.

Das müsste vorhalten, bis er zu einem Arzt kommt, doch Ricco hat zu viel Blut verloren, Marguarita. Ich werde ihm von meinem geben müssen, oder all das war umsonst.

Sollen wir ihn ins Haus bringen? Kannst du überhaupt um diese Tageszeit schon aufstehen?

Riskier nicht, ihn noch einmal zu bewegen! Ich komme zu euch.

Aber das kannst du nicht! Das war unmöglich. Die Sonne würde ihn verbrennen. Was hatte sie getan? *Bitte opfere nicht dein Leben!*

Wieder spürte sie diese sehr sachte Liebkosung in ihrem Geist, fast so, als striche er mit den Fingerspitzen über die Innenseite ihres Kopfes.

Lea saß schon auf dem Pilotensitz, ging die Checkliste durch und bereitete sich auf den Abflug vor. Marguarita hob die Hand, um Julios Aufmerksamkeit zu gewinnen. Fieberhaft wischte sie sich die blutigen Hände ab und kritzelte eine Nachricht für ihren Freund.

Sag ihr, dass wir ihn stabilisieren müssen, bevor sie ihn herausfliegen kann. Zacarias hat durch mich sein Bestes gegeben, was er konnte, aber er sagt, Ricco braucht sein Blut, um den Flug zu überleben. Zacarias kommt her, und Lea darf ihn nicht sehen. Sie darf nicht wissen, dass er auf der Ranch ist. Ich erkläre es dir, sobald ich kann.

Julio nickte. Marguarita war froh, dass er den Ernst der Lage erkannte und keine Zeit damit verschwendete, mit ihr zu debattieren. Draußen verdunkelte sich der Himmel, und schwarze, Unheil verkündende Gewitterwolken türmten sich am Horizont auf.

»Wir müssen los!«, schrie Lea.

»Noch nicht«, sagte Julio schnell. »Marguarita muss ihn vorher stabilisieren, sonst schafft er's nicht.«

»Das Wetter schlägt um«, warnte Lea. »Wenn wir nicht sofort losfliegen, kriegen wir ihn nicht mehr ins Krankenhaus.«

»Das Gewitter wird schnell vorübergehen«, versicherte ihr Julio. »Vertrau mir einfach nur!«

Ich bin in ein paar Minuten draußen, hörte Marguarita Zacarias' Stimme.

Ich sage dir Bescheid, sobald es ungefährlich für dich ist. Hier ist jemand, der dich nicht sehen sollte. Sie ist keine von uns, und ich glaube, ihr Bruder ist eine Gefahr für dich.

Sie wird mich nicht sehen.

Marguarita war der Panik nahe. Sie wollte ihre Freundschaft gewiss nicht verraten, doch sie kannte Lea nicht gut genug, um sich darauf verlassen zu können, dass sie schweigen würde, falls ihr Bruder sie bedrängte. Sie reichte Julio eine weitere Notiz.

Bring Lea für ein paar Minuten weg!

Julio beugte sich vor und flüsterte ihr etwas ins Ohr. Sie nickte und legte die Kopfhörer weg, um aus dem Helikopter auszusteigen. Dann liefen beide auf das Haus zu. Der Himmel verdüsterte sich noch mehr, und die unruhigen Wolken warfen dunkle Schatten auf den Boden. Die Pferde begannen, verrückt zu spielen, bäumten sich auf und trommelten mit den Hufen in der Luft herum, warfen die Köpfe zurück und waren kaum zu bändigen. Marguarita gab den Männern ein Zeichen, sich aus dem Bereich zu entfernen, und sandte den Pferden beruhigende Schwingungen zu.

Zwischen den Sturmwolken konnte sie einen Dunststreifen ausmachen, der sich durch die Schatten bewegte, aber unter dem Blätterdach der Bäume und den verschiedenen Dachvorsprüngen blieb. Das war Zacarias, der schon auf dem Weg über den Hof zum Hangar war.

Er kam schnell in das geräumige Gebäude und hielt sich in den dunklen Ecken, als er sich dem Helikopter näherte. Marguarita trat beiseite, um ihn hereinzulassen. Drinnen war es ziemlich eng, da die Trage mit dem still daliegenden Ricco sehr viel Platz einnahm.

Er atmet kaum noch, informierte sie Zacarias.

Er verwandelte sich schnell und beugte sich über den Verwundeten. »Seine Lunge ist verletzt.« Mit den Zähnen öffnete er die Pulsader an seinem Handgelenk und drückte sie an Riccos Lippen. »Du wirst trinken, was ich dir gebe, und du wirst am Leben bleiben, hörst du?«, befahl er ihm.

Riccos Mund bewegte sich an Zacarias' Handgelenk. Marguarita konnte den Blick nicht abwenden. Es war abstoßend und faszinierend zugleich zu sehen, wie Ricco trank. Aber auch ihr hatte Zacarias so geholfen, und deswegen hatte sie den Vampirangriff überlebt. Falls Ricco überlebte, würde auch er sein Leben Zacarias zu verdanken haben.

Nein, emnim – *meine Frau, er wird sein Leben dir zu verdanken haben. Ich tue es, weil du mich darum gebeten hast. Normalerweise mische ich mich nicht in die Angelegenheiten der Menschen ein.*

Danke. Mir liegt viel an ihm. Ricco dient deiner Familie schon, seit er ein Kind war, und er ist immer sehr loyal gewesen.

»Es genügt, dass du mich darum gebeten hast, Marguarita.« Zacarias flüsterte dem Verletzten wieder etwas zu und nahm das Handgelenk vom Mund des Mannes. Dann schloss er die kleine Wunde und strich Marguarita übers Haar. »Komm zum Haus zurück und lass die anderen ihn ins Krankenhaus bringen! Wenn er kämpft und sie einen guten Arzt antreffen, wird er leben.«

Du darfst hier nicht gesehen werden. Sobald Julio zurück ist, komme ich nach, bedrängte sie ihn. Er musste doch ungesehen bleiben.

Zacarias ließ ein sorgloses Lächeln aufblitzen, und ihr Herz geriet ins Stocken. Er sah so männlich aus, so stark, dass es schwer zu begreifen war, dass er bei Tageslicht verwundbar und sogar schwach war.

»Du glaubst, ich könnte nicht mit einem Sterblichen fertig werden? Und noch dazu mit einer Frau?«

Marguarita verzog den Mund. Sein Ego würde ihn noch in Schwierigkeiten bringen. Die Tür zum Haus schlug zu, und Marguarita wusste, dass Julio sie damit warnen wollte, dass er mit Lea auf dem Rückweg war.

Sie kommen zurück. Geh schon. Beeil dich. Los! Sie war der Verzweiflung nahe. Sie konnte sich nicht darauf verlassen, dass Lea darüber schweigen würde, ihn gesehen zu haben. Er war zu faszinierend, zu anders. Zu gefährlich. *Du musst gehen*, drängte sie.

Doch Zacarias lächelte nur und wickelte sich eine ihrer langen Haarsträhnen um die Hand. »Ich mag es, wenn dein Haar so durcheinander ist. Du siehst aus, als hätten wir uns stundenlang im Schlafzimmer vergnügt.«

So etwas hatte er noch nie zu ihr gesagt. Niemand hatte das bisher gewagt. Marguarita konnte spüren, wie sie bis unter die Haarwurzeln errötete. Nervosität erfasste sie, und sie stieß ihn ärgerlich gegen die harte Brust. *Du musst gehen. Ich scherze nicht.*

Zacarias nahm ihre Hände zwischen seine und drückte sie an seinen Oberkörper. Ihr Herz schlug schneller, bis es nahezu zu zerspringen drohte. Er lachte leise. »Jetzt hast du mich schon wieder ohne Erlaubnis angefasst. Wie soll ich dich dafür bestrafen? Mal sehen …«

Marguarita blickte sich über die Schulter nach Julio und Lea um. Lea hatte einen Stapel Decken unter dem Arm. *Bitte. Geh einfach! Bitte beeil dich! Du kannst tun, was du willst, sobald du in Sicherheit bist.*

»Ich kann mit dir tun, was ich will?«, fragte er mit erhobener Augenbraue. »Das lässt mir aber sehr viel Spielraum.«

Julio warf ihr einen ärgerlichen Blick zu und gestikulierte aufgeregt.

Zacarias!

Und schon löste er sich vor ihren Augen auf. Gerade stand dieser beeindruckende Mann noch vor ihr, und im nächsten Augenblick schon sah sie ihn nicht mehr. Sie stieg schnell aus dem Helikopter, um Julio Platz zu machen, der sich neben Ricco setzte.

»Hat er ihm geholfen?«, flüsterte Julio ihr zu.

Lea reichte ihm die Decken an und stieg auf den Pilotensitz. Schon verzogen sich die Wolken und lösten sich genauso schnell wieder auf, wie sie sich gebildet hatten.

Marguarita nickte Julio zu und lief zum Haus hinüber, als der Hubschrauber sich in die Luft erhob.

10. Kapitel

Zacarias stand in Marguaritas Badezimmer neben der altmodischen Badewanne mit den Klauenfüßen und atmete den einzigartigen, unverwechselbaren Duft ein, der den Raum erfüllte. Er erinnerte ihn an Pfirsiche und Sahne. Zacarias war von dem Klicken der Steinchen an ihrem Schlafzimmerfenster aus dem Schlaf gerissen worden, weil er schon so auf sie eingestellt war, schon so sehr Teil ihres Bewusstseins, dass er sich sogar im Schlaf ihrer bewusst war.

Er war ein bisschen erstaunt über die Aufregung, die ihn erfasste und die seine Nervenenden kribbeln ließ vor freudiger Erwartung, Marguarita bald wieder bei sich zu haben. Und er freute sich auch schon auf ihre Rededuelle. Er hatte sie sogar ein wenig geneckt wegen der Sache mit dem Berühren ohne Erlaubnis, und zu seiner eigenen Überraschung hatte es ihm großen Spaß gemacht.

Zacarias war überall auf der Welt gewesen, hatte die höchsten Berge bestiegen und war zu den tiefsten Höhlen herabgestiegen; er hatte in den Regenwäldern gelebt und war frei und ungebunden gewesen – und nicht ein einziges Mal in all diesen Jahrhunderten hatte er sich lebendig gefühlt. Bis jetzt. Denn hier in diesem kleinen Bad zu stehen und Marguaritas Duft einzuatmen ließ ihn mehr empfinden als je zuvor in seinem Leben – oder soweit er sich erinnern konnte.

Er konnte es kaum erwarten, sie zu sehen und sie zu berühren. Hunger pochte in seinen Adern, ein fieberhaftes Verlangen, das durch jede Zelle seines Körpers schallte. Er wollte sie schmecken, halten und fühlen. Marguarita, seine schöne kleine Närrin. Seine

Frau. Zacarias ließ zu, dass der Gedanke ganz und gar von ihm Besitz ergriff und sich in seiner Seele niederließ. Er konnte sich an keine Zeit erinnern, in der er schon einmal etwas sein Eigen genannt hätte. Krieger banden sich an nichts und niemanden. Aber Marguarita hatte irgendwie den Weg in ihn gefunden und war zu einem Teil von ihm geworden. Zacarias wusste nicht einmal, wie es dazu gekommen war. Sie war einfach da, in seinem Kopf, und füllte all diese düsteren Winkel mit Licht und verband zerrissene Fäden, von denen er nicht einmal gewusst hatte, dass es sie gab.

Er konnte den genauen Moment bestimmen, in dem Marguarita das Haus betrat. Sie wusch sich in der Küche die Hände und ging dann in ihr Schlafzimmer. Dort hörte er das Rascheln von Kleidern und trat lautlos in ihr Zimmer, um hinter ihr stehen zu bleiben und sie still zu beobachten. Marguarita stand vor dem bodenlangen Spiegel, und als er hinter sie trat, sorgte Zacarias dafür, dass sein Bild nicht in dem Glas erschien.

Einer Frau beim Ausziehen zuzusehen hatte etwas überaus Verführerisches. Der lange Rock fiel ihr raschelnd auf die Füße, und sie trat aus ihm heraus und offenbarte ihre schlanken, wohlgeformten Beine und ihren festen Po, der in einem hauchfeinen Stück Spitze steckte. Zacarias stockte der Atem, als sie langsam die Knöpfe ihrer Bluse öffnete und Zentimeter für Zentimeter die cremefarbenen Rundungen ihrer Brüste enthüllte, die ebenfalls von diesem durchsichtigen Spitzenstoff bedeckt waren.

Ihre Haut war so makellos und zart, dass es ihm schwerfiel, nicht die Hand auszustrecken, um sie an ihrem Rücken hinabgleiten zu lassen. Er mochte es, wenn ihr Haar so ungebärdig war, eine schwarze, seidig schimmernde Wolke, die ihr wie ein Wasserfall über den Rücken fiel und bis zur Taille reichte. Zacarias trat dicht an sie heran und verschränkte die Hände unter ihren Brüsten. Während sie noch schockiert nach Luft schnappte, glitt ihr Blick zum Spiegel, und Zacarias machte sich hinter ihr erkennbar. Er war einen guten Kopf größer als sie, und seine

Schultern waren sehr viel breiter als ihre. Mit beiden Händen umfasste er ihre vollkommenen Brüste und beugte sich vor, um sein Gesicht in der dunklen Wolke ihrer Haare zu vergraben.

»Ich liebe deinen Duft«, flüsterte er in all diese Seide. Er liebte das Gefühl ihres Haares an seiner Haut. Wie schön sie zusammen aussahen: ihr femininer Körper nahezu eingehüllt von seinem maskulinen! Einfache Dinge, die wohlige Empfindungen mit sich brachten, wie er sie noch nie zuvor erfahren hatte.

Anders als er erwartet hatte, versteifte sich Marguarita nicht und schob ihn auch nicht fort. Er hätte sie gehen lassen, doch sie lehnte sich an seine Brust zurück, schloss die Augen und entspannte sich. Auch das war im Grunde nur eine Kleinigkeit, für ihn jedoch etwas sehr Intensives.

Zärtlich strich er mit den Lippen über ihren Nacken. Seine Finger streichelten ihre Brüste, was wieder eine ganz erstaunliche Empfindung war. Er spürte die Weichheit unter seinen Fingerspitzen, und jede Berührung schürte die Hitze in ihm und trieb seine Temperatur noch weiter in die Höhe. Er tat jedoch nichts, um den Ansturm der Gefühle zu beherrschen, sondern ließ sie sich in seinem ganzen Körper ausbreiten und staunte nur über das Wunder Frau. Zacarias überhäufte diese wundervolle weiche Haut mit hundert Zärtlichkeiten, und als er heiß und hart wurde und sein Glied pulsierte vor Verlangen, drückte er sich noch fester an sie und ließ sie sein Begehren spüren.

»Ich möchte, dass wir Blut austauschen. Diesmal wird es dir nicht wehtun, weil ich dafür sorgen werde, dass es dir gefällt. Wirst du mir vertrauen?« Er flüsterte die Worte, um keinen Zweifel daran zu lassen, dass die Verführung schon begonnen hatte.

Marguarita erstarrte, doch er konnte keine Zurückweisung spüren, weder von ihrem Körper noch von ihrem Geist. Dann griff sie hinter sich und legte den Arm um seine Schulter, ihre Hand um seinen Nacken und beugte weit den Kopf zurück. Die Bewegung hob ihre schönen, vollen Brüste an, deren rosige Spitzen sich verhärtet hatten und gegen die feine Spitze ihres BHs drängten.

Küss mich! Ein Hauch von Hitze strich durch sein Bewusstsein, die das Ziehen zwischen seinen Schenkeln nahezu unerträglich machte.

»Was für eine Versuchung!«, flüsterte er rau. Marguarita war sinnlich, ohne es zu wissen, und verlockte ihn über alle Maßen, seit er nicht länger den Willen hatte, ihr zu widerstehen. Als er ihren Ruf beantwortet hatte, hatte er gewusst, dass er eine bindende Verpflichtung zu ihr einging, aber nicht darüber nachgedacht, dass er sie *ganz* zu der Seinen machen würde. Sie war noch nie so in Gefahr gewesen, und dennoch schien sie überhaupt keinen Selbsterhaltungstrieb zu besitzen.

»Wenn ich dich jetzt küsse, *kislány kunenak minan* – meine kleine Närrin, weiß ich nicht, ob ich an dieser Stelle aufhören werde.« Das Verlangen war da. Das Begehren. Der Hunger, der schlimmer an ihm nagte als je zuvor.

Sie strich mit den Lippen über seinen Nacken. *Das wirst du, wenn ich dich darum bitte.*

Uneingeschränktes Vertrauen lag in ihrer Stimme, obwohl sie eigentlich Angst vor ihm haben müsste. Schließlich hatte er ihr allen Grund gegeben, ihn zu fürchten – mit voller Absicht sogar, und trotzdem konnte er ganz deutlich ihr Vertrauen spüren. Sie gab sich in seine Hände, und er verstand nicht, warum. Er vertraute sich in ihrer Nähe ja selbst nicht – wie konnte Marguarita es dann? Sie war wirklich ganz und gar die kleine Närrin, wie er sie getauft hatte, doch inzwischen war es ein Kosewort, denn jetzt fand er sie schön und tapfer – und betrachtete sie als *seine* Frau.

Küss mich!, flüsterte sie wieder verführerisch in seinem Kopf.

Ihre Fingerspitzen strichen sein Ohrläppchen nach, und sein Verlangen steigerte sich zu einer schier unerträglichen Spannung, die ihm den Atem raubte. Es war unmöglich, ihrer sanften Verführung zu widerstehen, und so wandte er den Kopf, um ihren

Mund mit seinem zu bedecken. Zuerst streifte er ihre Lippen nur ganz sanft, fast ehrfürchtig mit seinen und spürte die Wirkung bis in die Zehen. Jedes seiner Nervenenden kribbelte von der elektrischen Energie, die sich in ihm entfaltete.

Sehr langsam, sanft und zärtlich strich er ihre Lippen nach, um sich ihre Form und das Gefühl für immer einzuprägen. Er hatte sich so lange geweigert, irgendetwas in Erinnerung zu behalten, das nichts mit seinen kämpferischen Fähigkeiten zu tun hatte – aber jetzt war es so notwendig wie das Atmen für ihn geworden, alles über diese Frau herauszufinden. Außerdem wollte er ihr nicht wehtun. Nicht noch einmal. Zacarias hatte sehr lange darüber nachgedacht, wie sie seine Emotionen spüren konnte, obwohl doch nicht einmal er selbst dazu in der Lage war.

Ihre Fingernägel zeichneten seine Ohrmuschel nach, und als genügte ihr das nicht, drehte sie den Kopf ein wenig mehr und nahm sein Ohrläppchen zwischen die Zähne, biss spielerisch hinein und sog daran, was eine weitere prickelnde Hitzewelle in seine schon fast schmerzhaft angespannten Lenden sandte. Dann glitten ihre Finger unter sein dichtes Haar und begannen eine erotische Massage, die das Blut in seinen Lenden noch heftiger zum Pochen brachte.

Seine körperlichen Empfindungen waren so intensiv, dass sie sich wie ein Feuerball in seinem Magen bündelten und dann wie ein Flächenbrand durch seinen Körper rasten. Zacarias hatte so viele Jahrhunderte nichts mehr empfunden, und jetzt hatte sie seinen vereisten Körper mit glühendem vulkanischem Leben erfüllt. Und sie wusste sehr gut, was sie tat. Sie wollte, dass er etwas *fühlte*.

Es schadet dir nichts, Empfindungen zu haben, vernahm er wieder ihre verführerische Stimme. Das bewies, wie intensiv sie psychisch schon mit ihm verbunden war und dass sie jeden seiner Gedanken kannte. *Fühl mich, Zacarias! Spüre, was ich spüre, wenn du mich berührst!*

»Das ist gefährlich«, flüsterte er in dem sicheren Bewusstsein, dass er ohnehin bereits verloren war.

Als hätten sie einen eigenen Willen, schoben seine Hände die hauchdünne Spitze von den weichen Rundungen ihrer Brüste und zupften an den kleinen Knospen, die sie krönten. Sein Bewusstsein war schon so fest in Marguaritas verankert, dass er genau spüren konnte, was jede Berührung und jede Zärtlichkeit bei ihr bewirkte – wie das alles verzehrende Feuer, das seine Zärtlichkeiten in ihr entfachten. Er konnte genauso süchtig danach werden, *ihre* wonnevollen Empfindungen zu spüren wie *sein* neu entdecktes sinnliches Vergnügen. »*Du* bist gefährlich.«

Ich werde dir nicht wehtun.

Die Worte strichen über sein Bewusstsein wie Seide. Er spürte ihr Lächeln, dieses zärtliche, sündhaft schöne, erstaunliche Lächeln, das sie für ihn hatte.

»Ich habe Angst, dir wehzutun. Du weißt ja nicht, wozu ich fähig bin.« Er kämpfte für sie, versuchte, sie vor sich selbst zu beschützen, und trotzdem konnte er seine Hände nicht davon abhalten, ihren wundervollen, makellosen Körper zu erforschen. Sie war so weich, warm und schön! Der berauschende Duft ihrer weiblichen Erregung hüllte ihn ein und schürte noch das Feuer, das in seinen Lenden brannte.

Ihre Finger setzten die langsame erotische Massage seiner Kopfhaut fort; ihre Lippen flüsterten an seinem Ohr und seinem Nacken, ihre Zunge strich betörend über seinen Puls. Marguarita war die pure Verführung und er zu schwach, um ihr zu widerstehen.

Ich sehe dich. Ich bin in deinem Kopf, wie du in meinem bist. Ich kann in dich hineinsehen, Zacarias. Du würdest mir niemals wehtun. Nie. Dazu bist du gar nicht fähig.

Ich habe dir schon wehgetan. Mehrmals.

Ihr leises Lachen vibrierte durch seinen Körper und heizte sein Begehren an. *Deine Aggression war gegen dich selbst gerichtet, nicht gegen mich. Und du weißt, dass es wahr ist, was ich sage, Zacarias.*

Er konnte nur hoffen, dass sie recht hatte, denn er wusste nicht, wie er sich davon abhalten sollte, ein Stück vom Paradies zu kosten. Nicht jetzt. Nicht mit ihrem biegsamen Körper so dicht an seinem und ihrem wilden Haar, das sich wie Stränge seidener Fäden an seiner Haut anfühlte. Oder ihren hinreißenden Brüsten in seinen Händen, deren empfindsame Spitzen er langsam zwischen Daumen und Zeigefinger rollte. Jedes Erschauern, das Marguarita durchlief, jeden elektrisierenden Funken spürte er, als wären es seine eigenen. Zacarias hörte sich aufstöhnen, als sie ihn in den Nacken biss, an dieser sensiblen Stelle, wo die Schulter in den Nacken überging. Diese Frau brachte ihn um.

Wieder packte ihn ein unbändiger Hunger, und auch ihr Puls vibrierte so stark in seinen Adern, dass er dieses Verlangen nicht vor ihr verbarg. Sie sollte ruhig sehen, wer er war – und *was* er war. Sie musste der Wahrheit ins Auge sehen, statt sich irgendwelchen mädchenhaften Fantasien hinzugeben. Er war ein Raubtier, durch und durch. Er hatte keine sanften oder schwachen Punkte. Sie erweckte den Teufel – und wenn er sie jetzt nahm, würde er sie nie mehr gehen lassen.

»Ich brauche dein Blut«, sagte er warnend, bevor er mit den Lippen über den süßen Puls strich, der so betörend nach ihm rief.

Gespannt, ob sie nun in Panik geraten und sich zurückziehen würde, um sich zu retten, wartete er ab … aber ihre verspielten Lippen kehrten zu seinem Ohrläppchen zurück und sandten einen weiteren heißen Strom in seine Lenden.

Küss mich! Es wird mich dann weniger ängstigen. Man kann nicht lügen, wenn man jemanden küsst.

Dachte sie, er würde sie belügen? Er verstand nichts von Beziehungen. Vor langer Zeit hatte er seine Eltern begraben und aus seiner Existenz verbannt, um sie nicht einmal mehr in seine

Erinnerungen – und schon gar nicht in sein Herz – hineinzulassen. Sie waren zusammen mit dem bisschen Menschlichkeit, das je in ihm gewesen war, gestorben. Auf einer gewissen Ebene erkannte er, dass diese Frau, diese menschliche Frau, die keinen Grund hatte, ihn zu mögen, um seine Rettung kämpfte. *Das* war es, was sowohl ihren Kopf als auch ihr Herz bewegte.

Küss mich, Zacarias!

Apropos Herz – das seine fühlte sich so zerbrechlich an, dass er befürchtete, es könnte in seiner Brust zerspringen. Marguarita wieder zu küssen hieße, sie erneut für sich zu beanspruchen. Sie unwiderruflich zu der Seinen zu machen. Ihr Körper war erstaunlich, eine sinnliche Verlockung, der nur wenige widerstehen könnten, doch es war vor allem ihre unerschütterliche Entschlossenheit, ihr hartnäckiges Bestreben, ihn ins Licht zu holen, was ihn geradezu magnetisch anzog. Sie faszinierte ihn. Ohne auch nur im Geringsten an sich selbst zu denken, weigerte sie sich, ihn dem Schicksal aller Karpatianer, die Raubtiere waren wie er, zu überlassen.

Wie kämpfte man gegen so etwas an? Wie sollte er die Kraft finden, sich von einem solchen Menschen abzuwenden? Zum ersten Mal in seinem Leben fühlte er sich hilflos und verloren. Und zum ersten Mal wollte er um sein Leben kämpfen – ihretwegen. Um nicht weniger mutig zu sein als sie.

Zacarias zog sie an sich, so nahe, dass sein Atem ihre Lippen streifte und durch ihren Mund in sie hineinglitt. Sein Herz griff den fieberhaften Rhythmus des ihren auf und passte sich ihm an, bis sein Puls genauso heftig trommelte wie Marguaritas. Zacarias sah, wie sie die Wimpern senkte, um das Verlangen in ihren dunklen Augen zu verbergen. Ihre Lippen teilten sich, und nun sog er ihren Atem in seine Lunge. Marguarita war so warm und weich, dass sie ihn von innen heraus erhitzte.

So sanft er konnte, ließ er die Lippen über ihre gleiten. Ein Teil von ihm fieberte nach ihr und war so hungrig, dass er kaum noch denken konnte, aber er wollte sich Zeit lassen, um jeden Herzschlag zu spüren, ihren Atem zu kosten und die Form ihres Mundes und seine samtenen Tiefen zu erkunden. Zacarias wollte herausfinden, was ihr den Atem stocken ließ und was in ihrem Körper das Verlangen nach dem seinen weckte. Und so küsste er sie nur leicht, begann mit einer langsamen und zärtlichen Erforschung und nahm jede einzelne Empfindung in sich auf, bis das Verlangen nach ihr so übermächtig wurde, dass er sich in ihrem Feuer und seiner Leidenschaft verlor.

Wieder und wieder küsste er sie, stahl ihr den Atem und atmete für sie, während seine Zunge Besitz von diesem heißen, feuchten, samtenen Paradies ergriff. Seine Daumen liebkosten ihre harten Brustspitzen. Dabei hörte er nicht auf, sie zu küssen, und sie schmiegte sich an ihn, und all das Feuer, das ihn durchströmte, drohte sein Herz zu verbrennen.

Was geschah, wenn Feuer und Eis aufeinandertrafen? Er befürchtete, dass er aufhören würde zu existieren, doch es gab keinen anderen Weg mehr für ihn. Sein Körper stand in Flammen, sein Hunger schlug in seinen Adern wie eine gewaltige Trommel, und das Pochen in seinen Lenden wurde schier unerträglich und fraß an seiner Seele. Marguarita. *Seine* Frau. Er musste sie jetzt nehmen, sie zu der Seinen machen … seine Adern und seinen Körper mit ihr füllen.

Er küsste ihre Mundwinkel, bevor er die Lippen zu der entzückenden kleinen Kerbe in ihrem Kinn hinuntergleiten ließ. Sein Geist war fest mit ihrem verbunden, als er schließlich mit einer Hand ihr schweres Haar beiseitestrich. Diesmal erlaubte er sich, all ihre Gefühle mitzuempfinden, und auch sie war sich all der drängenden Forderungen seines Körpers bewusst. Seines zunehmenden Hungers. Sie schrak noch immer nicht vor ihm zurück, doch er merkte, wie still sie sich verhielt.

»Hab keine Angst, Marguarita! Du bist eine sehr mutige Frau«, flüsterte er an ihrer Schulter, bevor er die Lippen tiefer gleiten ließ und sie in den Armen umdrehte, um an die verführerischen Rundungen ihrer Brüste heranzukommen.

Es ist schwer, Angst zu haben, wenn du dafür sorgst, dass ich mich so unglaublich lebendig fühle, gestand sie. *Aber nach dem letzten Mal ist es doch ein bisschen beängstigend.*

Diesmal würde er dafür sorgen, dass der Blutaustausch erotisch und überhaupt nicht schmerzhaft war. Sie war mit einer Barriere geboren worden, die ein Werk der Evolution war, nachdem so viele Generationen ihrer Familie den de la Cruz' gedient hatten. Diese Barriere in ihrem Kopf war später noch verstärkt worden, sodass es im besten Falle schwierig war, sie zu beherrschen. Und er wollte sie auch nicht dominieren, sondern erreichen, dass sie willig war.

Ich bin willig, wisperte sie in seinem Kopf. *Ein bisschen nervös, das ja, denn da ich noch nie mit einem Mann zusammen war, ist all das noch ganz neu für mich.*

Dass sie noch unberührt war, wusste er durch ihre geistige Verbundenheit, so wie er auch all ihre Ängste kannte und ihm bewusst war, dass sie sich jetzt gerade ihm zuliebe sehr zusammennahm. Weil er etwas brauchte, das sie ihm geben wollte. Das war die karpatianische Art, aber Marguarita war ein Mensch, und dennoch wusste sie ganz instinktiv, was er jetzt benötigte.

Zacarias legte die Stirn an die verführerische Weichheit ihrer Brüste. Er war seit über tausend Jahren auf der Erde, verfügte über enorm viel Wissen und wusste *trotzdem* so gut wie gar nichts über Menschen oder Frauen im Speziellen. Und diese Frau war alles – sie würde von diesem Moment an sein Ein und Alles sein.

Sie sah ihn nicht, wie der Rest der Welt es tat. Oder wie er selbst sich sah.

Ich sehe, was und wer du bist: dein Herz und deine Seele.

Marguarita machte ihm Angst. Ihr Mut konnte sich mit dem eines jeden Kriegers messen, den er kannte. Er war kein gewöhnlicher Mann. Die scharfen Kanten in ihm und der Drang, das

Böse zu jagen und zu töten, hätten sie verängstigen und vor ihm fliehen lassen müssen. Die dunklen Schatten, deren Makel er von Geburt an trug, dieses furchtbare Vermächtnis seines Vaters an ihn, zerstörten seine Seele. Das Licht, das so hell in Marguarita brannte, hätte nachlassen und ihn meiden müssen, doch sie stellte sich ihm und ihren eigenen Ängsten – um ihn zu retten und ihn ins Leben zurückzuholen. Sie wusste, was sie tat. Und sie wusste, dass er vorhatte, sich der Sonne auszusetzen, um sein Leben zu beenden – aber sie stellte sich ihm entgegen und verführte ihn mit ihrem weichen, hingebungsvollen Körper und ihrer ganz erstaunlichen Courage.

»Es würde ein Wunder brauchen, um mich zu retten, Marguarita.«

Sie *war* ein Wunder für ihn. Zacarias war schon so lange nicht mehr Teil dieser Welt, in die er ohnehin nie hineingepasst hatte, und nun hatte die moderne Gesellschaft ihn schon vor Jahrhunderten überholt. Wunder oder nicht, Courage oder nicht – wie könnte Marguarita mit einem so hoffnungslos rückständigen Mann leben? In seiner Welt tötete man oder wurde getötet; nur der Stärkere überlebte. Frauen gehörten nicht in eine solche Welt, und falls doch einmal, dann wurden sie benutzt und schnell wieder vergessen, oder sie wurden irgendwo gefangen gehalten, wo ein Krieger seine schützende Hand über sie halten konnte.

»Siehst du mich so, wie ich wirklich bin, oder so, wie du mich gern hättest?« Dann möge der Himmel ihr beistehen, denn er *würde* sie beherrschen und sie wie eine Gefangene halten. Er würde sie beide zerstören und zur Hölle verdammen, aber nicht einmal dieses Wissen vermochte ihn noch aufzuhalten. Zacarias konnte sich nicht mehr von Marguarita losreißen, nicht einmal, um seine Ehre zu retten. Flammen schienen in seiner Brust aufzulodern und sich rasend schnell in seinem Körper auszubreiten. Er brauchte sie. Quälendes Verlangen, unerfülltes Begehren, Sehnsucht und unbändiger Hunger erfüllten ihn. Er war ein

Raubtier, und sie war seine Beute. Marguarita würde für immer das Kreuz seiner Schande tragen, seiner Unfähigkeit, dem zu entsagen, was er sich jetzt nehmen würde. Nehmen musste.

Ich will dir gehören, Zacarias. Ich brauche dich an meiner Seite. Bitte bleib! Bitte nimm mich! Was immer es auch ist zwischen uns, es ist nichts Beschämendes. Und ich gebe mich dir aus freien Stücken hin.

Zacarias hörte sein eigenes Stöhnen. Es würde kein Entkommen für sie geben. Wie könnte er ihrer Bitte widerstehen? Dem Geschenk, das sie ihm machen wollte? Er konnte ihren weichen Brüsten nicht widerstehen, deren dunkle Spitzen lockten, und nahm eine zwischen die Lippen, um sie zärtlich mit der Zunge zu umspielen. Er wollte, dass es Realität wurde, was sie sagte – und vor allem wollte er, dass ihre Worte und ihr Angebot ernst gemeint waren. Bei allem, was heilig war – was er brauchte, war ein verdammtes *Wunder*!

Ihr Körper bog sich ihm entgegen, ihre Arme legten sich um seinen Hals und zogen ihn noch näher an sie heran.

Ich sehe dich. Alles von dir, Zacarias.

Wie könnte er diese erstaunlichen Empfindungen aufgeben, die sie und ihn durchströmten? Er zupfte spielerisch mit den Zähnen an ihrer Brustwarze und hörte Marguaritas scharfes Einatmen, aber er spürte auch das Feuer, das sie und ihn durchraste, das Blut, das in ihre und seine Lenden schoss, als gäbe es eine direkte Verbindung zwischen diesen beiden Körperstellen und ihrer Brustspitze.

Du weißt, was ich bin. Hast du keine Angst davor?

Wieder knabberte er an ihrer Brustwarze, ein bisschen gröber diesmal, rollte die harte kleine Spitze zwischen den Fingern und setzte gnadenlos Zunge und Zähne ein, um Marguarita zu stimulieren. Er musste ihr vor Augen führen, was für ein rauer, gefährlicher Mann er war, der nur aus harten Kanten und Stahl bestand. Aber es schien keine Rolle zu spielen, *wie* er sie berührte, denn sie schlang ihm nur noch fester die Arme um den Nacken, ihr Atem wurde schwerer, und Zacarias konnte schon den moschusartigen Duft ihrer Erregung spüren.

Ich schenke mich dir, Zacarias. Aus freiem Willen und bedingungslos. Ich weiß nicht, was eure Frauen tun, aber ich kann nur ich selbst sein. Ich kenne keinen anderen Weg. Ich will nicht, dass du gehst. Der Gedanke, dass du ganz allein da draußen Nacht für Nacht einen üblen Feind bekämpfst und niemanden hast, der dich in den Armen hält, ist mir zuwider.

Wenn ich in die Sonne gehe, werde ich keinen Feind bekämpfen.

Nein, doch dann wirst du für immer allein sein, und das kann ich nicht akzeptieren. Leider finde ich keine Eindrücke, um dir zu zeigen, warum nicht, und deshalb werde ich mich dir hingeben, in der Hoffnung, dich damit zum Bleiben zu bewegen. Weil ich möchte, dass du bei mir bleibst. Was du mit mir tust, liegt voll und ganz bei dir – aber du wirst nicht allein gehen, falls du dich doch dazu entschließen solltest.

Sie überschwemmte seine Sinne und durchflutete ihn mit Verlangen. Wie könnte ich sie aufgeben?, dachte er. Seine Hände glitten besitzergreifend über ihre verführerischen Kurven. Doch er wäre kein Ehrenmann, wenn er einfach seinem Verlangen nachgab. *Du hast meine Frage nicht beantwortet. Hast du keine Angst?*

Doch, war ihre ehrliche Antwort. *Natürlich habe ich Angst vor dem Unbekannten, aber diese Furcht ist klein, verglichen mit meinem Bedürfnis, dich zu beschützen und meine Hand über dich zu halten.*

Zacarias zog sich das Herz zusammen. *Ist dir vollauf bewusst, was du mir anbietest, Marguarita?* Ihr Blut und ihr Körper riefen ihn. Ihr Geschmack erfüllte seinen Mund und griff auf jede seiner Körperzellen über. Seine Erregung nahm zu, bis er so schmerzhaft hart war, dass es kaum noch zu ertragen war. Es war ein berauschender Gedanke, dass diese Frau sich ihm so rückhaltlos hingeben würde. Dass sie ihm jeden Wunsch erfüllen würde. Die schöne Marguarita mit der weichen Haut und den warmen dunklen Augen. *Seine* Marguarita.

Er hob den Kopf, um ihr in die Augen zu sehen. Lange blickten sie sich nur schweigend an, und ihm war, als stürzte er und ertränke in diesen dunklen Seen, die so unglaublich viel Mut in sich bargen.

Sei dir ganz sicher, ob du das willst! Wenn du dich mir hingibst, wirst du fortan nur noch an mich denken. Dein Leben wird mein Leben sein. Mein Glück wird dein Glück sein. Ich kenne keinen anderen Weg. Wenn du mir gehörst, wenn du willst, dass ich dieses Leben fortsetze, wirst du dich für alle Zeiten an mich binden. Für immer. Zacarias seufzte, und ein Anflug von Sarkasmus lag in seiner Stimme, als er weitersprach. *Für immer ist gar nicht so furchtbar lange, Marguarita. Doch die Jahre könnten dir auch endlos erscheinen, wenn du nicht glücklich bist.*

Ich weiß, was ich von dir verlange, sagte sie. *Ich weiß, dass du lebensmüde bist und Angst vor dem hast, wer und was du bist. Aber ich möchte, dass du bei mir bleibst und lebst. Dass du erfährst, was Glück ist – egal, wie viel Zeit uns noch bleibt.*

Zacarias' Widerstand erlosch. Diese Frau würde seine Welt sein, und er würde mit jedem Atemzug darum kämpfen, sie zu behalten.

»Dann schenk dich mir!«, flüsterte er an der sanften Rundung ihrer Brust, gleich über ihrem Herzen. Er spürte, wie es einen Satz machte und zu rasen begann, als seine Hand an ihrem Körper hinunter und zwischen ihre Beine glitt. Sie war feucht und bereit für ihn, ihre Erregung offensichtlich. Aber als seine Finger über ihr Höschen glitten, klopfte ihr Herz noch schneller. Zacarias zögerte, als er spürte, wie sie sich zwingen musste stillzuhalten. Seine Zähne verlängerten sich schon, und er hatte wieder ihren unvergleichlichen Geschmack im Mund. Doch er wollte nicht, dass sie sich fürchtete. Und sie musste sich ganz sicher sein.

Sobald ich dich für mich beanspruche, gibt es kein Zurück mehr.

Marguarita holte tief Luft, dann nahm sie sein Gesicht zwischen ihre Hände und sah ihm in die Augen. *Bleib bei mir, Zacarias!*

Sie war ängstlich, aber entschlossen. Und er würde jetzt nicht den Heiligen spielen und zurückweisen, was sie ihm anbot. Leben. Emotionen. Farben. Etwas für sich selbst. Etwas, das nur ihm gehörte.

Und so senkte er den Kopf und ließ die Zungenspitze verführerisch über ihrem wild pochenden Puls kreisen. Er konnte das Echo dieses Pochens in seinen eigenen Adern und sogar durch sein heißes, hartes Glied pulsieren fühlen. Sehr sanft strich er mit den Zähnen über ihre Haut, um den kleinen Schmerz zu mildern, und bei jedem seiner sanften Bisse spürte er, wie die einladende feuchte Hitze zwischen ihren Beinen noch ein wenig zunahm.

»Ich werde Worte sprechen – machtvolle Worte, die uns aneinanderbinden werden. Unsere Seelen werden sich vereinen. Ich werde dein Blut nehmen und dir das meine geben. Dieser volle Austausch wird dich zwar noch nicht ganz in meine Welt hinüberbringen, aber da es schon unser zweiter Austausch ist, wirst du doch schon mehr als halbwegs dort sein. Und das wird ... Auswirkungen haben.«

Ich verstehe nicht.

»Anders als die Ehen zwischen Menschen wird die unsere nicht mehr rückgängig zu machen sein. Sind die Worte erst einmal gesprochen, gibt es kein Zurück mehr.« Sein Mund glitt über ihren Puls und zu ihrer Brustspitze, die er jetzt nicht allzu sanft zwischen die Zähne nahm und daran sog, um dann wieder sachte mit seiner ein wenig rauen Zunge darüberzustreichen, um den Schmerz zu lindern. »Du wirst mich immer in deiner Nähe brauchen und ich dich in meiner. Unser Geist wird stets versuchen, in dem des anderen zu sein. Ich werde dich nie wieder freigeben können und auch selbst niemals mehr frei sein. Es wird keinen

Zacarias ohne Marguarita geben und keine Marguarita ohne Zacarias.«

Wieder holte sie Atem, vergrub die Finger in seinem Haar und wickelte sich eine der langen Strähnen fest um die Hand.

Zacarias deutete das als Zustimmung. Nun würde es für beide kein Zurück mehr geben. Sie schenkte ihm Leben, indem sie sich in seine Obhut gab. Er sog noch ein wenig fester an ihrer Brustspitze und erlaubte sich für einen Moment, sich ganz in seinen lustvollen Empfindungen zu verlieren.

»Te avio päläfertiilam«, flüsterte er dann an ihrem Puls. »Du bist meine Seelengefährtin.« Sein Körper erschauerte unter den prickelnden Hitzewellen, die seinen Unterleib durchströmten und den Sturm der Leidenschaft ankündigten, der ihn erfasste. Mit einem einzigen Gedanken legte er die Kleider ab, zog Marguarita näher und befreite ihren Körper auf die gleiche Weise von der feinen Unterwäsche. *»Entölam kuulua, avio päläfertiilam.«*

Was bedeutet das?

Seine Zähne strichen über ihren unruhigen Puls. »Ich beanspruche dich als meine Seelengefährtin.« Er küsste die zarte Haut am Ansatz ihrer Brust und bohrte die Zähne tief hinein. Schmerz durchzuckte sie, aber im selben Moment drückte er die Hand zwischen ihre Schenkel und streichelte sie mit seinen Fingerknöcheln, was ein prickelndes Erschauern in ihr hervorrief. Der Schmerz wich einem sinnlichen Rausch. Marguarita warf den Kopf zurück und drückte Zacarias' an ihre Brust. Dabei verkrallte sie die Hände in seinem langen Haar.

Ihre Leben spendende Essenz strömte in ihn hinein und verschärfte seine Sucht. Er verzehrte sich nach diesem einzigartigen, betörenden Geschmack, der für ihn so unverwechselbar mit ihr verbunden war. Mit seiner Marguarita, die nur für ihn geschaffen worden war.

Er wechselte zu der intimeren Form der Kommunikation, während er trank:

Ted kuuluak, kacad, koje – ich gehöre dir. Er würde immer ihr gehören. Hatte immer ihr gehört.

Elidamet andam – ich übergebe dir mein Leben. *Pesämet andam* – ich gebe dir meinen Schutz. *Uskolfertiilamet andam* – ich schwöre dir Treue.

Ihr köstliches, belebendes Blut strömte in ihn hinein, verjüngte seine Zellen und erfüllte ihn mit ihr. Er konnte spüren, wie die machtvollen rituellen Worte ihre Wirkung entfalteten und sie mit Millionen winziger, unzerreißbarer Fäden aneinanderbanden.

Sívamet andam – ich übergebe dir mein Herz. Er gab es ihr, so wie es war, voller Schatten und lädiert. Aber von nun an würde es für immer ihr gehören.

Sielamet andam – ich übergebe dir meine Seele. Seine Seele, die in Fetzen gerissen war nach all dem Töten über die Jahrhunderte hinweg. Er hatte für das Jagen und Töten gelebt, doch jedes Mal hatte es seinen Tribut gefordert von der Seele, die er nun Marguarita übergab.

Ainamet andam – ich übergebe dir meinen Körper. Sein Körper verzehrte sich nach jeder Faser des ihren, und Zacarias konnte das gleiche heftige Begehren auch durch ihre Adern rauschen spüren. Er fühlte es an ihrer einladenden Feuchte, als er mit einem Finger in sie eindrang, an ihren Muskeln, die sich um ihn zusammenzogen, als ertrügen sie das Warten auf ihr Einswerden nicht mehr.

Zacarias hob den Kopf und betrachtete die roten Tröpfchen, die über ihre Brust liefen. Er senkte den Kopf wieder und folgte der Spur mit der Zunge. Mit seinem Speichel schloss er die kleine Bisswunde, bevor er Marguarita in seinen Armen drehte, sie aufhob und fest an sich drückte. Sehr behutsam trug er sie zum Bett, wo er sich auf der Kante niederließ und ihren nackten Körper auf dem Schoß behielt.

Sie war wunderschön. Ihre vollen Brüste wiesen Spuren seiner Hände und seines Mundes auf. *Seiner* Hände und seines Mundes. Sein Verstand konnte nicht fassen, dass jemand, der so voller Licht und ohne Dunkel war, jemand so Düsteren wie ihn mit solch glutvollem Begehren ansehen konnte. Mit einem so brennenden Verlangen, bei ihm, in ihm und eins mit ihm zu sein. Sie war ein Geschenk des Himmels.

»Und nun wirst du trinken, Marguarita. Ich weiß, dass es dir falsch vorkommt, aber es gehört zu unserer Lebensweise. Und du hast dich in meine Obhut gegeben.« Mit einem seiner scharfen Fingernägel ritzte er die Haut an seinem Puls auf und drückte Marguaritas Mund an seine Brust. »Vertrau mir jetzt!«

Marguarita versuchte es. Sie bewegte die Lippen über die Verletzung und kostete ihn zaghaft. Zacarias stöhnte, und seine Erektion presste sich an ihren nackten Po auf seinem Schoß. Er hatte nicht damit gerechnet, dass sein Körper mit solch hemmungslosem Verlangen reagieren würde – oder dass sie eine so intensive psychische Verbindung mit ihm zustande bringen würde. Mit ihrer Hitze und ihrem Feuer zerschmolz sie das Eis in seinen Adern und brachte eine Flut von Erinnerungen zurück, gute und schlechte, und sie würde ihn voll und ganz ins Leben zurückholen. Hingerissen von all diesen Empfindungen, sprach er einen kurzen Befehl, um es ihr leichter zu machen, sein Geschenk der Unsterblichkeit anzunehmen.

Dann flüsterte er die nächsten Worte des Bindungsrituals in die dichte Mähne ihres Haares. »*Sívamet kuuluak kaik että a ted* – ich nehme in meine Obhut alles, was dir gehört.«

Ihr Körper würde nun für immer unter seinem Schutz stehen, und er würde seine Nächte damit verbringen, sie in jeder nur erdenklichen Weise zu erfreuen und zu ehren. Er erfüllte ihren Kopf mit erotischen Bildern. Dabei glitten seine Hände streichelnd über ihren Körper, umfassten ihren festen Po und fuhren an ihrem schlanken Rücken zu den wohlgeformten Hüften und ihrer schmalen Taille hinauf.

Mit einer Hand liebkoste er ihre Brustspitzen, um Marguaritas

Begehren anzufachen, während sie seine Lebensessenz in sich aufnahm und das uralte Blut der Karpatianer seine Wirkung entfaltete und sie für ihn beanspruchte.

»*Ainaak olenszal sívabin* – dein Leben wird für mich immer das Kostbarste sein.« *Kostbar.* Zum ersten Mal, soweit er sich erinnern konnte, verstand Zacarias jetzt, was dieses Wort bedeutete. Er würde sie stets wertschätzen, sie beschützen und in Ehren halten.

Marguarita war der Sinn des Lebens, sein Heiliger Gral am Ende des jahrhundertealten Kampfes zwischen Gut und Böse. Sie war der Sinn, das Ziel. Sie war, was er sein Leben lang gesucht hatte, ohne sich dessen auch nur bewusst zu sein. »*Te élidet ainaak pide minan* – dein Leben wird für mich immer an erster Stelle stehen.« Kaum waren diese Worte ausgesprochen, erkannte Zacarias, wie ernst sie ihm gemeint waren. Er würde ihr Leben stets über das seine stellen. Sie war seine Frau, sein ganz privates Wunder. Eine menschliche Frau, die einen Ertrinkenden gefunden hatte und sich ihm als Rettungsanker angeboten hatte.

»*Te avio päläfertiilam* – du bist meine Seelengefährtin.« Farben schimmerten vor seinen Augen, helle, glitzernde und schwindelerregend lebhafte Farben. Für einen Moment drehte sich die Welt um ihn und hielt dann wieder inne. Die Farben pulsierten und pochten jetzt in seiner fast schmerzhaften Erektion und sandten elektrische Energie durch seinen Körper.

»*Ainaak sívamet jutta oleny* – du bist für alle Zeit an mich gebunden.« Er hatte versucht, sie zu retten, doch jetzt war es zu spät. Ihre Seelen waren für alle Zeit vereint. Sie würde bei ihm bleiben, durch Gut und Böse, und er fürchtete für sie, dass es weitaus schwieriger sein würde, als sie mit ihrer modernen Denkweise auch nur erahnen konnte. Marguarita konnte sich keine Vorstellung von der Art von Ungeheuer machen, das er war.

»*Ainaak terád vigyázak* – du wirst immer unter meinem Schutz stehen.« Das war das Einzige, was er ihr geben konnte. *Das* konnte er ihr versprechen, und sein Wort würde er niemals brechen. Er würde dieser Frau die Treue halten und sie zu jeder Zeit beschützen.

Sanft schob er die Hand zwischen ihren Mund und seine Brust und strich mit der Zunge ein letztes Mal über die kleine Wunde. Sein ganzer Körper verkrampfte sich und erschauerte unter dem Gefühl, das so unglaublich erotisch war, dass er wusste, er würde diese Erfahrung immer und immer wieder machen wollen. Nachdem er die Wunde verschlossen hatte, ergriff er Besitz von ihrem Mund und legte eine Hand um ihren Nacken, um Marguarita stillzuhalten und sich an der sinnlichen Verzückung in ihrem Gesicht erfreuen zu können.

Hitze durchströmte ihn, und er drehte Marguarita in seinen Armen und hob sie von seinem Schoß aufs Bett, wo er sie vor sich hinlegte wie ein Geschenk. Ihre Augen glitzerten vor Verlangen. Sie sind wie dunkle Schokolade, mit Diamantstückchen bestreut, dachte er wieder. *Er* hatte diesen Ausdruck in ihre Augen gebracht. Und er galt nur ihm. Weil sie ihm gehörte, ihm allein.

Zacarias kniete sich über sie und schob die Hände zwischen ihre Schenkel, um sie für sich zu öffnen, damit er sich am Anblick ihrer glitzernden Feuchte erfreuen konnte, die eins der äußeren Zeichen ihres brennenden Verlangens nach ihm war. Dann nahm er ihre Brustwarzen zwischen Daumen und Zeigefinger und rieb sie so heftig, dass sich ihr ein leiser Schrei entrang, eine Mischung aus Lust und Schmerz, der seine sinnliche Erregung ins nahezu Unerträgliche steigerte. Mit einem rauen Stöhnen schloss er den Mund um eine der empfindsamen Knospen, umspielte sie mit der Zunge und sog daran. Marguarita wand sich in selbstvergessenem Entzücken unter ihm.

Bei jedem spielerischen Biss und jeder Berührung seiner Zunge bäumte sie sich auf und ihm entgegen, und er sonnte sich in ihrem Verlangen nach ihm und erfreute sich an ihrem schönen Körper, der nur ihm gehörte, ganz allein ihm. Sie schlang wieder die Arme um seinen Nacken, zog seinen Kopf noch mehr zu sich herab und ließ die Hüften an seinen kreisen, sodass sein pulsierendes Glied sich an die empfindsame Stelle zwischen ihren Beinen presste, die sie weiter spreizte, um ihm noch näher zu sein. Ihre straffen Schenkel, die sich an seinem Körper rieben, raubten Zacarias fast den Verstand.

Aber er ließ nicht von ihren Brüsten ab und zupfte weiter an den harten Spitzen, nur um das wundervolle Gefühl der prickelnden Hitzewellen zu genießen, die ihn von Kopf bis Fuß durchströmten und das Feuer in seinen Lenden zu einem wahren Inferno anheizten. Sein Mund fand wieder ihren, ein bisschen zu hart diesmal vielleicht, aber er musste ihr zeigen, dass er *alles* wollte, was sie war.

Marguarita zog sich nicht aus seinem Bewusstsein zurück, obwohl Zacarias' Hände ein wenig grob waren, als sie besitzergreifend über ihren Körper glitten und sie für sich in Anspruch nahmen. Er würde ihr alles, was er war, zu Füßen legen.

Sie war unglaublich sinnlich und hörte nicht auf, sich lustvoll seufzend unter ihm zu winden und aufzubäumen, als er ihren Bauch und ihre Schenkel streichelte. Zacarias atmete tief ein und versuchte, sich zu entspannen, weil er diesen Moment für immer in Erinnerung behalten wollte und jede neue Erfahrung, jede neue Emotion auskosten wollte. Er hätte nie gedacht, dass eine derart sinnliche Erfahrung allein durch Streicheln und Berühren möglich war. Es war pure, hemmungslose Lust, was ihn beherrschte, eine wahre Sturzflut sinnlicher Gefühle, die ihn überwältigte und wie flüssiges Feuer durch seinen Körper und den ihren rann.

Er gönnte sich den nie gekannten Luxus dieses Augenblicks und nahm sich alle Zeit der Welt, um Marguaritas weichen Körper zu erkunden. Jedes wohlige Erschauern, das sie durchlief, ließ auch ihn erschauern. Er fühlte sich wie trunken von seinem wachsenden Verlangen nach ihrem Körper, nach dieser heißen Enge, die nach ihm schrie und flehte.

Zacarias hatte keine Ahnung, wie viel Zeit verging; er konnte nur an Marguaritas Körper, ihren Geschmack und ihre Schönheit denken und sich an dem Wissen erfreuen, dass ihr Geschenk real war. Nicht ein einziges Mal protestierte sie, nicht einmal, wenn er sie zu nahe an den Rand der Ekstase führte und sie ihn anflehte, zu ihr zu kommen und ihr Erleichterung zu verschaffen. Geistig blieb sie die ganze Zeit mit ihm verbunden, weil sie wissen wollte, was er mochte, um Wort zu halten und sich ihm völlig vorbehaltlos hinzugeben.

Und er merkte, dass ihre Gefühle ihm genauso wichtig waren wie die eigenen, wenn nicht sogar noch wichtiger. Jeder Seufzer, jede Bitte, die er in seinem Kopf vernahm, die Kratzer ihrer Nägel auf seinem Rücken, ihre Faust in seinem Haar – all das erhöhte nur noch das erotische Vergnügen. Zacarias liebte es, sie so erregt zu sehen, ihre leicht verschleierten Augen und ihre geteilten Lippen. Und der entzückende kleine Singsang, mit dem sie im Geiste ständig seinen Namen wiederholte, brachte ihn fast um den Verstand. Er war hart, ja, aber er sorgte dafür, dass sie nichts als Lust empfand. Zacarias wollte erreichen, dass sie in jeder nur erdenklichen Weise mit ihm zusammen sein wollte.

Zum ersten Mal in seinem Leben gönnte er sich etwas und nahm sich diese Zeit für sich – und sie. Sie waren jetzt eins miteinander, zwei Seelen vereint zu einer, und solange er in ihrem Bewusstsein war, hatte er *Gefühle* und sah Farben. Seine Welt war reich und emotional. Es gab kein Eis mehr in seinen Adern, keine Schatten in seinem Herzen. Marguaritas strahlendes Licht erhellte ihn bis ins Innerste, und ihm war, als könnte er sich bis zum Himmel aufschwingen oder frei und unbeschwert über die Felder rennen. Sie machte ihn frei.

Als er wusste, dass sie mehr als nur bereit für ihn war, kniete er sich zwischen ihre Beine, hob ihre Hüften an und drang in diese heiße, feuchte Enge ein, die nur für ihn geschaffen war, um ihre Körper auf die gleiche Weise zu vereinen, wie ihr Geist und ihre

Seele es schon waren. Zacarias war jedoch sehr behutsam und achtete auf ihre Reaktionen, denn er war groß und hart und sie sehr eng. Er konnte das Brennen, das sein Endringen bei ihr auslöste, ebenso spüren wie die prickelnde Lust, die ihn beim Hineingleiten in ihre glühende Hitze erfasste.

Es kostete ihn einen harten Kampf gegen sich selbst, sich nicht gehen zu lassen. Alles in ihm drängte ihn, noch tiefer in sie einzudringen und sich völlig in ihr zu verlieren, aber das Brennen grenzte schon an Schmerz für sie, und deshalb zwang er sich, Geduld zu haben. Er flüsterte ihr sanfte, ermutigende Worte in seiner Muttersprache zu. Dabei bemerkte er, dass er sie *sívamet* – meine Liebe oder, wörtlicher übersetzt, »Teil meines Herzens« nannte.

Bis zu diesem Moment, der ihm die Augen öffnete, war Zacarias nicht bewusst gewesen, wie sehr sie schon ein Teil seines Herzens war. Sie hatte ihm so viel gegeben, diese kleine menschliche Frau, die mehr Mut als Verstand besaß, und irgendwie war sie in ihn hineingeschlüpft und hatte sein Herz erobert. Diese Erkenntnis sorgte dafür, dass er noch behutsamer war als zuvor, als er nach und nach in sie hineinglitt, bis er die dünne Barriere spürte.

»Hol tief Luft, *kislány kunenak minan*!«, sagte er zärtlich und beugte sich noch weiter vor, um Druck auf die Stelle auszuüben, die ihr am meisten Lust bereitete. Dabei übersetzte er, was zu einem Kosewort geworden war: »Meine kleine Närrin, du hast dich mir geschenkt, und ich nehme dich in meine Obhut.«

Und dann nahm er sie, machte sie ganz zu der Seinen, verlor sich tief in ihrer heißen Enge und nahm sein Heim und Heiligtum in Besitz. Das Eis war aus seinem Körper und Geist verschwunden, und an seine Stelle war diese wundervolle Frau getreten, bei der er ein Zuhause gefunden hatte, das er nie wieder aufgeben wollte.

Auch diesmal ließ er sich Zeit, damit sie sich an ihn gewöhnen konnte. Seine ersten Bewegungen waren von exquisiter Langsamkeit. Erst als ihr Körper empfänglicher für ihn wurde und er ihr wachsendes Begehren spürte, begann er, sich in schnellerem Tempo zu bewegen, und nahm sie hart und schnell, wie er es brauchte. Seine Hände lagen an ihren Hüften, um Marguarita festzuhalten und ihrer beider Lust mit jedem Stoß zu steigern.

Im rauschhaften Überschwang der Gefühle warf er den Kopf zurück, als das Feuer ihrer beider Leidenschaft ihn höher und höher trug. Die ganze Zeit über war er sich Marguaritas bewusst, jeder ihrer Zärtlichkeiten, ihrer Finger in seinem Haar, ihres schweren Atmens, ihrer sich aufbäumenden Hüften unter seinen und ihrer exquisiten Enge, die ihn schier um den Verstand zu bringen drohte.

In Gedanken konnte er Marguaritas scharfes Einatmen hören und den genauen Moment bestimmen, in dem die Anspannung in ihr den Punkt erreichte, an dem die Lust so übermächtig wurde, dass sie schon fast an Schmerz grenzte. Und da hielt er sich nicht mehr zurück und liebte sie, als gäbe es kein Morgen, bis sie sich auf dem Höhepunkt ihrer Ekstase unter ihm aufbäumte und auch ihn in einen Abgrund erotischer Verzückung stürzte.

Danach lag er lange Zeit ermattet über ihr – noch immer auf innigste Weise mit ihr verbunden, geistig wie auch körperlich – und wäre am liebsten für immer so liegen geblieben. Sobald er sich zurückzog, würde er wieder *köd, varolind hän ku piwtä* sein, dieses dunkle, gefährliche Raubtier, voller Schatten und befleckt vom Bösen. Die strahlenden Farben und die lebhaften, intensiven Gefühle würden verblassen. Er hoffte nur, dass das Gleiche nicht auch mit seiner Zuneigung zu Marguarita geschehen würde. Sie waren jetzt auf Gedeih und Verderb aneinander gebunden; er konnte nicht mehr ungeschehen machen, was zwischen ihnen geschehen war, und Marguarita würde nicht mehr ohne ihn überleben können – und er nicht ohne sie.

11. Kapitel

Es gab kein Zurück. Marguarita hatte das gewusst, als sie sich ihm angeboten hatte, und wollte ihr Angebot auch nicht zurücknehmen. Zacarias hatte sie ins Paradies geführt, aber trotzdem hätte sie eine kleine Pause von seiner übermächtigen, manchmal viel zu intensiven Persönlichkeit gebrauchen können. Zacarias schien den Duft ihres Badewassers zu lieben. Er hatte darauf bestanden, ihr Duftöl in das Wasser zu geben, und nun lehnte er am Waschbecken und beobachtete sie entnervend konzentriert. Er wusste, dass ihr das unangenehm war. Doch er entschuldigte sich nicht und hörte auch nicht auf, sie so besitzergreifend anzustarren.

Musst du mich so ansehen? Verlegen griff Marguarita sich ans Haar, das sie auf dem Kopf zusammengenommen hatte, um es aus dem öligen Wasser herauszuhalten, und dachte, wie schrecklich ungepflegt sie aussehen musste. Das Zimmer war mit Kerzen erleuchtet, sodass das Licht zumindest weich und gedämpft war, doch sie sah wahrscheinlich trotzdem alles andere als gut aus.

Zacarias lächelte plötzlich und raubte ihr damit den Atem. »Du wirst dich daran gewöhnen müssen, dass ich dich beobachte. Dir beim Baden zuzusehen, bereitet mir große Freude.« Ohne den Blick von ihr abzuwenden verschränkte er die Arme vor der Brust. »Und du siehst sehr sexy aus mit deinem unfrisierten Haar. Am liebsten habe ich es ja lang und lockig, aber so gefällt es mir beinahe genauso gut. Ich mag es, wenn dir alle Locken ins Gesicht und auf die Schultern fallen, obwohl du dich bemühst, streng auszusehen, indem du es aufsteckst. Dein Haar ist so wild und unzähmbar wie du. Sehr sinnlich und verführerisch.«

Sie spürte die Röte, die ihr vom Nacken in die Wangen stieg. *Dann bist du ja leicht zufriedenzustellen.*

Seine Augenbrauen fuhren in die Höhe. »Oh, ich kann dir versichern, dass das Gegenteil der Fall ist. Und warum versuchst du schon wieder, dich vor mir zu verstecken? Nimm doch bitte die Hände von deinen Brüsten! Es macht mir Freude, dich anzusehen. Dein Körper ist so schön, und ich bin mir sicher, dass er ein immerwährender Quell der Freude für mich sein wird.«

Marguarita hatte gar nicht gemerkt, dass sie zum zweiten Mal versucht hatte, sich zu bedecken. Er hatte sie schon einmal gebeten, es zu lassen. Bei dem Gedanken errötete sie noch mehr. Sie wollte wirklich auf seine Wünsche eingehen, aber sein Blick war so besitzergreifend und intensiv, dass sie sich ein bisschen wie unter einem Mikroskop vorkam. Widerstrebend ließ sie die Hände unter das Wasser gleiten und war dankbar für den daraus aufsteigenden Dampf. Er bot ihr nicht gerade Schutz, doch zumindest die Illusion.

Überall auf ihrem Körper hatte Zacarias' Liebesspiel seine Spuren hinterlassen, und zwischen ihren Beinen war sie spürbar wund, aber das Wasser half, und er war unglaublich fürsorglich gewesen, als er sie ins Bad getragen, die Wanne gefüllt und ihr, Marguarita, in das heiße Wasser geholfen hatte. Ihr Herz pochte wieder so wild, dass sie sich beherrschen musste, um nicht eine Hand an ihre Brust zu drücken. Die Ungeheuerlichkeit dessen, was sie getan hatte, war ihr erst so richtig bewusst geworden, als sie aus ihrer sinnlichen Verzückung wiederaufgetaucht war.

Sie hatte lange und angestrengt darüber nachgedacht, wie es ihr gelingen könnte, Zacarias de la Cruz zu retten. Er war schon so weit auf der anderen Seite, mit einem Fuß schon heraus aus der Welt, die Marguarita kannte. Wenn sie nicht etwas Drastisches unternahm, würde sie ihn verlieren. Wo auch immer man nach dem Tod hinging, sie wollte nicht, dass er auch nur für einen weiteren Moment allein war. Sie hatte sich dazu entschlossen, ihn dazu zu verführen, bei ihr zu bleiben. Hatte sie vorschnell gehandelt?

»Du hast jedes Recht, dein neues Leben zu fürchten, Marguarita.«

Sie schloss die Augen. Seine Stimme war so sinnlich, dass sie sie wie streichelnde Hände auf der Haut empfand.

»Aber versuch nicht, deine Ängste vor mir zu verbergen. Ich werde nicht immer so sein, wie du mich brauchst, und sicher viele Fehler machen, aber du musst mit mir darüber reden. Sag es mir, wenn ich dich mit Worten oder Handlungen verletze. Ich werde den Fehler dann nie mehr wiederholen. Und das ist jetzt keine Bitte, also begehe du nicht den Fehler, meine Worte auf die leichte Schulter zu nehmen. Ich befehle dir, es mir zu sagen, wenn dich etwas stört. Es wird großen Mut erfordern, mich zur Rede zu stellen, und sogar noch größeren, mit mir zu leben, doch ich erwarte nicht weniger von dir.«

Marguarita wusste nicht, ob sie verärgert oder belustigt sein sollte über seine Anordnungen. Er hatte so viele Jahrhunderte Befehle erteilt und Gehorsam gefordert, dass er wahrscheinlich nie mehr damit aufhören würde. Manchmal hätte sie darüber lachen können. Er erwartete *ernsthaft*, dass sie jeder seiner Anordnungen nachkam. Als wäre das auch nur möglich. *Es ist nicht nötig, aus allem einen Befehl zu machen, Zacarias.*

»Bei anderen vielleicht nicht, doch du widersetzt dich jeder Logik und Vernunft. Ich habe noch nie jemanden gekannt, der direkte Anweisungen so konsequent missachtet wie du. Sogar heute hast du auf deinem Fensterbrett gesessen und deinem Freund Julio den Arm verbunden. Dachtest du, ich wüsste es nicht?«

Marguarita hob den Kopf und erwiderte ganz ruhig und offen seinen Blick. Sie dachte nicht daran, sich von Zacarias einschüchtern zu lassen; sie blickte in ihn hinein und sah, was in ihm vorging – besser, als er selbst –, und wusste, dass sie sicher war. Sie musste nur den Mut aufbringen, ihm die Stirn zu bieten, wenn er unvernünftig war.

Ich weiß, dass du mir nicht das Gefühl geben willst, eine Gefangene zu sein, Zacarias, doch es fühlt sich tatsächlich ein bisschen so an, wenn du solche Dinge sagst. Ich habe eine Verpflichtung gegenüber den Leuten auf der Ranch …

Er hob die Hand. »Nicht mehr. Deine einzige Verpflichtung ist jetzt, dich um meine Bedürfnisse zu kümmern. Ich denke, dass ich mich in diesem Punkt deutlich genug ausgedrückt habe.«

Nun ja, aber ich musste trotzdem nach Julios Wunden sehen. Es wäre nicht gut, wenn sie sich entzündeten. Hast du etwas mit seinem Hund angestellt? Er ist plötzlich durchgedreht und hat die Pferde und dann auch Julio angegriffen.

»Ich habe das Tier nur davon abgehalten, mich weiter anzukläffen, doch das würde sein Verhalten nicht erklären. Wo ist der Hund jetzt?«

Ihnen blieb nichts anderes übrig, als ihn zu erschießen. Julio bat mich, nach den Pferden und dem Vieh zu sehen. Irgendetwas stimmt nicht mit den Tieren. Sie rieb die kleine Kerbe in ihrem Kinn und dachte stirnrunzelnd, wie sie es hasste, dass alle auf der Ranch annahmen, das Verhalten des Hundes stünde irgendwie in Zusammenhang mit Zacarias' Anwesenheit.

»Deine Augen sind traurig. Mach dir keinen Kummer meinetwegen, meine schöne kleine Närrin!« Er zuckte mit den Schultern. »Du glaubst, dass alle denken, ich verursachte diese Reaktion bei den Tieren, und wahrscheinlich haben sie da sogar recht. Tiere spüren die Düsternis in mir. Selbst meine eigenen Leute nennen mich *köd, varolind, hän ku piwtä*, was ›dunkles, gefährliches Raubtier‹ bedeutet, und selbst die erfahrensten Jäger sagen, ich sei *hän ku tappa* – was ›gewalttätig‹ und noch mehr als das heißt. Ich bin es gewöhnt, dass andere mich fürchten. Es stört mich nicht. Ich erwarte gar nichts anderes von ihnen.«

Mich stört es aber, gab Marguarita fröstelnd zu. *Das Wasser wird kalt. Ich muss aus der Wanne heraus.* Es war jedoch nicht das abkühlende Wasser, sondern mehr das Ungeheuerliche ihres Entschlusses, das ihr wieder einmal zu Bewusstsein kam. Sie bereute ihre Entscheidung nicht, doch ihr war, als versuchte sie, sich auf einem Minenfeld zurechtzufinden.

Mit einer fast schon träge anmutenden Bewegung griff Zacarias nach einem Handtuch und hielt es für sie auf, da er offenbar erwartete, dass sie vor seinen Augen aus der Wanne trat. Das hatte sie sich selbst zuzuschreiben, erinnerte sie sich. Sie hatte zu ihm gehören wollen und ihm gesagt, sie wäre zu allem bereit, um ihn glücklich zu machen. Nackt vor ihn hinzutreten schien nicht allzu viel zu sein, nicht nachdem sie wilden, hemmungslosen Sex gehabt hatten, und trotzdem errötete sie vom Scheitel bis zur Sohle, als sie aus der Wanne stieg und sich von ihm in das große Tuch einhüllen ließ.

»Warum stört es dich, Marguarita?«, fragte er, und seine Stimme fiel um eine Oktave. »Diese Leute bedeuten mir nichts. Wen kümmert es, ob sie mich für den Teufel halten?«

Diese Leute sind meine Familie, Zacarias, entgegnete sie scharf und stand reglos da, als er sie behutsam abtrocknete. *Ich liebe sie, und ich will nicht, dass sie etwas Falsches von dir denken. Ich möchte, dass sie dich als meinen Mann akzeptieren, für den ich mich frei entschieden habe.*

Seine Hände hielten inne. »Warum nimmst du an, dass sie unrecht haben? Tiere *sind* in meiner Gegenwart unruhig. Kein Pferd hat mich je in seiner Nähe geduldet. Ich bin sicher, dass die Pferde und Rinder meinetwegen so nervös sind. Ich halte mich nur selten in der Nähe von Menschen oder Tieren auf. Schon vor langer Zeit habe ich ihre Reaktion bemerkt.«

Seine Stimme war ausdruckslos, nüchtern, ja beinahe gleichgültig. Aber Marguarita hatte den kleinen Stich in seinem Herzen gespürt, als er erwähnt hatte, dass Pferde ihn nicht tolerierten. Es machte ihm nichts aus, dass Menschen ihn mieden, doch dass

Pferde ihn fürchteten, störte ihn. Marguarita seufzte im Stillen. Ein weiteres Geheimnis, das tief in seinem Unbewussten vergraben war und von dem er nichts wissen wollte, das sie aber ganz deutlich sah. Sie liebte Pferde. Nur ein anderer Pferdeliebhaber würde ihr tief gehendes Bedürfnis verstehen, sich mit diesen stolzen, schönen Tieren zu beschäftigen. Und sie verstand auch diese unausgesprochene Sehnsucht in Zacarias.

Marguarita wollte ihn in die Arme nehmen und trösten – aber das Ironische war, dass er gar nicht wusste, dass er Trost benötigte. Er war Zacarias de la Cruz, der weder Schmerz noch Emotionen kannte. Er war die ultimative Tötungsmaschine, düster und befleckt vom Bösen, und akzeptierte das ohne Selbstmitleid im Herzen. Er war so, wie er war, Punkt.

Wie konnte man einem solchen Mann lange böse sein? Sie brachte es jedenfalls nicht fertig, egal, wie viele lächerliche Anweisungen er erteilte oder wie sonderbar seine Einstellung oft war. Sie drehte sich zu ihm um, schlang ihm die Arme um den Hals und verschränkte die Finger hinter seinem Kopf. Dann lehnte sie sich an ihn, so dicht, dass ihre Brüste sich an dem Handtuch rieben, als sie ihr Gesicht zu ihm erhob und ihn küsste. Ihr Herz fühlte sich an, als würde es zerschmelzen. Einen langen Moment stand Zacarias nur reglos da, als schockierte ihn ihr Verhalten. Aber dann erwiderte er die Umarmung und zog Marguarita an sich, und plötzlich fühlte es sich an, als wäre sie … zu Hause.

Ich weiß, dass ich nicht um Erlaubnis gebeten habe, dich anzufassen, doch ich konnte nicht anders. Sie bemühte sich, ihm einen schalkhaften Eindruck ihrer Stimme zu vermitteln. *Du hast mir gesagt, wie wichtig dir diese Regeln sind, aber gerade diese ist für mich sehr schwierig zu befolgen, und es könnte eine Weile dauern, bis es mir gelingt. Ich bitte also um Geduld.*

Sofort wanderten seine Hände von ihrem Rücken zu ihrem Po hinunter und umfassten und kneteten die festen Muskeln dort.

Dann hob er sie ein wenig an und bewegte ihre Hüften so, dass sein hartes Glied sich an ihrer intimsten Stelle rieb. »Vielleicht werde ich über dein Bedürfnis, mich anzufassen, hinwegsehen müssen.«

Plötzlich hatte sie Schmetterlinge im Bauch, allein schon von der leisen Heiterkeit in seiner Stimme. *Danke, Zacarias. Ich habe nämlich sehr oft das Bedürfnis, dich zu berühren, und weiß, dass ich immer vergessen würde, dich zuerst zu fragen. Es ist lieb von dir, dass du deine Regel gelockert hast.*

»Nur die eine«, sagte er schnell mit einem Lachen in den Augenwinkeln.

Marguarita stockte fast das Herz. Für einen kurzen Moment sahen seine Augen, die sonst immer so schwarz waren, in dem dunstigen Raum und sanften Kerzenschein wie dunkle Saphire aus. Doch als sein Lächeln verblasste, nahm es diese wunderschöne, wahre Farbe seiner Augen mit. Sie hatte einen Blick auf Zacarias getan, wie er wirklich war – wie er gewesen sein musste, bevor die Welt ihn zu einer Tötungsmaschine gemacht hatte.

Fest drückte sie ihn an sich und legte den Kopf an sein Herz, das in einem ruhigen, gleichmäßigen Rhythmus schlug. Er wirkte kein bisschen ungeduldig und hielt sie einfach nur im Arm. Marguarita wartete, bis sie die Gefühle, die ihr den Hals zuschnürten, wieder unter Kontrolle hatte, bevor sie den Kopf anhob.

Ich ziehe mich jetzt besser an. Ich muss zu den Tieren und sehen, was mit ihnen ist.

Er drückte sein Gesicht in ihr Haar und strich mit den Lippen über ihre Stirn. »Nun ja, ich hatte es eigentlich gestattet, als ich neulich abends mit Cesaro sprach. Aber ich will nicht, dass du dich in Gefahr begibst. Wenn die Tiere so aggressiv sind, wie die Arbeiter behaupten, wäre es unverantwortlich, dich dorthin gehen zu lassen.«

Ich liebe meine Pferde, Zacarias. Ich brauche das tägliche Reiten. Es verschafft ein Gefühl der Freiheit, und ich bekomme dabei einen klaren Kopf. Du wirst es mal probieren müssen, damit du es verstehen kannst.

Seine Hand streichelte ihren Po und verweilte dann, und prompt erhitzte sich ihr ganzer Körper. Sie umarmte ihn noch fester, aber dann trat sie zurück.

»Kein Pferd hat mich je an sich herangelassen, und ich lehne es ab, sie mir durch psychischen Zwang gefügig zu machen.«

Das wird auch gar nicht nötig sein, erwiderte sie zuversichtlich. *Ich weiß, dass du Röcke magst, doch wenn ich reite, ziehe ich Jeans vor. Das ist sicherer.*

Sein Lächeln war nur ein Zucken seiner Mundwinkel, und dennoch brachte es ihren Puls zum Rasen. Und es verlieh seinen Augen auch wieder diesen dunklen, saphirblauen Schimmer, der Marguarita den Atem nahm. Seine Augenfarbe war einfach wundervoll. Marguarita konnte nicht aufhören, das kleine Lächeln zu verfolgen.

Du bist wirklich schön, Zacarias.

Er ergriff ihr Handgelenk und drückte ihre Finger an seinen Mund. »Männer sind nicht schön. Und du willst mich nur davon ablenken, dass du eine weitere Regel zu umgehen versuchst.«

Sie sandte ihm den Eindruck eines Lachens zu. *Ich wünschte, das stimmte. Und ich wünschte auch, ich wäre nicht so verliebt in dich, dass meine Reaktionen sich verlangsamt haben. War es wirklich eine deiner Regeln, dass ich Röcke tragen muss?*

»Ich bevorzuge feminine Kleidung. Du musst es mir in allem recht machen. Also sind Röcke Männerkleidung selbstverständlich vorzuziehen.«

Sie stellte sich auf die Zehenspitzen und küsste ihn auf den Mund. Sie liebte seine sinnlichen Lippen so sehr, dass sie sie stundenlang ansehen und sich Fantasien darüber hingeben könnte. Es kümmerte sie nicht einmal, dass er in ihrem Kopf war und ihre Gedanken las. *Ich könnte mir stundenlang die schönsten Fanta-*

sien ausdenken. Aber ich finde, dass auch Männerkleidung sexy aussehen kann. Lass es mich doch mal versuchen!

»In Männersachen komme ich nicht an dich heran.«

Sie lächelte ihn an und rieb die Bartstoppeln an seinem Kinn. *Zum Glück brauchst du dazu ja nur einen Gedanken.*

»Wozu?«

Um meine Kleider verschwinden zu lassen. Ich mag diesen kleinen Trick.

»Das ist Verführung, Marguarita. Schamlose Verführung, um deinen Willen zu bekommen.« Wieder legte er die Hand um ihren Po. »Aber ich werde mich wohl daran gewöhnen müssen, dass du ab und zu deinen Kopf durchsetzt. Männerhosen sind wirklich praktischer zum Reiten, obwohl ein Hosenrock wahrscheinlich auch bequem sein würde.«

Marguarita trat von ihm zurück, um mit schwingenden Hüften zu ihrer Kommode hinüberzugehen. *Lass dich einfach überraschen.*

Aus einer Schublade nahm sie Unterwäsche, die verführerischste, die sie hatte. Das Höschen roch nach den Lavendel-Duftkissen, die sie in der Kommode aufbewahrte.

Zacarias, der ihr gefolgt war, streckte eine Hand aus, um den Stringtanga zu inspizieren. Das winzige Vorderteil aus schwarzer Spitze würde kaum ihr Haar bedecken und der schmale Streifen hinten zwischen ihren Pobacken verschwinden, sodass nur vier schwarze Kordeln die Rundung ihres Pos umgeben würden.

»Das ist Unterwäsche?«

Sie nickte.

»Ich werde dich in Männerkleidung sehen und wissen, dass es *das* ist, was du darunter trägst?«

Wieder nickte sie. Die aufglimmende Lust in seinem Blick durchflutete sie mit einer Hitzewelle. Sein Blick verweilte einen Moment auf ihren hohen, festen Brüsten und glitt dann tiefer zu dem Dreieck aus schwarzen Locken, die seinen ganz privaten Schatz bedeckten.

»Und was wirst du tragen, um deine Brüste vor den Blicken anderer Männer zu verbergen?«

Seine raue Stimme bewirkte, dass ihre Brustspitzen sich sofort verhärteten. Das Atmen fiel ihr schwerer, doch sie zog gehorsam den dazugehörigen schwarzen BH aus der Schublade. Marguarita hatte nichts, das auch nur annähernd so gewagt war wie diese beiden Teile, die sie aus einem Impuls heraus gekauft hatte. Die feine schwarze, mit Satin abgesetzte Spitze straffte sich über ihren vollen Brüsten, und durch die Spitze würden ihre aufgerichteten Brustwarzen hervorlugen. Der dünne Bügel gab ihren Brüsten Halt und hob sie an.

Zacarias nahm den BH und drehte das empfindliche Material ein paarmal in den Händen, bevor er den Blick zu ihrer Brust erhob. »Komm her!«

Der gebieterische Tonfall seiner Stimme brachte Marguarita fast auf die Knie. Sie liebte es, wenn er so männlich klang. Und sie liebte auch diesen heiseren Unterton, der ihr verriet, dass Zacarias in diesem Augenblick nur ihr allein gehörte. Dass es niemand anderen gab in seiner Welt. Und auch für sie verschwand alles andere um sie herum, wenn seine Stimme diesen Ton annahm. Dann gab es nur noch Zacarias und das zunehmende Verlangen in seinem Blick. Ihr gefiel der Gedanke, dass er sie wieder begehrte, nachdem er sie gerade erst so ausgiebig besessen hatte.

»Es freut mich, dich schon wieder erregt zu sehen«, sagte Zacarias, als sie auf ihn zuging.

Er legte die Hände um ihre Brüste, zupfte an den hoch aufgerichteten Brustwarzen und rieb sie zwischen Daumen und Zeigefinger, bis Marguarita wie benommen war vor Lust. Dann beugte er sich vor, und sein langes Haar streifte ihre nackte Haut und elektrisierte sie bis in ihr Innerstes. Sie spürte die heiße Feuchte zwischen ihren Schenkeln, die ihn willkommen hieß. Allein ihn anzusehen, an ihn zu denken und seine sexy Stimme zu hören, erregte sie. Beim ihm war es kein Problem, dass sie nicht sprechen konnte, er war in ihrem Geist und las ihre Gedanken, und die Intimität dieser Verständigung war genauso sinnlich wie seine Liebkosungen ihrer Brustspitzen. Dass seine Finger nicht sehr sanft waren, erhöhte ihr Verlangen nur, weil sein harter Körper in solch wundervollem Gegensatz zu ihrem weichen stand.

Zacarias erlaubte ihr nicht, etwas vor ihm zu verbergen, weder ihre Gedanken noch ihre sinnlichen Empfindungen. Marguarita hatte nicht gewusst, dass sie zu solch lustvollen Gedanken fähig war, aber alles, was sie je gelesen, gehört oder sich vorgestellt hatte, ging ihr durch den Kopf, wenn sie mit ihm zusammen war. Sie wollte, dass sein Körper ihr ganz allein gehörte, so wie der ihre ihm. Die bloße Vorstellung, dass ein anderer Mann sie so berühren könnte wie Zacarias, war ihr widerlich.

»Ich kann nicht glauben, dass das hier Unterwäsche ist, doch es wird mir gefallen zu wissen, dass du sie für mich trägst.«

Er hatte zweifellos gemerkt, dass sie die schwarzen Spitzendessous noch nie getragen hatte.

Du willst mich schon wieder?, bemerkte Marguarita mit einer Einladung im Sinn.

»Ja. Ich werde dich immer wollen, doch vor meine Bedürfnisse und Wünsche muss ich deine Gesundheit stellen. Du bist sehr wund.«

Kannst du nicht etwas dagegen unternehmen?, ertönte ihre weiche Stimme in seinem Kopf und verlockte ihn mit ihrer verführerischen Wärme.

»Bis ich mehr darüber weiß, wie dein Körper reagiert, möchte ich sehen, wie er sich von selbst heilt. Du bist sehr klein und eng. Ich weiß, dass es dein erstes Mal war, und du bist sehr stark gedehnt worden und hast deine Jungfräulichkeit verloren. Du hast geblutet.«

Marguarita kämpfte gegen die Röte an, die über ihren ganzen

Körper kroch. *Das ist normal, wenn eine Frau noch Jungfrau ist.* Es war gut, dass es ihm nichts ausmachte, mit ihr über Sex oder die Reaktionen ihres Körpers zu sprechen, weil es eine bessere Verständigung erlaubte. Doch sie hatte über solche Dinge noch mit niemandem geredet, schon gar nicht mit einem Mann, der langsam zu einer Besessenheit für sie wurde. Trotzdem wurde ihr ganz warm ums Herz bei dem Gedanken, dass er bereit war, zu verzichten und abzuwarten, bis sie keine Beschwerden mehr hatte.

»Ich kann die Wundheit allerdings ein wenig lindern, falls sie zu schlimm ist«, bot er an.

Marguarita schüttelte den Kopf. Sie mochte das Gefühl, das er in ihr hinterlassen hatte, sie wusste nur nicht, wie sie ihm den Eindruck übermitteln sollte.

Zacarias schien jedoch zu verstehen, denn er tippte sanft die kleine Kerbe an ihrem Kinn an. »Zieh deine Männersachen an und lass mich sehen, wie verführerisch sie sein können!«

Der schalkhafte Tonfall seiner Stimme brachte ihre Sinne durcheinander. Ihre Nervenenden waren ohnehin schon in Alarmbereitschaft und so völlig auf Zacarias eingestellt, dass sie sich seiner mit jeder Faser ihres Körpers bewusst war. Wenn sie einatmete, schien er die Luft zu sein, die ihre Lunge füllte. Wie hatte er so vollkommen von ihr Besitz ergreifen können, ohne dass sie es gemerkt hatte? Sie hatte zu Anfang solche Angst gehabt, weil die Erinnerungen an den Vampir, der sie angegriffen hatte, noch so frisch gewesen waren. Und Zacarias' Verhalten hatte nicht geholfen – bis sie den Schritt gewagt hatte, ihren Geist voll und ganz mit seinem zu verbinden. Er würde das härteste Herz erweichen, wenn andere in ihn hineinschauen könnten. Zacarias war nobel, loyal, ein Mann von Ehre. Er verdiente Liebe.

»*Sívament.*« Obwohl er das karpatianische Kosewort laut aussprach, sorgte er dafür, dass sie es wie ein Streicheln in ihrem Bewusstsein wahrnahm. »Ich wünschte, ich wäre so, wie du mich siehst. Ich würde alles geben, um dieser Mann zu sein, dem du ein solch unglaubliches Geschenk gemacht hast. Doch ich bin ein Krieger, weiter nichts.«

Marguarita schlüpfte in den schwarzen Spitzenstring, so aufreizend sie konnte, während sie im Stillen protestierte. *Du bist es mehr als wert – für mich bist du alles wert.*

Er schüttelte den Kopf, aber der Anblick der schwarzen Spitze, die zwischen ihren festen Gesäßhälften verschwand, lenkte ihn sichtlich ab. Zacarias räusperte sich, und sie lächelte, als sie nach ihren Lieblingsjeans griff. Sie waren abgetragen und zu einem hellen Blau verblasst, der Stoff war weich und dünn an Po und Knien, doch sie saßen wie angegossen und waren die bequemsten Jeans, die sie zum Reiten hatte.

Zacarias' Gesicht war ausdruckslos wie immer, aber seine Augen funkelten vor Hitze und Verlangen. Ganz ungezwungen legte sie den BH an und schloss ihn hinten. Die Spuren, die Zacarias' Hände und sein Mund auf ihren Brüsten hinterlassen hatten, waren deutlich durch das Lochmuster der Spitze zu erkennen. Er trat näher und senkte den Kopf, um zuerst ihre linke Brust und dann die rechte mit einem sanften Kuss zu streifen.

»Habe ich dir wehgetan?«

Nein, und das weißt du auch. Es war alles wunderschön für mich. Und das stimmte. Er war ein bisschen grob gewesen, ja, aber er hatte auch dafür gesorgt, dass sie nichts als Lust empfand.

Marguarita setzte sich an den Rand des Bettes und zog dünne Socken und ihre Reitstiefel an. Sie hob jedes Bein an, um die braunen Lederstiefel überzuziehen, und ließ sich Zeit dabei, denn sie wollte das Verlangen in Zacarias' dunklen Augen auskosten. Sie hätte nie gedacht, dass es so ungeheuer sexy ein könnte, sich vor ihm anzuziehen und von ihm angesehen zu werden, als gäbe es nichts anderes als sie auf dieser Welt.

Sie lächelte ihn an und bemerkte, dass seine Augen schwarz

waren wie die Nacht. Er sah geradezu überlebensgroß aus mit seinem harten, von Narben übersäten, durchtrainierten Körper. Mit seinen breiten Schultern nahm er fast den ganzen Raum ein, als er langsam zu ihr herüberkam. Seine Augen hatten wieder diesen durchdringenden Blick, sein Mund den sinnlichen Zug, den sie so sehr an ihm liebte.

Ich sehe dich gern an, gab sie schüchtern zu. Sie wollte ihn wissen lassen, dass sie in seiner Welt war, wie auch immer er sie wollte – dass er nicht allein war und sie sich aus freiem Willen dazu entschieden hatte, seine Frau zu sein.

»Das ist gut, meine schöne kleine Närrin, weil du meinen Anblick nämlich noch lange, lange Zeit wirst ertragen müssen.«

Ihr Blick fiel auf die Einkerbungen um seinen Mund. Zuerst hatte sie sie für Fältchen gehalten, aber sie waren viel mehr als das, und bei dem Gedanken lächelte sie im Stillen. Ihr harter Mann hatte also doch auch eine weichere Seite. Es störte sie nicht, dass sie seine *Närrin* war. Vielleicht war sie ja tatsächlich eine. Sie hatte sich nicht jeden Aspekt ihrer Entscheidung überlegt, bevor sie sie getroffen hatte. Sie hatte den Sprung ins kalte Wasser gewagt und auf die Konsequenzen gepfiffen, doch jetzt gerade, da sie ein dünnes Trägerhemd überzog, verkrampfte sich plötzlich ihr Magen. Marguarita beugte sich sogar vor, um den Schmerz zu lindern.

Sofort war Zacarias' Hand am Ansatz ihres Rückens, und Marguarita spürte, wie er sich durch sie bewegte. Die Bewegung war schnell und leicht, dass Marguarita ein bisschen schockiert war und fragend eine Augenbraue hochzog.

Er rieb ihr sanft den Nacken. »Wir hatten zweimal einen Blutaustausch. Normalerweise wäre es, so wie bei Ricco, nicht wichtig, wie viel Blut du von mir bekommst, doch wenn wir einen vollen Austausch vornehmen, wird es an deinen Organen und im Inneren deines Körpers zu arbeiten beginnen und dich umgestalten, damit du ganz und gar zur Karpatianerin werden kannst.«

Sie richtete sich langsam auf und sah ihm in die Augen. *Du wusstest das?*

Er zuckte die Schultern. »Natürlich. So ist das bei karpatianischen Seelengefährten.«

Sie hörte den pochenden Rhythmus ihres eigenen Herzschlags. Das Gemurmel von Stimmen draußen um das Haus, das Stampfen der Pferde. Das Gesumme der Insekten war das Schlimmste, es übertönte alles und war entsetzlich laut. Marguarita hielt sich die Ohren zu und blickte Zacarias fragend an.

»Ich hatte die Lautstärke für dich verringert, weil wir anderweitig beschäftigt waren, doch du kannst es auch selbst. Denk daran! Stell dir einfach vor, wie laut oder leise du die Hintergrundgeräusche haben willst! Menschen können das ebenfalls. Eure Kühlschranke laufen, und ihr hört sie schon nicht mehr, aber das Geräusch ist da wie immer. Dein Sehvermögen und Gehör werden auch viel schärfer sein. Du musst sie bewusst kontrollieren, und irgendwann wird die Lautstärke vom Unterbewusstsein gesteuert werden.«

Marguarita griff hinter sich, um sich irgendwo festzuhalten. Ihr war gar nicht in den Sinn gekommen, dass ihre Welt sich so drastisch verändern würde. Sie hatte sich in Zacarias' Obhut gegeben, doch ihr Körper war natürlich menschlich.

Zacarias schlang ihr die Arme um die Taille und war wie ein Leuchtfeuer in ihrer Verwirrung. »Beruhige dich, *sívamet*! So beängstigend das auch alles klingt, ich werde immer bei dir sein und nicht zulassen, dass dir etwas geschieht.«

Marguarita holte tief Luft. *Dann sag mir, was das für mich bedeutet!* Sie würde ihre Entscheidung nicht bereuen. Dass sie Opfer erfordern würde, hatte sie von Anfang an gewusst, nur dass es körperliche sein würden, war ihr nicht in den Sinn gekommen, aber auch damit konnte sie fertig werden.

»Du musst jetzt viel Wasser und Saft trinken, Marguarita«, riet er ihr.

Der bloße Gedanke, etwas zu sich zu nehmen, drehte ihr den Magen um. Sie presste eine Hand an ihren Bauch und schüttelte den Kopf. *Ich kann nicht. Mir wird schlecht, wenn ich nur daran denke.*

»Trotzdem wird es nötig sein. Kein Fleisch natürlich. Die Vorstellung, Fleisch zu essen, ist uns zuwider.«

Und das sagst du als Besitzer einer Rinderfarm. Marguarita schenkte ihm ein schwaches Lächeln. Sie übernahm die Verantwortung für das, was zwischen ihnen geschehen war, und hatte immer gewusst, dass es Folgen haben würde. Ohne Fleisch konnte sie leben. Millionen von Menschen ernährten sich vegetarisch, doch der Gedanke, sich von Blut zu nähren, war nun doch etwas beunruhigend für sie.

»Ich werde dir helfen, wenn du etwas essen oder trinken musst.«

Da sie sich im Moment weder das eine noch das andere vorstellen konnte, nickte sie nur, befeuchtete die Lippen und rieb sich die Arme. Was bedeutete es sonst noch für sie, sein Blut in sich zu haben? Sie wollte sich auf jeden Fall auch weiterhin in der Sonne aufhalten, aber ihre Haut fühlte sich schon bei dem Gedanken seltsam an. Marguarita war sicher, dass es nur Einbildung war, doch vorhin, als sie bei Julio am Fenster gesessen hatte, war ihre Haut tatsächlich überempfindlich gewesen, und ihre Augen hatten gebrannt. Würde sich das nach einem zweiten Blutaustausch verschlimmern? Was hatte Zacarias gemeint, als er gesagt hatte, sie würde voll und ganz zur Karpatianerin werden? Panik beschlich sie.

Du meinst, ich verändere mich körperlich? Und werde so wie du? Sie rieb sich noch fester die Arme, als könnte sie die Veränderung ihrer Haut dadurch aufhalten. *Wenn ich so bin wie du, wird die Sonne mir dann schaden?*

Er nickte langsam. »Sie wird dich verbrennen. Nicht so wie mich, aber du kannst nicht mehr gefahrlos ins Freie gehen. Du würdest Blasen und einen schweren Sonnenbrand bekommen. Er wird dich nicht umbringen wie mich, doch du wirst immer deine Haut und Augen bedecken müssen.«

Marguarita blieb fast das Herz stehen, als sie das hörte, und ein leichter Schwindel ergriff sie. Sie liebte Pferde, besonders die peruanischen Pasos. Sie waren ihre große Leidenschaft gewesen, bevor Zacarias in ihr Leben getreten war, und sie konnte sich nicht vorstellen, nie wieder über die Felder zu galoppieren, Zäune zu überspringen und sich mit den Pferden eins zu fühlen. Sie liebte die unterschiedlichen Persönlichkeiten der Tiere, ihre kleinen Marotten und ihr sanftes Wesen; sie liebte einfach alles an ihnen. Allein sie zu beobachten bereitete ihr Freude. Marguarita konnte sich nicht vorstellen, nicht mehr für sie zu sorgen, sie zu reiten und ihre Zeit mit ihnen zu verbringen.

Während viele andere Rassen durch Kreuzungen verändert worden waren, hatte der Paso seine natürliche, ererbte Gangart beibehalten und war seiner Abstammung treu geblieben. Ihrer Erfahrung nach hatten diese Pferde ihre Gangart zu hundert Prozent an ihre Nachkommen weitergegeben. Bei dieser Rasse blieb der Schwerpunkt bei den verschiedenen Gangarten nahezu unbewegt, um dem Reiter eine möglichst erschütterungsfreie Fortbewegung zu ermöglichen. Der *Paso Llano*, eine Gangart in einem rhythmischen, harmonischen Viertakt mit vier Phasen, bei der der Reiter fast erschütterungslos auf einem locker schwingenden Rücken saß, war sehr sanft und ausgesprochen angenehm. So konnte Marguarita ihr Pferd stundenlang reiten, ohne zu ermüden oder wund zu werden.

Sie hatte wirklich nicht bedacht, dass sie allergisch gegen die Sonne werden könnte. Die Erkenntnis ließ ihr immer noch den Atem stocken und Tränen in ihr aufsteigen. Nie wieder reiten. Nie wieder diese erstaunliche Verbundenheit und Einheit zwischen Pferd und Reiter spüren. Der Paso verfügte über eine weitere einzigartige Gangart, die den passenden Namen *termino* trug. Für Marguarita gab es nichts Anmutigeres als diese kraulende Seitwärts-vorwärts-auswärts-Bewegung.

Zacarias betrachtete ihr abgewandtes Gesicht. Tief in ihrer Seele war sie plötzlich still geworden, und dann hatte sie sich vollkommen von ihm zurückgezogen. Die Welt um ihn herum verblasste augenblicklich, und die Farben waren kaum noch wahrzunehmen. Eis strömte in seine Adern und sein Herz. Marguarita hatte die geistige Verbindung zwischen ihnen jäh beendet, und er fühlte sich einsamer als je zuvor. Marguarita erfüllte seinen Körper mit Wärme und mit Licht, mit Farbe und Gefühlen, und kaum war sie fort, war auch von ihrer wunderbaren Wärme und allem anderen nichts mehr da. Nachdem Zacarias lebhafte Farben sehen und echte Gefühle hatte verspüren können, war es mehr als unerträglich, so abrupt wieder in dieses hässliche, öde, triste Dasein von zuvor zurückgeworfen zu werden.

Ihm wurde jetzt klar, womit sein Vater hatte leben müssen. Auch seine Mutter hatte diese zerbrochenen Stellen ihres Mannes mit ihrer Wärme und ihrem strahlenden Licht erfüllt. Ohne sie immer bei sich zu haben, waren die Farben und Gefühle in seinem Vater genauso verblasst, wie sie jetzt in Zacarias blass wurden. Der Kontrast war scharf und hässlich, aber vor allem unmöglich zu ertragen – nicht nach so viel Freude. Nachdem seine Welt so kalt geworden war, dass seine Seele fröstelte, war Zacarias außerstande, Marguaritas hellem Licht zu widerstehen, und er trat auf sie zu.

»Versuch nicht, mich zu verlassen!«, sagte er schärfer und viel schroffer als beabsichtigt. Wie eine eiserne Schelle schlossen sich seine Finger um ihr Handgelenk und hielten sie an ihn gefesselt. Fast grob zog er sie an sich. Der Geruch eines sich an Beute heranpirschenden Raubtieres durchdrang den Raum. Marguarita versteifte sich und sah aus, als hätte Zacarias sie geschlagen.

Ich weiß nicht, warum du an mir zweifelst. Ich versuche nur, mich an die Dinge zu gewöhnen, die du mir offenbarst, und ich gebe zu, dass sie mich ängstigen, aber ich bin eine Frau, die ihr Wort hält. Ich habe mich dir aus freien Stücken hingegeben, und das war mir ernst gemeint. Was auch immer die Zukunft für mich bereithält, ich werde einen Weg finden, damit fertig zu werden und glücklich zu sein.

Zacarias spürte ihre Entschlossenheit, doch er war trotzdem noch allein. Hol die Sonne die Frau – sie begriff es einfach nicht! Und er dachte nicht daran, sie anzuflehen oder sich mit Gewalt zu nehmen, was sie ihm verweigerte. Würde er so tief sinken? Nein. Er zog sie noch fester an sich, hob mit einer Hand ihr Kinn an und zwang sie so, ihn anzusehen.

»Du wirst mich nicht noch mal verlassen.« Er schüttelte sie ein wenig, ließ sie das Raubtier sehen, das er war, diese dunkle Kraft, die mehr in seiner Seele als in irgendeinem anderen Teil von ihm war. »Verstehst du mich?«

Marguarita sah verwirrt aus. Eins musste er ihr zugestehen: Sie war sehr mutig, wo die meisten Männer schon eingeknickt wären. Marguarita begegnete seinem Blick, ohne auch nur mit der Wimper zu zucken. Und dann spürte er das erste, fast zaghafte Anrühren seines Geistes, und seine Erleichterung war so überwältigend, dass sie ihn nahezu in die Knie zwang. Marguaritas Wärme strömte in sein Bewusstsein ein und suchte Antworten. Er spürte, dass dieser warme Strom ihn wieder auszufüllen begann, die gebrochenen Verbindungen überbrückte und die strahlenden Farben wiederherstellte. Aber auch Gefühle überfluteten ihn. Furcht, die schon Entsetzen nahe kam ... War es das, was Marguarita empfand? Es konnte nur *ihre* Furcht vor ihm sein, da er selbst ja keine kannte.

Zacarias spürte den bitteren Geschmack von Angst in seinem Mund, und das entsetzliche Gefühl ergriff auch sein Herz und drang in seine Lunge ein, sodass sein Atem dort gefangen war.

»Du hast recht. Atme ein!« Er konnte die Worte kaum herausbringen.

Ohne den Blick von ihm abzuwenden, schüttelte Marguarita den Kopf. *Ich habe keine Angst vor dir, Zacarias. Ich fürchte nur, dich zu enttäuschen, jedoch nicht, dass du mir wehtun könntest.* Ihr Gesichtsausdruck veränderte sich um keine Nuance, ihre Augen blieben fest auf ihn gerichtet und zwangen ihn, die Wahrheit zu erkennen. *Er* war es, der Angst hatte. Angst, sie zu verlieren. Angst, zum Vampir zu werden. Er ... zum ersten Mal in seinem Leben *fürchtete* er sich.

Zacarias stöhnte auf. Sollte die Sonne diese Frau verbrennen! Sie würde ihn tatsächlich noch in die Knie zwingen. Es war kaum zu glauben, dass sie ihn auf ... *das hier* reduziert hatte. Er hatte niemals Furcht gekannt, und jetzt fraß sie ihn auf. Zacarias hatte noch nie etwas Wertvolles zu verlieren gehabt, ganz sicher nicht sein eigenes Leben, aber Marguarita mit ihrem weichen Körper, dem hellen Licht und der strahlenden Seele, die die seine mit Leben erfüllte, war ihm alles wert. Sie war ein Schatz, den er nicht verlieren wollte – nicht verlieren *konnte*.

Er wusste, dass er sie viel zu fest an sich gedrückt hielt; er würde sie noch zerquetschen. Nein, er gehörte nicht in eine Welt, wo Frauen eigene Entscheidungen trafen, Männerkleidung trugen und es wagten, ein Raubtier wie ihn mit solch beängstigender Courage anzusehen!

Ein leises Lächeln erhellte ihre bemerkenswerten Augen, die sich wieder zu einem warmen, einladenden Schokoladenton verdunkelten. *Du bist kein Steinzeitmensch, du Dummerchen! So wie ich über deine Welt lernen muss, musst du über meine lernen. Es ist ein Abenteuer, das wir zusammen unternehmen, und ich freue mich schon darauf.*

Sie ließ alles so einfach klingen, doch er wusste, dass es das nicht war. Er wusste, wer und *was* er war, und selbst wenn sie eine sanfte Seite an ihm entdeckte, würde er Marguarita mit strenger Hand führen. Eine menschliche Frau konnte keine Ahnung haben von den Gefahren der Welt, in der er lebte. Auf Ruslans

Bestreben hin würde sie zur Zielscheibe von Vampiren auf der ganzen Erde werden. Und Ruslan kannte die Düsternis in ihm. Er wusste vielleicht nicht, wie sie funktionierte, doch ihm musste klar sein, dass Marguarita ihn, Zacarias, überaus verwundbar machte.

Seine Hand glitt zu ihrem Nacken und legte sich um ihren schlanken, zerbrechlichen Hals. Er konnte ihren Herzschlag hören und die Luft in ihrer Lunge. Zacarias atmete ihren femininen Duft ein und sie den seinen. Langsam beugte er den Kopf zu ihrem vor. Sie wandte weder den Blick ab noch schien sie zu erschrecken. Marguarita, seine Frau, die mehr Herz und Mut als Vernunft besaß. Seine Finger glitten um den Hals herum, zur Vorderseite ihrer Kehle, wo er unter seiner Handfläche das Pochen ihres Pulses spüren konnte.

Er könnte ihr mit einem simplen Anspannen seiner Finger den Hals brechen, doch sie lehnte sich vertrauensvoll an ihn und lächelte ihn auf diese entwaffnende Weise an, die sein Herz erwärmte und ihm alle Kraft aus den Gliedern nahm. In seinem Ärger atmete er fauchend aus, und noch immer wich sie nicht vor ihm zurück. Dann senkte er den Kopf, um sie anzusehen. Sie blickte ihm geradewegs in die Augen, und er war es, der wie hypnotisiert war und nicht umgekehrt. Zacarias konnte wieder die schon vertraute Hitze spüren, die wie flüssiges Feuer durch seine Adern lief und sich in Windeseile ausbreitete, ihm den Magen zusammenkrampfte und sich wie ein Feuerball in seinen Lenden niederließ.

Als er sie küsste, lag in dem Kuss keine Zärtlichkeit, weil Zacarias zu sehr gefangen war in dem Durcheinander der Gefühle, die er erst sortieren musste. Er nährte seine Sucht nach ihr, verzehrte sich nach dem Geschmack von ihr und brauchte ihre Unterwerfung, ihre Kapitulation und ihre bedingungslose Hingabe. Diese Frau hatte seine ganze Welt auf den Kopf gestellt und Erinnerungen zurückgebracht, die besser tief begraben geblieben wären. Und als Jäger hatte sie ihn in eine unerträgliche Situation gebracht.

Ich wünschte, ich könnte sagen, ich bedauerte, dich bei mir behalten zu wollen und dich davon abgehalten zu haben, in die Morgensonne zu treten. Das müsste mir leidtun, und ich schäme mich, dass ich dich nicht gehen lassen kann. Aber ich muss dich bei mir haben.

Ihre Stimme war leise und so traurig, dass sich Zacarias das Herz zusammenzog. Ihre schlanken Arme legten sich um seinen Nacken, und sie schmiegte sich wie schutzsuchend mit ihrem ganzen Körper an ihn. Es war eine Art von Paradies für einen Mann, der niemals Glück oder Freude erfahren hatte. Allein sie zu halten brachte ihm schon Freude. Ihre Lippen waren warm und seidenweich, als er sie hungrig küsste, mit sinnlichen, berauschenden Küssen erkundete und ihre Zungen zu einem aufreizenden Tanz vereinte. Seine Zähne zupften an ihrer vollen Unterlippe und bissen spielerisch hinein, gerade genug, um sie scharf die Luft einziehen zu lassen, bevor er sie von Neuem küsste. Er nahm sich Zeit für sein und ihr Vergnügen und ließ die Lippen über ihren Nacken wandern, wo er Dutzende kleiner Bissspuren hinterließ, winzige Einstiche, die er mit der Zunge schloss, und ein halbes Dutzend erdbeerförmige Male.

Schließlich hob er den Kopf und wartete, bis sie die Lider hob, um ihr in die Augen sehen zu können. Sie sollte verstehen, dass es ernst gemeint war, was er sagte. »Ich hätte es um nichts auf der Welt versäumen mögen, mit dir zusammen zu sein. Was auch immer in den kommenden Nächten geschieht, Marguarita, denk nie, dass ich auch nur einen Moment mit dir bereuen werde! Hoffentlich werden es noch Hunderte von Jahren sein, aber wenn nicht, werde ich nicht bedauern, dass du mich gerettet hast.«

Danke, Zacarias. Sie lächelte ihn an. Ihre Lippen waren geschwollen von seinen Küssen, ihr Nacken und Hals übersät mit Erinnerungen, dass sie ihm gehörte, und in ihren Augen lag strahlende Freude. Marguarita nahm seine Hand. *Komm und lern die Pferde kennen!*

Er brachte es nichts übers Herz, ihr zu sagen, dass es keine Begegnung mit ihren geliebten Tieren geben würde. Vor der Tür vergewisserte er sich zunächst, dass keine Vampire in der Nähe waren, und ging dann mit ihr in die Nacht hinaus. Sterne glitzerten am Himmel, und der Mond warf sein silbriges Licht über das Gras.

Zacarias folgte Marguarita zu den Stallungen. Als sie sich dem langen, stattlichen Gebäude näherten, konnte er schon das Stampfen, Tänzeln und Schnauben der Pferde hören, die spürten, dass ein Raubtier in der Nähe war. Am Eingang konnte kein Zweifel mehr bestehen, dass er die sonst so ausgeglichenen Tiere durcheinanderbrachte. Mehrere bäumten sich unter schrillem Wiehern auf, trommelten mit den Hufen gegen die Boxenwände, warfen den Kopf zurück und verdrehten wild die Augen.

Zacarias griff nach Marguaritas Arm. »Nicht weiter! Du wirst nicht zu diesen Tieren hineingehen.«

Er spürte, wie sich ihr Geist erweiterte, wie er nach den Pferden rief und mit ihnen in Verbindung trat. Es war ein eigenartiges Gefühl, nicht viel anders als das, was er selbst erfuhr, wenn er die Gestalt eines anderen Lebewesens annahm, aber stärker noch, als wären Marguarita und die Pferde nicht nur geistig, sondern auch seelisch miteinander verbunden.

Du riechst für sie wie ein Raubtier, das ist alles. Sie empfinden dich nicht als etwas Böses oder Verdorbenes.

Sie hatte wieder einmal seine Ängste entdeckt, und er versuchte, nicht mit Verärgerung darauf zu reagieren. Zacarias hatte sich nie wirklich Gedanken darüber gemacht, warum Tiere ihn nicht akzeptierten. Es war einfach eine Tatsache, und alles andere verdrängte er. Was spielte es schon für eine Rolle, das *Warum*? Er wusste nicht, ob er wirklich befürchtete, sie würden ihn als böse und verdorben empfinden, doch wenn Marguarita das in ihm sah, dann war es höchstwahrscheinlich so. Sie entdeckte immer wieder Geheimnisse, die er sogar vor sich selbst verborgen hielt. Er wollte nicht, dass sie noch mehr entdeckte, doch er konnte nicht mehr leben ohne die totale geistige Verbundenheit zwischen ihnen, und die verschaffte ihr natürlich Zugang zu allem, was er war – und auch zu allem, was er gewesen war.

»Es spielt keine Rolle, *warum* sie mich nicht akzeptieren. Es *ist* schlicht und einfach so«, erklärte er.

Sie drückte seine Hand. *Sie werden dich genauso akzeptieren wie mich. Schließlich sind wir eins, nicht wahr?*

Sein Herz schlug schneller, und innerlich schalt er sich einen Narren. Es war unmöglich, was sie sagte. Zacarias wusste, dass die Pferde ihn nie an sich heranlassen würden – und trotzdem war da etwas tief in seinem Innersten, das an Marguarita glaubte.

12. Kapitel

Zacarias brachte Marguarita abrupt zum Stehen, indem er einfach jäh den Schritt verhielt. Hand in Hand standen sie vor den offenen Türen des Stalls, in dem die Pferde wild die Augen rollten, den Kopf zurückwarfen und mit wachsender Furcht die Tür beobachteten.

Du riechst bedrohlich. Ich finde das ganz sexy, aber die Tiere haben Angst. Gib mir einen Moment, um sie zu beruhigen, damit sie auf die gleiche Weise mit dir Kontakt aufnehmen können wie mit mir.

Ihre leise Belustigung, das schmeichelnde »Ich finde das ganz sexy«, glitten durch sein Bewusstsein wie streichelnde Hände, doch Zacarias weigerte sich dennoch nachzugeben. Gefahr war Gefahr, egal, woher oder von wem sie kam. Er zog Marguarita fest in seinen Arm.

»Ich erlaube dir nicht, diesen Stall mit all den aufgebrachten Tieren zu betreten. Du hast gesehen, was deinem Freund Ricco zugestoßen ist.«

Wie eine Katze rieb sie das Gesicht an seinem Arm. *Es wäre leichter für mich, sie drinnen zu beruhigen, wo ich ihnen näher bin. Es würde wirklich nur einen Moment dauern.*

»Hörst du schlecht? Ich habe Nein gesagt.« Seine Stimme war hart und kompromisslos, und sein Herz war es nicht weniger.

Er würde ihr den Mond vom Himmel holen, wenn sie ihn darum bat. Er würde für sie durchs Feuer gehen, doch *das* – nein, niemals. Sie konnte betteln und ihn mit ihren wunderschönen Augen anstrahlen, so viel sie wollte, und es würde seine Entschlossenheit höchstens noch verstärken. Ihre Sicherheit hatte

Vorrang. Am liebsten hätte er sie über die Schulter geworfen und ins Haus getragen, wo ihr nichts geschehen konnte.

Wieder neckte eine leise Belustigung seine Sinne. Gleichzeitig spürte er, wie ein scharfes Ziehen durch seine Lenden ging und seine Nervenenden kribbelten. Diesem kleinen Lachen, das er nicht hörte, aber spürte, gelang es stets, ihn zu erregen.

Hast du schon im Zeitalter der Höhlenmenschen gelebt? Ich kann dich geradezu vor mir sehen, wie du, mit einem Tierfell bekleidet, deine Frau an den Haaren in die Höhle schleifst.

Ihr Necken würde immer erotisch für ihn sein. Wenn ein Mann solche Dinge noch nie gekannt hatte, wurden sie zu Kostbarkeiten, wenn er sie fand. Lachen hatte niemals zu seiner Welt gehört, und Scherze erst recht nicht. Marguarita widersetzte sich seinen Anordnungen nicht, sie schmollte nicht und wurde auch nicht ärgerlich, sondern lachte nur leise und rieb sich an ihm wie eine Katze, als spürte sie die elektrischen Funken, die dann übersprangen, genau wie er.

»Führ mich nicht in Versuchung, schöne Närrin! Dich an den Haaren ins Bett zu schleifen ist gar keine so schlechte Idee.« Seine Stimme klang rau, ja, sogar heiser und überhaupt nicht so bedrohlich, wie es eigentlich seine Absicht gewesen war.

Ihr amüsiertes Lachen heizte sein Begehren nur noch an. Der süße Schmerz in seinen Lenden durchflutete seinen Körper und ließ seine Temperatur um einige Grade mehr ansteigen. Er war Karpatianer und daher stets beherrscht, doch was sie mit seinem Körper machte, war so exquisit, dass er die Empfindungen zuließ und sich für einen Moment sogar erlaubte, sie zu genießen.

Ich will, dass du in meinem Bewusstsein bleibst, doch nur ganz leise. Du sollst spüren, wie ich die geistige Verbindung zu den Pferden herstelle. Ich gehe ganz langsam und sehr sachte vor, lasse ein bisschen sanfte Wärme in sie einströmen, so wie jetzt …

Sein ganzer Körper erschauerte, als sie nicht nur in seinen Geist, sondern auch in seine Seele eindrang. Ihre Präsenz war viel intimer als von ihr beabsichtigt, aber schon wurde sie von demselben Hunger und Begehren erfasst, die auch ihn beherrschten. Ihre Präsenz war leicht, zart, schon fast delikat, doch für ihn war sie immer sehr erotisch.

»Ich würde es vorziehen, dass nur ich diese Art von Verbindung mit dir spüre – nein, ich verlange es sogar.« Ein dunkler, unruhiger Schatten stieg in Zacarias auf. Seine Zähne verlängerten sich, und etwas Tödliches erhob sich mit dem Schatten. Er unternahm keinen Versuch, ihn vor Marguarita zu verbergen. Sie musste wissen, an wen und was sie sich gebunden hatte. Das Leben war voller unerwarteter Momente, und dieser war eine Überraschung für sie beide, aber deswegen nicht weniger tödlich.

Alles in ihm erstarrte. Zum ersten Mal, seit er sich erinnern konnte, *fühlte* er das Raubtier in sich aufsteigen. Er spürte die wachsende Gefahr, die von ihm ausging, und das Eis, das sich bildete, seine Emotionen überdeckte und jegliches Gefühl erstickte, um ihn zu einem noch fähigeren Killer zu machen.

Natürlich verspüre ich so etwas bei niemandem – außer dir natürlich. Die einzigen sexuellen Gefühle, die ich je empfand, galten dir. Ich weiß nicht, was du mit mir gemacht hast, aber diese Gefühle sind in deiner Nähe sehr schwer zu kontrollieren. Wenn ich in dir bin, bin ich machtlos gegen den Wunsch, in jeder nur erdenklichen Weise mit dir zusammen zu sein. Es tut mir leid, falls dich das verärgert, und ich verspreche, mich zu bessern.

Marguarita bemühte sich, ihm die richtigen Eindrücke aus ihrem Kopf und Herzen zu vermitteln. Sie war sehr aufrichtig und besorgt um *ihn*. Wieder ließ sie keine Angst erkennen und versuchte nicht, vor ihm zurückzuweichen. Sie erschrak auch nicht und sah ihn weder mit Verachtung noch mit Ärger an.

Stattdessen glitt ihre sanfte kleine Hand an seiner Brust hinauf, und sie sah ihm in die Augen. *Was immer du brauchst, Zacarias, ich werde es dir geben. Falls das bedeutet, dass wir hiermit warten müssen, bis du verstehst, dass du mein Ein und Alles bist, dann werden wir eben ins Haus zurückgehen. Du brauchst es nur zu sagen.*

Er konnte ihr immenses Bedürfnis spüren, ihm die Wahrheit vor Augen zu führen, auch wenn es sie ein bisschen in Verlegenheit brachte. Ihr unglaublicher Mut, aber auch die Tatsache, dass sie Wort hielt und in jeder Lage voll und ganz und vorbehaltslos für ihn da war, erstaunte Zacarias.

Er wusste, wie sehr sie die Pferde liebte. Er konnte die Freude spüren, mit der sie von ihnen sprach oder an sie dachte, und trotzdem war sie bereit, mit ihm zum Haus zurückzukehren, falls es das war, was er brauchte. Marguarita beschämte ihn mit ihrer Großzügigkeit, ihrer Gelassenheit und ihren Bemühungen, ihn stets an erste Stelle zu setzen. Wie jetzt, da sie einfach nur still vor ihm stand und ruhig auf seine Entscheidung wartete.

Zacarias nahm sie in die Arme und drückte sein Gesicht an ihr weiches Haar – das sie jetzt offen und in einer wilden Mähne trug, wie er es so liebte. Was für eine Kleinigkeit war es dagegen, ihr zu erlauben, die Tiere zu beruhigen, besonders, da er es war, der sie nervös und vielleicht ein bisschen gefährlich machte?

»Du beschämst mich, Marguarita.«

Nein! Sie schüttelte resolut den Kopf und trat zurück, um ihm wieder in die Augen zu sehen. *Sag das nicht! Sag das nie wieder! Ich mag dich, wie du bist. Ich verlange nicht, dass du dich änderst. Ich werde tun, was immer du auch willst.*

Soweit er sehen konnte, verlangte sie nichts von ihm für sich. Was Ricco anging, so hatte sie ihn, Zacarias, im Grunde nur um das Leben eines Freundes gebeten. Er hatte den Mann gerettet, weil sie es gewollt hatte, doch ihre Motive waren keine egoistischen gewesen.

Zacarias zeigte auf den Stall. »Mach weiter! Und sorge dich nicht wegen deiner Gefühle. Es freut mich, wenn es dich erregt, mit mir zusammen zu sein.«

Sie lächelte ihn an. *Mich erregt schon der bloße Gedanke an dich, Zacarias. Ich muss dazu nicht in deiner Nähe sein. So pathetisch und besessen bin ich bereits.*

Er runzelte die Stirn. »Das ist nicht pathetisch. Aber es macht mich glücklich, dass es so ist.«

Marguarita blickte ihm ins Gesicht, als suchte sie etwas – Sicherheit vielleicht? Sie wollte bestimmt nicht, dass er ausrastete und die Pferde in einem Anfall von Eifersucht vernichtete.

Wieder nahm er diese leise Belustigung in ihrem Bewusstsein wahr. *Ich käme nie auf die Idee, dass du zu so etwas in der Lage wärst.*

Da war es wieder. Ihre Naivität und Unschuld ließen sie nicht das wahre Ausmaß des Monsters sehen, an das sie sich für alle Zeit gebunden hatte. Und er dachte nicht daran, sie zu belügen. Oder auch nur den Blick von ihr abzuwenden. »Bei der richtigen Provokation wäre ich durchaus dazu fähig.«

Sie runzelte die Stirn. *Und was wäre das?*

Zacarias straffte die Schultern. Sie hatte Mut und verdiente es, die Wahrheit zu hören. »Eifersucht. Eine Bedrohung für mich – für dich. Für uns.«

So. Jetzt war sie heraus, die Wahrheit über ihn. Prüfend beobachtete er Marguaritas ausdrucksvolles, offenes Gesicht und verhielt sich gleichzeitig ganz still in ihr, um sich keinen ihrer Gedanken entgehen zu lassen.

Marguarita seufzte und zog seine Hand an ihren Mund, um seine vernarbten Fingerknöchel zu küssen. *Du hast eine ganz schön verquere Vorstellung davon, wozu du fähig bist, Zacarias. Es ist gut, dass ich in dich hineinsehen kann. Kann ich sehen, dass du zu großer Gewalttätigkeit fähig bist? Oh ja, natürlich. Ich habe Zugang zu deinen Erinnerungen – zu allen, sogar zu denen, die du begraben und vergessen willst. Aber bist du fähig zu morden? Zu töten um des Tötens willen? Nein. Da sage ich ganz entschieden Nein. Und alle Debatten dieser Welt werden nichts an der Wahrheit ändern, die ich in dir sehe.*

Er hörte sich stöhnen, als er sich vorbeugte und die Stirn an ihre lehnte. »Ich weiß nicht, was ich mit dir tun soll, Marguarita.«

Wieder durchflutete ihr stummes Lachen ihn mit Wärme, vertrieb die Düsternis in ihm und ersetzte sie durch Licht.

Dann kannst du ja froh sein, dass es mir nicht an Ideen fehlt. Komm mit mir in den Stall, Zacarias! Ich möchte den Moment mit dir teilen. Es ist das Einzige, was ich dir geben kann – ein Geschenk. Ein Geschenk von mir an dich.

Sie gab ihm das Gefühl, alles zu können. War das Liebe? War es das, was er überall auf der Welt gesucht hatte, in all den Jahrhunderten, ohne je zu wissen, dass es so etwas tatsächlich gab? Ihm war sogar, als könnte er die Wärme der Sonne ertragen, solange er Marguarita hatte. Sie hatte Farben zu echtem, strahlendem Leben erweckt. Vielleicht gab es ja nichts, was sie nicht vermochte, kein Wunder, das sie nicht vollbringen konnte. Möglicherweise würden sogar die Pferde ihn im Stall dulden, solange er an ihrer Seite blieb.

»Wenn es dir so viel bedeutet, *sívamet*, dann werden wir's versuchen.«

Ihr Gesicht erhellte sich, und er spürte, wie die innere Aufregung sich wieder legte. Marguarita nahm lächelnd seine Hand und verschränkte die Finger mit seinen. *Lass dich mit mir treiben! Bleib in meinem Kopf! Irgendwann wirst du schon spüren, was du tun musst.*

Wieder fühlte er sie in sich eindringen, mit all ihrer Hitze, dem Feuer und dieser faszinierenden Helligkeit, die ihn durchflutete wie das Licht von tausend Kerzen. Das Feuer verflüssigte sich, rann langsam und dick durch seinen Körper und Geist, bis er diese energetische Verbindung bis tief in seine Seele spürte. Zacarias hatte schon oft seinen eigenen Körper verlassen und war zu purer Energie geworden, um einen befreundeten Krieger zu heilen. Auch bei Marguarita war er aus sich herausgetreten, als der Vampir ihr vor Monaten die Kehle zerfetzt hatte. Zacarias hätte es eigentlich vermuten müssen, doch es kam für ihn ganz überraschend.

Marguarita war durch und durch menschlich, aber sie besaß starke übersinnliche Fähigkeiten. Ihre erstaunliche Affinität zu Tieren war rein psychischer Natur – und ihre ersten Kontakte zu ihm waren es auch gewesen. Sie legte ihr eigentliches Ich ab und wurde zu einem Lichtwesen. Selbst für einen Karpatianer war es gar nicht leicht, sein wahres Ich und seinen physischen Körper abzustreifen, doch Marguarita gelang es so mühelos, dass Zacarias nicht einmal bemerkt hatte, womit sie sich in ihm verband.

Mit seiner Seele. Er war sich dessen jetzt so sehr bewusst, wie er es noch nie gewesen war. Zacarias spürte, wie Marguarita ihn in versengende Hitze tauchte und die tieferen Schatten vertrieb, die sich schon festgesetzt hatten. Sie flohen vor ihr, als vernichtete sie sie mit ihrer strahlenden Helligkeit. Er fühlte sich mit einem Mal ganz leicht. Anders. *Gerettet*. Aber er wusste, dass diese Rettung nur so lange anhalten würde, wie sie mit ihm verbunden war.

Zacarias schloss die Augen, weil er jetzt verstand, was sein Vater in all den Jahrhunderten durchgemacht hatte, als er versucht hatte, seine Gefährtin einerseits so nahe wie möglich bei sich zu behalten und sie andererseits vor Gefahr zu schützen. Am Ende hatte er ihren Tod verschuldet und sein eigenes Leben in Gefahr gebracht, weil er sie auf die Jagd nach einem Meistervampir mitgenommen hatte. Er hätte es besser wissen müssen. Zacarias hatte seinen Vater angefleht, die Mutter zu Hause zu lassen; er hatte sich sogar mit ihm gestritten, um ihn davon abzubringen. Zacarias hatte angeboten, selbst zu gehen, wenn nur seine Mutter zurückblieb. Später hatte er seinem Vater die Schuld an ihrem Tod gegeben. Und sein Vater *war* auch dafür verantwortlich gewesen. Sie hätte an einem sicheren Ort zurückgelassen werden müssen. Das schrieb das Gesetz der Karpatianer vor; es war die erste Pflicht eines karpatianischen Jägers gegenüber seiner Seelengefährtin. Aber sein Vater hatte seine Gefährtin mitgenommen und war überlistet worden. Zacarias' Mutter hatte den Preis dafür gezahlt, und letztendlich sein Vater auch.

Und du, Zacarias.

»Verstehst du jetzt?«, flüsterte er, weil er Marguarita vor einem solchen Schicksal bewahren wollte.

Noch nicht ganz, doch ich bemühe mich.

»Eher ertrage ich die Schatten und die Kälte, bevor ich je erlaube, dass du in Gefahr gerätst.« Es war ein Versprechen, eine Drohung. Und die Warnung, nur ja nie auf die Idee zu kommen, sich seinen Anordnungen zu widersetzen.

Er empfing von ihr keine Anteilnahme, oder jedenfalls nicht direkt. Dafür spürte er eine stärkere Verbindung, als ließe Marguarita noch mehr von sich in ihn hineinströmen. Zacarias fühlte, wie ihre Wärme in sein Herz eindrang, und packte Marguarita an den Schultern und schüttelte sie ein wenig.

»Meine Mutter hat ihn zu sehr geliebt. Sie hätte nicht mit ihm gehen dürfen.«

Man kann jemanden gar nicht zu sehr lieben, Zacarias. Was auch immer geschah, ich weiß, dass es nichts damit zu tun hatte, dass sie sich zu sehr liebten. Ich habe dir gesagt, dass ich dir gehorchen werde, doch ich kann mein Herz nicht daran hindern, dich zu lieben. Das kannst du nicht von mir verlangen.

Er stieß den Atem aus, den er unbewusst die ganze Zeit angehalten hatte, nahm ihr Gesicht zwischen die Hände und ergriff Besitz von ihrem Mund. Es gab nichts mehr zu sagen. Er war bereits verloren. Wenn das Liebe war, war er nicht mehr in der Lage, einen anderen Weg zu gehen. Er würde Marguarita über sich und seine eigenen Bedürfnisse stellen. *Sie* würde nie in Gefahr gebracht werden, nur damit er die Kälte von sich fernhalten und Farben sehen und Gefühle verspüren konnte. Er konnte ertragen, mutterseelenallein zu sein, wenn es bedeutete, Marguarita vor allen Gefahren zu beschützen. Zacarias schwor sich, dass er stark genug sein würde, ihre Sicherheit immer und überall voranzustellen.

Er küsste sie lange und hart und nahm sich Zeit dafür, weil er ihr nichts mehr zu sagen und keine Möglichkeit hatte, sie zu beruhigen. Zacarias hatte nicht erwartet, dass die Verbindung zwischen ihnen derart intensiv sein würde. Er hatte auch nicht damit gerechnet, dass das Gefühl so stark sein würde – und er hatte ganz bestimmt nicht beabsichtigt, etwas für sie zu empfinden, das Liebe derart nahe kam. Doch nun befürchtete er, dass genau das eingetreten war. Als er den Kopf hob, sah er ihr prüfend ins Gesicht. Ihre Augen waren groß und ein bisschen verschleiert, aber sie hatte den Kuss bedenkenlos erwidert.

»Ich werde dich begleiten, doch wenn ich sage, wir gehen, will ich keine Widerworte hören.«

Sie nickte und trat einen Schritt durch die offene Tür. Die Pferde beobachteten sie neugierig, stampften hin und wieder noch, aber Marguarita hatte schon mehrmals an ihren Geist gerührt, und sie kannten sie und waren diese starke Verbindung gewohnt. Sie vertrauten ihr, und weil sie spürten, dass Zacarias' Geist mit Marguaritas eins war, waren die Pferde mehr neugierig als alarmiert.

Wir züchten die Besten. Pferde mit ausgeglichenem Wesen und zugleich auch brio, *dieser schwer definierbaren Eigenschaft, die bei jeder Bewegung Feuer und Eleganz zum Ausdruck bringt. Sieh sie dir an! Wie sie sich bewegen, die Schritte, die sie machen, die Art, wie sie den Kopf zurückwerfen. Sie haben ruhige, wache Augen und wunderschöne Gangarten. Pasos sind treue und gute Arbeitspferde. Diese Tiere würden sich jederzeit zwischen einen erzürnten Stier und einen gestürzten Reiter stellen. Sie sind sehr mutig, Zacarias.*

Sie zog ihn noch weiter in den Stall hinein. Zacarias war noch nie einem Pferd so nahe gewesen, ohne dass es sich aufgebäumt und ausgetreten hatte, seinen Reiter abgeworfen hatte und in vollem Galopp vor Zacarias davongejagt war.

Die Leute verkennen sie, weil sie eher kleine Pferde sind. Sie haben ein Stockmaß zwischen einem Meter dreiundvierzig und einem Meter fünfundfünfzig, was nicht sehr viel ist, aber unterschätz sie nicht! Sieh nur, was für einen edlen Kopf sie haben!

Zacarias begann zu verstehen, was sie mit dem Temperament oder *brio* der peruanischen Pasos meinte, als er sie zu einer Box mit einer schönen kastanienbraunen Stute gehen sah, die sie beide aufmerksam beobachtete. Das Tier nahm den Blick dieser erstaunlich großen, intelligenten Augen nicht von Zacarias.

Sie hat einen sehr langen offiziellen Namen, aber ich nenne sie Sparkle. Ist sie nicht wunderschön?

Auch Zacarias war von der Stute fasziniert. Er befand sich in ihrer Reichweite, und das Pferd wieherte weder protestierend noch trat es gegen die Boxentür oder verdrehte entsetzt die Augen. Er merkte, dass seine Hände zitterten. Zacarias hatte nie verstanden, warum er sich so stark zu dieser Tierart hingezogen gefühlt hatte. Er hatte sie oft über die Weiden laufen sehen, mit ihren langen, im Wind flatternden Mähnen, den fließenden Muskeln, dem vorgestreckten Hals und den über die Erde donnernden Hufen, und es war eins der wenigen Bilder, die ihm zumindest einen Anschein von Frieden vermittelt hatten.

Er senkte den Blick auf Marguarita. War sie vor all den Jahrhunderten schon da gewesen, ein Wispern in seiner Seele, das ihn davor bewahrt hatte, in den Abgrund hinabzustürzen? Er verstand nicht, wie das sein könnte, aber die tief empfundene Freude in ihrem Gesicht, mit der sie die Pferde ansah, hallte auch in seinem Herzen wider. Pferde. Simple Wesen und zugleich doch so komplex. Jedes hatte seine eigene Persönlichkeit. Die meisten hatten etwas Wildes in sich, das Zacarias gut verstand, und nun, da er geistig mit den Pferden in diesem Stall verbunden war, erkannte er, dass sie gar nicht so viel anders waren als er selbst.

»Danke, *sívamet*. Du hast mir schon wieder ein unschätzbar kostbares Geschenk gemacht.«

Oh, wir sind lange nicht fertig. Da ist noch viel mehr. Komm mit!

Zacarias wollte diesen perfekten Moment nicht zerstören, deshalb blieb er hinter Marguarita stehen, die Arme um ihre Taille geschlungen, und ließ seinen Geist mit ihrem durch den Stall gleiten und sich mit dem der Pferde verbinden. Es war ein aufregendes und sinnliches Erlebnis. Jeder seiner Sinne war hellwach und überaus lebendig. Zacarias roch, was die Pferde rochen, spürte, was sie spürten. Die wilde Freiheit, einfach nur zu sein, zu existieren, und die Zuneigung, die sie Marguarita entgegenbrachten – und jetzt auch ihm. Er war so eng mit ihr verbunden, dass sie eins wurden und die Tiere seine Gegenwart akzeptierten.

»Du hast mir mehr geschenkt, als ich je für möglich hielt«, flüsterte er ihr zu und nahm ihr empfindsames Ohrläppchen zwischen die Zähne. »Du bist mein Wunder.«

Ihre leise Belustigung war wie ein Streicheln. *Ich bin deine kleine Närrin, vergiss das nicht, und deshalb sage ich, dass das noch nicht alles ist. Ich will noch so viel mehr für dich. Lass es mich dir geben, Zacarias! Vertrau mir! Ich habe mich in deine Hände gegeben, also gib du dich auch in meine.*

Er schloss sie noch fester in die Arme. Sie bedeutete ihm schon so unendlich viel, dass er sich nicht vorstellen konnte, was geschehen würde, wenn sie ihm noch mehr gab. Am Leben zu sein war wunderbar, Freude zu empfinden nicht mit Worten zu beschreiben. Seine Welt war ein einziges trübes Grau gewesen, und nun sah er die Farben der Pferde, wie glitzernde Diamanten fast. Der Geruch des Heus und das Stampfen der Tiere waren für immer in seiner Seele eingebrannt. Nie würde er diesen Moment vergessen, den Marguarita ihm geschenkt hatte. Und selbst wenn alles schiefging, würde nichts diese Vollkommenheit mindern können.

Er strich mit den Lippen über ihr Ohr und hauchte seinen warmen Atem in die perfekte kleine Muschel. »Dann mach weiter! Ich folge dir, wohin du gehst.«

Zacarias nahm sich allerdings die Zeit, die Ranch noch einmal auf Vampire zu untersuchen, auf Anzeichen von Schatten oder auch nur leere Stellen, mit denen die Untoten ihre Spuren zu vernichten suchten. Doch falls Ruslan in der Nähe war oder seine geringeren Vampire vorgeschickt hatte, befanden sie sich jedenfalls nicht in der Nähe der Hazienda.

Marguarita öffnete die Boxentür und trat ein. Zacarias merkte, dass er wieder den Atem anhielt, als sie dicht neben der Stute stehen blieb. Marguarita hatte recht, das Tier war nicht besonders groß, aber es strahlte Kraft aus und hatte eine edle Haltung. Sparkle stieß Marguarita mit der Nase an, und wenn Zacarias nicht in ebendiesem Moment eingetreten wäre, hätte die sanfte Berührung Marguarita einen Schritt zurückgeschubst. Schnell legte er ihr von hinten die Arme um die Taille, um sie zu stützen.

Sie hob die Hände und streichelte die neugierige Pferdenase. Er bemerkte, wie Marguarita jede Bewegung der Finger im Kopf wiederholte und ihren Geist genauso liebevoll an dem des Pferdes rieb.

Dann griff Marguarita nach Zacarias' Hand und legte sie an den elegant gewölbten Nacken der Stute. Er erstarrte, als Marguarita seine Finger ganz fest an diesen warmen, seidenglatten Hals drückte. Zum ersten Mal in seinem schier endlosen Dasein berührte er ein Pferd! Während all dieser Jahrhunderte hatte er sich immer strikt geweigert, sich die Tiere durch psychischen Zwang gefügig zu machen. Wenn sie ihn ablehnten, zog er es vor, sich ihnen nicht zu nähern.

Seine Hand zitterte, sein Magen verkrampfte sich. Tausend Schmetterlinge vollführten einen Tanz in seinem Bauch. Er war schon überall auf der Welt gewesen, hatte die Meere befahren, war durch Weiden und Blumenwiesen gelaufen und hatte in schönen, riesigen Höhlen gelebt, doch so etwas Simples, wie ein Pferd zu berühren, hatte er noch nie erlebt. Das ungeheure Ausmaß dessen, was ihm Marguarita schenkte, erschütterte ihn. Was hatte er ihr gegeben? Er hatte sie fast zu Tode erschreckt und ihr Leben in Gefahr gebracht, indem er sie an sich gebunden hatte.

Hör auf, du Dummerchen! Marguarita rieb den Hinterkopf an seiner Brust, während sie seine Hand langsam über den Nacken des Pferdes führte. *Du hast selbst gesagt, dass ich nicht sehr gehorsam bin. Glaubst du, ich würde etwas so Lebensveränderndes wagen, wenn ich nicht voll und ganz damit einverstanden wäre? Denkst du, dass es nicht das ist, was ich wollte? Bleib hier bei mir! Teile einfach nur diesen Moment mit mir und lass alles andere los!*

Zacarias küsste ihren Nacken und biss sie sanft hinein. »Hast du mich gerade ›Dummerchen‹ genannt? Ich glaube, ich bin in meinem ganzen Leben noch nicht auf solch respektlose Art und Weise angesprochen worden.«

Wirklich? Sie warf ihm einen schalkhaften Blick über die Schulter zu und zog eine Augenbraue hoch. *Vielleicht kennen andere dich auch nicht so gut wie ich.*

Er biss sie wieder, diesmal schon ein wenig fester, damit er ihren Puls mit seiner Zunge streicheln konnte.

Sollen wir reiten gehen?

Sein Herz schlug schneller. »Reiten? Glaubst du, eines der Pferde würde mich auf seinem Rücken dulden?«

Verspürst du noch Angst bei irgendeinem von ihnen? Sie kennen dich jetzt, wie ich dich kenne, und sie akzeptieren dich genauso sehr wie mich.

Er war jetzt mehr um Marguarita besorgt als darum, den Moment zu ruinieren – und er wollte sie nicht auf dem Rücken eines Pferdes sehen, wie sie im Dunkeln über Zäune sprang … Ein kleines Loch im Boden konnte einen falschen Tritt und Sturz verursachen, bei dem wer weiß was passieren konnte. Tausend Möglichkeiten schossen Zacarias durch den Kopf. Marguarita war so lebenswichtig für ihn geworden wie die reiche Erde, in der er sich verjüngte.

Sie legte den Kopf zurück und schmiegte sich an seine Brust. *Ich brauche einen Ausritt, Zacarias.*

Sein erster Gedanke war, dass ihn das nicht kümmerte. *Brauchen* war ein Wort, dessen Bedeutung sie nicht wirklich verstand; er dagegen kannte sie, und man *brauchte* nicht den Traum, ein Pferd zu reiten. Man *brauchte* etwas, das von entscheidender Bedeutung war. Er, Zacarias, zum Beispiel, brauchte die Fähigkeit, Emotionen zu verspüren und sich lebendig zu fühlen. Er *brauchte* Marguarita in sich, die jeden Schatten erhellte und die gebrochenen Verbindungen wiederherstellte, damit er das Leben durch seinen Körper fließen und es mit jedem seiner Atemzüge spüren konnte. Ohne sie würde er für immer zu einer Hölle auf Erden verdammt sein. Marguarita befreite ihn aus dieser Hölle, und bei allem, was heilig war, Zacarias wollte – und konnte – nicht dorthin zurück. Das war *brauchen. Wirklich brauchen.*

Er spürte, wie sie sich versteifte. Sie entzog sich ihm nicht, und sie protestierte auch nicht, aber er hörte, wie ihr Herzschlag sich beschleunigte. Sie hatte sich in seine Obhut gegeben, unter die Herrschaft eines Despoten sozusagen. Und er wusste besser als sie, *wie* despotisch er sein konnte. Marguarita unternahm keinen Versuch, ihn zu beeinflussen; sie wartete einfach nur seine Entscheidung ab. Ein Teil von ihm wollte ihre Reaktion sehen, wenn er ihr den Wunsch abschlug. Würde sie schmollen? Widersprechen? Ihm böse sein und versuchen, es ihm heimzuzahlen?

Schau in mich hinein, Zacarias!, forderte sie ihn auf. *Ich breche mein Wort nicht. Ich wusste, dass dies für uns beide nicht leicht sein würde. Ich habe ein großes Opfer von dir verlangt. Würde ich da weniger von mir selbst erwarten?*

Möge sie die Sonne holen – aber sie zwang ihn wirklich in die Knie! Er schlang so fest die Arme um sie, dass er ihre zerbrechlichen Knochen zu zermalmen drohte. »Du bist unmöglich. Und völlig unvernünftig. Doch wenn du reiten willst, wirst du reiten. Sollte aber in irgendeiner Weise dein Leben in Gefahr geraten,

Marguarita, werde ich das, was dich bedroht, vernichten. Was immer es auch ist. Und du wirst es mir nicht nachtragen. So lautet unsere Abmachung, ja?«

Ihre Lider flatterten. Sie wusste, was er meinte. Marguarita drehte sich zu ihm herum und strich ihm sehr sachte und zärtlich über das Gesicht, doch er spürte die Berührung bis in die Knochen, als würde sie ihm ihren Namen und ihren Geist einbrennen. Sie nickte langsam. *Die werden wir nicht brauchen, Zacarias.*

Er zuckte die Schultern. Es bestand kein Zweifel daran, was er tun würde, falls eines ihrer geliebten Pferde sie gefährdete. Und das Gleiche galt für die Arbeiter, die ihr so am Herzen lagen. Ob Mensch oder Tier, er würde jeden Feind vernichten. Es war das, was er am besten konnte. Was er im Moment versuchte – nämlich ein ausgewogenes Verhältnis zu einer Frau zu finden –, war dagegen eine völlig andere Sache.

Aber es macht Spaß, wandte sie ein.

»Spaß«, wiederholte er. »Mehr, als ich sagen kann.« Obwohl eine andere Frau die Angelegenheit auch zu einem Minenfeld hätte machen können. Schließlich war Zacarias de la Cruz so etwas wie ein Relikt aus mittelalterlichen Zeiten.

Geh weiter zurück, mein Lieber, viel weiter! Versuch es mal mit »Höhlenmensch«, scherzte sie, als sie die Box neben der Stute öffnete. *Das ist Thunder. Er schwebt, als hätte er Flügel. Es gibt kein besseres Reitpferd auf der Ranch.*

Zacarias konnte spüren, wie stolz sie war, ihm eines ihrer größten Vergnügen präsentieren zu können. Ihre Augen funkelten wieder wie perlender Champagner. Selbst wenn Zacarias nie den Wunsch verspürt hätte, ein Pferd zu reiten, hätte er ihrem Drängen in diesem Moment nachgegeben, und wenn auch nur für diesen Blick. Er verdrängte seine Sorge um Marguaritas Sicherheit. Er war stark und mächtig, und er konnte auf sie achtgeben, was nur ein kleiner Preis dafür war, ihnen diesen ganz besonderen Moment zu ermöglichen.

Du benutzt deine geistige Verbindung mit Thunder, dann wird er dir gehorchen. Wir brauchen keinen Sattel oder Zaumzeug. Ich reite ohne und denke einfach nur an den Ort, an den ich gelangen will, und die Pferde bringen mich dorthin. Wenn ich nur zum Spaß reite, lasse ich sie zu ihren Lieblingsplätzen auf der Ranch gehen. Sie übernehmen auch ganz gern mal die Führung.

Zacarias hingegen teilte normalerweise die Kontrolle mit nichts und niemandem, doch er nickte zustimmend und legte eine Hand an Thunders Nacken. Sofort spürte er, wie das Bewusstsein des Pferdes das seine anrührte, und Zacarias wusste, dass er seine Natur vor dem Tier nicht verbergen konnte. Wenn das Pferd seine Dominanz nicht akzeptierte, stand Marguarita eine herbe Enttäuschung bevor.

Jetzt geht das schon wieder los! Er konnte ihre Belustigung deutlich spüren. *Du missachtest deine eigenen Gefühle und wirst deshalb höchstens selbst enttäuscht sein. Du willst doch reiten? Thunder weiß das, und er wird tun, was du willst. Ich wünsche es mir für dich, nicht für mich. Es wäre auch in Ordnung für mich, wenn du mir lieber nur beim Reiten zusehen würdest.*

»Auf keinen Fall. Ich werde jeden Moment an deiner Seite sein, solange du da draußen Gefahren ausgesetzt bist.« Er war entschlossen, in diesem Punkt nicht nachzugeben.

Marguarita lächelte ihn an, griff in die Mähne ihres Pferdes und schwang sich mit einer geübten Bewegung auf Sparkles Rücken. Jetzt konnte Zacarias sehen, dass ihre Jeans doch sehr von Vorteil waren. Mit diesem Gedanken kehrte aber auch die Erinnerung daran zurück, dass sie nichts als schwarze Spitze unter ihrer Männerhose trug. Da eine Erektion auf dem Rücken eines Pferdes allerdings alles andere als vorteilhaft wäre, verdrängte er schnell die erotischen Bilder aus seinem Kopf.

Es war kein Problem, sich auf Thunders Rücken zu schwingen – immerhin war er Karpatianer und konnte levitieren –, doch es war nicht ganz so leicht, das Bild von Marguaritas nacktem, nur von diesem winzigen Stückchen Spitze bedecktem Körper abzuschütteln. Als Zacarias den Kopf hob und sie ansah, stand der pure Schalk in ihren Augen, aber auch etwas, das sinnlichem Verlangen sehr nahe kam und Zacarias' Puls noch schneller pochen ließ.

Sie war die verkörperte Versuchung. Und es machte Spaß, mit ihr zusammen zu sein. Ihre leise Belustigung war immer wie ein sanftes Streicheln, und das Einfließen ihres Geistes in seinen wie eine erotische Handlung, die ein jähes, heftiges Verlangen in ihm auslöste. Ihre Augen wurden zu geschmolzener dunkler Schokolade und glitzerten vor sinnlichem Begehren nach ihm.

Aber sie wendete das Pferd abrupt und verließ die Stallungen. Pferd und Reiter schwebten förmlich über den Boden, in keinem besonders schnellen Schritt, doch in einem ausgreifenden, flotten Viertaktgang, der atemberaubend anzusehen war. Zacarias ermutigte Thunder, es ihnen nachzutun, und das Pferd reagierte augenblicklich und verließ mit ihm den Stall. Zacarias fühlte sich fast so, als flöge er durch die Luft. Er spürte jeden Muskel des kraftvollen Tieres und fühlte die Freude des Pferdes, als es über den Hof trabte, sich sammelte und hinter der Stute her über den Zaun hinwegsetzte.

Durch seine geistige Verbindung mit Thunder spürte er, wie die Erde den tanzenden Hufen entgegenzufliegen schien, und fühlte die Heftigkeit, mit der der Wind dem Pferd die Mähne ins Gesicht blies. Sie flogen über das Feld und über das nächste und ritten am Rand des Waldes entlang, wo das Gewirr von Farnen, Bäumen und sich an Stämmen hinaufschlängelnden Blumen die Schönheit des Moments noch steigerte.

Zacarias trieb Thunder an Sparkles Seite, sodass die Pferde in perfektem Einklang miteinander liefen. Marguarita warf ihm ein Lächeln zu, und wieder ging ein scharfes Ziehen durch Zacarias' Lenden. Der Mond tauchte sie in silbrigen Schein und warf helle Strahlen auf ihr Haar. Ihre Haut war wunderschön, und ihr Geist in Zacarias' wie heißes, flüssiges Magma, das sich langsam einen Weg durch seinen Kopf und tiefer bahnte, bis in seine Seele. Wieder füllte Marguarita all diese leeren Stellen mit ihrer Helligkeit und Wärme aus.

Er suchte ihr Lächeln und sah das in ihren Augen erwachende Verlangen. Zacarias wartete auf den Moment, in dem der Mond durch die seidenen Strähnen ihrer wundervollen, blauschwarzen Haare fiel. Momente der Schönheit und des ungetrübten Glücks. Er hatte so etwas noch nie gekannt, und jetzt, in ihr, dieser seltsamen menschlichen Frau, war alles da, was er brauchte. Zacarias erkannte allmählich, dass das Leben zu zweit in kurzen Augenblicken gelebt wurde, und dies war einer davon. Ein perfekter Moment, der Jahrhunderte in seiner Erinnerung überdauern würde, um immer wieder hervorgeholt und angesehen zu werden, als wäre er brandneu.

Sie streckte ihm die Hand hin, und Zacarias verschränkte die Finger mit den ihren, als sie die Pferde nun im Schritt am Zaun entlanggehen ließen. Zacarias merkte, dass er ganz und gar in Frieden mit sich war. Das Klappern der Hufe erhöhte die rhythmische Schönheit des leichtfüßigen Gangs der Pferde, der Wind war nur eine sanfte Brise, und die Sterne weiteiferten um einen Platz am Himmel.

»Du machst mir immer wieder unvergleichliche Geschenke, Marguarita. Und was habe ich dir gegeben?«

Sie schwieg einen Moment und betrachtete ihn mit ihren dunklen Augen. *Dich. Dein Leben. Du bist bei mir geblieben, obwohl du der festen Überzeugung warst, es sei Zeit für dich zu gehen. Du bist geblieben, als ich dich darum bat. Du weißt besser als ich, was für eine Zukunft uns erwartet. Du bist des Kämpfens müde, und doch bist du geblieben, als ich darum bat. Dafür danke ich dir, Zacarias.*

»Ich meinte jedes Wort des traditionellen Bindungsrituals ernst. Ich werde dich ehren und über alles und alle anderen stellen. Ich bin ein dominanter Mann, Marguarita, und kann etwas so Grundlegendes in mir nicht ändern, egal, wie sehr wir beide es uns wünschen würden, doch ich werde dafür sorgen, dass du glücklich bist.«

Ich schaue in dein Herz, Zacarias, und weiß, dass es so ist.

»Die Dinge, die ich von dir verlange, werden nicht immer einfach sein«, warnte er.

Das war mir schon von dem Moment an klar, als ich merkte, dass du kein Vampir warst und ich dich wieder zum Leben in dieser Welt verdammt hatte. Ich nahm mir die Zeit zu sehen, wer du bist. Ich weiß, dass du kein moderner Mann bist und dich sorgst, dass ich mich eines Tages gegen die Ketten, die du mir angelegt hast, auflehnen könnte. Sie drückte seine Hand und sah ihm in die Augen. *Wenn es im Moment wirklich so unerlässlich für dich ist, dass ich mich deinem Willen beuge, wird es für mich das Wichtigste der Welt sein. Egal, wie schwer es mir auch fallen mag. Es war mir ernst gemeint, als ich dich bat zu bleiben. Ich bin aus freien Stücken bei dir, Zacarias, und ich will nichts anderes als dein Glück.*

Er wusste, dass jedes ihrer Worte wahr war. Sie war sich seiner Dominanz bewusst, doch sie nahm auch andere Dinge wahr, die sogar ihm entgingen. Wie seine Gefühle für sie, die er selbst die meiste Zeit nicht mal erkannte – oder anerkannte –, aber Marguarita wusste, dass sie vorhanden waren und sie mit jedem Moment in ihrer Gesellschaft wuchsen.

Zacarias versuchte noch einmal, ihr klarzumachen, wie das Leben mit ihm sein würde. »Ich werde nur selten *nicht* in deinem Kopf sein, Marguarita. Du wirst nie allein sein, niemals einen Gedanken haben können, den ich nicht kenne. Jeden Atemzug in deinem Körper werde ich spüren. Ich werde wissen, wo du bist und mit wem du sprichst. Du wirst nirgendwohin gehen können, wo ich nicht bei dir sein werde.«

Sie lächelte ihn an und ließ seine Hand los, um ihrem Pferd den Nacken zu klopfen. *Ich gewöhne mich schon allmählich daran, deinen Blick auf mir zu spüren, und fühle mich allein, wenn du nicht in meinem Bewusstsein bist. Mir war nie bewusst, wie allein man sein kann, bevor ich dich in mir wahrnahm.*

Zacarias übernahm die Kontrolle über beide Pferde und lenkte sie zum Stall zurück. Im Moment wollte er nicht nur in Marguaritas *Bewusstsein* sein. Er konnte es kaum erwarten, sie ohne die Jeans zu sehen, die ihre Haut so liebevoll umhüllte. Er brauchte das Gefühl ihrer Hände auf ihm, die samtene Hitze ihres Mundes um ihn … Er sah sie an und wusste, dass sie das Verlangen in seinem glutvollen Blick erkennen konnte.

Ihre Antwort war dieses kleine, geheimnisvolle, viel zu sinnliche Lächeln, das ihm augenblicklich eine schon fast schmerzhafte Erektion bescherte. Er trieb Thunder an, weil er Marguarita brauchte. Sie hatte ihm diese Nacht geschenkt, doch er wollte mehr, viel mehr. Vielleicht würde er immer mehr wollen.

Marguarita grübelte über Zacarias' Gedanken nach, während sie die Pferde abrieb und sie in ihre Boxen führte, wo beide eine kleine Portion Heu und Hafer als Dankeschön erhielten. Dann wandte sie sich zu ihrem Mann um. Schon von dem Moment an, als sie vor seinen Augen die Spitzenunterwäsche angezogen hatte, hatte sich Erregung in ihr aufgebaut. Es war etwas sehr Gewagtes für sie gewesen, und sie hatte die erste feuchte Hitze zwischen ihren Schenkeln schon in jenem Augenblick gespürt.

Die erotischen Bilder in Zacarias' Kopf hatten ihre Erwartung nur noch angeheizt, und sie war sicher, dass er den Duft ihrer Erregung spüren konnte. Dennoch nahm sie sich Zeit und ließ die sexuelle Spannung wachsen, während sie ihre Hände wusch und sorgfältig abtrocknete, ehe sie sich zu Zacarias umdrehte.

Kann ich sonst noch etwas für dich tun? Er liebte ihren fragenden Ton, die ein wenig unterwürfige Note. Marguarita brauchte keine Stimme oder Worte, um ihm zu verstehen zu geben, dass sie ihn mit ihren Händen und Lippen verwöhnen und jedes seiner Bedürfnisse erfüllen würde.

»Ich möchte, dass du mich berührst und meinen Körper so erkundest, wie ich deinen erkundet habe.«

Seine Stimme war tief und faszinierend männlich. Marguarita verstand nicht, warum sie das Bedürfnis hatte, ihn auf diese Weise zu entspannen, aber irgendetwas in ihr, dem sie sich nicht entziehen konnte, trieb sie dazu, jedem seiner Wünsche nachzukommen. Dieser Mann hatte jahrhundertelang allein gekämpft. Absolut und vollkommen allein. Er war verwundet an Stellen, die niemand sehen konnte, und in seinem ganzen einsamen Leben hatte er nur eine Person nahe genug an sich herangelassen, um in ihn hineinzuschauen: sie.

Ihr Herz überschlug sich fast vor Freude darüber, dass er in ihr, in ihrem Körper, Trost und Frieden fand. Sie würde alles tun, um ihm das zu geben, und in jeder Handlung, in jeder Erfüllung seiner Wünsche würde sie auch ihr eigenes Vergnügen finden.

Von einer Sekunde auf die andere waren seine Kleider verschwunden, und ihr stockte der Atem, als sie sah, wie hart und erfüllt von drängendem Verlangen Zacarias war. Er war von der Natur viel großzügiger bedacht, als sie es bei einem Mann für möglich gehalten hätte, und deshalb konnte sie gar nicht anders, als ihn zu berühren. Als hätten ihre Hände ein Eigenleben entwickelt – aber schließlich hatte er es ihr ja auch gestattet.

Diesmal war sie es, die eine leise Belustigung in seinem Bewusstsein spürte. »Mehr als gestattet, meine Schöne. Es war ein Befehl. Also sei so lieb!«

Sie hätte weder dieser scherzhaften Note noch dem drängenden Begehren widerstehen können, das sie und ihn beherrschte. Ihre Finger glitten an seinem Bein hinauf. Dabei blickte sie ihm unablässig in die Augen und verschmolz ihren Geist fest mit seinem. Sie wollte jede seiner Reaktionen spüren, und sie musste ihn auch beobachten. Schon der Atem, den er stöhnend ausstieß, war ein Aphrodisiakum. Und so berührte sie die samtige Spitze seines harten Glieds, strich mit dem Finger über das Tröpfchen, das sie darauf sah, und verrieb es mit der Fingerspitze. Zacarias' Augen brannten von einer dunklen Sinnlichkeit.

Ich kann nur hoffen, dass niemand hier hereinkommt. Doch während sie noch ihre Befürchtung äußerte, gehorchte sie dem Druck seiner Hände auf ihren Schultern und ließ sich auf die Knie nieder.

Sie konnte seine Freude über den bloßen Anblick spüren, wie sie vor ihm kniete, umgeben von der Mähne ihres schwarzen Haares, das ihr in schimmernden Wellen bis zur Taille fiel, mit glänzenden Augen und leicht geöffneten Lippen. »Du bist wunderschön, Marguarita. Ich möchte diese schwarzen Spitzendessous sehen. Ich musste während des ganzen Ausritts daran denken, wie du in diesen kleinen Stückchen Spitze aussehen würdest.«

Das hatte sie gewusst und seine Fantasien mit ein paar eigenen angeheizt. Mit einem kleinen Lächeln starrte sie auf den beeindruckenden Beweis seiner männlichen Begierde, der so dicht vor ihrem Gesicht war. In ehrfürchtigem Erstaunen legte sie die Hand darum und erhob den Blick zu Zacarias. *Wie ist es möglich, dass wir ... zusammenpassen? Du bist so groß.* Und wie sollte sie *all das* in den Mund nehmen, wie sie es in seinen Gedanken sah?

Ihr Hemd verschwand, als wäre es nie da gewesen, und ihre Brustwarzen, die unter der schwarzen Spitze von der kühlen Nachtluft gestreichelt wurden, richteten sich auf. Sie merkte, dass sie auf etwas Weichem kniete und der kühle Lufthauch auch ihren nackten Po berührte. Ihre Jeans und Stiefel waren wie das Hemd verschwunden. Marguarita hatte sich nie verführerischer gefühlt. Und Zacarias war so schön! Allein ihn anzusehen überflutete sie mit wundersamen Gefühlen, wie sie sie noch nie gespürt hatte.

»Es geht, weil ich für dich geschaffen wurde. Nur für dich.«

Seine Hand legte sich um ihren Hinterkopf, und ihr stockte der Atem, als Zacarias sie an sich zog. Marguarita wehrte sich nicht, aber ihre Hand erforschte seine Größe und Beschaffenheit, bevor sie probeweise mit der Zunge über seine heiße Härte strich. Er schmeckte wie ihr Lieblingstee. Zacarias musste ihn probiert haben, als er sie in der Küche geküsst hatte, und hatte sich daran erinnert.

Erfreut und erstaunt, dass er sich die Mühe gemacht hatte, ihr Vergnügen zu vergrößern, war sie so aufrichtig wie möglich. *Es ist für mich das erste Mal, Zacarias. Ich möchte dich nicht enttäuschen.* Sie zitterte, als sie mit der Zunge die samtene Spitze seines Glieds umspielte, als sie dann aber das wonnevolle Erschauern spürte, das ihn durchlief, beruhigte sie sich und wurde sicherer.

Zacarias griff in ihr Haar, und durch ihre geistige Verbindung sah sie, was er brauchte – ihre streichelnde Zunge, um ihn von der Spitze bis zur Wurzel zu liebkosen. Sie merkte, dass sie Geschmack an der ungewöhnlichen Mischung aus Tee und Zacarias zu finden begann, schloss die Lippen um die seidenglatte Spitze und nahm ihn in sich auf, so weit sie konnte.

Und dann, bevor Marguarita wusste, wie ihr geschah, riss er sie an ihrem Haar zurück. Es tat ein wenig weh, doch viel ärgerlicher war, dass er ihre Liebkosungen zurückwies. Sein Gesicht ließ keine Regung erkennen, aber seine Augen glitzerten fast rot.

Als sie an seinen Geist rührte, spürte sie Eis einfließen, ganze Gletscher davon, die zu undurchdringlichen Barrieren wurden, um sie aus seinem Kopf herauszuhalten. Zacarias wies sie geistig wie auch körperlich zurück. Er hatte sie buchstäblich von sich weggestoßen, ohne ihr zu sagen, was sie falsch gemacht hatte. Bestürzt und gedemütigt hockte sie sich auf die Fersen und versuchte, nicht zu weinen.

13. Kapitel

Zacarias zog Marguarita hoch und schwenkte die Hand, um ihren nackten Körper mit einem langen Rock und einer Bluse zu bedecken. Dann schloss er mit unnachgiebiger Härte die Finger um ihre Oberarme und zwang sie, zu ihm aufzublicken.

»Du wirst mir jetzt genau zuhören, Marguarita. Du bist meine größte Schwäche, und ich trage Verantwortung für dich. Es darf nichts von dir in mir zurückbleiben. Keine Spur, kein Duft, rein gar nichts. Sowie ich meinen Geist vor dir verschließe, darfst du nicht mehr nach mir rufen, ganz gleich, wie lange es dauert oder was auch immer vorfallen mag.« Er rüttelte ein wenig an ihr. »Hast du das verstanden?«

Sie schüttelte den Kopf; in ihren Augen standen Tränen. Aber das durfte ihn nicht kümmern. Er durfte kein Mitleid mit ihr haben. Nur Eiseskälte und Härte durften in seinem Bewusstsein sein, aber keine Spuren dieser Frau, derentwegen es Tausende von Toten geben könnte, Karpatianer wie auch Menschen. Nichts an ihm oder in ihm durfte auf sie hinweisen. Auch von dem Geruch ihrer geliebten Pferde durfte nichts an ihm zu spüren sein.

Schock und Schmerz verdunkelten Marguaritas Augen, als sie ein paarmal verständnislos blinzelte. Zacarias hatte das bewirkt, doch er konnte sie nicht trösten. Er durfte kein Teil mehr von ihr sein. Sie war noch nicht ganz zur Karpatianerin geworden und verstand nicht, wie es in seiner Welt zuging. Sie blickte sich benommen und verwirrt um, als erwachte sie aus einem Traum. Zacarias konnte es ihr nicht verübeln; sein ganzer Körper fühlte sich an, als wäre er kurz davor gewesen, in Flammen aufzugehen. Er hatte großes Glück gehabt, dass er so auf Gefahren eingestellt war.

Die Pferde bäumten sich auf und ließen die Hufe wirbeln, traten gegen die Boxentüren und wieherten schrill. Marguarita stockte der Atem, als sie sich ihnen zuwandte.

Spürst du das auch? Sie haben Angst – aber nicht vor dir. Es ist etwas anderes, Zacarias, etwas tiefer Gehendes, was sie ängstigt. Da ist eine Art Faden, eine Ranke …

Er reagierte sofort, riss Marguarita zu sich herum und schüttelte sie ein wenig. »Versuch nicht, ihm zu folgen! Es ist ein Vampir. Ein Untoter, der seine Ranken ausgestreckt hat und versucht, durch die Tiere, die du liebst, an dich heranzukommen.«

Ich werde Alarm schlagen, dann werden die Männer kommen und mitkämpfen.

»Du wirst den Alarm auslösen, der sie anweist, Schutz zu suchen. Sie wären mir nur im Weg, und einen Kampf mit anzusehen würde ihre Angst vor mir noch vergrößern.«

Tränen liefen ihr über die Wangen, und ihre großen Augen flackerten vor Furcht. *Dir darf nichts passieren, Zacarias. Die Männer könnten helfen. Ich könnte helfen …*

Wieder schüttelte er sie ein wenig. »Du gehorchst mir jetzt und stellst keine Fragen. Ich bringe dich zum Haus hinüber.« Er schlang einen Arm um ihre Taille und hob sie auf. »Dort bleibst du, bis ich zu dir komme, egal, wie lange das auch dauert. Versuch nicht, mein Bewusstsein anzurühren, um mit mir zu sprechen. Ich erwarte, dass du mir hierin gehorchst.«

Das brennende Ungestüm in ihm und die Nervosität, die ihn befiel, verrieten ihm, dass der Kampf schon nahe war. Vorher musste er aber noch die Häuser und Ställe mit Schutzzaubern belegen, um die Vernichtung von Besitz und Leben zu verhindern. Vampire zerstörten und mordeten allein zum Vergnügen gern. Vor allem jedoch musste Zacarias jede Spur von Marguarita aus seinem Kopf und Körper, aus Herz und Seele tilgen. Nichts durfte auf sie hinweisen, da der Feind sogar die schwächsten Gerüche wahrnehmen konnte.

Zacarias machte sich und Marguarita unsichtbar, bevor er mit schwindelerregender Geschwindigkeit mit ihr zum Haus hinüberflog. Drinnen ging er geradewegs zu seinem eigenen Schlafzimmer, das die dicksten Wände hatte, und schob Marguarita in eine enge Nische in der Mauer. »Rühr dich nicht von hier fort! Wenn du dich meinem Befehl widersetzt, wird es schwerwiegende Konsequenzen haben, Marguarita.«

Sie zog die Knie an, schlang die Arme darum und machte sich ganz klein, dann nickte sie. Ihr Gesicht war tränenüberströmt, aber die Furcht in ihren Augen galt nur Zacarias und nicht dem, was er als Strafe für sie im Sinn haben könnte, falls sie nicht gehorchte.

Und er wiederum musste sich ihr ganz und gar verschließen. Er durfte weder daran denken, wie süß ihr Atem war, noch daran, wie es sich anfühlte, wenn ihr Geist mit seinem verschmolz – all das musste er völlig in sich auslöschen und leer werden wie ein Krieger, der ganz allein war und nichts zu verlieren hatte. Deshalb wandte er sich wortlos ab und eilte hinaus, um seine stärksten Schutzzauber über sämtlichen Gebäuden auf der Hazienda anzubringen. Es würde sehr viel Kraft und Durchhaltevermögen erfordern, angesichts der sich nähernden Vampire solch starke Schutzzauber zu fabrizieren.

Draußen atmete er tief die Nachtluft ein. Es waren drei Vampire. Ruslan würde nicht seine besten zum ersten offenen Angriff schicken, doch es war anzunehmen, dass er zumindest erfahrene ausgesandt hatte. Sie kamen aus drei Richtungen, um Zacarias in die Enge zu treiben und den Schauplatz des Kampfes zu bestimmen. Da er sie jedoch so weit wie möglich von seiner Seelengefährtin und allem, was ihr lieb war, entfernt haben wollte, erhob er sich schnell in die Luft und flog zum fernen Ende der Ranch, wo der Regenwald auf die Lichtung traf, auf der Ruslan mit seiner giftigen Pflanze eingedrungen war, um zur Unterstützung seiner vorrückenden Vampire eine Falle anzulegen.

Es würde ein Strategiespiel werden. Ruslan, der ein Meister der Strategie war, würde sich nach Kräften bemühen, Zacarias in eine Falle zu locken. Der bevorstehende Angriff würde nur der einleitende Schachzug sein, um Zacarias' Stärke und Entschlossenheit zu testen. Er war lange genug an einem Ort geblieben, um Ruslan mutmaßen zu lassen, dass er bei der Schlacht in Brasilien schwer verwundet worden war. Der Meistervampir hatte gewiss erfahren, dass Blutströpfchen in der Luft gewesen waren, und seine Spürhunde waren ihnen mit Sicherheit bis nach Peru und zur Hazienda der Familie de la Cruz gefolgt. Ruslan dachte wahrscheinlich, dass Zacarias' Gesundung nur langsam voranschritt und er noch immer sehr verwundbar war.

Verwundbar war er, aber nicht aus den von Ruslan angenommenen Gründen. Sehr sorgfältig entfernte Zacarias sämtliche Duftspuren von seinem Körper und alle Erinnerungen an Marguarita aus seinem Kopf. Schier unerträgliche Einsamkeit befiel ihn, nachdem er erlebt hatte, wie anders alles war, wenn *sie* in ihm war und die Leere ausfüllte. Ohne Marguaritas Verbindung zu ihm wurde die Welt wieder grau und öde. Wohin er auch blickte, die Farben waren nicht mehr da. Die schillernden Grüntöne des Regenwaldes, die strahlend bunten Farben der Blumen, die sich an den Baumstämmen hochwanden, ja sogar die vielen Grünschattierungen der großen Farne waren alle zu einem langweiligen Grau verblasst.

Entschlossen verbannte Zacarias jeden Gedanken an Marguarita. Es erforderte große Disziplin, sie vollkommen aus seinem Bewusstsein auszuschließen. Seelengefährten brauchten einander. Waren die Bande zwischen ihnen erst einmal geschaffen, waren sie unzerstörbar, und sein Geist würde stets versuchen, mit dem ihren in Kontakt zu treten. Zählte man hinzu, dass Zacarias nur dann Farben sehen und Gefühle empfinden konnte, wenn sie geistig mit ihm verbunden war, war es nur zu verständlich, wie furchtbar er unter dem Abbruch der Verbindung litt.

Zum Glück war er ein alter Krieger und seine allererste Priorität die Sicherheit seiner Gefährtin.

Er kehrte den von Menschen errichteten Gebäuden und Behausungen, die ihnen so viel bedeuteten, den Rücken zu. Als Nomade, dessen Selbsterhaltungstrieb ihn ständig weiterziehen ließ, hatte er das früher nie verstanden. Nicht einmal seine Brüder kannten seine Ruhestätten oder geheimen Verstecke, von denen er Dutzende in ganz Südamerika hatte, Orte, an die er sich zurückziehen und an denen er ausruhen konnte, falls es nötig war. Doch nun, mit Marguarita, begann er zu verstehen, was ein Zuhause war – nicht die Art der Behausung und auch nicht der Ort, an dem sie sich befand. Sein Zuhause war Marguarita, seine Seelengefährtin.

Zacarias erhob sich in die Luft, ein schmaler Streifen Dunst, der mit der leichten Brise dahintrieb, den Luftströmungen folgte und sich vorsichtig vorantastete, um den Aufenthaltsort seines Feindes zu finden. In der Ferne konnte er eine einzelne schwarze, sehr aufgewühlte Wolke sehen, die auf das Weideland zuhielt, auf dem die Herde die Nacht verbrachte. Grelle Blitze zuckten an den Rändern dieser turbulenten schwarzen Wolke auf.

Zacarias behielt sie im Auge, ohne sich ihr jedoch zu nähern. Es war anzunehmen, dass Ruslan seine Vampire gut vorbereitet und vor Zacarias' Persönlichkeit gewarnt hatte. Er war ein Kämpfer, der, anders als Ruslan, nicht zögerte, sich seinem Feind zu stellen. Der Meistervampir hatte seine Schachfiguren bestimmt davor gewarnt, dass Zacarias de la Cruz nicht die Flucht ergreifen, sondern sich dem Kampf stellen, ja ihn sogar suchen würde. Die riesige Sturmwolke, die so Unheil verkündend an dem ansonsten klaren Himmel aussah, war nur eine Visitenkarte, um ihn aus der Reserve zu locken – und eine ziemlich schwache noch dazu.

Zacarias sandte der Wolke ein Trugbild zu, ein bloßes Abbild seiner selbst, das mehr aus Luft als aus Substanz bestand, obwohl er präsent war in dieser undeutlichen Gestalt. Er spürte, wie diese Marionette gegen etwas Unsichtbares stieß, etwas Solides,

Scharfes, das sein Trugbild auf der Stelle in Fetzen riss. Sofort ritzte Zacarias sich das Handgelenk auf, rief eine sanfte Brise herbei und schüttelte Blutströpfchen in den Wind, den er über das von ihm gewählte Kampffeld sandte, an dem Ruslan mit seiner giftigen Pflanze eine Falle anzulegen versucht hatte.

Zacarias' Blut war machtvoll. Er war nicht nur ein uralter Karpatianer, sondern zweifelsohne auch einer der mächtigsten Jäger dieser Welt. Der Geruch seines Blutes würde die Vampire anlocken wie Haie. Sie würden die Tröpfchen wittern, und die in einem einzigen Tropfen enthaltene Macht würde für sie ein Preis sein, um den es sich zu kämpfen lohnte. Natürlich würden sie auch triumphierend ihrem Herrn die Kunde übermitteln, dass Zacarias in der Tat verwundet war und sie mit ihrer simplen Falle den ersten Coup gelandet hatten. Dass er noch verletzt war, würde Ruslan glauben, doch ihm würde auch klar sein, dass der Trick mit der Sturmwolke den Karpatianer nicht hervorgelockt hatte.

Langsam schwebte Zacarias über das Feld und ließ die Brise noch mehr Blutstropfen mitnehmen und weit verstreuen. Es war ein Ruf, der unwiderstehlich sein würde. Ein neu geschaffener Vampir wäre schon längst aus dem Gebüsch gekrochen, um einen der kostbaren Tropfen zu suchen und aufzulecken, bevor ihm andere zuvorkamen. Die Tatsache, dass sich nicht gleich etwas rührte, nahm Zacarias als Bestätigung dafür, dass Ruslan keine unerfahrenen Kämpfer geschickt hatte.

Sein drängendes, instinktives und ursprüngliches Verlangen nach dem Kampf verschärfte sich. Das war es, wofür er lebte. Er kannte den Rausch so gut wie das Töten und wartete mit der endlosen Geduld, die er sich bei Tausenden solcher Kämpfe erworben hatte. Es dauerte genau sieben Minuten, bis sich der erste der drei Vampire zeigte. Das Gebüsch gleich hinter dem Rand des Regenwaldes verdorrte, wurde braun und schrak vor der Unnatürlichkeit des Untoten zurück, als er die langen Farnwedel beiseiteschob und auf das Feld hinausspähte.

Zacarias hatte diesen Vampir schon einmal gesehen, vor ein paar Jahren erst – oder vielleicht war es auch länger her, denn die Zeit verstrich jetzt, ohne etwas zu bedeuten. Aber selbst damals schon, bevor der Karpatianer sich verwandelt hatte, hatte Zacarias gewusst, dass er seine Ehre längst verloren hatte. Zacarias war ihm aus dem Weg gegangen, so wie er alle Karpatianer mied. Zacarias de la Cruz war ein Jäger und wollte nicht der Freund von irgendeinem von ihnen sein, schließlich war es möglich, dass er ihn irgendwann töten musste. Dieser Vampir hier war höchstens fünf- oder sechshundert Jahre alt, und jemand, der sich in diesem Alter schon verwandelt hatte, war mehr als nur verachtenswert. Was konnte einen Karpatianer, der noch nicht die vollen Auswirkungen der Zeit erlitten hatte, dazu bewegen, die Ehre aufzugeben?

Der Vampir hob schnüffelnd die Nase und witterte den starken Geruch des uralten karpatianischen Blutes in der Luft. Gierig schoss seine Zunge hervor, und seine Nasenflügel flatterten. Die Grimasse, die er schnitt, entblößte die verfaulenden scharfen Zähne, die schon fast völlig schwarz geworden waren. Sein Name hatte etwas mit dem Wald zu tun – Forester oder so ähnlich. Aber das war unerheblich. Früher hatte Zacarias ihn als wenig ehrenhaften Mann betrachtet; heute war er ein Ehrloser für ihn.

Zacarias brachte die Brise wieder zum Stillstand, sodass die Luft ganz ruhig und der Geruch seines Blutes dadurch noch intensiver wurde. Der Ehrlose zog sich zwischen die verdorrenden Farne zurück und blickte mit einer misstrauischen, tierisch anmutenden Bewegung zuerst in die eine Richtung und dann in die andere, bevor er wieder den Mut aufbrachte, den Kopf aus dem Gebüsch zu strecken.

Ein prüfender Blick auf das Kampffeld zeigte Zacarias, dass sich sonst nichts rührte. Kein Grashalm und auch keins der Blätter an den Bäumen regte sich. Zwei von Ruslans untoten Schachfiguren waren diszipliniert genug, dem Ruf des alten, machtvollen Blutes zu widerstehen. Obwohl sie ihn, Zacarias, für verwundet hielten, waren sie geduldig genug, um abzuwarten, bis er sich zeigte. Sie mussten genügend Intelligenz besitzen, um ihren ungeduldigeren Partner als Köder zu benutzen.

Zacarias erkannte jetzt, dass seine Falle leicht zu einer für ihn selbst werden konnte. Die Kälte in ihm wurde zu Eis, zu einem blauen Gletscher, der sich spürbar vergrößerte, während die »Schachpartie« ihren Fortgang nahm. Das war seine Welt. Davon verstand Zacarias etwas. Er beobachtete, wie der Mann ohne Ehre aus dem Schutz des dichten Unterholzes kroch und, kaum mehr als ein Schatten, zu dem Feld hinüberhuschte. Hinter ihm nahm das helle Gras eine schmutzigere Färbung an, als es verdorrte und eine Spur der Zerstörung hinterließ, die der Vampir nicht einmal bemerkte. Er war so versessen darauf, Zacarias' Blutstropfen mit der Zunge aufzusammeln, dass er vergessen hatte, wie die Natur sich gegen ein solch unnatürliches Wesen auflehnte und eine Spur erzeugte, die geradewegs zu dem Untoten hinführte.

Die schattenhafte Gestalt verlängerte sich, als der Vampir nun sogar auf dem Bauch über die Erde kroch und, gierig nach dem machtvollen Blut, das ihn in einen gefährlichen Rausch versetzte, einen Grashalm nach dem anderen ableckte. Um die beiden anderen Vampire nicht auf die sich regende Macht aufmerksam zu machen, sandte Zacarias mit kleinen, sparsamen Bewegungen einen jähen, scharfen Wind durchs Gras. Gleichzeitig schärfte er die Ränder der Grashalme und verwandelte sie in bösartiges Sauergras.

Der Vampir rollte sich aufschreiend zur Seite und presste die Hand an den blutenden Mund. Tiefe Schnitte hatten die schwarze Zunge und die Lippen des Untoten überzogen. Zacarias machte sich nicht einmal die Mühe, sein Werk in Augenschein zu nehmen, sondern ließ den Blick nur prüfend über den Boden, die Bäume und sogar den Himmel gleiten. In den dunklen Wurzeln eines Kapokbaumes bewegte sich ein Schatten, und obwohl es nur eine fast unmerkliche Bewegung war, genügte sie. Zacarias schloss den Schnitt an seinem Handgelenk und entfernte jeglichen Geruch von Blut von sich. Dann ließ er sich von den wechselhaften Winden in die Richtung des Regenwaldes treiben, geradewegs zu diesem hohen, beeindruckenden Baum hin, der sich wie ein stummer Wächter über dem Dach der Baumkronen erhob.

Weder Fledermäuse hingen an den Wurzeln noch hockten Vögel auf den Ästen. Die Blätter des Baumes waren welk und zitterten, doch am Stamm lief kein verräterischer Saft herab, was ein Anzeichen für Baumkrebs wäre. Da war nur die kaum merkliche Bewegung, die Zacarias aus dem Augenwinkel wahrgenommen hatte. Der Wind hatte sich zu einer sanften Brise gelegt, von der Zacarias sich geradewegs in den großen Wurzelkäfig unter dem Baum hineintragen ließ. Der widerliche Geruch, der ihm entgegenschlug, verriet ihm, dass er seiner Beute nahe war.

Sowie er sich im Schutz des ausgedehnten Wurzelkäfigs befand, achtete er sorgfältig darauf, sich völlig reglos zu verhalten. Der Boden war mit Fledermauskot und kleinen Früchten übersät. Zacarias sah sich das Wurzelsystem an und konnte feststellen, wo der Untote dort eingedrungen war. Obwohl er sich bemüht hatte, den Baum selbst nicht zu berühren, hatte er doch eine der dicken Rippen gestreift, die sich über den Waldboden erstreckten und ihn verdunkelten. Der Brandfleck an der Wurzel war jedoch nur klein und schwach, was darauf schließen ließ, dass der Vampir schlau und weitaus vorsichtiger als die meisten war.

Zacarias wusste, dass er sich in einem geschlossenen, engen Raum mit einem anderen Raubtier befand, einem bösartigen und listigen, das bereit war, seinen Gefährten dem Jäger zu opfern, um einen Karpatianer töten zu können. Eine falsche Bewegung könnte den Tod bedeuten, doch Zacarias verspürte weder Furcht noch Unruhe. Er war nun durch und durch Krieger – und er machte keine Fehler. Seine Geduld war grenzenlos. Früher oder später würde dieser Vampir sich regen, um zu sehen, was auf dem Feld vorging. Er würde seinen Gefährten durchs Gras kriechen und sich Arme, Beine und den Bauch zerschneiden sehen. Mittlerweile hatte der Ehrlose Zacarias' machtvolles Blut probiert, und der unmerkliche psychische Zwang, mit dem es unterlegt war, würde bei ihm wirken und seine Sucht verstärken, bis nichts anderes mehr zählte als der Geschmack dieses besonderen Blutes.

Zacarias wartete im Dunkeln und versuchte, den Gestank des verfaulenden Fleischs des Untoten nicht einzuatmen. Der Baum stöhnte, was das einzige andere Geräusch war neben dem unaufhörlichen Gejammer des Mannes ohne Ehre, der auch weiterhin den Boden nach den kostbaren Blutstropfen absuchte. Das Sauergras zerschnitt ihm Hände, Arme und Bauch, ja sogar Gesicht und Zunge, doch die schreckliche Gier nach immer mehr von diesem machtvollen Blut zeigte schon Wirkung.

Eine vorsichtige Bewegung links von Zacarias verriet ihm die Position des Feindes. Der Vampir schlich leise vor, um einen besseren Blick auf das Feld zu gewinnen. Die Kreatur wurde des Wartens müde. Sie fragte sich allmählich, ob Zacarias tatsächlich dort war oder nicht. Er war nicht in die Sturmwolke gerast, wie Ruslan prophezeit hatte, und er hatte sich auch nicht gezeigt. Sie waren der Blutspur gefolgt und hatten frisches Blut gewittert. Vielleicht, so mutmaßten sie bestimmt, war Zacarias an einen anderen Ort geflohen, um sich von einer Wunde zu erholen, die höchstwahrscheinlich tödlich war.

Als karpatianischer Jäger hatte er schon alles gesehen und wusste sehr gut, was in den Köpfen seiner Gegner vorging. Geduld gehörte nicht zu den starken Seiten des *Nosferatu*, auch wenn der dritte Verschwörer sich bisher noch nicht verraten hatte. Lautlos und ohne die übel riechende Luft in dem Wurzelkäfig zu bewegen, brachte Zacarias sich hinter dem stinkenden Vampir in Position. Nicht der kleinste Hauch konnte seinen Gegner warnen. Sowie sich Zacarias in der perfekten Stellung befand, stieß er dem Untoten die Faust durch Haut, Knochen und Sehnen, um an das Herz heranzukommen. Gleichzeitig drückte er dem Vampir mit der anderen Hand die Kehle zu, um zu verhindern, dass er schrie.

Das ätzende, dickflüssige schwarze Blut lief Zacarias über die Hand und den Arm, als er langsam das pochende, verkümmerte Herz herauszog und dem Vampir mit der anderen Hand den Kehlkopf zerquetschte, um zu verhindern, dass er Geräusche von sich gab und Zacarias' Gegenwart verriet.

Am Himmel über ihnen peitschten Blitze auf und bestrichen das Feld, auf dem der Ehrlose immer noch umherkroch und nach Blut suchte. Hunderte von Einschlägen erschütterten die Erde, es regnete förmlich Blitze vom Himmel, die wie große, gezackte Schwerter wieder und wieder zuschlugen. Der schwindelerregende Angriff schien überall zugleich zu sein. Die Reichweite der Blitze war so groß, dass nicht zu erkennen war, wo jeder einzelne einschlug, aber kein einziger traf den Baum. Sie alle schlugen nur in seiner Nähe ein.

Einer der Blitze traf das Herz, das vor dem Wurzelkäfig lag, wo Zacarias es hingeworfen hatte, und entzündete es auf der Stelle. Rücksichtslos warf Zacarias auch den Kadaver des Vampirs durch die dicken hölzernen Rippen und ließ ihn ebenfalls vom Blitz vernichten. Dann reinigte er sich Hände und Arme in dem Strahl weißglühender Energie und ließ das Blitzgewitter noch einen Moment weitergehen und über das Feld streichen, um seine Position nicht zu verraten.

Danach wurde alles wieder totenstill. Der Himmel klarte auf, die Sterne glitzerten, und nur die eine dunkle, turbulente Wolke war ein Hinweis darauf, dass etwas nicht in Ordnung war. Das Gras schien stellenweise geschwärzt zu sein, und ein paar brennende Halme sandten zusammen mit schwarzen Rauchspiralen Funken in die Luft. Obwohl die Feuer, die diese dünnen schwarzen Rauchfäden erzeugten, nur winzig klein waren, griffen sie schnell um sich, und schon bald flammten mehrere Feuer um den Mann ohne Ehre auf.

Zacarias ließ die Brise über die Baumkronen streichen, um die Blätter an den Bäumen entlang des etwa hundert Fuß entfernten Zaunes in Bewegung zu bringen. Sogleich öffnete sich der Boden neben dem regungslosen Kapokbaum, die Erde schoss in die Höhe wie ein Geysir, und eine dicke, struppige Liane schwang sich zu dem Baum hinauf, wand sich um den Stamm und stieg noch höher, auf das Blätterdach zu, wobei sie alles erstickte, was sie berührte und sich in ihrer Reichweite befand. Immer fester wickelte sie sich um den Baum, bis die Rinde aufplatzte und dicke Streifen davon mit solch erstaunlicher Kraft von dem Baum herunterschossen, dass Äste unter dem Gewicht zerbrachen und zu Boden fielen.

Der Vampir hatte schnell und präzise zugeschlagen, aber dabei nicht seine Position verraten. Beeindruckend, dachte Zacarias. Ruslan hatte zumindest einen mitgeschickt, der sich als würdiger Gegner erweisen könnte. Zacarias verstärkte die Brise noch und ließ sie über das Feld wehen, sodass die Rauchfahnen sich nun über den Bereich verteilten, sich vereinten und die Sicht schon teilweise verdunkelten. Dann glitt er selbst in den Rauch hinein. Er hatte die Form eines grauschwarzen, durchsichtigen Dunstes angenommen, der immer mehr mit dem Rauch der kleinen Feuer verschmolz, bis er zu einem dichten, fast undurchdringlichen Schleier wurde.

Unter ihm weinte der Mann ohne Ehre, und seine Tränen verätzten das Gras, aber er hörte noch immer nicht auf zu suchen, kroch weiter wie der niedrigste Wurm herum und suchte in fieberhafter Gier nach weiteren Tropfen des machtvollen, wirkungsreichen Bluts. Er konnte jetzt schon nicht mehr ohne leben, und nichts anderes kümmerte ihn noch, schon gar nicht Ruslan und seine Drohungen und leeren Versprechungen. Nur das Blut. Er brauchte es. Der Ehrlose sabberte und wimmerte, mittlerweile völlig gleichgültig den unzähligen Schnitten in seinem Gesicht und an seinem Körper gegenüber. Wahrscheinlich war er sich der scharfen, gezackten Kanten des Sauergrases, die ihn immer mehr verletzten, nicht einmal bewusst. Nur das Blut zählte, nur dieser nächste kleine Tropfen, den er vielleicht noch finden würde.

Der Mann ohne Ehre bemerkte weder die Flammen auf dem Boden noch die dichte Rauchdecke über seinem Kopf. Er roch den Schatz – diesen wundervollen, erstaunlichen, machtvollen Schatz, der ganz allein ihm gehörte. Er würde ihn nicht mit seinen Gefährten teilen, und er würde ihn unbesiegbar machen, unzerstörbar, noch mächtiger sogar als Ruslan – immerhin war dieser einsame Jäger *der* Karpatianer, den Ruslan mehr als alle anderen fürchtete. Aber mit diesem Blut würde *er* über die Vampire herrschen und irgendwann auch über die Karpatianer. Menschen würden nichts als Vieh und Marionetten für ihn sein.

Schnüffelnd hob er den Kopf. War da nicht ein Tröpfchen über ihm? Er rollte sich herum und fuhr suchend mit der Zunge durch die verrauchte Luft. Wenn sich der Karpatianer doch nur sehen ließe! Dann würde er ihm das Herz herausreißen und es verschlingen, bevor er sich auch den letzten Tropfen Blut des Jägers einverleiben würde. Er brauchte es. Seine Zunge fand nichts, doch seine Nase roch noch mehr von diesem köstlichen, verführerischen Blut. Die Tropfen waren direkt in die Wunden an seiner Brust und seinem Bauch gefallen. Dieser Karpatianer musste also in der Nähe sein und bluten.

Die Fingernägel des Ehrlosen verlängerten sich zu rasiermesserscharfen Krallen, und er begann, sein eigenes Fleisch zu zerfetzen, um an die kostbaren Blutstropfen heranzukommen. Die schrillen Schmerzensschreie und das verzweifelte Wimmern und gierige Heulen nach dem Blut, die die ansonsten stille Nacht zerrissen, waren grauenhaft. Die Pferde in den Ställen reagierten darauf, traten aus und stampften in dem sinnlosen Versuch, den fürchterlichen Geräuschen zu entkommen. Auch die Rinder auf den fernen Weiden sprangen alle fast im selben Moment auf, als wäre ein Stromstoß durch die Herde gefahren.

In der Ferne hörte Zacarias das *Wopp-Wopp* der Hubschrauberblätter und fluchte in seiner Muttersprache, bevor er dem Ehrlosen das Herz herausriss und es weit aufs Feld hinausschleuderte. Dann zog er sich wieder in den Schutz des Rauches zurück und achtete darauf, mit der Brise dahinzuwehen und nicht seine Position zu verraten, indem er sich zu sehr beeilte. Er wusste, dass der andere Vampir auf seinen schreienden Partner einschlagen würde, weil er annehmen musste, dass Zacarias irgendwo in dem Rauch neben ihm war. Wieder erhellten Blitze den Himmel, der für aller Augen wie ein modernes Kampfgebiet aussehen musste, als Speere aus weißglühender Energie in den Boden einschlugen. Einer traf das Herz, setzte es in Flammen und sprang dann mit untrüglicher Sicherheit auf den Körper des Vampirs über, um auch diesen zu vernichten.

Die Rinder würden in Panik geraten, eine Stampede würde ausbrechen, und der Vampir würde sofort erkennen, dass die Leute in dem Helikopter bei der Familie de la Cruz beschäftigt waren. Die Rancharbeiter würden aus ihren Häusern strömen, obwohl sie Anweisung hatten, drinnen zu bleiben. Doch ihr Instinkt, die Herde zu retten, würde stärker sein als ihr Gehorsam. Noch mehr Köder für den Vampir – der natürlich erwarten würde, dass Zacarias de la Cruz sie beschützte.

Zacarias griff nach der turbulenten Wolke, die der Vampir fabriziert hatte, um sie als Falle zu benutzen, und die noch immer am Himmel dahintrudelte. Schwer vor Feuchtigkeit, vergrößerte sie sich bei jeder Drehung und wuchs zu einem gewaltigen Turm an, einem dunklen, bösartigen Trichter aus rasendem Zorn. Zacarias öffnete die Schleusen des Himmels und ließ Regen auf das Feld herunterfallen und all die kleinen Feuer löschen. Der schwarze Rauch vermischte sich mit grauem Dunst und wurde aufgewühlt von dem heftigen Wind, bis die Luft mit Rauch, Staub, Unrat und Geröll erfüllt war.

Durch den Dunst schoss Zacarias fluchend auf den Helikopter

zu. Der Vampir würde das Fluggerät mit Sicherheit zuerst angreifen. Es war erheblich leichter, ein karpatianischer Krieger zu sein, den nichts anderes kümmerte, als seinen Feind zu töten. Menschen zu beschützen fügte einen großen Risikofaktor hinzu, und sein Bewusstsein strebte immer wieder zielbewusst dem Grund dafür entgegen. Er verschloss es schnell und resolut, aber sofort verkrampfte sich ihm der Magen.

Er schlüpfte direkt hinter Julio in den Hubschrauber hinein. *Verschwindet hier. Schnell. Ein Vampir ist hier.*

Sowie er Julio die Warnung telepathisch übermittelt hatte, zog er sich wieder zurück und warf schnell noch einen schützenden Ring um das Luftfahrzeug. Der Angriff kam wie erwartet – ein Cruise-Missile schoss durch die Luft und ließ eine Dampfspur hinter sich zurück. Das Projektil prallte gegen den Schutzring und explodierte. Lea, die Hubschrauberpilotin, schrie auf und brachte die Maschine abrupt in Schräglage. Sie hatte weder Zacarias gesehen noch etwas von der Warnung mitbekommen. Als sie nach unten blickte, konnte sie den dichten Rauch nicht übersehen.

»Bring uns von hier weg, Lea!«, verlangte Julio erregt.

»Ich versuche es«, schrie sie, obwohl beide Kopfhörer trugen.

Der Helikopter machte einen Satz, als ganz in ihrer Nähe wieder etwas explodierte.

»Jemand schießt auf uns!«

»Nein, das ist eine Explosion aus dem Feuer. Kannst du es sehen?«, fragte Julio.

»Der Rauch ist zu dicht«, antwortete Lea. »Wie kann er überall so dicht sein?«

Zacarias konnte den aufgeregten Wortwechsel der Menschen hören, als er der Flugbahn des Missiles bis zu ihrem Ursprung folgte. Der Vampir würde sich so schnell entfernt haben, wie er den Angriff ausgelöst hatte, um den Hubschrauber abstürzen zu lassen, doch sein Abzug hatte Spuren hinterlassen. Und Zacarias konnte jede Spur verfolgen, egal, wie schwach sie war. Er schoss durch den Dampfschweif, den das Missile hinterlassen hatte, und warf entlang der Flugbahn einen prüfenden Blick hinunter.

Der Helikopter, der mitten in den Rauch geraten war, schien in Schwierigkeiten zu sein. Der Vampir verstärkte den Rauch und ließ noch mehr zum Himmel empor und über das Feld strömen, bis die Rauchwolke völlig dicht und undurchdringlich war. Zacarias folgte ihm. Wenn er bliebe und versuchte, den beiden im Hubschrauber zu helfen, würden die Männer, die aus ihren Häusern zu den Herden eilten, in Gefahr geraten. Er musste den Untoten aufhalten.

Der Vampir war sehr raffiniert gewesen und hatte sich fast vollständig im Freien versteckt. Als Zacarias direkt über der Stelle war, konnte er sehen, dass der Untote sich die natürliche Beschaffenheit des Geländes zunutze gemacht hatte, wo es unterhalb der Zaunlinie ein wenig abfiel. Dort war das Gebüsch nur spärlich, aber der Untote hatte es geschafft, sich dazwischen zu verbergen, ohne auch nur ein einziges Blatt zu streifen. Das Gras war jedoch verdorrt und braun, wo er gestanden hatte, und einige Halme zitterten noch, was bewies, dass das Scheusal sein Versteck erst kürzlich aufgegeben hatte.

Der Vampir, der sich im Schutz des dichten Rauchs bewegte, wechselte hastig seine Position und kam dicht an dem mit Kletterpflanzen überwucherten Pfosten des äußeren Zauns vorbei. Die Blätter und das Gewirr von Sträuchern wichen sogleich vor ihm zurück. Zacarias folgte diesem schwachen Pfad. In der Ferne konnte er das verängstigte Brüllen der Rinder und die Geräusche der Männer hören, die zu ihren Pferden rannten. Der Untote hatte ein Ziel. Die Herde in Panik zu versetzen und damit viele potenzielle Opfer ins Freie zu locken würde ihm Vorteile verschaffen.

Über Zacarias geriet der Hubschrauber ins Trudeln, als ein weiteres Projektil an dem Schutzring explodierte. Zacarias beruhigte den heftigen Wind und schickte ihn von der trichterförmigen Wolke weg, um den Rauch zu zerstreuen und es der Helikopterpilotin zu ermöglichen, nach einem freien Platz zu suchen, um den metallenen Vogel sicher herunterzubringen.

Männer kamen aus den Häusern gerannt, sprangen auf ihre Pferde und jagten auf die fernen Felder zu, wo das Vieh durch die sanft ansteigenden Hügel und hohen, Schatten spendenden Bäume ganz gut geschützt war. Zacarias überholte den Vampir und zog eine Barriere hoch. Als der Untote dagegenprallte, wurde er so hart zurückgeschleudert, dass er sich in der Mitte des verbrannten Feldes wiederfand – in sitzender Position.

Zacarias materialisierte sich in einiger Entfernung von ihm. »Ich kenne dich. Du hättest es besser wissen sollen, als dich mit mir anzulegen.«

Der Vampir erhob sich langsam und klopfte sich mit größter Sorgfalt den Staub von den Kleidern. Dann verbeugte er sich galant und richtete sich wieder kerzengerade auf. »Wer könnte der Versuchung widerstehen, seinen Verstand an dem des großen und allmächtigen Zacarias de la Cruz zu messen? Du bist eine Legende. Wer dich besiegt, wird für alle Zeit berühmt sein.«

»Und du bist genau der richtige Mann dafür«, sagte Zacarias leise. Er sprach bewusst mit sanfter, wohlklingender Stimme, ganz im Gegensatz zu dem Vampir, den es schon große Mühe kostete, seine Stimme halbwegs anzupassen. Und die ganze Zeit horchte Zacarias auf die Geräusche der aufgeregten Männer, die die angsterfüllte Herde zu beruhigen versuchten.

Die zunehmende Elektrizität in der Luft verriet ihm, dass der Vampir versuchen würde, die Herde mit einem Blitzstrahl in Panik zu versetzen und eine Stampede auszulösen. Zacarias schwenkte wie nebenbei eine Hand in Richtung Himmel, um die elektrische Entladung zu verhindern. Die Luft beruhigte sich, und alle Wolken verzogen sich.

»Ein alter Trick«, sagte der Vampir. »Aber du kannst nicht alle vor mir beschützen.«

Ungeziefer strömte aus der Erde, Tausende ausgehungerter Insekten, die nach Futter gierten. Sie erhoben sich in die Luft und flogen geradewegs auf Zacarias zu, der jedoch nur ein kleines Hindernis auf ihrem Weg zu den Rindern, Pferden und Männern hinter ihm zu sein schien.

Zacarias zuckte die Schultern und blieb ruhig stehen, als die Insekten näher kamen. »Was kümmern mich die anderen? Ich habe nur ein Ziel.«

Er lächelte, als der Wind sich drehte, stärker wurde und von ihm weg direkt auf den Vampir zublies. Ausgezackte Halme des Sauergrases schossen durch die Luft wie tausend Messer. Die Insekten versuchten, sie mitten in der Luft zu fressen, doch der starke Wind trieb sie zusammen mit dem Gras zurück. Die scharfen Kanten trafen den Vampir mit einer solchen Wucht, dass sie durch seinen Körper hindurchfuhren, bevor er auch nur merkte, dass sie in den Insektenschwärmen verborgen waren. Hunderte von Grasspeeren durchbohrten ihn von Kopf bis Fuß. Sofort ließen sich auch die Insekten auf ihm nieder, um sich an seinen Wunden satt zu fressen.

Nur Zentimeter von dem Vampir entfernt materialisierte Zacarias sich urplötzlich und stieß ihm die Faust durch Knochen, Muskeln und das säurehaltige Blut. Massen von Insekten starben, als sie das scheußliche, unnatürliche Blut des Untoten berührten, und regneten zu Boden. Zacarias trat ruhig zurück und ließ den Körper fallen, damit der weißglühende Energiestrahl die Überreste verbrennen konnte.

Für einen Moment stand er da und wartete, dass die kalte Nachtluft den Gestank des Untoten vertrieb. Erst dann ging er, um sich zu überzeugen, dass der Helikopter gut gelandet war. Julio rannte gerade Hand in Hand mit Lea über den Vorplatz des Hangars auf die Ställe zu, wahrscheinlich, um bei der Herde mitzuhelfen.

Obwohl der Boden unter den Hufen der Rinder erbebte, die in

wilder Panik losrannten, ging Zacarias' Blick mit untrüglicher Sicherheit, ja zwanghaft schon beinahe, zum Haupthaus der Hazienda. Weil *sie* dort war. Marguarita. Ängstlich kauerte sie da in einer Mauernische. Er hatte sie rücksichtslos allein gelassen – jedoch nur zu ihrer Sicherheit.

Es brannte kein Licht im Haus – es war das einzige noch dunkle Gebäude auf der Ranch. Sowie Alarm geschlagen worden war, dass die Cowboys bei den Rindern Hilfe brauchten, war jedes Haus auf dem Besitz zum Leben erwacht, mit Ausnahme von Marguaritas Heim. Zacarias hätte ihren Geist anrühren können – jede Zelle in seinem Körper brauchte diese Frau und die innige Verbindung zu ihr –, doch er zwang sich, darauf zu verzichten.

Sobald er geistig mit ihr in Kontakt träte, würde er wieder fühlen. Eine an Entsetzen grenzende Furcht würde ihn beschleichen – Furcht, dass sie ihre Wahl bereuen und die Bande zwischen ihnen würde lösen wollen. Jetzt, da er allein in der Mitte des leeren, verbrannten Feldes stand, brauchte er jedoch nichts zu empfinden.

Hinter sich hörte er Cesaro schreien. Die riesige Herde hörte sich wie herannahender Donner an. Cesaro, Julio und zwei andere Männer versuchten, die auf sie zurennenden Tiere in eine andere Richtung zu lenken. Die Rinder waren groß und ungeheuer muskulös; sie stürmten mit gesenktem Kopf und rollenden Augen auf den Zaun zu, der Zacarias vor Gefahr bewahren sollte.

In einem letzten Versuch, die Herde noch zu wenden, schoss Cesaro in die Luft. Aber da krachten die Tiere schon mit ihren breiten Oberkörpern gegen den Zaun, und das massive Holz zerbrach wie dünne Zweige. Die Rinder brüllten und muhten, und riesige Staubwolken wirbelten auf, als sie durch die Umzäunung stürmten.

Zacarias konnte die Schreie Cesaros und seines Sohnes hören, die ihn beschwörten wegzulaufen. Aber stattdessen drehte er sich mit erhobener Hand zu den riesigen Tieren um, ließ das Raubtier in sich hochkommen und fauchte eine Warnung in die Luft zwischen ihnen, die den Geruch einer gefährlichen Raubkatze zu den Rindern hinübertrug. Diese einschüchternde Drohung sandte er in einer geraden, horizontalen Linie nur Zentimeter vor sich aus, um eine lange, abschreckende Wand zu formen.

Tatsächlich fuhren die Tiere abrupt herum, wendeten in einem Halbkreis und fürchteten plötzlich weitaus mehr, was sie vor sich hatten, als die anderen durchgedrehten Tiere hinter ihnen. Immer mehr Rinder hielten auf Zacarias zu, aber der Geruch der Gefahr, der ihnen entgegenschlug, war viel zu einschüchternd für sie. Nicht lange, und die Tiere wurden so langsam in ihrer Verwirrung, dass die Cowboys sie wieder unter Kontrolle bringen konnten.

Julio ritt heran und hatte Mühe, sein Pferd zu bändigen, das zur Seite tänzelte, um Zacarias aus dem Weg zu gehen. »Die Pilotin, Lea Eldridge, ist keine von uns. Sie hat Dinge gesehen, die ich ihr nicht erklären kann.«

Zacarias nickte. Julio blieb jedoch noch immer an seiner Seite, hielt sein Pferd mit Knien und Händen in Schach und blickte ihn beschwörend an.

Als Zacarias eine Augenbraue hochzog, sagte Julio: »Aber sie hat Ricco das Leben gerettet und ist Marguaritas Freundin.«

Die Stimme des jungen Mannes verriet Zacarias mehr, als Julio preiszugeben bereit war. Er sagte zwar, die Frau gehöre nicht zu ihnen, doch im Stillen wünschte er wohl, es wäre so.

»Ich werde vorsichtig sein, welche ihrer Erinnerungen ich entferne, wenn es so weit ist«, versprach Zacarias.

»Ist alles in Ordnung mit Ihnen?«

»Wieso fragen Sie?«

Julio zögerte. »Weil Ihre Augen glühen, *señor.* Brauchen Sie …?«

Zacarias schüttelte den Kopf. Untote zu vernichten forderte von allen Jägern einen hohen Tribut. Kein Karpatianer nahm ein

Leben leichtfertig oder ohne Konsequenzen. Julio fürchtete ihn schon, so wie alle Arbeiter, sogar Cesaro. Aber Zacarias konnte ihnen die Gefahren nicht erklären, denen er jedes Mal ins Auge sah, wenn er tötete – selbst wenn es ein Vampir war. Blut zu nehmen stellte eine Versuchung dar, und gleich nach dem Töten sogar eine sehr gefährliche. Deshalb nickte er nur dankend und wandte sich von Julio ab – und vor allem von dem nervösen Pferd.

Marguarita hatte ihn darauf hingewiesen, dass der peruanische Paso auf dieser Ranch seines Temperaments und seiner Fähigkeiten wegen gezüchtet wurde. Diese Pferde waren bekannt für ihr ausgeglichenes Wesen angesichts von Schwierigkeiten. Zacarias hatte endlich reiten können und war im Geiste mit den Tieren verbunden gewesen, und jetzt erkannte das Pferd ihn nicht einmal mehr. Der Killer in ihm war noch zu dicht an der Oberfläche.

Zacarias wandte sich vom Schlachtfeld, dem Rauch und dem Geruch des Todes ab und ging heim – zu ihr. Marguarita. *Susu. Sie* war sein Zuhause, seine Seelengefährtin. Der einzige Ort, an dem er Frieden finden konnte, war bei ihr. Der einzige Weg, wie er die Halbwelt der Schatten hinter sich zurücklassen konnte, war, seine innere Leere von ihrem hellen Licht erfüllen zu lassen. Marguarita war *sívam és sielam* – sein Herz und seine Seele. Es war nicht mehr zu bestreiten, dass er ohne die geistige Verbindung zwischen ihnen weder das eine noch das andere hatte.

Über den abgetretenen Pfad ging er zu den Eingangsstufen und bemerkte, dass alle Blumen und Sträucher rechts und links des Weges von einem dumpfen Grau waren. Es gab für Zacarias keine Farben, bis er ins Haus treten und sein Geist mit dem Marguaritas verschmelzen würde. Sie war schon wie eine Droge in seinem Blut, eine Sucht, gegen die er sich nicht wehren konnte. Er brauchte die strahlenden Farben, den Rausch der Emotionen und die Freude, die er vorher nie empfunden hatte. Marguarita war Lachen und Frustration zugleich – ein faszinierendes Rätsel, das er nicht ergründen konnte.

Zacarias stieg die Treppe zur Haustür hinauf, und schon spürte er Marguaritas Nähe. Ihr Geist war ihm immer noch verschlossen, und er erlaubte sich auch nicht, an ihn zu rühren. Zuerst musste er ihr Gesicht sehen, um zu wissen, dass sie auch *diesen* Teil von ihm akzeptierte – das Raubtier, das die Tiere in ihm erkannten. Sein Gesicht war noch geprägt vom Kämpfen und Töten, und es trug den Stempel des Killers, das wusste er. Seine Augen würden noch glühen, seine Eckzähne scharf und nach wie vor verlängert sein.

Sie musste ihn so sehen, wie er war. Es war schwierig genug, den Karpatianer zu akzeptieren, aber der Jäger war beängstigend. Zacarias hatte keine Ahnung, wie er reagieren würde, falls Marguarita ihn zurückwies. Sie in seinen Unterschlupf mitnehmen und versuchen, einen Weg zu finden, sie glücklich zu machen? Ausgeschlossen. Er schüttelte den Kopf und ließ die Hand einen Moment am Türrahmen liegen. Es war eine unmögliche Situation. Bei allem, was heilig war, was dachte sich das Schicksal nur dabei? Eine Frau seiner eigenen Spezies hätte schon Schwierigkeiten mit ihm gehabt. Aber eine menschliche? Eine unerfahrene Frau an der Seite eines rauen, dominanten Mannes, der sie beherrschen würde, doch ohne die Sanftheit und das Verständnis, das Frauen brauchten? Wie könnte sie mit einem solchen Gefährten zurechtkommen?

Bevor Zacarias das Haus betrat, achtete er darauf, alle Schutzzauber zu entfernen. Er öffnete die Tür und ging hinein. Im Inneren eines Gebäudes fiel es Zacarias normalerweise schwer zu atmen. Draußen warnte ihn der Wind vor Gefahren, drinnen überdeckte der Geruch der Menschen und ihrer Lebensweise alles, was für ihn wertvoll war. Und wenn er jetzt tief Atem holte, würde er nichts anderes mehr wahrnehmen als Marguarita.

Ihr Duft war zart, unglaublich feminin und unaufdringlich. Sie duftete wie ein Wunder. Sauber, frisch und wie ein Teil des Regenwaldes – und von ihm selbst. So leise er konnte, schritt er durch die

Halle, weil er Marguarita keine Zeit lassen wollte, sich auf seine Ankunft vorzubereiten. Er musste ihr Gesicht und ihren wahren Ausdruck bei seinem Anblick sehen. An ihr Bewusstsein zu rühren würde ihm das alles zeigen, doch war ihr Geist erst einmal mit seinem verbunden, würde das Band zwischen ihnen ihre Ängste und ihre ursprüngliche Reaktion auf ihn kaschieren.

Zacarias betrat sein Schlafzimmer, das vollkommen im Dunkeln lag. Die Vorhänge waren geschlossen und ließen nicht einmal den Schein des Mondes herein. Marguarita kauerte in der Nische in der Mauer. Ihr Gesicht war nass von Tränen, und sie hielt sich fest die Ohren zu. Natürlich hatte sie trotz der dicken Wände die Kampfgeräusche gehört, das Schreien ihrer geliebten Pferde und das Brüllen der Rinder. Ihr konnte nicht entgangen sein, dass die Herde in Panik geraten war, nicht bei dem Donnern der vielen Hufe, die den Erdboden erschüttert hatten. Das Blut, das sie von Zacarias erhalten hatte, hatte alle ihre Sinne sehr geschärft.

Ihr langes Haar umrahmte ihr Gesicht und ihren Oberkörper, und selbst jetzt, in seinem schlimmsten raubtierhaften Zustand, konnte Zacarias sehen, dass diese dichte Mähne wirklich schwarz war und sogar im Dunkeln glänzte. Er beobachtete sie einen Moment, dann holte er Luft, sog ihren Duft ganz tief ein und brachte Marguarita durch pure Willenskraft dazu, den Kopf zu heben.

14. Kapitel

Sieh mich an! Sieh mich so, wie ich jetzt bin. Er unterlegte die Worte mit einem leichten Zwang und hielt den Atem an, als Marguarita den Kopf anhob.

Ihre schönen schokoladenfarbenen Augen schwammen in Tränen, und er konnte sehen, wie ihr der Atem stockte, als sie den Blick zu ihm erhob. Ihre Brüste hoben und senkten sich vor Erregung, und sie schluckte, als steckte etwas in ihrer Kehle fest. Ihre Finger waren so fest verschränkt, dass die Knöchel weiß hervortraten. Aber es war ihr Gesicht, auf das er sich konzentrierte.

Sie starrte ihn an, und erst nach einer kleinen Ewigkeit, wie ihm schien, richtete sie sich auf. Sehr, sehr langsam tastete sie sich mit den Händen an der Wand hinauf und ließ den Blick Zentimeter für Zentimeter über Zacarias gleiten und suchte nach *Verletzungen.* Sie inspizierte ihn. Als ihr Blick zu seinem Gesicht zurückkehrte, stand sie auf und ging die paar Schritte, die sie von ihm trennten, nahm sein Gesicht zwischen die Hände und ließ die Fingerspitzen über seine Wangen gleiten. Ganz sachte nur, aber die Zärtlichkeit der Geste erschütterte ihn und brachte seinen Puls zum Rasen.

Eine Vielzahl von Gefühlen glitt über ihr ausdrucksvolles Gesicht, in dem Zacarias so leicht lesen konnte. Sie konnte nicht sprechen, aber ihre Gefühle waren sofort erkennbar. Erleichterung. Freude. Furcht – es war alles da, und endlich nahm sein Herz wieder seinen normalen Rhythmus auf. Er hatte nicht einmal bemerkt, dass es zusammen mit seinem Atem beinahe stehen geblieben war.

Er legte eine Hand um ihren Nacken und zog sie an sich,

drückte ihren Kopf an seine Brust und schlang den anderen Arm um Marguarita, um sie noch fester an sich zu ziehen. Sie schmiegte sich an ihn und umschlang mit beiden Armen seine Taille. Marguarita hielt ihn, wie um ihm Trost zu spenden oder sich selbst zu trösten. Und vielleicht brauchten sie ja auch beide Trost. Zacarias legte die Stirn an ihren Kopf und ließ ihren Frieden in seinen Geist und in sein Herz einfließen. Marguarita hatte ihn nicht angesehen, als wäre er ein Ungeheuer. Sie hatte Angst, das ja, aber nicht *vor* ihm, sondern *um* ihn. Vielleicht war es die perfekte Lösung für einen verlorenen Mann wie ihn, eine schöne kleine »Närrin« zur Gefährtin zu haben. Sie wusste nicht genug, um ihn zu fürchten.

Marguarita in den Armen zu halten reichte nicht. Er musste sie in seinem Bewusstsein haben. »Komm zu mir, *sívamet*!«, flüsterte er an ihrem schwarzen Haar. »Ich brauche dich in mir.« Sie hob den Kopf und sah ihm in die Augen. Zacarias spürte, wie er fiel, wie der Boden unter seinen Füßen schwankte, als sie in ihn hineinströmte wie warmer Honig, ihn mit ihrem Licht erhellte und die leeren Stellen in seinem Herzen und seiner Seele füllte, die abgebrochenen Verbindungen überbrückte und die Düsternis vertrieb. Marguarita erfüllte ihn mit allem, was sie war. Ihr Geist vereinte sich mit seinem. Seine Seele erkannte die ihre. Sie wurde zu dem Rhythmus seines Herzens.

Zacarias de la Cruz hatte nie irgendetwas oder irgendjemanden gebraucht, doch *sie* konnte er jetzt nicht mehr entbehren. Sie machte ihn hilflos wie ein neugeborenes Kind, und er wusste, dass sich das nie ändern würde. Er hatte ewig gelebt, doch jetzt, mit Marguarita, war alles anders. »Für immer« würde nicht einmal annähernd lange genug sein mit ihr. Er blinzelte ein paarmal, als die Farben in dem dunklen Zimmer so lebhaft wurden, dass sie ihm in den Augen wehtaten. Marguarita war Farbe, war all diese intensiven, wunderschönen Töne, die buchstäblich vor seinen Augen explodierten, wenn sie in ihm war.

Mit der Hand, die noch um ihren Nacken lag, bog er ihren Kopf zurück, um in ihre wundervollen dunklen Augen schauen zu können. Sein Herz geriet wieder ins Stolpern, und ein Zittern durchlief ihn. Ihm war, als wäre er von einem Tsunami mitgerissen worden und ertrunken. Vielleicht war er schon die ganze Zeit kurz vor dem Ertrinken gewesen und hatte es nur nicht gemerkt, bis ihr Geist all die Verbindungen wiederherstellt hatte, doch jetzt wusste er, dass das Wasser über seinem Kopf zusammengeschlagen war.

Es gab nur Marguarita in seiner Welt, Marguarita mit ihrer weichen Haut und dem Licht, das sie in seine dunkle Seele brachte. Es war etwas Seltsames für einen Mann, der so viele Lebzeiten in absoluter Einsamkeit verbracht hatte, dass er das brauchte. Es war beunruhigend und fremd, dieses Bedürfnis, aber größer als alles andere in seiner Welt. Sie war so zart und zerbrechlich, dass er sie mühelos zerdrücken könnte, und doch besaß sie alle Macht.

Während er in den Tiefen ihrer dunklen Augen zu ertrinken drohte, durchfuhr ihn eine Hitzewelle, die von seinem Kopf auf seinen Körper übersprang, eine gefährliche Flamme, so heiß, dass sich jeder seiner Muskeln anspannte. Mit dem Feuer rauschte heißes Blut in seine Lenden und erfüllte ihn mit einem fast schmerzhaften Begehren, mit einem solch glutvollen Verlangen, dass es Zacarias schier zu verzehren drohte. Wo sein Bedürfnis eben noch Hunger gewesen war, war es jetzt Begehren – nach Marguarita, ihrem Blut, ihrem Körper, ihrem Geist, ihrem Herzen und ihrer Seele. Er brauchte sie.

Sie schenkte ihm Leben und ließ ihn alles erfahren, was er allein nicht konnte. Schmerz. Freude. Kummer. Lachen. Zorn. Glück. Sie war Leben. Sein Leben. Sein Ein und Alles. Er konnte nicht mehr existieren ohne die Gefühle und Farben, die sie ihm schenkte, ohne das sanfte Anrühren seines Geistes durch ihren oder die Wärme, die das Eis in ihm zum Schmelzen brachte. Er brauchte sie.

Sie strich mit den Fingerspitzen über sein unrasiertes Kinn, und diese sachte Bewegung, dieser Hauch von einer Zärtlichkeit, entfachte etwas zutiefst Ursprüngliches in ihm. Hemmungsloses sexuelles Verlangen packte ihn, und sein Glied richtete sich auf und versteifte sich in einer augenblicklichen Reaktion auf die fast schon schmerzhaften Hitzewellen, die seinen Unterleib durchströmten.

Zacarias hob Marguaritas Kinn ein wenig an und presste die Lippen auf ihre. Er hatte nichts Sanftes, nichts Zärtliches, dieser Kuss; Zacarias nahm sich einfach nur, was ihm gehörte. »Ich muss in dir sein. Tief in dir. Ich brauche dich. Verstehst du, Marguarita?«

Was für eine unmögliche Frage! Wie sollte sie das verstehen? Die Welt, in der er lebte, und die, die sie ihm anbot, standen in absolutem Gegensatz zueinander. Er verstand die eine und brauchte die andere. Und etwas zu brauchen war für einen karpatianischen Jäger die schlimmstmögliche Obsession.

Sein Kuss wurde sogar noch härter, als verborgene Gefühle in ihm emporstiegen wie ein Vulkan, der sich lange nicht geregt hatte und nun um Haaresbreite vor dem Ausbruch stand. Gefühle wie Wut auf Marguarita, weil sie ihn so fest im Griff hatte. Sie hatte behauptet, sie sei keine Hexe, doch ihr Zauber war stärker als alle, denen er je begegnet war, das Netz viel schöner, aber nicht weniger tödlich als jede andere Falle, die ihm je gestellt worden war. Er war ein Gefangener all dessen. Ihr Gefangener. Seine Finger bohrten sich in Marguaritas Schultern, und er schüttelte sie ein wenig, weil sein Ärger immer größer wurde.

Sie hatte ihn von der ewigen Ruhe weggezerrt und ihn gezwungen, sich seiner Vergangenheit und den lange begrabenen und vergessenen Erinnerungen zu stellen. Er hatte diese Dinge fest in einem Tresor verschlossen, um sie nie wieder hervorzuholen. Aber *sie* öffnete Schleusen, und – die Sonne hole sie! – er war süchtig nach ihr und diesen intensiven Emotionen, die sie ihn verspüren ließ.

Nachdem er die Vampire getötet hatte, war er von Entsetzen ergriffen worden, als die Pferde ihn zurückwiesen und die Rinder sich von ihm abwandten und sich lieber dem Unbekannten stellten, als ihm, Zacarias, nahe zu kommen. Er hatte diese Gefühle mit nichts verbunden, bis *sie* in sein Bewusstsein eingeflossen war – doch das war es, worauf sie ihn reduziert hatte. Ein Krieger ohnegleichen, der von dem Gedanken, dass sie sich von ihm abwenden könnte, fast in die Knie gezwungen worden war!

Wieder und wieder ergriff sein Mund Besitz von ihrem, zu langen, heißen, harten Küssen, die ihr keine Chance ließen zu atmen, sich von ihm zu lösen oder irgendetwas anderes zu sein als das, was er verlangte. Seine Frau. Ganz allein die Seine. Mit Haut und Haar. Sie schmiegte sich an ihn und erwiderte seine Küsse, aber das genügte ihm noch nicht. Er hörte das Knurren tief in seiner Kehle, doch er konnte es nicht zum Verstummen bringen. Die dunkle Kraft in ihm verlangte, dass sie ihm alles gab.

Diesmal benutzte er die Hände, um sie zu entkleiden, und zerriss ihr brutal die Bluse und den Rock, um an ihre zarte Haut heranzukommen. Er wurde zu einem Rasenden, der in fieberhafter Eile die Barrieren zwischen ihnen entfernte. Marguarita stand nur reglos da unter seinen groben Händen, bis er sie ausgezogen hatte.

Dann hielt er einen Moment inne, um ihren nackten Körper zu betrachten, ihre sanften Kurven und feminine Hitze. Diese Frau war seine einzige Rettung, seine einzige Möglichkeit, weiterzuleben und bei Verstand zu bleiben. Sie war sein gesunder Verstand, sein Leben, und er würde unmögliche Dinge von ihr verlangen, aber er konnte sie nicht aufgeben, auch wenn das vielleicht das Anständigste wäre. Doch dazu war er einfach nicht mehr in der Lage. Stöhnend schwenkte er die Hand, um seine eigenen Kleider loszuwerden, und presste den Mund wieder auf ihren.

Zacarias versank in all der Hitze und seidenen Verheißung, verlor sich im Zauber ihres Kusses und vereinte die Zunge zu einem aufregenden Tanz mit ihrer. Er füllte Marguaritas Mund aus, wie er ihren Körper ausfüllen wollte, und hielt sie fest, damit nichts seinen Angriff auf ihre Sinne stören konnte. Zacarias ließ die Lippen von ihrem Gesicht zu ihrem Hals hinunterwandern und strich über die kleinen Bisswunden, die Spuren seiner Inbesitznahme, die er auf ihrer Haut hinterlassen hatte. Seine Hand fand die sanfte Rundung ihrer Brust, und er glaubte, das Paradies zu halten. Gleichzeitig glitten seine Lippen, Zunge und Zähne über die weiche Haut zu ihrem wild pochenden Puls hinunter.

Er spürte, wie sie erstarrte und zu zittern begann, als seine Zunge ihren Puls berührte. Um sie zu beruhigen, liebkoste er wieder ihre Brüste, biss sachte in die harten Spitzen, zupfte daran und stimulierte sie, bis heiße Blitze Marguarita durchzuckten und ihr Blut entflammten. Er spürte diese Reaktion, und mit einem dumpfen Knurren tief in seiner Brust hob er Marguarita auf, weil sich sein Verlangen nach ihr nicht mehr zügeln ließ.

»Schling deine Beine um meine Taille und verschränk die Knöchel! Leg die Hände um meinen Nacken!« Sein schroffer Befehl war kaum zu verstehen, so rau war seine Stimme.

Marguarita sog scharf den Atem ein, weil sie wusste, wie verwundbar sie in dieser Position sein würde, doch sie gehorchte ohne Zögern. Zacarias schloss die Augen, als er ihre feuchte Hitze an seinem Bauch spürte. Ihre intimste Stelle pulsierte, und das gleiche Pochen spürte er auch in seinem Glied. Er war rasend vor Verlangen, in ihr zu sein, sich in diesem warmen Zufluchtsort zu verlieren und dem Rest der Welt zu entkommen. Nur weg von Blut und Tod! Er wählte das Leben, und er wählte Marguarita.

Seine Finger verkrampften sich um ihre Hüften, was ihre einzige Warnung war, bevor er mit einer kraftvollen Bewegung in sie eindrang. Er war so groß und hart, dass er vor Wonne zu zerfließen glaubte, als er ihre enge Hitze um sich spürte. Das Gefühl breitete sich in ihm aus und griff auf jede seiner Zellen über. Sie war heiß, so heiß, dass sie ihn bis in die Seele hinein versengte, seine Schatten austrieb und seine Adern mit exquisitem Leben erfüllte. Mit beiden Händen umfasste er ihre Hüften, zog sie außer sich vor Begierde an sich und steigerte ihrer beider Lust mit jedem Stoß. Er nahm sie so wild und leidenschaftlich, dass er für eine Weile vollkommen verloren war in der Ekstase, nicht nur seine eigenen Empfindungen, sondern auch die ihren zu spüren.

Ihr Atem ging stoßweise, ihre Brüste klatschten gegen ihn, die harten Spitzen rieben über seine Brust. Marguaritas Haar war überall und fächelte wie eine sinnliche Liebkosung seine Haut. Er ließ sich völlig gehen, ließ das Tier in ihm regieren und ihm Macht verleihen. Unersättliche Gier trieb ihn an, und er nahm sie mit hemmungsloser Leidenschaft und dachte an nichts anderes als an sein Vergnügen.

Seine Lippen strichen über ihren Nacken, doch er kam nicht an sie heran, da ihr Kopf an seiner Schulter lag. *Beuge dich etwas zurück!*, befahl er ihr.

Sie gehorchte sofort und warf den Kopf in den Nacken. Ihre Brüste bogen sich Zacarias entgegen, was ein aufreizender Anblick war, und wippten bei jedem seiner harten Stöße. Marguarita hatte keine andere Wahl, als sich seinem Rhythmus anzupassen, er ließ ihr keine Pause, nicht einmal, als sich auf dem Gipfel der Ekstase alles in ihr zusammenzog. Zacarias trieb sie nur noch höher, immer höher, nahm sie hart und ohne Hemmungen, denn die Wildheit in ihm wuchs und wuchs. Er brauchte das; er brauchte alles, wollte wieder und wieder ihren Orgasmus spüren und die Lust, die hinter seinen Augen explodierte und wie ein alles verzehrendes Feuer in seine Lenden schoss.

Mehr. Gib mir mehr, Marguarita! Mehr …

Noch immer war er getrieben von rasendem Verlangen, doch nun kam der Hunger noch hinzu. Zacarias schaffte es gerade noch, mit der Zunge über ihren Nacken zu streichen, bevor er zubiss. Ihr Geschmack explodierte auf seiner Zunge und in seinem Geist und schoss wie ein Feuerball in seine Lenden. Marguaritas Körper verfiel erneut in wilde Zuckungen, als ein Orgasmus nach dem anderen sie überwältigte, und alles in ihr zog sich so fest um ihn zusammen, dass sie ihn schier zu erdrücken drohte. Irgendwo im Hinterkopf konnte er ihr Stöhnen hören, ihr schnelles Atmen und ihr Flehen um Gnade, aber es genügte ihm noch immer nicht. Er brauchte das. Er konnte dieses Inferno aus purer, unverfälschter Lust noch nicht verlassen. Seinen Zufluchtsort. Er war verloren – verloren in blinder Lust und süßem Wahnsinn.

Zacarias wollte sich ihrer bemächtigen, ein Teil von ihr werden, in ihrer Haut leben und all das spüren – diesen perfekten Ort und Moment, ihr Flehen um Gnade und seinen eigenen Körper, der ihr diente und ihr mehr Lust schenkte, als sie sich je erträumt hätte. Sie würde immer wissen, dass sie ihm gehörte. Kein anderer konnte solch ekstatische Gefühle in ihr wecken oder sie so glücklich machen. Und er konnte auch all die Macht zurücknehmen und sie so nackt und verwundbar zurücklassen, wie er es war.

Das war seine Obsession. Seine Art, sie zu besitzen. Das war – Liebe. Die Erkenntnis beschlich Zacarias plötzlich und erschreckte und schockierte ihn. Er *liebte* sie. Versuchte, ihr ohne Worte die Intensität seiner Empfindungen für sie zu übermitteln. Wie könnte er es ihr auch mit Worten sagen, wenn er das Gefühl nicht kannte? Nur hier, ganz tief in ihrem Körper, vermochte er, die Wahrheit zu erkennen. Was er hier tat, war keine Bestrafung, weil Marguarita ihm Leben schenkte. Und es ging auch nicht um Besitz, Besitzrechte oder Obsessionen. Nein, *das* war Liebe. Seine Liebe, so wild und ungebändigt sie auch war. Zacarias sagte Marguarita mit seinem Körper, was er nicht in Worte fassen konnte. Er feierte sie, schenkte sich ihr rückhaltlos und verglühte in ihrem Feuer.

Etwas sanfter strich er mit der Zunge über das kleine, erdbeerförmige rosafarbene Mal an ihrem Nacken und hob den Kopf, um ihren Blick zu suchen. Da spürte er, wie der Vulkan ihn in einem gewaltigen Ausbruch mitriss und ihn mit wilder, heißer Lust ums

Leben brachte, damit er wiedergeboren und neu erschaffen werden konnte. Ein Phönix, der aus der Asche aufstieg. Und hol die Sonne ihn – er hätte wirklich etwas rücksichtsvoller mit ihr umgehen sollen.

Ihre sanfte Rüge durchdrang den Nebel seiner Ekstase! *Liebe mich, wie du willst, Zacarias! Ich spüre deine Liebe in allem, was du tust. Ich brauche keine Worte. Und auch keine Sanftheit. Ja, manchmal habe ich ein wenig Angst, aber ich weiß, dass du mir niemals wehtun würdest.* Sie legte den Kopf wieder an seine Schulter und schmiegte sich so fest an ihn, dass es sich tatsächlich so anfühlte, als steckten sie beide in derselben Haut.

Zacarias hielt sie fest umfangen, bis ihre Herzen von der gefährlichen Raserei zu einem ruhigeren Tempo übergingen. Wieder und wieder küsste er die süße Stelle zwischen ihrem Nacken und ihrer Schulter und glitt dann mit den Lippen über Marguaritas Hals, um ihren Mund zu suchen.

Er hatte sich noch nie bei jemandem entschuldigt. *Es tut mir leid, ich hätte ein wenig behutsamer sein müssen.* Es war leichter, ihr die Worte auf geistigem Weg zu übermitteln, als sie laut auszusprechen. Zacarias fühlte sich nun wahrhaftig wie ein Teil von ihr, so innig, wie sie nach wie vor verbunden waren. Er pulsierte noch immer heiß, und ihr Körper glühte und zitterte von ihren ekstatischen Empfindungen.

Marguarita hob den Kopf, um ihn anzusehen, bevor sie mit den Lippen über seine strich und die Zunge spielerisch dazwischengleiten ließ. Diesmal ließ er Marguarita die Initiative übernehmen, ließ sie seinen Mund erforschen und war entzückt darüber, wie rückhaltlos sie sich ihm schenkte. Sie musste wund sein – und nur, weil er sich wie ein Wilder aufgeführt und sich in der ungeheuren Hitze seiner Lust total in ihr verloren hatte.

Oh, ich habe jede Sekunde davon genossen. Ich mag morgen zwar wund sein, doch es wird schön sein zu wissen, dass es von der körperlichen Liebe mit dir herrührt.

Die nicht leidenschaftlicher hätte gewesen sein können. Er hatte ihr alles von sich gegeben und auch nicht weniger von ihr verlangt. Und es schien leichter zu sein, von ihren körperlichen Empfindungen zu sprechen als von denen ihrer Herzen.

Marguaritas Zähne zupften spielerisch an seiner Unterlippe, und er spürte ihre Belustigung, als er sich sehr sanft aus ihr zurückzog und sie vorsichtig herunterließ. Dann hielt er sie, bis er sicher war, dass ihre Beine wieder fest genug waren, um sie zu tragen. Draußen vor dem Haus hörte er Schritte.

»Wir bekommen Besuch«, sagte er. »Dein Freund Julio und die Frau, die den Hubschrauber geflogen hat.« Schnell umfasste er noch einmal Marguaritas Brüste, weil es ihm widerstrebte, auch nur ein paar Momente mit ihr zu opfern. Er wollte diese Nacht mit ihr für sich allein.

Lea Eldridge. Marguarita versuchte, ihn mit der Hand zurückzuschieben. *Ich werde sie so schnell wie möglich wieder verabschieden. Sie darf dich nicht sehen. Ihr Bruder und sein Freund sind zu interessiert an dir. Beeil dich, Zacarias, und geh in deine unterirdische Kammer, während ich mich anziehe!*

Er lächelte, als er eine Hand um ihren Nacken legte und ihren Kopf zurückbog, um sie anzusehen. »Ich bin dein Beschützer und werde selbstverständlich bleiben, um mir die Frau anzusehen.«

Marguarita wurde blass, ihre Augen verdunkelten sich und weiteten sich vor Schreck. Er konnte gar nicht anders, als ihr einen Kuss auf die Lippen zu geben. Sie blinzelte ihn an, um dann vehement den Kopf zu schütteln.

Es ist zu gefährlich, dich ihr zu zeigen. Falls sie sich verspricht und ihr Bruder erfährt, dass du hier bist, wird Esteban es seinem unmöglichen Freund erzählen. Nein, im Ernst, Zacarias, steh nicht da und grinse! Du musst jetzt in deine Kammer gehen.

Marguarita blickte sich nach ihren Kleidern um und schlug die Hände vor den Mund, als eine heiße Röte ihren ganzen Körper überzog. Ihre Kleidung war ruiniert; Zacarias hatte sie in seiner

Eile vorhin zerrissen. Er fand es reizend, sie so hilflos und verletzlich zu sehen. All diese zarte Haut und großzügigen Kurven und das wild zerzauste Haar, das sich auf aufreizende Weise in ihren harten Brustspitzen verfing und in großen Wellen bis auf ihren sexy Po herunterfiel. Auch die Zeichen seiner Inbesitznahme waren überall auf ihrer Haut, rote Flecken, dunkle Flecken, die Abdrücke seiner Fingerspitzen und die Spuren seiner Bisse. Marguarita war wunderschön. Er konnte gar nicht anders, als mit der Hand über ihre festen Brüste zu streichen und zuzusehen, wie ihr der Atem stockte.

Zacarias liebte es, wie ihre Bauchmuskeln sich unter seiner Hand anspannten und wie sie die Beine ein wenig spreizte, um seiner suchenden Hand besseren Zugang zu verschaffen und ihm zu zeigen, dass sie wusste und akzeptierte, dass sie ihm gehörte. Sie war noch heiß und feucht von ihrem Liebesakt und roch nach ihm. Auch wenn er in modernen Zeiten lebte, war er ein altmodischer Mann, und die Lebensweise seiner Welt würde stets ein Teil von ihm sein. Deshalb wollte er, dass andere Männer wussten, dass sie ihm gehörte, dass sie beschützt wurde und nicht mehr frei war.

Seine Finger glitten noch ein wenig tiefer, in diese heiße Enge, und Marguarita bewegte instinktiv die Hüften. Ein Zittern durchlief sie. Er liebte es zu spüren, wie heißes Verlangen sie durchflutete, und darum nahm er sich die Zeit, den Mund auf eine ihrer verführerischen Brustspitzen zu senken und sie wissen zu lassen, dass sie ihm gehörte und es unwichtig war, was der Rest der Welt dachte, während er sich sein Vergnügen nahm. Und es *bereitete* ihm Vergnügen zu sehen, wie Marguarita nach Luft schnappte, wie ihre Röte sich vertiefte und ihre Augen sich verdunkelten. Er liebte das schwelende Begehren, das Verlangen und den Hunger, den er in ihnen sah.

Tief drang er mit zwei Fingern in ihre feuchte Hitze ein und dachte an nichts anderes als daran, dass auch das nur ihm gehörte.

All dieses glutvolle Begehren, das sich in Marguaritas Augen offenbarte, galt ihm allein. Ihr halb geöffneter Mund, das Erstaunen in ihren Augen, ihr schneller werdender Atem. Sein Daumen fand ihre empfindsamste Stelle und umkreiste und liebkoste sie, während seine Finger tief in sie hineinglitten. Seine Zähne, Zunge und Lippen hinterließen eine feuchte Spur an ihrem Nacken, als sie zu ihrem eigentlichen Ziel hinunterwanderten.

Er küsste ihre Brüste, denen zu widerstehen ihm schwerfiel, und Marguarita zuckte zusammen, als er spielerisch in eine ihrer harten Spitzen biss. Auch jetzt ließ er sich alle Zeit der Welt, ohne das Klopfen an der Haustür zu beachten, und verlor sich wieder in einer Welt der Lust. Sein Mund widmete sich mit gleicher Zärtlichkeit ihren Brüsten. Und während er sie liebkoste, hörte er nicht auf, Marguarita mit seinen Fingern auf intimste Weise zu erregen, die verborgene kleine Knospe zwischen ihren Beinen mit dem Daumen zu umspielen und daran zu zupfen, bis Marguarita von ihren lustvollen Empfindungen überwältigt wurde und am ganzen Körper wild erschauerte.

Das Klopfen an der Haustür war höflich, aber beharrlich und laut. Zacarias stützte Marguarita, denn ihre Knie drohten nachzugeben. Dabei betrachtete er sie lächelnd, sehr zufrieden mit ihrem geröteten Gesicht und dem wild zerzausten Haar. Sie sah aus wie eine Frau, die gerade sehr ausgiebig geliebt worden war. Als sie nach ihrem Haar greifen wollte, zog er ihre Hand zurück und schüttelte den Kopf.

»Lass es so! Ich mag es, wie du aussiehst. Ich werde öffnen, und du gehst in die Küche und bereitest Erfrischungen für unsere Gäste vor.«

Marguarita, die noch immer nach Atem rang und völlig durcheinander war, runzelte die Stirn. *Ich bin nackt. Und Lea darf dich nicht sehen. Bitte, Zacarias! Ich kann kaum noch denken.*

»Das brauchst du auch nicht. Tu einfach nur, was ich dir sage!«

Ich muss mich waschen.

Er warf einen Blick auf die feuchten Innenseiten ihrer Oberschenkel und das verführerische Dreieck weicher Locken. »Ich habe dich gebeten, in die Küche zu gehen und kleine Erfrischungen für unsere Gäste vorzubereiten, und nicht darum, mit mir zu streiten. Es ist eine relativ einfache Bitte, Marguarita, doch wie immer scheint es dir schwerzufallen, Anweisungen zu befolgen.«

Sie presste die Lippen zusammen, und er sah das Aufflackern von Verärgerung in ihren Augen und wie trotzig sie das Kinn vorschob. Wortlos kehrte sie ihm den Rücken zu und ging – nackt, barfuß und von ihrem langen Haar bis fast zum Po bedeckt. Zacarias spürte, wie sich ihm das Herz verkrampfte. Sie hatte Mut und Feuer. Und sie hielt Wort, so schwer es ihr vielleicht auch fiel.

»Marguarita«, sagte er sanft.

Sie drehte sich halb um und blickte ihn durch den Schleier ihrer langen Haare an.

»Du vergisst deine Kleider.«

Sie runzelte die Stirn und warf einen verständnislosen Blick auf die zerrissenen Stoffe auf dem Boden. Zacarias grinste und schwenkte eine Hand. Marguaritas Füße blieben nackt, aber ein langer Rock fiel anmutig bis zu ihren Knöcheln hinunter, und eine hübsche Bauernbluse, die ihre Schultern freiließ, bedeckte ihren Oberkörper. Ein breiter Gürtel zierte ihre Taille, und an ihren Ohrläppchen und einem ihrer Handgelenke glitzerte etwas Goldenes.

Staunend berührte sie das Armband. *Wie schön! Danke.* Lächelnd strich sie den weiten Rock über ihren Hüften glatt und stutzte. *Oh ... du hast die Unterwäsche vergessen, Zacarias.*

Sein mutwilliges Grinsen verriet ihr, dass es Absicht gewesen war. »Ich vergesse nie etwas.«

Eine heiße Röte stieg ihr vom Nacken in die Wangen, und Marguarita schüttelte den Kopf, doch dann wandte sie sich ab und ging ohne weiteren Protest in Richtung Küche. Es machte ihm Spaß, Marguarita aufzuziehen und den drohenden Wutausbruch in ihrem Blick zu sehen. Als würde er je erlauben, dass ein anderer Mann sie nackt zu Gesicht bekam! Sie hätte wissen müssen, dass das nie geschehen würde.

Ihre Wärme und ihr leises Lachen durchströmten Zacarias' Geist. *Ich wusste es. Als ich mich umdrehte, um in die Küche zu gehen, und dein Lachen und deine selbstgefällige, männliche Zufriedenheit bemerkte, da wusste ich, dass du mich nur necktest.*

Meine süße kleine Närrin! Ich bin viel zu besitzergreifend, um einen anderen Mann sehen zu lassen, was mir gehört. Das hätte dir klar sein müssen. Aber ich schaue dir zu gern zu, wenn du nackt durchs Zimmer gehst. Weil du so ein wunderschöner Anblick bist.

Er sandte eine frische Brise durch das ganze Haus und fügte ein paar brennende Duftkerzen hinzu. Zacarias hätte ja Marguaritas zerrissene Kleider auf dem Boden liegen lassen, aber das hätte sie vermutlich in Verlegenheit gebracht. Den Besuchern konnte jedoch so oder so nicht entgehen, dass Marguarita mit ihm geschlafen hatte, da ihr Körper alle Anzeichen dafür aufwies, und sie würden auch sehr schnell merken, dass sie zu ihm gehörte, da er das sehr deutlich klarzustellen gedachte.

Er öffnete weit die Tür.

Julio schnappte verblüfft nach Luft und trat einen Schritt zurück, um sich zwischen Lea Eldridge und Zacarias zu stellen. »Ich wusste nicht, dass Sie hier sind, *señor*«, sagte er in entschuldigendem Ton.

»Kommen Sie herein! Marguarita bereitet schon Tee und etwas zum Knabbern vor«, begrüßte Zacarias sie und trat beiseite, um sie eintreten zu lassen.

Julio sah verwirrter aus denn je und schüttelte fast unmerklich den Kopf, wobei er mit dem Kinn auf Lea deutete. Sein Beschützerinstinkt den Brüdern de la Cruz gegenüber setzte ein. Er war in eine Familie hineingeboren worden, die ihre symbiotische Beziehung sorgfältig vor allen Außenseitern schützte.

Lea linste um Julios Schulter herum und riss verblüfft die Augen auf. Zacarias konnte die Überraschung und freudige Erregung darin sehen, aber auch blanke Furcht. Die junge Frau schob die Finger in Julios Gesäßtasche. Es war eine Geste, die Lea wahrscheinlich nicht einmal bewusst war, Zacarias jedoch einiges verriet, ohne in ihr Bewusstsein eindringen zu müssen: Sie wusste, dass er ein Mitglied der Familie de la Cruz war, und sie war sehr interessiert an Julio Santos.

Zacarias machte eine einladende Handbewegung, und Julio griff hinter sich nach Leas Hand, bevor er eintrat.

»Señor de la Cruz, darf ich Ihnen Lea Eldridge vorstellen? Sie hat uns heute Nacht einen großen Gefallen erwiesen, als sie Ricco Cayo zum Krankenhaus flog. Ich hatte keine Ahnung, dass Sie hier waren. Wann sind Sie angekommen?«

Mit dieser Eröffnung gab Julio seinem Dienstherrn die Möglichkeit zu bestimmen, was gesagt werden durfte und was nicht.

Zacarias verbeugte sich auf eine altmodische, galante Art, die Lea erröten ließ, und schenkte ihr ein Lächeln, von dem er hoffte, dass es echt aussah, und schloss dann die Tür hinter ihnen. »Ich kann nicht lange von meiner Frau getrennt sein …« Er unterbrach sich stirnrunzelnd und schüttelte den Kopf. *»Päläfertiilam.«* Wieder schüttelte er den Kopf und schaute Julio mit erhobener Augenbraue an. »Wie sagt man hier? *Esposa*. Gemahlin. Meine Gemahlin.«

Er war sehr erfreut über Julios schockierten Blick. Zacarias hatte Marguarita nach karpatianischer Tradition geheiratet, was sehr viel bindender war als eine Ehe bei Menschen. Marguarita und er würden jetzt nicht mehr ohne einander leben können. Marguarita war seine bessere Hälfte im wahrsten Sinne dieses Wortes.

Leas Augen weiteten sich erneut. »Sie meinen aber doch gewiss nicht Marguarita Fernandez?«

»Natürlich meine ich sie«, antwortete Zacarias freundlich. »Sie ist die Hausherrin hier.«

»Aber …« Lea drückte eine Hand vor ihren Mund, als versuchte sie, die Fragen zurückzuhalten. Aber dann platzte sie doch damit heraus. »Warum hat sie mir das nicht erzählt? Ich bin ihre Freundin. Und weshalb hat sie auch niemand anderem hier etwas gesagt? Sie können nicht mit ihr verheiratet sein!«

»Ich versichere Ihnen, Miss Eldridge, dass es so ist«, entgegnete Zacarias ruhig, aber in einem Ton, der keinen Widerspruch zuließ.

Lea sah Julio an; sie wirkte verwirrt, gekränkt und aufgeregt zugleich.

Der junge Mann zuckte die Schultern, um möglichst ungezwungen zu erscheinen. »Du wirst verstehen, Lea, dass es nicht gut wäre, wenn sich das herumspricht. Marguarita muss geschützt werden. Die Familie de la Cruz ist sehr wohlhabend, und du weißt, wie groß die Gefahr einer Entführung ist. Es ist besser, wenn niemand etwas weiß.«

Lea warf ihm einen ärgerlichen Blick zu, war jedoch anscheinend so eingeschüchtert von Zacarias, dass sie vorerst kein weiteres Wort mehr sagte.

Zacarias betrat die Küche als Erster, blieb aber wieder stehen, als sein Blick auf Marguarita fiel, die am Herd stand und Wasser in die Teekanne goss, die ihre Mutter selbst getöpfert hatte. Für ihn gab es keinen schöneren Anblick auf der Welt als den Marguaritas. Die Farben ihres Rocks waren lebhaft und strahlend, ihre Haut schimmerte, und ihr Haar war wie ein glänzender Wasserfall aus blauschwarzer Seide. Ihre Bewegungen waren voller Anmut. Als er die Blicke der Menschen bemerkte, die sie mit einer Ehrfurcht betrachteten, als sähen sie sie zum ersten Mal, wusste Zacarias, dass sein Blut Marguaritas Schönheit noch vergrößert hatte. Er konnte auch die Bewunderung in Julios Augen sehen und nahm sich vor, Marguarita beizubringen, wie sie ihre Anziehungskraft verringern konnte.

Zacarias' Blut verschärfte auch ihre Sinne. Sie konnte das Gespräch nicht überhört haben, nicht mit karpatianischem Blut in ihren Adern, und ihr Gesicht war völlig unbewegt, als sie Zacarias anschaute. Er ging zu ihr und hob ihre linke Hand, weil er sich plötzlich an die menschliche Tradition, Eheringe zu tauschen, erinnerte, zog ihre Finger an die Lippen und küsste den goldenen Ring, den er für sie herbeigezaubert hatte.

Sie presste die Lippen zusammen und betrachtete stirnrunzelnd den Ring. *Was soll das, Zacarias? Was ist das für ein Spielchen, das du treibst?* Es lag etwas Gekränktes in ihrem Ton. Offenbar hatte er sie irgendwie verletzt. Ohne sich darum zu scheren, was ihre Gäste denken mochten, legte er von hinten die Arme um Marguarita und zog sie an sich.

»Ist der Tee fertig, meine Liebe?« *Er* hatte das Wasser zum Kochen gebracht, damit keine Wartezeit entstand. Jetzt strich er mit den Lippen über Marguaritas Haar und dachte, dass der Kontrast zwischen seiner strahlenden Seelengefährtin und Julio und Lea ganz erstaunlich war. Lea war eine attraktive Frau, doch im Vergleich zu Marguaritas waren ihre Farben dumpf und matt. Auch Julios Farben waren nicht so lebhaft wie Marguaritas, und er konnte das pumpende Herz des jungen Mannes und die Arterien sehen, die sich wie eine Straßenkarte durch seinen Körper zogen. Leas Herz und Arterien waren ebenfalls zu erkennen, wenn auch viel schwächer.

Eine leise Belustigung drang in sein Bewusstsein. *Angriffsziele, lieber* Ehemann. *Du siehst sie nur als Angriffsziele. Aber sie sind Freunde und keine Zielobjekte. Zu Anfang war sogar ich nicht mehr als ein Angriffsobjekt für dich. Du siehst alle, die dir auf der Hazienda begegnen, nicht als Menschen, sondern nur als potenzielle Feinde.*

Und sie hatte recht, erkannte er. Er hatte seit Jahrhunderten niemanden mehr nur als Menschen oder Karpatianer betrachtet. Er lebte in einer Welt, in der das Gesetz des Dschungels herrschte; es ging darum, zu töten oder getötet zu werden. Julios Haut und Gesichtszüge waren die dumpfsten, weil er die größte potenzielle Bedrohung darstellte. Erst seit Marguarita die abgebrochenen Verbindungen in Zacarias wiederhergestellt und die vielen Schatten, die seinen Geist verdüstert hatten, verdrängt hatte, war er in der Lage zu erkennen, dass Julio mehr war als ein potenzieller Feind. Er war ein Mann. Vielleicht keiner, der je ein Freund sein würde, denn wahre Freunde hatte Zacarias ohnehin nur wenige auf der Welt, aber jemand, den er respektieren konnte.

Zacarias merkte nun, wie er die Welt ohne Marguarita gesehen hatte. Andere als Angriffsziele zu markieren war so tief in ihm verwurzelt, dass er sich dessen nicht einmal bewusst gewesen war. Er kannte jeden verwundbaren Punkt an einem Körper, jede Stelle, an der man einen tödlichen Schlag anbringen konnte. So abgetrennt von der Zivilisation war er gewesen.

Marguaritas Hände schlossen sich plötzlich ganz fest um seine, als wollte sie ihm Halt geben. Sie las Empfindungen in ihm, derer er sich nicht bewusst war. Als er danach suchte, fand er Scham. Es beschämte ihn, dass er Männer wie Julio, gute, tapfere Männer, die für seine Familie gekämpft hatten, ja sogar für sie gestorben waren, bisher noch nie wirklich zur Kenntnis genommen hatte. Dass er nicht einmal versucht hatte, sie als das zu sehen, was sie waren.

Bitte nehmt doch Platz und sagt uns, wie es Ricco geht!, schrieb Marguarita auf einen Zettel.

Julios Blick glitt zu Zacarias' Gesicht, und er trat einen weiteren Schritt zurück in Richtung Tür, als wollte er die Flucht ergreifen, und umklammerte noch fester Leas Hand.

Zacarias atmete tief ein, um seinen Geist mit Marguaritas Duft zu überschwemmen. Er brauchte niemand anderen in seinem Leben, sie dagegen schon, und deswegen bemühte er sich, ihre Gefühle für Julio und Lea zu verstehen. Die beiden Menschen waren ihr wichtig – und deshalb sollten sie auch ihm nicht gleichgültig sein.

»Ja, nehmen Sie doch bitte Platz!« Er deutete auf einen Stuhl, und an der Art, wie er Julio dabei ansah, merkte dieser, dass es ein eindeutiger, wenn auch höflich formulierter Befehl war.

Julio zog sofort einen Stuhl für Lea unter dem Tisch hervor und setzte sich dann auf den neben ihr.

Versuch doch bitte, nicht so einschüchternd zu klingen, bat Marguarita.

Die Sonne soll sie holen, Frau! Sie stehlen mir nur die Zeit mit dir, antwortete er im Geiste, aber es schwang ein scherzhafter Ton in seinen Worten mit, der beide überraschte.

Mit dem Fuß schob er einen Stuhl herum und ließ sich rittlings darauf nieder, während Marguarita Tee und Plätzchen auftischte. Sie wollte sich Zacarias gegenüber hinsetzen, aber er griff nach ihrem Handgelenk und zog sie auf den Stuhl an seiner Seite. Sie errötete, als sie Julios erhobene Augenbrauen sah.

Was tust du? Das ist keine gute Idee. Ehrlich nicht. Du solltest gar nicht hier sein, Zacarias, und auch niemanden wissen lassen, dass wir … Das ist zu gefährlich für dich.

Du kannst von Glück sagen, dass ich dich nicht auf meinen Schoß gezogen habe, wo ich deinen weichen Körper an meinem spüren kann, neckte er sie. Vielleicht war es ja gar nicht mal so schlecht, Besuch zu haben. Seine Frau war nicht schüchtern, wenn sie mit ihm allein war, doch in Gegenwart anderer war sie es, oder jedenfalls, was ihre Beziehung zueinander anging. Das ergab für ihn zwar keinen Sinn, aber es machte ihm Spaß, sie so nervös zu sehen.

»Warum hast du mir nicht gesagt, dass du verheiratet bist, Marguarita?«, fragte Lea gekränkt. »Ich dachte, wir wären gut genug befreundet, um mir so etwas zu erzählen. Und Esteban hast du in dem Glauben gelassen, du wärst noch frei.«

Marguarita zog ihren Notizblock zu sich heran und begann zu schreiben. Aber Zacarias legte schnell die Hand über den Block, als er die Entschuldigung las.

»Sie wollen doch sicher nicht, dass Marguarita sich für etwas entschuldigt, das eine Sicherheitsfrage ist. Ihr Bruder hatte nie ernsthaft vor, sie zu umwerben, und das wusste sie. Ich bin ein sehr wohlhabender Mann und habe viele Feinde. Marguarita hätte es Ihnen gesagt, wenn sie es gekonnt hätte. Falls Sie also ärgerlich sein müssen, dann seien Sie ärgerlich auf mich. Ich habe Marguarita zum Stillschweigen verpflichtet. Und Julio trifft schon gar keine Schuld. Er wusste von meiner Anwesenheit, aber er war nicht über unsere Heirat unterrichtet.«

Wir sind nicht verheiratet.

Zacarias warf Marguarita einen Blick zu, der sie herausforderte, ihm zu widersprechen. Eine Androhung von Vergeltung lag in diesem Blick. Wenn sie nicht anerkannte, was er für sie war …

Wir haben nicht vor einem Priester gestanden.

Das ist doch Unsinn. Wir sind verheiratet. Ich habe die rituellen Worte gesprochen, die uns aneinander binden.

»Lass mich deinen Ring sehen!«, bat Lea Marguarita. Offenbar hatte sie ihr verziehen.

Zacarias runzelte die Stirn. Seine Frau hatte sich nichts zuschulden kommen lassen, und Leas großmütiger Ton verärgerte ihn. Bevor er jedoch reagieren konnte, legte Marguarita warnend eine Hand auf seine.

Das ist etwas typisch Menschliches. Also lass es ihr bitte durchgehen!

Zacarias verstand noch immer nicht ganz, aber das machte nichts, wenn er seiner Seelengefährtin mit etwas so Simplem eine

Freude machen konnte. Er würde viel von ihr verlangen, und es war ein Leichtes für ihn, ihr solche Kleinigkeiten zu gewähren, die ihr jedoch offensichtlich viel bedeuteten.

Marguarita schob die Hand über den Tisch zu Lea, um ihr den antiken Ring aus geflochtenem Gold zu zeigen, der aus der Renaissancezeit stammte. Wenn man das komplizierte Muster genau betrachtete, wurde ein wunderschöner alter Schriftzug zwischen den miteinander verflochtenen Zöpfen sichtbar.

Marguarita strich mit dem Finger über die Buchstaben. *Sívamet andam. Sielamet andam.*

»Was bedeutet das?«, fragte Julio, als er die fremden Worte sah.

»Ich schenke dir mein Herz. Ich schenke dir meine Seele«, übersetzte Zacarias. »Beides gehört nun ihr, und wenn Herz und Seele erst einmal verschenkt sind, nimmt kein de la Cruz sie je wieder zurück. Sie werden für immer in Marguaritas Obhut bleiben.«

Lea gab einen zustimmenden Laut von sich und strahlte ihn an.

»Dann gratuliere ich, *señor.*« Julio bemühte sich, Zacarias in die Augen zu sehen, war jedoch nicht imstande, seinem Blick gelassen standzuhalten, und senkte den seinen wieder auf den Ring. »Marguarita ist sehr beliebt auf der Ranch. Sie haben doch hoffentlich nicht vor, sie uns wegzunehmen?«, fragte er.

Zacarias konnte Marguaritas Erschrecken spüren. Daran hatte sie wohl nicht gedacht. Aber was hatte sie sich denn vorgestellt? Dass er kommen und gehen würde wie immer? Es spielte keine Rolle, was sie dachte. Wohin er auch ging, sie würde bei ihm sein. Sie hatte sich in seine Obhut gegeben – und er würde sie behüten, sein Leben lang.

Marguarita presste die Lippen zusammen, doch er spürte die Furcht in ihr. Dies war ihr Zuhause, ihre Welt: diese Menschen, die Pferde, die Ranch. Er dagegen war an nichts und niemanden gebunden und konnte sich auch nicht vorstellen, dass es jemals dazu kommen könnte. Immer wieder ging sein Blick zu Marguarita. Sie war sein Zuhause, und ein Teil von ihm wollte einfach nicht mit Menschen, Tieren und Orten um sie wetteifern. Er wollte sie weit wegbringen, damit sie sich für alles, was sie brauchte, an ihn würde wenden müssen. Er wollte alles für sie sein.

Du bist alles für mich. Sie strahlte Ruhe, Gelassenheit und Akzeptanz aus. Ihr Geist streifte seinen in einer zärtlichen Liebkosung, die ihn schwach machte. *Ich will dich nicht belügen, Zacarias. Wenn du möchtest, dass ich die Ranch verlasse, wird es furchtbar schwierig für mich sein, doch ich würde mich jederzeit für dich entscheiden. Und ich würde meine Entscheidung nie bereuen.*

Einen Moment lang raste sein Herz, bevor es wieder seinen normalen Rhythmus annahm. Er sah die Aufrichtigkeit ihrer ruhigen Erklärung. Er war ein Mann ohne Vertrauen – und mit einem jahrhundertealten Ehrenkodex, der ihn am Leben erhalten, aber einsam gemacht hatte. Marguarita *änderte* das alles, und ihre Realität genügte ihm allmählich. *Warum? Warum bist du dir so sicher, Marguarita? Du weißt, dass ich sehr grob sein kann.*

Sie griff in Gegenwart der anderen nach seiner Hand und legte ihr ganzes Herz in ihre Augen, als sie ihn anschaute. *Du brauchst mich, Zacarias. Ich sehe dein wahres Ich, das ich über alles liebe. Und diesen Zacarias kannst du ohne mich nicht sehen.*

Sie wusste es also. Ihm hätte klar sein müssen, dass er ihr die Wahrheit ebenso wenig vorenthalten konnte, wie er seine Erinnerungen vor ihr hatte verbergen können. Ihre Finger strichen zärtlich über sein Gesicht, und er ergriff sie und drückte ihre Hand ans Herz.

Lea senkte den Kopf und warf Julio einen verstohlenen Blick zu. Die Sehnsucht in ihrem Gesicht war nicht zu übersehen. Zacarias zwang sich zu einem Lächeln und hoffte, dass es freundlich und nicht aufgesetzt wirkte.

»Haben Sie vor, lange in diesem kleinen Winkel der Welt zu bleiben, Lea? Marguarita freut sich über die Gesellschaft, und obwohl wir manchmal werden reisen müssen, wollen wir diese Ranch zu unserem ständigen Zuhause machen.« Das zumindest konnte er Marguarita garantieren.

Lea stellte die Teetasse auf die Untertasse und nickte. »Ich hoffe, dass ich bleiben kann. Mein Bruder will bald wieder weiter, aber ich habe schon begonnen, Arrangements zu treffen, um zu bleiben. Mir gefällt es hier.«

»Du kannst hier nicht allein leben«, wandte Julio ein. »Dein Bruder würde dich doch nicht einfach zurücklassen? Wer soll dich dann beschützen?«

Lea verzog das Gesicht. »Ich brauche keinen Beschützer. Ich bin ein großes Mädchen«, sagte sie und schenkte Marguarita ein entschuldigendes kleines Lächeln. »Ich bin nicht mit einem der reichsten und mächtigsten Männer dieser Welt verheiratet.«

»Aber du bist eine Frau«, murmelte Julio, und sein Gesicht verdunkelte sich vor Ärger. »Was für eine Art von Bruder würde dich ganz auf dich allein gestellt zurücklassen?«

Lea schob das Kinn vor und starrte Julio kühl über den Rand ihrer Teetasse hinweg an, die sie gerade zum Mund geführt hatte. Zacarias bemerkte das leichte Zittern ihrer Hand. Es war zu unauffällig, um von Julio entdeckt zu werden, doch es bewies, dass Lea Eldridge mehr Angst davor hatte, allein an einem fremden Ort zu sein, als sie sich anmerken lassen wollte.

»Meinem Bruder gefällt es hier nicht, es ist ihm zu abgelegen. Aber ich bin gern an diesem Ort, und wer weiß, ob ich nicht den Job Ihres Helikopterpiloten übernehmen kann, falls er nicht wieder auftaucht. Ich habe mich schon darum beworben.«

»Wo ist der Pilot?«, fragte Zacarias, bevor Julio weitere Einwände erheben konnte.

Der junge Mann seufzte, wischte sich mit der Hand über das Gesicht und warf Marguarita einen nervösen Blick zu. Sie zog ihren Notizblock zu sich heran, aber wieder legte Zacarias die Hand darauf.

»Ich frage Sie, nicht Marguarita«, erklärte er mit ruhiger Bestimmtheit in der Stimme.

»Charlie Diaz hat ein Alkoholproblem, *señor*. Er ist monatelang trocken, und dann stürzt er wieder ab und geht drei, vier Monate auf Sauftour, bevor er wieder hier erscheint.«

Zacarias verengte die Augen. »Und obwohl er das weiß, hat Cesaro ihn behalten? Er ist eine Gefahr für Sie alle. Ricco Cayo wäre ohne medizinische Versorgung gestorben. Wäre Miss Eldridge nicht zufällig hier gewesen, um ihn zu einem Krankenhaus zu fliegen, hätten wir ihn verloren.« Die Kritik in seiner Stimme war nicht weniger alarmierend als sein kalter Blick.

15. Kapitel

Marguarita entging nicht die zunehmende Anspannung in der Küche. Zacarias wirkte einschüchternder denn je, und Lea rückte ein bisschen näher an Julio heran und schien den Tränen nahe zu sein. Die Luft im Raum wurde sehr erdrückend. Marguarita verschränkte die Finger mit Zacarias' und lächelte Julio an, um die Anspannung zu lindern.

Was ist, Zacarias?

Aber er erwiderte nichts, sondern hielt nur den durchdringenden Blick auf Julio gerichtet und wartete auf eine Antwort.

Der junge Mann wurde bis über die Ohren rot. »Mein Vater und ich haben viel über Charlie und seine Situation gesprochen und überlegt, wie wir damit umgehen sollen. Wir dachten, diesmal würde er es schaffen.« Er fuhr sich mit der Hand durchs Haar. »Aber seit Tagen hat ihn niemand mehr gesehen.«

»Und weder Sie noch Ihr Vater fanden, dass ich darüber informiert werden sollte?« Zacarias' Stimme war beängstigend ruhig.

Bitte nicht vor Lea! Tu das nicht, Zacarias!, bat ihn Marguarita. Julio würde mehr denn je in Verlegenheit geraten, wenn sein Chef ihn vor den beiden Frauen wegen eines Fehlers ins Gebet nahm. *Julio ist ein stolzer Mann und sehr loyal dir gegenüber …*

Er ist loyal seinen Mitarbeitern gegenüber. Und er bringt uns beide in Gefahr.

Zacarias' harter, konzentrierter Blick wich keine Sekunde lang von Julios Gesicht und seinen Augen. Marguarita, die nicht bemerkt hatte, wie angespannt sie selbst geworden war, spürte, wie ihr Magen sich verkrampfte.

»Ja, *señor*, wir hätten Ihnen eine Nachricht zukommen lassen müssen. Aber Charlie hat eine Familie und Kinder, und wir hatten gehofft, dass er diesmal trocken bleiben würde.«

»Er ist eine Belastung und Gefahr für alle auf der Ranch. Cesaro hätte das wissen müssen.«

Julio wurde puterrot. »Er ist sich dessen bewusst.«

»Ich will, dass dieser Mann gesucht und zu mir gebracht wird.«

Lea räusperte sich. »Mein Bruder sprach von einem Mann namens Charlie, dem er in einer Bar begegnet war.«

Ein Frösteln lief über Marguaritas Rücken, und ihr Blick glitt schnell zu Julios. Wenn Charlie Diaz ein Trinker war und er mit Leas Bruder in der Bar gesprochen hatte, war Estebans Freund dann auch dabei gewesen – der Mann, der so interessiert an der Familie de la Cruz war?

So innig, wie sie mit Zacarias verbunden war, konnte er nicht umhin, ihr Erschrecken zu bemerken. Sein Geist streifte den ihren mit einer Zärtlichkeit, die Marguarita erstaunte. Er ließ nicht oft Zärtlichkeit erkennen, aber diese Geste war sehr, sehr liebevoll.

»Erzählen Sie mir von dieser Unterhaltung!«, forderte er Lea auf. Seine Stimme war mit einem leichten psychischen Zwang unterlegt.

Marguarita erkannte die verborgene Aufforderung. Das karpatianische Blut in ihren Adern schärfte ihre Sinne, und sie wusste sofort, dass Lea dem sanften Druck, Zacarias zu gehorchen, nicht würde widerstehen können. Marguarita war nicht sicher, was sie von dieser Manipulation hielt. Da Zacarias' Sicherheit ihr jedoch über alles ging, presste sie die Lippen zusammen, um keinen Einspruch zu erheben.

Lea rieb sich die Schläfen, als bekäme sie Kopfschmerzen. Sogar Marguarita konnte den langsam auf sie ausgeübten Druck spüren. Zacarias versuchte, sanft zu sein, was eine völlig neue Vorgehensweise für ihn war, wie Marguarita wusste. Normalerweise hätte er Leas Kopf die Information entrissen und keinen Gedanken mehr an sie verschwendet. Nur aus Respekt vor ihr, Marguarita, ging er so behutsam vor.

Sie schaute ihn an. Er sah unglaublich gut aus, aber auch gefährlich. Kein Wunder, dass sowohl Julio als auch Lea von ihm eingeschüchtert waren. Selbst wenn Zacarias freundlich zu sein versuchte, war ihm anzusehen, was er war. Er hatte die Situation souverän im Griff. Keiner würde diesen Mann je übersehen können.

Zacarias sandte ihr eine beruhigende Schwingung zu, ohne den Blick von Lea abzuwenden, weil sie sich auch an Einzelheiten erinnern sollte, die sie wahrscheinlich nicht einmal für wichtig hielt.

»Esteban kam sehr spät nach Hause, gegen drei Uhr morgens. So betrunken hatte ich ihn noch nie erlebt. Normalerweise trinkt er nämlich nicht. Ich musste ihm ins Haus helfen. Er schaffte es nicht einmal die Verandastufen hinauf. Und DS hatte ihn einfach aus dem Wagen gestoßen.«

»Sie warteten auf Ihren Bruder?«, fragte Zacarias.

Lea nickte. »Ich war beunruhigt.«

Wieder rieb sie sich die Schläfen und verschränkte dann nervös die Finger. In einer beruhigenden Geste legte Julio die Hände auf ihre, während sein Blick zu Marguarita glitt. Er wusste genau, dass Zacarias mentalen Zwang ausübte, und schämte sich, dass er Lea in eine solche Lage gebracht hatte. Cesaro und Julio führten die Ranch und trugen die Verantwortung für die Arbeiter und ihr Verhalten. Charlie war schon lange Zeit eine Belastung gewesen, seiner Familie zuliebe hatten sie ihn jedoch noch nicht hinausgeworfen.

»Ich saß draußen auf den Verandastufen und wartete auf Esteban. Dan – DS – lachte, als er vorfuhr und mich dort sah. Ich stand auf und wollte zum Wagen gehen, als DS sich über den Sitz beugte, die Beifahrertür aufriss und meinen Bruder aus dem Wagen stieß. Ich konnte ihn lachen hören, und er sah mich direkt an und …« Sie brach erschaudernd ab.

Weiter! Erzählen Sie mir alles!, forderte Zacarias unerbittlich.

Marguarita konnte nicht umhin, ihn missbilligend anzusehen. Lea hatte offensichtlich große Angst vor Estebans Freund. Sie wollte nach ihrem Notizblock greifen, frustriert, dass sie keinen anderen Weg sah, ihre Freundin zu beruhigen. Aber wieder kam ihr Zacarias' Hand zuvor. Diesmal steckte er den Notizblock ein, was Marguarita ein bisschen wehtat, weil sie sich nun völlig von den anderen im Zimmer abgeschnitten fühlte. Der Block war ihre einzige Kommunikationsmöglichkeit, und Zacarias hatte ihn gerade für tabu erklärt.

Lea räusperte sich und umklammerte Julios Finger, als suchte sie Kraft bei ihm. »DS griff sich an den Schritt und schrie mir ›später‹ zu. Er streckte die Zunge heraus und machte obszöne Bewegungen damit. Ich zögerte, weil ich mich nicht zu weit vom Haus entfernen wollte, falls ich weglaufen musste, aber er fuhr nur lachend weg.«

Sie fühlt sich gedemütigt, uns all das erzählen zu müssen, also hör jetzt bitte auf!

Zacarias sah Marguarita warnend an und konzentrierte einen Moment lang den Blick auf sie. Da war nichts Rotes in seinen Augen, was darauf hingedeutet hätte, dass das Raubtier ihn beherrschte. Es war aber auch nichts von dem Saphirblau zu sehen, das ihre körperliche Liebe stets zum Vorschein brachte, sondern nur reines, hartes Schwarz, das glitzerte wie dunkle Diamanten. Wieder war ihr, als striche eine kalte Hand über ihren Rücken. Marguarita verstand sein Bedürfnis, die arme Lea auszuhorchen, und sie wusste auch, dass nichts ihn daran würde hindern können.

Marguarita versuchte, sich nicht verletzt zu fühlen, und sagte sich, dass sie ihn einfach nur noch nicht richtig verstand. Er hatte nie jemandem Rechenschaft ablegen müssen, und glaubte, sie müsse ihm vertrauen und in allen Dingen folgen, doch er verstand die normalen gesellschaftlichen Regeln nicht und ahnte vielleicht nicht einmal, dass sein Verhalten Lea und Julio schaden konnte. Marguarita befürchtete, dass die beiden einander nie wieder unbefangen würden ansehen können, wenn Zacarias Lea noch mehr Geständnisse abrang. Am Ende würde Julio für immer misstrauisch gegenüber Zacarias sein und ihn noch mehr hassen oder fürchten, und das würde sich auch auf *ihr* Verhältnis zu Julio auswirken.

Marguarita senkte den Blick auf ihre Tasse. Ihr war eigentlich nicht nach Tee, obwohl sie ihn immer sehr gemocht hatte. In den letzten Tagen war ihr so gut wie alles zuwider außer Wasser. Sie verlor immer mehr ihre eigene Welt und glitt in Zacarias' hinüber. Sie hatte sich zwar selbst dafür entschieden, war aber trotzdem nicht bereit, alles, was sie liebte, so schnell aufzugeben.

»Mein Bruder lag auf dem Boden, mit dem Gesicht nach unten. Ich konnte ihn kichern hören, und das machte mich erst richtig wütend. Ich bin mir ziemlich sicher, dass er DS' Gesten nicht gesehen und wahrscheinlich auch sein ›später‹ nicht gehört hatte, doch ich fand es nicht schön von ihm, dass er sich amüsierte, nachdem ich mich so gefürchtet hatte«, gab Lea zu.

Julio rückte näher an sie heran. »Natürlich hast du dich gefürchtet. Wer ist dieser DS?«

Lea schüttelte den Kopf. »Halt dich von ihm fern, Julio! Er ist ein schlechter Mensch. Seit mein Bruder ihm begegnet ist, hatten wir nichts als Ärger. Er überredet Esteban zu Aktionen, die nicht in Ordnung sind.« Sie vermied den Blickkontakt. »Mehr als einmal habe ich es gerade noch geschafft, Esteban vor dem Gefängnis zu bewahren.«

»Erzählen Sie weiter von jener Nacht!«, beharrte Zacarias, um sie nicht vom Thema abkommen zu lassen. Seine Stimme war weich wie Samt, aber wieder mit einem Zwang unterlegt, dem niemand widerstehen konnte.

»Ich habe Esteban dann ins Haus geholfen. Er war wirklich sehr betrunken und plapperte ununterbrochen über Charlie und darüber, dass DS ihn rekrutiert habe. Er hatte ihm die ganze Nacht lang Drinks spendiert. Esteban brüstete sich damit, dass er mit Charlie mitgehalten habe, als der einen nach dem anderen trank. Er redete wirres Zeug daher, das überhaupt keinen Sinn ergab. Sie spielten irgendein verrücktes Spiel. Einen Drink für Wahrheit oder Pflicht.«

»Wie meinen Sie das, er redete wirres Zeug daher?«

Marguarita bekam plötzlich einen trockenen Mund, und ihr Herz begann, wie wild zu pochen. Sie hatte große Angst. Es war das Schnurren von Zacarias' Stimme, das Erwachen eines gefährlichen Raubtiers, das Beute gewittert hatte und an die Oberfläche drängte, was ihr diese Angst einjagte.

Trink deinen Tee, mica emni kunenak minan – *meine schöne kleine Närrin! Lass dein Herz dem Rhythmus des meinen folgen!* Zacarias bewegte sich so unmerklich, dass die anderen es vermutlich nicht gesehen hatten, doch sein Körper war jetzt näher an ihrem, und seine Hitze drang in ihre kalte Haut. *Du brauchst keine Angst zu haben. Deine Freundin ist sicher vor mir. Sie hat nichts Böses in sich.*

»Verrücktes Zeug eben.« Lea rieb sich erneut die Schläfen. »Er sprach davon, Vampiren einen Pflock ins Herz zu treiben. Und er nannte sich die ganze Zeit *Van Helsing*. Das ist ein Name aus dem Buch *Dracula*. Er sagte, er wolle auf die Jagd gehen und brauche dafür einen Pflock und Knoblauch. Und dann lachte er wie ein Irrer und befahl mir, Halsketten aus Knoblauch herzustellen.« Sie schlug die Hände vors Gesicht und schüttelte den Kopf. »Am nächsten Morgen schien Esteban sich zunächst an nichts zu erinnern, aber dann meinte er, ich solle DS gegenüber nicht erwähnen, dass er etwas von Vampiren, Knoblauch und Pflöcken gesagt hatte, und deshalb wusste ich, dass er mich schon wieder anlog.« Sie sah Julio fast ein bisschen bittend an. »Es gibt keinen Wahnsinn in unserer Familie. Wirklich nicht. Mein Bruder war nur betrunken. Ich habe keine Ahnung, was er treibt, doch er liebt es, sich mit Geheimbünden und Gangstern zu befassen und ist sehr empfänglich für schlechte Einflüsse.«

»Was hat Charlie den beiden erzählt?«, fragte Zacarias.

Marguarita spürte die Tränen, die hinter ihren Lidern brannten. Die Strafe für Verrat war der Tod. Alle wussten das. Man konnte darum bitten, gehen zu dürfen, und Erinnerungen konnten ausgelöscht werden, aber wenn man zu den Familien gehörte, die den Brüdern de la Cruz seit Generationen dienten, waren die geistigen Barrieren, die das Eindringen in den Verstand verhinderten, von Geburt an schon vorhanden, und ihre Entfernung war nur sehr schwer zu ertragen. Und nun hatte Charlie in betrunkenem Zustand mit Esteban und seinem Freund DS geplaudert ...

Lea runzelte die Stirn und rieb sich jetzt die Fältchen dort, als würde ihr das helfen, sich zu erinnern. Macht machte sich in der Küche bemerkbar – eine so starke Macht, dass Marguarita verblüfft war, dass weder Julio noch Lea das Knistern der Energie in der Luft bemerkten.

»Esteban sagte, Charlie habe Zeichnungen von den Wegen zu den Schlafstätten angefertigt, und es würde ein Leichtes sein, die Vampire tagsüber zu vernichten, weil sie sich dann nicht rühren könnten.« Sie blinzelte ein paarmal schnell und blickte sich dann verlegen um. »Er war wirklich sehr betrunken und redete nur dummes Zeug daher.«

Wieder spürte Marguarita, dass Zacarias Leas Bewusstsein prüfte, um sicherzugehen, dass sie mit alldem nichts zu tun hatte und nicht nur auf noch mehr Information aus war. Aber Lea glaubte nicht an Vampire und nahm an, DS und ihr Bruder hätten neben dem Trinken auch noch Drogen genommen. Sie war sicher, dass Charlies Gerede die Wahnvorstellungen eines Trinkers waren. Sie schämte sich zutiefst und verstand nicht, warum sie nicht aufhören konnte, über ein Thema zu reden, das so schmerzlich für sie war. Lea wollte nur noch nach Hause gehen und sich die Decke über den Kopf ziehen.

»Danke, Lea«, sagte Zacarias leise. »Ich weiß, wie schwer es war, uns all das zu erzählen. Aber Charlie ist für das Leben seiner Kollegen verantwortlich, und wir müssen wissen, wie krank er ist.«

Marguarita sog scharf den Atem ein, als sie den Anflug eines schon gefällten Urteils spürte. Charlie war sympathisch, wenn er nicht trank, doch wie machte man das einem Mann wie Zacarias klar? Er hatte jahrhundertelang ein hartes, unerträglich einsames Leben geführt, aber er hatte seinen Ehrenkodex nie verraten. Er würde für Schwäche kein Verständnis haben. In seiner Welt überlebten die Schwachen nicht.

Zacarias streckte plötzlich den Arm aus, legte ihn um Marguarita und zog sie unter seine Armbeuge. Sein Stuhl war so schnell bei ihrem, dass keiner bemerkte, wie Zacarias die kurze Entfernung zwischen ihnen überbrückte.

Meine Welt ist anders als deine. Es tut mir leid, Marguarita. Du solltest diese Dinge nicht wissen müssen. Aber ich kann sie auch nicht vor dir verbergen. Charlie hat meine Familie an diesen Mann verraten. Er hat von unseren Schlafräumen gesprochen und solche Orte auf mehreren unserer Haziendas preisgegeben. Ich werde es nachprüfen, bevor ich ihn vernichte, doch er hat meine gesamte Familie – und dich – in Gefahr gebracht. Das lasse ich nicht zu. Man kann ihm nicht vertrauen.

Das war auch Marguarita klar. Sie wusste, dass einige Mitglieder der wichtigsten Familien – wie die Chevez', die Santos', die Fernandez' und die Diaz' – von den geheimen Schlafräumen wussten, die unter verschiedenen Zimmern der Haziendas lagen. Sie wurden nur benutzt, wenn die Brüder de la Cruz sich den Anschein geben wollten, dass sie menschlich waren und in menschlicher Gesellschaft lebten. Zacarias war das einzige Mitglied der Familie, das sich nur selten auf einer der Haziendas blicken ließ, aber falls Charlie tatsächlich streng geheime Informationen weitergegeben hatte – und es sah ganz danach aus –, würde Zacarias ihretwegen in Gefahr sein. Denn schließlich blieb er nur auf der Ranch, weil sie, Marguarita, hier war.

Du musst die Hazienda verlassen, Zacarias. Das wird sicherer für dich sein.

Marguarita konnte schon das Brennen in ihren Augen spüren. Er würde nicht auf sie hören. Ihr war klar, dass er nicht fortgehen, sondern seine Feinde jagen würde. Trotzdem versuchte sie es noch einmal.

Es sind schon Vampire hinter dir her. Genügt das nicht?

Sehr sanft jetzt, weil er wusste, dass er Lea an ihre Grenzen trieb, flüsterte Zacarias im Bewusstsein der jungen Frau: *Sagen Sie mir auch alles andere, was Ihr Bruder und DS besprochen haben!*

Die Art, wie Lea die Finger an den Mund presste, war ein sicheres Zeichen dafür, dass sie ein Geheimnis hatte. Schuldbewusst, ja sogar beschämt, sah sie Marguarita an.

Und Marguarita konnte den Triumph spüren, der in Zacarias aufstieg. Er selbst bemerkte ihn nicht, er bedrängte Lea nur weiter und legte Schicht um Schicht frei, bis er auf das Geheimnis stieß, das sie so sorgfältig verbarg.

»Es tut mir leid, Marguarita. Esteban ist deinetwegen mit mir hierher gezogen. Es war nicht nur, weil diese Ranch der Familie de la Cruz gehörte. Ich habe mich so geschämt und kam mir wie eine Betrügerin vor. Mein Bruder sagte, es gäbe ein weltweit vertretenes Untersuchungscenter, das sich Morrison Center oder so ähnlich nennt . . .«

Marguaritas Herz schlug schneller, und sie presste erschrocken eine Hand vor den Mund. *Mein Vater hat vor Monaten von einem solchen Center gehört. Sie testen Leute dort auf übernatürliche Fähigkeiten. Er dachte, meine Geschicklichkeit im Umgang mit Pferden sei ein solches übersinnliches Talent.*

Da hatte er recht. Haben sie dich getestet?

Ich habe ihren Fragebogen ausgefüllt, die Sache dann aber nicht weiterverfolgt, weil mein Vater starb und ich … Marguarita berührte ihren vernarbten Hals. *Ich verlor meine Stimme, und wie hätte ich meine besondere Begabung auch erklären können? Man muss die Verbindung zu den Tieren* spüren. *Es gibt keinen anderen Weg.*

»Wir wissen von diesem Center«, sagte Zacarias. »Marguarita hatte sich sogar für eine Testreihe gemeldet, doch dann nur einen Fragebogen ausgefüllt. Was interessierte Ihren Bruder so daran?«

Marguarita merkte, dass Zacarias, indem er für beide antwortete, den Anschein erweckte, alles über sie zu wissen, als hätte sie ihr ganzes Leben vor ihm ausgebreitet.

Lea schien verwirrt zu sein. »Ich bin mir nicht ganz sicher, aber es ist der Grund dafür, dass wir in diese abgelegene Gegend kamen. Esteban war auf der Flucht vor dem Gesetz, doch ich hatte noch nie etwas von diesem Ort gehört. Dann belauschte ich allerdings ein Telefonat, in dem mein Bruder über Marguarita und dieses Morrison Center sprach, und er schien sich einig zu sein mit der Person, mit der er telefonierte …«

»War es dieser DS?«, warf Julio ein.

Lea nickte. »Ich glaube schon. Sie dachten, wenn Marguarita tatsächlich ein übernatürliches Talent besaß, wären die Chancen, dass einer der Brüder de la Cruz hier erscheinen würde, sehr viel größer als auf ihren anderen Besitzungen. Esteban sollte als Erster in Erscheinung treten und Freundschaft mit Marguarita schließen.«

»Also warst du gar nicht wirklich ihre Freundin.« Julios Stimme wurde hart, und er funkelte Lea böse an.

Ihr schossen Tränen in die Augen, und sie schüttelte den Kopf. »Das ist nicht wahr!« Bittend streckte sie die Hände nach Marguarita aus. »Ich schwöre dir, dass die Freundschaft zwischen uns echt ist. Zum ersten Mal seit langer Zeit war ich endlich wieder glücklich.«

Marguarita nahm Leas Hände und ließ den Blick zu Zacarias gleiten. *Ich habe meinen Notizblock nicht. Bitte sag ihr, dass ich ihr glaube und sie verstehe und ihre Freundin bin!*

Zacarias lächelte Lea an, auch wenn es kaum mehr als ein Zähneblecken war, das er als Lächeln hinzustellen versuchte. »Marguarita weiß, dass Ihre Freundschaft echt ist. Seien Sie ganz unbesorgt!«, versicherte er und unterlegte die Worte mit einem leichten Zwang.

Ich verstehe nicht, was Esteban von mir wollen könnte, nur weil ich einen Fragebogen ausgefüllt habe. Was bedeutet das?

Das erkläre ich dir später.

»Es klang so dumm für mich«, fuhr Lea fort. »Ich wusste, dass du gut mit Pferden umgehen kannst, doch übersinnliche Fähigkeiten ...? Mir war es egal, warum wir hergekommen waren, ich war nur froh darüber. Selbst Esteban schien eine Zeit lang glücklich zu sein – bis DS auftauchte. Es dauert nie lange, bis er alles ruiniert. Jetzt ist unser Haus mir nur noch unheimlich.«

»Du solltest nicht dorthin zurückkehren«, sagte Julio zu Lea und sah Marguarita in einer stummen Bitte an, die junge Frau zum Bleiben aufzufordern.

»Sie können natürlich gern bei uns bleiben, Lea«, antwortete Zacarias zu Marguaritas Überraschung. Doch dann hob er ihre Hand an die Lippen und küsste ihre Fingerknöchel. *Sie wird nicht bleiben. Lea denkt noch immer, dass sie ihren Bruder retten kann.*

Aber du glaubst es nicht?

Tut mir leid, sívamet. *Er schafft es nicht mehr.*

Das kannst du nicht wissen. Doch er wusste es. Er war zu lange auf der Welt gewesen, hatte zu viele Freunde, Familienmitglieder und Menschen zu Fall kommen sehen. Marguarita sah all das in seinem Kopf und spürte den furchtbaren Kummer, der ihm wie ein erdrückendes Gewicht auf der Brust und auf dem Herzen lag – und wenn er sich noch so sehr dagegen sträubte, sich das einzugestehen.

Sie schloss die Augen und nahm es auf sich, dieses Gewicht, das ihn niemals verließ. Was musste es für ein Gefühl sein, sein Leben damit zu verbringen, Leute zu jagen, die einem einmal etwas bedeutet hatten? Und diese Leute töten zu müssen? Zu wissen, dass man nie eine Freundschaft schließen oder jemandem vertrauen konnte, niemals jemanden lieben oder geliebt werden durfte? Marguarita wollte ihn verstehen, und sie würde den Mut finden, zu diesem Mann mit seinem Kummer und verschütteten Erinnerungen zu stehen.

»Bring mich bitte nach Hause, Julio!«, bat Lea. »Es ist sehr spät, und ich muss schlafen. Ich bin froh, dass Ricco überleben wird.«

Marguarita machte das Zeichen für »danke« und warf ihr eine Kusshand zu.

Julio erhob sich mit Lea. »Danke für den Tee, Marguarita.«

Zacarias ließ die Hand auf Marguaritas Schulter liegen, als auch er aufstand. »Ich begleite Sie hinaus.« *Ich muss ihr die Erinnerungen an unsere Unterhaltung über Charlie Diaz nehmen … Sie könnten sie in Gefahr bringen.*

Marguarita war erstaunt über diese letzten Worte, mit denen er nach kurzem Zögern schloss. In seinen Erinnerungen hatte sie nichts gefunden, was darauf hinwies, dass er schon einmal jemandem etwas erklärt hatte.

Ich lerne schnell. Und ich muss dich doch beruhigen, dass deiner Freundin nichts geschehen wird.

Marguarita fühlte sich wie in einen Mantel aus Wärme gehüllt, als Zacarias sie mit seinem Schutz umgab. Es war sogar mehr als Wärme. Er erfüllte ihr Herz und ihre Seele mit Liebe. Marguarita schlang die Arme um den Oberkörper und versuchte, nicht zu lächeln. Sie wusste ja nicht einmal, ob ihm bewusst war, was er für sie empfand – aber sie wusste, dass sie ihn genau so brauchte, wie er war.

Sie sammelte die Tassen und Teller ein und brachte sie zur Spüle, um sie abzuwaschen. Beim Anblick der Krümel fragte sie sich, ob sie Hunger hatte, doch sie verspürte keinen. Der Gedanke, etwas zu essen, widerstrebte ihr sogar. Sie trank Wasser, in der Hoffnung, damit den zunehmenden Durst zu stillen. Außerdem verspürte sie ein eigenartiges Pochen in den Adern, ein Trommeln, das nicht weggehen wollte, einen leisen, aber beharrlichen Ruf, der ständig stärker wurde. Ein Bedürfnis. Ein Verlangen. Hunger …

Schon während der ganzen Zeit, die sie mit Lea und Julio verbracht hatte, war Marguarita unwohl gewesen, und sie hatte sich eingeredet, es sei wegen Zacarias oder aus Angst vor dem, was er sagen könnte. Doch hier, allein in der Küche, ohne Zeugen, konnte sie sich eingestehen, dass es der Ruf ihrer beider Herzen war, das ständige Auf und Ab des Blutes in ihren und seinen Adern. Sie konnte es hören, und obwohl sie die Lautstärke gedämpft hatte, wie Zacarias es sie gelehrt hatte, nahm sie die Versuchung nicht nur in ihren eigenen Adern und in ihrem Kopf und Herzen wahr, sondern auch in Zacarias' Adern, Kopf und Herzen.

Es würde nie aufhören, nicht, solange sie auf geistiger Ebene so eng mit ihm verbunden war – solange er sie so ausfüllte wie sie ihn. Der Hunger hörte niemals für Zacarias auf, solange er den Ruf eines Pulses hören oder den verlockenden Duft von frischem Blut wahrnehmen konnte. Das war seine Welt, und sie, Marguarita, würde sich an diese Welt gewöhnen müssen.

Wenn sie allein war und herauszufinden versuchte, wie sie darüber dachte, Blut zu sich zu nehmen, war der Mensch in ihr entsetzt und sogar angewidert. Doch seltsamerweise hatte Zacarias nach ihrer anfänglichen Angst den Akt des Nehmens oder Gebens von Blut zu etwas Natürlichem, ja sogar Schönem gemacht, zu einem Austausch der Essenz des Lebens, solange er bei ihr war.

Marguarita konnte den genauen Moment bestimmen, in dem Zacarias eintrat. Er bewegte sich völlig lautlos, aber sie war sich seiner sofort bewusst, denn all ihre Sinne erwachten jäh zum Leben. Ihr Körper sang, ihr Herz flatterte, und tausend Schmetterlinge erhoben sich in ihrem Bauch.

Zacarias trat hinter sie, so nahe, dass sie seine Hitze und die Wärme seines Atems an ihrem Nacken spürte, als er ihr Haar beiseiteschob, um mit seinen Lippen über ihre Haut zu streichen. Es war nur der Hauch einer Zärtlichkeit, doch Marguarita erschauerte vor Wonne, und ihr Blut erhitzte sich – ihr ganzer Körper begrüßte ihn.

»Ich weiß, dass das für dich genauso schwierig war wie für deine Freundin, und das tut mir wirklich leid.«

Sie drehte sich um, und er trat nicht zurück, sodass sie zwischen der Spüle und seinem Körper gefangen war. Um ihn ansehen zu können, legte sie den Kopf zurück und lächelte ihn an.

Wusstest du, dass deine Augen von einem dunklen Saphirblau sind wie der Mitternachtshimmel, wenn wir allein sind und du mich so ansiehst?

Er küsste sie auf die Nasenspitze. »Wenn das stimmt, bist du die Einzige, die Farbe in meinen Augen erkennt. Ich habe sie immer nur schwarz wie den Schatten des Todes gesehen.«

Sie schlang ihm die Arme um den Nacken, verschränkte die Finger und lehnte sich an ihn. *Ich versichere dir, dass sie von einem wundervollen Blau sind, wenn du mich so ansiehst.*

»Und wie sehe ich dich an?«

Mit Zuneigung. Sie brachte es nicht über sich, von Liebe zu sprechen, aber es fühlte sich für sie so an.

Er umfasste sanft ihr Kinn, damit sie nicht den Blick abwenden konnte. »Wird es sich wie Liebe anfühlen, wenn ich dich von allem wegbringe, was du kennst? Von allen, die du liebst?«

Das war nie deine Entscheidung, Zacarias, sondern immer meine. Ich bestand darauf, dass du weiterlebtest. Ich bat dich, mir zuliebe zu bleiben. Ich habe mich für dich entschieden. Und ich werde mich immer wieder für dich entscheiden.

Zacarias starrte sie aus seinen mitternachtsblauen Augen an, die so schön waren, dass ihr Herz ins Flattern geriet.

»Du beschämst mich.«

Dass ich menschlich bin und eine Frau, macht mich nicht gleichzeitig dumm. Ich habe aus jedem Blickwinkel darüber nachgedacht. Ich bin nicht mit geschlossenen Augen ins kalte Wasser gesprungen, sondern hatte eine ganze Nacht zum Überlegen. Ich weiß, dass es schwierig sein wird, unsere beiden Welten zu vereinen. Und auch, dass es manchmal schmerzlich sein wird. Doch du hast gesagt, du würdest mich glücklich machen, Zacarias. Du hast es mir geschworen, und ich glaube dir. Du wirst dein Versprechen halten, da bin ich mir absolut sicher.

»Aber du weißt, dass ich dich auch beherrschen werde«, entgegnete er mit schonungsloser Offenheit, doch sie konnte auch die Schatten sehen, die sich über das Blau in seinen Augen legten.

Dann wirst du hoffentlich liebevoll dabei sein. Ich kann mir nicht vorstellen, dass ich glücklich wäre und mich geliebt fühlen würde, wenn du nicht berücksichtigst, was mich erfreut. Das Leben ist voller Möglichkeiten, Zacarias. Ich habe mich dafür entschieden, bei dir zu bleiben und glücklich zu sein. Und wenn die Erde bebt und ich Angst habe, werde ich mich eben einfach sehr gut festhalten.

Das langsame Lächeln, zu dem sich seine Mundwinkel verzogen, ließ seine harten Züge weicher erscheinen. »Und ich erwarte von dir, dass du Wort hältst. Verbirg niemals deine Furcht oder deinen Ärger vor mir! Ich will alles von dir, Marguarita.«

In seinem Kopf nahm er ihr helles Lachen wahr. *Frag Julio und Cesaro nach mir, bevor du das verlangst! Ich habe ein sehr aufbrausendes Wesen. Es kommt nicht oft vor, aber ich kann nicht sachlich bleiben, wenn jemand dumm genug ist, mich zu weit zu treiben.*

Zacarias blickte in ihre schönen Augen, die wie geschmolzene Schokolade waren, und wusste, dass er verloren war. Er war ein Mann, der niemandem vertraute, doch in Marguarita setzte er Vertrauen. Sie würde zu ihm stehen. Er nahm ihre Hand und zog sie mit sich durch das Haus zur Eingangstür.

»Ich möchte, dass du mit mir kommst, Marguarita, denn ich will dir unsere Welt zeigen.« Seine Augen waren blauer denn je, als er lächelnd zu ihr hinunterblickte. »Mit dir werde ich sie zum ersten Mal richtig sehen.«

Sie schrieb ein Fragezeichen in die Luft.

»In Farbe. Du wirst die Farben und das Gefühl dazu beitragen. Ich habe noch nie die Nacht und den Mond und den Regenwald in Farbe gesehen.« Es erschien Zacarias wie ein Wunder, dass sie das bewirken konnte. Nur mit ihr zusammen zu sein ließ ihn eine völlig andere Welt erleben.

Er hatte in einer Art Leere gelebt. In einer Hölle, die kahl, öde und sehr hässlich gewesen war. Die prächtigen Farben und die Gefühle – die guten wie die schlechten – machten alles zu einem wahren Wunder.

Marguarita hatte ihm ein wundervolles Geschenk gemacht, als sie ihm ermöglicht hatte, ein Pferd zu reiten und auf seinem Rücken über die Ranch zu fliegen, und dafür wollte er sich revanchieren. Er hoffte, ihr eine Freude damit zu machen, sie ein wenig zu umwerben und ihr zu zeigen, dass auch er etwas zu geben hatte.

Es ist kurz vor Sonnenaufgang, Zacarias, erinnerte sie ihn sanft.

Für das, was ich dir zeigen will, brauchen wir den Sonnenaufgang.

Die Nacht – oder was von ihr noch übrig war – war seine Welt. Es spielte kaum noch eine Rolle, dass sie jahrhundertelang die Hölle gewesen war. Jetzt war Marguarita bei ihm. Die andere

Seite der Hölle war das Paradies, und dorthin würde er sie bringen, es mit ihr finden und mit ihr erleben.

Marguarita zögerte nicht, ihre Finger mit den seinen zu verschränken, und erinnerte ihn sanft: *Ich trage keine Unterwäsche. Werde ich andere Kleider brauchen?*

Zacarias stöhnte. Er hatte die Verlockungen ihres Körpers ignoriert, weil er Zeit mit Marguarita verbringen und ihr noch etwas anderes als sein unaufhörliches körperliches Begehren geben wollte.

»Ich werde dich warm halten«, murmelte er rau, während sein Blick besitzergreifend über sie glitt. Er liebte ihre kurvenreiche Figur, all diese üppigen Rundungen, die nur für ihn da waren. »Du bist eine schöne Frau.«

Sie errötete, ja erglühte nahezu. Ihr Lächeln war ein bisschen wie der aufgehende Mond, zu dem die Sterne sich gesellten. Zacarias zog sie aus der Tür, bevor er die Kontrolle verlor und sie es nicht mehr bis nach draußen schafften. Seine Seelengefährtin schien diese Wirkung auf ihn zu haben.

Er schlang die Arme um ihre Taille und erhob sich in die Luft. Marguarita sog scharf den Atem ein und klammerte sich an ihn. Zacarias lachte leise und drückte sein Gesicht in ihr wundervolles Haar. Sie waren überall, diese seidigen Strähnen. Marguarita versuchte, sie zu bändigen, indem sie sich mit einem Arm an ihm festklammerte und mit der anderen Hand vorsichtig ihre lange Mähne zusammennahm und sie im Nacken zu einem Knoten verdrehte.

»Du musst die Augen öffnen, um das hier würdigen zu können«, flüsterte Zacarias.

Eine wilde Freude brach sich Bahn in ihm, ein wahres Feuerwerk der Emotionen, als er mit großen Augen um sich blickte. Strahlende Farben. Schnelle kleine Lichtpunkte, die über den Himmel zischten. Ein glitzerndes Wunderland, das sich unter ihm erstreckte, und Marguarita war in seinen Gedanken und teilte all diese Empfindungen mit ihm. Sie war mehr als ein Wunder, sie war ein Stück des Himmels.

Er spürte, wie ihre Finger sich in seine Arme bohrten, und beugte sich über ihr Ohr, obwohl er keine Worte benutzte. Zacarias zog jetzt die intimere Form der Kommunikation vor. *Beweis mir dein Vertrauen,* mica emni kunenak minan!

Sie stieß nervös den Atem aus, doch gleichzeitig erfüllten Lachen und freudige Erregung sein Bewusstsein. *Hast du mich gerade wieder eine ›Närrin‹ genannt?*

Nun, scherzte er, *immerhin fliegst du mit mir über das Blätterdach des Regenwaldes. Du musst schon ein bisschen verrückt sein, um dazu bereit zu sein. Aber ich habe dich ›meine* schöne *Närrin‹ genannt. Klingt das ein bisschen besser?*

Sie öffnete die Augen. Unter ihr war jede Grünschattierung des Farbspektrums zu sehen, und über allem lag der silbrige Schein des Mondes. Statt vom Waldboden zu den Baumkronen aufzusehen, blickte Marguarita auf sie herab. Ihr atemloser kleiner Seufzer der Bewunderung erfüllte Zacarias' Kopf, und er ließ sich rasch mit ihr hinuntersinken und durchbrach das Blätterdach, um ihr die fantastische Entdeckung zu zeigen, die er vor Jahren zufällig gemacht hatte.

Nur wenige Menschen, falls überhaupt, haben so etwas schon mal gesehen. Ich muss einmal im Jahr hierherkommen, um die Aras zu bewundern. Am frühen Morgen, kurz vor Tagesanbruch, versammeln sie sich hier zu ihrem morgendlichen Treffen. Ich habe eine kleine Höhle in der Nähe dieser Stelle gefunden und eine Kammer in der Nähe des Eingangs geschaffen, um sie auffliegen sehen zu können.

Er spürte sein Erstaunen über diesen Anblick, das ihn vor so langer Zeit ergriffen hatte, und wusste jetzt, warum er Jahr für Jahr zurückgekehrt war, um sich zu vergewissern, dass der Ara-Schwarm noch da war. Damals hatte er die Begeisterung über die Schönheit und Majestät der großen Vögel nicht *gespürt*, die sich alle in den Hohlräumen der Bäume zum Schlafen niederließen, doch heute schon, und es gab so viele dieser prachtvollen, beeindruckenden Vögel.

Zacarias hatte sich im Regenwald immer zu Hause gefühlt und den Tieren verwandter als den Menschen, die die Welt bevölkerten.

Wie ich, bejahte Marguarita. *Deshalb haben wir auch so schnell zueinandergefunden, Zacarias – weil wir beide eine Affinität zu Tieren haben.*

Wieder wärmte ihr Lachen, das er in seinem Kopf verspürte, ihm das Herz. *Natürlich bist du mehr wie eine große Dschungelkatze und ich mehr wie die Kolibris, die die Blumen umschwirren.*

Sie blickte zu ihm auf. Ihre Augen strahlten vor Freude und Erwartung dessen, was er mit ihr teilen würde. Mit einem Lächeln zeigte er ihr die Zähne und bleckte sie wie ein wildes Tier. Wieder lachte Marguarita und durchflutete ihn mit ihrer wunderbaren Wärme, die wie flüssiger Honig war – oder geschmolzenes Gold, das die Risse und Sprünge in seiner Seele füllte und noch mehr der Schatten aus ihm vertrieb.

Er schloss sie fester in die Arme. Wie war es dazu gekommen, dass er nach jahrhundertelangem, völligem Alleinsein innerhalb kürzester Zeit so vollkommen erfüllt von einer Frau sein konnte? Und noch dazu von einer menschlichen?

Und närrischen, setzte sie lachend hinzu.

So ist es, stimmte er grinsend zu. Aber diese süße kleine Närrin hatte die Welt für ihn verändert, ihn ins Leben zurückgeholt und ihm Gefühl und Farbe zurückgegeben. Trotzdem konnte er nicht widerstehen, sie ein bisschen aufzuziehen. *Du weißt, dass Kolibris sich ständig zanken? Sie sind boshafte kleine Biester.*

Vielleicht verspüre ich deshalb diese Affinität zu dir.

Sehr zu seinem eigenen Erstaunen lachte er diesmal laut heraus. Das Geräusch verblüffte und erfreute ihn. Er kannte das

Wort »Spaß«, hatte sich aber bis jetzt nie wirklich etwas darunter vorstellen können. Wieder war es Marguarita, die ihm die Bedeutung eines Wortes nahebrachte, denn das Zusammensein mit ihr *war* purer Spaß.

Ist dir kalt? Hatte er ein kleines Frösteln an ihr wahrgenommen?

Nein, du hältst mich sehr schön warm. Ich bin nur aufgeregt. Es ist so wunderschön hier, Zacarias! Ich habe schon Aras gesehen, jedoch noch nie so viele auf einmal, die alle die Köpfe aus den Baumlöchern herausstrecken.

Wohin sie auch blickte, spähten neugierige Köpfe, immer zwei auf einmal, aus den ausgehöhlten Löchern in den Bäumen, in denen sie die Nacht verbrachten.

Ein normaler Schwarm von Aras besteht, je nach Gattung, aus etwa dreißig Tieren. Sie hocken morgens alle zusammen herum, als besprächen sie sich miteinander. Die Spannweite ihrer Flügel beträgt gute drei Fuß, also nicht annähernd so viel wie die des Haubenadlers, doch wenn sie sich in die Luft erheben, ist es ein unvergleichlicher Anblick. In wenigen Minuten wirst du sehen, wie der ganze Schwarm auffliegt.

Er spürte Marguaritas freudige Erregung und Begeisterung, die durch sie auch ihn ergriffen. Sie hatte ihn nach Jahrhunderten der Dunkelheit erweckt, und ein Teil von ihm würde sich immer sorgen, was genau sie da erweckt hatte. Aber seine Gefühle für sie waren zu vielschichtig und intensiv, um sie ans Licht zu bringen und zu untersuchen.

Dann lass es, Zacarias! Dieser frühe Morgen im Regenwald ist einfach herrlich. Der Mond wirft noch sein Licht auf uns, die Aras erwachen und breiten ihre blauen, goldenen und roten Flügel aus ... Es ist fantastisch, und du hast mir diesen unvergesslichen Moment geschenkt.

Zacarias blickte auf das bunte Durcheinander all dieser prachtvollen glänzenden Federn, als die Aras sich langsam regten und streckten und für ihre morgendliche Versammlung putzten. Der Mond sank allmählich tiefer, und die Sonne erhob sich langsam.

Wie kommt es, dass du so weise bist?

Frauen sind sehr weise, Zacarias. Du solltest öfter auf sie hören.

Er schnaubte nur und spürte Marguaritas Lachen, das ihn mit Freude und Glück durchflutete. Sie zitterte vor Aufregung und umklammerte sein Handgelenk noch fester, als die Vögel mit ihren Flügeln flatterten und sich dann alle, wie ein einziger Körper fast, im selben Moment in die Luft erhoben. Die durch die Bäume fallenden Lichtstrahlen verstärkten die herrlichen Farben der schillernden Federn noch. Die Farben waren sogar so intensiv, dass sie Zacarias blendeten und ihm ein bisschen schwindlig davon wurde. Er hatte diesen Anblick schon viele Male gesehen, aber noch nie in Farbe. Nicht so. Und nicht mit Marguarita an seiner Seite.

Marguarita. Ihr Name war nur ein Hauch, ein leises Wispern im Wind, das ihn durch den Regenwald zu den Aras trug.

In einer spektakulären Vorführung der Natur in ihrer schönsten Form kreisten die großen Vögel wie ein lebendiges Feuerwerk über ihnen in der Luft.

Zacarias stockte der Atem von den Emotionen, die wie eine Flutwelle in ihm aufstiegen. Gefühle für Marguarita. Er hatte sie zu diesem besonderen Ort gebracht, um diesen Moment mit ihr zu teilen. Es hatte ein Geschenk an sie sein sollen, am Ende war es aber wieder ein Geschenk von ihr an ihn. Sie schenkte ihm die Farben, die Intensität des Ganzen, das *Gefühl* …

Ich muss dich haben. Jetzt. So, wie wir sind.

In der Luft, im Regenwald, im Freien, wo er hingehörte – und genau in diesem Augenblick, in dem der Tag die Nacht verdrängte und sein Herz auf beiden Seiten schlug.

Jetzt weiß ich, warum du meine Unterwäsche vergessen hast.

Sie ließ ihn ihre Liebe spüren und überhäufte ihn tief in seinem

Inneren mit Zärtlichkeiten, die ihm durch Mark und Bein gingen und etwas in ihm berührten, das er längst verloren geglaubt hatte. Marguarita sprengte ihn förmlich auf und strömte in ihn hinein, um ihn mit ihrem Licht und ihrer goldenen Wärme zu erfüllen.

Dann drehte sie sich in seinen Armen, und mit einer Handbewegung befreite er sie und sich selbst von den Kleidern, bis er ihre warme Haut an seiner spürte und keine Barrieren sie mehr trennten. Zacarias senkte den Kopf, um ihren Mund zu suchen, und sie schlang ein Bein um seine Taille und presste ihre empfindsamste Stelle an ihn. Sie schmeckte nach Unschuld und Sünde, als ihre Lippen sich berührten und er mit einer Hand in ihr Haar griff und ihren Kopf zurückzog, um den Kuss zu vertiefen und mit seiner Zunge die samtene Hitze ihres Mundes zu erforschen.

Ihre Hüften bewegten sich einladend an seinen, und es erstaunte ihn, dass sie keine Sekunde zögerte und ihm nichts versagte, obwohl sie dreißig Fuß hoch in der Luft hingen und ein Teppich von Aras und Ästen voller Affen unter ihnen war. Aber Marguarita schien nichts anderes wahrzunehmen als ihn. Sie erwiderte vertrauensvoll seinen Kuss und gab sich rückhaltlos in seine Obhut.

Er musste ihr Haar loslassen, um ihr anderes Bein um sich zu legen. Wieder spürte er kein Zögern, als sie die Hände auf seine Schultern stützte, die Hüften anhob und langsam ihren glühend heißen Körper an seinem Bauch zu seinem harten Glied hinuntergleiten ließ. Zacarias schloss die Augen und kostete die exquisite Empfindung aus, als sie sich auf ihn herunterließ und dann fast quälend langsam die Hüften kreisen ließ, um ihn immer tiefer in sich einzulassen.

Der langsame Rhythmus, den sie mit verzückt zurückgelegtem Kopf aufzunehmen begann, raubte Zacarias beinahe den Verstand. Jede ihrer Bewegungen, jedes Zusammenziehen ihrer Muskeln und intime Streicheln schürte das Feuer in ihm und machte ihn schier verrückt vor Lust. Sie war weich wie Samt, feucht und eng. Zu eng. Wie eine zweite Haut fast. Seine Nervenenden nahmen selbst die winzigste Bewegung wahr, wenn sie sich anhob und zurückzog, um sich dann wieder auf ihn herabzulassen und ihn in sich aufzunehmen.

Ihr langes Haar umwehte sie und ihn, umhüllte beide für einen Moment wie ein schützender Schleier und wurde vom Wind dann wieder weggeblasen, um ihre ineinander verschlungenen Körper preiszugeben. Zacarias überließ sich Marguaritas Führung und Tempo und verfolgte jede Regung in ihrem Gesicht und ihren Augen: das Glück, die Freude, die Lust – vor allem aber suchte er die Liebe, erkannte er. Und er fand sie in Marguaritas weichen dunklen Augen, in ihren Berührungen und langsamen, kreisenden Bewegungen, als wollte sie jeden einzelnen Moment bis zur Neige auskosten, in die Länge ziehen und genießen.

Zacarias merkte, dass sie den Damm seiner Emotionen geöffnet hatte und jede Empfindung für sie dadurch noch sehr viel intensiver war. Weil seine ganze Welt sich um sie drehte, diese neue Welt, die voller Farbe, Gefühl und Liebe war.

Das ist die wahre Welt, Zacarias. Wenn du bei mir bist. Leb hier in dieser Welt mit mir! Wenn du in die andere gehst, bist du immer nur auf der Jagd. Bleib hier bei mir und leb mit mir.

Ihre Hände strichen über seine Haut, ihre Lippen streiften plötzlich seine Schulter und zogen sich wieder zurück, als sie den Kopf zurücklegte, um ihm in die Augen sehen zu können.

Immer, avio päläfertiilam – *meine Seelengefährtin. Ich werde immer mit dir leben. Es gibt keinen anderen Weg für mich.* Jetzt übernahm er die Kontrolle, und jeder seiner tiefen, langsamen Stöße vermittelte ihr, was sie ihm bedeutete. Er trieb sie höher und höher, und als er sie auf den Gipfel ihrer ekstatischen Gefühle führte, riss sie ihn mit. In einem schwindelerregenden Flug rauschten sie über den Himmel, noch immer inniglichst vereint, und jagten nach Hause, um der Sonne zu entgehen.

16. Kapitel

Das Geräusch, ein lästiges, aufdringliches Pochen, das bis in Marguaritas Träume drang, war sehr beharrlich. Ganz gleich, wie oft sie sich das Kissen über den Kopf zog und an die Ohren drückte, das Klopfen verstummte nicht. Es wurde sogar noch sehr viel lauter und fordernder. Marguarita wollte nichts als schlafen, denn sie war so müde, dass sie kaum noch die Energie fand, um sich zu bewegen. Ihre Arme und Beine waren schwer wie Blei. Selbst ihre Augenlider verweigerten die Mitarbeit.

Für einen langen Moment lag sie nur da und lauschte ihrem Herzschlag. Er war laut und dumpf und echote durch ihren Kopf. Sie konnte das Rauschen des Blutes in ihren Adern spüren und das Summen der Insekten draußen auf den Feldern hören. Doch all das wurde von dem hartnäckigen Klopfen übertönt. Wer auch immer an der Haustür stand, würde so schnell nicht wieder gehen – es sei denn, dies alles war nur ein bizarrer Albtraum.

Dass es ein Albtraum sein könnte, beunruhigte sie nicht, aber die Vorstellung, dass die störenden Geräusche von außerhalb des Hauses kamen, irritierte sie. Zacarias hatte es ihr erklärt, doch wenn sie lauschte, konnte sie sogar das Muhen der Rinder hören, die über eine Meile von dem Haus entfernt waren. Aus dem Stall drang das Stampfen der Pferde zu ihr herüber und auch die Unterhaltung zweier Arbeiter, die dort beschäftigt waren. Einer schien sehr besorgt um Ricco zu sein.

Ein seltsames Aufheulen und noch lauteres Klopfen an der Tür machten ihr klar, dass ihr nichts anderes übrig blieb, als aufzustehen. Versuchsweise bewegte Marguarita einen Arm. Sie schaffte es, ihn vielleicht einen Zentimeter anzuheben, bevor sie ihn seufzend wieder aufs Bett zurückfallen ließ. Es kostete sie Mühe, aber sie drehte sich herum und starrte den Ventilator an, der sich langsam über ihr an der Decke drehte. Noch mehr Gehämmer an der Tür ließ ihren schwerfälligen Verstand ein wenig schneller arbeiten. Was, wenn Riccos Zustand sich verschlechtert hatte? Vielleicht hatten die Arbeiter deswegen von ihm gesprochen. Sie hätte zuhören sollen, statt sich wie ein verängstigtes Kind unter dem Kissen zu verkriechen.

Was hast du mit mir angestellt?

Doch Zacarias ruhte tief unter der Erde, während sie für jedermann auf Abruf stehen musste. Es war gut und schön, Anordnungen zu erteilen, zu verlangen, dass sie im Haus blieb, und zu versuchen, sie dazu zu zwingen, tagsüber zu schlafen, doch es gab so viel Arbeit auf einer Ranch, und die Leute waren es gewöhnt, dass sie, Marguarita, einen Teil der Aufgaben übernahm – einen großen Teil.

Schon entschlossener, zwang sie sich, sich zumindest aufzusetzen. Das Licht, das durch den schmalen Spalt zwischen den Vorhängen an ihrem Fenster fiel, traf sie wie ein Schlag ins Gesicht. Ihre Augen brannten, und der Schmerz war so heftig, dass sich ihr der Magen umdrehte und ihr Tränen in die Augen schossen.

Einen Arm über den Augen, um sie vor dem Licht zu schützen, stand sie auf. Dabei zitterte sie vor Anstrengung. Am liebsten hätte sie sich einfach auf den Boden fallen lassen. Noch anstrengender war es, sich kaltes Wasser ins Gesicht zu spritzen und die Augen auszuspülen, aber es half zumindest, und sie fühlte sich danach etwas besser. Benommen war sie nach wie vor und mit Verstand und Körper noch an eine andere Welt gebunden, doch wenigstens konnte sie sich anziehen.

Ihr Haar war ein einziges Durcheinander, und Marguarita fuhr mit den Fingern hindurch, um es einigermaßen zu bändigen, als sie auf nackten Füßen durch das Haus lief, um die Tür zu öffnen. Da Marguarita keine Stimme hatte, konnte sie nicht fragen, wer draußen war. Sie musste schon die Tür öffnen, um es herauszufinden. Marguarita versuchte, einen Blick durch das Fenster zu werfen, aber die Sonne blendete sie viel zu stark, um etwas zu erkennen.

Verflixt, Zacarias, schimpfte sie in Gedanken und spürte eine leise Belustigung in ihren Kopf eindringen. Wo war der Mann, wenn sie sich mit den Problemen herumschlagen musste, die er verursachte? Das würde sie ihn fragen, sobald Dornröschen wieder erwachte.

Vorsichtig öffnete sie einen Spalt die Tür und entdeckte Lea – mit verquollenem Gesicht, einem zugeschwollenen Auge und blutenden und aufgeplatzten Lippen. Sie war in Tränen aufgelöst, schüttelte aber vehement den Kopf, als Marguarita die Tür aufriss und nach ihr griff. Lea schlug die Hände vors Gesicht und brach in heftiges Schluchzen aus.

Marguarita nahm ihren Arm. Das grelle Tageslicht rötete ihre Augen, und das Brennen in ihnen war schier unerträglich, als der erste Sonnenstrahl sie traf. Selbst ihre Haut kribbelte, als zöge sie sich im Licht zusammen. Marguarita trat instinktiv zurück und zerrte Lea mit sich ins Haus. Ihre Freundin sträubte sich jedoch und gab einen Laut von sich, der halb wie ein Stöhnen, halb wie ein Aufschrei klang. Und dann begriff Marguarita, warum, als ein triumphierend grinsender Mann hinter Lea erschien, der ihr so hart die Faust in den Rücken stieß, dass sie ins Haus stolperte und mit Marguarita zusammenprallte. Die beiden Frauen taumelten und stürzten, wobei Lea halb auf Marguarita zu liegen kam.

Der Fremde stürmte durch die Tür. »Los, beeil dich, Esteban!«, rief er. Sein Gesicht war zu einer dämonischen Maske verzerrt, und seine Augen, die vor Furcht fast aus den Höhlen traten, flitzten nach rechts und links, als er über die beiden Frauen auf dem Boden hinwegsetzte, um das ganze Innere des Hauses auf einen Blick zu erfassen. Esteban, der hinter ihm hereinstürmte, schlug die Tür zu und schloss sie ab.

Ein widerwärtiger Geruch durchdrang die Luft, sowie die beiden Männer eingetreten waren. Die Mischung aus Knoblauch, Furcht und Drogen, die aus jeder ihrer Poren strömte, verursachte Marguarita Übelkeit.

Der Fremde – es musste DS sein – bückte sich, um Lea brutal an ihren langen blonden Haaren hochzureißen. Die junge Frau griff nach seinen Handgelenken, um den Schmerz in ihrer Kopfhaut zu verringern, rappelte sich mühsam auf und starrte ihren Bruder mit einer Mischung aus Furcht und Wut in den Augen an.

»Steh auf, du Schlampe!«, fauchte der Fremde.

Da Lea bereits stand, konnte Marguarita davon ausgehen, dass das Schimpfwort ihr galt, und eine erstaunliche Ruhe breitete sich plötzlich in ihr aus. Es konnte nur einen Grund geben, der diese Männer hergeführt hatte: Charlie Diaz hatte im betrunkenen Zustand die Familie de la Cruz verraten. Der schwer aussehenden Aktentasche, die Esteban dabeihatte, seinem lächerlichen Knoblauchhalsband und dem ekligen Knoblauchgeruch des Fremden nach zu urteilen, waren sie gekommen, um Zacarias zu ermorden. Jetzt hing es allein von ihr ab zu verhindern, dass diese Männer an seinen Schlafplatz herankamen.

Deshalb ließ Marguarita sich Zeit und täuschte Schmerzen vor, als sie sich stöhnend aufraffte. Nur ein paar Schritte entfernt von ihr, gleich neben der Tür, befand sich ein Panikknopf. Betätigte sie ihn, würden ihre Männer bis an die Zähne bewaffnet herbeigerannt kommen, doch sie konnten nicht ins Haus, solange sie ihnen die Tür nicht öffnete. Marguarita schluckte ein paarmal, als sie endlich stand – es war gar nicht mal so schwer, verängstigt zu erscheinen –, schwankte ein wenig und griff sich mit einer Hand an die vernarbte Kehle. Mit der anderen tastete sie die Wand ab, als wollte sie sich stützen.

Zacarias? Kannst du mich hören? Wir sind in Schwierigkeiten. Du musst erwachen und mir zuhören!

Der Panikknopf war noch einige Schritte von ihr entfernt, doch zumindest hatte sie die Hand schon an der Wand, und alle schienen ihr die Angst abzunehmen. Nun, da sie im Haus waren, waren die beiden Männer noch anmaßender geworden und nicht mehr ganz so aufgeregt.

DS stieß Lea an die Wand neben Marguarita und stolzierte zu ihnen herüber, um sich so dicht vor ihnen aufzubauen, dass sein nach Knoblauch stinkender Atem ihnen in heißen Schwaden ins Gesicht schlug, wenn er sprach. Als Teil seiner Einschüchterungstaktik ließ er ihnen nicht einmal genügend Raum zu atmen. Marguarita merkte jedoch, dass er ihr nach ihrer Begegnung mit einem Vampir und Zacarias nicht einmal annähernd so viel Angst einflößen konnte, wie er glaubte. Marguarita zwang sich, ruhig durchzuatmen. Ihr Herz hörte auf, so wild zu schlagen, und ihr Verstand wurde zu einer logisch denkenden Maschine, die an einem Ersatzplan und einer Lösung ihres gegenwärtigen Dilemmas arbeitete.

Zacarias, versuchte sie es erneut, ließ diesmal jedoch dem Teil von sich, der ihren Geist beherrschte, völlig freie Hand, um ihn zu finden. Und tatsächlich war Zacarias sofort in ihr, verschmolz mit ihrem Bewusstsein und brachte Kraft, Courage und Beruhigung mit. In ihm war keine Panik, kein anderer Gedanke, als die Gefahr, die ihr drohte, zu vernichten. Er dachte nur an sie und ihre Sicherheit. Keiner seiner Gedanken galt ihm selbst.

Marguarita klammerte sich an dieses Wissen, und es stärkte ihren Mut noch mehr. Sie musste nicht allein versuchen, eine unmögliche Situation unter Kontrolle zu bekommen.

Du müsstest die Schutzzauber an den Türen oder Fenstern entfernen, damit Cesaro und die anderen hereinkönnen. Kannst du das, Zacarias?

Sie versuchte, keine übertriebene Furcht zu zeigen, als sie eine Hand in ihre Tasche steckte und Notizblock und Stift herauszog. Schnell und mit zitternder Hand, so hoffte sie, kritzelte sie ihre Frage hin.

Wer sind Sie? Was wollen Sie?

»Das weißt du«, fauchte DS. »Du versteckst ihn. Wir wissen, dass er hier ist.«

Lea befeuchtete die geschwollenen Lippen. »DS hält Zacarias für einen Vampir und will ihn töten.«

In offensichtlicher Verwunderung zog Marguarita die Augenbrauen zusammen und schrieb noch mehr auf ihren Block. Diesmal ließ sie sich jedoch Zeit dafür, um Zacarias die Möglichkeit zu geben, ihre Feinde durch sie einzuschätzen.

Er ist nicht mehr hier, schrieb sie. *Er ist gestern Nacht noch weggefahren. Seine Brüder und er bleiben nie sehr lange auf der Ranch.*

DS schlug sie so hart ins Gesicht, dass ihr Hinterkopf gegen die Mauer prallte. Es ging so schnell und kam so unerwartet, dass Marguarita für einen Moment völlig desorientiert war. Sie war nicht sicher, ob sich der Boden unter ihren Füßen wirklich wellte und die Wände wackelten.

»Lüg mich nicht an! Du beschützt ihn doch, du Schlampe! Ich weiß, dass er hier ist, und du wirst uns zu ihm führen.«

Ruf Julio und lass die Männer herein! Entsetzt über DS' Brutalität und seinen offenkundigen Fanatismus, bemühte Marguarita sich nach Kräften, Zacarias die Bitte zu übermitteln.

Esteban stieß ein schrilles, fast schon hysterisch klingendes Kichern aus. Dass er nicht notwendigerweise an Vampire glaubte, war für Marguarita ziemlich offensichtlich, doch DS verschaffte ihm seine Drogen und bot ihm einen ungewöhnlichen, an Adrenalinstößen sehr reichen Lebensstil. Und Esteban gierte nach der Macht, die DS besaß, und brauchte den Kontakt und das Gefühl, zum inneren Kreis einer geheimen Gruppierung zu gehören.

Ich bin sehr schwach, sívamet. *Ich werde zuschlagen, wenn ich sie töten kann. Ich könnte Julio und Cesaro alarmieren, aber sie müssten die Schutzzauber deaktivieren, und das ist sehr gefährlich. Wenn ich ihnen helfe, habe ich vielleicht nicht mehr die Kraft, um anzugreifen, wenn es nötig ist. Ich bin der Dunkelheit sehr nahe, mehr als die meisten meiner Art, und die Sonne fordert einen gefährlichen Tribut von mir.*

Marguarita konnte keine Spur von Nervosität in seiner Stimme wahrnehmen, nur diesen sachlichen, nüchternen Ton, in dem er über alles sprach. Aber sie war so eng mit ihm verbunden, dass sie seine Emotionen spürte. Daher wusste sie, dass er einzig und allein um sie besorgt war.

Ein Karpatianer, der der Finsternis so nahe war wie Zacarias, litt im Sonnenlicht noch viel mehr unter der bleiernen Schwere seines Körpers als andere. Und die Sonne stand auch noch an ihrem höchsten Punkt. DS hatte den Zeitpunkt für den Überfall sehr gut gewählt. Er musste sämtliche Vampirlegenden verschlungen haben – und an sie glauben. Marguarita atmete langsam aus. Zacarias befürchtete offenbar, dass er nur eine einzige Chance haben würde, durch sie zuzuschlagen. Aber so, wie die Dinge lagen, hielt sie und nicht er die Verbindung zwischen ihnen aufrecht. Er verschwendete nicht seine Energie darauf, solange sie es konnte, und das verriet ihr deutlicher als alles andere, wie schwerwiegend die Auswirkungen der Sonne auf ihn waren.

Marguarita nahm demonstrativ den Stift wieder zur Hand, gab vor, überlegen zu müssen, und ließ ihre Finger zittern. Ihre Gedanken rasten. Bis Sonnenuntergang würde es keine Möglichkeit geben, diese Männer aufzuhalten. Und sie waren sich ebenso gut wie sie bewusst, in welcher Position die Sonne sich befand. Sie, Marguarita, würde mit allen Mitteln versuchen müssen, DS und Esteban von Zacarias fernzuhalten. Charlie hatte ihn verraten, doch die genaue Lage von Zacarias' Aufenthaltsort war ihnen offensichtlich nicht bekannt. Das wunderte Marguarita nicht, da nur die im Haus beschäftigten Angestellten wussten, wo sich die geheimen Schlafräume der Brüder de la Cruz befanden.

Es ist die Wahrheit. Señor de la Cruz ist gestern Nacht sehr spät noch weggefahren, um sich zu einer seiner anderen Haziendas zu begeben. Er bleibt nie lange an einem Ort.

Sie wusste, dass zumindest letztere Behauptung nicht völlig unwahr klingen würde. Charlie hatte ihnen das sicher auch gesagt, und deswegen hatten sie mit ihrem Angriff nicht länger abgewartet. Ebenso offensichtlich war, dass Lea Marguarita nicht verraten hatte, obwohl sie brutal verprügelt worden war.

Bei der Erinnerung an den Ring und die eingravierten Worte schob Marguarita die Hand in die Rocktasche. Sie musste den Ring loswerden, aber Zacarias hatte ihn so perfekt ihrem Finger angepasst, dass es ausgesprochen schwierig sein würde, ihn abzustreifen.

Kannst du mir dabei helfen?

Sie spürte Zacarias' Zögern. Er wollte nicht seine Energie darauf verschwenden.

Ich kann sie eine Zeit lang hinhalten, damit du dich erholen kannst. Ohne den Ring hätte ich eine bessere Chance, sie zu überzeugen, dass du nicht mehr hier bist.

Ihr war durchaus bewusst, dass die Männer sich nicht mit ihrem Wort zufriedengeben würden, und irgendwann, nach weiteren Schlägen, mit denen mit Sicherheit zu rechnen war, würde sie ihnen irgendeinen Ort nennen müssen, an dem sie graben konnten. Besäßen sie auch nur ein Fünkchen Verstand, würden sie nach einem Blick auf ihren Hals erkennen, dass sie Zacarias' Aufenthaltsort nie preisgeben würde, ganz gleich, was sie ihr auch antaten.

Doch, das wirst du. Ich werde nicht zulassen, dass sie dich noch einmal anrühren. Sag ihnen das!

Den Teufel werde ich, Zacarias!

Sein Herz verkrampfte sich, wie sie deutlich spüren konnte. Und sie fühlte auch die stille Wut, die unter der Erde schwelte und sich wie ein Vulkan auf einen Ausbruch vorbereitete. *Du wirst mir dieses Mal gehorchen.*

Nein, mein Lieber, ich denke, das werde ich nicht. Ich kann mit ihnen fertig werden. Wenn es gar nicht anders geht, kannst du sie vernichten, aber ich habe überall im Haus Waffen. Ich brauche nur eine Chance, an sie heranzukommen.

Das verbiete ich dir.

Dann verbiete ruhig weiter. Dachte er wirklich, sie würde ihn diesen durchgeknallten Fanatikern ausliefern?

Marguarita hielt DS den Zettel hin. Er las ihn, zerknüllte ihn fluchend und schleuderte ihn ihr ins Gesicht. Wütend hieb er mit der Faust gegen die Wand gleich neben ihrem Kopf.

Im selben Moment spürte Marguarita, wie sich der Ring von ihrem Finger löste und in ihre Tasche fiel. Überwältigende Erleichterung erfasste sie. Zacarias mochte zornig auf sie sein, aber er versuchte immer noch, ihr zu helfen und sie zu beschützen, so gut er konnte. Doch selbst dieser kleine Energieaufwand erschöpfte ihn. Sie konnte seine Schwäche spüren – und auch seine Frustration. Er blieb wachsam, stritt jedoch nicht mehr mit ihr, weil er ihre Entschlossenheit genauso leicht erkennen konnte wie sie seinen Ärger und seine stumme Drohung, ihr den Ungehorsam zu vergelten. Komischerweise jagte ihr das einen kalten Schauer über den Rücken und ängstigte sie mehr als Esteban und DS. Aber nicht genug, um sie an Zacarias heranzulassen. Sie würde nur zu gern die Folgen tragen, solange sie ihm mit ihrem Ungehorsam das Leben rettete.

»Glaubst du, das hier ist ein Spielchen? Ich kann dir wehtun, wie dir noch nie im Leben jemand wehgetan hat«, zischte DS.

Lea griff nach Marguaritas Hand und drückte sie in stiller Kameradschaft. »Es tut mir leid. Ich hatte keine Möglichkeit mehr, dich zu warnen.«

»Halt die Klappe!«, fuhr DS Lea an und stieß sie auf das große Wohnzimmer zu. »Rein da. Beide!«

Esteban holte seine Aktentasche und folgte ihnen. Sein Gesicht glänzte vor Schweiß, und wieder wurde Marguarita speiübel von dem Geruch, der sich im Raum verbreitete. Beide Männer hatten Angst, waren aber so high und euphorisch von der Vorstellung, Zacarias einen Pflock ins Herz zu treiben, dass sie fast nicht stillstehen konnten.

»Pass auf sie auf!«, knurrte DS, bevor er sich zu einem Rundgang durch das Haus aufmachte.

Den Geräuschen nach zu urteilen, inspizierte er jede Ecke und Nische, sah sich Böden und Schränke an und öffnete alle Türen, die er finden konnte. Da Marguarita das Haus jedoch in perfekter Ordnung hielt, gab es keine Spuren auf den Böden, die auf verschobene Möbel oder eingebaute Falltüren hinwiesen. Die Dielen schienen nahtlos aneinandergefügt zu sein, selbst als DS die Läufer wegzog. In der Küche fiel Geschirr auf den Boden oder zersprang klirrend an den Wänden. Offenbar nahmen DS' Wut und Frustration zu.

Als er mit wutentbrannter Miene in das Zimmer zurückkam und auf Marguarita zustapfte, begann ihr Herz, vor Protest und Abwehr zu rasen. Lea stieß einen kleinen Angstschrei aus und trat näher an die Freundin heran, als könnte sie sie vielleicht beschützen. Marguarita zog sich sofort aus Zacarias' Geist zurück, weil er nicht sehen oder spüren sollte, was jetzt geschah. Sie hörte seinen scharfen Protest, dennoch unterbrach sie die geistige Verbindung. Er war schon verärgert genug, weil sie seinen Aufenthaltsort nicht preisgab. Was machte es dann schon, ob sie ihn noch mehr aufbrachte, wenn sie ihm das, was nun passierte, ersparen konnte?

DS' Gesicht war wutverzerrt. »Du wirst mir jetzt sagen, was ich wissen will, du verdammte kleine Schlampe!« Speichel flog aus seinem Mund, und seine Augen hatten einen irren Blick.

Erbarmungslos schlug er auf Marguarita ein, ließ Schläge auf ihr Gesicht, ihren Bauch und alle ungeschützten Teile ihres Körpers herunterhageln, bis sie zu Boden ging, und selbst dann traktierte er sie noch mit Tritten. Marguarita war froh, dass sie nicht schreien konnte. Kein Laut entrang sich ihren Lippen, egal, wie sehr sie innerlich vor Schmerzen aufschrie. Sie rollte sich nur zusammen und bemühte sich, Gesicht und Körper zu schützen, während DS immer weiter auf sie eindrosch. Der Angriff schien kein Ende nehmen zu wollen. Marguarita verlor jegliches Zeitgefühl und war schon halb besinnungslos vor Schmerz.

»Du bringst sie noch um!«, brüllte Esteban, kam zu seinem Freund gerannt und packte seine Hand.

»Na und? Die Schlampe verdient's nicht anders.« DS entriss Esteban den Arm und trat Marguarita erneut in die Rippen.

»Sie weiß nichts, sonst hätte sie es dir längst gesagt.«

»Und ob sie was weiß! Diese Leute schützen ihre Herren. Sie sind wie Hunde, ohne eigenen Verstand.« Er fuhr fort, Marguarita mit Stößen, Schlägen und Tritten zu traktieren, wobei es ihm offensichtlich völlig egal war, wo er sie traf, an Beinen, Hüften, Armen, Rücken oder sogar am Kopf.

Esteban packte DS wieder und zog ihn von ihr weg. »Wenn du so weitermachst, kann sie uns nicht zu dem Versteck führen, und kein anderer kennt es. Und bis wir den Boden aufreißen, wird die Sonne untergehen.«

DS stieß Esteban so brutal von sich, dass der für einen Moment schwankte. Dann wischte DS sich mit der Hand über das Gesicht, als versuchte er, einen klaren Kopf zu bekommen. Er schien sich etwas zu beruhigen, spuckte Marguarita an und begann dann, unruhig auf und ab zu gehen. Nichts war zu hören außer seinem schweren Atmen. Irgendwann zog er eine silberne Phiole aus der Tasche und gab daraus etwas weißes Pulver auf den kleinen Tisch in einer Zimmerecke.

Estebans Augen leuchteten auf. Er wollte zu DS hinübereilen, doch der winkte ihn weg. »Pass auf sie auf!«

»Sie werden nirgendwohin gehen«, murrte Esteban und leckte sich die Lippen.

Lea ließ sich möglichst unauffällig an der Wand hinabgleiten und setzte sich mit vorsichtigen Bewegungen neben Marguarita. Als die beiden Männer nicht hinsahen, beugte sie sich zu ihrer Freundin vor, legte die Lippen an ihr Ohr und flüsterte, so leise sie konnte: »Bist du okay?«

Marguarita bekam kaum noch Luft vor Schmerzen. So viele Stellen an ihrem Körper bereiteten ihr Höllenqualen, und ihre Rippen brannten und machten ihr das Atmen schier unmöglich. Ihre Augen waren feucht vor Tränen und vernebelten ihr die Sicht. Oder vielleicht war es auch Blut. Sie konnte es jedenfalls auf ihrer Zunge schmecken. Ihre Lippen waren geschwollen und schmerzten. Sie rollte sich noch ein bisschen fester zusammen und betete, dass DS sie jetzt in Ruhe lassen würde.

Lea legte tröstend die Hand auf Marguaritas Arm. Auch ihr Gesicht war tränenüberströmt. Flehend sah sie ihren Bruder an, dessen Augen jedoch an dem weißen Pulver auf dem Tisch klebten, das DS sorgfältig in gerade Linien aufteilte. Esteban schlich näher und leckte sich erwartungsvoll die Lippen. Seine Hände zitterten vor Erregung und Gier. Angeekelt schloss Lea die Augen.

»DS, ich brauch was, komm schon!«, bettelte er mit zitternder Stimme.

Fluchend fuhr DS herum. »Du benimmst dich wie eine läufige Hündin. Wenn du es so dringend brauchst, dann kriech auf allen vieren zu mir und zeig deiner hochmütigen Schwester, was für eine Hündin du bist.«

»Bitte nicht, Esteban«, flüsterte Lea beschwörend. »Sieh doch nur, was er dir antut!«

Aber Esteban drehte sich nicht einmal um. Er hatte nur Augen für das weiße Pulver. Mit quälender Langsamkeit nahm DS ein silbernes Röhrchen aus der Tasche und zog sich eine ganze Line in die Nase. Dann warf er den Kopf zurück und gab ein Geräusch von sich wie ein Wolf, der den Mond anheulte. »Verdammt guter Stoff, Mann!«

Esteban stolperte auf ihn zu, und sofort wich DS' verzückter Ausdruck unverhohlener Verachtung. Er schlug nach Esteban und stieß ihn weg. »Komm mir nicht zu nahe, Hündin! Du willst was? Dann verdien es dir und kriech vor deiner verdammten Schwester auf allen vieren durch den Raum!«

Ein Aufschluchzen entrang sich Lea, als Esteban sich tatsächlich auf die Knie niederließ und vor DS herumkroch, der ihn mit triumphierend glänzenden Augen und voller Häme beobachtete. Lachend bespuckte er Esteban. Der Speichel traf ihn an der Wange und lief dann an seinem Kinn hinunter.

DS trat nach ihm, als Esteban sich das Gesicht abwischen wollte. »Lass das! Vielleicht erinnert es dich daran, wer hier das Sagen hat. Misch dich nicht noch einmal ein!« Damit wandte er sich auch schon wieder ab und zog sich eine weitere Line von dem weißen Pulver in die Nase.

Esteban kauerte zu seinen Füßen auf dem Boden und blickte mit einem Ausdruck der Verzweiflung zu ihm auf. Mit einem flehenden kleinen Laut, der sich tatsächlich wie das Winseln eines Hundes anhörte, versuchte er, näher an DS heranzurutschen.

»Ab! Du hast noch nicht richtig gebettelt. Also setz dich auf die Hinterbeine und versuch es noch mal! Komm schon, Hündchen! Mach schön Sitz und wackle mit dem Schwanz wie ein braver kleiner Hund.«

Marguarita regte sich, aber nur ganz vorsichtig. Als sie gestürzt war, hatte sie dafür gesorgt, in der Nähe des Ecktisches zu landen, unter dessen kleiner Schublade ein Messer mit Klebeband befestigt war. Ganz langsam, um nicht DS' Aufmerksamkeit zu erregen, ließ sie die Hand unter das Holz gleiten. Aber DS war voll und ganz damit beschäftigt, Esteban zu schikanieren, und schien sie vorläufig vergessen zu haben.

Jede Bewegung war die reinste Qual. Allein schon ihren Arm zu heben schmerzte, als hätte sie mehrere kleine Knochenbrüche davongetragen. Sie war zwar ziemlich sicher, dass alles nur schwere

Prellungen waren, doch selbst bei dieser winzigen Bewegung schoss ein glühender Schmerz durch ihren Körper.

Lea blinzelte, sah Marguarita stirnrunzelnd an und schüttelte warnend den Kopf, weil sie Konsequenzen befürchtete. Doch obwohl sie offenbar nicht verstand, was Marguarita mit der Hand unter dem Tisch vorhatte, veränderte sie tapfer die Haltung, sodass sie DS die Sicht verstellte, falls er zu ihnen herüberschauen sollte. Ihre Augen wurden groß, als Marguaritas Hand mit einem Messer darin unter dem Tisch hervorkam. Die etwa vier Zoll lange, sehr scharfe Klinge steckte in einer Lederscheide, die Marguarita, so tief es ging, in der Rocktasche verbarg.

Ihr Blick begegnete Leas. Wahrscheinlich sehe ich genauso schlimm aus wie sie, dachte Marguarita. Sie konnte spüren, dass eines ihrer Augen zuschwoll, und ihr Mund tat schrecklich weh. Als sie mit der Zunge über ihre aufgeplatzten Lippen strich, zuckte sie zusammen. Sie hatte DS mit voller Absicht provoziert, und er würde misstrauisch werden, wenn sie Zacarias jetzt plötzlich kampflos aufgab. Sie musste ihm also einen echten Anlass geben, sich zu fürchten. Wenn Lea seine Schläge überlebte, konnte sie es wahrscheinlich auch. Er war bei ihr nur ein bisschen enthusiastischer gewesen, als sie erwartet hatte.

Marguarita spürte die Regung in ihrem Bewusstsein und die Eiseskälte, die sie jäh durchflutete. Sie erschauderte, beeilte sich jedoch, Zacarias auf halbem Weg entgegenzukommen, um seinen Energieaufwand gering zu halten.

Was tust du? Seine Stimme war sehr ruhig – zu ruhig. Sie spürte die Schärfe darin, auch wenn sie sie nicht hören konnte.

Dios. Sie hatte nicht erwartet, dass er so bald wieder Kontakt aufnehmen würde. Jetzt konnte sie die Schmerzen nicht mehr vor ihm verbergen. Er musste jeden Schlag, jede Verletzung, die sie davongetragen hatte, spüren. Als sie in Zacarias hineinblickte und seine Empfindungen teilte, begriff sie, dass es viel schlimmer für ihn war, hilflos in seinem Versteck zu liegen, während sie in

Gefahr war, als sein Leben zu riskieren. Es war die schlimmstmögliche Situation für einen so dominanten, fürsorglichen Mann wie Zacarias. Er saß gewissermaßen in der Falle. Ihre Feinde hatten für den Angriff genau die richtige Zeit gewählt – während sein Körper bleiern war und Zacarias nichts anderes tun konnte, als geistig mit Marguarita in Verbindung zu bleiben.

Ich glaube, je länger ich sie hinhalten kann, desto mehr nähern wir uns dem Sonnenuntergang, der dir neue Kraft verleihen wird. Es war ein vernünftiger Plan, der beste, den Marguarita hatte. Sie musste sie hinhalten, Katz und Maus mit ihnen spielen und jeden nur denkbaren Trick anwenden. Sie gegeneinander aufbringen. Was auch immer nötig war.

Ich verbiete dir das, und das habe ich bereits klargestellt. Ich dulde nicht, dass du dich in Gefahr begibst. Führ sie jetzt sofort zu mir!

Marguarita seufzte. *Du weißt, dass ich das nicht kann*, sagte sie so sanft wie möglich.

Zacarias antwortete nicht. Sie spürte den Zorn, der in ihm schwelte und jeden Moment auszubrechen drohte, doch Zacarias hielt sich nicht damit auf zu widersprechen. Aufgrund ihrer intensiven geistigen Verbindung konnte er ihre eiserne Entschlossenheit erkennen.

Und wenn schon!, dachte Marguarita seufzend und versuchte, sich seine Missbilligung nicht zu nahegehen zu lassen. Es war ihre Entscheidung, nicht seine, und ihr Leben, das sie riskierte. Außerdem war sie sich völlig sicher, dass auch er das seine für sie riskieren würde, ohne irgendeine Alternative in Betracht zu ziehen.

Das ist etwas anderes. Es ist mein Recht und meine Pflicht, dich zu beschützen.

Sie konnte ihn schon fast die Zähne fletschen sehen wie ein hungriger Wolf, voller Ungeduld und Ärger über das, was er als Trotz betrachtete. Zacarias ließ einfach nicht vernünftig mit sich reden. Er war so festgefahren in seinen Gewohnheiten, so überzeugt, in allem recht zu haben. Aber diesmal konnte und würde sie nicht nachgeben. Er machte sie zwar nervös mit dieser unausgesprochenen Androhung von Strafe, die sie spüren konnte, diesem eisernen Willen, den sie nicht umgehen konnte, doch diesmal war er auf eine Seite von ihr gestoßen, die genauso entschlossen war.

Zacarias, um Ricco zu retten, konntest du den Himmel verdunkeln und vor Sonnenuntergang aus der Erde hervorkommen. Es war kurz vorher, aber trotzdem vor deiner normalen Zeit, in der du dich erheben kannst. Und als ich dich an jenem Morgen fand … Sie erwähnte nur sehr ungern jenen Morgen. Er hatte sich damals für einen ehrenhaften Tod entschieden, und sie hatte sich eingemischt. Seine Wut auf sie war gerechtfertigt gewesen. *An diesem Morgen hättest du schon tot sein müssen, völlig verbrannt, da die Sonne bereits eine Weile aufgegangen war. Ich glaube, du bist unempfindlicher dagegen, als du glaubst. Wenn ich die beiden hinhalte, mein Plan aber nicht funktioniert und sie doch zu deinem Schlafplatz kommen, wirst du schon viel stärker sein.*

Ich habe dir verboten, dich in Gefahr zu bringen.

Sie seufzte. Es war, wie mit dem Kopf gegen die Wand zu rennen. *Dann werden wir uns eben darauf einigen müssen, verschiedener Meinung zu sein.*

In diesem Fall werden auch alle Folgen deine eigene Entscheidung sein.

Als ein Frösteln sie durchlief und sie blinzelte, um ihre Tränen zurückzudrängen, machte sie den Fehler, sich auf ihre geschwollene Lippe zu beißen. *Du erschwerst nur noch alles für mich.*

Er musste sich aus ihrem Geist zurückziehen, damit sie sich darauf konzentrieren konnte, DS und Esteban hinters Licht zu führen. Denn das erforderte Mut, und den konnte Zacarias ihr schneller nehmen als irgendjemand sonst. Marguarita spürte seine sofortige, instinktive Zurückweisung ihrer Einschätzung.

Plötzlich legte Lea eine Hand auf Marguaritas Arm und lenkte sie vorübergehend ab. Ihr Blick glitt zu Esteban, der vor DS kniete und in klassischer Bettelhaltung die Arme erhoben hatte.

»Ich will dich hecheln sehen, mein treuer Fido«, sagte DS lachend, beugte sich über den Tisch und nahm ein drittes Mal eine Nase von dem weißen Pulver. Diesmal verbrauchte er es fast ganz.

Esteban schrie auf, warf sich vor und fuhr verzweifelt mit der Nase über den Tisch. Ein leiser Laut entrang sich Lea, ein gequältes Stöhnen, und sie barg das Gesicht in den Händen, weil sie nicht mehr mit ansehen konnte, wie ihr Bruder sich für die Droge erniedrigte.

Marguarita zog den Notizblock aus der Rocktasche und schrieb schnell eine Nachricht für ihre Freundin. Dieser Zettel durfte DS oder Esteban auf keinen Fall in die Hände fallen.

An der Treppe unter dem Bild meines Vaters ist ein Panikknopf. Wenn du die Haustür öffnen kannst, drück den Knopf! Dann kommen alle Männer. Aber sie können nicht ins Haus, solange die Tür nicht offen ist.

Marguarita warf einen verstohlenen Blick zu DS, der jedoch hysterisch kicherte und nur Augen für Esteban hatte. So schnell sie konnte, schrieb sie weiter, wobei ihr Körper und Leas ihre Bewegungen zum Glück fast ganz verdeckten.

Du darfst nicht den Alarmknopf drücken, wenn du den Männern die Tür nicht öffnen kannst. Das wäre zu gefährlich.

Vorsichtig schob sie das Blatt mit der Schrift nach oben über den Boden unter Leas Hand, damit die Freundin es lesen konnte. Lea verstand sofort und las es durch ihre gespreizten Finger. Ihre Augen weiteten sich, aber dann nickte sie. Bevor Marguarita das

Papier zurückziehen konnte, zerknüllte Lea es und steckte es sich in den Mund. Marguarita lächelte sie an. Für einen endlosen Moment blickten sie sich in absolutem Kameradschaftsgeist und voller Verständnis in die Augen. Sie konnten sich aufeinander verlassen; sie würden es gemeinsam durchstehen, ob sie lebten oder starben.

DS' irres Lachen verstummte abrupt, und Marguarita spürte, wie ihre Muskeln sich versteiften, als sein Blick zu ihr und Lea glitt.

»Was liegt ihr da auf dem Boden? Setzt euren Hintern in Bewegung! Wenn du willst, dass die Schlampe neben dir die nächsten fünf Minuten überlebt, dann sag mir, wo er ist!«, schrie er Marguarita an. Er kam zu ihnen herüber, riss Lea hoch und hielt seine Waffe an ihr linkes Auge.

Marguarita tat so, als hätte sie große Mühe aufzustehen, zog sich stöhnend an der Wand hinauf und hielt sich die Rippen. Dabei rang sie nach Atem. Hilfesuchend blickte sie sich um und sah, dass DS die Mündung der Waffe nach wie vor an Leas Auge drückte.

Mit gesenktem Kopf und abgewandtem Blick, als wäre sie völlig eingeschüchtert, zeigte Marguarita mit dem Kinn in Richtung Küche. Sofort war DS bei ihr, packte sie am Arm und riss sie an sich. Angewidert von dem Geruch der Droge, der ihm aus allen Poren drang, duckte sie sich vor ihm weg und warf den anderen Arm hoch, als versuchte sie, ihr zerschlagenes Gesicht zu schützen. Er packte sie jedoch noch fester und bohrte ihr die Finger in die Haut, um noch mehr blaue Flecke zu erzeugen und sie seine Kraft spüren zu lassen. Die Erinnerung an Zacarias' sanfte Berührungen durchflutete ihren Geist und erfüllte sie mit Trost und Wärme. Zacarias' Kraft war zehn Mal größer als die dieses Mannes, doch sobald er gemerkt hatte, dass Menschen wirklich ganz anders waren als Karpatianer, stand seine Sorge um sie bei all seinen Handlungen im Vordergrund. Selbst wenn er beim Sex ein bisschen wild war und Spuren auf ihrem Körper hinterließ, nahm er sich die Zeit, ihr Wundsein zu lindern.

DS dagegen war ein Mann, der es genoss, andere zu erniedrigen und ihnen Schmerzen zuzufügen. *Er* war das Monster, für das sich Zacarias hielt. Ihr Karpatianer würde nie Leiden verlängern, nur um zusehen zu können. Er sprach Recht und löschte Böses aus, doch er genoss seine Arbeit nicht, sondern erfüllte seine Pflicht nur nach bestem Wissen und Gewissen.

»Und du sieh auch zu, dass du deinen Hintern hochkriegst, Hund!«

Zum ersten Mal erlaubte Marguarita sich einen Blick auf Leas Bruder. DS hatte das restliche Pulver vom Tisch gefegt, und Esteban fuhr mit der Nase über den Boden, um jedes Körnchen aufzuschniefen. Sein Gesicht war voller weißer Flecken, als er aufblickte. Marguarita bedauerte die arme Lea, die einen leisen, gequälten Laut ausstieß.

DS, der ihn hörte, lachte und amüsierte sich sogar noch mehr. »Ja, Lea, sieh ihn dir nur an, deinen großen Bruder! Die Droge ist das Einzige, was ihn noch interessiert. Nicht du. Du folgst ihm durch die ganze Welt, und weißt du, was er tut? Er schmuggelt Waffen für mich. Er handelt mit Frauen, Kindern, was immer ich von ihm verlange. Esteban würde seine Seele für diese Droge verkaufen. Und die hier ...« Er schüttelte Marguarita wie eine Stoffpuppe. »... die dient dem Teufel. Deine Menschenkenntnis lässt wirklich sehr zu wünschen übrig, Lea.«

Achte auf seine Stimme. Er ist sehr wütend auf sie. Offensichtlich gehört er zu dem Geheimbund, der an Vampire glaubt, und hat meine Familie zum Tode verurteilt, doch es steckt noch sehr viel mehr dahinter.

Marguaritas Herz verkrampfte sich. Sie hatte nicht gemerkt, dass Zacarias immer noch als stille, wachsame Präsenz in ihrem Bewusstsein war, aber sie hätte es sich eigentlich denken müssen. Er würde sie auf keinen Fall allein lassen, wenn sie in Gefahr war, ob sie die Brücken zwischen ihnen nun aufrechterhielt oder nicht. In ihrem Kopf arbeitete es schon, um schnellstens zu begreifen, was er meinte.

Lea war in großer Gefahr, vielleicht noch mehr sogar als sie selbst. DS war ein Fanatiker, doch hier ging es nicht nur um Vampire oder Zacarias. Dieser DS hatte Esteban aus einem bestimmten Grund aufgesucht und ihn aus Zorn und Groll so abhängig von sich gemacht. Es ging … um Lea.

Er muss vor all dem hier versucht haben, sich an sie heranzumachen. Aber sie verfügt über die Gabe, Böses zu erkennen. Wahrscheinlich ist ihr das nicht mal bewusst, doch sie würde auf jeden Fall allen Annäherungsversuchen widerstehen, weil ihr Unterbewusstsein sie schützen würde. DS dagegen fühlt sich von Licht und Unschuld angezogen, weil er es verderben und zerstören muss. Er begehrt sie. Das kannst du dir zunutze machen. Er wird sie nicht töten wollen. Ihr wehtun, ja, aber töten wird er sie vermutlich nicht.

Marguarita war entsetzt. *Ich werde Lea nicht gefährden.*

Ein kleiner Wärmestrahl drang durch das Eis in ihrem Geist. *Sei nicht albern! Du bist es doch, die will, dass sie zur Tür läuft und sie öffnet, damit Cesaro und seine Männer ins Haus gelangen können. Und ich sage dir, dass DS sie nicht töten wird. Das müsste dich beruhigen, anstatt dir Schuldgefühle einzuflößen. Du bist wirklich unlogisch, kleine Närrin.*

Marguarita wusste, dass er sie nur von ihrer Angst ablenken wollte. Furcht konnte jeden lähmen. Trotzdem schlug ihr das Herz bis zum Hals, als DS sie in die Küche zerrte, und sie konnte den kupfernen Geschmack ihres eigenen Blutes auf der Zunge spüren. Ihr Plan *musste* funktionieren. Nach Zacarias' Worten fühlte sie sich ein wenig besser, weil er zumindest nicht mehr tobte und alles nur noch schlimmer machte.

Sie stolperte ein paarmal, weil jede winzige Verzögerung, jede Sekunde, die sie gewinnen konnte, Zacarias zugute kam. In der

Küche deutete Marguarita nur sehr widerstrebend und mit zitternder Hand auf die Tür, die in den Vorratskeller führte. Sowie DS ihren Arm losließ, zog sie schnell den Notizblock heraus.

Er wird mich für den Verrat umbringen.

DS riss Esteban, der ihnen gefolgt war, die Aktentasche aus der Hand. »Er wird tot sein, wenn ich ihm einen Pflock ins Herz treibe, ihm den Kopf abschneide und seinen Mund mit Knoblauch fülle.«

»Du kannst doch nicht ernsthaft glauben, Zacarias de la Cruz schliefe unter der Erde!«, entfuhr es Lea. »Du bist verrückt, wenn du das annimmst.«

Marguarita berührte ihr Handgelenk und schüttelte beschwörend den Kopf, aber Lea ließ sich nicht aufhalten und fuhr verächtlich fort.

»Zacarias ist ein Mensch aus Fleisch und Blut wie du und ich. Er ist viel zu elegant, um je im Dreck geschlafen zu haben. Und er hat auch keine Vampirzähne – ich habe immerhin an einem Tisch mit ihm gesessen und Tee getrunken und Plätzchen gegessen.«

DS reagierte schnell und brutal, holte mit der schweren Aktentasche aus und schlug sie Lea so heftig in den Magen, dass sie sich aufstöhnend krümmte. Sie schwankte und prallte gegen die Wand in ihrem Rücken, an der sie sich so hart den Hinterkopf stieß, dass sie besinnungslos zusammenbrach. DS versetzte ihr einen Tritt in die Hüfte und spuckte sie an, bevor er Marguarita an ihrem langen Haar packte und sie zur Kellertür zerrte.

»Du zuerst, du Schlampe, falls das eine Falle ist.«

Ist sie tot? Kannst du es sagen? Fieberhaft suchte Marguarita den Kontakt zu Zacarias, während sie die Tür zum Keller öffnete. Sie hätte sich mehr Mühe geben müssen, Lea von ihren verbalen Angriffen auf DS abzuhalten. Ihrer Freundin schien nicht bewusst zu sein, dass sie der Auslöser des Ganzen war.

Sieh dich um!

Marguarita spürte Zacarias' Bewegungen in sich, und für einen Moment wurde ihre Sicht ganz anders als normalerweise. Sie hielt den Atem an, als DS sie wieder herumriss und sie fast die Treppe hinunterstieß. Marguarita bekam gerade noch die Wand zu fassen und schaltete das Licht an. Die Treppe war so schmal und steil, dass nur jeweils eine Person sie hinuntergehen konnte.

Sie lebt. Ihre Brust bewegt sich.

Grenzenlose Erleichterung durchströmte Marguarita; sie stieß den angehaltenen Atem aus und begann den Abstieg in den Keller. Jede Stufe nahm sie mit übertriebener Vorsicht, zählte vor ihrem nächsten Schritt jedes Mal bis zehn und war sich der Position der Sonne so stark bewusst wie nie zuvor. Es war noch viel zu lange hin, bis sie untergehen und Zacarias seine Kraft zurückgewinnen würde.

»Esteban, bring deine Schwester runter! Und wenn sie nicht laufen will, dann schleif sie an den Füßen in den Keller!«

Esteban lachte. »Du bist 'n harter Brocken, Dan.«

»Ich hab dir gesagt, du sollst mich nicht so nennen«, fauchte DS.

Wütend versetzte er Marguarita einen Stoß zwischen die Schulterblätter, der sie nach vorn schleuderte und ihr den Atem nahm. Mit dem Gesicht nach unten landete sie im Dreck, und DS trat über sie und blickte sich zufrieden um. Der Boden bestand aus festgestampfter Erde, und der Raum war kühl und dunkel, die ideale Umgebung für Vampire. DS warf einen Blick auf seine Uhr, bevor er Marguarita mit dem Fuß anstieß

»Geh von der Treppe weg und setz dich drüben an die Wand!«, befahl er.

Sie beeilte sich, aus seiner Reichweite zu kommen, und fuhr zusammen, als sie Lea schreien hörte. Marguarita war stolz auf ihre Freundin, die ihren Bruder nicht anbettelte. Es war offensichtlich, dass er für sie verloren war. Er befand sich rettungslos im Griff der Droge und stand vollkommen unter DS' Einfluss. Lea sank neben Marguarita auf den Boden, und unter den Falten ihres Rocks, der dieses kleine Zeichen der Kameradschaft verbarg, hielten die beiden Frauen sich an den Händen.

»Was wird passieren, wenn sie nichts finden?«, flüsterte Lea besorgt.

Marguarita zuckte hilflos die Schultern. Sie hatte den metallischen Geschmack von Furcht auf der Zunge, doch sie würde handeln müssen, um Zacarias zu retten. Niemals würde sie ihn aufgeben. Sie hatte ihn nicht an den Vampir verraten, und sie würde ihn auch jetzt nicht einer solch widerlichen Kreatur wie DS ausliefern.

Beide Männer begannen, wie wild zu graben. Die Erde war oben noch ziemlich locker und einigermaßen leicht zu entfernen. Als sie jedoch tiefer kamen, wurde es schwieriger, weil sie dort fast so hart war wie Zement.

»Siehst du, Esteban? Das muss sein Schlafplatz sein, sonst wäre die Erde anders«, sagte DS mit einer Stimme, die ganz heiser vor Erregung war.

»Es ist verdammt schwere Arbeit«, murrte Esteban.

»Halt die Klappe und grab weiter!«

Marguarita hatte noch nie einen so harten Boden auf der Ranch gesehen und konnte nur vermuten, dass Zacarias die Zusammensetzung verändert hatte.

Lass das lieber! Du wirst deine Kraft noch brauchen, falls ich scheitere, ermahnte sie ihn.

Ich bin ein Teil der Erde, und Mutter Erde beschützt die ihren, so gut sie kann.

Die kryptische Antwort beruhigte Marguarita nicht.

Anderthalb Stunden krochen dahin. Beide Männer hatten schon lange ihre Hemden abgelegt und schwitzten und fluchten. Im Boden klaffte ein etwa ein Meter achtzig tiefes Loch, in dem jedoch nichts als gähnende Leere zu erkennen war.

DS' Gesicht war wieder eine Maske des Zorns, als er sich den Schweiß abwischte und Marguarita einen bösen Blick zuwarf. »Du hast mich belogen.«

Ein schriller, angsterfüllter Schrei zerriss plötzlich die Luft, und Esteban zeigte auf das Loch und wich entsetzt davor zurück.

17. Kapitel

Ratten. Kleine Ratten wühlten in der Erde. Tief unter dem nahrhaften schwarzen Erdreich hörte Zacarias die beiden Männer die Schaufeln in die Erde stoßen. Scharrend, schabend und schürfend rissen sie die Erde auf und wühlten sich hinein wie die Ratten, die sie waren. Das Geräusch schallte durch die Erdschichten und breitete sich aus wie eine Krankheit, dieses endlose Zerstören und Auseinanderreißen. Mutter Erde erschauderte unter der heftigen Attacke, und er spürte, wie sie nach ihm griff und ihn beschützend in die Arme schloss.

Sein Körper war bleischwer, aber seine Gedanken rasten und versuchten, einen Weg zu finden, den Fluch seiner Spezies zu überwinden. Noch nie in seinem Leben hatte Zacarias sich so vollkommen hilflos und frustriert gefühlt. Er hatte die Schwäche, die der Preis für enorme Kraft und Macht war, bisher immer akzeptiert. Die Nacht gehörte seiner Spezies und der Tag den Menschen. Das war ebenso sehr ein Bestandteil seiner Welt, wie sich von Blut zu ernähren.

In all den Jahrhunderten hatte er dieses Gesetz noch nie verwünscht, doch er war ja auch immer der einzige Gefährdete gewesen. Nur er und niemand sonst. Sein Leben war von Pflicht und Akzeptanz bestimmt gewesen. Hätten sie ihn vorher gefunden, wäre es ihm egal gewesen. Aber diesmal ging es nicht um ihn. Diesmal war es anders. Alles war jetzt anders.

Seine Frau, seine Seelengefährtin, war in Gefahr, und er konnte ihr nicht helfen. Er hatte keinerlei Kontrolle über die Situation. Und auch nicht über Marguarita. Keine Möglichkeit, die Männer, die sie bedrohten, zu vernichten. Er war gezwungen, hilflos dazuliegen, während sie litt, und das war viel schwerer zu ertragen, als wenn ihm jemand einen Pflock ins Herz getrieben hätte.

DS hatte sie angefasst – ein Verbrechen, das mit dem Tod geahndet wurde –, doch er hatte sich sogar noch etwas Schlimmeres zuschulden kommen lassen. Dieser Hundesohn hatte sie geschlagen. Jeden der Hiebe, die ihren zarten Körper getroffen hatten, hatte Zacarias mitempfunden und den Schmerz, den sie verspürte, in sich aufgenommen. Die Schläge, die eine Ewigkeit nicht aufzuhören schienen, hagelten auf ihr Gesicht, ihre Brüste und schließlich auch auf ihre Rippen herab. Die Tritte trafen sie an Hüften, Beinen und Armen und trieben ihr den Atem aus der Lunge, bis sie brannte, weil sie keine Luft bekam.

Eine Welle unbeherrschten Zorns erfasste ihn, eines Zorns, wie Zacarias ihn noch nie zuvor verspürt hatte. Er hatte ihr *strikt verboten*, sich in derartige Gefahr zu bringen, aber wieder einmal hatte sie ihm nicht gehorcht. Mit voller Absicht hatte sie seine Feinde von seiner Schlafstätte weggelockt und sie woanders suchen lassen. Doch sie gruben schon sehr lange, und ihrem immer langsamer werdenden Schaufeln konnte er entnehmen, dass ihr Glaube schwand. Bald würde sich ihr Zorn auf Marguarita richten, und er, Zacarias, würde die Männer nicht aufhalten können.

Unter Aufbietung aller Kräfte, die er noch besaß, ließ er seinen Willen aus der Erde an die Oberfläche steigen.

»Wo zum Teufel steckt er?«, fragte DS mit einem bösen Blick auf Marguarita und warf entnervt die Schaufel weg. »Sag es mir, oder ich schwöre dir, dass ich dich hier bei lebendigem Leib begraben werde.«

Sie rappelte sich langsam auf und kritzelte auf ihren Notizblock:

Ich sagte ja schon, dass er nie lange bleibt. Das ist der einzige Ort, von dem ich weiß, dass er hier schläft.

DS schlug Marguarita das Papier aus der Hand, riss sie herum und zog sie auf die offene Grube zu.

Marguarita wich vor dem klaffenden Loch zurück und zeigte fieberhaft nach oben.

»Diesmal wirst du mich hinführen, denn sonst … verstehst du?«

DS war anzusehen, dass er wütend genug war, um sie lebendig zu begraben, und deshalb nickte sie verzweifelt. Tief im Innersten konnte sie sich schreiend protestieren hören gegen das, was gleich passieren würde. Aber es hieß: jetzt oder nie. Sie musste es zu Ende bringen – oder bei dem Versuch ihr Leben lassen.

Nein, Marguarita. Lass das! Bring ihn zu mir!

Zum ersten Mal nahm sie echte Panik in Zacarias' Stimme wahr. Er würde es nie verstehen, aber Marguarita war sicher, keine andere Wahl zu haben. *Ich liebe dich. Es tut mir leid, doch ich werde dich nicht ausliefern. Niemals. Nichts wird mich dazu bewegen können. Bleib bitte nicht bei mir bei dem, was kommt.*

»Hör auf! Hör endlich auf damit!« Lea sprang auf und stürzte auf DS zu. »Du bist verrückt. Vollkommen von Sinnen!«, schrie sie, warf sich wütend auf ihn und begann, wie wild auf seinen Rücken einzuschlagen.

Esteban fing lauthals an zu lachen, wandte sich von dem Loch ab und stützte sich, noch immer kichernd, auf die Schaufel. »Sieht ganz so aus, als hättest du Probleme mit den Damen. Ist dir noch nie die Idee gekommen, dass es gar keinen Vampir hier gibt?«

DS stieß Marguarita von sich und fuhr Lea an: »Du verdammtes Miststück! Du hättest alles haben können.« Mit wutverzerrtem Gesicht griff er nach ihrer Bluse, riss sie vorne auf und entblößte ihre Brüste.

Marguarita schnappte entsetzt nach Luft und tastete in ihrer Rocktasche nach dem Messer. Ihr blieb jetzt keine Wahl mehr. So außer sich vor Wut, wie DS war, war er imstande, Lea vor ihren Augen zu vergewaltigen.

Und da warf er sie auch schon zu Boden, trat zwischen ihre Beine und nestelte an dem Reißverschluss seiner Jeans herum. Esteban wischte sich mit dem Handrücken über den Mund und wandte sich wieder der Grube zu, als läge seine Schwester nicht auf dem Boden unter einem Mann, der sich zweifellos an ihr vergehen würde. Trotzdem ergriff er wieder die Schaufel und stieß sie in die Erde. Sofort brach ganz von selbst die harte Erde in der Grube auf und spie Tausende herumwimmelnder Tierchen aus, die über den Boden flitzten und an den Wänden hinaufzukrabbeln versuchten. Esteban schrie gellend auf, sprang zurück und schleuderte die Schaufel weg.

DS fuhr herum, als Esteban zurücktaumelte und schreiend von dem leeren Grab weg auf die Treppe zurannte. DS' Macht über Esteban war groß genug, um ihn mit einer gezischten Warnung aufzuhalten, jedoch nicht, um ihn wieder an den Rand des tiefen Lochs zurückzubringen.

Marguarita ließ sich neben Lea auf dem Boden nieder und nahm ihre Hand. Beide Frauen versuchten, so weit wegzurutschen, wie sie konnten, ohne DS auf sich aufmerksam zu machen. Marguarita hatte Leas leises Weinen im Ohr, aber mit ihrem scharfem Gehör nahm sie auch noch etwas anderes wahr – ein Wispern von Tausenden winziger Beinchen, die den Erdboden bewegten.

Sie hatte doch wohl keinen Fehler gemacht? Zacarias hätte es ihr sicher gesagt, wenn er seinen Schlafplatz gewechselt hätte, oder? *Ich muss wissen, dass du in Sicherheit bist.*

Für einen Moment herrschte Schweigen, und sie drückte die Faust an den Mund, um nicht laut loszuschluchzen. Ihre Augen brannten. Lea legte tröstend den Kopf an ihre Schulter und versuchte, ihre zerrissene Bluse über der Brust zusammenzuhalten.

So wie ich wissen muss, dass du in Sicherheit bist. Und das bist du nicht, antwortete Zacarias schließlich.

Die Schärfe seiner Stimme ließ Marguarita zusammenfahren, doch zumindest vermittelte sie ihr nicht den Eindruck einer unmittelbar bevorstehenden Gefahr. Was auch immer sich in diesem Loch befinden mochte, es war nicht Zacarias.

DS näherte sich der Grube vorsichtig und warf einen Blick hinein. Die vorher bräunliche Erde war jetzt mit schwarzen Flecken übersät. Während er mit weit aufgerissenen Augen hinunterstarrte, krabbelten immer mehr Spinnen aus den Seiten und dem Boden der Grube und füllten sie langsam. Die winzigen Tiere bewegten sich auf faszinierende Weise, krabbelten übereinander und durcheinander, um mit ihren kleinen Beinen zum Gipfel des wimmelnden Haufens zu gelangen, der immer höher wurde, je mehr Spinnentiere sich dazugesellten.

»Er ist hier«, schrie DS schadenfroh. »Wir kommen ihm näher. Wahrscheinlich benutzt er die Insekten, um sich zu schützen.«

»Ich komme den Dingern jedenfalls nicht zu nahe«, erklärte Esteban und setzte sich auf die Treppenstufe, wo er sich mit zitternden Händen durch die Haare fuhr. »Sie sehen hungrig aus, und falls sie aus dem Loch herauskrabbeln, verschwinde ich von hier.«

»Du wirst tun, was ich dir sage.« DS beobachtete die Masse kleiner Körper, die jetzt aus winzigen Löchern seitlich der Grube kamen und an den Wänden hochzukrabbeln begannen, als suchten sie ihn.

Er erschauderte und fuhr herum, um die beiden Frauen anzusehen. Marguarita wusste, wie blass sie war. Sie konnte die scheußliche Grube voller Insekten sehen, und ihr ganzer Körper schreckte davor zurück. Aber sie presste die Lippen zusammen, um sich nicht anmerken zu lassen, dass sie vielleicht jeden Moment aufspringen und losrennen würde. Weil ihre Angst vor den Spinnen noch größer war als die vor DS.

Dabei sollte sie froh sein, dass Zacarias die Krabbeltiere geschickt hatte, weil DS jetzt glaubte, dass sich hier Zacarias'

Ruhestätte befand. Als Hinhaltetaktik war es brillant. Aber da Marguarita eine *Höllenangst* vor Spinnen hatte, schloss sie die Augen und wünschte mit aller Macht, sie würden wieder verschwinden.

DS packte sie am Handgelenk und zog sie hoch. »Da wir jetzt wissen, wo er ist, brauchen wir dich ja eigentlich nicht mehr, oder?«, sagte er und zog sie in Richtung Grube.

Marguarita kämpfte wie eine Wildkatze, trat und schlug um sich und ignorierte den Hagel von Faustschlägen, den er auf sie niedergehen ließ. DS schaffte es, sie bis zum Rand des Lochs zu zerren, aber dort riss sie sich los, hysterisch jetzt und völlig außerstande, klar zu denken. Sie *konnte* nicht in dieses Spinnenloch hinuntersteigen! Das würde sie nicht überleben. Ihr Herz geriet derart außer Kontrolle, dass sie befürchtete, einen Herzanfall zu erleiden.

Beruhige dich! Sie sind völlig harmlos.

Ich kann nicht. Ich kann das nicht. Mach, dass sie verschwinden!

DS riss Marguarita herum und schlug sie hart genug ins Gesicht, dass sie einen Moment lang wie benommen war. »Du gehst da rein. Wir müssen herausfinden, ob sie giftig sind, und ich habe noch etwas vor mit unserer kleinen Lea.« Und damit hob er Marguarita auch schon auf und warf sie in das Loch – während Lea sich im selben Moment wie eine Raubkatze auf ihn stürzte, ihn an den Beinen packte und ihn über den Rand des Lochs zu Marguarita in die Tiefe stieß. Aber auch sie wurde mitgerissen, und alle drei landeten auf dem Spinnenhaufen. Marguarita wurde tief in ihn hineingedrückt, weil DS und Lea bei dem Sturz auf sie gefallen waren.

Marguarita fühlte Tausende der widerlichen Spinnenbeine auf ihrer Haut, in ihrem Haar und ihrem Mund. Sie hatte ihn zu einem stummen Schrei geöffnet, und die Spinnen schwärmten über sie wie über frisches Fleisch. Sie konnte nicht atmen und hatte Angst zu schlucken, kniff die Augen so fest wie möglich zu und versuchte mit ihrer ganzen Willenskraft, eine gnädige Ohnmacht zu erzwingen. Ihr gellten die Ohren von dem lauten, lang gezogenen Schrei in ihrem Geist. Es war ein Heulen schierer Panik, das sie nicht beherrschen konnte.

Sívamet. *Atme mit mir! Die Spinnen würden dir niemals etwas zuleide tun. Vertrau mir! Komm zu mir, dort bist du sicher!*

Außer sich vor Angst, folgte sie mit ihrem Geist dem Pfad zu Zacarias', überließ ihren Körper den Spinnen und dem Chaos und gab sich in Zacarias' Obhut. Sofort wurde sie ruhig und gefasst, und eine angenehme Wärme durchströmte sie. Sie hatte nicht einmal bemerkt, wie eisig kalt ihr war. Zacarias umgab sie mit seinem ganzen Sein, hielt sie an sich gedrückt und beschützte sie vor dem fürchterlichen Albtraum, in dem sie gefangen gewesen war.

Es war Leas Schrei, der sie in die Realität zurückbrachte, und ihre Augen flogen auf, als ihr Geist in ihren eigenen Körper zurückkehrte. Esteban war fieberhaft dabei, Erde auf die drei in der Grube zu schaufeln, um die Spinnen zu begraben, wobei ihm anscheinend völlig gleichgültig war, dass seine Schwester, Marguarita und DS in dem tiefen Loch festsaßen. So schnell er konnte, schaufelte und schob er große Haufen des Erdreichs von den Rändern in das Loch.

Lea schrie und schüttelte sich die Erde aus dem Haar. DS verfluchte Esteban und sprang an der Wand hoch, um den Rand der Grube zu erreichen. Esteban schlug ihm jedoch mit der Schaufel auf die Finger und fuhr hysterisch fort, die Erde auf sie zu schütten. In wilder Wut packte DS Lea am Hals, um sie zu erdrosseln. Sie konnte nicht einmal mehr schreien, so fest drückte er zu.

Marguarita schaffte es irgendwie, auf die Beine zu kommen, und griff in die Rocktasche, um das Messer hervorzuholen. Die Scheide steckte sie schnell wieder ein und versuchte, nicht die Spinnen zu beachten, die überall herumkrabbelten, an ihrem Arm hinunterliefen und sich in ihrem Haar festsetzten. Ihr drehte sich der Magen um, als sie auf DS zustolperte. Und noch immer hagelte Erde auf ihren Kopf und ihre Schultern nieder. Sie musste sich die Augen reiben. Aber die ganze Zeit hielt sie den Blick auf DS gerichtet, weil sie wusste, dass ihr nur Sekunden blieben, bevor er Lea töten würde.

Marguarita brachte die drei Schritte zu ihm hinter sich, zögerte aber einen Moment, weil sie nicht sicher war, wie sie das Messer benutzen sollte. Er kehrte ihr den Rücken zu, doch Marguarita hatte noch nie im Leben auch nur daran gedacht, einen anderen Menschen zu töten.

Er ist böse. Zacarias' Stimme war tödlich ruhig und kalt wie Eis.

Marguarita trat näher. Leas Augen quollen aus den Höhlen, ihr Gesicht war scharlachrot. DS' Finger gruben sich immer tiefer in ihre Kehle und schnürten ihr die Luft ab. Ein weiterer Erdregen ging auf ihre Köpfe und Schultern nieder, aber DS lockerte nicht einmal für eine Sekunde den Griff.

Marguarita atmete tief ein, und Kraft und Stärke strömten in sie hinein. Sie stieß so hart zu, wie sie konnte, durchtrennte Haut und Muskeln und spürte, wie das Messer in die Niere ihres Peinigers eindrang.

Dreh die Klinge!, befahl Zacarias ihr ruhig.

Mit zusammengepressten Lippen gehorchte sie. Es war viel schwerer, als sie geglaubt hatte, selbst mit der großen Macht, die sie durchflutete.

Und jetzt zieh sie heraus!

Marguarita wusste, dass Blut fließen würde, wenn sie das Messer aus der Wunde zog. Der Mann würde verbluten. Dennoch gehorchte sie. Das Gefühl der durch menschliches Fleisch gleitenden Klinge war grauenvoll – und Marguarita wusste, dass sie es nie vergessen würde. Als sie zurücktrat, erstickte sie fast an der Galle, die ihr in die Kehle stieg.

DS versteifte sich. Seine Augen weiteten sich, und er wandte den Kopf, um Marguarita anzustarren. Seine Hände lösten sich von Leas Hals, und sie fiel, hustend und nach Atem ringend, zwischen die Spinnen auf den Boden. DS schwankte, versuchte jedoch, auf Marguarita zuzugehen, und streckte gerade eine Hand nach ihr aus, als Esteban eine weitere Schaufel Erde auf sie hinunterwarf.

Marguarita huschte um DS herum zu Lea und zog an ihrem Arm. Sie musste sie auf die Beine bekommen. Andernfalls würden sie es nie aus diesem Loch schaffen. Sie konnten nicht riskieren, von der Erde zugedeckt zu werden.

Lea richtete sich gerade taumelnd auf, als DS sich nicht mehr halten konnte. Plötzlich saß er auf dem Boden und blickte mit schockierter Miene zu ihnen beiden auf. Marguarita merkte, dass sie noch immer das Messer in der Hand hielt, und hätte es fast von sich geschleudert.

Nein! Behalte es! Du brauchst es vielleicht noch. Während Esteban mit Schaufeln beschäftigt ist, helft euch gegenseitig aus dem Loch!

Oh ja, sie wollte unbedingt nach oben gelangen. DS starb vor ihren Augen. Spinnen krabbelten an ihm hinauf und begannen, seinen ganzen Körper zu bedecken, bis nicht mal mehr sein Gesicht zu sehen war. Es war wie eine Szene aus einem Horrorfilm. Marguarita konnte DS nicht ansehen – nicht ihn und auch die Spinnen nicht. Vorsichtig blickte sie zu Esteban auf. Vielleicht konnte Lea ihn ja zur Vernunft bringen.

Esteban schien jedoch fest entschlossen zu sein, sie zusammen mit den Spinnen lebendig zu begraben. Sein stumpfsinniger Gesichtsausdruck und der schlaffe, offen stehende Mund ließen wenig Hoffnung zu. Auch seine Bewegungen waren seltsam mechanisch geworden. Lea wollte ihn rufen, musste aber husten und griff sich an den Hals.

Marguarita schüttelte den Kopf und warnte sie, sich ruhig zu verhalten. Irgendetwas stimmte mit Esteban nicht. Er sah aus, als stünde er vollkommen neben sich. Solange Lea und sie sich jedoch auf der anderen Seite hielten, während er Erde in die Grube schaufelte und der Haufen immer höher wurde, schuf er einen Weg hinaus für sie. Marguarita befürchtete nur, dass er versuchen könnte, eine andere Möglichkeit zu finden, sie zu töten.

Schließlich gelangten einige der Spinnen an die Oberfläche, und statt sich zu zerstreuen, krochen sie auf Esteban zu. Er schien das jedoch nicht einmal mehr zu bemerken. Esteban füllte die Schaufel, warf Erde in die Grube und ging zurück wie ein Roboter, um noch mehr Erdreich zu holen. Die Spinnen krabbelten über seine Stiefel und an seinen Beinen hinauf, ein stetiger, stiller und immer größer werdender Strom von ihnen. Lea, die hinter Marguarita stand, hielt den Atem an und griff nach ihrer Schulter.

»Ich muss ihn warnen«, flüsterte sie. Sie war so heiser, dass ihre Worte kaum verständlich waren, und sie bekam auch sofort wieder einen Hustenanfall.

Marguarita schüttelte den Kopf, weil sie befürchtete, dass Esteban auf die Idee kommen könnte, sie mit der Schaufel zu erschlagen. Und sie konnte sich beim besten Willen nicht vorstellen, mit dem Messer auf ihn loszugehen. DS' Körper sackte langsam wie in Zeitlupe zusammen, was Marguaritas Blick trotz ihrer Entschlossenheit, nicht hinzusehen, wieder auf den Sterbenden lenkte. Die Spinnen auf ihm sahen wie eine bewegliche dunkle Decke aus, und ein zweiter Strom kroch unaufhaltsam aus der Grube, um an Esteban hochzukrabbeln. Marguarita drehte sich der Magen um, und sie wandte sich schnell wieder von dem gruseligen Anblick ab.

Dann runzelte Esteban plötzlich die Stirn und blickte an sich herab. Die Spinnen krochen inzwischen schon an seinem Nacken und Gesicht hinauf. Kein Fleckchen seines Körpers war noch unbedeckt, überall wimmelte es nur so von kleinen dunklen Leibern. Und es kamen immer mehr hinzu, aus Hunderten wurden

Tausende. Entsetzt ließ er die Schaufel fallen und fing zu schreien an. Doch kaum öffnete er den Mund, strömten Spinnen hinein, krochen in seinen Hals, in seine Augen und in seine Nase. Esteban schwankte und fiel zu Boden, und seine Stiefelabsätze trommelten wie verrückt im Schmutz.

Hör auf damit! Du bringst ihn um.

Natürlich. Zacarias' Stimme war so ruhig wie zuvor. *Glaubst du, ich würde einen solchen Menschen leben lassen?*

Er ist Leas Bruder.

Sie wird es leichter haben ohne ihn. Ich muss mich ausruhen. Ruf Cesaro!

Er hatte Esteban schon aus seinem Kopf verbannt. Marguarita wusste, dass es sinnlos war zu widersprechen, aber sie versuchte es trotzdem. *Wir haben kein Recht, ihm das Leben zu nehmen. Das ist Mord.*

Esteban hat versucht, euch beide zu töten. Er hat seinem Freund erlaubt, dich und seine Schwester zu misshandeln, und er hätte auch zugelassen, dass dieser DS Lea – und vielleicht auch dich – vergewaltigt. Und dann wärt ihr ermordet worden, und auch dagegen hätte er nichts unternommen. Ich werde nicht mit dir darüber streiten.

Und damit zog Zacarias sich zurück. Marguarita spürte den Verlust sofort. Die Trennung, das Gefühl, total allein zu sein, war schier unerträglich. Zum Glück rollte Esteban außer Sicht, und das ununterbrochene Trommeln seiner Stiefel hörte auf. Die Spinnen hatten Lea und Marguarita der beiden Männer wegen verlassen, aber die Frauen waren noch immer ein wenig benommen, verwirrt und der Übelkeit sehr nahe.

»Wir müssen hier raus«, sagte Lea heiser. Tränen strömten über ihr geschwollenes Gesicht. »Wir müssen ihm helfen.«

Marguarita wischte DS' Blut von ihrem Messer, schob es in die Lederscheide zurück und steckte es vorsichtshalber wieder ein. Um sicherzugehen, dass keine Spinnen in ihrem Mund waren, spuckte sie aus, schüttelte ihr Haar und fuhr mit den Fingern durch die dichten Locken, um dafür zu sorgen, dass sich auch dort keine Spinnentiere mehr versteckten.

Dann stieg sie auf den Berg aus Erde, den Esteban angehäuft hatte. Direkt über ihrem Kopf befand sich eine kleine Wurzel, an der sie sicherheitshalber zog, um zu sehen, wie fest sie im Erdreich steckte. Aber sie schien zu halten, und so ergriff Marguarita sie mit beiden Händen und zog sich daran hoch. Lea kam schnell herüber und verschränkte die Finger, um ihr Halt für einen Fuß zu geben. Vorsichtig spähte Marguarita über den Rand der Grube. Estebans Körper war wie der seines Freundes von Tausenden auf ihm herumkrabbelnden Spinnen bedeckt.

Marguarita schluckte die in ihr aufsteigende Übelkeit hinunter und fand eine Stelle am Rand des Erdlochs, um sich festzuhalten. Es kostete sie große Mühe, sich hinaufzuziehen. Sie hatte nicht einmal gemerkt, wie schwach sie war, solange das Adrenalin durch ihre Adern gerauscht war. Aber jetzt war sie wie gerädert, ihr Körper wieder bleiern und fast zu schwer, sich zu bewegen. Oben angekommen, ließ Marguarita sich auf den Bauch fallen und kämpfte die Tränen zurück. Sie und Lea hatten noch einen langen Tag vor sich und eine Menge Fragen zu beantworten. Sie hatte einen Mann *getötet*. Am liebsten hätte sie sich in ihrem Bett verkrochen und geweint.

Aber tapfer rappelte sie sich wieder auf und beugte sich hinunter in die Grube, um Lea herauszuhelfen. Wieder war es ein Kampf, denn die Freundin war genauso schwach wie sie selbst. Kaum erreichte sie die Oberfläche, kroch Lea zu ihrem Bruder und versuchte, die Spinnen von seinem Gesicht zu entfernen. Es war offensichtlich, dass er nicht mehr atmete, aber Marguarita hielt die Freundin nicht auf, sondern setzte sich auf die Treppe und ließ den Tränen endlich freien Lauf.

»Wir müssen die Behörden verständigen.«

Marguarita zog ihr Notizbuch heraus und schrieb:

Das ist Zacarias' Sache. Er ist die Autorität hier. Er wird bald zurückkommen. In etwa einer Stunde oder so. Aber wir müssen Cesaro rufen.

Lea nickte, und zusammen stiegen sie weinend die Treppe hinauf, ohne sich noch einmal umzusehen. Marguarita betätigte den Alarm, um die Männer herbeizurufen, und öffnete weit die Tür, um frische Luft hereinzulassen. Mir ihr strömte Sonnenlicht herein, und obwohl es Marguarita in den Augen brannte und ihr die Haut zu versengen schien, erhob sie das Gesicht zum Himmel und streckte die Arme aus. Sie war nicht sicher, ob sie je wieder imstande sein würde, in das Haus zurückzugehen. Sie hatte einen Mann *getötet*.

Pferde kamen in vollem Galopp in den Hof gestürmt. Julio, der Cesaro um ein paar Zentimeter schlug, sprang mit dem Gewehr in der Hand vom Pferd. Beim Anblick der Frauen erschrak er sichtlich. Beide waren von Kopf bis Fuß mit Schmutz bedeckt, ihre Gesichter tränenüberströmt, und sie hatten unzählige Prellungen, halb zugeschwollene Augen und aufgeplatzte Lippen. Leas Bluse war vorne bis zur Taille aufgerissen, und ein dunkler Fleck war über ihrer linken Brust zu sehen. Julio streifte die Jacke ab, als er, immer zwei Stufen auf einmal nehmend, die Treppe zur Veranda hinaufsprang, um Lea mit seinem Körper vor den anderen in den Hof strömenden Männern abzuschirmen.

»Alles in Ordnung, Marguarita?«, fragte er und hüllte Lea in die Jacke.

Sie schüttelte den Kopf und fiel ihm weinend in die Arme. Lea drückte den Kopf an Julios andere Schulter, schlang die Arme um seine Taille und brach erneut in Tränen aus. Cesaro drängte sich an ihm vorbei und gab seinen Männern ein Zeichen, schon ins Haus voranzugehen. Dann berührte er Marguarita an der Schulter, aber es war Lea, die seine stumme Frage beantwortete.

»Im Keller«, flüsterte sie und erstickte beinahe an den Worten. »Sie sind beide tot.«

Julio lehnte sich zurück, um ihren geschwollenen, mit blauen Flecken übersäten Hals zu untersuchen. »Wer war das?«

Marguarita war heilfroh, dass sie nicht sprechen konnte, und überließ es Lea, die Geschichte zu erzählen. Als sie sich wieder einigermaßen im Griff hatte, setzte sie sich auf der Veranda in den Schatten und war dankbar für die dunkle Brille, die Cesaro ihr brachte. Mit angezogenen Beinen wiegte sie sich hin und her, während Lea den Männern berichtete, was geschehen war. Sie glaubte natürlich, Zacarias befände sich nicht auf der Ranch, und Cesaro und Julio nickten anerkennend, als sie schilderte, wie sie sich gerettet hatten – und Zacarias, auch wenn Lea davon keine Ahnung hatte.

»Wir werden die Polizei benachrichtigen müssen, damit sie herkommen, um mit Zacarias de la Cruz zu sprechen. Er wird sich um alles kümmern«, versicherte Cesaro Lea, »und alles Nötige veranlassen.«

Marguarita erschauderte bei dem Gedanken an ein Gespräch zwischen Zacarias und der Polizei. Wahrscheinlich würde nur er reden, und die Beamten würden so gefesselt sein von seiner Stimme, dass sie sich seinem Willen beugen würden. Er würde keine Hemmungen haben, psychischen Zwang anzuwenden, um die Polizisten glauben zu machen, was er wollte. Aber im Moment war das Marguarita vollkommen egal. Sie wartete auf der Veranda, bis die Sonne unterging, die Männer sich auf dem Hof versammelt hatten und der Polizeichef nach dem Notruf höchstpersönlich zur Hazienda herausgekommen war.

Marguarita konnte den genauen Moment bestimmen, in dem Zacarias sich erhob. Er nahm jedoch keine geistige Verbindung zu ihr auf, trat nicht in ihr Bewusstsein ein, um ihr das schreckliche Gefühl des Alleinseins und die Angst zu nehmen. Als sie zu ihm Kontakt aufnehmen wollte, hatte er einen Gletscher zwischen sie gesetzt. Nicht einmal ihre Wärme schien noch auszureichen, um diese dicke blaue, undurchdringliche Wand aus Eis zu schmelzen.

Ein Frösteln durchlief Marguarita, und sie rieb sich die Arme, um sich aufzuwärmen. Er kam, und er war beherrscht von einem Zorn, der kälter war als Eis. Sie spürte das leichte Zittern im Erdboden und hörte, wie die Pferde unruhig wurden. Der Himmel über ihnen verdunkelte sich, und von Süden zogen Wolken auf. Ein scharfer Wind blies Laub und Schmutz über den Hof. Die Männer wechselten unbehagliche Blicke miteinander.

Auch in Marguaritas Magen erwachte ein ungutes Gefühl. Sie *spürte* förmlich, wie Zacarias' Zorn die Luft auflud, bis die Wolken sich zu gewaltigen dunklen Massen über ihren Köpfen auftürmten. Der immer mehr auffrischende Wind kühlte schlagartig die Luft ab. Donner grollte, und Blitze zuckten zwischen den dunklen Wolken auf und schossen in alle Richtungen, schlugen jedoch nicht in die Erde ein. Trotzdem spürten alle die unheilvolle elektrische Aufladung der Luft und die schneidende Kälte des Windes, der ihnen um die Ohren pfiff.

Zacarias' Atem und Geist waren pures Eis. Turbulent und stürmisch, aber eisern unter Kontrolle gehalten. So kontrolliert wie der Sturm war auch Zacarias selbst, als er, groß und einschüchternd mit seinen breiten Schultern und der kräftigen, muskulösen Brust, auf das Haus zuschritt. Eisige Flammen züngelten in seinen schwarzen Augen. Niemals hatte ein Mann einschüchternder gewirkt, fand Marguarita. Die Polizisten und Rancharbeiter schienen das ebenso zu empfinden, denn alle verstummten, als er näher kam, und sahen einander unruhig an.

Zacarias brachte Gefahr mit, das verriet sich in der Haltung seiner Schultern, der Geschmeidigkeit seiner Bewegungen, den schmalen Lippen und dem kalten Blick. Er sah aus wie das, was er war – ein gefährliches Raubtier, und er machte die Menschen so nervös wie die Tiere. Doch obwohl er sich mit vollkommener

Lautlosigkeit bewegte und sich perfekt in die Umgebung einfügte, beherrschte er alles um sich herum.

Er sah nur Marguarita an, konzentrierte den Blick auf ihren und ließ ihn nicht mehr los. Die eisblauen Flammen schlugen höher und glitzerten wie dunkle Saphire aus purem Eis. Die vor dem Haus versammelten Männer traten schweigend beiseite und machten ihm den Weg zur Veranda frei. Marguarita bekam einen trockenen Mund, und ihr Magen überschlug sich fast. Ihre Finger glitten zu ihrem Rock und zerknüllten den Stoff. Hätte sie noch schreien können, hätte sie gewiss in diesem Augenblick einen gellenden Schrei ausgestoßen.

Zacarias blendete alles und jeden aus, als er die Hand nach ihr ausstreckte. Für alle anderen sah es nach einer fürsorglichen Geste aus, aber Marguarita wusste es besser. Ihre Hand zitterte in seiner. Marguarita stand auf und wollte von ihm in die Arme genommen und getröstet werden, doch sein Gesichtsausdruck war so abweisend wie seine Augen.

Für Zacarias gab es in diesem Moment niemand anderen. Er scherte sich nicht um die Männer, die reglos wie Statuen auf dem Hof standen. Für ihn existierten nur Marguarita und ihr Ungehorsam.

Seine Hand glitt über ihr Gesicht, die Fingerspitzen berührten jede Prellung, ihr geschwollenes Auge und die aufgeplatzte Lippe. Dann stieß er zischend den Atem aus und ließ es wie eine unausgesprochene Drohung klingen, die Marguarita einen weiteren kalten Schauder über den Rücken jagte. Ihr Herz begann zu rasen, und er hörte es, aber er beruhigte sie nicht. Der Schmerz in ihrem Gesicht und Kopf hatte bei seiner Berührung nachgelassen – doch die federleichte Berührung seiner Finger war distanziert gewesen und hatte nichts Persönliches gehabt.

Die Sonne hat dir die Haut versengt.

Sein missbilligender Tonfall traf Marguarita wie ein Stich ins Herz. Sie hatte gewusst, dass er es ihr verboten hatte und ärgerlich sein würde, aber *das* war mehr als Ärger. Seine abweisende Haltung tat ihr in der Seele weh. Er kümmerte sich um sie, doch er spendete ihr keinen Trost.

Marguarita schluckte heftig und versuchte, ihn zu erreichen. *Ich konnte nicht drinnen bei den Leichen und den Spinnen bleiben. Das war zu viel für mich.*

Die blauen Flammen loderten auf, und für einen Moment schien Zacarias' Gesicht von einem seltsamen, Furcht erregenden Feuer zu erglühen. *Die Leichen wurden entfernt, und die Spinnen sind fort. Geh jetzt hinein! Ich werde mit dem Polizeichef reden.*

Marguarita verbot sich zu weinen. Sie hatte von Anfang an gewusst, worauf sie sich einließ, und Zacarias distanzierte sich von Gefühlen. Er hatte all die langen Jahrhunderte seiner Existenz Zeit gehabt, um es zu lernen. Sie, Marguarita, hatte ihn mit Gefühlen bekannt gemacht und ihm überhaupt erst ermöglicht, welche zu empfinden. Und er hatte gelitten, als er hilflos in der heilenden Erde gelegen hatte, während sie sich in Gefahr befunden hatte. Sie hatte ihren eigenen Weg gewählt und seine strikten Anweisungen missachtet, was wahrscheinlich niemand sonst je wagte. Sie hatte ihm versprochen, sich in seine Obhut zu geben, und Stolz und Ehre erlaubten ihr nicht zu weinen.

Deshalb nickte sie nur stumm und ging hoch erhobenen Hauptes an den Leuten vorbei, die alle glaubten, Zacarias sei überaus besorgt um sie.

Er trat auch zu Lea und berührte ihr Gesicht mit den Fingerspitzen, flüsterte ihr mit leiser, hypnotischer Stimme etwas zu und linderte nicht nur ein wenig ihren Kummer, sondern auch den Schmerz, der von DS' Schlägen herrührte. Marguarita konnte hören, wie Zacarias dem Mädchen versicherte, er werde sich um alles kümmern, und Julio solle sie nach Hause bringen und vorsichtshalber bei ihr bleiben, um sie zu beschützen.

Dann redete Zacarias mit dem Polizeichef und schilderte ihm

seine ganz persönliche Version der Geschehnisse. Natürlich stimmte der Mann ihm in allem zu und verbeugte sich sogar vor ihm, dem geheimnisvollen, so unnahbaren Milliardär, von dem man so viel hörte. Jetzt konnte er sich damit brüsten, ihm persönlich begegnet zu sein, und die Legende um die Brüder de la Cruz würde nur noch wachsen.

Irgendwann waren alle fort, im Haus war es still und dunkel, und Marguarita würde sich nun ganz allein mit Zacarias auseinandersetzen müssen. Sie wollte ihn sehen, aber sie hatte auch große Angst vor seiner Reaktion. Er hatte sie mehrmals gewarnt, dass ihre Handlungsweise Konsequenzen haben würde. Doch Marguarita konnte sich nicht vorstellen, dass er eine Frau schlagen würde, das war einfach nicht sein Stil. Außerdem hatte er ihr die Schmerzen im Gesicht genommen, also würde er sie gewiss nicht körperlich züchtigen wollen, oder? Sie konnte nur hoffen, dass sie recht behielt.

Nervös rang sie die Hände, als das Warten langsam unerträglich wurde. Wo war er? Ein paar Minuten blieb sie noch sitzen, mit wild pochendem Herzen und dem immer stärker werdenden Geschmack von Furcht im Mund. Als sie es schließlich nicht mehr aushielt, ging Marguarita zu der noch offen stehenden Tür und warf einen Blick hinaus. Da stand er, groß und einschüchternd wie immer, und starrte in die Dunkelheit hinaus.

Er wandte den Kopf und schaute sie an. Natürlich hatte er gewusst, dass sie da war. Seine Augen brannten sich durch das Moskitogitter und wie ein Brandzeichen in ihr Herz. Marguarita trat zurück und griff sich ängstlich an die Kehle. Die Linien in Zacarias' Gesicht waren ausgeprägter als gewöhnlich, und seine Lippen waren nur noch ein schmaler Strich. Da war keine Gnade in diesen dunklen, ausdruckslosen Zügen. Selbst sein sinnlicher Mund hatte etwas Grausames, und in seinen Augen war nichts als dieses kalte, schillernd blaue Eis.

Mit einer geschmeidigen Bewegung fuhr er ganz herum und

war im Nu bei ihr, ohne auch nur die Moskitogittertür zu öffnen. Für einen Moment blieb er reglos stehen, hielt Marguaritas Blick mit seinem fest und nahm ihre Angst und ihren Schrecken in sich auf. Dabei blieb sein Geist dem ihren verschlossen; sein Herz und seine Seele waren ihr so fern, dass sie sie nicht erreichen konnte. Was da vor ihr stand, war nicht ihr Zacarias; es war das Raubtier.

Ich bin beides, und es wird Zeit, dass du das lernst. Ohne die geringste Vorwarnung packte er Marguarita an den Oberarmen, zog sie an sich und schlug die Zähne in ihren Nacken. Ein scharfer Schmerz durchfuhr sie, der aber nach und nach sinnlicher Hitze wich. Marguarita wehrte sich im ersten Moment, weil sie noch immer Angst hatte und wusste, wie gefährlich nahe Zacarias daran war, die Beherrschung zu verlieren. Sie konnte sich nicht mit ihm verständigen, weil er sie nicht in sein Bewusstsein ließ, doch er war in ihrem und *befahl* ihr, sich ihm hinzugeben. Nur ängstigte sein Befehl sie diesmal.

Das zunehmende Gefühl der Angst ließ auch nicht nach, als Hitze sie durchflutete, ihre Brüste schwer wurden vor Verlangen und sie die erste einladende Feuchte zwischen den Schenkeln spürte. Aber er hörte nicht auf und wurde auch nicht sanfter. Marguarita merkte, dass sie sich in dieser anderen Sphäre verlor, in der Zacarias zu ihrer ganzen Welt wurde, in diesem Raum, in dem es nur seinen starken Körper und seine phänomenale Kraft gab, sein Verlangen und seinen Hunger. Es war ein sehr ursprünglicher, allein von Zacarias' Willen erzeugter Ort, der älter als die Zeit war und in dem noch die Gesetze des Dschungels galten.

Mitten in all dieser sinnlichen Hitze erwachte irgendwo in Marguarita ein Frösteln und verstärkte sich allmählich. Ihr war kalt. Und die Kälte nahm zu, als wäre das Eis aus Zacarias' Adern in die ihren geflossen und verbreitete sich nach und nach in ihrem ganzen Körper. Ihre Beine fühlten sich wie Gummi an, als könnten sie sie nicht mehr tragen. Marguarita versuchte, sich an Zacarias'

Nacken festzuhalten, aber ihre Arme waren zu schwach, um sie zu halten.

Selbst als ihre Beine unter ihr nachgaben, ließ er nicht von ihr ab, sondern drückte sie nur noch fester an sich und hob sie auf die Arme. Sie hatte das Gefühl zu schweben, doch ihre Augen ließen sich nicht öffnen. In ihrer Panik versuchte Marguarita, ihn abzuwehren.

Hör auf! Es ist zu viel. Du musst aufhören.

Ich entscheide, wann es zu viel ist.

Marguarita hörte das drohende Knurren in seiner Stimme, den Drang zu beherrschen und den eisernen Willen, der keine Gnade kannte. Sie hatte keine Chance, sich zu retten. Es lag in seiner Hand, ob sie leben oder sterben würde. Als Marguarita das erkannte, gab sie sich auf und wehrte sich nicht länger, nicht einmal in ihrem Geist.

Dann entscheide dich! Sie hatte keine Kraft mehr, sich gegen ihn zur Wehr zu setzen. Er nahm ihr Blut, ihre Lebensessenz, als könnte nichts seinen Hunger stillen. Diese Art der Nahrungsaufnahme hatte eine Schärfe, die ebenso erotisch wie gefährlich war, als hätte Zacarias eine Entscheidung getroffen, von der er nicht mehr abzubringen war. Seine Entschlossenheit ging so tief und war so … finster, dass Marguarita keinen Weg mehr fand, ihn zu erreichen.

Das habe ich schon.

Die Worte hätten sie beruhigen müssen, aber sie ließen sie nur erneut erschaudern. Es war die Kälte in seiner Stimme, die sie so ängstigte. Ohne von Marguarita abzulassen, trug er sie in sein Schlafzimmer, wo er sich mit ihr aufs Bett legte und sie mit seinem Körper bedeckte, um sie auch weiter ihres kostbaren Blutes zu berauben. Marguarita fühlte ihre Sinne schwinden.

Du wirst bei mir bleiben. Komm zu mir, Marguarita! Verbinde dich mit mir!

Sie war zu müde und zu schwach, um sich ihm zu widersetzen.

Sie stellte die Verbindung her, und er umfing sie, hielt sie und drückte sie an sich, als ihr Körper in eine andere Welt entgleiten wollte, die sie nicht erkannte.

Erst dann strich er mit der Zunge über die Bisswunde und riss sein Hemd auf, um mit dem Fingernagel seine Brust zu öffnen. *Du wirst jetzt trinken.*

Was für ein absurder Befehl! Er hatte die Kontrolle über sie, ihr Geist war mit seinem verbunden. Zacarias legte die Hand um ihren Hinterkopf und drückte sie auf das dunkle, gehaltvolle karpatianische Blut herab. Ihr Mund bewegte sich an ihm. Diesmal hielt er sie nicht von seinen Gedanken fern, als das Blut, seine Lebensessenz, in sie einströmte und durch ihre Adern rauschte, um Marguarita für immer an ihn zu binden. Sie wusste, dass das an erster Stelle für ihn stand. *Das* war die Konsequenz ihrer Handlungsweise: seine Inanspruchnahme. Marguarita versuchte verzweifelt zu verstehen. Er hatte sie doch schon nach der Art seiner Spezies aneinandergebunden. Warum bezog er dann jetzt eine solche Befriedigung daraus? Wozu diese besondere Zurschaustellung von Dominanz?

Ihre Kräfte kehrten zurück, aber er hielt ihren Geist gefangen, bis sie seines Erachtens nach genug von seinem Blut genommen hatte. Und auch dann löste er sich nicht von ihr und stand auf, sondern hob nur den Kopf und sah ihr in die Augen.

Ihr entging etwas. Etwas Wichtiges. Er sah sehr erwartungsvoll aus. Noch immer kalt und abweisend, doch aufmerksam und wachsam. Sie strich mit der Zungenspitze über ihre Lippe. Von dem Riss und der Schwellung war nichts mehr zu spüren. Ihr Gesicht schmerzte nicht mehr, doch dafür verspürte sie jetzt ein neues, ganz anderes Pochen in ihrem Kopf. Sie konnte ihr Herz nicht nur schlagen hören, sondern es *spüren*, jede einzelne Bewegung und auch das auf und ab fließende Blut in ihren Adern. Eine Welle des Schmerzes schoss durch ihren Körper, und ihr drehte sich der Magen um.

18. Kapitel

Marguarita starrte Zacarias aus riesigen, angstvollen und *anklagenden* Augen an. Sie sah sehr blass aus.

Was hast du getan?

Zacarias verlagerte sein Gewicht. Die Umwandlung begann nun also. Sein Blut arbeitete daran, ihren Körper zu verändern, ihre Organe umzuformen und Marguarita voll und ganz in seine Welt zu bringen. Ein Ausdruck der Zufriedenheit legte sich über sein Gesicht.

»Jetzt werde ich nie wieder gezwungen sein, hilflos unter der Erde zu liegen, während meine Seelengefährtin sich mit voller Absicht in Gefahr begibt. Du hast mir zum letzten Mal den Gehorsam verweigert, Marguarita.«

Unwillkürlich bleckte er die Zähne, die noch immer leicht verlängert waren. Seine Augen flackerten, und nach wie vor brodelte diese heiße, tödliche Masse vulkanischer Wut in seinem Bauch. *Stunden* hatte er in der Erde gelegen, aller Macht beraubt, während Marguarita ihr Leben und seine Seele aufs Spiel gesetzt hatte. Wozu? Es konnte keinen ausreichend guten Grund für eine derartige Entscheidung geben.

Er würde für immer entehrt sein. Sie wusste sogar die Wahrheit über ihn. Sie hatte sein dunkelstes Geheimnis gesehen, das er jahrhundertelang beschützt hatte – sein Legat der Finsternis. Sein eigener Vater war Momente, nachdem seine Mutter gestorben war, zum Vampir geworden. Und das wäre auch ihm selbst passiert. Hätte dieser DS es geschafft, Marguarita zu töten, hätte sich Zacarias als Vampir aus der Erde erhoben und jedes Lebewesen auf der Ranch getötet.

»Hol dich die Sonne, Frau!«, fluchte er, als heißer Zorn durch seine Adern rauschte und wie ein ausbrechender Vulkan das Eis durchbrach. Er konnte es nicht ertragen, sie zu berühren. Konnte nicht in ihrer Nähe sein, um ihren Duft zu atmen. Seine Frau. Seine Seelengefährtin. Verräterin! Riskierte *alles* für den kindischen Wunsch, ihm zu beweisen, dass sie ihm an Macht und Stärke ebenbürtig war. Dieses dumme Ding! Gefährdete sich selbst und ihn und seine Brüder und ihre Familien.

Er erhob sich vom Bett und begann, wie eine nervöse Dschungelkatze durch den Raum zu pirschen; noch immer war er ungeheuer aufgebracht und sehr gefährlich. Die Anspannung im Schlafzimmer nahm zu, doch er fand keinen Weg, die eisige Kontrolle wiederzugewinnen. Seine Wut hatte sich durch die massive Gletscherwand gebrannt, und seine Gefühle drohten außer Kontrolle zu geraten.

Zacarias hatte immer gewusst, dass er eine moderne Frau nicht verstehen würde. Er hatte sich damit abgefunden, seiner Seelengefährtin nie zu begegnen. Und er war mehr als bereit gewesen, ehrenhaft ins nächste Leben überzugehen. Marguarita hatte all das geändert und all seine Pläne zerstört, und sie hätte wenigstens die Ungeheuerlichkeit ihrer Handlungsweise erkennen müssen. Sie hatte kein Recht, seine Seele zu riskieren – *nie und nimmer.*

Marguarita wand sich, ihre Augen weiteten sich vor Schreck, und ihre Hände flogen zu ihrem Bauch. Ein ungutes Gefühl erfasste Zacarias. Seine ganze Aufmerksamkeit konzentrierte sich plötzlich auf sie. Marguarita hatte offensichtlich große Schmerzen. Aber er hatte in all den Jahrhunderten seines Lebens noch nie einen Menschen bei der Umwandlung gesehen. Seine Brüder waren bei der Umwandlung ihrer Frauen dabei gewesen, aber er hatte sie nicht einmal gefragt, wie so etwas vonstattenging. Zacarias wusste nur, dass ein dreimaliger Blutaustausch vonnöten war, mehr nicht – solange der Mensch wie Marguarita übersinnlich begabt war.

Doch jetzt verkrampfte ihm Angst den Magen. Es konnte doch wohl nichts schiefgehen? Er hatte machtvolles Blut, aber die Düsternis in ihm ging tief. Schatten krochen in seinen Kopf, beunruhigende, quälende Möglichkeiten, die Zacarias nicht bedacht hatte. War ihm ein Fehler unterlaufen?

»Was hast du?«, fragte er.

Marguarita zog die Beine an und drehte sich auf die Seite, dabei verzerrte sich ihr Gesicht vor Schmerz. Sie schloss die Augen, als wäre ihr sein Anblick unerträglich. Ein unerwartet scharfer Stich durchfuhr sein Herz, und er spürte den metallischen Geschmack von Furcht auf der Zunge.

»Was hast du? Ich will eine Antwort hören.«

Er konnte nicht warten, nicht wenn sie sich vor Schmerzen krümmte, Tränen über ihre Wangen strömten und ihr ganzer Körper sich verdrehte. Zum ersten Mal in seinem Leben wurde er von Panik ergriffen. Was hier passierte, dürfte eigentlich gar nicht sein. Wieder suchte er die geistige Verbindung zu ihr, weil er fühlen musste, was sie empfand, und in ihrer Haut sein musste, um zu wissen, was mit ihr geschah. Zweimal versuchte er, Kontakt aufzunehmen, doch jedes Mal stieß er an eine Mauer.

Sie ließ ihn nicht zu sich. *Ihn*, ihren Seelengefährten. Seine Frau verweigerte ihm nicht nur den Gehorsam und bereitete den Weg zu einer Katastrophe, sondern verwehrte ihm jetzt auch noch den Zugang zu ihrer privatesten Verbindung. Sie hatte ihn ausgeschlossen, und nach der Stärke dieser inneren Tür zu urteilen, würde es einen Rammbock brauchen, um sie einzureißen.

Marguarita hatte eine natürliche Barriere, das wusste er, aber bisher hatte sie ihn stets hindurchgelassen. Jetzt, mit seinem Blut in ihren Adern, war diese Barriere sogar noch stärker als zuvor. Er hatte vorher schon Angst gehabt, ihr zu schaden, doch wenn er diesen Schutzschild *jetzt* zerstörte, war nicht vorherzusagen, was ihr widerfahren würde. Und die einzige Möglichkeit, zu ihr vorzudringen, war, diese Barriere einzureißen.

»Öffne dich mir!«

Sie antwortete nicht, sondern zog nur die Knie an die Brust, ihr langes Haar verbarg ihr Gesicht vor ihm. Marguarita hatte Schmerzen, das war mehr als offensichtlich. Er war sofort auf der anderen Seite des Zimmers und streckte die Hände aus, um sie auf den Bauch zu legen. Es gab mehr als einen Weg, an die Information heranzukommen, die er brauchte.

Marguarita holte tief Luft, als ließe der Schmerz nach, und wandte den Kopf, um ihn böse anzusehen. Das Haar, das ihr ins Gesicht fiel, war feucht vor Schweiß. Auch ihr Körper war von einem feinen Schweißfilm überzogen. Als Zacarias' Hände sie berührten, erschauderte sie jedoch und versuchte, nach seinem Arm zu schlagen.

Fass mich nicht an! Ich meine es ernst. Und geh! Ich will dich nicht hier haben. Marguarita konnte nicht glauben, dass er ihr das angetan hatte. Jeder hier, sogar die Tiere, hatte gewusst, was für ein Monster er war. Alle außer ihr. Er war gefühllos, ein grausames, gefährliches Raubtier. Alles, was sie über ihn gedacht hatte, war pure Fantasie gewesen. Er hatte ihr das Herz gebrochen, und ihr war außer ihrem Stolz nichts geblieben. Sie ertrug es nicht, ihn anzusehen, und sie würde ihn nicht in ihren Geist eindringen lassen – nie wieder würde sie ihn an irgendetwas, das sie betraf, teilhaben lassen. Er würde sich nehmen müssen, was er von ihr wollte. Ihr gebrochenes Herz verursachte ihr viel schlimmere Qualen als der körperliche Schmerz, für den Zacarias verantwortlich war.

Zacarias war schockiert. Eine solch völlige Zurückweisung hatte er nicht erwartet, aber Marguarita schloss ihn nicht nur aus ihrem Bewusstsein aus, sondern glaubte auch, ihn von ihrem Körper fernhalten zu können. Bevor er jedoch etwas erwidern konnte, sah er, wie sie von der nächsten Schmerzwelle gepackt wurde, wie ihre Muskeln sich verkrampften und sie nach Atem rang. Ihre Augen waren vor Angst geweitet und ganz glasig vor Schmerz. Ihr

Körper krümmte sich, spannte sich und krümmte sich wieder, und die Krämpfe waren so stark, dass sie sie fast vom Bett warfen.

Zacarias fing sie auf und hielt sie fest, weil er befürchtete, dass sie sich noch mehr verletzen könnte. Prüfend glitten seine Hände über ihre Haut, die jetzt vor Fieber brannte. All ihre inneren Organe verdrehten und verzerrten sich, bis sie zu zerreißen drohten. Ihre Haut war so heiß, dass er fast die Hand zurückgezogen hätte, als er heilende Wärme durch ihre Haut zu senden versuchte, die aber alles nur noch zu verschlimmern schien. Bei einem der Krämpfe bäumte sich ihr Körper auf, ihr Gesicht wurde völlig starr, und ihre Zähne pressten sich zusammen, bis sie knirschten. Die nächste Schmerzenswelle warf sie wieder zurück.

Beim Nachlassen des Schmerzes stieß Marguarita in stummer Auflehnung den Atem aus – und kaum fiel ihr Blick auf ihn, Zacarias, fuhr sie vor ihm zurück und ließ sich vom Bett fallen, um es zwischen sie zu bringen. Ihr Körper glänzte vor Schweiß, ihr Haar war feucht und vollkommen verheddert, als sie auf allen vieren vor Zacarias wegzukriechen versuchte. Von Schwäche übermannt, fiel sie aber auf den Bauch und blieb so liegen.

Zacarias war augenblicklich bei ihr, und sein Herz pochte genauso schnell wie ihres, weil seine Angst um sie wuchs. Er musste herausfinden, was nicht in Ordnung war und wie er ihr helfen konnte.

»Lass mich dir helfen, Marguarita!« Trotz seiner Furcht um sie war er um einen beruhigenden Ton bemüht.

Als er jedoch mit einer Hand nach ihrem Knöchel griff, trat Marguarita ihn mit dem anderen Fuß und richtete sich auf Hände und Knie auf, um vor ihm davonzukriechen.

»Hör auf damit! Ich will deinen Gehorsam nicht erzwingen müssen.« Seine Furcht wuchs mit dem Gedanken, Marguarita zu verlieren. Irgendetwas Schlimmes ging in ihrem Körper vor, und das musste er unterbinden.

Warum denn nicht? Ihr Gesicht war feucht vor Schweiß und mit kleinen roten Flecken übersät, als sie sich herumdrehte. Ihre Augen funkelten anklagend und verletzt zugleich. *Ich habe mich ja so in dir geirrt! Du bist genau das, was du gesagt hast – ein Monster. Und dein angebliches Bindungsritual war eine Lüge. Die Worte bedeuteten überhaupt nichts. Sie waren gelogen wie alles andere.*

Marguarita konnte kaum noch atmen, so groß waren Schmerz und Wut. Sie war *entzückt* gewesen von den Worten, die er ihr bei dem sogenannten Ritual zugeflüstert hatte. »Bindende Worte«, hatte er sie genannt. Mit Begriffen wie »ehren«, »Herz« und »Seele« hatte er sie nach Tradition seines Volkes geheiratet. »Du stehst für immer unter meinem Schutz«, hatte er gesagt. Er hatte ihr das Herz gestohlen mit diesen Floskeln, die so erstaunlich zärtlich geklungen und sie irgendwie aneinander gebunden hatten.

Es gibt keinen Schutz. Und schon gar nicht so etwas wie ›ehren‹. Nimm deine leeren Worte und behalte sie! Ich will sie nicht.

Zacarias stockte der Atem. Ihre Vorwürfe schmerzten ihn nicht weniger als der Anblick ihrer Tränen. Aber im Moment durfte nichts anderes ihn beschäftigen als ihr körperlicher Zustand. Er musste einen Weg finden, ihr zu helfen. Wieder konzentrierte er sich darauf, ein Schlupfloch in der Barriere in ihrem Geist zu finden.

»Marguarita«, sagte er mit leiser, fast schon hypnotisch weicher Stimme. »Du könntest in Gefahr sein, *sívamet*. Du musst mich nachsehen lassen, was in dir geschieht.«

Geh und lass mich damit allein! Ich schaffe das schon. Ich will nichts mit dir zu tun … Sie verstummte jäh, und ihre Augen weiteten sich. In einem stummen Schrei riss sie den Mund auf. Ein Ausdruck des Entsetzens verzerrte ihr Gesicht, als eine Welle der Bewegung durch ihren Magen ging und er sich zusammenzog, verkrampfte und entkrampfte und die Muskeln an ihren Armen und Beinen förmlich zu erstarren schienen.

Zacarias, der schon fast dem Wahnsinn nahe war vor Sorge, griff wieder nach Marguarita. Was war mit ihr? Was war schiefgegangen? Dies alles ergab nicht den geringsten Sinn für ihn. Es war offensichtlich, dass sie Todesqualen litt. Sie hatte keine Kontrolle mehr über ihren Organismus, der versuchte, Giftstoffe auszuscheiden und ihre Organe umzuformen, um ihren Körper von dem eines Menschen in den eines Karpatianers umzuwandeln. Zacarias war sicher, dass er ihre Schmerzen auf sich nehmen könnte, wenn sie ihn nur in ihr Bewusstsein ließe, doch selbst auf dem Gipfel der Qual geriet ihre Barriere nicht mal sekundenlang ins Schwanken. Er musste auf andere Weise in Marguaritas Geist gelangen, ohne ihr zu schaden.

Abzuwarten, bis der Schmerz wieder abflaute, war die reinste Qual für Zacarias, deshalb konzentrierte er sich auf seine Atmung und versuchte, genügend Luft für beide aufzunehmen. Er merkte, dass jeder Anfall länger dauerte und schlimmer als der vorangegangene zu sein schien, und wartete, bis er das Wiedererkennen in ihren Augen sah. Erst dann versuchte er es erneut.

»Marguarita. Du kannst nicht so weitermachen. Es wird schlimmer. Lass mich zu dir! Ich kann dir die Schmerzen nehmen.«

Zorn glomm in ihren dunklen Augen auf. *Ich will deine Hilfe nicht. Lieber leide ich. Ich will diese Lehre, die du mir erteilt hast, mein Lebtag nicht vergessen.*

Er musste sie am Reden halten. Die telepathische Verbindung war wie ein Faden zwischen ihrem Geist und seinem, und so suchte und fand Zacarias ihn und verflocht ihn sehr, sehr sachte mit dem seinen. »Das war nicht als Lektion gemeint, Marguarita. Du wusstest, dass ich dich in meine Welt bringen würde. Das war wichtig. Um uns beide zu schützen. Um meinen Brüdern zu ersparen, mich jagen zu müssen. Und um deine Familie hier vor einem ungleich schlimmeren Monster als alle anderen zu beschützen.«

Ich komme allein damit zurecht. Du kannst sagen, es sei keine Strafe, doch du hast es so gemeint.

Er fuhr sich mit den Händen durch das Haar. »Du wusstest, dass ich dich in meine Welt bringen würde, und warst damit einverstanden«, beharrte er mit leiser Stimme und hielt den Atem an, als er sehr vorsichtig und behutsam noch mehr von sich mit diesem feinen Faden verwob, den sie benutzte, um in sein Bewusstsein einzudringen.

Ich dachte, du würdest mich mit Liebe und Rücksichtnahme in deine Welt einführen, statt auf so kalte, gefühllose Art und Weise. Mit solchen Schmerzen. Sie schnappte erneut nach Luft und griff sich an den Magen. *Ich will dich nicht. Geh weg!*

Wieder rollte sie sich zur Seite und kämpfte sich auf Hände und Knie. Das starke Erbrechen, das sie schüttelte, war wie ein Ausbruch von Toxinen, die ihr Körper von sich gab. Wieder hatte sie keinerlei Kontrolle über ihren Körper, der sich so heftig verkrampfte, dass sie gegen die Wand geschleudert wurde. Wieder zog Marguarita die Knie an die Brust und rollte sich wie ein Embryo zusammen.

Entsetzt über ihre mangelnde Beherrschung, schlug sie die Hände vors Gesicht, als sie das Erbrochene auf dem Boden sah. *Bitte geh!*

Sein eiserner Halt an dem Faden zwischen ihnen wurde mit jedem Kontakt stärker. Es war nur eine Frage der Zeit, bis er in ihr Bewusstsein eindringen und ohne ihr Einverständnis die Kontrolle übernehmen konnte.

»Hast du vergessen, was geschehen würde, wenn dir etwas zustieße, Marguarita?«, fragte er wieder sehr leise. »Du kennst mein Erbe. Du hast ein Geheimnis entdeckt, von dem nur wenige Kenntnis haben, mein dunkelstes Geheimnis, und trotzdem beharrtest du auf deinem Ungehorsam.«

Er fühlte sich verraten, obwohl er sich alle Mühe gab, den Schmerz darüber zu ignorieren und sich wieder einmal von allen starken Emotionen zu distanzieren. Doch nun, da der Damm durchbrochen war, war er einfach nicht mehr in der Lage, die Flut noch aufzuhalten. Der Rest der Welt war ihm egal, er fühlte sich nach wie vor von allem und jedem abgetrennt – außer, er konnte durch Marguarita etwas spüren. *Sie* und all das, was ihm in diesen vielen Jahrhunderten verloren gegangen war – das Gute wie das Schlechte.

Marguarita war zu seiner Welt geworden, und er hatte an sie geglaubt. Ihretwegen vertraute er auch wieder sich selbst – zum ersten Mal dachte er, er könnte vielleicht doch mit jemandem leben. Jahrhunderte hatte er allein verbracht und nur für seine Ehre gelebt, und jetzt, mit einer einzigen Entscheidung, hätte Marguarita alles zerstören und zunichtemachen können, was er je gewesen war.

Sein Vater war ihm nicht als der Mann in Erinnerung geblieben, der ihn aufgezogen und sein Leben geformt hatte. Zacarias erinnerte sich nur an den Untoten, diesen verrottenden, seelenlosen Vampir, der beinahe seine eigenen Söhne umgebracht hätte. Marguarita hätte ihn, Zacarias, zu der gleichen Erinnerung für seine Brüder gemacht – die ihn dann hätten jagen und töten müssen. Es war sogar möglich, dass er seine eigenen Brüder ermordet hätte.

Ein einziger Laut der Verzweiflung entrang sich seinen Lippen, und er fuhr sich mit der Hand über das Gesicht, als könnte er die Erinnerung an Marguaritas Verrat so wegwischen.

Lass mich einfach allein mit meinem Schmerz!

Ihre Stimme war von Müdigkeit geprägt. Sie wurde schwächer, der Kampf zwischen Mensch und Karpatianer forderte seinen Tribut von Marguarita. Doch selbst nach seinen eindringlichen Worten schien sie noch immer nicht zu verstehen, was für einen furchtbaren Verrat sie an ihm begangen hatte. Aber Zacarias nahm sich zusammen, weil er es sich im Moment nicht leisten konnte, an sich selbst zu denken. Sie hatte große Probleme, und er wollte, nein, *musste* ihr helfen, die Verwandlung durchzustehen. Diese schreckliche, traumatische Episode musste endlich ein Ende haben.

»Du weißt, dass ich das nicht kann.« Er unterlegte seine Worte mit einem leichten Zwang, um Marguarita zu einer Antwort zu bewegen. Denn jedes Mal, wenn sie etwas sagte, öffnete sich ihr Bewusstsein ein wenig mehr. Zacarias hielt sich an dem Faden fest, der es ihm ermöglichen würde, die Kontrolle zu übernehmen, ohne ihre Barrieren einzureißen und ihr zu schaden.

Ich bin zu müde, um zu streiten. Tu, was du willst! Meine Wünsche kümmern dich ja anscheinend nicht.

Die Erschöpfung in ihrer Stimme alarmierte ihn. Wenn er irgendetwas mit Sicherheit über Marguarita wusste, dann, dass sie eine Kämpferin war. Aber in diesem Augenblick gab sie auf – sich selbst, ihr Leben und alles andere. Sie war bereit zu sterben.

Zacarias war so auf sie konzentriert, dass er die nächste Schmerzwelle schon beinahe vor ihr nahen spürte. Diesmal war sie sogar noch heftiger – als würde Marguarita von unsichtbaren Händen hochgehoben und dann wie eine Stoffpuppe wieder zu Boden geworfen. Sie fiel auf den Rücken, und ihre Finger flogen zu ihrer Kehle. Zacarias musste ihren zuckenden, sich windenden Körper fest ergreifen und ihn umdrehen, um sie vor dem Ersticken zu bewahren.

Gutes Zureden half nun nicht mehr. Er musste diese Qual beenden. Mit einer Handbewegung entfernte er alle Spuren des Erbrochenen und der ausgeschiedenen Giftstoffe von Marguaritas Körper und dem Boden. Eine frische Brise vertrieb die Gerüche im Raum, Kerzen flammten auf und trugen den angenehmen Duft von Lavendel durch das ganze Haus.

In seiner Verzweiflung übernahm Zacarias die Kontrolle und folgte dem dünnen Faden geradewegs in Marguaritas Geist hinein. Er erschrak über das absolute Chaos, das dort herrschte. An erster Stelle standen Furcht und Schmerz. Ihr Gefühl, verraten worden zu sein, war mindestens ebenso stark wie das seine. Ihre Beweggründe für ihren Ungehorsam hatten nichts mit Gleichberechtigung oder der Bewahrung ihrer Unabhängigkeit zu tun. Zum Teil war es ein Schwur gewesen, der ihr von Geburt an eingeimpft worden war; darüber hinaus hatten die Bande zwischen Seelengefährten und ihr eigener Charakter ihr einfach nicht erlaubt, Zacarias' Leben zu gefährden.

Sie hatte aus Liebe zu ihm seine Anordnungen missachtet.

Zacarias stöhnte auf, als er die Tragweite dessen zu verstehen versuchte. Er verstand dieses Gefühl noch immer nicht richtig. Er hatte es vor langer, langer Zeit einmal empfunden, aber die Empfindung war in so weite Ferne gerückt, dass er sie nicht mehr als das erkannte, was sie war. Marguarita dagegen *konnte* lieben. Sie hatte sich in seine Obhut gegeben und sich darauf verlassen, dass er nur das Beste für sie wollte.

Ihre Liebe umhüllte und überschwemmte ihn. Wieder einmal durchströmte Wärme die Kälte in ihm, fand die Schatten und überbrückte die Lücken, wo sich Verbindungen befinden müssten. Zacarias spürte Marguarita in sich, wo sie hingehörte, und ihre Bemühungen, sie beide mit ihrer Liebe zusammenzuschweißen. Mit ihrer ganz besonderen Essenz.

Sie hatte eine schlechte Entscheidung getroffen, als sie ihm nicht gehorcht hatte, aber sie war sich der Tragweite der Auswirkungen nicht bewusst gewesen. Wie hätte es auch anders sein können? Schließlich kannte Marguarita die Prinzipien seiner Welt nur vom Hörensagen.

Zacarias hatte keine Zeit, sich seine Erkenntnisse durch den Kopf gehen zu lassen. Wichtig war jetzt nur, Marguaritas Qualen zu beenden. Zacarias legte seinen physischen Körper ab, strömte als pure Energie in Marguaritas und benutzte den feinen Faden, um den Weg zu finden.

Wie in ihrem Kopf, so herrschte auch in ihrem Körper Chaos. Er konnte deutlich sehen, was dort vor sich ging; die Organe gestalteten sich neu oder veränderten sich, um Marguarita zur Karpatianerin werden zu lassen. Er hätte wissen müssen, dass es eine Nahtoderfahrung sein würde, dass Marguarita als Mensch würde sterben müssen, um als Karpatianerin wiedergeboren zu werden. Aber sie kämpfte dagegen an. Auch das kam für Zacarias unerwartet.

Er war nicht zu ihr gekommen, um ihr Trost zu spenden, als sie ihn gebraucht hatte. Tatsächlich hatte er das Trauma sogar noch vergrößert, statt sie in die Arme zu nehmen und zu halten. Und jetzt wies sie ihn und seine Standpunkte genauso unnachgiebig zurück, wie er an ihnen festhielt. Obwohl sie gewusst hatte, dass sie leiden würde, hatte sie ihm den Zugang zu ihrem Geist verwehrt, weil sie nicht einmal seine Unterstützung bei der Verwandlung wollte. Weil sie weder ihn noch seinen Trost wollte.

Zacarias hatte sie für eine Närrin gehalten, weil sie etwas anderes in ihm sah als ein gefährliches Raubtier, das zu lange in der Dunkelheit gelebt hatte und dessen Seele schon schwarz geworden war. Und doch hatte Marguarita an den Schatten vorbeigesehen zu dem Mann, der sich irgendwo am Rande noch ans Leben klammerte. Wie verloren er gewesen war! Er hatte nichts anderes gekannt, als zu jagen und zu töten. Doch Marguarita hatte an ihn geglaubt und sich ihm aus freien Stücken hingegeben, im Vertrauen darauf, dass er sich an die rituellen Bindungsworte halten würde.

Zacarias nahm seine ganze Energie zusammen, bis er nur noch aus Macht und heilendem Licht bestand. Die Umwandlung der inneren Organe konnte beschleunigt werden, aber die einzige Möglichkeit, den Schmerz zu beenden, war, dass er so viel wie möglich davon auf sich nahm. Dass er ihn mit ihr teilte. Doch sie wehrte sich dagegen. Er hatte damit gerechnet, aber sie war schwach, und er war stark, und sein Blut gehorchte seinem Ruf.

»Entspann dich so gut wie möglich zwischen den Anfällen!«, sagte er sanft, als der Schmerz wieder nachließ, und hielt den Faden, diese einzige Verbindung zu ihr, fest umklammert.

Marguarita seufzte und wandte den Kopf ab, als er sie auf die Arme nahm und vom Boden aufhob. Das Zimmer war wieder sauber und roch nach Lavendel und Kamille. Das Bett war mit frischen, kühlen Laken bezogen, die den gleichen angenehmen Lavendelduft verströmten. Zacarias legte Marguarita in die Mitte des Bettes und streckte sich neben ihr aus, um sie in die Arme zu nehmen und ihr Halt zu geben.

»Ich weiß, dass du meine Hilfe nicht willst, Marguarita«, fuhr er leise fort und strich ihr das feuchte Haar aus dem Gesicht. Ihre langen Wimpern lagen wie zwei dunkle Halbmonde auf ihrer weißen, fast schon durchsichtigen Haut. Und die ganze Zeit fröstelte sie so unkontrollierbar, dass ihre Zähne klapperten. »Aber ich muss dir helfen. Ich habe keine andere Wahl.«

Kaum waren die Worte über seine Lippen, als ihm ein Gedanke kam. War es möglich, dass vielleicht auch Marguarita keine andere Wahl gehabt hatte? Diese starke, tiefe Liebe, die sie für ihn empfand, könnte ihre Verbindung noch viel stärker gemacht haben, als ihm bewusst gewesen war. Marguarita war *in* ihm, sie blickte auch in seine Seele und sah dort Dinge, von denen er selbst nichts wusste. Und diese positiven Eigenschaften, auf die sie sich verlassen hatte, *mussten* vorhanden sein, oder sie hätte kein so starkes Gefühl für ihn entwickeln können.

Ihre Wimpern flatterten, als sie ihm plötzlich das Gesicht zuwandte und ihn ansah. Die Intensität ihres Blickes traf Zacarias wie ein Schlag. Er konnte schon die Veränderung in ihren Augen sehen, deren Farbe jetzt noch dunkler und noch intensiver war. Bevor er jedoch etwas sagen konnte, spürte er die nächste Welle des Schmerzes, die sie überschwemmte, noch schneller und härter als zuvor.

Es war ein Gefühl wie von tausend Messern, die auf Zacarias' innere Organe einstachen, sie zerschnitten und in Fetzen rissen. Gleichzeitig fraß sich ein Feuer durch seinen ganzen Körper. Sein Innerstes fühlte sich zerbrochen an. Ihm blieb die Luft weg, als der nächste Schlag kam, eine Flutwelle des Schmerzes, der wie ein Rammbock seine Barrieren durchschlug. Zacarias' Schädel schien plötzlich zu klein zu sein für das Gehirn und in einer Explosion von Granatsplittern zu bersten, die Schockwellen durch seinen ganzen Körper sandten.

Neben ihm verkrampfte sich Marguaritas Körper unter einer neuen Schmerzenswelle, und er zog sie an sich, spürte ihre Haut an seiner, teilte ihre Qualen und stand sie mit ihr durch, bis auch sein Körper wie der ihre mit winzigen Blutströpfchen bedeckt war, die sich miteinander vermischten.

Zacarias hatte nicht gewusst, dass es so schlimm sein würde. Wie hatte er aber auch so stur sein können, nicht einmal seine Brüder nach der Umwandlung zu fragen? Hatten *sie* sich untereinander erzählt, wie schlimm dieser Prozess sein konnte?

»Es lässt nach, *sívamet*«, flüsterte er. Indem er den Schmerz mit ihr teilte, konnte er zumindest die Heftigkeit der Anfälle verringern. »Versuch, ruhig durchzuatmen! Dein Herz schlägt zu schnell. Lass es sich dem Rhythmus des meinen anpassen!«

Nach einer Weile spürte er, wie ihr Herzschlag sich beruhigte. Für einen Moment erfasste Zacarias Panik. Sie sah resigniert aus, ganz und gar nicht wie die Marguarita, die sich allein bei Nacht, verfolgt von einem Raubtier, in einen Regenwald hinauswagte. Oder wie die Marguarita, die selbst dann noch ein Lächeln für ihn hatte, wenn er sich von seiner schlechtesten Seite zeigte.

Marguarita!, entfuhr es ihm bewegt. Er drückte sie an sich und umhüllte sie mit seinem Geist.

Diesmal wehrte sie sich nicht, weil sie viel zu schwach war, um überhaupt noch richtig zu verstehen, was mit ihr geschah. Zacarias lag neben ihr, lauschte dem Trommeln des Regens auf dem Dach und verstärkte das Geräusch, weil es sie beruhigte.

Neben ihm entspannte sich Marguarita allmählich. Oder zumindest wich die Anspannung weit genug aus ihren starren, verkrampften Muskeln, um die beruhigende Mischung aus Lavendel- und Kamilledüften einatmen zu können. Und da sie sich nicht mehr gegen ihn wehrte, löste sich auch die Verkrampfung in seinem Bauch.

Zacarias streichelte ihr liebevoll über das Haar und flüsterte ihr sinnlose Worte in seiner eigenen Sprache zu. Oder vielleicht waren sie ja gar nicht so sinnlos, vielleicht rührte er ja nur die Gefühle dieses tief in ihm verborgenen Fremden an, der wusste, dass er Marguarita nicht verlieren durfte. Die Empfindungen, die in ihm aufstiegen, waren schier überwältigend.

Marguarita konnte unmöglich verstehen, was er sagte. Als dann aber der nächste Anfall kam, richtete sie den Blick auf ihn, statt sich von ihm abzuwenden. Ihre Augen weiteten sich und verschleierten sich, als der Schmerz einsetzte. Diesmal war Zacarias jedoch vorbereitet und wusste, wie er ihr den größten Teil abnehmen konnte. Sie war von den Giftstoffen gereinigt und auf dem besten Wege, voll und ganz zur Karpatianerin zu werden. Als der Schmerz nachließ, spürte Zacarias, dass es jetzt vielleicht das Beste wäre, sie in die heilende Erde zu bringen.

»Ich kann dich einschlafen lassen, Marguarita. Wenn du erwachst, wirst du Hunger haben und Blut benötigen, aber du wirst nicht mehr solche Schmerzen haben.«

Ihr Blick glitt zu seinem, als er ihr die winzigen Blutströpfchen von der Stirn wischte.

»Du wirst als vollständige Karpatianerin erwachen.«

Ihre Zunge strich über die trockene Unterlippe. *Das macht nichts. Ich will nur, dass diese Qualen endlich aufhören.*

Er hasste die Resignation in ihr. Marguarita war durch und durch Feuer, leidenschaftlich und impulsiv. Wenn ihr etwas wichtig war, gab sie stets alles von sich. Doch nun war sie ausgelaugt, körperlich und geistig vollkommen erschöpft.

»Du sollst wissen, was ich vorhabe.« Er wartete, aber sie antwortete nicht. »Ich werde deinen ersten Schlaf herbeiführen, und danach wird dein Körper von selbst schlafen, wenn du es ihm befiehlst. Mein uraltes Blut fließt in deinen Adern. Es besitzt große Macht, und du wirst schnell lernen, sie zu nutzen.« Er musste sich beeilen, bevor die nächste Schmerzenswelle sie überrollte.

»Du weißt, dass die Erde dich erneuern und heilen wird.« Er versuchte nicht einmal, es wie eine Frage klingen zu lassen.

Ihre Wimpern flatterten, und Furcht stahl sich in ihren Blick, doch sie nickte. *Wie werde ich reagieren, wenn ich mich unter der Erde eingeschlossen wiederfinde?*

Er strich ihr beruhigend über das Haar. »Dann wirst du die Erde mit deiner Willenskraft entfernen. Indem du es ihr befiehlst. Stell dir einfach vor, dass sie dir gehorcht. Vielleicht wirst du es ein paarmal üben müssen, aber wenn du nicht in Panik gerätst, wird alles gut gehen.«

Ihr Herz schlug schneller vor Angst, doch sie nickte.

»Ich werde bei dir sein, um es dir zu erleichtern«, versprach er ihr.

Der Schmerz setzt wieder ein. Sie bat Zacarias nicht, sie fortzubringen, sondern ließ klar erkennen, dass sie ihn sogar in ihrem erschöpften Zustand um nichts bitten würde.

Aber Zacarias, der den herannahenden Schmerz im gleichen Moment wie sie verspürte, übernahm augenblicklich die Kontrolle und versetzte sie in den tiefen, heilenden Schlaf seines Volkes. Karpatianer stellten die Tätigkeit von Herz und Lungen ein und lagen da wie tot, während die vitalisierenden Nährstoffe und Mineralien der Erde ihre Wirkung entfalteten, um die Kräfte der Karpatianer neu erstehen zu lassen. So sanft er konnte, stellte Zacarias Marguaritas Herz- und Lungentätigkeit ein.

Dann hob er sie auf und drückte sie mit brennenden Augen und wehem Herzen sanft an seine Brust. Marguarita lag völlig schlaff in seinen Armen, und ihr Haar, das auf einer Seite hing, gab die zarte Biegung ihrer Wange und die langen schwarzen Wimpern frei. Sie sah so jung und unschuldig aus, eine schöne Frau, gezeichnet von der Umwandlung und desillusioniert von dem Mann, der geschworen hatte, sie zu ehren und zu beschützen.

Zacarias trug sie durch das Haus zu seinem großen Schlafzimmer und schwenkte die Hand, um das Bett aus dem Weg zu schieben. Der handgewebte Teppich folgte, und der Boden öffnete sich zu dem geheimen Schlafraum tief unter dem Fundament des Hauses. Mit einer weiteren Handbewegung öffnete er das Erdreich, das dunkel und reich an Mineralien war. Er spürte, wie die Erde schon nach Marguarita griff, als er mit ihr in diesen warmen, einladenden Kokon hinunterschwebte.

Sehr behutsam legte er sie nieder und schob sanft ihr langes Haar zur Seite, bevor er sich über sie beugte und einen Kuss auf ihre Lippen hauchte. Sie würde es nicht spüren – nicht wissen, wie dumm er sich benahm, wenn sie schlief, doch er zögerte nicht, die Finger über ihren Arm zu ihrer Hand hinuntergleiten zu lassen und sie mit ihren zu verschränken. Eine unerwartete Zärtlichkeit wallte in ihm auf.

War es möglich, dass er sie verloren hatte? Sie hatte sich ihm entzogen, ihn zurückgestoßen. Das schmerzte. Ausgerechnet, als sie ihn am meisten gebraucht hatte, hatte sie ihn zurückgewiesen. Sie hatte lieber gelitten, als ihn in ihr Bewusstsein eintreten zu lassen und sich geistig mit ihm zu vereinen. Seine Weigerung, sich dem modernen Leben anzupassen, hatte ihn alles gekostet.

Zacarias' Augen brannten, als er sich neben ihr niederlegte. Auch jetzt hielt er ihre Hand und streichelte sie. Er hatte in Marguarita alles gehabt. Sie hatte ihm eine Welt geboten, die er sich kaum hatte vorstellen können. Er hatte nicht einmal gewusst, wie sehr er sich all das wünschte. Nicht die Leute und auch nicht die Freunde; dazu kannte er sich gut genug. Er war ein Einzelgänger, aber Marguarita zuliebe konnte er andere tolerieren. Er hätte der Bedeutung dieser rituellen Bindungsworte mehr Beachtung schenken und besser darauf achtgeben sollen, was die einzelnen Worte des Bindungsrituals bedeuteten. *Ihr* Glück. *Ihr* Wohlergehen.

Er war ein Mann, der sich nicht grundlos seiner selbst so sicher war. Und deshalb konnte er die Verantwortung nicht auf Marguarita abwälzen. Nichts von all dem wäre geschehen, wenn er Solanges Blut noch einmal genommen hätte, als sie es ihm angeboten hatte. Ihre Lebensessenz war ein unglaubliches Geschenk an sein Volk. Wenn ein Karpatianer es mehrmals trank, verlieh es ihm die Fähigkeit, sich in der Sonne aufzuhalten. Aber er, Zacarias, hatte ja nichts mit der modernen Welt und ihren neumodischen Gebräuchen zu tun haben wollen; er hatte bleiben wollen, wo er sich auskannte und wohlfühlte. Hätte er Solanges Blut noch einmal genommen, wäre es wahrscheinlich kein Problem für ihn gewesen, am helllichten Tag einzugreifen, die Situation unter Kontrolle zu bringen und seine Gefährtin zu beschützen. Aber seiner verdammten Sturheit wegen hatte er nicht die Mittel und Möglichkeiten dazu gehabt.

Zacarias stöhnte und schüttelte den Kopf. Er *hatte* die Möglichkeiten gehabt, seiner Frau Schutz und Glück zu bieten, war jedoch zu arrogant, zu erfüllt von seinem Stolz und seinem Ehrgefühl gewesen, um sich die Geschenke zunutze zu machen, die ihm angeboten worden waren. Aber damit war jetzt Schluss.

Er war ein Kämpfer, und Marguarita Fernandez eine Frau, um die es sich zu kämpfen lohnte. Er war der Mann, dem es bestimmt war, an ihrer Seite zu sein. Mit wehem Herzen zog er ihre Hand an den Mund und bedeckte sie mit kleinen zarten Küssen.

Bleib bei mir, mica emni kunenak minan – *meine schöne Närrin! Ich verspreche dir, dass ich ein besserer Mann und besserer Gefährte für dich sein werde. Du hast dich mir einmal geschenkt. Tu es wieder. Ich habe gelernt, was ehren und wertschätzen bedeutet. Und ich schätze und verehre dich mehr als alles andere auf der Welt.*

Nachdem er noch einmal ihre Hand geküsst hatte, schloss er die Erde über Marguarita und verließ den Raum, um in die Nacht hinauszugehen. In seine Welt, zu der er gehörte. Zum ersten Mal spürte er seine Affinität zu ihr, die starke Verwandtschaft seiner Spezies mit der Nacht. Wolken trübten den Halbmond. Die weiche Melodie des beständigen, sanften Regens war Musik für Zacarias, und Insekten und Frösche lieferten den Chor zu der nächtlichen Sinfonie. Er würde all das auch zu Marguaritas Welt machen. Aber ihr zuliebe musste er vorher wenigstens ein paar Schritte in die Welt wagen, die ihr am Herzen lag.

In seinem ganzen Leben hatte er noch nie jemanden um Hilfe gebeten. Weder seine Brüder noch die, die tapfer genug waren, ihn »Freund« zu nennen. Hilfe zu erbitten verstieß gegen Zacarias' Verhaltensregeln, doch er wusste dass er seinen Stolz Marguarita zuliebe überwinden musste. Langsam trat er von der Veranda in den Regen hinaus und lauschte den vertrauten Geräuschen der Geschöpfe der Nacht. Ohne Marguaritas Geist in seinem, der all die gebrochenen Verbindungen überbrückte und die dunklen Schatten mit Licht erfüllte, sah er nicht mehr in Farbe, doch die Erinnerung daran war noch sehr stark in ihm. Wie könnte es auch anders sein? Marguarita war in seinen Gedanken und in seinem Herzen, sie war mit seiner Seele verbunden, und er spürte seine Liebe zu ihr, auch wenn er ansonsten zum größten Teil wieder gefühllos war.

Zacarias sandte seinen Ruf in die Nacht. *Ich brauche dich, Dominic. Komm zu mir! Es ist äußerst dringend.*

Ein Teil von ihm empfand es als beschämend, den einzigen Karpatianer zu rufen, den er als eine Art Freund betrachtete. Männer wie Dominic Drachensucher und er hatten nicht wirklich Freunde. Zacarias war nicht einmal sicher, was genau das Wort »Freund« beinhaltete. Er würde sterben, um Dominic zu beschützen, aber das war seine Art zu leben und keine Freundschaft.

Ich muss so schnell wie möglich zu den Karpaten. Wir haben Neuigkeiten, die wir dem Prinzen überbringen müssen.

Die Antwort war schwach, als käme sie aus weiter Ferne. Doch zumindest war Zacarias' Ruf gehört worden, was bedeutete, dass Dominic in Reichweite war, sodass er ihn treffen und vielleicht noch zu Marguarita zurückkehren konnte, bevor die Nacht zu Ende war.

Ich werde zu dir kommen. Gib mir den Ort an, an dem ich dich treffen kann! Ich brauche einen Blutaustausch.

Bist du verletzt?

Noch immer gab es einen Teil von Zacarias, der niemandem anvertrauen wollte, dass er eine Gefährtin hatte. Marguarita war ihm viel zu wichtig, und er befürchtete, dass sie zur Zielscheibe all seiner Feinde werden würde, falls es sich herumsprach. Und er hatte viele Feinde. Doch so, wie die Dinge lagen, schloss er nur kurz die Augen und zwang sich, dem anderen Karpatianer zu vertrauen. *Meine Seelengefährtin wird in ein paar Tagen mit großem Hunger erwachen, und es wird nötig sein, sie unaufhörlich zu beschützen. Sie ist schon einmal in Gefahr geraten, weil ich so dumm war, Solanges Geschenk zurückzuweisen.*

Selbst über die große Entfernung spürte er Dominics Verblüffung, die ihm fast ein Lächeln abrang. Obwohl er wusste, dass er immer anders sein würde und ohne Marguaritas Gegenwart auch nie wie andere empfinden würde, verspürte er in diesem Moment tatsächlich echte Belustigung über Dominics Reaktion.

Diese Neuigkeit kommt … überraschend, ist aber sehr erfreulich.

Gib mir deine Koordinaten, Dominic! Dann werde ich zu dir kommen und es hoffentlich noch vor Ende der Nacht schaffen, zu meiner Frau zurückzukehren. Sie darf nicht ohne Schutz sein. Wir haben schon eine Konfrontation mit menschlichen Vampir-

jägern hinter uns. Und wenn sie uns finden konnten, könnten noch weitere kommen.

Zacarias war sicher, dass Ruslan in der Gegend war, doch er hatte sich bisher nicht sehen lassen, und die kleinen Angriffe auf die Ranch waren in Zacarias' Augen nur Versuche. Möglicherweise plante Ruslan ja, sogar mit seiner stark dezimierten Armee den Prinzen anzugreifen, und die Angriffe auf die Ranch waren nur Ablenkungsversuche – aber Zacarias wollte nichts riskieren.

Dominic sandte ihm die nötige Information, und Zacarias erhob sich in die Luft.

Ich bin noch nicht dort, sondern komme dir entgegen, übermittelte Dominic ihm. *Ich habe wenig Zeit, da meine Mission äußerst dringend ist, doch der Umweg dürfte uns nicht mehr als zwei Stunden kosten. Du solltest wissen, dass wir experimentiert haben, Zacarias, und obwohl wir jetzt ins frühe Morgenlicht und späte Abendlicht gehen können, kommt alles auf den Stand der Sonne an. An unseren karpatianischen Bedürfnissen hat sich nichts geändert. Dein Körper wird noch immer bleiern sein, wenn die Sonne ihren höchsten Punkt erreicht, und es auch für mehrere Stunden bleiben. Wir sind nach wie vor verwundbar, und es ist sehr gefährlich, beim Experimentieren von der vollen Kraft der Sonne erfasst zu werden. Ich glaube, je näher wir daran sind, zum Vampir zu werden, desto weniger wird Solanges Blut wirken.*

Zacarias verstand Dominics Warnung, doch er war bereit, das Risiko einzugehen. Nicht, weil er den Wunsch verspürte, das Tageslicht zu sehen, sondern weil Marguarita es liebte und er so lange wie möglich an ihrer Seite sein und sich an ihrem Glück erfreuen wollte. Und wenn der Moment kam, sich in die Erde zu begeben, würde sie ihn begleiten. Er würde nie wie andere Karpatianer sein und sich in ihrer oder in menschlicher Gesellschaft wohlfühlen können. Er wusste, dass er nie so wie sie für andere empfinden würde. Seine Welt würde Marguarita sein, so wie seine Mutter die Welt seines Vaters gewesen war.

Ich werde vorsichtig sein und meine Grenzen lernen, Dominic. Geht es meinen Brüdern gut?

Sie sorgen sich um dich. Vielleicht solltest du sie mit deiner Seelengefährtin besuchen. Sie haben lange auf diesen Tag gewartet.

Zacarias wusste, dass er nicht darum herumkommen würde. Ein Teil von ihm wünschte sich dieses Wiedersehen sogar, aber ihm war auch klar, dass es nicht das sein würde, was seine Brüder erwarteten, und er wollte sie wirklich nicht enttäuschen. Er hatte in all den langen Jahrhunderten des Alleinseins schon zu viel verloren. Marguarita erfüllte ihn und ermöglichte ihm, Gefühle zu entwickeln und Farben zu sehen, doch als er jetzt über den Regenwald flog, war wieder alles grau und öde. Farben und Gefühle hielten sich nicht lange ohne Marguarita in seiner Nähe.

Sein Vater hatte das Fehlen von Emotionen und Farben irgendwann nicht mehr ertragen können und sich schließlich dafür entschieden, seine Frau mitzunehmen, wenn er in den Kampf zog. Heute hatte Zacarias eine gute Vorstellung davon, wie schwierig das gewesen sein musste, besonders als die beiden dann Kinder bekommen hatten und sein Vater nichts für sie hatte empfinden können, wenn seine Seelengefährtin nicht nahe genug gewesen war, um sich mit ihm zu verbinden. Zacarias sandte ein stummes Stoßgebet zu welcher höheren Macht auch immer, dass er die Kraft haben möge, Marguarita niemals in Gefahr zu bringen und ihre Sicherheit stets über seine eigenen Bedürfnisse stellen möge. *Lass mich nie den Fehler machen, sie meiner eigenen Schwäche wegen zu gefährden!*

Für die lange Reise zu Dominic, der ihm entgegenkam, brauchte Zacarias etwas weniger als zwei Stunden, was bedeutete, dass er es nur ganz knapp schaffen würde, bis Sonnenaufgang zu Marguarita zurückzukehren. Die beiden Männer begrüßten sich nach Art der karpatianischen Krieger, indem sie die Unterarme des anderen ergriffen.

»Bur tule ekämet kuntamak«, begrüßte Zacarias ihn. Sei gegrüßt, Blutsbruder.

»Eläsz jeläbam ainaak«, antwortete Dominic. Lang mögest du im Lichte leben. Seine durchdringenden Augen musterten ihn prüfend.

Zacarias schüttelte den Kopf. »Du wirst nicht sehen, was du zu sehen hoffst. In Marguaritas Nähe kann ich Gefühle empfinden und Farben erkennen, aber ohne sie bin ich vollkommen allein in einer öden, grauen Welt.« Er wusste, dass irgendwo in der Nähe Dominics Gefährtin bereitstand, um ihren Seelengefährten zu verteidigen. Solange war eine nicht zu unterschätzende Kriegerin, und Zacarias spürte, wie sich die Härchen an seinem Nacken sträubten und ihn auf die von ihr ausgehende Gefahr hinwiesen.

Dominic seufzte, als er die Arme sinken ließ und zurücktrat. »Das tut mir leid, mein Freund.«

Zacarias zuckte die Schultern. »Sie ist zum Mittelpunkt meiner Welt geworden, und ich akzeptiere das und bin dankbar für eine Chance, mit der ich nie gerechnet hätte. Nur Marguarita zuliebe bin ich hier.«

Dominics Blick wich nicht von Zacarias'. »Du bist also bereit zu einem Blutaustausch mit mir?«

Jäger gaben einander Blut, falls nötig, aber ein Austausch hatte zur Folge, dass ein Krieger den anderen mühelos aufspüren konnte. Der bloße Gedanke war Zacarias zuwider. Er war ein Einzelgänger, und Sicherheit ging ihm über alles. Weltabgewandt und zurückgezogen, wie er lebte, achtete er sehr darauf, keine Spuren zu hinterlassen, wenn er nicht verfolgt werden wollte.

Für Marguarita würde er das Vertrauen jedoch aufbringen müssen, und deshalb nickte er.

Dominic lächelte. »Es ist nicht nötig«, sagte er und winkte seiner Seelengefährtin. Solange, eine gefährliche Frau, die nicht zögern würde zu töten, falls es nötig war, trat aus ihrer Deckung, und zu Zacarias' Überraschung schien sie über das Wiedersehen erfreut zu sein.

Bei ihrem Anblick verspürte Zacarias ein seltsam kribbelndes Gefühl im Magen. Er musste zurück – zurück zu Marguarita. Ganz allein zu sein war etwas, das er nicht mehr ertragen konnte. Er nahm das Handgelenk, das Solange ihm darbot, und trank nun schon zum dritten Mal von dieser mächtigen Frau. Auch Dominic gab ihm von der Mischung seines machtvollen Blutes, das Zacarias an Marguarita weitergeben würde.

»Ich habe schon zweimal das Blut deiner Frau getrunken, Dominic, und ich kann mich in der Morgensonne aufhalten. Trotzdem verbrennt mich noch die Mittagssonne. Glaubst du, dass Solanges Blut sogar bei mir etwas bewirken könnte?«

Dominic zuckte die Schultern. »Die Wirkung wird mit jeder Blutaufnahme stärker, aber alles hat seine Grenzen, und der einzige Weg, es herauszufinden, ist, es zu probieren. Doch achte stets darauf, ein Sicherheitsnetz bereitzuhalten! Und sei vorsichtig!«

Zacarias nickte. »Ich kann Marguarita nicht lange fernbleiben. Ich danke euch beiden. Möge der Wind euch eine schnelle Reise ermöglichen!« Er drückte fest Dominics Unterarme und verneigte sich leicht vor Solange, bevor er sich wieder in die Luft erhob. Sein Herz schlug höher. Marguarita ... Bald würde er wieder bei ihr sein.

19. Kapitel

Zacarias de la Cruz war unbehaglich zumute. Und wenn ein Jäger wie er sich unwohl fühlte, war es an der Zeit, nach einer Gefahr Ausschau zu halten, weil sie nahe sein musste – oder nahte.

Drei Nächte. Diese Zeit müsste für Marguarita ausgereicht haben, sich vollständig zu erholen. Drei lange Nächte hatte er neben ihr gelegen und sie in den Armen gehalten, aber selbst so war die Welt finster und grimmig, wenn sie nicht die leeren Stellen in ihm füllte. Er fühlte sich wie betäubt und sehr allein. Wenn man das gewohnt war, wenn Emotionen und Farben nach und nach verblassten, war es leichter zu ertragen, doch alles auf einen Schlag zu verlieren, nachdem einen gerade noch Wärme und Licht erfüllt hatten, war weitaus schwieriger, als Zacarias erwartet hatte.

Trotzdem zog er es vor, draußen auf der Veranda auf und ab zu laufen, wo er der Luft die Informationen entnehmen konnte, die die Nacht mitbrachte, statt Marguarita wieder einmal zu wecken. Die Nacht verblasste schon, aber es widerstrebte ihm noch immer, seine Gefährtin aus dem Erdreich an die Oberfläche zu bringen. Weil irgendwas nicht ganz in Ordnung war. Er konnte es nicht bestimmen, merkte es weder am Wind noch am Verhalten der Insekten. Alles wirkte ganz normal, doch das war es nicht. Zacarias wusste einfach, dass etwas nicht stimmte. Deshalb verließ er die Veranda und trat auf den Hof hinaus, wo seine scharfen Augen sich auf die Suche nach einer winzigen Abweichung machten, die ihn auf eine Gefahr hinweisen würde.

Er brauchte Marguarita. Zacarias de la Cruz, der in seinem

ganzen Leben noch nie jemanden gebraucht hatte, brauchte diese Frau. Und er wollte, dass sie glücklich war und sich ihm schenkte; er sehnte sich nach ihrem Lachen, ihrer Wärme, ihrem süßen weichen Körper. Fing er schon an, sich Dinge einzubilden, nur weil er fürchtete, ihr gegenüberzutreten? Aber Furcht war ein Gefühl, und ohne Marguarita kannte er eigentlich derartige Komplikationen nicht. Nein, da draußen war etwas, irgendetwas stimmte nicht. Es war nur eine Frage der Zeit, bis es offenbar werden würde.

Sein Körper war in Alarmbereitschaft und auf alles vorbereitet. Marguaritas Pferde stampften ruhelos im Stall. Sie vermissten sie, wie Zacarias sie vermisste. Von einem warnenden Frösteln angetrieben, entfernte er sich vom Hof und ging auf den an sein Land angrenzenden Regenwald zu. Dabei lauschte Zacarias aufmerksam den nächtlichen Geräuschen. Was er hörte, war jedoch nur der übliche Chor der Insekten, in den die Frösche einstimmten, das gelegentliche Muhen der Rinder und Stampfen der Pferde. Trotzdem war da ein Laut … oder auch das Fehlen eines Lauts. Vielleicht war es aber auch nur pure Einbildung. Doch egal, was er sich auch sagte, er wurde das ungute Gefühl nicht los. Irgendetwas stimmte nicht mit seinem Magen.

Die Sorge um Marguaritas Sicherheit stand jedoch im Vordergrund seiner Überlegungen. Seit Estebans und DS' Tod war es auf der Ranch verhältnismäßig ruhig gewesen. Selbst Cesaro hatte sich vom Herrenhaus ferngehalten. Er hatte ihm Blut gegeben, wann immer Zacarias zu ihm gekommen war, und schien sogar ein wenig entspannter in seiner Gegenwart zu sein, doch Zacarias war nicht der Gesellschaft wegen zu ihm gegangen, sondern ausschließlich zur Nahrungsaufnahme. Zacarias' Wachsamkeit erhöhte sich, als er jetzt um den Zaun herum zum hinteren Teil des Besitzes ging.

Zacarias suchte den Bereich nach leeren Stellen ab, die darauf hinweisen könnten, dass ein Vampir sich in der Nähe aufhielt. Aber alles schien zu sein wie immer, in perfekter Ordnung – zu perfekt vielleicht. Zacarias war sicher, dass ein Angriff unmittelbar bevorstand, doch aus welcher Richtung würde er kommen? War dies nur ein weiterer Versuch Ruslans oder eine echte, tödliche Attacke? Er hörte Geflatter in den Bäumen, und Vögel flogen auf. Ohne den Kopf zu wenden, ließ er den Blick über die dichte Baumgrenze gleiten, die den Regenwald umschloss. Glänzende Augen schauten zurück.

Augenblicklich durchflutete Zacarias Ruhe. Er erweiterte sein Bewusstsein und konzentrierte alle Sinne darauf, die Gefahr zu finden. Ja, diesmal war es nicht nur ein Versuch. Die unaufhörliche Bewegung im Blätterdach kündete von mehr und mehr Vögeln, die sich dort oben zu versammeln schienen. Zacarias wollte seine Gegner so weit wie möglich von der Hazienda wegführen, um weder Marguarita, die Arbeiter noch die geliebten Pferde seiner Frau bei dem bevorstehenden Kampf in Gefahr zu bringen. Er war froh, dass Marguarita noch in der Erde ruhte. Dort würde ein Vampir ihre Anwesenheit nicht spüren können.

Soweit seine Feinde wussten, hatte er keine Seelengefährtin. Und da er ohne sie die Gefühle nicht kannte, die die meisten karpatianischen Jäger erlangten, wenn sie die andere Hälfte ihrer Seele fanden, hatte Zacarias in dieser Hinsicht Glück und Pech zugleich. Sein Mangel an Gefühl würde ihm im Kampf jedenfalls eine große Hilfe sein. Mit den gleichen gemächlichen, geschmeidigen Schritten wie vorher ging er weiter und lockerte schon einmal die Muskeln. Sein Atem kam ruhig, sein Herz schlug gleichmäßig und stark.

Der Wind frischte auf, aber fast unmerklich nur. Die Wipfel der Bäume schwankten ein wenig mehr, und die Blätter raschelten leicht. Eine wellenförmige Bewegung ging durch das Gras: Sie war ohne Frage der einleitende »Schachzug«. Eine Schlacht war für Zacarias immer ein bisschen wie eine Schachpartie. Der Kampf war seine Welt, und er verstand etwas davon, kannte alle Feinheiten und war ein Meister der Strategie.

Für den Moment behielt er die entspannte Gangart bei und ging langsam immer näher auf den Zaun und die Bäume zu. Der Regenwald lag scheinbar still und dunkel da. Ein stetiger Regen fiel. Die kleinen Tropfen änderten ein wenig die Richtung, als der Wind von den Bäumen weg und zur Hazienda hinüberblies. Am Zaun entlang fiel der Boden ein wenig ab, und das Gras war etwas höher. Zacarias schlenderte langsam dort entlang und behielt die Vögel im Auge, die sich im Dunkel des Regenwaldes versammelten. Im Gehen ließ er die Arme locker an den Seiten baumeln, doch seine Hände woben in Wirklichkeit ein Muster.

Er bemerkte kaum den kühlen Regen, der stetig aus den dunklen Wolken über ihm herunterfiel. Dann aber fiel ein Tropfen auf seinen Nacken und verätzte ihm die Haut. Während Zacarias instinktiv den Schmerz verdrängte, warf er sich das Schutznetz, das er gewoben hatte, über den Kopf und rannte auf den Wald zu, damit der Kampf fern von der Ranch und Marguarita stattfand.

Eine Sintflut kleiner, säurehaltiger Tropfen stürzte vom Himmel herunter, während der Wind noch mehr auffrischte. Das Netz schützte Zacarias' Kopf, doch der Wind trieb die ätzenden Tropfen auf seinen Rücken und seine Beine, als er auf den Schutz des Blätterdachs zurannte. Feuerbälle schlugen überall um ihn herum in die Erde ein; mehrere von ihnen trafen mit alarmierender Kraft seinen Schutzschild. Über Zacarias türmte sich eine riesige dunkle Wolke zu einer feurigen Masse roter und orangefarbener Pfeile auf.

Bei dem nächsten Schritt, den Zacarias tat, öffnete sich der Boden unter ihm, und er stürzte in einen langen, tiefen, an den Rändern ausgezackten Spalt hinein. Bei dem Sturz verlor er sein schützendes Netz, das in einiger Entfernung von ihm auf den Boden fiel. Der säurehaltige Regen und die feurigen Pfeile durchfuhren Zacarias, die Erde kam in Bewegung und begann, den vielleicht einen Fuß breiten Spalt über ihm zu schließen. Zacarias löste sich blitzschnell in winzige Moleküle auf und schoss nach oben, um dem sich schließenden Spalt zuvorzukommen. Das Geräusch, mit dem Erdreich und Gestein zusammenschlugen, war entsetzlich und musste meilenweit zu hören sein. Kleinere Vögel erhoben sich kreischend in die Luft, und große Raubvögel stürzten fieberhaft herab und suchten Beute.

Die Erdbewegungen wurden stärker, und ein heftiges Beben erschütterte jetzt die Fundamente der Ställe und Häuser der Hazienda. Zacarias erhob sich in die Luft. Sofort begannen die Vögel, aufgeregt zu kreischen. Ihre darauf programmierten Augen fanden die winzigen Moleküle in Regen und Wind und stürzten sich darauf wie Reiher durch eine Wasseroberfläche, um nach Fisch zu tauchen.

Zacarias blieb keine andere Wahl, als sich zu materialisieren, wenn er sich von den Vögeln nicht in Fetzen reißen und fressen lassen wollte. Er stürzte sich auf sie und begegnete dem Angriff, indem er sich aus Molekülen in einen Feuer speienden Drachen verwandelte, was er meist vermied, doch jetzt musste er den Himmel von den Raubvögeln befreien. Er schoss durch ihre Reihen, während sie an seinen Flanken zerrten und von allen Seiten mit ihren scharfen Schnäbeln auf ihn einhackten, bis rubinrote Blutstropfen von ihm herunterrannen.

Der Geruch des Blutes brachte die Vögel noch mehr in Raserei. Zacarias kreiste und flog in Schräglage über sie hinweg, um einen Strom von Feuer in den Schwarm zu schießen. Der Gestank brennenden Fleischs durchdrang die Nacht, verkohlte Vögel fielen wie Steine vom Himmel herunter. Die verbliebenen Tiere stürzten sich von Neuem auf den Drachen, aus Hunderten wurden Tausende, die mit ihren Schnäbeln und messerscharfen Krallen auf ihn einhackten und durch die dicke Haut an den Karpatianer darunter heranzukommen versuchten.

Allein das Gewicht der großen Vögel ließ den Drachen auf den Boden zutaumeln. Mit zerfetzter Haut und aus vielen Wunden blutend, fuhr Zacarias aus dem Drachenkörper heraus, bevor er auf der Erde aufschlug. Die meisten Vögel blieben bis zum Ende auf dem riesigen Kadaver und zerfetzten ihn in wilder Raserei. Zacarias erhob die Hände zum Himmel, rief die aufgewühlte Masse orangeroter Flammen herunter und schleuderte sie in großen Feuerbällen auf die Vögel. Kreischend versuchten die bösartigen Kreaturen, sich in die Luft zu erheben, aber lange Speere und winzige Pfeile aus Feuer sprangen von einem Vogel zum anderen über, bis alle rettungslos in Flammen standen.

»Willst du mit dieser lächerlichen Scharade weitermachen, Ruslan?«, rief Zacarias, als er in einem kleinen Gehölz auf der anderen Seite des Zaunes landete. Und auch dort zog er sich noch tiefer unter das Blätterdach des Regenwaldes zurück, um die Konfrontation weiter von Marguarita und der Hazienda zu entfernen.

Ein Donnergrollen war die Antwort. Schwere, schwarze Wolken türmten sich am Himmel. Die größte und dunkelste schoss in die Höhe, ein Turm aus Feuer und Schwefel, der wütend über den Himmel trudelte. Der Wind wurde lebhafter und rauschte durch die Bäume, vertrieb aber nicht die Wolken über ihnen. Äste schwankten wie große hölzerne Arme, die fast bis zum Waldboden reichten, als verbeugten sie sich – oder versuchten, jemanden mit knochigen Fingern zu ergreifen.

Eine dunkle Gestalt, deren Gesicht unter einer Kapuze verborgen war, trat langsam aus dem Stamm eines großen Kapokbaumes. Der Mann bewegte sich ohne Anzeichen von Eile. Es war ein Beweis für die Macht eines Meistervampirs, dass der Baum und umliegende Boden vor seiner Erscheinung nicht zurückschraken. Die Natur ertrug die Abscheulichkeit des Untoten nicht, ein wahrer Meister jedoch war so geschickt im Erzeugen von Illusionen, dass sich für kurze Zeit sogar Mutter Erde täuschen ließ.

Kein einziges Blatt oder Grashälmchen verdorrte. Der Mann war breitschultrig und von beeindruckender Größe, und er bewegte sich mit absolutem Selbstvertrauen. Als er in das Gehölz trat, wo das Baumkronendach den Waldboden schützte, schlug er die Kapuze zurück. Sein wallendes langes Haar war schwarz wie die Nacht, sein Gesicht jung und geradezu unerhört gut aussehend. Er lächelte und streckte die Hand nach Zacarias aus. »Mein Sohn. Ich hoffe, wir begegnen uns unter erfreulicheren Umständen wieder.«

Zacarias runzelte die Stirn. Was war Ruslans Spiel? Wollte er ihn auf die Probe stellen, um zu sehen, ob er Emotionen hatte? Ob er seine Seelengefährtin gefunden hatte? Alle anderen Brüder de la Cruz hatten eine Gefährtin. Ruslan hasste sie dafür vermutlich nur noch mehr. Er glaubte sich ihnen allen überlegen – warum also sollte nicht *er* die Frauen haben? Zacarias und seine Familie verdienten diese Gunst des Schicksals seiner Meinung nach nicht.

»Ich hätte dir mehr zugetraut, Ruslan, als solch einen müden Trick. Also lass dich sehen, und bringen wir es hinter uns!« Zum ersten Mal erkannte Zacarias, dass sein Mangel an Gefühl in Marguaritas Abwesenheit mehr sein konnte als ein Fluch. Schließlich konnte Ruslan nichts gefährden, wovon er nichts wusste.

Zacarias schwenkte mit echter Gelassenheit die Hand, als störte ihn dieses perfekte Abbild seines Vaters überhaupt nicht – und er empfand auch wirklich nichts beim Anblick des Mannes, der der Held seiner Kindheit gewesen war. Die lässige Handbewegung löste die Illusion auf und offenbarte Ruslans wahres Aussehen. Für eine Sekunde stand er in seiner ganzen Scheußlichkeit da: Jeder Attraktivität beraubt, war sein Körper verrottet von tausend Würmern, die durch ihn hindurchkrochen. Offene Stellen überzogen sein Gesicht, seine Augen waren eingesunken und seine Zähne, die spitz wie Eiszapfen durch seinen Gaumen stachen, schwarz und abgenutzt.

Im Bruchteil einer Sekunde wechselte dieses Bild jedoch, als wäre es nie da gewesen, und Ruslan stand vor Zacarias, wie er damals, vor all diesen Jahrhunderten, ausgesehen hatte. Jung, viril und mit einem Gesicht, das faltenlos und mehr schön als gut aussehend war. Im Vergleich zu ihm wirkte Zacarias viel mitgenommener und älter, da seine Stirn und seine Wangen von tiefen Linien geprägt waren und auch die eine oder andere Narben aufwiesen.

»Wie ich sehe, hat sich nichts an deiner Eitelkeit geändert«, bemerkte Zacarias zur Begrüßung. »Ich weiß noch, wie sehr du dein hübsches Gesicht liebtest. Wahrscheinlich war das zum Teil der Grund, warum du dich dazu entschiedst, Vampir zu werden.«

Ruslan strich das lange schwarze Haar zurück. »Zumindest kannst du noch hübsch von hässlich unterscheiden. Ich habe dich lange im Auge behalten, alter Freund. Du lehnst es ab, dich uns anzuschließen, und weigerst dich zu sterben. In all den Jahrhunderten bist du nie länger an einem Ort geblieben als eine Nacht oder höchstens zwei. Aber jetzt bleibst du auf einmal hier.« Er schwenkte den Arm in Richtung Hazienda. Sogleich wechselte der Wind die Richtung und nahm Dutzende kleiner Feuerbälle mit, um sie auf Weiden und Gebäude herabregnen zu lassen.

Zacarias sandte eine wahre Sintflut von Regen hinterher, der die kleinen Feuer augenblicklich löschte. Dann ließ er die Schultern rollen, die bis auf die Knochen schmerzten von den tausend kleinen Brandwunden des ätzenden Regens und der kieselsteingroßen Feuerbälle, die Ruslan jetzt gegen die Ranch einsetzte.

»Wir können die ganze Nacht so weitermachen, aber du glaubst doch wohl nicht, mich mit solch kindischen Spielchen beeindrucken zu können? Die spiele ich mit deinen Marionetten, die meine Aufmerksamkeit im Grunde gar nicht wert sind. Ich dachte, in dir würde ich endlich mal einen würdigen Gegner haben.«

»Du heilst deine Wunden ja gar nicht.«

War da ein Anflug von Eifer in Ruslans Ton gewesen? Zacarias zuckte erneut die Schultern. »Ich spüre solche Kleinigkeiten nicht, wozu also?« Er beobachtete Ruslan scharf und sah, wie der Vampir sich wiederholt die Lippen leckte. Ruslans Nasenflügel bebten. »Oder stört dich etwa der Geruch meines Blutes?«

Der Meistervampir schüttelte den Kopf. Einmal. Zweimal ... Wie ein Zucken fast, das er nicht verhindern konnte. Genauso zwanghaft war die Art, wie er sich die Lippen leckte. »Nicht mehr als der Geruch des Blutes, das ich selbst zu mir nehme. Du hast heute Nacht noch nichts gehabt. Ich gebe dir gern etwas von meinem.«

»Wie zuvorkommend von dir!«, versetzte Zacarias mit einer kurzen, spöttischen Verbeugung. »Was willst du, Ruslan? Ich werde deiner Spielchen müde. Bist du gekommen, um Erlösung zu suchen? Gerechtigkeit? Ich werde dich mit größtem Vergnügen von dieser Erde tilgen, wenn es das ist, was du willst.«

»*Gerechtigkeit* ist ein gutes Wort aus dem Munde eines Mannes, der Freundschaft und Bruderschaft verraten hat. Du hast dich gegen uns gewandt und ein Bündnis mit diesem Flegel von einem Prinzen geschlossen, der noch schlimmer ist als sein Vater vor ihm.« Ruslan spuckte einen Mundvoll sich windender weißer Würmer aus.

Zacarias zuckte die Schultern. »Was willst du dann?«

»Ich habe lange gedacht, du würdest dich uns anschließen, aber du bist nie gekommen. Und dann hast du mich schwer beleidigt, indem du meine Armee fast vollständig vernichtet hast.«

»Das waren doch nur Schachfiguren, die du geschickt hast, um mich auf die Probe zu stellen. Du erwartetest von mir, dass ich sie töte. Sie waren Kanonenfutter, Ruslan, weiter nichts. Dein absurder Plan, Prinz Mikhail zu ermorden, hat nicht funktioniert. Das wurde zur Genüge bewiesen, als du ihn an mir und meinen Brüdern erprobt hast.«

»Du hättest gar nicht dort sein dürfen.« Ruslans Stimme wurde schriller, und seine hübsche Maske verrutschte ein wenig. Die Bäume erschauderten, als er den wachsenden Ärger herauskreischte. Er konnte die Wut kaum noch beherrschen und ballte die Finger zu Fäusten. »Du hältst dich nie bei deinen Brüdern auf. Du bleibst niemals an einem Ort. Warum warst du also da? Warum änderst du dein Verhalten nach so vielen Jahrhunderten? Wolltest du mich damit nur ärgern?«

»Du schmeichelst dir, Ruslan. Ich denke nicht so viel an dich, wie du zu glauben scheinst. Ich bin ein Jäger – nicht mehr und nicht weniger.«

Die ganze Zeit, während der Vampir sprach, erlaubte Zacarias sich nicht, sich voll und ganz auf Ruslan zu konzentrieren. Der Meistervampir hatte Fallen vorbereitet, die jeden Moment zuschnappen konnten. Zacarias entging nicht die kleinste Einzelheit, auch nicht der schon wieder auffrischende Wind. Es war kaum zu sehen, doch das Gras neigte sich ein wenig mehr in seine Richtung, und die Blätter der Bäume bewegten sich etwas stärker.

Der Wind fuhr über den Boden zu seinen Füßen und wirbelte das Laub und abgestorbene Pflanzen auf. Kletterpflanzen erzitterten. Blumen, die sich an Baumstämmen hinaufwanden, verloren Blüten. Für Zacarias sahen sie aus wie weißlich graue Asche, die zu Boden fiel.

»Du hast mir noch nicht erzählt, warum du hiergeblieben bist, alter Freund«, sagte Ruslan, nun wieder freundlich. »Das ist ein ungewöhnliches Verhalten für dich.«

Zacarias zuckte die Schultern und lockerte die Muskeln. »Ich war verletzt, doch es war nichts, weswegen du dich sorgen müsstest. Ich hatte jede Menge gute Nahrung zur Verfügung, während ich mich erholte. Also keine Bange, denn jetzt bin ich wieder kerngesund.«

Ruslan schnalzte mit der Zunge. »Das ist nicht das, was mir berichtet wurde. Meine Männer werden mir Rede und Antwort stehen müssen, denn mir wurde gesagt, deine Verletzungen seien immer noch sehr schwer.«

»Glaub doch solchen Unsinn nicht! Ich möchte nicht, dass du dir Sorgen machst um deinen alten Freund, Ruslan. Ich bin noch immer sehr gut imstande, jeden Untoten, der auf dieser Erde wandelt, seinem Richter zuzuführen.«

Flammen loderten in Ruslans Augen auf. Er verzog das Gesicht, und wieder verschob sich die attraktive Maske und enthüllte spitze schwarze Zähne und schmutziges, zurückgehendes Zahnfleisch. Seine Finger zuckten, dann schlossen sie sich wieder fest zur Faust.

Der Wind zerrte noch heftiger an den Ablagerungen auf dem Waldboden. Ein scharfer Schmerz durchfuhr Zacarias, den er augenblicklich unterdrückte, als irgendetwas Langes sein Bein durchzuckte. Als er den Blick senkte, sah er Schlingpflanzen vom Boden aufsteigen, die sich miteinander verflochten, um sein Bein wanden und wie Speere in sein Fleisch eindrangen, um es zu einem Teil der Pflanze zu machen.

Die Ranken waren mit Moos bedeckt, das mit kleinen Haken versehenen Schuppen ähnelte. Diese Schuppen waren aufgestellt, als das Ding sich an Zacarias' Bein hinaufschlängelte, in sein Fleisch eindrang und sich darin verhakte. Als Zacarias das Bein bewegen wollte, merkte er, dass es durch die hindurchgewachsenen Ranken in der Erde fest verankert war.

Sofort wurde ihm klar, dass etwas Lebendiges in ihn eingeführt wurde, denn winzige Organismen bewegten sich unter seiner Haut, bohrten sich in Muskeln und Gewebe und wühlten sich immer tiefer hinein. Er ignorierte das Gefühl jedoch. Wahrscheinlich war der Zweck des Ganzen, ihn zu schwächen und auszubluten, bis er Ruslan nicht mehr effektiv bekämpfen konnte, während die Pflanze ihn buchstäblich an Ort und Stelle festhielt und zu einem Bestandteil von sich machte.

Der Meistervampir war zu erfahren, um Zacarias zu einem offenen Zweikampf herauszufordern. Er würde aus sicherer Entfernung Schläge austeilen und mit seiner Strategie fortfahren,

Zacarias immer mehr zu schwächen, bis er sicher war, dass der Jäger sich nicht mehr verteidigen konnte. Erst dann würde er zum entscheidenden Schlag ausholen.

Diese Strategie hatte jedoch eine Schwachstelle. Zacarias war ein unbeirrbarer, konsequenter Jäger. Sein Körper bedeutete ihm nichts. Den Feind zu töten war das Einzige, das zählte, und er *würde* Ruslan Malinov umbringen. Nichts anderes durfte ihn im Moment belasten. Die Ranke, die sich schon bis zu seinem Schenkel hinaufgewunden hatte, ignorierte Zacarias, erhob die Hände in Richtung Regenwald und rief seine eigene Waffe herbei.

Der Wind wechselte die Richtung so schnell, dass er Ruslan ins Gesicht schlug und ihm keine Zeit für Schadenfreude ließ. Der Himmel um den Vampir verdunkelte sich, als tausend winzige Stechfliegen heranschwärmten und über Ruslan herfielen. Jede faulige Stelle in seinem Körper bot ihnen Zugang, und sie drangen auch in seinen Mund, in seine Augen und in seine Nasenlöcher ein. Illusionen zählten für sie nicht, sie sahen nur verwesendes Fleisch.

Wie winzige Missiles drangen sie tief in Ruslans Körper ein, legten auf dem Weg noch Larven ab und reproduzierten sich mit ungeheurer Schnelligkeit. Die Fliegen vermehrten sich sogar noch, während sie angriffen. Ruslan riss sich mit seinen messerscharfen Krallen Gesicht und Brust auf und gab Zacarias damit die nötige Zeit, sich die Schlingpflanze, die durch sein Bein wuchs, näher anzusehen.

Es war ein relativ einfacher Trick, der Meistervampir hatte nur benutzt, was bereits vorhanden war. Laub und abgestorbene Pflanzen bedeckten den Waldboden, und um ihnen Leben einzuhauchen, hatte Ruslan einen kleinen Teil von sich in diese toten Pflanzen einbringen müssen. Das Laub auf dem Boden fuhr fort, die Kletterpflanzen zu ernähren, sodass sie sich noch tiefer durch Haut und Muskeln bohrten, bis sie auf der anderen Seite wieder austraten.

Zacarias löste sich von seinem physischen Ich, um mit seinem Geist in seinen Körper einzudringen. Die Pflanzen wanden sich durch seinen Körper, stachen und bohrten sich durch Fleisch und Knochen und hatten nur ein einziges Ziel – das kleine Licht der Seele in ihm. Ohne Marguarita war es wirklich nur sehr schwach, doch es war da und half Zacarias, seine Ehre zu bewahren. Die winzigen Bazillen, die seinen Organismus aufzehrten, wurden jedoch auch von diesem Licht erhalten. Deshalb holte Zacarias tief Luft und ließ alles Leben in sich erlöschen. Für einen Moment stellte er die Tätigkeit von Herz und Lunge ein. Die Pflanze lockerte sich augenblicklich, doch sowie er seinen Körper wieder zwang zu arbeiten, fraßen die Mikroorganismen weiter.

Zacarias bestand größtenteils aus Finsternis, Schatten und Flecken und war mit Makeln behaftet wie nur wenige – falls überhaupt – andere Jäger. Doch gerade diese Dunkelheit ermöglichte es ihm, solch schwere Verwundungen und starke Schmerzen außer Acht zu lassen. Er war schon ein Teil von dieser Welt der Schatten. Sein Vater war ein legendärer Krieger mit bemerkenswerten kämpferischen Fähigkeiten gewesen, aber auch der einzige Karpatianer, von dem Zacarias wusste, dass er Schatten in seiner Seele hatte – bis sein Sohn geboren worden war und sie geerbt hatte.

Jetzt griff Zacarias nach diesen Schatten, begrüßte sie und ließ alles Licht in sich erlöschen, um aus dieser Dunkelheit zu schöpfen, die ihm eine so große Hilfe zu sein schien. Sobald der letzte Funke Licht in ihm erloschen war, starben die Bakterien nach und nach ab. Die Dunkelheit in ihm war zu groß, um sie am Leben zu erhalten. Die Pflanze konnte nicht länger wachsen, und da ihr Griff um ihn sich schon gelockert hatte, konnte Zacarias die äußeren Ranken abstreifen, auch wenn die Pflanze selbst noch in ihm blieb.

Es musste eine Quelle geben, um die abgestorbenen Blätter und Schlingpflanzen zum Leben zu erwecken. Als Jäger roch

Zacarias den Untoten und wusste sofort, dass ein kleiner Teil von Ruslan seiner Schöpfung Leben einhauchte. Der Vampir konnte jedoch nicht an zwei Stellen zugleich sein, solange er den Angriff der Stechfliegen abzuwehren versuchte, und deswegen brauchte Zacarias nur Momente, um diese dunkle Kraft zu vernichten und die Kontrolle über die Pflanze in seinem Körper zu übernehmen. Konsequent ignorierte er Ruslans Wutschreie und Drohungen, veränderte die Moleküle der Pflanze, gestaltete sie um und verwandte die dicken Ranken in sich, um verlorene Muskeln und Gewebe zu ersetzen. Gegen den Blutverlust konnte er nichts ausrichten, alles Natürliche und Irdische beherrschte er jedoch und konnte es beeinflussen und steuern.

Sowie sein Körper sich regeneriert hatte, griff er ohne Zögern an, so schnell, dass seine Konturen verschwammen, als er zu dem Vampir hinüberschoss. Ruslan kreischte und stürzte auf ihn zu. Donner krachte und erschütterte die Erde. Blitze zischten wie grelle Peitschen über den Himmel, als die beiden Todfeinde aufeinanderprallten.

Tief stieß Zacarias die Faust durch das geschrumpfte Herz des Untoten. Ätzendes Blut überströmte seinen Arm und brannte sich durch Haut und Muskelgewebe bis zum Knochen durch. Er stieß jedoch gegen etwas Solides, das abrupt seinen Angriff stoppte und es ihm unmöglich machte, das schwarze Herz zu packen. Der Ruck durchzuckte Zacarias bis zur Schulter, und eine glühende Eisenzwinge legte sich um seinen Arm und sandte Schmerzwellen aus, die er schnellstens abschaltete. Die winzigen Stechfliegen erhoben sich in einem dunklen Schwarm in die Luft und umschlossen Vampir und Jäger. Es war schwierig, sie nicht einzuatmen. Ruslans messerscharfe Krallen bohrten sich in Zacarias' Brust und rissen große Fetzen Haut und Muskelgewebe heraus.

Zacarias dematerialisierte sich und ließ sich vom Wind von Ruslan wegtragen, um Zeit für eine provisorische Heilung seiner

Wunden zu gewinnen und zu verhindern, dass er zu viel Blut verlor. Ruslan leckte sich die Finger, mit einer langen, widerwärtig dicken Zunge, die gespalten war wie die einer Schlange. Sein Gesicht trug nicht mehr die schöne Maske, nun stand der echte Vampir, so wie er wirklich aussah, vor Zacarias.

Der erfahrene Jäger hatte unzählige verfaulende Körper gesehen, aber keiner dieser wandelnden Leichname kam Ruslan Malinov gleich. Seine Haut hing in Fetzen von ihm herab, Würmer krochen durch offene Stellen in seinem Fleisch, ein dunkles Loch klaffte dort, wo sich einst der Mund befunden hatte, und seine Augen waren hohl und eingesunken. Jedes Lebewesen schrak vor ihm zurück, das Gras verdorrte, Farne und Moos welkten. Sogar die Insekten ergriffen die Flucht vor dieser Kreatur. Nur die schwarzen Fliegen blieben, taten sich an seinem verfaulenden Fleisch gütlich und legten so viele Eier wie nur möglich in den geschwärzten Organen ab.

»Du hast dich aber wirklich gehen lassen, alter Freund«, bemerkte Zacarias. »Ich glaube, einer deiner Arme fällt gleich ab.«

Ruslan brüllte eine Drohung, die durch den Wald dröhnte und die Bäume in Bewegung brachte. Er hob die Hände zum Himmel und ließ sie wieder sinken, und überall um Zacarias herum erwachten raschelnd Blätter zum Leben und begannen einen irren Tanz in dem Chaos, das Ruslan erzeugte. Es war unmöglich, etwas durch das herumwirbelnde Laub zu sehen, das sich nun aufzustapeln begann und eine Kreatur nach der anderen hervorbrachte.

Zacarias streckte die Arme aus, schloss die Augen und vertrieb Tausende von störenden Blättern, die um ihn herum zum Leben erwachten, während er mit den anderen Sinnen nach der Bedrohung innerhalb des aufgewühlten Unrats suchte. Die Gestalten verteilten sich um den gesamten Bereich, bildeten einen lockeren Kreis darum und ließen noch mehr Kreaturen darin erscheinen, bis der ganze Wald von beeindruckenden Monstern bevölkert war. Die Schatten in Zacarias lockten die Finsternis in ihnen an. Ruslan hatte schnell gelernt.

»Ich fürchte, es ist unwichtig, wie ich für dich aussehe, Zacarias. Meine kleine Armee interessiert es auch nicht. Ich brauche keine Energie für deine letzten Momente aufzuwenden. Du hättest dich mir anschließen sollen. Im Grunde hast du schon immer die Finsternis in dir getragen – viel mehr als ich, mein Lieber. Sie war dein Erbe, das größte Geschenk deines Vaters, aber du wolltest es ja nicht annehmen.« Unverhohlene Verachtung lag in Ruslans Stimme. »Dir wurde Größe gegeben, doch du entschiedst dich, ein Märtyrer zu sein und allein zu leiden, während ich alles habe, was ich will.«

Zacarias schlug langsam die Augen auf und lächelte, wohl wissend, in welch krassem Gegensatz seine weißen Zähne zu Ruslans halb verfaulten schwarzen standen und dass dieses kleine Detail die Eitelkeit des Vampirs noch mehr verletzen würde.

»Ich kann dich nicht fürchten, Ruslan, und ich kann auch nicht fühlen, was du mir antust. Mich interessiert nichts anderes, als dich zu vernichten. Du glaubst, du wärst mir gegenüber im Vorteil, aber in Wirklichkeit bin ich dir überlegen. Du willst deine jämmerliche Existenz fortsetzen. Du gierst nach Macht und willst die Welt regieren. Den Prinzen töten. Mich umbringen.« Zacarias' Lächeln wurde kalt wie Eis. »Das sind viele Wünsche, während ich nur einen habe. Deinen Tod. Du bist *kuly* – weiter nichts, ein Wurm, ein Dämon, der Seelen frisst. Du bist ein wahrer *hän ku vie elidet* – ein Dieb des Lebens, und deswegen spreche ich das Urteil über dich.«

Die tote, verrottende Vegetation, die sich in Hunderten von Jahren, vielleicht sogar Jahrtausenden angesammelt hatte, geriet in Raserei. Mit um sich schlagenden Armen und gebleckten Zähnen kamen die Kreaturen auf Zacarias zugeschlurft. Er schickte ihnen den Wind entgegen, der aber nicht die kleinste Wirkung auf sie hatte und sie nicht einmal ins Schwanken brachte.

Ruslans Gelächter musste jedem in Hörweite in den Ohren schmerzen. Fröhlich kichernd tanzte er herum. »Ich glaube nicht, dass ich es bin, der heute stirbt, Jäger.«

Die näher rückenden Kreaturen, die aus totem Laub bestanden, ließen die Luft nach Verwesung riechen. Zacarias brauchte etwas völlig Gegensätzliches, um Ruslans Kraft entgegenzuwirken und die nötige Zeit zu gewinnen, um den Vampir zu töten. Ruslan hatte ganz bewusst Zacarias' schlimmste Geheimnisse ausgenutzt, diese Schatten, die seinen Körper durchzogen und seine Seele einnahmen.

Doch jetzt war nicht der Moment für Stolz. Oder Angst. Er war ein Jäger und hatte keine andere Wahl, als alle ihm zur Verfügung stehenden Mittel einzusetzen. Ruslan Malinov war die größte Bedrohung für das karpatianische Volk. Ohne ihn würde die Armee der Vampire sich verringern, was Mikhail, dem Prinzen, Zeit verschaffen würde, seine Leute zusammenzurufen und sämtliche Verteidigungslinien zu verstärken.

Und so wagte Zacarias das Unvorstellbare. *Marguarita. Du musst aufwachen.*

Er konnte sich nicht erlauben, an sie und das zu denken, was sie vielleicht durchmachte, wenn sie unter der Erde erwachte. Sie war menschlich, und er hatte ihr ohnehin schon so viel abverlangt. Aber dieser Vampir war verantwortlich dafür, dass das karpatianische Volk vom Aussterben bedroht war. Er durfte nicht entkommen, egal, was es den Jäger – oder seine Seelengefährtin – kostete.

Tief unter dem Herrenhaus der Hazienda wurde Marguarita sich zweier Dinge bewusst: Sie war lebendig begraben, und Zacarias war in Schwierigkeiten. Sofort erwachte sie, und das Wissen durchflutete sie zusammen mit einem grauenhaften Hunger, der an ihren Eingeweiden zerrte. Fest entschlossen, nicht in Panik zu geraten, kniff sie die Augen zusammen. Zum Glück konnte sie Zacarias' Geist in ihrem spüren.

Seltsamerweise konnte sie auch ihren eigenen Herzschlag hören, gleichzeitig jedoch kam es ihr so vor, als bewegte sich keine Luft durch ihre Lunge. Das Pochen echote gespenstisch durch ihren Kopf, aber sie konzentrierte sich auf Zacarias, ignorierte ihr Bedürfnis zu schreien und das Gewicht des Erdreichs, das auf ihrem Körper lastete. Behutsam und mit größter Vorsicht fand sie den Zugang zu Zacarias' Bewusstsein. Jäher Schmerz erfasste sie – ein rasender, brutaler Schmerz, der durch ihren ganzen Körper schoss und es leicht mit dem aufnehmen konnte, den sie während der Umwandlung erlitten hatte. Schnell zog sie sich aus Zacarias' Geist zurück, bevor sie sich verraten konnte oder gar ohnmächtig wurde von dem Grauen und der Qual, die er durchlitt.

Was hatte er gesagt? Er hatte ihr doch erklärt, wie sie das Erdreich öffnen und sich daraus befreien konnte ... *Du wirst die Erde mit deiner Willenskraft entfernen*, hatte er gesagt. *Indem du es ihr befiehlst. Stell dir einfach vor, dass sie dir gehorcht ... Wenn du nicht in Panik gerätst, wird alles gut gehen.*

Ihr erster Versuch brachte gar nichts, sie befiel nur wieder panische Angst, die sie jedoch schnell verdrängte. Nutz deinen Willen! Dein Vater sagte immer, du wärst stur genug, um Berge zu versetzen, wenn du es wirklich wolltest, also beweg auch dieses bisschen Erde hier!, befahl sie sich.

Im Geiste schrie sie auf, als ihre Finger sich bewegten. Ihr war deutlicher denn je bewusst, dass sie unter der Erde lag, doch sie hielt die Augen fest geschlossen und zwang sich zu der Vorstellung, dass sich das Erdreich über ihr teilte wie das Rote Meer. Als sie wieder Atem holen und zur Decke des Raumes aufblicken konnte, wischte sie sich Schweißtröpfchen von der Stirn und richtete sich auf.

Ich bin hier.

Komm zu mir! In mich hinein – auf deine Weise. Und falls das hier danebengeht, ziehst du dich sofort wieder zurück.

Sie zögerte nicht. Egal, wie wütend oder verletzt sie war, ein Mann wie Zacarias de la Cruz würde nie so etwas während eines Kampfes verlangen, wenn es nicht dringend nötig war. Sie fand das schon vertraute wilde Tier in ihm und verschaffte sich Zutritt, indem sie so behutsam wie nur möglich in ihn eindrang. Die Dunkelheit in ihm ließ ihr den Atem stocken. Es war pure Brutalität, was sie dort sah – töten oder getötet werden. Jeder Teil von ihm schien dunkel und beschattet zu sein, Wände aus purem Eis, ganze Blöcke davon, erfüllten seinen Kopf, und das gleiche Eis sah sie in seinen Adern.

Sein Inneres war übel zugerichtet, der Schmerz schier unerträglich, doch irgendwie gelang es Zacarias, ihn abzublocken, wofür sie dankbar war, auch wenn sie nicht verstand, wie er das machte. Sie wollte auch gar nicht wissen, wie all diese furchtbaren Verletzungen entstanden waren – oder wie er sich noch auf den Beinen halten und mit allen Sinnen darauf konzentrieren konnte, das Böse zu vernichten. Marguarita ließ Wärme in ihn einfließen. Liebe. Alles, was sie war. Sie ging völlig auf in ihm und erfüllte ihn, zwang die Dunkelheit, sich zurückzuziehen, und ließ ihr Licht auf jeden Schatten fallen.

Zacarias unternahm keinen Versuch, geistig mit ihr in Kontakt zu treten, aber sie spürte, dass er diesen Strom aus Wärme, Mitgefühl und Verständnis anzapfte und sich zunutze machte. Dann sandte er einen Ruf in den Wald hinaus, und sie spürte, wie er irgendetwas herbeizitierte. Nein, nicht wirklich herbei*zitierte*, es war mehr ein Hilferuf, eine Bitte, wie sie sie äußern würde. Es lag nichts Gebieterisches, keine Arroganz darin. Es war wirklich nur eine Bitte um Hilfe und Unterstützung.

Die Toten in dem Wald mussten von den Lebenden vernichtet werden. Es erstaunte sie, dass er solche Dinge wusste – dass er, umgeben von Kreaturen, die nur darauf aus waren, ihn in Stücke zu zerreißen, noch zu solch schnellem Denken fähig war. Zacarias brauchte freie Bahn zu Ruslan, und das war das Einzige, was ihn im Moment kümmerte.

Marguarita holte tief Luft, als die schaurigen, aus Laub bestehenden Gestalten angriffen, nach Zacarias ausholten und mit ihren Hieben durch seine Haut und Knochen schnitten. Er wirbelte mitten unter ihnen herum und nutzte alle verfügbaren Mittel, um sie in Schach zu halten. Feuer, Wind ... Aber nichts half gegen sie, und die ganze Zeit über gab Ruslan ein schrilles, entnervendes Lachen von sich, das Marguarita in den Ohren gellte und ihr schrecklich auf die Nerven ging.

Sie zwang sich, sich von allem abzugrenzen, was Zacarias widerfuhr. Er war sehr ruhig, und sein Verstand arbeitete auf Hochtouren. All das war nur Ablenkung. Sie konnte sich nicht vorstellen, wie das helfen sollte, doch sie konnte nicht umhin, ihn zu bewundern, auch wenn sie große Angst um ihn ausstand. Er versuchte nicht, die Wahrheit vor ihr zu verbergen – dass sie in seinem Kopf, aber *nicht* in seinen Gedanken war. Sie war nur in ihm, weil er eine weitere Waffe brauchte, und er nahm sie nicht als Frau aus Fleisch und Blut, als *seine* Frau wahr. Zacarias hatte weder Angst um sich selbst noch um sie; das Einzige, was ihn bewegte, war der Drang, das Böse zu vernichten.

Eine Welle der Bewegung ging durch das Blätterdach des Waldes, und Affen sprangen von den Ästen herab auf die Rücken der Kreaturen, warfen sie um und rissen sie in Stücke, bevor sie zu den nächsten weitersprangen. Es dauerte einen Moment, bis Marguarita begriff, dass die von den Affen attackierten Kreaturen diejenigen waren, die Zacarias den Weg zu dem frohlockenden Ruslan versperrten.

Nur ein einziges Ziel im Sinn, schoss Zacarias durch die Bresche, die die Affen ihm geschlagen hatten. Er wusste genau, wo Ruslan stand und wo sich sein verdorrtes Herz befand. Er hatte Zeit gehabt, über das Hindernis nachzudenken, dem er bei seinem ersten Versuch begegnet war, und wusste jetzt, wie er durch diesen schützenden Panzer an das verschrumpelte Organ herankommen konnte.

Er war bei Ruslan, bevor dem Vampir die Zeit blieb zu bemerken, dass er schutzlos war. Zacarias veränderte wieder die Moleküle in seinem Körper und verwandelte sich im letzten Moment, um die Panzerung zu durchdringen, im Bruchteil einer Sekunde die Faust zu öffnen und das Herz zu ergreifen. Seine Finger bohrten sich durch Sehnen und Muskeln und rissen an ihnen, um an das Organ heranzukommen.

Ruslan kreischte auf und blies Zacarias eine Wolke seines faulen Atems ins Gesicht, während er gleichzeitig die Krallen beider Hände in Zacarias' Bauch schlug und ihn so weit aufriss, dass sich ein Schwall von Blut auf den Boden vor ihnen ergoss. Halb wahnsinnig vor Wut, senkte er den Kopf und presste ihn an Zacarias' offenen Bauch, um den Jäger mit seinen messerscharfen Zähnen bei lebendigem Leibe aufzufressen.

Zacarias riss Ruslan das Herz aus der Brust und wirbelte herum, um den Vampir abzuschütteln. Machtvolles karpatianisches Blut strömte über Ruslans Gesicht und Kinn, während sein eigenes schwarzes Gift sich bis zum Knochen durch Zacarias' Hand und Arm hindurchfraß. Angewidert warf der Jäger das Herz weit von sich, packte mit beiden Händen Ruslans Kopf, brach dem Vampir mit einer schnellen, scharfen Drehung das Genick und schleuderte ihn von sich.

Dann presste er beide Hände auf seinen offenen Bauch und spürte, wie die Beine unter ihm nachgaben. Zacarias kam so hart auf den Knien auf, dass er ein paarmal tief durchatmen und den Schmerz ertragen musste, bevor er ihn beiseiteschieben konnte. Ruslan war nicht weit von ihm gelandet und rollte, mit bizarr verdrehtem Kopf, über den Boden.

Zacarias stöhnte, als er sah, dass Ruslan ausgerechnet auf seinem herausgerissenen Herz gelandet war. Der Vampir griff danach und erhob sich in die Luft. Schwarzes Blut tropfte und rieselte zu Boden, und er leckte sich die Finger in der Luft und versuchte, jedes Tröpfchen karpatianischen Blutes von seinen Armen und Händen aufzufangen, bevor er wie der Blitz davonschoss.

Als Ruslan angegriffen worden war, hatte er seine Energie aus der Armee der Toten bezogen, sodass Blätter und Äste jetzt wieder in ihrer ursprünglichen Form auf den Urwaldboden fielen. Auch die Affen schwangen sich in die Bäume zurück, und Zacarias ließ sich hinfallen und blickte zu dem Regen auf, der jetzt wieder ein sanftes Nieseln war, das ihm das Gesicht benetzte. Es kostete ihn große Mühe, die weißglühende Energie herabzurufen, um sich von dem Vampirgift zu befreien. Sowie es vollständig entfernt war, ließ er erschöpft die Arme sinken.

Ich komme zu dir. Marguarita versuchte nicht einmal, es wie eine Frage zu formulieren.

Zacarias ertappte sich bei einem Lächeln. Seine schöne kleine Närrin. Sie hatte jedes Recht, ihn zu verabscheuen, und allen Anlass, ihn zu fürchten, doch hätte er ihr befohlen wegzubleiben, wäre sie trotzdem gekommen. Eine solch ruhige Kraft wie die ihre war durch nichts zurückzuhalten, und er war nicht mehr in der Lage, es noch weiter zu versuchen. Marguarita machte sich nie auch nur die Mühe, ihm zu widersprechen, sondern handelte einfach so, wie sie es für richtig hielt. Außerdem blutete er aus unzähligen Wunden, und sich selbst zu heilen würde schwierig sein.

Vergiss nicht deine Kleider! Cesaro wird jeden Moment herbeigeritten kommen. Ich müsste ihn töten, und ich bin mir nicht ganz sicher, ob ich der Aufgabe gewachsen bin.

Sie versuchte zu lachen, das musste er ihr lassen. Aber in ihren Augen standen Tränen, und er wusste, dass sie um ihn weinte und dass sie dafür in den kommenden Jahren wahrscheinlich noch sehr oft Grund haben würde. *Ich hätte dich mit Liebe verwandeln sollen, Marguarita. Mit Behutsamkeit. Ich hätte dich halten sol-*

len, als du so verängstigt warst. Aber ich bin schon so tief im Dunkeln verankert, dass es vielleicht gar keine Möglichkeit gibt, mich zurückzuholen.

Ich will dich nicht zurückholen, sondern dich nur retten, Zacarias. Das ist ein Unterschied. Um die Kleider wirst du dich selbst kümmern müssen. Ich schaffe das noch nicht. Ungeduld schwang in ihrer Stimme mit – und sie klang schon sehr viel näher als zuvor.

Zacarias hob den Kopf. Die Stute Sparkle galoppierte mit Marguarita auf dem Rücken auf ihn zu, und er dankte dem Himmel, dass das Pferd eine so ausgeglichene Gangart hatte. Marguarita war nackt wie am Tag ihrer Geburt. Zacarias schüttelte den Kopf. Sie erfüllte ihn langsam wieder mit ihrem Licht und vertrieb die Dunkelheit in ihm. Auch die Farben kehrten zurück, denn er konnte sehen, dass sein Blut, das bereits eine Lache auf dem Boden bildete, rot war.

Marguarita schwang sich schon vom Pferd und kam zu ihm gelaufen, während er noch die Hand schwenkte und sie bekleidete. Fast wäre sie über ihren langen Rock gestolpert, als sie auf ihn zurannte. Mit beiden Händen drückte sie einen weichen Stoff, den sie dabeihatte, gegen Zacarias' Bauch. *Leg dich hin und entspann dich einen Moment! Und lass mich nicht zu weit in dich hinein. Ich will nicht, dass du das spürst.*

Zacarias ließ sich wieder zurücksinken und erlaubte sich, einfach nur dazuliegen und ihr Gesicht zu beobachten – dieses geliebte Gesicht, das so viel Sorge um ihn erkennen ließ. So viel Liebe – die er nicht verdiente. »Was meintest du vorhin, als du sagtest, du wolltest mich nicht aus der Dunkelheit zurückholen, sondern mich nur retten? Das ist doch das Gleiche.«

Sie schüttelte den Kopf, während sie schon mit beiden Händen das Erdreich aufwühlte, um das reichhaltigste und sauberste für ihn zu finden. Dann vermengte sie es mit ihrem Speichel, um eine Paste herzustellen. *Es ist keineswegs das Gleiche. Die Dunkelheit in dir, die du so hasst, ist ein kostbares Geschenk, auf das du dich zu verlassen gelernt hast. Weil es dir ermöglicht, so zu jagen, wie du seit Jahrhunderten jagst. Es erhält dich am Leben, wo andere sterben würden.*

Sie zuckte sichtlich zusammen, als sie die Paste, die sie hergestellt hatte, auf die Wunden auftrug. Zacarias berührte sanft mit den Fingern ihre Lippen. »Du glaubst, es ist ein Geschenk, nichts zu empfinden? Der Dunkelheit so nahe zu sein, dass jede Minute meiner Existenz ein Kampf ist?«

Ja. Es ist diese Dunkelheit, die dir das instinktive Wissen gibt, wohin deine Feinde als Nächstes gehen, und die es dir ermöglicht, ihnen immer einen Schritt voraus zu sein. Ihretwegen kannst du diese tödlichen Verwundungen überleben, die jeden anderen umbringen würden. Sie verheilen schon wieder, Zacarias – und du überlegst bereits, wo dieser Vampir sich bis morgen Nacht verstecken wird. Es ist kurz vor Sonnenaufgang, und du weißt, dass er auf der Suche nach einem Unterschlupf sein wird. Das ist es, was diese Schatten, diese Dunkelheit, bei dir bewirken. Sie erlauben dir, zu leben und zu handeln, wie du handelst. Kein anderer vermag zu leben, wie du lebst. Deshalb würde ich dir das niemals nehmen wollen.

»Aber du befürchtest, dass ich nicht zu dir zurückkommen werde.«

Sie reichte ihm ihr Handgelenk. Auch sie war furchtbar hungrig, doch viel wichtiger war, ihm zu geben, was sie konnte, um ihn zu stärken und ihm zu helfen, so schnell wie möglich wieder zu genesen. *Du bist so gut darin, deine Erinnerungen zu verdrängen, dass ein kleiner Teil von mir denkt, dass du eines Tages nach dem Kampf vergessen wirst, dich an mich zu erinnern.*

Er nahm ihr Handgelenk, ritzte es sehr behutsam auf und ließ ihr Leben spendendes Blut in seine Kehle rinnen. Auch ihr Blut war jetzt das eines uralten Karpatianers, machtvoll und stark, weil sein Blut in ihren Adern floss. Er konnte das überwältigende Verlangen seines Körpers danach spüren; seine Organe, Muskeln, Gewebe und Zellen schrien buchstäblich danach.

Ich werde immer zu dir zurückkehren – immer, doch ich kann nur der sein, der ich bin, Marguarita. Dir zuliebe möchte ich sanft sein und dir alles geben, was du verdienst. Ich werde natürlich stets erwarten, dass du dich nach mir richtest …

Ihre Augenbrauen schossen in die Höhe, und mit der freien Hand strich sie sich das Haar zurück. *Glaubst du, das ist mir nicht bewusst? Ich will dich so, wie du bist, Zacarias, aber ich erwarte von dir, dass du dich an die Versprechen hältst, die du mir gegeben hast. Ich will geschätzt werden. Ich will, dass du mein Glück im Sinn hast, wenn du deine Entscheidungen triffst. Und du musst wissen, dass ich immer ich selbst sein werde. Ich werde meine eigenen Entschlüsse fassen, wenn ich das Gefühl habe, dass du dich irrst.*

Mit einem Lächeln in den Augen blickte er zu ihr auf. *Ich kann mir nicht vorstellen, mich zu irren. Nun ja – da war dieses eine Mal …*

Er hörte ihr Lachen in seinem Kopf. *Ein Mal? Aber ich werde es dir durchgehen lassen, weil du nach diesem Kampf vielleicht nicht ganz bei Sinnen bist.*

Zacarias verschloss die kleine Wunde an ihrem Handgelenk. »Cesaro kommt. Er wird dir Blut geben, und du wirst es nehmen müssen, Marguarita. Ich muss weiter.«

Ihr stockte der Atem. *Weiter? Das verstehe ich nicht. Wohin denn? Du musst in die Erde, wo ich auf dich achten und dich pflegen kann und wo deine Wunden heilen.*

»Ich muss Ruslan verfolgen und zur Strecke bringen.«

Sie schüttelte unnachgiebig den Kopf. *Nein. Das kannst du nicht, nicht heute Nacht. Es wird bald Morgen, und du könntest draußen von der Sonne überrascht werden.*

»Du hast meine Erinnerungen an Dominic und seine Frau Solange gesehen, die mir von ihrem Blut gegeben haben.«

Ja, aber ich habe auch gesehen, wie er dich warnte, vorsichtig zu sein und deine Grenzen zu erforschen. Du hast den Rat nicht befolgt, und du hast selbst gesagt, je stärker die Dunkelheit in ihm ist, desto weniger verträgt ein Karpatianer die Sonne. Lass es, Zacarias! Mir zuliebe. Bitte verfolge Ruslan nicht!

Er streckte die Hand aus und strich Marguarita sehr zärtlich über das Haar. »Dieser spezielle Vampir ist ein Meister, der nicht seinesgleichen hat. Ich würde diese Chance in zehntausend Jahren nicht noch einmal bekommen. Bitte verlang das nicht von mir! Im Moment würde ich dir alles geben, was du willst – sogar das, Marguarita. Doch du darfst das jetzt nicht von mir verlangen.«

Sie schloss ganz fest die Augen. Kurz war ihr, als könnte sie nicht atmen. Sie musste ihn gehen lassen. Er konnte nichts anderes sein als das, was er war – ein Jäger. *Dann sieh zu, dass du in einem Stück zu mir zurückkommst!*

Zacarias stand auf. Seine Kleider waren zerfetzt und blutig, sein Körper bedeckt mit Schnittwunden und anderen Verletzungen. Der blutdurchtränkte Stoff fiel von seinem Bauch, doch die Wunde hatte sich bereits geschlossen. Zacarias ließ die Muskeln spielen. »Du wirst Cesaros Blut von seinem Handgelenk nehmen. Er wird dich beschützen, solange ich unterwegs bin.«

Dann nahm er ihr Gesicht zwischen die Hände und senkte den Mund auf ihren. Ohne sich darum zu scheren, dass Cesaro zusah, klammerte Marguarita sich für einen Moment an Zacarias, bis er sie widerstrebend zur Seite schob und sich in die Luft erhob. Kaum war er fort, verdrängte er sie aus seinem Kopf, schob sie sanft hinaus und hoffte, sich darauf verlassen zu können, dass sie draußen blieb. Er würde in dieser Angelegenheit nur eine Chance bekommen. Ruslan Malinov war ein zu gefährlicher Gegner, um ihn entkommen zu lassen.

Zacarias witterte sehr schnell den scheußlichen Geruch des Vampirs und folgte der Spur der schwarzen Blutstropfen, die

Ruslan hinterlassen hatte. Zacarias hatte Jahrhunderte damit verbracht, das gesamte Amazonasgebiet zu erforschen, Grenzen zu überschreiten und von Land zu Land zu reisen. Er kannte jede Höhle, jeden Ort, den ein Vampir als Unterschlupf benutzen könnte, und wusste daher, wohin sein Feind sich höchstwahrscheinlich wenden würde. Außerdem hatte Marguarita recht gehabt mit ihrer Bemerkung, dass die Dunkelheit in ihm ihn in die Lage versetzte, wie die Untoten zu denken.

Ruslan wollte so schnell wie möglich von Zacarias wegkommen, aber er würde auch so leicht wie möglich Nahrung finden wollen. Es gab einige wenige Städtchen und Haziendas in der Gegend um die Höhlen. Zacarias kannte sie alle und war überzeugt, dass Ruslan sich für die unzugänglichste entscheiden würde, kaum mehr als ein Spalt im Fels, der einem Gestaltwandler, der sich klein genug machte, erlaubte, in den schmalen, steilen Tunnel einzudringen, der tief ins Innere der Erde hinunterführte. Natürlich würde Ruslan den Eingang sichern, wie nur ein Meistervampir es konnte. Deshalb musste Zacarias entweder vor ihm dort sein – vor dem Morgengrauen, um sich in der Höhle zu verstecken und abzuwarten –, oder es könnte Stunden dauern, die Schutzzauber zu deaktivieren, und dabei könnte er von der Sonne eingeholt werden.

Ruslan hatte einen Vorsprung, doch er war gerissen und würde wissen, dass ein Jäger wie Zacarias das Vampirblut im Wind wittern würde wie ein Wolf. Er würde falsche Fährten legen, auf der eigenen Spur zurückkehren und jeden Trick anwenden, den er kannte, um sein wahres Ziel vor dem Karpatianer zu verbergen, und das würde Zeit in Anspruch nehmen. Ruslan würde auch versuchen, die Sonne gegen den Jäger einzusetzen, und erst im letzten Moment unter die Erde gehen, um nicht zu riskieren, in seinem Unterschlupf erwischt zu werden. Zacarias musste eine Entscheidung treffen – entweder verließ er sich auf sein Bauchgefühl, also gerade auf das, was er am meisten in sich hasste, oder er folgte Ruslans Spur. Beides konnte ihn die Beute kosten.

Marguarita hatte gesagt, die Finsternis in ihm sei ein Geschenk. Sie vertraute ihr, weil sie ein Teil von ihm war. Zacarias dagegen betrachtete sie als etwas Übles, Böses. Er hatte seinen Vater nur als schlecht in Erinnerung; alles, was davor gewesen war, war für ihn nicht mehr präsent. Es war, als hätte dieser eine Moment das ganze vorherige Leben seines Vaters, Jahrhunderte der Ehre und der Pflichterfüllung, aufgehoben. Sein Vater hatte ihn alles gelehrt, was er heute konnte. Er hatte seine Seelengefährtin vor Übermut und Freude in die Luft geworfen und mit ihr gelacht. Er war hocherfreut über die Geburt eines jeden Sohnes gewesen und hatte getrauert und blutige Tränen geweint, als seine einzige Tochter den Kampf ums Überleben verloren hatte. Sein Vater war nicht immer böse gewesen.

Na schön, dann würde er sich also vom Dunkel leiten lassen. Zacarias verließ die Spur und machte sich auf den Weg zu der tiefsten Höhle, voller Eile jetzt, um sie noch vor Ruslan zu erreichen. Falls er sich irrte, hatte er seine letzte Chance vertan, aber er würde zumindest vor der Sonne sicher sein.

Vorsichtig bewegte er sich über den Felsvorsprung, wo ein gespaltener Fels das einzige Anzeichen für den Eingang zu dem schmalen Tunnel war. Er ging mit großer Schläue vor und ließ sich von einer leichten Brise über die bewusste Stelle treiben, um sich den Bereich von allen Seiten anzusehen. Ruslan schien die Höhle nicht vor ihm erreicht zu haben. Erst jetzt näherte Zacarias sich dem Felsen, wobei er darauf achtete, nicht einmal ein Steinchen zu bewegen, und untersuchte den Eingang. Doch dort war nichts, was ihn daran hindern könnte einzutreten.

Als dünne Rauchfahne schlüpfte Zacarias in den Berg hinein und schlängelte sich durch die lange Felsspalte in den schmalen Tunnel, dem er tiefer und tiefer bis unter die Erde folgte. Das Geräusch tropfenden Wassers wurde lauter, als Zacarias sich der kleinen Kammer näherte. Der Tunnel war noch schmaler geworden, sodass höchstens ein kleines Tier zu der größeren Höhle durchkommen könnte.

Ruslan war nicht vor ihm da gewesen. Einem Vampir haftete ein gewisser Geruch an, den selbst ein Meister nur für eine gewisse Zeit kaschieren konnte. Hieß das, dass Ruslan diese Höhle nie entdeckt hatte? Zacarias blieb keine Zeit mehr, sich den Kopf darüber zu zerbrechen. Er musste sich auf seine Erfahrung verlassen. Gründlich untersuchte er die kleine Kammer und fand mehrere Risse in der Decke und den Wänden. Von der Nordwand tropfte ständig Wasser, aber die Südwand bestand hauptsächlich aus Fels. Zacarias wählte eine der kleineren Spalten, um sich darin zu verbergen.

Sein Körper müsste dringend in die heilkräftige Erde. Gestaltwandeln kostete Kraft, und obwohl Marguarita ihm Blut gegeben hatte, blieb ihm nicht viel Zeit, bevor die Heilung in der Erde kritisch werden oder es sogar zu spät dafür sein würde. Nur wenige Karpatianer wären in der Lage, solch tödliche Verwundungen zu überleben und sich wieder auf die Jagd zu machen. Zacarias wusste, dass es die Dunkelheit in ihm war, die ihn befähigte, nicht einmal zur Kenntnis zu nehmen, was seinem Körper widerfuhr. Er kämpfte, er heilte sich selbst, und er machte weiter, ohne Schmerz oder Erschöpfung zu verspüren. Aber irgendwann würde auch sein Körper zusammenbrechen. Zacarias hoffte, dass der Zusammenbruch noch auf sich warten ließ, falls Ruslan diese Höhle wählte.

Minuten verstrichen. Er kannte die genaue Position der Sonne, und sie war dem Aufgehen schon sehr nahe. Zacarias spürte ihre Gegenwart wie eine brennende Lampe, die zu dicht in seiner Nähe stand. Er wusste, dass das Licht ihm immer schwer zu schaffen machen würde, selbst wenn Solanges königliches Blut ihm ein paar Stunden mehr im Tageslicht ermöglichte. Er würde sich im Hellen nie wohlfühlen, aber wenn es Marguarita glücklich machte, würde er es ertragen, wie er auch ihre menschlichen Freunde und Bekanntschaften ertragen würde.

Ein Steinchen rollte durch den Schmutz. Irgendetwas scharrte an der schmalen Tunnelwand entlang, die unmittelbar vor der Kammer lag. Zacarias blieb entspannt, um nichts von seiner kostbaren Energie zu verschwenden. Er war in einem schlechten Zustand. Zeigte er sich zu früh und Ruslan konnte kämpfen, konnte es für Zacarias gefährlich werden. Und dann drang auch schon der üble Geruch verwesenden Fleischs in die Kammer.

Sogleich durchströmte wieder die vertraute Ruhe Zacarias. Nichts anderes zählte jetzt als die Vernichtung dieses einen Vampirs, der dem karpatianischen Volk so viel Schmerz und Schaden zugefügt hatte. Dazu war Zacarias geboren worden und zum Kämpfen erzogen worden. Nur deshalb war die Dunkelheit in ihm so ausgeprägt – weil er seine Leute gegen die denkbar verdorbenste, bösartigste Kreatur verteidigen musste.

Er verhielt sich ruhig und beobachtete geduldig, wie Ruslan seine Schutzzauber anbrachte und dann zu seinem Ruhelager stapfte. Sein Kopf hing noch immer schlaff zur Seite, was Zacarias verriet, dass der Vampir genauso stark verletzt war, wie er selbst es gewesen war. Ruslan war zu eitel, um so etwas hinzunehmen, es sei denn, er musste mit seiner Energie haushalten. Zacarias regte sich nicht, als Ruslan sich hinlegte, die Arme über der Brust verschränkte und sich dem Schlaf der Toten überließ. Selbst dann noch wartete Zacarias, bis die Sonne aufzugehen begann. Er wollte sichergehen, dass sich Ruslan in dem bleischweren Zustand des Vampirschlafs befand.

Unendlich vorsichtig löste er sich aus der Spalte in der Wand und begann, sich dem Schlafplatz des Meistervampirs zu nähern. Sofort flogen Ruslans Augen auf, und er stieß ein hasserfülltes Fauchen aus. Ansonsten rührte er sich nicht, was jedoch nicht bedeutete, dass er dazu nicht fähig war. Zacarias blieb sicherheitshalber außer Reichweite.

»Wie ehrenhaft ist das denn, mich in meiner schwächsten Stunde zu überfallen?«, fragte Ruslan wütend.

Zacarias' Augenbrauen fuhren in die Höhe. »Ehre spielt bei der Vernichtung von Ungeziefer keine Rolle. Nach einem Verhaltenskodex zu leben ist ehrenhaft, Ruslan. Das ist es, was du nie verstanden hast. Töten ist nichts Ehrenhaftes. Es ist nur die Arbeit, die ich verrichte. Und die Ehre verlangt, dass ich jedes Mittel nutze, jede Waffe, um das Böse zu vernichten – und du bist böse. Es liegt nichts Ehrenhaftes in der Methode des Tötens, nur in der Erfüllung einer Aufgabe, die erledigt werden muss.«

Ruslans schrilles Gelächter ging ihm durch und durch. »Du kannst mir hier in der Höhle das Herz herausreißen, doch du kannst nicht den Blitz so tief unter die Erde bringen. Wir werden sehen, wer bis morgen Abend überlebt.«

»Ich habe nicht vor, dir das Herz herauszureißen.« Nur mit äußerster Vorsicht näherte Zacarias sich der bleiernen Gestalt. Ruslan war ein mächtiger Vampir, und als Jäger respektierte er diese Macht, wohl wissend, dass der Meister nicht so leicht in den Tod gehen würde.

Ruslan schien verwirrt, aber seine eingefallenen Augen verrieten Hass und Hinterlist. Ohne Vorwarnung fielen Fledermäuse auf Zacarias herab, verbissen sich mit ihren scharfen Zähnen in ihn und versuchten, ihn für ihren Meister auszubluten. Würmer brachen durch die Erdwände, und Spinnen krochen auf Geheiß ihres Herrn aus Spalten und Rissen. Sogar ein paar Ratten streckten den Kopf aus dem Tunnel und starrten Zacarias mit ihren glitzernden Augen an.

Schnell löste er sich unter dem Gewicht der Fledermäuse auf und verwandelte sich, um auf die andere Seite des Raumes zu flüchten. Von dort aus sandte er gleißendes Licht durch die Höhle, einen grellen, sehr heißen Strahl, wie eine konzentrierte Sonne, die die Fledermäuse versengte und die Insekten und Ratten in die Flucht schlug. Er brauchte nur ein wenig Zeit.

»Das kannst du nicht ewig aufrechterhalten«, spöttelte Ruslan, »und diese Kreaturen gehorchen mir.«

»Das macht nichts.« Zacarias war im Nu bei ihm und hob das tote Gewicht auf seine Arme. Der übel riechende Atem, der ihm ins Gesicht schlug, machte ihn vorübergehend orientierungslos. Dieser konzentrierte Atem enthielt Gift, doch Zacarias verwandelte sich und nahm die verwesende Gestalt des Meistervampirs mit.

Was tust du?, fragte Ruslan und wechselte dabei zum gemeinsamen karpatianischen Kommunikationspfad. Offenbar war er zum ersten Mal ernsthaft alarmiert. *Wo willst du mit mir hin?*

An die Oberfläche. Deine Schutzzauber halten andere aus dieser Höhle heraus. Wir beide können sie aber verlassen.

Zacarias konnte den genauen Moment bestimmen, in dem Ruslan zu verstehen begann, was er vorhatte. Sowie sie den Tunnel und die schmale Spalte hinter sich gelassen hatten, wechselte Zacarias wieder die Gestalt und brachte sie beide in die aufgehende Sonne. Ruslans Mund öffnete sich weit zu einem stummen Schmerzensschrei. Mit letzter Anstrengung und von purer Willenskraft und Verzweiflung angetrieben, schlug er plötzlich die Krallen tief in Zacarias' Fleisch.

Wenn ich verbrenne, dann verbrennst du auch.

Dem Ende seiner Kräfte nahe, ließ Zacarias sich mit seiner Last zu Boden fallen. Er würde nicht mehr in die Höhle hereinkommen, und das Brennen der Sonne auf seiner Haut sagte ihm, dass ihm auch nicht genug Zeit blieb, um Ruslans Schutzzauber zu deaktivieren.

Ich liebe dich, Marguarita, und ich bereue die Fehler, die ich bei dir gemacht habe. Stell eine Verbindung zu meinen Brüdern her! Sie werden dir beistehen, wenn ich nicht mehr bin.

Zacarias konnte sich nicht erlauben, daran zu denken, was aus ihr werden würde, oder sich Vorwürfe wegen seines Fehlverhaltens ihr gegenüber zu machen. Er wollte nur seine letzten Erinnerungen an sie festhalten, dieses Gefühl vollkommener, selbstloser Liebe, das sie ihm gegeben hatte.

Sag mir, wo du bist! Ich werde nicht zu dir kommen, keine Sorge, aber zeig es mir!

Sie war völlig ruhig. Das war Marguarita, und zum ersten Mal glaubte Zacarias daran, dass sie ihm geschickt worden war, um ihn vor sich selbst zu retten. Dass sie sein ganz persönliches Wunder war. Wenn ihn irgendjemand retten konnte, dann sie, doch er konnte sich nicht vorstellen, wie es ihr gelingen sollte. Es war schier unmöglich, dass sie ihn noch rechtzeitig erreichte. Er sagte es ihr jedoch nicht, denn was für einen Sinn hätte das?

Zacarias war müde und so erschöpft, dass er sich kaum noch bewegen konnte.

Wag es ja nicht aufzugeben!

Er liebte die leichte Schärfe in ihrer Stimme.

Worüber lächelst du?, wollte Ruslan wissen. *Du wirst mit mir sterben. Beeil dich! Ich werde dir zeigen, wie du die Schutzzauber entfernen kannst und wir in die Höhle zurückkehren können, falls du noch die Kraft hast, mich aus der Sonne herauszubringen.*

Zacarias schüttelte den Kopf. »Du wirst an diesem schönen Morgen sterben, Ruslan. Ganz gleich, was es mich kostet. Deine Niedertracht wird nie wieder diese Welt verderben.«

Ruslans Körper wand sich, wurde rot wie ein Hummer und erhitzte sich, bis er Zacarias' Haut versengte. Seine Krallen steckten noch in den Seiten des Jägers, sodass sie aneinander gefesselt waren, als der Vampir zu zischen begann und seine faulige Haut Blasen schlug. Rauch stieg von ihm auf, und der Geruch nach verbranntem Fleisch durchdrang die frische Morgenluft. Ruslan stieß Schreie aus, die tief auf seiner Brust aufstiegen und die Vögel so erschreckten, dass sie sich in die nahen Bäume flüchteten.

Zacarias blickte auf. Geier kreisten schon über ihnen. Seine eigene Haut brannte nur, weil Ruslans Körper den seinen berührte. Zacarias versuchte jedoch nicht, dagegen anzukämpfen. Seine Glieder waren zwar noch nicht bleiern, doch seine Arme und sein Gesicht kribbelten und wollten nur noch von dieser aufgewühlten, glühend heißen Masse weg.

Überall an Ruslans Körper platzten Löcher auf. Der Gestank wurde so schlimm, dass Zacarias übel wurde. Die Krallen des Vampirs in seinen Seiten lockerten sich, und ohne die messerscharfen Nägel in den Wunden begannen sie, stark zu bluten. Eine kleine Pfütze Blut bildete sich um Zacarias.

Bleib bei mir, Liebster!, beschwor ihn Marguarita.

Ihre Ruhe erstaunte ihn. Sie müsste in Panik sein, aber ihr Verstand war sehr viel klarer als der seine. Zacarias war zu müde, um zu denken.

Gib dich in meine Obhut!, flüsterte sie. *Vertrau darauf, dass ich dich beschütze!*

Er hatte noch nie jemandem vertraut. Wenn er sich ihrem Willen beugte und seinen Geist in ihre Obhut gab, würde es nichts mehr geben, was sie nicht über ihn wusste. Seine Unfähigkeit, ohne sie etwas zu empfinden, beschämte ihn. Er würde nie die wahre Liebe seiner Brüder spüren, sofern Marguarita nicht in seinem Geist verankert war. Er würde sich in Gegenwart von Menschen stets unbehaglich fühlen. Er konnte diese Welt fast nicht ertragen, und Marguarita würde es erfahren. Sie würde sehen, dass er nicht einmal für die Menschen, die ihm dienten, etwas empfand. Sie würde zu viel über ihn wissen. Wie viel konnte eine Frau ertragen?

Gib dich mir anheim – aus freien Stücken, so wie ich mich dir anheimgegeben habe!

Sie durch den Tod zu verlieren war möglicherweise feiger, als sie das wahre Monster sehen zu lassen, dem sie sich geschenkt hatte. Er hatte sie für sich beansprucht, sie an sich gebunden. Bei all dem war sie es gewesen, die sich ihm immer wieder hingegeben hatte und all seinen Forderungen nachgekommen war.

Ruslan ging in Flammen auf. Er kreischte wie ein Irrer und schrie seinen Hass auf die Welt gellend laut heraus. Seine Krallen lösten sich nun endlich ganz von Zacarias, sodass der Karpatianer sich von dem brennenden Vampir wegschleppen konnte. Schwarzer Rauch schoss in den Himmel wie ein Leuchtfeuer.

Zacarias wartete, bis das Feuer jeden Zentimeter des Meistervampirs verzehrt hatte und feststand, dass das Herz vollständig ein Raub der Flammen geworden war und nichts von dem Vampir mehr übrig war. Erst dann ließ Zacarias den Kopf zurücksinken und wehrte sich nicht mehr gegen die völlige Kraftlosigkeit, die von ihm Besitz ergriff.

Aber er zwang sich, ruhig durchzuatmen und darauf zu vertrauen, dass Marguarita ihn trotz seiner dunklen Seiten würde haben wollen. Zacarias sandte seinen Geist aus seinem physischen Körper heraus in ihre Obhut, und als er gerade die Augen schließen wollte, hörte er das Geräusch eines Helikopters und lächelte. Dieses Fluggerät war etwas aus der modernen Welt – aus Marguaritas Welt. Vielleicht hatte diese Welt ja doch etwas für sich. Seine findige Gefährtin hatte offenbar seine Blutsbande mit Julio oder Cesaro benutzt, und Lea Eldridge flog sie nun zu seiner Rettung her.

20. Kapitel

Wie lange dauerte es bei einem Karpatianer, bis solch furchtbare Wunden heilten? Eine Woche? Zwei? Einen Monat? Marguarita ging langsam durch das dunkle Haus zu ihrem eigenen Schlafzimmer und Bad. Sie hatte gelernt, von Julio und Cesaro Blut zu nehmen, was ihr ganz und gar nicht leichtfiel. Sie konnte inzwischen auch die ihr unangenehme Erde öffnen, aber aus Angst vor Spinnen wusch sie danach noch immer fieberhaft ihr Haar und ihren Körper. Es gab noch sehr viel, was sie nicht wusste und noch lernen musste.

Jeden Abend ging sie zu ihren geliebten Pferden, doch nicht einmal ihren peruanischen Paso zu reiten, eine ihrer größten Freuden, vermochte den Kummer zu verdrängen, der ihr das Herz schwer machte. Es nützte auch nichts, sich immer wieder zu sagen, dass Zacarias in Sicherheit war und in ihrem gemeinsamen Schlafzimmer unter der Erde ruhte. Ganz gleich, wie viele Tage sie neben ihm lag, ihn in den Armen hielt und ihm das lange Haar zurückstrich, um sein geliebtes Gesicht zu sehen, sie hatte noch immer Angst um ihn – und trauerte um ihn. Manchmal befürchtete sie, dass sie noch den Verstand verlieren würde.

Mehr als einmal, als sie neben Zacarias erwachte und Spinnen über sie krabbelten, hatte sie ihn in einem Wutanfall geschlagen, weil sie sich an die Unmengen von Spinnen erinnerte, in die sie gefallen war, ohne den geringsten Trost von ihm zu erhalten. Aber hauptsächlich versuchte sie, nicht um Zacarias zu weinen und ihn auch nicht anzuflehen zu erwachen. Sie brauchte ihn so sehr, doch sie wollte stark sein, wenn er zur Genesung Zeit und Kraft benötigte.

Außerdem gab es so viele andere Dinge, an denen sie arbeiten und mit denen sie sich die Zeit vertreiben konnte. Wie die Sache mit dem Bekleiden, die sie immer noch nicht richtig hinbekam. Normalerweise nahm sie ein Bad und zog sich auf ganz normale Art und Weise an, so wie immer schon. Das Bad war unerlässlich, weil sie ihre Angst vor Spinnen nicht loswerden konnte. Schließlich schlief sie in der *Erde*, Himmel noch mal, und wusste, dass die Biester die ganze Nacht dort herumkrabbelten und sich wahrscheinlich sogar in ihrem Haar einnisteten.

Sie zuckte zusammen, als starke Arme sie umfingen und sie Zacarias' leises Lachen an ihrem Ohr hörte.

»Ich bezweifle sehr, dass Spinnen sich in deinem Haar einnisten, meine schöne kleine Närrin.«

Ihr Herz schlug schneller, und für einen Moment erstarrte sie aus Angst, nur zu *glauben*, dass er hinter ihr stand. Aus Angst, dass sie ihn sich aus purer Verzweiflung bloß eingebildet hatte. Ganz langsam drehte sie sich um und erhob den Blick zu ihm. Seine normalerweise schwarzen Augen hatten diesen fantastischen saphirblauen Glanz, den sie bekamen, wenn er sie ansah und besonders stark erregt war. Allein sein Anblick machte Marguarita ganz schwach.

»Ich habe geträumt, dass du mir einen Vortrag über Spinnen hieltest und mich vielleicht sogar ein oder zwei Mal schlugst. Könnte daran etwas Wahres sein?«

Marguarita lächelte. *Möglich. Wenn ja, hattest du es auf jeden Fall verdient.* Ihre Hand glitt zu seinem flachen, harten Bauch, über den jetzt Narben verliefen, wo die Haut vorher noch ganz glatt gewesen war. *Ich dachte, die Narben würden auch verschwinden.*

Es war das Einzige, was ihr zu sagen einfiel. Eigentlich wollte sie nämlich nichts anderes, als ihn zu küssen, ohne je wieder damit aufzuhören, und ihn so fest an sich zu drücken, dass sie beide nicht mehr atmen konnten, und ihn so tief in sich aufzunehmen, dass er nie wieder den Weg hinaus finden würde.

Er berührte ihren Hals. »Ich hatte auch gehofft, du würdest wieder sprechen können, wie du es dir so sehr gewünscht hast. Doch ich vermute, dass wir beide zu schwer verletzt waren. Sogar das machtvolle karpatianische Blut kann uns nicht vollständig heilen.«

Zacarias füllte das ganze Zimmer aus und überschwemmte ihre Sinne, sodass ihr Körper nach dem seinen griff, weil sie sich seiner so ungeheuer stark bewusst war. So sanft, dass sie die leichte Berührung fast nicht erkannte, drang Zacarias in ihr Bewusstsein ein. Das eisige Gefühl war da, doch statt des Gletschers schien das Eis durch seinen Geist zu treiben und sich langsam zu erwärmen.

Sie sah, wie der Ausdruck seiner Augen wechselte und Hunger und Verlangen sich mit der Freude, sie zu sehen, vermischten. Zacarias senkte den Kopf, und sie bot ihm den Mund zum Kuss. Er war heiß und dominierend, alles, was sie in Erinnerung hatte, und noch mehr. Marguarita gehörte ihm augenblicklich, schmiegte sich aus eigenem Antrieb hingebungsvoll und voller Zärtlichkeit an ihn, doch sie wurde auch von eigenen Forderungen getrieben. Zacarias nahm sich Zeit, sie wieder und wieder zu küssen, bis er ihr mit seinen heißen Küssen schier den Atem raubte.

Dann hob er widerstrebend den Kopf, nahm ihr Gesicht zwischen die Hände und blickte ihr in die Augen, als suchte er dort nach irgendetwas. Schließlich erschien ein Ausdruck der Zufriedenheit in seinem Blick; anscheinend hatte er gefunden, nach was immer er Ausschau gehalten hatte.

Er schwenkte die Hand in Richtung Badezimmer, und sogleich wehte mit einer Wolke von Wasserdampf der Duft ihres Lieblingsbadeöls ins Zimmer. »Komm! Ich bringe dich in die Wanne.«

Du weißt, dass das nicht nötig ist. Es ist ein albernes Ritual, da wir uns doch auch mit einem einzigen Gedanken säubern können.

Was ihr allerdings kein Gefühl von Sauberkeit gab und ihr auch nicht die irrationale Angst vor Spinnen in ihren Haaren nahm.

»Dein Bad ist ein schönes Ritual, und ich hoffe, dass du es noch viele Jahrhunderte beibehältst«, berichtigte Zacarias sie sanft. »Ein Ritual, das dir wichtig ist und mir zugleich viel Freude bereitet.« Er küsste die Innenfläche ihrer Hand. »Ich hatte deine Angst vor Spinnen nicht gesehen. Sie war zu tief in deinen Kindheitserinnerungen vergraben. Ich hätte besser achtgeben müssen, wie ich es von jetzt an vorhabe. Ich bin fest entschlossen, jeden Abend jeden Zentimeter von dir gründlich zu untersuchen, um sicherzugehen, dass diese lästigen Tierchen dich nicht wieder stören.«

Marguarita erschauderte, als sie das Krabbeln Tausender haariger Beine zu verspüren glaubte, und rieb sich die Arme, um das Gefühl loszuwerden. Zacarias hob ihr Kinn an, sodass ihr nichts anderes übrig blieb, als sich in seinen Augen zu verlieren, in diesen tiefen, dunklen Seen aus flüssigem Eis – die manchmal so kalt sein konnten, dass sie von einem tiefen Mitternachtsblau waren. Schon mit einem einzigen glutvollen Blick konnte er ihr den Atem rauben. Die Vorstellung, dass Zacarias sie jeden Abend »gründlich untersuchen« würde, ließ tausend Schmetterlinge in ihrem Bauch einen Freudentanz aufführen.

Zacarias nahm ihre Hand und zog daran, bis Marguarita ihm in das jetzt von Wasserdampf erfüllte Badezimmer folgte. Sehr sanft hob er sie auf und ließ sie in das tiefe Wasser der altmodischen Wanne mit den Klauenfüßen sinken. Ihren Kopf bettete er behutsam auf ein weiches Tuch am Rand der Wanne.

»Schließ die Augen und lass dich von mir baden! Und wenn ich fertig bin, kannst du sicher sein, dass keine einzige Spinne mehr in deiner Nähe ist. Denk an gar nichts und entspann dich, *sívamet*!«

Dankbar ließ sie sich noch tiefer in das Wasser sinken, das grün wie das einer Lagune war und sich himmlisch anfühlte. Marguarita schloss die Augen und tauchte auch den Kopf unter, um ihr langes Haar zu durchnässen. Von dem heißen, parfümierten Wasser und Zacarias' hypnotisierend weicher Stimme ließ sie sich dann auf einer Welle des Glücks dahintreiben. Er lebte, und er war bei ihr. Was immer auch geschehen mochte, sie wusste jetzt, dass sie den Mann wollte, der er war – urwüchsig und immer in Alarmbereitschaft, falls es Schwierigkeiten geben sollte. Zacarias war zu großer Gewalttätigkeit imstande, wenn es nötig war, ein anspruchsvoller Geliebter – und ein ebenso anspruchsvoller Partner.

Würde der Umgang mit ihm einfach sein? Marguarita versuchte nicht, sich diesbezüglich etwas vorzumachen. Zacarias hatte ihr seinen Geist anvertraut, seine Seele, alles, was ihn ausmachte, sodass sie alles von ihm sah und mit ihm teilte. Sie wusste, dass er sich nie wie ein normaler Karpatianer, der seine Seelengefährtin gefunden hatte, fühlen würde, wenn er nicht fest in ihr, Marguarita, verankert war. Doch was er vielleicht niemals verstehen würde, war, dass es sie ängstigte, ihn sich auf der Jagd vorzustellen ohne das Dunkel in ihm, das ihm diese zusätzliche Schärfe gab. Deshalb musste er es sich bewahren. Weil er niemals die Jagd aufgeben würde, um Böses zu vernichten. Nie. Und so sollte es auch sein.

Den Kopf an den Wannenrand gelehnt, Zacarias' Hände in ihrem Haar, die das Shampoo einmassierten, hatte Marguarita das Gefühl, sich in einer Art Traumwelt zu befinden. Zacarias murmelte leise Worte in seiner eigenen Sprache, und Marguarita überließ sich diesem Singsang seiner rauen und dennoch samtenen Stimme und gab sich ganz in seine liebevolle Obhut. Es gab nur diesen Moment, Zacarias und das sinnliche Vergnügen des heißen Wassers auf ihrem Körper.

Marguarita hatte keine Ahnung, wie viel Zeit verging. Das Wasser blieb heiß, während er ihr Haar ausspülte und danach ihren Körper zu waschen begann, ihr Gesicht zuerst und dann mit größter Gründlichkeit und Sanftheit alle anderen Körperteile. Tränen brannten hinter ihren Lidern, denn so zärtlich hatte sie sich ihn nie vorgestellt. Sie bezweifelte sogar, dass er selbst sich dieser Fähigkeit zur Zärtlichkeit bewusst gewesen war. Eine langsame Hitze durchflutete Marguarita, als die Berührungen seiner Hände sinnlicher und fordernder wurden. Mit der gleichen Umsicht, wie er sie gewaschen hatte, trocknete er sie ab, nahm sich Zeit für ihr Haar und trocknete es, während er es ausbürstete. Erst dann hob er sie auf die Arme und trug sie zu ihrem Bett.

Mit exquisiter Zärtlichkeit legte er sie auf die kühlen Laken. Dort in der Dunkelheit, mit seinem außergewöhnlich guten Sehvermögen, untersuchte er noch einmal ihren Körper, weil Zacarias sich wieder einmal jeden Zentimeter von ihr einprägen musste und sich mit eigenen Augen überzeugen wollte, dass keine Spuren von der Umwandlung oder DS' Misshandlungen zurückgeblieben waren. Seine Zunge glitt verführerisch über ihren Mund, seine Fingerspitzen streichelten ihre Brüste, wanderten zu ihren Rippen hinunter und über die Biegung ihrer Hüfte noch ein wenig tiefer. Plötzlich ergriff ihn ein heftiges Verlangen nach ihr, und er wollte jeden Zentimeter von ihr kosten. Sie war *seine* Frau – die einzige, die es je in seinem Leben geben würde, die sein Herz erfüllen und seine Seele so weit wiederherstellen würde, dass er ein Leben haben konnte.

Sein Mund kehrte zu ihrer Brust zurück, um deren zarte Spitzen zu liebkosen. Als er die Hitze, die in Marguarita aufstieg, spürte, schob er ein Knie zwischen ihre Beine und spreizte sie ein wenig. Er wollte sich Zeit lassen und sie auf solche Höhen der Ekstase führen, dass sie nie wieder herunterkommen würde. Aber er fieberte auch danach, sich mit ihr zu vereinen, mit Körper und Seele mit ihr eins zu werden. Er musste sich wieder vollständig fühlen. Das Dunkel in ihm musste so weit zurückgedrängt werden, dass es Wochen brauchen würde, um zurückzukehren.

Komm zu mir!, lud er sie zärtlich ein. *Schenk mir deine Liebe,*

Marguarita, deine Zärtlichkeit! Verströme dein Licht in mir und erfülle mich mit dir! Ich brauche dich.

Noch nie im Leben hatte er zugegeben, jemanden zu brauchen. Aber sie verstand, und er spürte, wie sie in ihn hineinglitt mit ihrem wundervollen Licht, so warm und erfüllt von einer Emotion, die er vielleicht niemals erfassen würde. Das Gefühl überwältigte ihn, und wie immer war er versucht, es beiseitezuschieben, aber nicht jetzt. Nicht in dieser Nacht. Sanft schob er die Hand zwischen ihre Körper, um ihre einladende Feuchte zu spüren. Er war groß, und sein Eindringen war für sie noch immer nicht ganz leicht. Und er wollte nicht riskieren, ihr wehzutun, egal, wie sehr es ihn drängte, mit ihr eins zu werden.

Zacarias blickte auf ihr Gesicht herab, um ihren Ausdruck zu beobachten, als er langsam in sie eindrang. Es war ein wundervolles Gefühl, wie ihre heiße, samtene Enge nachgab, als er nach und nach Besitz von ihr ergriff. Und die ganze Zeit über ließ sie Wärme in ihn einströmen. Liebe. Zacarias fühlte sich vollkommen von ihr umgeben. Sie war sein Zuhause. Er war endlich heimgekehrt. Als er sie vollkommen in Besitz genommen hatte, hielt er inne und verschränkte die Finger mit den ihren.

»Manchmal werde ich dich verrückt machen, Marguarita, aber ich schwöre dir, dass ich versuchen werde, dir Freude zu bereiten. Ich verspreche es dir von ganzem Herzen und gebe dir mein Ehrenwort darauf, dass ich mich stets bemühen werde, dich glücklich zu machen. Es gibt nur einige Dinge, von denen ich nicht sicher bin, dass ich sie ändern kann.«

Sie lächelte ihn an. *Ich habe dich nicht gebeten, dich zu ändern – nur dein Leben mit meinem zu vereinen. Es gibt auch gute Dinge in meiner Welt, wenn du offen für sie bist.*

Er zog sich zurück, um dann von Neuem in sie einzudringen, und konnte sehen, wie ihre Augen sich verschleierten. Zacarias liebte diesen Ausdruck auf ihrem Gesicht, diese wilde Lust und sinnliche Verzückung. Und es freute ihn zu wissen, dass *er* diesen Ausdruck auf ihre Züge brachte. Wieder verharrte er. »Ich habe Brüder, das weißt du. Wenn wir bei ihnen sind, darf ich nie sehr weit von dir entfernt sein. Ich brauche dich, um Gefühle empfinden zu können, die mir so lange, lange fehlten.«

Ein leises Lächeln spielte um ihre Mundwinkel. *Ich glaube nicht, dass das ein Problem sein wird.*

Zacarias war voll und ganz verloren, und er war dankbar für dieses Gefühl. Er begann einen langsamen, überaus erotischen Angriff auf ihre Sinne, teilte mit Marguarita seine Gedanken, die immer stärker werdende Spannung und die exquisite Lust. Diese Frau würde stets seine Welt sein. Er würde sie teilen müssen mit der Welt, in der sie lebte – und die sie liebte –, aber für seine Seelengefährtin konnte er das schaffen.

Auf die Ellbogen gestützt, um sie nicht mit seinem ganzen Gewicht zu belasten, senkte er den Kopf auf ihre Brust. *Diese Hazienda wird unser Zuhause sein, doch wir müssen auch reisen, Marguarita. Zusammen.*

Das hoffe ich. Ich liebe es, was deine Hände, dein Mund und dein Körper mit mir anstellen. Ich bin süchtig nach dir. Aber mehr als das noch, Zacarias, bin ich sehr verliebt in dich. Und deshalb hoffe ich natürlich, dass du mich auf deine Reisen mitnimmst.

Zacarias *spürte* ihre Liebe in sich, die all die abgerissenen Verbindungen für ihn überbrückte und ihn mit ihrer Wärme umhüllte. Dank dieser Liebe war es in Ordnung, der zu sein, der er war, angeschlagen und ein bisschen gebrochen vielleicht.

Er küsste Marguarita, legte die Hände um ihre Hüften und hob sie an, um sich rückhaltlos dem leidenschaftlichen Vergnügen hinzugeben. *Du bist der einzige Mensch, den ich jemals lieben werde.*

Und das war die volle Wahrheit. Endlich hatte er ein Zuhause und jemanden, zu dem er gehörte. Marguarita. Sie war seine Welt.